从你的春天里路过

刘振武◎著

青春不是冰凌花
扎根于大地才会长成参天大树
太阳从山那边升起
春风吹来
绿色来了，黄色走了
未来都在路上
那灿烂的青春
在我的心中又一次荡漾

中国言实出版社

图书在版编目（CIP）数据

从你的春天里路过 / 刘振武著 . -- 北京：中国言
实出版社，2018.12

ISBN 978 - 7 - 5171 - 3019 - 2

Ⅰ.①从… Ⅱ.①刘… Ⅲ.①长篇小说—中国—当代
Ⅳ.①I247.5

中国版本图书馆 CIP 数据核字（2019）第 001259 号

责任编辑 代青霞
责任校对 崔文婷

出版发行 中国言实出版社
　　地　址：北京市朝阳区北苑路 180 号加利大厦 5 号楼 105 室
　　邮　编：100101
　　编辑部：北京市海淀区北太平庄路甲 1 号
　　邮　编：100088
　　电　话：64924853（总编室）　 64924716（发行部）
　　网　址：www. zgyscbs. cn
　　E - mail：zgyscbs@ 263. net

经　　销 新华书店
印　　刷 三河市华东印刷有限公司
版　　次 2020 年 4 月第 1 版　 2020 年 4 月第 1 次印刷
规　　格 710 毫米×1000 毫米　 1/16　 21.5 印张
字　　数 341 千字
定　　价 78.00 元　 ISBN 978 - 7 - 5171 - 3019 - 2

第一章

在河西走廊中部,腾格里沙漠边缘,有一座小城。从小城出发,往西五六公里,有一个大院,灰砖砌成的门柱上,挂着白底黑字的木牌:国家某委第七工程局河西农场。

一九七二年初春,冰封的河水开始融化,寒冷的风温柔了。大院的土围墙内外,白杨树、沙枣树、榆树都抢着露出了绿绿的嫩芽。

太阳露出了地平线。一辆红色"铁牛"拖拉机,载着一群十五六岁的孩子驶出了这个大院,一直朝西驶去。公路两边矗立着高高的白杨树,树坑里残留着积雪,荒凉的土地一望无边。

在敞篷车厢里,孩子们快乐地嬉闹着。车厢的尾部坐着一位少年,他双手紧抓车厢板,稚气挂在脸上,单薄的身体随着车厢的晃动而晃动,眼睛四处张望。这位少年叫戈文,刚从农场的职工子弟学校初中毕业。这是毕业后他和同学们第一次出家门,第一次独立地走进社会,走进人生旅程的重要一站。

"铁牛"冒着黑烟"突、突、突"使劲地一路朝西驶去,路两边光秃秃的白杨树像列队的士兵一样护送着他们。这时,碧蓝的天空飞过一群小鸟。

开"铁牛"的司机,姓张,三十多岁,个子不高,平头。这台掉了漆的"铁牛",在他的手里"砰、砰"地走着。路坑坑洼洼的,它的速度很慢,稍微快一点,车厢就会像鱼的尾巴一样摆动。

戈文双手紧紧地裹着衣服,凝固的神态仿佛在想着什么。不知走了多久,忽然,有一位同学喊:"我撒尿!"张师傅没有停车,这位男同学又喊,车还是没有停。同学们一起敲车厢板。张师傅回头大声问:"干什么?"同学们齐声喊:"我们要撒尿!"车停下了,张师傅从驾驶座上下来,说:"快去!"然后,他从洗得发白的蓝色上衣口袋里,掏出一根烟,点燃吸了一口,吐出一个烟圈,一圈一圈的烟,在阳光的照射下渐渐散去。

光秃秃的白杨树后面,女同学一边,男同学一边。戈文不急,很快就出来了。张师傅问:"其他人呢?"戈文说:"还没撒完呢!"张师傅说了一句: "一群小屁孩,还没熟呢,哪儿来的这么多的屎尿!"又等了几分钟,同学们 三三两两地陆续爬上了车。"铁牛"继续前行。

方木桩搭建的大门上面,写了几个歪歪扭扭的红颜色的字:河西农场燎 烟墩分场,门的两旁都是碎石块垒砌的低矮围墙。"铁牛"放慢了速度拐了 进去,进了院里,左边有三口机井,右边是一望无边的黄土地,院子深处,是 一排排的地窝子。

一位四十多岁、身穿蓝色布上衣、头戴一顶灰色的帽子、古铜色脸、一米 八左右身高、脚穿褪了色的黄胶鞋的男人,站在院子中间。"铁牛"停了,同 学们争先恐后地跳下车,拎着行李站成两排。那个中年人看着这群身穿满 是补丁且不合身的衣服,脚穿黑色破布棉鞋,耳根子沾满污垢,脸透出菜色 但充满朝气的孩子,自我介绍说:"我叫于龙,是这里的管理干部,你们叫我 名字也行,叫'管干'也行。"接着他开始点名,发住房号,然后又强调了几条 农场纪律。散会后,戈文和同学们拿着房号,兴高采烈地拎上行李走进了地 窝子。

地窝子是戈壁滩上特有的房子,往地下深挖两米,形成正方形、长方形 的坑,坑的四周地面上砌起八十公分高的围墙,再在围墙上安装几扇窗户。 围墙上搭起的屋顶被铺上了麦草和泥。

地窝子光线暗,戈文拿着房号找到了床,放下行李,找了几张牛皮纸,糊 在黄土墙壁上,小家就这样安顿好了。

第二天早晨,于管干安排戈文和张权为一个小组,干耙地的活儿。张权 是从西安来的,是一名医生,四十多岁,白净,中等个儿,带着一副白框眼镜。

早晨的阳光洒在戈壁滩上,晴朗的天空飞过几只小鸟,远处的龙首山、 合黎山清晰可见。戈文在前面牵着白色的骡子,张权在后面扶着耙子耙地。 这是一种表土耕作,通常在犁耕后、播种前或早春保墒时进行,有疏松土壤、 保蓄水分、提高土温等作用。

张权寡言少语,戈文干错了,他说上一句,然后就又无话了。中间休息, 张权就坐在田埂上,朝远方望去,坐了一会儿,站起来朝不远处走去。蓝天 飘着几块白云,戈文望着他的背影,抬头看看蓝天,又看看戈壁滩。

夜幕降临了,余晖给戈壁滩涂上了一层金色,周围模糊起来了。戈文拖 着疲惫的身子下工了。一天走了几十里路,回到屋里就倒在了床上,肚子咕 噜地叫着。

戈文进了食堂，排上了队。身后的葛林问："你是不是老戈家的老大?"戈文回头。这是一位四十多岁的男人，昨晚刚认识的。他清瘦，高个儿，背有些弯曲，声音有磁性，很慈祥，是到农场劳动改造的。戈文回答："是呀!"葛林笑了笑，说："你长得像你爸!"戈文寻思着，他怎么认识爸爸呢，刚想问，葛林不再说话了。戈文打上饭出了食堂门口，黎俊、汪智、汪雪斌叫住他，说："今晚我们打兔子去!"戈文来精神了，说："行呀!"刚答应完，又一想:不对，临来农场之前，母亲说过，这里有狼，让他晚上不要乱跑。他说："这地方有狼!"黎俊说："这里哪有狼，狼早就被吓跑了"。黎俊个子高，说话声音好听，唱歌也好听。汪雪斌说："没事! 哪有狼!"汪雪斌个子矮，一头浓密的黑头发，年龄比戈文大一两岁，在同学当中比较有威望。汪智也说："没事。"戈文想了想说："行!"接着问:"拿什么打兔子呀?"汪雪斌说:"这个你就别管了。过一会儿叫你!"又嘱咐了一句:"别跟别人说，要保密!"戈文回到了宿舍吃饭，于龙进了门，问:"刚才你们几个在嘀咕什么呢?"戈文回答:"没说什么呀?"于龙严肃地说:"我告诉你呀，晚上一律不能出院子。"戈文没再吱声。过了一会儿，黎俊和汪智回来了，没和他说一句话就上床睡觉了。戈文心想:于龙也许跟他们几个人说了吧。

第二天早晨，戈文在去食堂的路上被汪雪斌堵住了，一脸怒气地问:"是不是你昨天跟管干说了?"戈文回答:"我说什么了?"汪雪斌面无表情地问:"是不是你说的，我们要去打兔子?"戈文急了，忙辩解说:"我没说呀!"王雪彬又问:"没说? 那管干怎么知道我们打兔子的事?"戈文委屈地说:"我不知道呀!"汪雪斌狠狠地说:"你等着!"戈文愣在那儿，想不明白，这到底是怎么回事呀? 冤呀! 怪不得早晨黎俊和汪智走的时候没有叫他。

戈文进了食堂，汪雪斌和黎俊正在嘀咕着什么。一整天，戈文都心神不定，汪雪斌说的话，不时在他耳边响起。早晨上工，戈文闷闷不乐地从牲口棚牵出白骡子，张权扛着铁锹跟在后面。

一连两天，同学们都不理戈文。他每天一边干着活儿，一边想着受委屈的事，更加痛苦和孤独了。同学们一定认为他是告密者，是叛徒，是现代京剧《红灯记》里的叛徒王连举，是小说《红岩》里的叛徒甫志高。孤独还能忍受，说他叛徒是绝对忍受不了的。他不敢去问管干，又没人听他解释，戈文郁闷死了!

戈文边干活儿边想，是于龙跟他们说是我说的? 我没有说呀! 于龙不会说瞎话吧! 如果不是，那一定是汪雪斌他们猜疑的。想到这儿，自己得到了些许宽慰:误解就误解吧，总有一天会水落石出的!

中间休息的时候,张权主动跟戈文说:"我看你这两天闷闷不乐的,怎么回事?"戈文把事情的经过讲了一遍。张权劝说:"人与人之间产生误解是常有的事,不要在乎它,慢慢就会真相大白的,误解也会消除的。"戈文点点头,心里涌出了一股暖流。

晚饭后,管干喊:"所有人都出来,拿上铁锹到院里子集合!"他一手扶铁锹,一手抽着烟,站在人群中间说:"刚拉来两车肥料,五个人一组卸肥料。"同时又说:"来劳动的学生,有两角五分钱的补助。"大家听后高兴极了,便热火朝天地干起活儿来了。夜风刮来,有些寒冷。远处,有萤火虫似的灯光。

突然,有一位女生"哎呀"叫了一声,她的手指破了,流出了血。葛林朝汪智大声说道:"你怎么干活儿的,这么不小心?"接着对女生说:"别动!找块布包一下,别破伤风了。"管干过来看了看说:"你别干了,回去包一下。英子,你陪她回去。"又说:"汪雪斌,你到这边干。"一个多小时过去了,肥料被卸完了,大家也散了。

戈文回到宿舍,拎上脸盆去了水房。一进门,汪雪斌拍着他的肩膀说:"一会儿到院子里来,找你有事。"戈文有些紧张,是不是说那事呀?看表情又不像,点了点头答应了。

戈文洗完回到宿舍,放下洗脸盆出了门。汪雪斌、黎俊、汪智已在院子里了。戈文走了过去,汪雪斌忙对他说:"不好意思啊!误解你了!"汪智也笑着说:"我觉得戈文不是那种人。"黎俊说:"好了!这件事过去了,不说它。"戈文傻愣着,不知咋回事,缓过来神问:"怎么回事呀?"汪雪斌像大人似的说:"这事过去了。"又拍了一下他的肩膀说:"咱们还是哥们。"他没有解释,戈文也没再问,反正解脱了。汪雪斌对大家提议道:"我们出去转一转?"当他们走到女生住的地窝子前时,屋里传出女生们叽叽喳喳又哈哈大笑的声音。

他们好奇地弯腰爬了上去!突然,后面有人大声喊:"干什么的?"吓得他们撒腿就跑,戈文边跑边想,这下坏了。戈文、黎俊、汪智跑回屋里,汪雪斌跑回他的宿舍。这一晚上,戈文没有睡好,胡思乱想着,有些害怕。在学校的时候,他就听人讲,另外一所学校,有一名年轻男教师趴年轻女教师的窗户,被巡逻的工宣队发现后,揪出来示众了。

戈文及男同学们对女生的情感是朦胧的,好奇心是强烈的,是偷偷的,也是害羞的,是在心里的。年龄比戈文稍大的汪雪斌、黎俊、汪智,在这方面懂得多一些,经常在一起议论女生。另外,他们平时都由母亲照顾,一家有几个孩子,母亲只管他们吃喝穿衣,其他就有些力不从心了,这些孩子的身上,有一种野粗气,性格狂逸,不受约束。

第二天早晨,戈文忐忑不安上了工。张权感冒了,他一个人牵着白骡子去耙地。天气非常好,微风裹着寒意吹拂着,戈壁滩尽收眼底。戈文一只手扶耙子,一只手甩着鞭子,来回耙着地。

快接近中午,远处飘来了乌黑乌黑的云,响起了雷声,风也跟着来了。戈文一看:不好,赶紧收工。戈壁滩的天反复无常,不一会儿,狂风卷着沙石就横扫了过来。

戈文牵着白骡子走到半路,不知什么原因,白骡子突然狂跑了起来。他死死地拉着缰绳不放,根本拉不住。骡子越跑越快,戈文摔倒了,骡子拖了他十几米远,衣服也被拖破了,然后从戈文的手里挣脱了缰绳朝驻地跑去。戈文爬了起来,紧跟着,快跑到驻地时,见管干去拦白骡子,没有拦住。白骡子冲进了饲养棚里,耙子摔坏了。管干大声叫道:"你怎么回事?你怎么弄的?这要出点事,怎么办?扣你三天工资!"

戈文被吓哭了。管干又叫道:"哭什么哭,回去写检查!"戈文回到屋里,躺在床上,越想越委屈地叫道:"我怎么知道这是怎么回事呀?"他眼睛盯着天花板,实在想不通。戈文想家了,想母亲了,想弟弟们了。

农场规定每月回家一次。戈文走的时候,母亲告诉他,在外面要注意,不要淘气。他越想越觉得委屈,捂着被子哭了。

葛林的床和戈文的床挨着,葛林用手指捅了捅戈文,戈文掀开被子。葛林微笑着说:"你起来,我给你说个事。"戈文起来,泪痕挂在脸上。葛林面带微笑,口气柔和地说:"牲口,也是有个性的,你弄不好它,它也会给你耍脾气的。"戈文细心听着。葛林又说:"你要经常去饲养棚,跟它熟悉起来。有空的时候,给它喂点饲料。你以为每天牵着它,就跟它熟了?不是那么回事。每天出工前,提前去饲养棚,喂点草,熟悉熟悉它,这样就会好些。这跟与人打交道一样呀,平常多来往,多熟悉,何况牲口呢?"戈文说:"谢谢!葛叔!"葛林夸奖他说:"你小子!嘴巴倒挺甜的。"戈文有点害羞了,傻笑了一下。葛林说:"好了!睡觉吧!"戈文心里暖暖的。

几天过去了,管干没催戈文的检查。那天听窗户的事,也没有人追究。有一天晚上,汪雪斌、汪智、黎俊、戈文又聚在了一起,分析那天晚上是谁喊的,想来想去也没分析出来。汪雪斌说:"肯定不是管干,那会是谁呢?"黎俊说:"管他是谁呢?都过去几天了,就是说出来,我们也不承认。"汪智说:"也许他没看清是谁,就不好追究了。"汪雪斌说:"也有可能。"戈文心里的一块石头总算落了地。他们又在院子里溜达了一会儿,等溜达到后院,看见一根铁丝连着前栋和后栋的地窝子,还晾着女生的衣服。汪雪斌突发奇想,说:"咱们四个比赛,看谁坚持时间长。"三人没明白,汪智问:"比啥赛?"汪雪斌走到铁丝前,双手举起来,勾住铁丝,说:"双脚离地,看谁坚持时间最长。"接着又道:"戈文先来。"戈文走上前,伸手勾不到铁丝,使劲跳了一下,勾住了细细的铁丝,勒得手疼,没坚持几分钟就松手了。黎俊上去了,不一会儿也下来了,汪雪斌上去,坚持的时间比戈文和黎俊长。汪智上去了,他个子高,劲儿也大,身体重,上去后,还来回晃悠,但没得瑟几秒钟,只听"砰"的一声,铁丝断了。汪智一屁股坐在地上,只听他"啊"地叫了一声,摔疼了,绳子上的衣服也掉了满地。门开了,一个女生喊:"谁呀?"他们四处逃窜。女生喊:"有小偷!有小偷!"她这么一喊不要紧,全院子的人都跑了出来。汪雪斌镇静了一下,说:"我们往回走看看。"四个人转身跟着人群过去了。管干于龙一看现场,问:"看看衣服少了没有。"女生们看完说:"没少!"管干围着铁丝转了一圈,说:"把铁丝拉起来。"大家伙一起把铁丝拉直,重新拧好了。管干于龙说:"大家散了吧!"戈文心中一喜,这事就这么过去了,他和汪雪斌、黎俊、汪智说说笑笑,大摇大摆地回宿舍了。

没想到,他们四人高兴得太早了。第二天,于龙就开始调查,问那个时间段,有谁出去了。戈文心想,这下完蛋了,这个很好查呀!他的心里有点害怕了,害怕偷听的那件事也被查出来。中午,四个人聚在一起商量,最后决定"投案自首"!再摸摸听窗那件事如何,看管干知道不知道,然后订了攻守同盟,那件事打死不能承认。

下了工,吃完晚饭,由汪雪斌带队,四人来到管干办公室。于龙一见他们,心里就明白了。他坐在办公桌旁,手指敲打着桌面,严肃地问:"什么事?"四个人低着脑袋不吭声。等了一会儿,于龙叫道:"说话呀!"汪雪斌低声说:"昨晚的事是我们干的,我们……我们没想破坏,只是那根铁丝拴得不结实,一拉就断了。"于龙一拍桌子,问道:"你们没事拉铁丝干什么?吃饱撑的!到底怎么回事?详细说说!"汪雪斌掐头去尾说了一遍。于龙从口袋里掏出一根烟,点燃后,抽了一口,吐着烟圈说:"那你们说,这事怎么处理?"这四个人哪里知道怎么处理呀,都沉默不语。于龙抽了几口烟说:"以后,你们再不能干这种事了。鉴于你们自首的表现,这件事暂时放下。不过,你们在黑板报上写个检查,以观后效!走吧!"他们几个飞快地跑出办公室,没想到这事就这么快处理了,顿时松了一口气,蹦蹦跳跳地一起去玩了。偷听那件事,于龙是不知道的,大家也彻底地放松了,一切又恢复了平静。

　　来到农场的新奇劲过去了,每天重复的劳动让戈文的心烦躁了起来。来的时候,农场领导说了,要根据每个人在农场劳动表现的好坏,决定今后参加工作的情况。戈文想把烦躁压下去,但那是压不住的。

　　时间真慢呀,戈文盼着回家的那一天。晚上,没有什么书看,也没有什么可玩的地方,只有一颗躁动的心支撑着他。戈文有时也在想,自己会在农场劳动一辈子吗?他找不到答案。有天晚上,葛林坐在床上捧着一本书看,看得那么专注,戈文用羡慕的眼神看着他。葛林似乎感觉到了什么,扭头看了一眼戈文,放下手中的书说:"晚上没事,可以找书看看!"戈文表面点点头,但心想,到哪里去找书呀?葛林好像窥视到了戈文的心思,递给他一本书,是梁斌写的《红旗谱》,这部小说讲述了冀中平原两家农民三代人和一家地主两代人的尖锐矛盾斗争。戈文如获至宝,高兴地看了几个晚上,要知道,这本书是很难找的!

　　时间一天一天过去,农场规定的回家时间终于到了,同学们怀着急切的心情坐上了拖拉机。太阳落山了,"铁牛"载着这群少年驶进了农场的家属大院。

第二章

张琴在厨房忙碌着,大儿子晚上就要回来了。六年前,她带着四个儿子,从省城来到这个大院安了家。大院有三十多栋砖砌的灰色平房,居住着三百多户人家,大家来自全国各地,操着不同的口音。男人们是盖房子的,每年春节才回来一次。一晃六年了,大儿子都初中毕业,参加劳动了。大儿子走的那天,她心里很不好受,儿子还小,应该继续上高中,可家里的条件不允许。

张琴中等个儿,三十六岁,窄额,一头黑黑的短发,眼睛明亮,身材不胖不瘦,显得精明能干。她经常身穿一件旧了的灰布上衣,下穿补着几块补丁的灰裤子。

在她一两岁的时候,她的父亲,也就是戈文的姥爷当兵走了,至今没有音讯。这也是张琴的心结。父亲走后,母亲带着她和一个妹妹,经历了许多苦难。一九四三年,张琴与戈春见过三次面后就定下了终身,她不知道这个终身会给她带来什么,只知道半年后,丈夫戈春到了大西北。丈夫走后半年,她挺着大肚子,也从黑油油的土地——松花江畔来到了西北高原,在黄河边的一间土房里安了家。黄河的波浪迎接了她的到来,河两边的山光秃秃的,让她有些失落:这里这么荒凉! 那一年,她才十九岁呀,什么都不懂,在这人生地不熟的地方,唯一的依靠就是比她大四岁的丈夫。晚上,两个人依偎着,想着家乡,听着窗外的黄河向东流去的波浪声。戈文就出生在这间土屋的火炕上,是戈春和张琴的第一个孩子。在以后的岁月里,他们又陆续生下三个儿子。她一直想要个姑娘,生老四的时候,找有经验的人看,人家怎么看都说是个姑娘,可一生下来,又是一个儿子。她不能再生了,断了生姑娘的念想。她嘴里老说:"我是造了什么孽呀,生了四个秃小子!"当然,她是带着微笑说的。四个儿子,分别为:大儿子戈文,二儿子戈武,三儿子戈双,小儿子戈全。

张琴结婚后的第八个年头,母亲去世了,家乡就只剩下一个妹妹了。妹妹家离得太远,张琴照顾不上,也没有能力去照顾。自从母亲去世后,那片黑油油的土地离她越来越远了,她把一切都寄托在了丈夫和四个儿子身上。她的情感、她的行为、她的一切都是为了这个家。她很苦,也很寂寞,丈夫不在身旁,她坚守着,忍着,也由此变得无比坚强。

春天刚露出个头,在这里这是个青黄不接的季节。冬天储存的白菜还有几棵,还有点腌制的萝卜干咸菜。今早,张琴去小卖部打了半瓶菜籽油,买了些白面和玉米面,准备给大儿子做些好吃的。

戈文到家时,弟弟们正围着饭桌,看着做好的饭不动筷子。主食是金银馒头(白面和玉米面搅在一起蒸的馒头)和玉米发糕,菜是一盘白菜,一盘咸萝卜块,一盘酸菜,稀饭是玉面糊糊。张琴手里拿着抹布从厨房里出来,看到戈文,便说:"饿坏了吧?"弟弟们也围了过来。"看你弄得像土猴似的,赶快把身上的土打一打。"弟弟们跟着行动了起来。大弟戈武、二弟戈双,一个端着一盆洗脸水,一个拿着方凳,放在院子中间。戈文顾不上洗脸,蹲下看兔子。大弟弟戈武站在旁边说:"我下午还给兔子喂草了呢!"兔子正在吃草。张琴从屋里喊道:"抓紧洗脸!"小弟弟戈全拿着毛巾抽打戈文后背的灰尘。张琴靠着门,说:"好了! 晚上洗个澡!"戈文擦了擦脸和三个弟弟进屋,围坐在饭桌旁。张琴也坐了下来,端详着大儿子,伸手摸了摸他的头说:"黑了! 瘦了!"又问:"干活累不累?"戈文说:"不累!"张琴心疼地说:"快吃吧!"戈文和三个弟弟都狼吞虎咽地吃开了。

吃完饭,戈文从兜里掏出了十五块钱,递给母亲。张琴接过钱,数了数,留下了五块钱,把十块钱还给了戈文。长这么大,戈文第一次拥有这么多的钱,也是能够支配的最多的钱。

晚上,张琴烧好了洗澡水,把铁皮大盆子放在屋中央,让戈文先洗,戈文站着不动。张琴又说了一遍,戈文还是不动。张琴笑了,说:"这孩子,知道害羞了!"说完就进屋了。戈文心想,我已是男人了! 他迅速地脱掉衣服蹲进水盆里,叫道:"舒服呀!"小弟弟往他身上撩水。张琴过来,要给他洗,他躲闪不让,用小手捂住害羞的地方,说:"我自己洗。"他洗完了,弟弟们洗。洗完澡,张琴用洗澡水又把他脱下来的脏衣服洗了。他上了床和弟弟们又嬉闹了一会儿就睡觉了。这个晚上,戈文睡得特别香甜!

夜深了,张琴忙完,临睡觉前,掀起白底蓝花的门帘,靠在门框上,静静地看着四个儿子。儿子们睡熟了,微张着小嘴呼吸着。她脸上流露出一丝微笑,一股甜蜜涌了上来。她放下门帘,脸色又沉了下来。孩子们营养不良,脸上透出菜色,让她内心里隐隐作痛。她没办法,家家户户都一样。即使这样,孩子们的欢乐也给她带来了无穷的快乐。

昏暗的灯光下,她躺下后又想起远在几百公里以外的丈夫。结婚这些年来,两人聚少离多。每当夜深人静,她望着窗外的月亮,心想:什么时候能结束这样的生活? 她不知道,她在盼! 从结婚那天起,她就把自己的命运押在这个男人身上。有时她觉得自己押对了,虽然这个男人不经常在身边,但是这个男人给了她四个儿子,这是她最大的安慰。想到这些,她浑身就有使不完的劲儿。

第二天早晨,阳光洒进屋里,戈文睁开了眼睛,下了火炕,出了屋。大门开着,张琴在打扫小院。他赶紧出去,说:"妈! 我来扫。"张琴拿着笤帚说:"不用! 你去把他们几个喊起来。"戈文扭身,去叫三个弟弟起床。没过一会儿,张琴已把早餐端上了桌。戈文和弟弟们围着桌子吃饭,张琴收拾完坐了下来。

吃完饭,没有什么事,戈文跟母亲说了一声,便带着三个弟弟出门了。他现在兜里有钱了,想大方一回,给弟弟们买糖吃。戈文的家在大院的最里头,也是最后的一排房子,去小卖部有一公里的路,要横穿整个大院。

天特别蓝,树上的嫩芽长出了小小的叶子。大院里的孩子们都出来玩了。戈文出门碰见邻居家的小芬,她是戈文的同学,毕业后去了农场当广播员。两家的关系非常亲密,傍晚,两家的大人和小孩经常串门。小芬问:"戈文,你们干什么去?"小弟嘴快地说:"我们去买糖呀!"小芬逗小弟:"你给我买几块呀?"小弟不吭声了,抬头看看戈文。小芬笑了笑,戈文摸了摸小弟的头。

小卖部面积不大,有一个四十多岁的男人,他站了起来问:"买什么?"戈文说:"买糖!"他看了看戈文问:"买多少钱的?"戈文说:"三毛钱的!"他没有马上拿糖,而是问:"你是不是戈家的大小子?"戈文回答:"是呀!"他又说:"你是不是偷家里的钱啦?"戈文一听,急忙自豪地回答道:"是我自己挣的。"三个弟弟也跟着附和:"是我大哥挣的。"这个人逗了他们一下,把糖给了他们。戈文留了两块,其余的给了三个弟弟。刚分完,戈文说:"给咱妈留几块!"三个弟弟每人拿出一块,装进了小弟的口袋里。

戈文觉得时间还早,就去了城里的新华书店。他们边走边玩,走了一个半小时才到城里。戈文进了书店,弟弟们在门口玩耍。戈文挑来挑去,最后花了一块一买了一本蓝皮的《世界地图册》。出了书店门,他见戈武和戈全在,戈双却不见了。戈文问:"老三呢?"戈武回答:"刚才还在呢!"接着他又说:"是不是撒尿去了?"

戈文站在门口,翻看《世界地图册》,等了半个多小时,不见戈双回来,心里害怕了起来,要是把戈双弄丢了,怎么跟母亲交代呀?于是赶紧到街上四处寻找,一个多小时过去了,还是没有找到。戈文急死了,后悔带着弟弟们出来,再说,进城也没有跟母亲说呀!又怕母亲等急了。戈文说:"老二,你先带小弟回家!"刚说完,又一想,不行!万一他俩再走丢呢?马上纠正说:"你们再等一会儿,我再去找找,实在找不到再说!你俩在书店门口等着,一定等我回来。"他穿街走巷去找,快中午了,还没找到戈双。他沮丧地回到书店,看见戈双正在和戈武玩。他气得上去就踢了一脚,问:"你跑哪儿去了?"戈双不敢吭声。戈文又骂了几句,领着他们回家了。

在回家的路上,戈双见大哥的气消了才说:"有一个叔叔说,给我买好吃的。我就跟着走了,走着走着我就害怕了,趁他撒尿的时候,我就跑了,结果迷路了。"一场担心就这么过去了。

戈文领着弟弟们刚走到家房头,就见张琴正在家门口四处张望。小弟撒腿奔去,边跑边喊:"妈妈!妈妈!"张琴抱起小儿子扭头进了家,戈文随后跟着进来。张琴生气地问:"你们干什么去了?啊!这么晚才回来?"戈文小声低头说:"我们进城了!"张琴一下子火冒三丈,喊道:"我不是跟你说了吗?就在院里玩玩,怎么跑城里去了?丢了怎么办?你们气死我了!"小弟一看,马上从兜子掏出糖,递给母亲,说:"妈妈吃糖!"张琴一下子坐在凳子上,说:"东兰(戈文的小名),你也成大人了,让我省省心吧!你爸又不在跟前,出点什么事,让我怎么办呀?"说着便掉下了眼泪。母亲的训斥,让戈文心里非常内疚:"是的,我已是大人了,还让母亲操心。"他认错说:"我错了!"张琴说:"吃饭吧!"

下午,戈文跟母亲说,想出去挖兔子草。母亲点头说:"去吧!不要跑远了!"他又带上大弟、二弟、小弟出门了。

院子北面有一片空地,空地南面是家属区。从空地北面再往前走就是围墙,围墙外面是一片泛青的麦田,顺着麦田一直向北走就到了杨庙滩。那里是一片一片的稻田,黑河大米就是在这儿种出来的。空地泛青了,露出了新芽的野草。戈文蹲下,用小铲子挖。但野草不多,他想去墙外挖,于是走到墙根前。可墙太高,得搭人梯才能上去。他让大弟蹲下,站在他的肩膀上,爬上了墙头。然后再俯下身来,伸手去一个一个地拉他们上来。戈文骑在墙头上失足,掉到墙外面了。三个弟弟大声喊:"哥!哥!哥!"戈文忍着疼痛站了起来,蹦了几下也够不到墙头,朝墙内喊:"你们三个别动,我从农场大门那边绕过去。"说完,他便一瘸一拐地扶着墙走去。

太阳西斜了,身影被拉得好长。在农场大门口,不知从哪儿蹿出来一条黄狗,戈文躲闪不及,小腿肚子被咬了一口,裤子破了,小腿渗出了血。他从地里捡了块石头去打,狗跑了。一天之内惹了两次祸!他摸了摸小腿,心里沮丧极了!他忍着疼痛走了好长时间,才回到原点。三个弟弟围上来问:"哥!哥!哥!怎么啦?"他摆摆手说:"没事!被狗咬了一口。"回家的路上,他还特意嘱咐三个弟弟别告诉母亲,虽然他心里清楚想瞒也瞒不住。

在家门口,戈文调整了一下情绪,装着没事的样子进了门。张琴正在厨房做饭。家里粮食一直不够吃,粮食是定量的,一个月四两菜籽清油,五个人的粮食定量不到一百斤。四个男孩,饭量大,平均每天两斤多。一顿饭,主食也就八两多一点,平均每个人不到二两,又没有油水,基本是处在半饱状态,一到饭点就饿得不行了。父亲有时给家里寄点玉米面和一些粮票,母亲有时也到地里挖一些野菜回来充饥,可月底还得出去借粮。

"张琴",在大院里没人叫这个名字,只是户口簿上写着,人们都叫她戈婶。她做好饭,问戈文:"你怎么了,脸色这么难看!"小弟嘴快:"哥哥让狗给……"说半句又咽了下去。她问戈文:"到底怎么回事?"戈文低头不语。张琴说:"你站起来。"她撩起戈文的裤腿,问:"是不是被狗咬了?"小弟说:"是的!"她二话没说,拉着戈文去了农场的卫生所,边走边说:"你也是大人了,怎么这么不让我省心!这要得了狂犬病,怎么办?"张琴越说越生气,戈文不敢吭声。张琴又问:"到底怎么回事?"他一五一十地说了。张琴口气稍微缓和了一下,说:"以后干啥事要注意点。那你明天就不要去燎烟墩劳动了,一会儿我给你请假去。"

从卫生所包扎完回到家,张琴没再说什么,她吃完饭,就出了门。戈文撩起裤腿看了看。医生嘱咐,不要沾水,要勤换药,又给了一些纱布和消炎药。张琴回来说:"假给你请好了,你在家休息几天。"戈文心想,不能休息,休息一天扣一天的钱,再说刚去农场劳动就请假不好!他本想不让母亲去请假,怕说了母亲更生气,但又一想,请了假,我不休,明天早早地起来,赶在母亲起来之前离开。

第二天早上,他没吃早饭,给母亲留了个条子,悄悄地开了门,背上书包,一瘸一拐地到了集合地点。

　　天泛白了,太阳射出五颜六色的光线,把天边勾出了一幅绚丽多彩的画面。戈文背着黄书包上车,汪雪斌拉了他一把。戈文又恢复了常态。

　　车到了农场,于管干从驾驶楼里出来看见戈文,问:"你怎么来了? 你妈不是给你请假了吗?"戈文笑了笑说:"没事!"

第三章

　　小草泛青了,土地像是涂上了一层没有刷透的绿色油漆。于管干布置浇水催苗的农活,每个人领上雨靴,一部分人去机井抽水,一部分人去麦田浇水。戈文扛着铁锹,穿着雨靴走进了田野里。他边走边看着天,看着地,看着一望无边的戈壁滩。站在高处可以看见南边的祁连山,山顶上堆积着常年不化的积雪。

　　从远处看,分散在田野里浇水的人像是一个个稻草人。戈文走在田埂上,手里拎着铁锹边走边看着。清水顺着田埂的豁口流入地里,滋润着干裂的土地。

　　他边干活边做着梦,他想当一个作家,想当一个将军,想当一个像电影《英雄儿女》里"王成"一样的英雄,也想当像农场场长这么大的一个官。水已漫过田埂,于管干走过来训斥:"你干着活儿,想什么呢? 啊! 有你这样干活儿的吗?"戈文知道错了,认真干起活儿来。

　　夜幕降临,一天的劳动结束了。戈文晚上吃完饭,回到宿舍,趴在床上,翻看《世界地图册》,看着自己待的地方,在地图上就是一个小点。看陇原,看首都北京,看大上海,看全国,看全世界。寻找父母经常提到的老家——黑龙江省肇东县。看报纸经常提到的美帝国主义在哪里,苏联在哪里,看"海内存知己、天涯若比邻"的阿尔巴尼亚、唇齿相依的朝鲜、战火纷飞的越南,还有炎热的非洲。他看着,思绪在飘动着! 拿着比例尺,用线绳量着这些国家有多大,看着经纬线,看着这些国家都在哪里! 突然,他感到小腿隐隐作痛发痒,翻身起来,从黄书包里拿出纱布和消炎药,撩起裤腿,准备换药。张权说:"你这样换,容易感染。"他拿出一个小箱子说:"我来给你换!"边换药边嘱咐:"千万不要沾水! 浇水的时候一定要注意。"戈文感激地说了一声:"张叔,谢谢您!"他抬起头露出了笑容。戈文来这么长时间,第一次看到他微笑。葛林摸了摸戈文的脑袋笑着说:"你小子,嘴巴就是甜!"葛林又问:"你看的什么书呀?"戈文说:"《世界地图册》。"顺手递了过去。葛林翻了翻说:"我跟你们差不多大的时候,没有现在这么好的条件呀!那时战火纷飞,读个书可不容易呀!你们现在是长身体、长知识的时候。毛主席不是说过吗,世界是你们的,也是我们的,但归根结底是你们的。"戈文听着,记着。张叔说:"这小孩挺机灵!"戈文听到赞扬后,不好意思了,手挠了挠后脑勺。张权对葛林说:"你不是和他爸认识吗? 他家不是一群秃小子吗?"张权继续说:"让这小子给你当女婿吧?"葛林苦笑了一下,自嘲地说:"就是我同意,他家也不一定同意。我现在这个身份!"戈文没明白他们在说什么,但他知道,肯定把他和他家的姑娘扯到一起了。他害羞了! 他家的姑娘也是他的同学,在一起劳动,高高的个子,清秀的脸庞,有一双漂亮的大眼睛,名字叫葛英,待了几天就回农场总部了,据说,在食堂当帮手。

半夜,戈文起来撒尿,借着月光,看见黄然坐在床上,捂着被子,便轻轻地走了过去,掀开被子。黄然正在吃罐头,他忙压低声音,用手摆摆,说:"别吱声,我给你一个,你不能跟别人说!"他伸手从床底下拿了一瓶罐头。戈文轻轻地说:"不要! 不要!"他压低声说:"拿上! 拿上! 没事!"他把罐头放到了戈文的手里。戈文转身回到床上,把罐头藏在枕头下,黄然怎么晚上吃,罐头从哪里来的? 人们都吃糠咽菜,他哪来的这么多钱? 晚上,戈文做了一个梦,梦见来到一个大屋里,满屋里都摆满了罐头,他欣喜若狂,一个接着一个地吃,突然罐头都没了。有人喊,谁叫你偷的。他吓坏了,一下子惊醒了,手摸了摸罐头!

黄然是北京来的。在政府建设部门当总工程师,去年从北京下放到这里劳动。

早晨起来,戈文摸了摸罐头,心里不安,总觉得这瓶罐头要给他惹什么事。他想退回去又退不回去。父母亲告诉他,不能乱拿人家的东西。

戈文扛着铁锹朝田野深处走去。远方的祁连山被一片云挡住了,看不见山顶上的皑皑积雪了。起风了,鸟没有目标地在天空飞翔着。农场的一条狗,飞速地奔跑。这条狗全身通黄,线条优美,非常好看。他和同学们经常带它在院子里玩。它的名字叫赛虎。它顺着山坡极速地奔跑,有一只兔子在逃窜。眼看就要抓住兔子了,突然从天空中急速飞下来一只鹰,朝兔子叼去。狗一惊一停,兔子又跑远了。几个来回,它没抓到兔子,鹰也没抓到兔子,兔子钻入杂草里了。戈文看傻了。

傍晚,戈文刚走进驻地,于管干站在院子中间,喊:"戈文,你到我办公室来一趟。"他进了办公室,那瓶罐头在桌子上放着。戈文心想,这是怎么回事呀?又一想,这也没什么,反正不是我偷的。于管干坐了下来,一脸的严肃,手指罐头问:"这是怎么回事?"戈文不知怎么回答,黄然不让说。不说,又怎么解释?戈文不吭声,于管干又问了一句:"这到底是怎么回事?罐头哪儿来的?"戈文还是不吭声。于管干高八度地叫道:"你不说是不是?是不是你偷的?"戈文立即回答:"不是,不是我偷的。"管干又问:"是哪儿来的?"戈文只好瞎编了,说:"是买的。"于管干问:"哪儿买的?"戈文不说话了。于管干说:"你小小年纪学会说谎了!"戈文后悔呀!拿什么罐头呀!当时要把罐头扔下,就没这事了,都怪自己有私心,想给母亲和弟弟拿回去吃,这让他不清不白!于管干怎么知道的?想不明白!不会是黄然说的吧?他不让我说,他怎么会说呢?难道是别人说的?别人怎么会知道我有罐头呢?百思不解。过了一会儿,于管干说:"你先回去吧。想清楚了再来找我!"

戈文出了门,于管干拿起罐头看了看。下午,他到各个宿舍巡视,在戈文枕头底下发现的,戈文家的情况他是知道的,不可能有罐头,也不会买罐头。他担心这罐头是不是戈文从哪里弄来的。他想问清楚,不能让孩子学坏,一定要查个水落石出。

戈文回到地窝子里,拿上饭盒去食堂了。他想问问黄然,宿舍人多,又不好问。黄然进了宿舍就不出门了,只能等到明天上工了。戈文怎么想也想不出来是怎么回事。他躺在床上越想越觉得窝囊,这是怎么回事呀?

早晨起来,戈文的头昏沉沉的。吃完饭,无精打采地上工了。中间休息的时候,他四处找黄然。人群中没有,他放眼望去,看到黄然在小土坡上坐着。戈文走了过去,问:"怎么回事?"黄然断然地说:"不知道!"他似乎想起了什么说:"昨天下午下工的时候,于管干从地窝里出来的。"戈文明白了,于管干怀疑他偷了罐头。

晚上吃完饭,戈文一个人去了树林里,一棵一棵数着树,还为"罐头"的事纠结。于管干让他想清楚什么?下一步怎么办?他也不知道!觉得这件事太委屈,而这个委屈还不能说出来,说出来,就把黄然出卖了,黄然祈求的眼神,戈文不忍心。

忽然,传来了几个女人的尖叫声,戈文朝声音方向走去,几个女同学一见戈文,就躲到他的身后。一名女同学指着前面,叫道:"有蛇!"戈文捡起树枝,拨弄着问:"哪里有蛇?"她们用手又指着叫道:"在那! 在那!"戈文慌了,有点害怕,但他不想在女同学面前丢面子,继续拨弄着问:"在哪? 在哪?"拨弄半天也不见蛇,女同学说:"可能跑了吧!"几个女同学恢复了常态,说说笑笑往回走,戈文走在后面。突然,一位女同学尖叫一声,坐在地上"哇"的一声哭了起来,喊道:"我被蛇咬了!"其他人吓坏了。戈文跑过去,蹲下来一看,脚脖子上有两个牙印,渗出了血丝,说:"我们快走!"几个女同学扶着被咬的女同学往回走,回到驻地,报告了于管干。他把张权喊来,张权看了看说:"没事! 是草蛇! 没毒!"大家悬着的心落了地。

几天过去了,于管干没再提罐头的事。虽然没提,但是戈文心里总是落不下,觉得这件事没有完。

黄然总觉得不能冤枉戈文,过了一段时间,他想明白了,找到于管干,把怎么给戈文罐头的过程说了一遍。于管干问:"这个罐头怎么办?"黄然说:"给戈文吧!"于管干赞许地点点头说:"要吃就大方地吃,不要躲在被窝吃,那多不卫生呀! 被窝放屁把这么好的罐头都熏臭了。"黄然尴尬地笑了。

在农场不远处,有一座小镇,是沙井驿人民公社所在地。兰新公路穿街而过。小镇上,有小商店、银行、小饭馆、汽车修理厂,还有农贸集市。平常,街上没有什么人,一到集市的日子,周边各个大队的人们就会拥进这个小镇,熙熙攘攘,购买需要的东西。小镇的边上,有一个火车小站,有通往新疆的慢车,在这里停一分钟。一天就只有一趟列车停靠。在小镇西面,有一片小红枣林,小枣无核脆甜,非常好吃,是当地的特产。据说,下来的小红枣都让供销社收走了,市场上见不到。偶尔有社员想买点,那要碰到机会才能买到。

有一天,农场停电,浇不了地,就放假了。戈文早上起来,洗完了衣服,和几个同学去沙井驿。燎烟墩到沙井驿,顺着兰新公路走远,如果走小路,两公里不到,那要穿越一片沙漠。

戈文和同学们出了院门,汪雪斌用手捋了捋头发,对大家说:"我们走小路。"黎俊也跟着说:"走小路!"汪雪斌、黎俊在前面走,其他人随后走进了这片沙漠。

沙漠空旷,长了些低矮的芨芨草,在风中晃动,天空上飘着几朵白云。他们越过沙漠走进了小镇。今天是集市,街上到处都是人。他们随意地在街上闲逛。

突然，有人喊："闪开！闪开！闪开！"戈文回头一看，一匹受惊的马朝他奔来。他和同学们赶紧躲闪。一位解放军战士从商店里出来站在街的中间，那匹马停了下来，前蹄腾起，解放军战士趁机抓住了马的缰绳，那马使劲地挣脱。解放军战士死死地抓住缰绳往后拉，后面赶过来的人，也纷纷抓住了缰绳，那匹马被征服了。戈文看到这情景，非常敬佩这位解放军战士的勇气。这时，一群人围过来和这位解放军战士握手致谢。那位战士笑了笑走出了人群。

汪雪斌环顾了一下，说："咱们去吃饭？"有一位女同学的脸上露出为难的表情，说："还是回食堂吃吧。"她叫董茹，个子不高，身体较胖，与大部人形成鲜明的区别。另外几个同学说："不回了，就在街上吃吧！"董茹没再坚持。他们进了一家面馆，围着一张桌子，每人掏出两毛钱，要了一碗肉丝面。肉丝面真香呀！戈文不舍得吃面，尽喝汤了。喝完汤再去要。要了几次，饭馆的服务员不干了，说："你们竟只喝汤！"旁边桌子坐了三个年轻人，估计是知青。其中一个说："穷鬼！"戈文汪雪斌站起来，问那三个人："你说谁是穷鬼？"他们人多，那三个人不敢吱声了。戈文和同学们吃得饱饱的，撑着圆圆的肚子回农场了。

麦苗渐渐长高了，盖住了裸露的土地，田野就像波浪起伏的绿色海洋。戈文在绿色海洋中漂浮着，每天重复着一样的工作，拔草、锄地、浇水。这个重复不是简单的重复，是他开始认识社会的重复，这个重复，会让他一天一天地长大！

戈文扛着铁锹，穿梭在田野里。麦田散发着醉人的气味。呼吸、品尝、休息的时候，坐在山坡上看着蓝天、远处的沙漠、连绵起伏的祁连山，他又做起了梦，渴望着长大，扳着手指在算，十年以后，在哪里，在干什么；二十年在哪里，在干什么；三十年后、四十年后，他根本不知道，也不可能知道！思绪跨越了空间、跨越了时间！内心情感在不知不觉地启动。

忽然，有人喊："戈文！戈文！"他马上站了起来，应声答应。农场办公室的小秦跑过来，戈文迎了过去，问："什么事？"小秦上气不接下气地说，刚才来电话，你妈病了，让你赶快回去一趟。正好有一辆车回去，赶紧回！戈文心里咯噔一下，扛着铁锹朝驻地飞奔，冲进宿舍拿上黄书包就去上车。于管干叫住了他，安慰道："别着急！"戈文问："我妈怎么了？"于管干说："来电话,只说你妈病了！没说什么病！"顺手把一个包递到戈文的手里,说:"黄然跟我说,冤枉你了,把这个拿上！"

大卡车急速驶离农场。戈文心急如焚,站在车厢上,风吹乱了他黑油油的头发。

第四章

农场大院的中部,有一排简陋的土房,墙上抹着土和麦秸和成的泥,外面刷了一层白石灰。屋顶盖着麦草,麦草上铺上土和泥。这就是卫生所。卫生所建到中部,是为了方便农场家属们看病,距离都是同等的。原来这里是一片空地,自从家属们来了,才建起的。

张琴脸色焦黄,闭着眼睛躺在病床上,盖着白色的被子,身边围着四五个三四十岁的妇女。上午,张琴在杨庙滩的地里施粪,满满的粪车翻了,正好砸在小腿上,骨折了。戈武站在病床边,眼里含着泪水。

戈文下了车先朝家里跑去。门锁着,又跑到隔壁的夏娘家、宋娘家,也没人,就朝卫生所跑去。一到卫生所,戈武正好出来,见到戈文就哭了。戈文忙问:"怎么回事?"戈武说:"架子车翻了,把咱妈的腿压折了。"

戈文不顾一切地冲进病房,农场的领导、夏娘、荣娘、王娘都在,张琴用微弱的声音问:"你怎么回来了?"戈文回答:"是农场打电话了。"农场领导马上说:"是我们通知的。老戈又不在家,你身边得有人伺候。你儿子伺候你,算上班了,工资照发。"张琴说:"谢谢!"农场领导和夏娘等人说了几句安慰话走了。

屋里剩下戈文、戈武、小弟围着病床。张琴嘴唇干干的,有气无力地说:"倒杯水!"戈文倒好水,张琴用力坐起来,靠在床头,喝了一口水说:"你是老大,这几天你要照顾好三个弟弟,晚上早点睡觉不要淘气……"戈文默默听着,难受地点点头。戈全站在旁边,用稚嫩的小手抚摸着张琴打上石膏的左腿,问:"妈妈疼吗? 妈妈疼吗?"张琴伸手摸了摸他的头说:"不疼!"又转头对戈文说:"你回去做点饭,熬点小米粥,带点咸菜!"

戈文带两个弟弟回家了。进了门,他就开始找东西做饭。家里有些玉米面、一棵白菜、一缸腌酸菜、一缸腌萝卜块儿。还有小半瓶菜籽清油、一小袋小米、一小半袋白面。看着这一切,戈文心酸了起来,母亲多么不容易呀!戈文呀,你都十六岁了,家里的事不能让母亲一个人扛着。有人敲门,李婶端着盘子说:"我拿来了几块玉米发糕。"接着又说:"还有块面引子,今晚你就可以把玉米面发上，明天就可以蒸了。有啥事，你就说，你妈病了，你要带好三个弟弟。"戈文送走了李婶，回厨房从缸里捞了几块咸菜。又有人敲门了，开门，小芬端了一盘炒白菜说："我妈让我送的。"戈文说："不要！"她往桌子上一放，一句没说就走了。戈文感激邻居们，发糕有了，菜也有了，熬小米粥就行了。他淘完小米，往锅里放进了水，倒进了小米，把炉子捅开。炉膛是用湿煤压的，用的时候再捅开！弄好后，戈文和三个弟弟围着桌子吃开了，屋里很静。

天黑了。屋顶上洒下微弱的灯光，张琴的脸黄黄的，眼角流出泪水。要是丈夫在就好了，心里不禁产生了怨气。然而，这个气只能自己生，丈夫又不在跟前，怎么生气丈夫也不会知道。看着黑黑的窗外，戈文怎么还不来，张琴有点着急了，不时看向病房的门。病房里就她一个人，其他两张床是空的。

戈文，一个十六岁的孩子，就这样开始承担家里的责任了，但怎么去承担，怎么带好三个弟弟，怎么去照顾母亲，他心里一点底都没有。没有底，也要去做，还要做好，不能让母亲担心。他觉得自己成长了，像一个男子汉了。戈文突然想起，锅里还熬着小米粥呢，进了厨房，掀开锅盖一看，粥都糊了，想重熬，一想不行，母亲还等着他送粥呢，他赶紧又往锅里添了一些水。粥好后，戈文将带有糊味的粥倒进饭盒，带着三个弟弟出门了。

进了病房，母亲睡着了。他们围着病床坐下，戈文母亲的脸上有了细细的皱纹了，头发也有了几丝白发，憔悴的脸上透着疲倦。母亲才三十六岁呀，看上去都有四十多岁了。

张琴醒了，戈文把粥递给母亲，在饭盒盖上放了几块咸萝卜干。张琴端起饭盒喝粥，皱了一下眉头，很平静地问："粥熬糊了？"在路上，戈文在想，母亲会不会骂他呀！平常，他做错了事，母亲都要骂的，甚至还揍他。母亲喝完粥，什么话都没说，而是教他怎么熬粥，怎么做饭！他听着，记在心里。母亲病了，还吃不上好一点的饭，自己还把粥熬糊了，觉得自己特别没用！戈文把李婶、夏娘给送饭的事跟母亲说了。张琴点点头说："时间不早了，你们回去吧！"戈文说："我留下！"母亲说："不用！卫生所有值班的！再说，明天，老二、老三还要上学呢！"戈文这才领着三个弟弟回家了。进了家门，环视这个熟悉的家，母亲在家的时候，他每天进门就是要饭吃，不管别的，吃完饭不做作业，就和弟弟们玩耍或去邻居家串门。今后一段时间，就由他当家了。他在问自己，我能当好这个家吗？看母亲喝粥的样子，他心里很难受。

戈文进了厨房,从水缸里舀出水倒进铁皮壶里,放到炉子上。他看三个弟弟进了屋,便拿起扫帚开始扫地,扫完地又拿起抹布擦家具。母亲的屋里有一张双人床,床是两块木板拼出来的,还有两个木箱,一个立柜,一张桌子,一台电子管收音机,一个马蹄表,一架缝纫机,几个方凳,一个长条凳。这就是他们六口之家的全部家当。他们四个住的屋,有一个火炕,其他什么也没有。客厅和里屋隔着一道火墙,墙下是砖砌的炉子。火墙、火炕的供热都靠这个炉子。厨房有一个铁炉子,平常做饭用。冬天,屋里不热,母亲就把两个炉子都点着。夏天,客厅的炉子就不点火了。

戈文收拾完,水也热了,叫弟弟们洗脸,但没人吭声,进屋一看都睡着了。他进了厨房,把玉米面掏出来,又掏一点白面,倒进水把两种面放在一起开始和面,然后再放入面引子,弄好以后,洗了洗上床了。

他刚躺下,怕明早误事,就又起来拿上马蹄表,上了闹铃放在床边。这些都干完了,戈文不知怎么鼻子酸了。

窗外的月光铺洒进来,惆怅的情绪在他的身上蔓延了,想起了父亲在外面的辛苦、母亲在家的艰难。

夜深人静,戈文的父亲戈春,正在简陋的工棚里趴在桌子上给妻子写信。他高高的个子,四十岁左右,脸上有了深深的皱纹。年轻的妻子,虎头虎脑的四个孩子,家里的一切都涌进了戈春的脑海里。来大西北十几年了,有了四个孩子,这里已成了他的第二个故乡。

戈春离开了黑土地,一直没有回去过,对年迈老母的惦念只能放在心里。他排行老六,一个人来到了大西北。有时,他会坐在沙丘上,望着东北家乡的方向,望着妻子住的地方想念。他从一个贫苦家里长大,对今天的一切,他是满足的,他就一个心眼,那就是好好工作,别无他求,忍受寂寞,忍受痛苦。

戈文想父亲,张琴想丈夫,身处各方,互相思念。这个思念是快乐的、幸福的,也是痛苦的。思念揪着心,揪着情,期盼团聚的那一天。

第二天早晨,闹铃一响,戈文就起来蒸发糕。做完后,他叫弟弟们起床。叫了几遍,他们才起来。戈武和戈双一看时间,来不及了,背起书包,顺手拿了一块发糕往嘴里一塞。只听哎呀一声,戈武将发糕吐了出来,说:"怎么这么苦呀?"戈文尝了一口也吐了。碱多了,这可怎么办? 他也急了。戈武说:"就这样吧!"说完就和戈双转身跑走了。戈文心想:"母亲吃什么呀?"没有别的办法,只能把发糕弄碎,再加上一些面,又添了一些水重新蒸。

戈文尝了一口新蒸的发糕,没那么苦了,他又往饭盒里倒上小米粥,带上发糕、咸菜,领着戈全去了卫生所。在门口,护士阿姨问:"你怎么才来?你妈让我去找你呢!"戈文微笑,没有吭声进了病房。张琴问:"怎么才来?"戈文把蒸发糕的事说了。张琴没说什么,而是告诉他如何蒸。接着问:"你这罐头怎么回事?昨天人多,我不好问你!"戈文把来龙去脉说了一遍。张琴沉默了一会儿说:"你把罐头拿回去,还给人家!不能无缘无故地拿人家的东西!"戈文又解释了一下,张琴还是不同意。他怕惹母亲生气,就一声不吭地拿上碗去水房了。戈文想不明白,母亲为什么要这样,又不是我偷的,是人家给的,于管干也说了,让我拿回来。

戈文回到病房,张琴看出儿子不高兴的样子,语重心长地说:"人家晚上吃罐头是人家的事,你掀人家的被子干吗?人家怕你说出去,才给你罐头的。你这样做不好!"戈文听着似乎明白了!觉得好像是自己错了。他没有承认错,而是说:"行!我带回去!"母亲脸上露出了微笑。护士进来输液,母亲说:"你先回去吧!中午再来。"戈文和戈全出了卫生所。

张琴伸出胳膊,护士帮着撸了撸袖子,说:"你这个胳膊好扎,怎么这么瘦呀!"她自嘲说:"瘦点好。"输上液,拿出丈夫寄来的信,信上没有说什么,只是问她好吗,孩子好吗,又讲了工作的情况。张琴手里拿着信,眼睛转到了窗外。

戈文带戈全回到家,见门口的树上落着几只麻雀,便拿起石头打。戈全仰着头,说:"哥哥!这样打不着,得拿弹弓打!"

太阳升起来了,阳光铺洒在农场的各个角落。树荫下的栋栋平房,平静、祥和。栋与栋之间的空地上,晾晒的衣服随风飘动。一群麻雀飞来,落在了树上,戈全在叫:"哥哥!这儿有!"戈文举起弹弓,朝麻雀射出,打中了一只,麻雀翻滚掉在地上。戈全拍手兴奋跳着,叫道:"打中了!"戈文将打中的五六只麻雀递给戈全说:"戈全,你先拎回家,我去弄些土。"

他挖完土和成泥,拔完麻雀毛,把麻雀裹了起来,放进炉膛里烤。接着,他又拿起扁担,拎上水桶去了水房。水房人多,他站在队的后面,一个名叫赵小宝的同学加塞,戈文不让,一来二去俩人打了起来。由于赵小宝个子比戈文高,身体也比他壮实,戈文就被赵小宝压在了地上。戈文趁其不备,咬住了赵小宝的耳朵,赵小宝一疼,松了手,戈文翻身起来,拿上扁担拎上水桶跑回了家,关上门。赵小宝追到门口又骂又跳,戈文从门缝看着外面,心里有些害怕。戈全说:"用板凳顶住门。"

赵小宝被他母亲叫走了,戈文这才敢出门打水。当他挑水回来后,发现戈全正坐在炉前哭。戈文放下水桶问:"怎么回事?"戈全把屁股撅了起来,一块黑炭粘在了屁股上。戈文用炉钳子把炭弄掉。戈全裤子上烧了个洞，铜钱一样大。戈文生气地说："你怎么回事？"戈全抽泣着说："我看麻雀烧好了没有。"戈文翻找消炎的药，找了半天也没有找到，只好用炉灰涂了涂。小弟一直哭，喊屁股疼。戈文心情坏极了，刚跟人打过架，弟弟屁股又被烫，饭还没做。两个弟弟放学回来，进门就嚷着要吃饭。他照顾弟弟们吃完饭，就去给母亲送饭。戈全一见母亲，就转过身，撅起屁股，说："妈妈你看！"母亲用手一摸，火冒三丈地问："这到底怎么回事？让你看个家，看成这样？"戈文没办法回答！母亲说："戈文，你说！"他把事情经过说了一遍，母亲不吱声了。戈全又告状了："哥哥跟人打架！"母亲说："你能不能让我省点心呀！你怎么这么不懂事呀！你气死我了！"见母亲激动的样子，戈文又不能去辩解，只能默默站在那里。能说什么呢？都是自己的错。母亲气得饭都没吃，两个弟弟一看这架势就跑了。戈文心里那个难受呀。屋里静静的，戈文小声嘟囔："妈！你吃饭吧？"母亲扭过头，掉下了眼泪。待了一会儿，张琴平静地说："你带老四涂点药，别感染了。"

张琴目送戈文出了门，身上的痛苦是可以忍受的，心里的孤寂和痛苦是难以忍受的。儿子才十六岁，就要承担这么大的责任，她为自己刚才发的脾气感到后悔。丈夫远离，儿子幼小，她操心，烦心，戈全的屁股烫了，戈文又跟人家打架……想到这些，她便无心吃饭，眼含泪水望着窗外。

戈文给戈全涂上了消炎药，回到病房，母亲已躺下，桌子上放着半碗粥，咸菜也没有吃完。戈文叫道："妈！你把粥喝完！"说完端起了碗，张琴睁开眼睛无力地说："你先放下，一会儿喝。"戈文看着母亲难受的样子，真想抽自己！

张琴一天天好了起来，能拄拐下地了。医生说，可以回家养了。

张琴刚进家门，小宝的妈领着赵小宝就来了，张琴马上开口说："我刚从医院回来，想好一点去给你赔个不是。"小宝的妈看张琴拄着拐杖，也不好意思了，说："小孩子打架是经常的事！没啥事！但我要跟你说一声，这孩子得管，别闯出什么祸来。"张琴的脸唰得红了，不知道说啥了，扭头招呼小宝说："小宝！让戈婶看看！"小宝没有移动脚步。张琴看了看小宝的耳朵。戈文站在一旁心里骂小宝，就这么点事，还让你妈来。张琴看完，让他们坐！小宝的母亲说："不坐了，我们走了。"张琴送他们出了门，转身回来，脸色非常难看，什么也没有说，拄着拐杖进了里屋，戈文随后也跟了进去。张琴手扶床沿，戈文赶紧上去扶，张琴一甩手，说："你都让人家找上门来了。再怎么也不能打架呀！你要把人家的耳朵咬掉了，咱们拿什么赔呀！

你不得进局子(监狱)呀！再说，小宝以后怎么办呀?"张琴靠着床头，一声叹气，又说："你爸又不在，你是老大，我就指望你了。可你，让我一点都指望不上!"母亲的教训，让戈文无地自容，羞愧难当。可他又觉得冤枉委屈!不知怎么眼泪流了下来。这段时间发生的事，都是自己处理不当引起的，以后，要多忍让一些，多考虑周全一些，就不会发生这些事了。张琴见儿子掉了眼泪，没再说什么，躺下闭上了眼睛。戈文出了屋，把院子里的东西归置好，随后便拿上铲子去大院里给兔子挖野草了。

太阳慢慢朝西斜了。他挖完草回家，准备做饭。一进门，张琴弯着身，一只手扶拐，一只手摸着小弟的屁股，他马上过去说："妈！我来!"母亲直起身说："你要经常给他擦擦紫药水，不能沾水，多看着他！不能感染了。"小弟撅着屁股叫："疼！疼!"戈文把紫药水抹完，又找了一块布，把屁股包了起来。问母亲："做什么饭?"张琴说："你把面放到盆子里，我告诉你，放多少碱，放多少水。"戈文取面放进面盆，把面和好以后，又开始炒菜。母亲告诉他，油要少放，有几滴就行，家里油少，得要坚持一个月。又告诉他要放多少盐，炒多长时间。张琴就这样手把手教戈文。晚上，在昏暗的灯光下，一家人围着掉了漆的方桌吃饭。戈双说："今天哥哥做的饭好吃!"听了戈双的话，全家人的脸上都露出了笑容，一扫这段时间母亲不在家的沉闷气氛。戈文心里又甜了起来，忘记了刚才母亲的训斥，情不自禁地说："妈！还是你在家好!"三个弟弟也高兴地附和。张琴看着几个孩子，摸着小儿子的头微笑不语。这种欢快气氛是母亲带来的，是母亲给的。戈文在心里暗暗下着决心，要好好干，好好听话，让母亲永远微笑!

有人敲门，戈全去开门，荣娘、夏娘、王娘、温娘、尚娘领着一群孩子来了。张琴扶着拐杖站了起来，热闹的气氛充满了房间。大人们在说话，小孩们在屋里乱跑，捉迷藏。生活充满着阳光！戈文站在一旁，荣娘说："你家老头真是的，你病成这样也不回来看看你!"张琴解释说："他爸来信了，说工作太忙走不开!"王娘说："这帮老爷们都这样，工作起来，啥都不顾了。君他爹也一样，就苦了咱们这些人啦!"她们齐声说："可不是吗！好像我们欠他们似的。给他们生孩子、拉扯着孩子，一年才回来一趟，什么忙都帮不上。"虽然她们东拉西扯，但脸上还是露出了笑容！年轻母亲们，每到夜晚就会聚在一起诉说着各家的事！诉说着对老公的思念，诉说着孩子们教育的事。虽然她们没有什么文化，但她们有一颗金子般的、透明的、勤俭持家的、善良正直的心。

一个月后，张琴的腿好了许多，可以扶着墙走路了。家里又恢复了常态。戈文回农场的前一天晚上，准备东西，那瓶罐头找不到了。他记得，从卫生所拿回来了，放到外屋橱柜里了。张琴问："你找什么？"他说："罐头。"张琴问："你放哪儿了？"他说："外屋的橱柜里了。"张琴对着躺在床上的弟弟们大声喊："你们三个起来。"三个弟弟起来站成了一排。张琴问："罐头呢？"沉默！张琴又喊了一声："罐头呢？"小弟说："戈双给吃了！"戈双说："你也吃了！"张琴拿起笤帚打戈双！他没有躲闪。张琴更火了，叫道："戈文、戈武把他的裤子脱了。"戈文劝道："妈！你病刚好！不要生气！"张琴把笤帚一扔，生气地说："你这孩子怎么能这样呢？怎么不学好呢？长大了怎么办？别人的东西能拿吗？"戈双低头不语。接着，张琴又叫道："你说，你还敢不敢了？"戈双低声说："不敢了！妈！我错了！"张琴的声音低了些说："再穷也不能拿人家东西！知道不！"戈双说："知道了！"张琴从兜里掏出两块钱给戈文，说："明天买一瓶还给人家！"戈文接过两块钱。张琴一声不语，丈夫不在跟前，孩子的管教都落在了她的身上，孩子的品性出了问题，怎么向丈夫交代呀！

第二天早晨，戈文起来，张琴在厨房里做饭，一只手扶墙，一只手在捞锅里浮起的沸沫。戈文站在厨房门口，鼻子酸了，内心掀起了波涛。母亲就是波涛上的船，载着他们在波涛上航行！不论多大的风浪、多大的风雨、只要母亲在，就有停靠的港湾！张琴回头，说："你怎么还不收拾！饭马上就好了。"戈文吃完早饭，背上书包出门了。张琴又交代他，别忘了买罐头还给人家，戈文边跑边说："知道啦。"他跑了几步回头一望，母亲还站在门口。儿子走了，屋里空荡了，张琴的心揪了起来。儿子还小，这么早就要去劳动。同时，她也感到儿子渐渐长大了，可以替她分担忧愁了，脸上不由露出了欣慰的微笑。

第五章

春天接近尾声,炎热的夏天就要到了。路两旁的白杨树矗立着,绿绿的树枝交织在一起,像搭了个凉棚。车到了农场,戈文收拾完,扛着铁锨走进了田野。麦穗开始灌浆了,他摘了一棵麦穗,揉了揉,麦粒流出乳白色液体,放在鼻子上闻了闻,又用舌头舔了舔,有点淡淡的香甜味。微风吹拂,麦穗晃动。戈文置身于绿色的海洋之中。

一连几天,戈文没有见到她,她干什么去了?去了哪里?这么长时间了,无名的烦恼不由得从戈文心里泛了起来。在家的这段日子,她的身影经常随着夜深人静,不时地飘进脑海!

有一天出工,一个头戴草帽的人走近戈文叫道:"你是戈文吧?我昨天刚从西线(低窝铺,戈文父亲工作的地方)来。临走时,碰见了你爸,他让我来看你。听你爸说,你妈病了,好了没有?"戈文激动地马上问:"我妈好多了。我爸好吗?"那人说:"我叫黄新,你爸很好!对了,你爸让我捎来一些东西。晚上给你!"

晚上,戈文趴在床上看《世界地图册》,等黄新的到来。葛林问:"戈文,你妈的病好一些了吗?"戈文抬起头回答:"好多了。"突然想起了托人买好的罐头,见黄然的床空了,便用手指着空床问:"葛叔,黄师傅呢?"他回答:"走了!"戈文问:"还来吗?"他回答:"不清楚!估计不来了。"你找他有事吗?"戈文停顿了一下回答:"没啥事!"葛林起身走到门口,看到黄新,吃惊地问:"老黄,你怎么来的?"黄新回答:"我昨天到的。"葛林问:"怎么没见你呀?"老黄回答:"去临泽县办点事!中午才过来。对了!戈文在吗?"葛林说:"在!"戈文马上站了起来,说:"黄叔叔,你坐!"他坐下后,从发白的蓝布衣服的兜里,掏出一个笛子和信封,交代说:"信封装了五十斤粮票,可别弄丢了!是你爸省吃俭用攒下的。你爸特意告诉我,要你一定交给你妈!"戈文点点头,他又说:"过两天我回西线,你有什么给你爸带的?"戈文想了想说:"你就带一句话,谢谢爸爸!"黄新摸了摸戈文的头,夸奖道:"这孩子挺懂事的。"葛林在旁边微笑。黄新是来出差的,顺便到农场来看看情况。黄新说:"今年的麦子长势不错,肯定是丰收年了。"他和葛林边说话边出了门。

　　圆圆的月亮挂在空中,洒下银白色的光。戈文拿着笛子出门了,抬头遥望天空,找了个僻静的地方吹了起来。笛声划破了寂静的夜空。今年春节,父亲回来,他向父亲要的笛子。母亲不让买,说,花那钱干吗!父亲没有吭声。没想到,过了这么久,爸爸让人捎来了笛子。

　　远处传来了叽叽喳喳的声音,几个同学过来了。汪雪斌喊道:"你怎么一个人在这儿?"戈文站了起来,说:"我爸刚捎来的笛子,不会吹。"汪雪斌说:"给我看看。"他接过笛子,放在嘴唇吹了两口,一曲欢快热情的《扬鞭催马运粮忙》笛声响了起来,飘向很远。戈文傻了,汪雪斌吹得这么好!同学们拍手称好!戈文忙说:"以后,我跟你学笛子吧?"汪雪斌说:"没问题!"他又吹了几首。戈文在人群中寻找心中的那位女同学!她去哪里了?心里不由得有些失望。同学们受到汪雪斌笛声的感染,在黎俊的领唱下,唱起了电影《青松岭》中的插曲《沿着社会主义大道奔向前方》:

　　　　长鞭哎那个一呀甩吔

　　　　叭叭地响哎

　　　　哎咳依呀

　　　　赶起那个大车出了庄哎哎咳哟

　　　　……

　　唱完这首歌,男女同学又合唱,电影《英雄儿女》中的插曲《英雄赞歌》:

　　　　风烟滚滚唱英雄

　　　　四面青山侧耳听侧耳听

　　　　晴天响雷敲金鼓

　　　　大海扬波作和声

　　　　人民战士驱虎豹

　　　　舍生忘死保和平

　　　　为什么战旗美如画

　　　　英雄的鲜血染红了它

　　　　为什么大地春常在

　　　　英雄的生命开鲜花

　　　　………

　　天上的月亮像舞台上的灯光,朦胧的小树林像忠实的观众。人们欢快地嬉闹着,忘记了疲劳,久久不愿离去。夜深了,大家才哼着歌回去。

宿舍里,昏暗的灯下,有的人看书,有的人打呼噜,有的人缝补衣服。戈文脱下衣服上了床。白天的劳动是辛苦的,是可以忍受的。一到夜晚,寂寞袭来,没有娱乐,没有书看,他常常会走出宿舍,坐在沙丘上,看看月亮,看看星星,看看静静的戈壁滩。戈文内心的那个冲动,无法释放。

不远处,有一个被黄沙吞噬的黑水国。戈文来农场以后,就想去看看,想知道更多的东西。

农场和黑水国之间,有一片沙漠,凌乱的小草在沙丘中晃动。据课本上讲,这种草叫骆驼刺,属豆科,落叶灌木,是一种矮矮的地表植物,主要分布在内陆干旱地区。骆驼刺是骆驼的牧草,所以又称骆驼草。

月光洒进来,戈文睡不着,心中的那位女同学叫姚琴,他惦记,班里的许多男同学也在惦记。她大眼睛,双眼皮,白皙的脸上有两个酒窝,一笑一口洁白的牙,内敛柔美,匀称苗条,会跳舞,会唱歌,在学校的时候,戈文最爱看她跳舞了。寂静的夜晚陪着他,勾起了戈文美丽的梦想。

在农场大院的一栋房子里,昏暗的灯光下,姚琴低着头,一声不吭。母亲在旁边抹着眼泪。屋里很静。母亲停住哭声,说:"明天,我们就走了。你也早点睡吧!"姚琴脸上挂着泪珠。她不知道,这到底是怎么回事,母亲为啥要带她回老家,而弟弟妹妹却留在父亲身边。在她小的时候,父亲和母亲吵架,她以为是因为她,便小心翼翼的。然而,她怎么做都挡不住父母的吵闹,后来她明白了,不是她的原因。从此以后,她就不愿回家,每次都在同学家待到很晚,所以常常挨母亲的骂。她一直想离开家,终于熬到初中毕业,可以离开了,但她做梦也没想到,母亲来信让她一起回老家。她不想走,可她说不出来。父母离婚了。她不忍心让母亲一个人回去,就离开了农场,离开了同学,家里的变故,她无法跟同学们讲,只能悄悄地离开。

星期天,天蒙蒙亮,戈文和十几个男女同学带上干粮和水壶朝黑水国出发了。空旷的地带,沙漠上的芨芨草晃动着。在沙漠里行走,速度非常慢,脚使不上劲,特别消耗体力。男同学渐渐就把女同学甩到后面了。翻越沙丘,骆驼刺扎人,手臂划出道道浅浅的血印来。初夏的太阳那么热,空旷地带没有一棵树。女同学们和男同学们距离越拉越远。戈文站在沙丘上回头望,女同学们一个拉着一个艰难地走着。汪雪斌站在沙丘上,环顾了一下说:"我们休息一下,等等她们。"

戈文顺着沙丘的坡度躺下来,把背包放在脸上,遮挡刺眼的阳光。温暖的沙子贴着皮肤,舒服极了,手抓起细细的沙子,从手缝飘洒。他又想起了姚琴,心里在问,她去哪里了? 怎么没人提起她? 她的消息一点都没有。有时,他也想,这不是自寻烦恼吗? 想她干什么? 她跟我一点关系都没有。有多少次,都暗自下定决心不再去想她。可没过几天,姚琴又跳进了脑海里,这种朦胧的感觉不能自控。

站台上,一列绿皮火车停在两根亮晶晶的钢轨上。车厢门口,姚琴的母亲提着行李上车了,姚琴迟迟不上车,回头望着生活了六年的地方。她不知道自己离开这里会不会再回来,会不会再见到同学,会不会再见到父亲和弟弟妹妹们。她眼里含着泪水,依依不舍地上了车,趴在车窗上朝外面望去。

戈文不知道,心仪的姚琴离开了,他还在做着梦,还在寻找! 一阵叽叽喳喳的声音传过来,女同学赶上来了。戈文抬起头看了看,一位女同学叫道:"哎呀妈呀,累死了。"他从沙丘上站了起来。几位女同学一屁股坐在沙丘上。有一位女同学问:"还有多远呀? 累死了!"汪雪斌像总指挥一样,站在沙丘上说:"休息一会儿,继续前进! 不远啦!"他说完走下沙丘,走到女同学中间,说:"把你们身上的包给我们。"男同学们也都上前帮女同学背包。女同学们齐声说:"不用! 不用!"汪雪斌说:"什么不用!"他抢了一位漂亮女同学的包背上了。戈文也抢了一位女同学的包! 这位女同学住在他家后面的平房,互相都认识,很少说话。她是另外一个班的,叫吴小兰。个子不高,皮肤白皙,说话声音细声细语。戈文把包往后背上一甩,说:"走!"

黑水国进入了视线。同学们喊:"到了! 到了!"残墙断壁下面,矗立着一块石碑,上面黑底白字,用楷体刻着三个字:黑水国。落款:陇原省人民政府立。戈文站在石碑前,环顾四周。有几个同学朝黑水国的围墙走去,沙子堆到围墙上。戈文望着黑水国,怎么也想象不出,这里曾是一个国家呀! 他顺着沙坡上去了,站在两米宽的土围墙上,目测了一下,这座城是长方形,长约两公里,宽约一公里,孤零零地建在沙漠上。向远处望去,北面,合黎山、龙首山清晰而见;南面,是连绵不断的祁连山。不远处,有一条河曲折地从南向北流去。这条河,就是黑水国乃至河西走廊的母亲河——黑河。

整个城空荡荡的,都是埋没的残壁。地上的条石隐隐约约可见,他站在城中间,仰望天空,这里曾经一定是个繁华的地方,仿佛能看到街上熙熙攘攘的人,仿佛能听到远处飘来的驼铃声。他来到这个世界才短短十六年,不清楚岁月的长河堆积出的历史厚重,不可能想到消亡,也不可能知道消亡。在他的心灵中,只有怀揣展望未来的梦想。

戈文和同学们从黑水国出来,直接奔下一个目标——黑河。河两岸长满了绿绿的青草。清澈的河水中,鱼儿在游动。在河的曲折处,矗立着几棵胡杨树,绿叶在风中飘荡。据课本讲,胡杨是落叶中型天然乔木,直径可达一米五,木质纤细柔软,树叶阔大清香。耐旱耐涝,生命顽强,是自然界稀有的树种之一。胡杨树龄可达两百年,树干通直,高十到十五米,稀灌木状。树叶奇特,因生长在极旱荒漠区,为适应干旱环境,生长在幼树嫩枝上的叶片狭长如柳,大树老枝条上的叶却圆润如杨。胡杨树是顽强的植物,无论多么恶劣的自然环境,一到秋天,都能绽放出绚丽的金黄色。

天越来越热,走到黑河边,汗水顺着戈文的脸一滴一滴掉进沙子里。汪雪斌擦了一下脸,看了看黑河水,环顾四周大声问:"我们下河游泳,怎么样?"男同学应道:"没问题。"女同学一听,转过身朝别的地方走去。

戈文两脚一沾河水,冰凉穿透全身,脚又缩了回来。突然"扑通"一声,汪雪斌跳进河里,他喊道:"快下来,下来就好了!"戈文眼睛一闭也跳了进去,打了个哆嗦。他不太会游泳,只会"狗刨"。游了一会儿,大喘气上了岸。黎俊也爬上来,手指高坡,说:"我们上那边去,从高坡上往下跳,那才刺激!"他说完拎上鞋,抱着衣服朝高坡走去。戈文和同学们跟上。有一位女同学喊:"那里危险!"他们装着没有听见,继续朝前走,高坡离河面有两三米高,站在高坡上,往下看了看,放下衣服,就一个一个往下跳,然后游上岸又跳。戈文跳了下去,不小心,石头刮破了脚,鲜血直流。他爬上岸,用沙土糊上,血又渗了出来。同学们都围了过来,恰好一位同学有一布条,就取下把他的脚包住了。戈文不能游泳了,坐在高坡上,看着同学们游泳。蓝蓝的天空,清清的河水,一望无边的沙漠。黑河像一条玉带从远处飘来,景色美极了,他陶醉了。直到肚子饿了,他才叫同学们上来吃饭。大家喝着黑河水,就着咸菜,吃着发糕。这时,突然起风了,远处的乌云滚滚而来。

风来得快,乌云也来得快,遮住了太阳,天昏暗了,狂风夹着沙石扑过来,四周什么也看不见了。戈文紧紧地趴在地上,两眼闭着,沙尘呛得他喘不上气来。不知过了多久,风暴过去了。同学们个个都成了土人,灰头灰脸地回农场了。

从黑水国回来后,戈文觉得男女同学之间发生了微妙的变化,变化在哪儿,又说不出来。不过,他确实感到这个变化隐隐约约存在着。过去没事,同学经常聚聚,现在聚的次数越来越少了。这段时间,戈文一直没见到姚琴,像丢了魂一样,总感到自己的生活缺少了一点儿什么。戈文时常想,姚琴可以不理我,只要每天能出现就行,心里就不空了。他想问同学,又不敢问,默默承受,等待姚琴的出现。晚上,戈文看看书,看看《世界地图册》。

有一天晚上,戈文脚疼,从床上爬起来,对张权说:"张师傅,有药水吗?"张权说:"有!"顺手拿出小药箱,说:"我来给你擦擦!"戈文把脚抬起来,张权帮他一点一点地擦,然后又用纱布包好! 张权既是一个劳动改造者又是一个兼职的农场卫生员。自从上一次,戈文被狗咬,张权给他治好后,他就觉得张权是一个好人,是一个医术高明的人。

于管干进来,眼睛扫了一下,问:"戈文,黎俊呢?"戈文回答:"不知道!"于管干自言自语地说:"这小子跑哪儿去了?"葛林说:"是不是跑到别的屋里了?"于管干说:"我刚才到各个屋里转了一圈,没见他人。汪雪斌不在,张宝也不在,汪智也不在。这些人都跑哪儿去了?"他说完,对着戈文说:"你去找找黎俊!"

西北的天气温差大,白天和晚上差几度。戈文站在院子里,不知去哪个方向找。想了想,先去树林找吧。夜幕笼罩,一切朦胧。走着走着,发现前面有两个身影。一阵风,吹得树叶哗哗响。戈文抬头看了看树,等眼光落下来,前面只有一个身影了,喊了一声:"谁呀?"黎俊走近问:"你深更半夜跑这儿干什么来了?"戈文回答:"管干让我找你!"黎俊又问:"找我干什么?"戈文说:"不知道!"接着又问:"刚才我看见两个人,怎么剩下你一个人了?"黎俊说:"你眼睛花了吧,就我一个人。"戈文想,明明是两人,他怎么说是一个人呢? 两人往回走。黎俊问:"你听说没,姚琴她爸和她妈离婚了。姚琴被她妈带走,回到乡下了。"戈文一听,心里一下子空了,一句话都没有问。因为他不知道问什么。姚琴是他心里刚萌生的爱情之苗,是他的向往,是爱情的目标,这个目标这么快就消失了。

黎俊去找于管干,戈文回了宿舍,躺在床上想着姚琴。做了许多的假设,假设姚琴回到农村受不了苦会回来吗? 如果不回来怎么办? 她注意过我吗,或根本没有注意过我? 如果从此以后,姚琴不再出现呢? 这一切的一切都是戈文自己想的,姚琴的一切,他什么都不知道! 戈文跟姚琴连一句完整的话都没有说过。屋外的风刮着,尘土从门缝进来,弥漫了起来。戈文往上拉了拉被子。

风越来越大,葛林起来了,对张权说:"这样不行! 得出去把窗户堵一堵。"张权说:"好!"戈文也跟着爬了起来。葛林见戈文起来,说:"你不要去了。"戈文说:"没事!"屋里的人都起来了,大家拿着铁锹、废弃的牛皮纸,分头把各个窗户糊好了。经过这么一折腾,大家的睡意也没了。王大胡子走过来,对葛林说:"老姚与他老婆离婚了。听说,她老婆跟城里一位科长好上了,让老姚抓了个现行。"葛林说:"没听过。不可能吧!"葛林又说:"这种事,可不能瞎说!"王大胡子一听这话,觉得没趣就走了。听了王大胡子的话，戈文心里一阵嘀咕，这是真的吗？姚琴的妈怎么会是这样的人呢？姚琴的妈戈文见过，在农场里，算是一个比较漂亮的女人。姚琴是家里的老大，有一个妹妹和一个弟弟，这就是她的全部信息。她给戈文留下了浅浅的痕迹，也留下了遗憾！戈文得知姚琴的去处后，感到轻松了，因为少了一个牵挂。虽然这样想，但是心中那个美好的东西受到污染，戈文还是不愿意的，有点讨厌王大胡子了。

早晨上工，戈文站在绿黄色的麦田里开始干活儿。太阳渐渐升高了，戈文抹了抹头上的汗。前面的坡下，有一小片小树林，他刚走到坡上，看见两个人面对面坐着，马上站起来分开走了。因为远，戈文没有看清是谁。蓝蓝的天空飞过一群大雁，远处的黑河从荒漠中流过，河岸的胡杨树随风飘展。戈文又想起了姚琴。这个思念是没有根的思念，然而，戈文心里始终放不下。时光在流逝，戈文的心飘向远方。姚琴！我什么时候能再见到你呀？

田野里的麦子黄了，再过一段时间就要进入收割阶段，劳动也马上由清闲变为繁忙了。戈文摸了摸身体，长高了，结实了，皮肤黑了。

金色的麦穗，像黄金铺满了大地。夜色降临的时候，戈文走进金色的麦田里面。在月光下，置于其中，吸着麦香，抚摸着麦穗，享受丰收的喜悦。同时，戈文也不知多少次想过，多少次在问自己，我会永远在这里吗？他不知道！三个月后，他就十六岁了，也可以参加工作了。比他大的同学，都开始陆续参加工作了。前一段时间，送他们走，戈文心里总有一种失落感，盼着自己什么时候能走。

黎俊、汪智、汪雪斌走的那天，同学们凑钱买了一瓶老白干酒，从食堂买了几个菜，来到小树林，围着一块石板，将酒和菜放在石板上。汪雪斌拿起酒瓶，用牙咬起瓶盖，开始喝酒。

农场职工子弟学校是教育体制改为七年制的第一批，把小学六年、初中三年改为小学五年、初中两年。小学五年级和六年级合为一个年级，通常把六年级叫大班，五年级叫小班。小班的同学，大部分都上高中，不上高中的没有几个人。戈文属于小班。

那天，在夜色下，黎俊喝了一口酒说："我们走了！以后可以挣钱了。"汪雪斌说："听说，厂子离家不远！"汪智说："听说厂子很苦。"汪雪斌说："再苦，那也是参加工作了。"戈文静静地听着他们聊天，想着自己的以后。大家边说话边喝酒，慢慢地喝多了。汪雪斌说："要离开了，真有点依依不舍"。黎俊趁着酒劲接过话，问："不舍谁呀！说实话，不舍谁呀？"汪智也跟着追问："不舍谁呀？"汪雪斌马上反击，问："你昨天还跟我说，也有点儿不舍呢？那你不舍谁呀？"黎俊看了看戈文说："我谁都可以舍！"黎俊的心里清楚，上次在树林里，戈文看见了。黎俊怕戈文说出来。汪雪斌说："你拉倒吧！昨天谁给谁送笔记本了。"黎俊的脸红了，辩解说："同学之间送个笔记本有啥！有人不也送你笔记本了吗？"戈文这才知道，男同学和女同学关系已经很深了。他们说着，戈文的思绪又飘到姚琴身上了。黎俊说："戈文！你想什么呢？你想谁了？"汪雪斌接过话说："他想吴小兰了！哈哈！"大笑了起来。戈文不知道他笑什么。他跟吴小兰扯不上，就帮她背过一次包。戈文说："瞎说什么呀！"虽然他们几个各揭各的短，但谁也没有说出是谁送的笔记本。汪智问了几遍，他俩都没说。

他们在月色下，畅谈着、嬉闹着、憧憬着美好的梦想，渐渐都喝醉了，倒在沙地上，仰望深邃的天空，想着遥远的未来。戈文还在想刚才汪雪斌说的话——吴小兰。他想不明白，怎么会把他和吴小兰扯上了，弄不好过几天就会传到吴小兰的耳朵里。

吴小兰正在地窝子里与女同学聊天。她与戈文同岁，发育得比较成熟，女人特征明显，胸脯丰满，臀部浑圆，走起路来很性感，从男同学身边走过，有的男同学就吹口哨。吴小兰不知道外面一群男生在喝酒，不知道把她和戈文扯在了一起。她心里清楚自己在有些男同学心中的位置，但她对戈文有着天然的好感。

黎俊、汪雪斌、汪智等人走了以后，农场显得冷清了许多。戈文下了工，大部分时间都在宿舍看书，不管什么书，凡是能找到的都看，没有书看的时候，就翻看那本蓝皮的《世界地图册》，过着无聊的业余生活。

有一天晚上，农场总部来放电影。戈文吃完饭，早早地拿上板凳去占地方。刚放好，吴小兰来了，把凳子放到他的旁边，问了一句："这里没人吧？"戈文说："没有！"她说："你替我看着，我还有点事，一会儿来。"戈文本想放好凳子就走，吴小兰这么一说，他不好意思走了，站在凳子旁边，看放映队的人挂银幕。张宝来了，指着吴小兰的凳子，问："这是谁的凳子？往旁边放放。"戈文说："这是吴小兰的。"张宝说："没事！"伸手要挪凳子。戈文制止说："不行！吴小兰让我看着。"张宝说："那你挪一挪。"戈文没理他，他过来就要拿凳子，戈文不让拿。俩人僵持了下来。吴小兰来了，二话没说，拎上凳子往后面走。张宝不抢了，也拎上凳子跟了过去。吴小兰又拎着凳子回来了。张宝拎着凳子，站着一动不动了。吴小兰把凳子放在戈文旁边，脸拉得好长。张宝在后面坐下了。

张宝，大鼻子高个子，背有点驼，有一双小眼睛，在学校异常调皮，学习不怎么样，就是爱找女同学，胆大，只要有女同学在，就拍手，吹口哨，做各种怪异的动作。张宝对吴小兰的追求不是一天两天了，戈文也有所耳闻。送汪雪斌几个人喝酒的那天，汪雪斌冒出的一句话，说戈文想吴小兰了。戈文当时想，那是汪雪斌酒喝多了瞎说的。可现在张宝看他的眼神，似乎在告诉他什么。

空地上，人渐渐多了起来，银幕挂在前方。月亮慢慢地升起了，人们的眼睛盯着白白的银幕，等待黑夜的降临。院子里坐满了人，电影开始放映了。《英雄儿女》这部片子，戈文看过几遍了，每次看都让他激动不已，热血沸腾。特别是主人公王成、王芳、王政委、张团长、小刘，都给他留下了很深的印象。觉得自己要像王成那样，当一个英雄。自己要生在那个年代就好了，也一定会成为王成。戈文有英雄的情怀。

吴小兰把凳子稍微往前挪，戈文不知为什么。一回头，他看到张宝的腿正在蹬吴小兰的凳子。吴小兰小声地对戈文说："咱俩换着坐。"换了座位，张宝不再蹬了。

电影演完了，大家散了。戈文走到宿舍门口，张宝手里拿着凳子喊："戈文，等一下，我找你有事！"戈文问："什么事？"张宝说："出去说。"戈文心想，是不是刚才因为他和吴小兰换座位的事，张宝来找碴儿？戈文说："明天再说吧！"张宝说："不行！必须今天跟你说。"戈文想了想，跟着张宝走了出去。

两人来到一个僻静的地方，张宝毫不掩饰地问："你是不是跟吴小兰好了？"他的大胆，让戈文惊讶！张宝怎么会问这个问题呢？从何谈起呀！戈文立即反驳说："你瞎说什么呀！怎么可能呢？"张宝说："上次去黑河，你不是还给她背包了吗？"他这个问话，让戈文哭笑不得，这是哪和哪呀！他的率直大胆，倒让戈文敬佩！张宝又问："你是不是对她有兴趣？"戈文干脆地回答："没有！"他说："那就好！好了！没事了！"两个人的谈话就这么快地结束了。戈文觉得张宝挺有意思的。

戈文进到宿舍，昏暗的灯光下，他看到黄然的铺上已经有人了。去看电影前，这张铺还是空的，他以为是黄然回来了，走近一看，是上次给捎笛子和粮票的黄叔叔。他问："黄叔叔，你怎么来了？"黄叔叔铺着床，低着头很冷淡地吐出一个字："噢！"然后不再说话了。戈文不知怎么回事，心想，黄叔叔怎么会这样呢？

戈文躺在床上还在想黄新的态度，上一次，他见到自己那么热情，今天却这么冷淡。他不明白大人的变化怎么这么快。戈文本想问，黄叔叔的态度让他把话咽了回去。不管怎么说,黄叔叔给他捎来笛子和粮票。

第二天早上,戈文吃完早饭,拿上镰刀,拎了一桶水,水里泡着磨刀石,找了个凉快的地方磨镰刀。黄叔叔来到跟前,蹲下来说:"戈文!昨天晚上人多,我不便跟你多说。这次我是来劳动改造的,怕连累你。我犯错误了,要不是你爸救我,我就得去劳改农场了。"戈文本想问他犯了什么错误,后一想,这话不是他该问的。戈文说:"没事!黄叔叔!"黄新站了起来又说:"就这样吧!抽空再详细说。"戈文不懂大人的事,他知道谁对他好,谁就是好人!他磨着镰刀在想,葛林、张权、黄新、黄然等,他们都是不错的人。他们犯了什么错误了?他们都干什么了?戈文不知道,大人的世界太复杂!同时也在问自己,我将来也会复杂吗?我也会一天天长大,要是这么复杂,就不想长大了。他磨着镰刀,想着不知道、不清楚的事。他用手试试磨得锋利的镰刀,又联想到,一把镰刀,一把铁锤放在一起,就是共产党的党徽!他不能准确地理解党徽,但有一点,他是知道的,共产党就是为了穷人的。每天早晨,广播里放的第一首歌,就是《东方红》;每天晚饭放的歌是《没有共产党就没有新中国》。爸爸家是穷人,他是穷人的后代!他想到了现在的穷,也想到了爸爸那时的穷,有着本质的区别!每当他看电影前面的加片《新闻简报》,出现毛主席的光辉形象时,他就激动,就兴奋,也随着人们一起喊:"毛主席万岁!"

他磨着镰刀,思绪飘动着。一不小心,手指被镰刀刮破了一个口子,鲜血流了出来。他用嘴吸了吸手指,回宿舍找块布包上了。

一转眼,休假的日子到了。

第六章

　　张琴的腿伤好了。大儿子今晚回来,她系着围裙在厨房忙活了起来,想做好点的饭,可家里又没有什么。她做着饭又想起了远在外地的丈夫。多少个夜深人静的晚上,孩子们上了床,月光铺洒进来,她心里有着无法诉说的酸楚。七八年来,丈夫不在身边,她习惯了这种生活,习惯了借着月光思念,这个思念是时间磨出来的,是岁月浸泡出来的。孩子们慢慢长大了,大儿子也可以自食其力了。儿子支撑她一步一步朝前走着。儿子是她的成果,是她的财富,是她的希望!

　　戈文迈进了家门,张琴从厨房出来。戈文放下书包,张琴慈爱地问:"回来了? 饭马上就好,你先洗洗。"三个弟弟都在家,高兴地围着戈文,给他拿脸盆、拿毛巾、搬凳子。他洗完脸,进了厨房,从书包里掏出粮票、笛子、罐头,说:"妈! 这是我爸捎来的粮票,这个笛子是我爸给买的。"弟弟们也跟着来,马上抢着要看。他又说:"人家走了,我就把罐头带回来了。"张琴接过罐头,说:"先放下吧,等人家来了再给人家。"戈文说:"人家可能不回来了。"张琴说:"等不回来再说。"戈文问:"妈! 腿还疼吗?"母亲回答:"不疼了! 就是走路有些不稳当。"张琴从信封取出粮票数了数,问:"你爸没写信? 谁捎来的?"戈文把事情的来龙去脉讲了一下。接着又说:"黄叔叔也到农场劳动来了。"张琴不认识黄新,拿着粮票进了里屋。粮票是非常珍贵的,没钱可以,没粮票是绝对不行的。粮票可以换到钱,钱是换不到粮票的。过了一会儿,张琴从屋里出来说:"你明天拿上粮票买五斤白面,给你们蒸馒头吃。"几个弟弟高兴地拍手称快。一家人围着木方桌吃饭了。方桌因长时间的使用,桌面滑滑的,亮亮的,都可以映出人影了。这张桌子,从戈文记事起,家里就有了。

　　晚上收拾完,儿子们睡觉了。张琴躺在床上又掏出丈夫寄来的粮票看,心里埋怨丈夫,怎么连封信都不写,就那么忙! 她又把粮票数了一遍,放在枕头底下,心里又担心起丈夫来了。丈夫在外吃不好,睡不好,牵挂让她无法入睡。月光洒在她的脸上,她用手擦了擦脸,翻了一下身闭上了眼睛。这个普通的家,一切都那么安静。然而,张琴的内心有一团火,有思念,有一种表达不出的寂寞。

窗外,整个农场大院都进入了梦乡。昏暗的灯光守卫着这个静静的大院。空寂的大院,在夜晚,让人感到特别的冷,而这个冷是缺少男人的气息。每栋平房里,不知道有多少思念的泪水,思念的寂寞,思念的怨恨。即使这样,每当太阳升起,这个大院还是热闹起来,为了生活,为了孩子,为了家庭,女人们扛起工具上工了,欢笑又在她们的脸上飘了出来。

戈文早上起来,吃完饭,太阳升起老高了。大院里,女人出来晒被子的,站在门口唠家常的,喊叫孩子的……声音在大院上空时起时伏。戈文拿上母亲给的粮票和钱,带着弟弟们去粮站买面了。

粮站坐落在农场大门的东侧。粮站里排起了长队。戈文在后面排队,弟弟们在外面玩。

吴小兰来了,站在戈文的后面,问:"你来买粮?"戈文回头问:"你也来了?"吴小兰点点说:"我爸寄粮票来了。"戈文说:"我爸也寄粮票了。"她又说:"上次看电影,谢谢你!"戈文不知怎么回答她了。她离戈文很近,女孩子的那种味道,让戈文有点心跳。她又悄悄地对戈文说:"张宝这个人特讨厌,他老找我。"戈文没有吱声。她继续说:"那天看完电影散了,他找你说什么没有?"戈文紧张了,怎么回答呀!万一哪一天,张宝把他说的话传给吴小兰,怎么办?说真话,又没有这个胆量。吴小兰见戈文没有吭声,也没有再追问。张宝看到戈文,脸色马上就变了,没有和戈文打招呼,走到了吴小兰身边,问:"你也来买粮?一会儿我帮你拿!"吴小兰没回话。戈文觉得很不自在。幸好到他买粮了,买完粮,他领着弟弟们快步走了。

张宝说:"一会儿我帮你拿粮。"吴小兰冷冷地说:"不用!一会儿我弟来。"张宝很尴尬,不知说啥好了,不知怎么回事,他一反常态,不像过去那么大胆了。他张了一下嘴,没有发出声。吴小兰买完粮,头也不回地走了。张宝看着吴小兰的背影,心里沮丧,怀疑这可能跟戈文有关系。自从到农场劳动后,张宝就盯上了吴小兰。在学校,张宝那不成熟的心灵里,就喜欢吴小兰,那时他还收敛一些。但到了农场以后,他的胆子就越来越大,甚至有时都无所顾忌了。随着时间的推移,对吴小兰的这种不成熟的爱越来越困扰他了。每一天,他见不到吴小兰心里就不是滋味。没想到,戈文在他这个煎熬中出现了,张宝对自己越来越不自信了,有了羞涩了,在吴小兰面前也变得谨慎了,觉得戈文是他最大的竞争对手。

三十多栋平房的屋顶,飘出了缕缕青烟,家家户户的女人们开始做中午饭了。大院上空弥漫着烟味,回荡着炒菜的声音。院里玩耍的孩子陆续都回家了。戈文和弟弟们在自家的小院里逗着兔子玩。张琴在厨房里揉着发好的白面,用手揪出一个个小面团,放在锅里蒸,蒸熟了就是白面馒头。

戈文和弟弟们围着桌子坐着,等待馒头的出锅。厨房里炒菜的声音,飘出的菜香让他们小小的喉结上下动着,眼睛一直注视着厨房门口。

戈文吃着白面馒头,那个香呀!张琴看着几个孩子吃饭的样子,心里涌出了甜蜜,接着对戈文说:"吃完饭去煤厂买些煤,家里的煤砖不多了。"

拖煤砖是北方一道特有的亮丽的风景线,入夏后,整个院子都开始忙碌起来。

戈文家的前面,有一块空地。每年都在这块地上拖煤砖。他拿笤帚扫地,扫完后,和弟弟去了煤厂。张琴要去,戈文拦住说:"妈!你的腿刚好,别去了。"张琴望着儿子拉着架子车离去,转身回屋了。戈文在前面拉,三个弟弟在后面推。

戈文拉回煤,按比例配黄土,倒水渗泡,搅拌成煤浆,用木制长方形模子,开始拖煤砖了。炎热的阳光下,戈武、戈双光着膀子和戈文一起干活。张琴挽起袖子从屋里出来,也和儿子们干了起来。

张宝来了。戈文不知他干什么来了。他看见戈文,说:"我来帮你干。"戈文说:"不用!"张宝说:"是我妈让我来的。"母亲和张宝的母亲是好姐妹。戈文紧张的心放松了。夏娘家的老三也来了。两个多小时后,煤砖拖好了。戈文让戈武端盆水,张宝洗了洗手就走了。戈文疑惑地望着他离去的背影,这到底是怎么回事呀?上午买粮的时候,张宝那个态度,下午又来帮拖煤砖,却什么也不说。戈文想不明白,张宝又回来了。夏娘家的老三和戈武在说话,张琴回屋了。戈双、戈全不知跑哪儿去了。张宝严肃地说:"咱俩还得聊聊。"戈文问:"聊什么?"张宝没有回答,而是问:"今早,你是不是跟吴小兰约好的。"戈文一听气来了,说:"我怎么会和她约好呢?我们是在粮站碰到的。"张宝没再问什么就走了。戈文心里问,这是怎么回事呀?又一想,以后躲着点吴小兰!为什么要躲人家呀!难道因为张宝吗?这没有道理呀!情感之间的纠缠是一件最头疼的事,是他这个十六岁的少年从没碰到过的事。他迷茫了!张宝怀疑他和吴小兰的关系,戈文心里冤呀!

张宝在回家的路上,怎么也想不明白,吴小兰为啥这样。他猜想,上午在粮站碰见吴小兰和戈文在一起,是不是他们约好的?张宝知道问戈文,也不会问出什么来的,可他还是忍不住去问了。他陷入深深的苦恼,这样不行！还得往前冲，一定要把吴小兰追上。对吴小兰的喜欢，更加激发了他去追求的欲望。

戈文觉得张宝过于疯狂，你喜欢，不能挡住别人的喜欢，觉得张宝这样去追吴小兰，不会有什么好结果的。

傍晚，张琴又蒸了一锅馒头，儿子们今天辛苦了，算是给的奖励吧！戈双、戈全伸手去抓馒头，像第一次吃馒头似的。张琴看着儿子们狼吞虎咽的样子，脸上瞬间露出了一丝笑容，但又马上消失了，黯淡了下来。看到张琴的情绪变化，戈文放下手中没有吃的馒头，递给母亲。张琴说："你们吃吧！"弟弟们也都放下手中的馒头。张琴又露出笑脸说："好！我也吃。"说着掰了一小块放进了嘴里。

晚霞洒进这个普通的家庭，一个中年女人和四个不大的男孩沐浴着阳光。她们穷困，吃一顿白面馒头都这么高兴，这么兴奋。因为贫穷的生活挡不住一家人在一起的快乐。

吃完晚饭，戈文带着三个弟弟出门，把一块一块晒干了的煤砖搬到小院子里垒好。晚霞消失了，月亮升了起来，银白的月光铺洒下来。邻居开始串门了。这是大院最持久的业余生活。女人们在一起诉说对丈夫的思念，诉说对丈夫爱的怨恨，诉说孩子的不听话，诉说家长里短。每当她们在一起的时候，忧愁便随着哈哈的笑声飘远了。

夏娘和荣娘进了家门，张琴忙着让座递烟。戈文向她们打了个招呼就出门了，随意在院子里溜达。几个低年级的同学，借着月光、灯光在弹玻璃球。他走了过去，站在旁边看。他们见戈文来了，喊他一起玩。戈文没带玻璃球，看了一会儿，吴小兰来了，来叫她的弟弟回家，见戈文问："你怎么也在这？"戈文说："没事！出来转转。"戈文本不想理她，又磨不开情面。吴小兰说："你怎么见我这么冷淡。我又没有得罪过你呀。"戈文一听这话，不知道怎么回答了，只能辩解说："没有呀！"

吴小兰不明白，戈文为什么突然对她这么冷淡，上午见面的时候，他还很好，怎么到了晚上就变成了这样。戈文在她的心里留下了好感，这才一步一步地去接近戈文。要说怎么喜欢，自己也弄不清楚这是为什么。虽然班里的几位男同学愿意找她，愿意跟她在一起，但就是激不起她的热情来，而戈文不这样，她觉得好奇，心里在问，为什么戈文不会像其他男同学那样？她想不明白！

她根本看不上张宝，但因为是同学，磨不开面子将话说绝。吴小兰对自己很有信心，但在戈文面前却缺少了自信。

　　戈文又去前院了。一盏路灯下,三个同学,陆成、刘新、苟一凡正在聊天。他们都上了高中,也是小班的。苟一凡问:"戈文!你什么时候回来的?"戈文回答:"昨天。"苟一凡问:"在农场干活累不累?"戈文回答:"还行!"苟一凡又说:"我就不想上学,我妈非让我上。上学还真不如去农场呢。"刘新说:"前几天,姚琴给我来信了,说农村非常苦。"他说起了姚琴,戈文来了兴趣。刘新家和姚琴家是邻居,在学校,他俩坐一张课桌。刘新继续说:"她想回来,她妈不同意。她给她爸去信了,她爸没回信。姚琴真苦。"苟一凡问:"他爸他妈为什么离婚。"刘新说:"我也不清楚。姚琴她爸天天跟她妈吵架。我在家里都能听到他们吵架的声音。"苟一凡问:"他们为什么吵架呀?"刘新说:"不清楚!不过,听他们吵架,好像是她爸好像怀疑她妈有什么?"陆成问:"怀疑什么?"刘新说:"我哪知道怀疑什么!"戈文听着他们东拉西扯。陆成说:"大班已走了好多人,参加工作了。唉……我们还得上学!"他接着问:"戈文!你什么时候参加工作呀?"戈文回答:"不知道。"戈文不想去讨论这个问题,想听到姚琴更多的音信,而刘新只能提供这么一点点。他的提起,又勾起了戈文对姚琴的想念。虽然他也知道姚琴只是他心灵的一个记忆,但是每次听到姚琴的消息,心里还是会起波澜。这个波澜是纯洁的波澜,是心灵深处涌起的波澜,是静静的心激起的一道小小的波澜。他想努力去掉这个波澜,然而,这个波澜始终埋在他的心里。戈文与他们又聊了一会儿就回家了。

　　突然,天空响起了雷声,夹着闪电。戈文朝家跑去,落好的煤砖没盖,刚跑到小院门口,雨就下来了。他赶紧弄些帆布盖上,母亲开门见戈文一身雨水,忙问:"外面雨下得大吗?"戈文说:"挺大!煤砖我都盖好了。"夏娘说:"那我们回去了!"张琴说:"雨小了再回。"荣娘说:"也行!"看着戈文说:"他戈婶,你家东兰(戈文的小名)越长越好看了,我没姑娘,要是有姑娘咱俩家做亲家。"母亲抿嘴笑了笑说:"那你再生一个,咱俩家就做亲家。"荣娘笑着说:"我想生,生得出来吗?"三位母亲哈哈大笑起来。荣娘说:"他夏娘,你家好几个姑娘,你俩家做亲家吧。我看你家小芬就不错。"夏娘没接话,只是笑了笑。戈文一听她们说这些,就进扭头进了自己的屋里。

　　雨停了,夏娘和荣娘回家了。他出来跟母亲说:"妈!我带一些咸菜。"母亲说:"行!"然后,又拿出十斤粮票给他。戈文不要!母亲说:"拿上!妈也知道,你那点粮食不够吃,你爸不寄粮票,家里没有多余的。你拿上!"他没接粮票转身进了厨房捞咸菜。等他从厨房出来,桌子上放了十斤粮票。

　　戈文躺在床上,还在回忆刚才刘新说的话,两眼直直地盯着天花板。天花板是白石灰抹的,非常粗糙。家里的粮食也不够吃,自己绝对不能拿粮票。这几个月的工资,他只留了八块钱,剩余的七块钱给了母亲。在农场食堂里,他每天只花一角五分,自己还能剩两块多,买一些日用品。有时晚上,肚子饿了,他就忍着。然而,饥饿挡不住他这棵幼苗的生长,挡不住他追求快乐的理想。戈文觉得自己精神上是放松的,是鲜嫩的。虽然读的书少,但是不会像旧社会那样,受尽地主欺压。他觉得自己是幸福的,快乐的。

第二天早上,戈文起来吃完早饭,把晚上洗的两套衣服收拾好。趁母亲不注意,没拿粮票就背上书包走了。

第七章

　　戈文回到农场,开始麦收了。早上,管干召集开会,布置收麦子的注意事项,教大家割麦子的基本动作。管干规定,一个人一天割二亩麦子。

　　晴空万里,骄阳似火。一望无边的金色麦田,美得让人陶醉。戈文把上衣脱了,光着膀子开始割麦子了。一大片麦子,这什么时候能割完呀!割不完也得割!弯下腰,左手反抓一把麦秆,右手拿着镰刀,从麦子根部开始割。一开始不熟悉,动作也不协调,割起来,人累,动作慢。他顺着地垄一步一步艰难地朝前走,割了一会儿,腰酸,浑身出汗。直直腰,一看其他人,远远超过他。戈文心急呀!越急越慢。

　　中间休息时,葛林过来教戈文怎么割麦子,亲自做示范动作。葛林说:"干活要用巧劲。"戈文跟着学,动作协调多了,割起来也快了。戈文没有休息,继续割,割着割着就坚持不住了,便拿上水壶坐在田埂上喝水休息。他躺在田埂上闭上了眼睛,享受着阳光的沐浴,突然听到有人在喊:"吃饭啦!中午加肉!"戈文坐起来朝食堂走去。

　　戈文现在才真正理解了"锄禾日当午,汗滴禾下土。谁知盘中餐,粒粒皆辛苦"这首诗的含义。

　　过去,戈文是不理解的。有一次,一家人围着桌子吃饭,他吃发糕,渣子掉到桌子上,母亲说,看你,吃个饭还掉渣,用手接着吃。他没捡起,用手把掉的渣子拨到地上。母亲一下子火了,说:"你怎么这么浪费,我让你接着吃,你就弄到地上去。"戈文心里很不高兴,觉得母亲小题大做。母亲又说:"你要爱护粮食,不能浪费!饿你三天,你就不会这样了。再说,种粮食多辛苦。"他还是不理解,觉得有点过分,喝粥添碗。父母吃馒头或发糕,都把手放到嘴边接着吃。现在想起来,他理解了,为自己当时的举动而脸红。戈文割麦子,小心谨慎,尽量不把麦穗弄掉。慢慢地割麦子的动作熟练起来,利索多了。他变换着不同的姿势割麦子,蹲着割,弯腰割,甚至坐在地上割。镰刀是锋利的,麦秸有点扎手。别人都戴着手套,他没有戴,割久了,手都磨出泡来。他找来一块布，把手掌包了起来。他那双稚嫩的小手，磨出了茧子，变得厚重了，手指骨结粗了。

中间休息，黄新走过来，问："累不累？"戈文抹了一下脸上的汗说："不累！"黄新从兜里掏出一盒烟，抽出一支点燃，吐了一口烟，烟雾飘动散去。黄新说："我和你爸爸是一个单位的，他是我的领导！我走的时候，你爸爸还跟我说，让我多照顾你。"戈文听完这话心想，他怎么照顾我呀？他是来劳动改造的。黄新又说："你爸爸是一位好人。"戈文静静地听，因为他不知道自己能跟他聊什么，也不知道自己能问什么。其实，父亲干什么工作，是不是领导，他觉得跟自己一点关系都没有，自己家和农场的每一家过着一样的日子。人家吃发糕，自己的家人也吃发糕，人家吃野菜，自己的家人也吃野菜，没有一点特殊性。黄新说了一会儿话，抬起屁股割麦子去了。

戈文割麦子的技术越来越高，每天都能完成农场规定的两亩的指标，身体承受能力渐渐增强了，心情慢慢好了起来，高兴的时候，下了工带上笛子到树林里吹。戈文原想跟汪雪斌好好学学吹笛子，可他走了，只有自己慢慢学了。

有一天晚上，戈文走进树林，听见一男一女在争吵。走近一看，是张宝和吴小兰。张宝一只手扶着一棵较粗的白杨树，一只手横在吴小兰的跟前。戈文本想走，突然听到吴小兰喊："你拦住我干吗？你让开！"张宝问："为啥呀？难道就为了戈文？"吴小兰说："你少胡说，跟他一点关系都没有！"张宝说："没关系？没关系？那你护着他干什么？"吴小兰说："我怎么护着他了？是你非往他身上扯的。""就是没他，我也不会跟你好！"吴小兰斩钉截铁地说。张宝不吱声了，就是不让吴小兰走。戈文想帮助吴小兰，又不能过去，过去，那就变得更复杂了。戈文远走了几步，掏出笛子吹开了。笛声响起，吴小兰跑了过来，张宝站着没动。月光落在树梢上，落在裸露的土地上，落在他和吴小兰的身上。小树林静静的，戈文仿佛听到了自己的心跳，也仿佛听到了吴小兰的心跳，突然有一种说不清楚的感觉渐渐蔓延全身，不知怎么办了。吴小兰不走了。戈文稳定了情绪，说："你怎么不走了？"吴小兰说："天黑，我不敢走，要不你送我回去？"戈文说："我还得练一会儿笛子呢。"吴小兰酥酥地说："那我等你。"戈文眨了眨眼睛说："你还是先回吧。"吴小兰表情有些呆滞，不语。戈文怕张宝一会儿再来，只好说："走！"吴小兰莞尔一笑。

戈文和吴小兰走进院里，看见张宝在地窝子门口。戈文心想，坏了！对吴小兰说："你先回吧！"吴小兰走后，戈文扭头朝机井的方向走去。

　　吴小兰回到宿舍,脸上露出笑容,刚才和戈文一路走来,看到了他的羞涩,看到了他的腼腆,觉得他不讨厌自己。他喜欢自己吗?爱的声音会传来吗?自己是不知道的。戈文一言不发,只低头走路,不像张宝那样热情,吴小兰心里有些失落,有点生气,下回不理他了。

　　夏天的夜晚是炎热的。戈文坐在机井沿上,吹着笛子,欣赏夜景。远处有零星的灯光。月亮和星星依然和往常一样在看着大地。吴小兰身上散发的气息,让他有些陶醉,有些冲动,冲动是压抑的,是羞涩的。戈文等了许久,不见张宝来,便脱光了衣服,顺着镶在井壁上的钢筋梯子下井了。用脚试了试,井水冰凉,眼睛一闭,松手跳了进去。冰凉的井水,让他打了个冷战,接着扑腾扑腾游了起来。突然,小腿抽筋了,扑腾不动了,开始下沉。戈文心里害怕了,这怎么办呀?使劲晃动身体,身子不听指挥,继续下沉,喘不上气,憋得难受。井水瞒过嘴,他拼命地抬起抽筋的脚,用手去扳。经过几秒钟的折腾,脚好了。他迅速爬出来,一屁股坐在地上,下意识地摸了摸胸脯。我活着!越想越害怕,要是我死了,父母亲怎么办?弟弟们怎么办?几秒钟太漫长了,体力消耗殆尽,他傻傻地坐在地上,第一次感到了死亡的恐惧。

　　一道手电筒的光射了过来,戈文的眼睛被闪得什么都看不到,他赶紧穿好了衣服。灯光越来越近。管干于龙手拿电筒在戈文脸上晃了晃问:"你刚才脱光了衣服在井边干什么呢?你是不是下井了?"戈文没吱声。他又说:"这井千万不能下,去年夏天,井里淹死过一个人。"戈文一听这话,吓得拿着笛子跑了。

　　于龙,没上过学,新中国成立以后参加工作,当了一名瓦工。六年前,调到农场当管理干部,也就是管干。他平常一脸的严肃,从不言笑,给人感觉非常严厉。人们都很怕他。自从上次于龙把罐头给了戈文,戈文觉得他慈祥多了。戈文回到宿舍,宿舍的人都睡了。他躺下后,越想刚才的一幕越害怕。

　　自从发生树林的事以后,戈文一连几天都没有见到张宝。吴小兰倒见过几次,可每次见到她,吴小兰一仰头便走了过去。戈文感到莫名其妙,我又没有得罪她,她干嘛不理我呀。

　　有一天,于管干把戈文和吴小兰分为一组,用架子车往麦场拉割好的麦子。一上午两人没说一句话。她不说,戈文也不说。戈文在前面拉车,吴小兰在后面推车。下午,戈文拉了一车麦子过田埂,不小心摔了一跤。吴小兰跑过来,拉起戈文问:"摔疼了吗?重不重?"戈文看她那急切的样子,心里暖暖的,站了起来,说:"没事! 走!"吴小兰问:"你到底行不行呀! 不行! 我来拉!"戈文心想,我怎么让你来,这不是让人家笑话我吗? 接着说:"没事! 走!"两人又陷入了沉默。一连几天,戈文都和吴小兰一个组。虽然每天在一起没怎么说话,但她的关心,戈文都看在眼里。可是前几天,吴小兰又不理他了,头扬得高高的。女孩子呀,真是让人捉摸不透。

田里割完的麦子都拉到打麦场了。金黄色的麦田像脱光了衣服一样,裸露出黄土。农场为了庆祝麦收结束,晚上在食堂举行聚餐。大家不用花钱,随便吃,还准备了酒。

学校毕业以后,戈文第一次参加这么大型的活动。人们兴高采烈地进了食堂,年轻人两张桌子,年龄大的两张桌子,女生两张桌子。全农场一共五六十号人,除了请假的人都来了。农场总部的领导也来了,讲了几句鼓励、感谢的话。大家鼓掌。管干于龙宣布开席,戈文看着满满的一桌菜,多久都没有吃过猪肉了。那个香呀! 戈文一块一块地吃,边吃边想,母亲、弟弟要在多好呀! 农场领导举杯向大家敬酒。戈文和大家一起举杯,然后大家又互相敬酒,场面热闹非凡。有一位年轻人喝多了,举着酒碗摇摇晃晃地来到女生桌前,非要给女生敬酒。女生纷纷站了起来,说:"我们不会喝酒!"那位年轻人说:"不会喝也得喝。不喝是小狗!"这位年轻人是正式工人,是农场里的电工,比这群学生大不了几岁。女生们看着他这副模样,谁也不吭声。他大声喊:"你们不给我面子! 不喝酒,以后就别找我换灯泡。"据说,他一到女生宿舍换灯泡,就磨叽半天不出来。女生们都反感他。"喝呀!"他又叫道。董茹拎起酒瓶,往碗里倒满了,对年轻人说:"喝!"他醉眼看着董茹,说:"喝就喝!"他把酒碗刚放到嘴边又放了下来,说:"你先喝!"董茹说:"你先喝!"吴小兰在旁边说:"董茹! 你行不行呀?"年轻人马上接过话说:"她不行,你行,我们三个人喝!"戈文一看,这位年轻人是针对吴小兰来的。董茹说:"要喝就咱俩喝。"年轻人不同意:"要喝! 就咱三个人喝!"旁边桌子的张权对电工说:"女孩子不会喝,你就别让她们喝了。"电工喝醉了,舌头都硬了。他说:"你管得着吗? 不用你管,你把你自己管好就行了! 你一个劳改犯还管着我。"戈文实在看不过去,冲上去把电工的酒碗抢过来摔到地上了。他朝戈文扑了过来,戈文一闪,他摔倒了,没爬起来,黄新蹲下身来,对着他的耳朵悄悄说了几句话。戈文没听清他说了什么,年轻人爬了起来,对着戈文说:"你一个小屁孩,我不跟你一般见识。"说完就走了。女生们用敬佩的眼光看着戈文。

人陆续走了,戈文酒喝的有点多了。在回宿舍的路上,吴小兰赶上来对他说了句："谢谢你！"她说这句话时，那眼神是戈文从来没有感觉到过的眼神。这眼神像电一样冲击着他。戈文回到宿舍问："黄叔叔，你跟他说了些什么呀？"黄叔叔说："这位电工，是你父亲单位派来的，我告诉他，你是戈春的儿子。"

第二天早晨，戈文碰见那位电工，他热情地解释昨晚发生的事，让戈文不要在意。戈文一句话没说，心里讨厌他！一个没有素质的人！

打麦场到处都是黄黄的麦子，几十座麦垛，七八台脱粒机轰鸣。人们排成队，从麦垛上把一捆一捆的麦子递到脱粒机前的两个人的手里，放在脱粒机飞速旋转的滚筒上，脱出了麦粒，麦皮四处飘落。虽然人们带着口罩，脖子上围着毛巾，裤腿和袖口也都扎上了，但麦皮还是落在人们的身上、脸上、脖子里、鼻孔里、耳孔里，呼吸到口腔里。麦皮和汗水沾在一起，皮肤发痒，异常难受。

戈文站在麦垛上递麦子，接的人叫李力帆，也是戈文的同学。在学校的时候，他俩前后座，原来关系很好，因争抢火炉上烤发糕的位置打过一架，从那以后就慢慢地疏远了。平时见面就是点点头或说上几句不痛不痒的话，后来戈文认识到自己错了，几次想和他和解，他都不理。他是上个星期才来农场的。他家和姚琴家是邻居，他母亲和姚琴的母亲非常熟。不知怎么搞的，戈文这次见到他，总有一种亲切感。

中间休息，李力帆不见了，戈文疑惑地问吴小兰："李力帆怎么回事？"吴小兰悄悄地说："你不知道吧？他爸给关起来了。"戈文一惊，不解地问："为什么？"吴小兰说："具体的我也不太清楚。"

休息时间到了，人们又开始劳动了。戈文对李力帆说："你上去递，我在下面接！"李力帆上麦垛时，不小心踏空，掉了下来，摔得直叫。戈文拉，没拉起来。于管干走过来，说："让张权看看！"张权撸起李力帆的裤腿，按了按说，可能骨折了，得到医院拍个片子看看。于管干说："戈文、吴小兰、张权，你们三个用架子车拉他去沙井驿卫生院看看。"

戈文在前面拉，吴小兰在后面推，李力帆躺在架子车上。路上，戈文挺内疚，不换位置就没有这档子事了。

走到半路，吴小兰说，咱俩换换，我拉一会儿。戈文说："不用！"她说："让我拉一会儿。"说着就拉住架子车的扶手。戈文不让，一争执，手不小心碰到她那柔软的手，像过电一样，两人把手缩了回来。张权在后面说话了："戈文，让小兰拉一会儿吧。"他笑着悄悄地说："这姑娘喜欢你了。"戈文的脸唰的红了，使劲地推车。

　　他们到了医院，医生检查完，说："脚脖子的踝骨摔裂了。"卫生院治不了，得去大医院。医生简单处理了一下，他们又把李力帆拉回了农场。于管干想了想说："去农场总部卫生所。现在没有车，用马车拉。"接着又说："曾所长是这方面的专家，我写个条子。"他说完，从灰白蓝色上衣口袋里掏出笔，又从口袋里掏出一本很旧的笔记本，撕了一页，写好后给了张权。几个人抬着李力帆上了马车。戈文甩起鞭子抽打着马，一路小跑出了院子。

　　进了农场大院，来到卫生所门口，戈文和吴小兰搀扶着李力帆下车，张宝从卫生所大门出来，问吴小兰："这是怎么回事？"吴小兰冷淡地回答："力帆从麦垛上掉下来，把腿摔坏了。"张宝马上去扶李力帆。吴小兰说："不用！"张宝没理。吴小兰松开了手，接着问："你怎么在这里？"张宝说："我妈住院了。"进了卫生所，大家把李力帆交给了曾所长，安顿好后，大家出了卫生所。张宝没有出来送。

　　三个人坐马车走了。戈文没有回家，直接回驻地了，马车刚出农场大院的门，张权说："我去办点事，今晚不回了，你们先回吧。"

　　太阳西斜了。戈文和吴小兰赶着马车行走着。两人谁也不说话。戈文想起了在去沙井驿的路上，张权说的那句话，她喜欢你了！他的心怦怦跳，有种说不清楚的感觉，而这个感觉和对姚琴的感觉是不一样的，怎么不一样，他分辨不出来。沉默！只有马蹄声和喘气声。

　　吴小兰坐在后面先开口了："你怎么不说话呀？"戈文坐在前面，注视着前方。戈文没有回头地问："说啥呀！"说完这句话，戈文马上感到这句话特别没有水平。吴小兰没在意，说："说啥都行！"他想了半天，不知说啥好！想了想，就从那天看电影说起吧。戈文说："《英雄儿女》这部电影不错，特别是王成手握爆破筒跳下去那一部分，特让我感动。"吴小兰说："是的！我也很感动。"戈文接过说："还有王芳，演得特别好。"吴小兰也说："是的。"说了几句戈文就没词了。人真是一个奇怪的动物，有些事没说破，人们还能聊天说话。等说破了，反而倒没有话了。过了这个阶段，人与人之间就会更加亲密。戈文在想，我能过这个阶段吗？

　　天渐渐黑了，马车在兰新公路上走着，两旁的杨树也变得模糊起来，对面驶过来的汽车灯，晃得人眼睛睁不开。吴小兰见汽车过来，就让戈文把马车停下，等汽车过去再走。她本想做到马车前面，戈文没让她坐。马车在夜色下行驶，戈文慢慢地恢复了常态，嘴上不由唱起歌来：

　　我们走在大路上

　　意气风发斗志昂扬

毛主席领导革命队伍
披荆斩棘奔向前方
向前进！向前进！
革命气势不可阻挡
向前进！向前进！
朝着胜利的方向
……

夜色是美丽的，马蹄踏着月光，戈文唱着歌，晃动着鞭子，歌声划破静静的夜晚。吴小兰看着戈文甩鞭子的背影，心里不由得流淌着什么，自己也说不清楚。有一点儿，她心里清楚，那就是和戈文在一起，心情舒畅，不由得脸红了，流出了一丝的甜蜜。

戈文甩着鞭子，一位美丽的少女坐在身旁，心里荡漾，有点兴奋，这个兴奋是没有理由，没有前奏曲的，觉得身子有一种舒服感。

吴小兰听着歌声，朦胧的梦想，勾画情感的地图。她说话了："戈文，你嗓子这么好怎么不去学唱歌呀？"戈文没有回头，怕吴小兰看到羞涩，问："到哪学去呀？"吴小兰说："城里有个群众艺术馆，那里有一位老师教唱歌的。"戈文随意问了一句："是吗？"她说："是呀！"戈文顺着她的话说："有时间去学学。"他说这句话，也就是随便说的。农场劳动，一个月才回家一次，哪有时间去学歌呀！吴小兰没有再接话。两个人趁月色回到了农场。

农场静静的，饲养棚透出了灯光。戈文让吴小兰先走，他卸下了马鞍，牵马进了饲养棚。昏暗的灯光下，老顾正在铡草，抬头看看没说一句话，马跑进圈里吃起草来。戈文回宿舍了。

宿舍的人，大部分都睡觉了。只有葛林在暗暗的灯光下看书，他抬头看了一下，问："张权没回来？"戈文轻声地回答："他去总部有事，说明天回来。"

戈文拿上洗脸盆去了水房，一推门，吴小兰在洗脸。戈文接上水准备走，吴小兰说："你就在这洗吧，回去影响别人。"

水房灯光很暗，吴小兰穿着白底蓝花的衬衣，女性特点露了出来，胸脯高高的，脖子白白的，身上散发着雪花膏的味道。静静的水房，只有洗脸的水声。戈文洗得快，洗完对吴小兰说："洗完了，我先走了。"吴小兰抬起湿漉漉的头，看了戈文一眼，没有说话又低下头来。皎洁的月光洒在戈文身上，他吸了吸鼻子走进了宿舍。

几天后,张宝回来了,心里堵得慌,想去找吴小兰。那天在卫生所看见吴小兰和戈文换着李力帆下车,吴小兰的态度让他吃惊,心里冒火。过去她不这样呀!为什么现在会变成这样,觉得是因为戈文的出现。他想问问吴小兰,为什么要这样,为什么这么冷淡。虽然上次在小树林里,吴小兰说这事跟戈文一点关系都没有,但是吴小兰离戈文越来越近。戈文曾经说过,他和吴小兰没有关系,这句话,张宝一直没有告诉她。现在张宝害怕了,担心了,一定要找吴小兰谈谈,告诉吴小兰,戈文的态度。

张宝找到吴小兰,把戈文跟他说的话说了一遍,吴小兰根本不相信,说他胡说,说他瞎编,说他骗人,说他诬陷戈文。吴小兰愤怒了,张宝内心更加虚空了,他在问自己,这是怎么回事?吴小兰怎么就不相信自己的话呀?张宝再三说,这些话是戈文亲口跟他讲的。吴小兰没再听,一转身走了。张宝望着吴小兰离去的背影,觉得自己是不是又做错了。

吴小兰在吃晚饭时告诉戈文,张宝找过她。戈文紧张了,马上联想到了自己对张宝说过的话。她说:"张宝还要找你。"戈文问:"他找我干吗?"吴小兰说:"我说他是个骗子,你没说过那样的话,他说是你说的。"戈文脑袋都炸了,无路可走了,张宝怎么能这么说呢?吴小兰见戈文不吭声又说:"你别怕他,我把该说的话都说了。"戈文不知道吴小兰都跟张宝说了些什么,内心有一丝丝的紧张。

打麦场干活的人轮流吃饭,张宝在另外一群人当中。于管干说了,今晚必须把麦子打完装包。据气象台预报,今夜可能有大雨。戈文和吴小兰吃完晚饭,换下一班的人。大家把打好的麦子装进麻袋,一包一包落好,然后,再盖上帆布。两个班的人一直干到凌晨十二点多了才收工。戈文刚进地窝子,风就刮了起来,越刮越大,狂风暴雨袭来。外面的雨水从门缝流进了屋里。有人说:"赶快堵上,不能让雨水进来。"葛林走到门前看了看说:"不行!雨太大了,堵不住。"正在这时,外面有人喊:"所有的人都出来,到食堂集合。"人们带上自己的重要物品跑了出去。

食堂里站满了人。戈文挤了进去,旁边站的有葛林、张权、王大胡子、黄新等人。葛林说:"这雨够大的。"他话音刚落,于管干从外面冲了进来,把雨衣的帽子摘掉,对大家喊道:"大家不要说话了,肃静!刚接到通知,沙井驿那边的黑河快要决口了,要求我们去支援。现在我宣布,女生在家把地窝子门口堵起来,要堵好,不要让雨进了地窝子。其他的人跟我一起去沙井驿,每人领一件雨衣。另外,大家一定要注意安全。"大家领上雨衣,放下东西,跟着于管干朝黑河大坝跑去。

漆黑的夜,伸手不见五指,雨点打在脸上。人们在泥泞的路上行走,戈文摔了几个跟头,浑身都是黄泥水。当人们来到抗洪现场时,黑河坝上已有许多人了。根据抗洪指挥部的安排,来到划分的界限。水已涨了好高,河水没了往日的清澈,黄黄的泥水在流淌,快满过大坝了。人们装沙袋,一袋一袋地往坝上搬,挡住泛滥的河水。两人一组,把沙袋一袋一袋地落好。雨继续下着,风在刮着。突然有人喊:"有人掉河里了!"戈文往河里一看,有个人头,他不管三七二十一,就跑过去伸手去拉,结果,手太短,够不着。那人水性较好,拼命往岸边游,因河水太急,靠不上岸,戈文急中生智脱下雨衣,往那人扔了过去,那人拉住雨衣一头,戈文和其他几个人一起抓住雨衣这一头,这才把人拖了上来。那人就是张宝。只见他擦了擦脸,吐了几口泥水,用满是泥水的手在戈文的肩膀上拍了两下说:"谢谢!"说完就去干活了。

天渐渐亮了,大坝保住了。人们筋疲力尽地回到了农场。于管干说:"上午休息,下午上班。"戈文困得一头栽倒了床上,不管身上的泥水了。

上午十一点多,戈文起来,床脏得一塌糊涂。吴小兰和林梅进来,二话没说,就把脏床单、被子卷起来拿去洗。吴小兰转头对戈文说:"把衣服脱了,一起洗了。"戈文就两套衣服,一套还没干,另一套穿在自己身上,可他又不好意思说。吴小兰见他不动,又说了一遍。戈文说:"衣服不洗了。"吴小兰说:"这么脏怎么不洗了呢? 快脱!"戈文憋了半天说了原因。吴小兰笑了笑,扭头走了,边走边说:"林梅! 你在这待着。"没过一会儿,吴小兰拿了一套衣服扔了过来说:"把衣服换上,换好了,把脏衣服拿来。"说完,抱着床单和被子就和林梅出去了。戈文抱着衣服愣住了,女人的衣服怎么穿呀!张权笑着说:"戈文! 换上吧! 你那衣服太脏了。"戈文换好了衣服,出门送去。衣服有淡淡的芳香。

雨过天晴。蓝蓝的天,火红的太阳。吴小兰的行为,让戈文有点措手不及。

中午休息时,吴小兰拿来洗好的衣服、床单、被子,铺好床朝戈文莞尔一笑走了。戈文换好衣服,叠好放在床上,等晚上吃饭还给吴小兰。

下午下了工,戈文一进宿舍,张宝坐在床上,翻看着地图册。吴小兰的衣服在床上。戈文突然觉得自己像做了贼似的怕他! 张宝站了起来说:"我找你有个事。"戈文问:"啥事?"他说:"我们出去说。"戈文扫了一下眼,吴小兰的衣服被人动了,说:"吃完饭再说。"张宝说:"几句话就完,不耽误你吃饭。"

俩人走出了院子,在僻静的地方,面对面坐了下来。戈文等他说话,但他一直不张口，戈文也不张口。

过了一会儿，张宝说："这话我不知怎么说起，我想了很久，觉得还是跟你说说。"他一张口说这话，像个大人似的。停了一下，他又说："有些话必须说明白，不说，憋在心里难受！首先，谢谢你救了我！不过，我说的话没有什么恶意！"他没有直奔主题，戈文心里猜出了几分，觉得张宝这么严肃地谈，对他来讲也是非常难的。戈文等待，不管他讲什么，都要沉住气，不管怎么样都不正面回答他。张宝的神态越来越严肃，眼睛从戈文的身上转移了，望着落日。落日的余晖把天边染红，铺洒在两人的身上。周围的景色在余晖的映照下，景色有些朦胧。

张宝的喉咙动了一下，问道："你到底喜欢不喜欢吴小兰？"戈文没有回答，也没有办法回答。他又说："只要你喜欢她，我也很高兴！我们还是好同学，还是好兄弟！如果不喜欢，你早点当面跟吴小兰说，省着到时候，她难受，早说比晚说好。"戈文被他逼上了，看他那架势，今天必须表态。戈文心想，我没有张宝的魄力，没有吴小兰的大胆。我要说了，不喜欢吴小兰！吴小兰会怎么样？人家刚给你洗完衣服，就说不喜欢人家。戈文的心里翻腾着，张宝，你理解吗？吴小兰理解我吗？不能跟张宝说，不能跟吴小兰说，跟谁都不能说！不说，就掉入了这个误会的圈里，又冲不破这个圈，就是想冲破这个圈，也没有这个能力。张宝见戈文一语不发，问："你怎么不说话呀！"他哪里知道，戈文心里掀起的惊涛骇浪呀！张宝叹了口气说："你不要把吴小兰害了！你这样下去会把吴小兰害惨的。"他这句话一下子提醒了戈文，如果这样下去，不给吴小兰一个满意的结果，吴小兰会恨我的。戈文眼睛盯着张宝，一句话没说，只是点了点头。张宝的这句话点醒了他，可吴小兰对他什么都没有说过，能说什么呢！那只能有意疏远吴小兰了。

戈文、张宝俩人聊完，一起去了食堂，在门口，见吴小兰和林梅走过来。张宝快了几步先走了。戈文停住了脚步，对吴小兰说："你在这等一会儿，我去拿衣服。"吴小兰说："不着急，吃完饭再取。"戈文说："不行！现在就去取。"戈文回到宿舍，拿上衣服，心里还在想，怎么去疏远？得找个疏远的理由呀！想了想，没有理由，没有理由怎么去疏远呀！戈文、张宝、吴小兰由误会产生纠结！这个纠结，让他对吴小兰有种说不出的感觉，这个感觉让他张不开口去对吴小兰说，我不喜欢你！或者说，我喜欢你！

戈文把衣服递给她。吴小兰说："晚上吃完饭，我们到马路对面的沙枣林转一转，看看沙枣长好了没有。"接着又说："林梅也去。"戈文说："把张宝也喊上。"吴小兰没有马上表态，停顿了一下说："好！"她之所以停顿，是在想,戈文为啥要叫张宝呢?是不是张宝又跟戈文说了什么?又一想,叫就叫吧!看看张宝怎么回事,也看看戈文怎么回事。

晚饭后,天麻麻黑了。戈文去找张宝,他死活不去!戈文纳闷了,张宝在想什么呢?不管戈文怎么劝,他就是不去。戈文无法,只能以退为攻地说:"你要不去,我也不去。"张宝犹豫了一下说:"谢了!你的好意我领了。"戈文一看,只能走了,刚走到门口,张宝喊住了他,说:"要去也行,那你今天必须把话挑明,告诉吴小兰,你不喜欢她或喜欢她。"戈文一听这话,想发火,又一想不能火,借他这句话,激了他一下,说:"你愿意去就去,不愿意去就拉倒!"戈文出了门,也没见张宝跟出来。

戈文在院子里等吴小兰和林梅,等了半天不见她俩来,张宝来了,以为他想明白了,他走到戈文跟前说:"我可以去,但你不能走,你也得去。"戈文刚想说不去,吴小兰和林梅过来了。吴小兰特意打扮了。张宝一脸严肃地瞟了一眼吴小兰和林梅。

戈文的心里很不安,怕张宝说出他俩谈话的内容,时时刻刻注意张宝,他要是说了,不承认还是阻止他。又一想,能不让他说?阻止不了就走开,让他慢慢说去。但张宝始终没说。戈文看到张宝和林梅正在说话,吴小兰走在前面,他快走几步赶上了吴小兰。戈文与吴小兰并肩走着,不说一句话。吴小兰问:"戈文!我怎么发现你情绪不高呀!不愿说话!"戈文说:"没有呀!"接着找个理由说:"也许是抗洪时累的吧!"吴小兰回头叫林梅:"快点!"戈文说:"让他们聊吧!喊他们干什么?"吴小兰露出了一丝笑容。她哪里知道戈文的用意。

月光下,树林里,两对少男少女漫步在静静的夜晚。从远处看,沙枣林像一幅美丽的水墨画,兰新公路驰来的汽车灯一闪,美丽的水墨画就破碎了。汽车远去,画面又恢复了。戈文担心的事没有发生。傍晚的时候,张宝还那么强烈,沙枣林一行,他就变得无声无息了。这是吴小兰安排的林梅去和他说话,还是林梅的出现,改变了张宝的主意。戈文琢磨不透。

戈文所担心的事,暂时没有发生。同时,他也觉得这事不会这么过去。生活又恢复了平静。每天上工下工,重复着昨日的过程。戈文、吴小兰、张宝,三个人相安无事。张宝没再追着戈文回答他提的问题。这是不是暴风雨来之前的平静?这个平静始终让他心神不定。戈文问自己,我怕什么呀?难道说,吴小兰在心里留下了?自己说不清楚,也不可能说清楚。但有一点是肯定的,他觉得自己对吴小兰越来越亲密了。难道怕的是这个吗?

麦子铺在打麦场上,太阳晒一晒,戈文、吴小兰、张宝拿木叉锹来回翻晒麦子,静静地干活。

自从张宝敞开心扉与戈文谈过话后,他就觉得戈文对吴小兰是有意思的。那戈文点头回答自己的提问,就是假意!他为啥要骗我呢?张宝几次都想再问问戈文,到底是怎么想的,也向戈文表态了,只要他喜欢,自己就退出。然而,张宝心里放不下吴小兰,这才迟迟没有去找戈文。张宝想,先看看吧!看看戈文与吴小兰的关系进展。同时,张宝也想再找一下吴小兰,想再搏一搏。

有一天,戈文下了工,吃完饭在宿舍看《世界地图册》。葛林和张权出去乘凉了,他趴在床上看书,黄新靠在被子上看书。过了一会儿,黄新走过来问:"戈文,这么喜欢看书?"接着又说:"我这有几本书,你拿去看吧。"戈文接过书一看,有苏联作家尼古拉·奥斯特洛夫斯基的《钢铁是怎样炼成的》、杨沫的《青春之歌》,高兴地说:"谢谢黄叔叔。"黄新说:"不要借给别人。这些书很好。"戈文点点头,迫不及待地翻看着,如饥似渴。黄新笑了笑走了。

戈文正在聚精会神地看书,林梅来了,小声地说:"张宝和吴小兰吵起来了,吴小兰喊你过去。"戈文慌了,觉得担心的事终于来了,但仍装着镇静地问:"怎么回事?干吗喊我去?"林梅说:"我哪里知道呀?让你去你就去,问那么多干吗?"戈文犹豫了,自己去了,会是什么结果?然后又一想:张宝到底想干什么?我不去,肯定让吴小兰瞧不起,去了肯定要面临着一个选择。选择什么,自己都没有弄清楚。戈文想到这儿,无法拒绝。

林梅领着戈文朝树林走去。戈文问:"怎么在树林呢?"林梅说:"我们吃完饭到树林转转,正在转的时候,碰见了张宝。张宝对我说,我和吴小兰谈点事,你回避一下。我准备回去,小兰不让我走。我就在不远处等她们。没过一会儿,吴小兰让我喊你,我不知发生了什么事。"戈文快步走着,当他走进树林时,张宝不见了,但吴小兰在哭,林梅问:"怎么回事?"吴小兰抹了一下眼泪,扭头走了。林梅跟上了。戈文站在那,不知所措,是走,还是不走。正在他犹豫时,林梅叫道:"走呀!"他刚迈开步,吴小兰对林梅说:"你叫他干吗?"他停住了脚步。吴小兰和林梅走了。

树林里是寂静的,月亮不知躲到哪里去了,星星也收起了它的光芒。风吹树叶哗哗响。戈文仰望着黑洞洞的天空,心里有一种说不上来的滋味。难道张宝把我的意思告诉吴小兰了?吴小兰相信了吗?她一定相信了,不然她不会这样!戈文茫然了,不知以后怎么去面对了。即使能面对,能面对得了吗?不去面对,能控制住自己吗?戈文背靠树胡思乱想开了。

忽然,戈文听到有脚步声朝自己这边走来。当看清这个人时,万万没有想到是张宝!他走到跟前,问:"你怎么一个人在这?她们呢?"戈文说:"不知道!"张宝没再追问。沉默了!戈文想说、想问,却又不知从哪里去说,说些什么。吴小兰一句话都没有说。虽然林梅告诉他了,但不知张宝跟吴小兰说了什么。空气凝固了,风吹树叶哗哗地响。沉默!时间过得真慢呀!张宝半天不说话,戈文抬腿就要走。张宝拦住他说:"你先别走,我有话跟你说。"戈文停住脚步。张宝说:"我把我俩的谈话内容都跟吴小兰说了。她不相信,就让林梅去叫你。我一想,你来了,那场面就很尴尬,所以我就走了,让吴小兰去问你,看我说的话是不是真的。"张宝说完停了下来。戈文心想,原来张宝是这样想的,他回来,是寻找答案的。戈文看了一眼张宝说:"张宝,你没啥事,我走了。"回到宿舍,戈文躺在床上,眼睛盯着天花板,一夜没睡。

第二天早上起来,戈文头昏眼胀,无精打采,洗完脸去食堂吃早饭。进了食堂门,吴小兰和几个女同学在卖饭口前面排队。他站在后面,张宝来了。吴小兰打完饭从戈文的身边走过,没搭理他,却跟张宝打了个招呼。戈文本想上去跟她打个招呼,见她没有理他的意思,也就停住了,倒是林梅朝他点了点头。

吴小兰昨晚听了张宝的话,肺都要气炸了。即使这样,她还存着幻想,不想让张宝知道自己内心的想法,不想让他知道自己相信他说的话了。她让林梅去叫戈文,是想来一个当面对质,没想到张宝却跑了。吴小兰觉得这里有问题,不然张宝怎么会跑呢?吴小兰在想,也许戈文的话是被张宝逼的,也许是话赶话。她想到这,心里稍微轻松了一些。不管怎么说,戈文也不应说这样话。她要惩罚,要试试戈文。

戈文迷茫了,吴小兰不理他了。这都是张宝惹的祸,不理就不理吧,这样也好,顺坡下驴吧!吴小兰要是相信了张宝的话,那和吴小兰的关系就到此结束。吴小兰相信了吗?戈文深深地吸了口气,怎么会变成这样?

戈文仍然去打麦场干活,但心里像缺少了什么。缺少了什么呢?自己也搞不清楚!回想过去,人家帮你洗衣服,帮你拉车子,还给你衣服穿,而你却这样!反复想,想找个机会跟吴小兰说说,可又不知该说什么。他苦恼,他犹豫!最后,他还是鼓足了勇气,想去找吴小兰谈谈。见到吴小兰,刚想张口,吴小兰理都不理他就走了。这个结,怎么去解开,他想不出一点办法来。去面对,吴小兰不理;去躲避,良心上又过不去。戈文郁闷得很,觉得像有块石头压在心头。

离农场放假的那一天越来越近,戈文想在放假之前,跟吴小兰把话说清楚。不过,他得先找个理由和她说上话。有一天晚上,在去食堂打饭的路上,戈文拦住吴小兰,她冷淡地问:"你有什么事?"戈文笑着说:"上次你不是说,群众艺术馆有位教唱歌的老师吗?你帮我联系联系。这次放假回家,我想去学学。"吴小兰一句话没说就走了,戈文站在那不知怎么办好!

农场的秋天是芳香的。星期六下午,经管干的准许,人们早早收了工,背着书包爬上了停在院中间的红色"铁牛"拖拉机,带着一个月的疲劳,带着麦香,带着思家的心情回家了。

吴小兰、林梅、张宝,坐在车厢的前面,有说有笑。戈文独自坐在车厢的尾部,手抓着车厢板,朝车前进的相反方向看风景。吴小兰在有意躲避,有意疏远他。她这样做,让戈文的心里得到一些安慰,也产生了一点点的醋意,问自己,吃谁的醋呢?吃张宝的?吃得着吗?没有理由吃他的醋呀!吴小兰在他心里留下了浅浅的一道印迹,这道印迹,让他的心里荡起了小小的浪花。这个浪花的掀起,让他这颗少年的心不平静了起来。他的眼睛看着风景,心却朝着他们三个人望去。

"铁牛"拖拉机进了家属大院,大家纷纷跳下车朝家跑去。戈文跑步进了家门,张琴已做好了饭。弟弟们围坐在饭桌旁等他吃饭。张琴从里屋出来说:"赶快洗洗吃饭。"弟弟端起脸盆,倒上水,戈文洗完脸开始吃饭了。

张琴气色好多了,也精神了,吃饭的时候,对戈文说:"你爸来信了,说要招工了,你够招工的年龄了。"戈文高兴地问:"什么时候呀?"张琴说:"你爸没说,反正说是快了。"这个消息,让戈文心里有了希望,这个希望冲淡了对吴小兰感情的迷惘,让他兴奋了起来!张琴又说:"你抽空去一下老赵家,给小宝认个错。"戈文一听这话,脑袋就耷拉了下来。他不想去,为什么非要去给他认错,是他先加塞的。张琴见儿子不说话又说:"上次小宝妈到咱家,看我有病,什么都没说。再说,你把人家的耳朵咬了,去道个歉也是应该的。"

戈文的家与小宝的家隔着两栋房子,小宝的家和吴小兰的家是一栋的。戈文不情愿地点了点头。他倔强的性格,使他不愿向别人低头,更何况是小宝有错在先,再说又过了这么长时间了。

吃完晚饭,戈文硬着头皮去了小宝家。路上,他碰见了刘新。刘新问:"你干什么去?"戈文说:"没事!转转!"他没敢说去小宝家。因为,他和小宝打架,把小宝的耳朵咬了,全院子的人都知道了。刘新说:"姚琴回来了,你知道吗?"戈文心一紧,这一消息就像一块石头扔进河里,在心里激起了千重浪,但他仍装着很平静的样子问:"什么时候回来的?"刘新说:"回来好几天了。不过,她又和她爸去了西线。"戈文又像泄了气的皮球。刘新说:"听说,她还回来。"刘新无意中透漏出的消息,又激起戈文对姚琴的幻想。刘新哪里知道,戈文心里还装着姚琴呢? 这个秘密,没有人知道。姚琴的出现,让戈文的心里又多了一份感情的重量,他小小的心胸,能装得下这些重量吗? 姚琴、吴小兰每天都会出现在眼前,戈文觉得自己处理不了这么复杂的问题。姚琴只是他心中的想头,是墙上的一幅画,是他这个少年情感启蒙的虚拟牵引者,那吴小兰呢? 不是画,不是牵引,那她是什么? 戈文不明白。然而,这两个少女确确实实进入了戈文的情感世界。

戈文和刘新又说了几句话就分手了。他走到小宝家的门口,听见里面有吵架的声音。戈文没敲门,走下台阶,出了小院门口。吴小兰走了回来,没有理他,直朝小宝家走去。戈文愣愣地站着。吴小兰快走到门口时,扭过身朝他说:"明早九点钟,在农场大门口见面,去群众艺术馆。"戈文刚想张口,她已进了小宝家。戈文脸上露出了笑容。小宝家是不能进去了,等有机会再去道歉吧! 明天见到吴小兰,说什么? 什么也不能说,就不提这事。她不提,我肯定不能提。她提,我就装糊涂,什么也不知道。前几天,吴小兰还不理我,今天却是一百八十度大转弯。女人真是个谜! 戈文在猜谜。吴小兰是谜,姚琴也是谜。

院里的路灯射出的光,是黄色的,是昏暗的,戈文的身影被拉得好长,他拖着自己身影走在回家的路上。家家户户都亮着昏暗的灯,不时传来女人的笑声、孩子稚嫩的哭声、母亲责骂孩子的声音,这些声音混杂在一起,奏起这个大院的交响曲。

进了家门,他把去小宝家的情况向母亲说明。过了一会儿,张琴才说:"东兰,你知道我为什么要让你去道歉吗?"戈文摇摇头。张琴说:"一个人做错了事,不要紧,要紧的是没有认识到自己的错,那将来就会犯大错,甚至会犯罪。妈知道这事不全怪你,但咬人家的耳朵是不对的。妈没有什么文化,但有错必须敢于承认,敢于改正。"戈文明白了母亲要他去的意思,说:"我知道了,明天我抽空一定去。"他又和母亲聊了一会儿家常,就进了自己的屋子。三个弟弟睡着了,小弟弟蹬开被子,裸露出娇嫩的皮肤,戈文伸手帮他拉了拉被子。躺在床上,戈文怎么也睡不着,胡思乱想着,一会儿想到姚琴,一会儿想到吴小兰,一会儿想到张宝,一会儿想到去小宝家道歉,一会儿想到马上要招工了。

第二天,戈文早早地起来了,把炉子弄开烧上水,将母亲昨天蒸的发糕放到蒸锅里,从粮缸里掏出黄黄的小米,用水淘了淘。张琴起来了问:"你怎么起这么早?"戈文说:"一会和同学进城去。"张琴问:"干什么去?"戈文说:"几个同学约好了去新华书店。"他本想跟母亲说去学歌,又怕母亲不让去,撒了个谎。八点半,他准时出门了。弟弟们非要跟着去,他没让去,最后让母亲给拦住了。

戈文来到大院门口等吴小兰。可一直等到十一点,也没等到,戈文生气地回家了。张琴问:"这么快就回来了。"戈文说:"不去了,同学们都有事。"张琴相信儿子的话,没有多问。戈文心里那个气呀!稍微平静后再想,吴小兰不会耍他吧,不会言而无信吧!又一想,她不是这样的人,那是怎么回事?是她家里有事了还是别的原因,那也得说一声呀!戈文去吴小兰家,只见大门紧紧地锁着。

戈文胡思乱想地在院里瞎转,碰到了林梅。她问:"你怎么在这里,吴小兰跟我说,你们今天去群众艺术馆,本来,她让我也去,可我家里有事去不了。"戈文接过话说:"吴小兰约我今早在大院门口集合,结果等到十一点也没见她来,刚才去她家,她家的大门锁着呢。"林梅纳闷地说:"你在这等一会儿,我去问一问邻居。"

前几天发生的事,戈文很内疚,想去弥补和吴小兰的裂痕,想出了这么一个主意。没想到,她确实上心了。那说明她以前的行为都是装的,她为什么要装呀?戈文想不明白!可今天早上,吴小兰又没来……戈文糊涂了,找不到北了,判断不出吴小兰到底是怎么想的。

林梅回来神色黯淡地说:"吴小兰的父亲出事了,昨晚单位派车拉她们一家去了西线。"戈文焦急地问:"出了什么事?"林梅说:"邻居也不太清楚!只是说,她爸从脚手架上摔了下来。"戈文心里一沉,忙问:"摔得严重吗?"林梅摇摇头。戈文有一种不好的预感,为吴小兰担心起来。

昨晚,吴小兰吃完饭,帮着母亲收拾完屋子,想去隔壁的小宝家借辆自行车,明天再去通知戈文去群众艺术馆,打算给戈文一个惊喜。没想到正好在小宝家门前碰见了戈文。月光下,她看到了戈文表情的变化,那个变化是兴奋的。吴小兰认为,戈文是喜欢自己的,张宝所说的话都是假的,她想在去城里的路上,再探探戈文的真实思想。在睡觉前,她还在想,明天如何跟戈文谈话。一阵急促的敲门声惊醒了她,当她穿好衣服出了门,外屋站了几个人,母亲号啕大哭。万万没有想到的是,父亲从脚手架上掉了下来,来的人说,老吴伤重。临上车前,她对送行的小宝说:"告诉戈文群众艺术馆去不了了。"

戈文回到家,满脑子都是吴小兰的父亲。有一年过春节,戈文和弟弟们在院里放鞭炮,差点炸到她爸,她爸还训了他几句。张琴问:"你今天怎么回事,像丢了魂似的,发生了什么事?"戈文想了想,把吴小兰父亲受伤的情况说了。张琴听完表情变得凝重了,一句话没说。过了一会儿,她说:"给你爸写封信。"戈文根据母亲的口述写完了信。张琴说:"你到邮局把信寄了。加急!"

戈文寄完信,在回家的路上,张宝在身后喊他,戈文不想理他,装着没有听见,继续朝前走。张宝又喊了一声,戈文停下了脚步。他这么喊,是不是跟吴小兰有关系。张宝走到跟前,问:"吴小兰他爸摔死了,你知道吗?"戈文一惊,说:"你别胡说!"张宝说:"昨天晚上,来接吴小兰一家的那个开车的司机,到我家对我妈说的。"戈文什么都没说就回家了。他把张宝说的话跟母亲说了。母亲叹了声气,说:"唉……我们在家,天天提心吊胆!吴小兰的父亲,是她家唯一的经济来源,今后这个家怎么生活呀?"张琴也在为丈夫担心,这个担心让她伤感和脆弱,一听到谁家有事,心里都会感到不是滋味。屋里顿时沉闷起来,他知道,母亲的心飞到了父亲身边。除了他们,母亲就惦记着父亲。

一整天,戈文哪也没去,一直在家陪母亲,帮着干一些家务活。小弟弟和老二、老三在家门外和泥巴玩,捏一个小人,捏一条小蛇,捏一个小兔,变换着捏。张琴在家里纳着鞋底。戈文看了一会儿书,出门和弟弟们玩开了。虽然他这么平静,但是心里一直在想,吴小兰以后怎么办?他知道,自己帮不上什么忙。就是能帮,也不知道怎么帮!戈文没想到,原来生活会这么残酷。突来的打击,吴小兰能挺得住吗?他仿佛看到吴小兰一家人趴在她父亲冰凉的尸体上大声痛哭,看到吴小兰泪流满面,抚摸着她父亲,叫喊着她父亲,不由得难受了起来。三个弟弟在快乐地玩耍着,他们哪里知道生活会这么残酷!他们会知道死亡吗?

晚上,戈文去小宝家。整个大院处在朦胧之中。他走到小宝家门口,犹豫了好一会儿才敲门。门开了,是小宝的妹妹,冷淡地问:"有啥事?"小宝的妹妹,有十二三岁,扎着俩小辫,头发黑油油的。戈文问:"你哥在家吗?"小宝的妹妹说:"不在!"戈文又问:"你妈在吗?"小宝的妹妹说:"也不在"。接着她问:"有啥事,说!"戈文扭头走了,在门口碰见了小宝妈,马上叫道:"赵婶好!"小宝妈问:"有事吗?"戈文把道歉意思说了。小宝妈说:"这事都过去这么久了,还道什么歉呀!小宝在吴小兰家呢,给她家看房子呢!你去那找他吧!"戈文说了声谢谢就走了。在吴小兰家门口,他听见有几个人在说话。敲门,开了门,小宝一见是戈文就要关门。戈文伸手挡住门,说:"小宝! 我是向你赔礼道歉的。"小宝这才把门松开。戈文说:"我错了!"说完准备走,小宝说:"我差点忘了,吴小兰昨天让我告诉你,群众艺术馆去不了了,她去西线了。"小宝没有再往深处说。虽然这是一个迟来的消息,但是让戈文对吴小兰有了一个更深的了解。她是一个有信誉,有情有谊的人。

戈文回到家,心里一直平静不下来,他在想吴小兰,在等待吴小兰回来。心里不知是怎么回事,堵得慌! 觉得人生活着,有这么多的未知,这么多的痛苦。

第二天早上起来,戈文吃完早饭,跟母亲说了声再见,背上书包来到了大院门口。

门口已聚集了许多人,车还没有来。戈文走入人群,人们都在议论吴小兰父亲身亡的细节。他站在旁边静静地听着,心情不由得又沉重了起来。张宝走过来问:"你来了!"戈文不想和张宝说话。昨天他说吴小兰的父亲摔死了,让戈文觉得很不舒服。他还是吴小兰的追求者,一点同情心都没有,同时也觉得自己变得特别敏感了。

早上,天有些凉意。戈文裹了裹衣服,靠着车厢的板坐下了。两个晚上都没有睡好,随着车厢的晃动迷糊着了。他做了一个奇怪的梦,梦见吴小兰了。隔河相望,吴小兰身穿白色的衣服,站在河边哭啼。戈文站在河的对面,向吴小兰招手,她不理他,直朝河里走去。他叫喊着,不能跳河呀! 她根本不理。他死命地哭喊着! 河水渐渐淹没吴小兰的头顶。有人推了他一把,问:"你喊什么呢?"戈文睁开眼睛,李忠问:"刚才你喊什么呢?"戈文紧张地问:"我喊什么了?"怕秘密泄露了。李忠说,你喊:"不能,不能,还喊什么兰。"戈文放松了,说:"做了个噩梦!"李忠也是他的同学,是一个年级的,不是一个班的。他在一班,李忠在二班。李忠家住在靠大院门口那边,离他家有点距离,平时来往比较少,不是很熟悉。

戈文揉了揉眼睛,直了直身子,眼睛看着路两旁的景色,回忆刚才的梦境。这个梦境预示着什么? 他找不出答案,也不可能找到答案。他第一次感到生活的残酷无情。他感到离吴小兰似乎越来越近了。

麦子打完后,装袋运走了,热气腾腾的打麦场变得空旷寂静,残留的麦粒,散落在边边角角。戈文、李忠、张宝、林梅,被分配去打扫打麦场。太阳依然光热十足,空旷的打麦场上,只有哗哗的扫地声。

中间休息,林梅走过来,跟戈文说上次在树林发生的事。刚往细处说,张宝来了。林梅把话停住了。不用林梅说,戈文就明白了。吴小兰临走之前,告诉小宝转告他,群众艺术馆不去了,就证明了一切。林梅与吴小兰在学校非常要好。她俩就像一个人,形影不离。林梅肯定知道吴小兰许多的秘密。她刚才要说的,一定是吴小兰对他的态度。张宝问:"你们俩聊什么呢?"戈文没有吱声,林梅说:"瞎聊!"张宝说:"吴小兰以后怎么办呀?"林梅说:"那也是没有办法的事,我们以后多帮帮小兰。"张宝没接话。戈文附和着说:"是的!你和吴小兰关系好,有什么事及时跟我们说。"他把张宝也带上了,怕他又胡思乱想,对吴小兰不利。张宝说:"那是当然了。"

李忠走过来说:"听说,要招工了,你们知道不?"张宝说:"是吗?没听说,这次招工去哪?"李忠说:"听说去保密厂,具体地方我也不太清楚。"这个消息,戈文已知道了,他没有吭声。林梅说:"分到保密厂,那多好呀!"李忠说:"听说,名额少,我们能不能去,还难说呢!"林梅说:"好了!我们干活吧!"大家激烈地讨论着。

大家开始干活了,不一会儿,戈文的头上流汗了,手心里也渗出了汗,握着扫帚把滑溜溜的。中午收工了,大家分头回到宿舍,戈文拿上脸盆冲到水房,关上门,脱光衣服,接上一盆水,从头上往下倒,浑身顿时凉爽了许多,他擦了擦身子回到宿舍,就拿上饭盒去食堂打饭了。

中午休息两个小时,戈文准备上床休息一下,眼睛一扫,发现葛林、张权、晁鸣的床都空了。黄新正在床上躺着,他走了过去,轻轻推了一下黄新。他坐起来问:"有事吗?"戈文手指着葛林、张权、晁鸣的床问:"他们几个人呢?"黄新回答:"他们'解放'了,回家了!"戈文问:"还来吗?"黄新说:"不来了!"他又说:"你借葛林的书,他说送给你了。早上接到的通知,走得急,没来得及跟你打招呼。"地窝子空荡了。十个人走了六个人,那么大一间房,只剩下四个人了——他、黄新、王大胡子、老顾。自从戈文到了地窝子,就没见过老顾跟任何人说话。他是饲养员,每天人们没起床,他就去饲养棚了,等人们进入梦乡才回来。他似乎跟一个聋哑人一样,每天行动都是一个人。王大胡子,是个乐天派,每天开玩笑,说笑话,也活跃了气氛。不过,葛林、张权、晁鸣,包括刚没来多久的黄新都瞧不起他。因为他没有什么文化,新中国成立初期,由农民参加工作的,识字不多。他平常也不在宿舍,后面的地窝子里有他一位老乡,基本就扎到他老乡那了。

戈文上了床,心里还想着葛林和张权。虽然自己和他们在一起时间不长,但是他们对自己帮助不少。葛林借给他书看,张权给他换药,他们走了,都没能说声谢谢,觉得挺遗憾的。有机会见面,一定要好好谢谢他们。

打麦场的活儿干完了,开始犁地翻地了。戈文和李忠一组,戈文扶着犁,李忠牵着白骡子,在地里来回翻着麦地。这片土地原是戈壁滩,在人们的辛勤耕耘下变得肥沃了。经过几个月的劳动,戈文和同学们成为一个较熟练的农工了。

李忠说:"下了工,我们去沙枣林摘沙枣,怎么样?"沙枣林,又让他想起了吴小兰。他在设想,和吴小兰再见面的情景,会对吴小兰说什么?说,我非常喜欢你?能说出口吗?说不出,那怎么能和她越走越近呢?虽然觉得和吴小兰越来越近了,但是要说出我喜欢你,还是非常难的。说不出口,那结局会怎样呢?他思索着,不知怎么走下去,但有一点儿,他是敢肯定的,那就是会尽自己的力量去帮助她。

李忠问:"戈文,你想什么呢?晚上去不去?"戈文回答:"去!你把林梅叫上,多叫几个人。"李忠答应了。下了工,吃完饭,戈文、李忠等八九个人趁着夜色朝着沙枣林方向出发了。这片沙枣林是野生沙枣林,无人管护,谁进去都可以摘沙枣。穿过兰新公路,又走了两里多路进入沙枣林。路上,张宝紧跟着林梅套近乎,林梅快走,张宝也快走;林梅慢走,张宝也慢走。林梅跟董茹并排走,张宝就跟在后面。他的大胆举动,在同学当中是有名的。有一次,几个同学吃完了晚饭,在兰新公路上边玩边看风景,正好公路走来两个十五六岁的女孩,张宝就敢去逗那两个女孩。

沙枣林中的枣,有的黄了,有的黄青相加,有的青青的。大家分头找了几棵熟了的沙枣树,拿木棍往树枝上打。正在他们起劲地打沙枣时,不知从哪冒出四五个人来,也来打。戈文叫他们停下,这几个人根本不听,捡起打下的沙枣就往口袋里装。戈文和李忠去拦,那几个人根本不怕。戈文说:"你们要打沙枣,到别处打去,这是我们打下的。"当中一个挺瘦的人说:"这沙枣是你们家的吗?写你们的名字了吗?"戈文说:"这是我们打的,你们可以去打别的树。"他们不听,戈文就上去扯那个装沙枣的人。两伙人就这样撕扯起来。在戈文和那个捡沙枣的人撕扯时,不知谁用木棍打到他的脑袋上。那伙人拎着麻袋边打边退,他们退到公路边上,顺着公路跑了。戈文的袖子被撕破了,李忠的头被打了个小包,董茹的一只鞋不知道掉哪了,林梅的手背上被划出道道血痕,张宝的裤子被撕开了,白白的小腿露了出来。他们脱下上衣,包沙枣,张宝把裤子脱下来,两个裤腿一扎装入沙枣。虽然打了一仗,挺沮丧,但是装了不少沙枣,也挺兴奋的。男同学装上沙枣,回去给女同学分。李忠说:"我们这么回去,要是被管干发现了怎么办?"张宝说:"没事!"戈文想了想说:"要不这样,我们分开走,不要一群人一起回去。两个人一组,从不同方向进院,这样就不易被发现,就是发现也好说。"大家觉得这个办法好。各自组合，分批回去。最后，剩下戈文、张宝、林梅。戈文说："你们俩先走吧。"林梅说："三个人一起走。"张宝不吱声。戈文心想，张宝是不是不愿意三个人一起走？林梅见戈文不动身，又说："走吧！没事！"他想了想就和林梅走了。张宝跟在后面。三个人都和吴小兰有关系，一路上，三个人没有说一句话。

进了宿舍，戈文找黄新，问："有针线没？"黄新说："有！"从枕头底下拿出针线，问："怎么回事？"戈文拿着针线回答："没事！"说完坐在床上缝袖子。他边缝边想，那几个人明天要来找怎么办？黄新走过来，问："你晚上是不是打架了？跟谁打架了？"戈文撒谎说："没有呀！"黄新笑了一下，说："不说实话，你看看你下巴，还有血印呢。"戈文看瞒不住了，就把事情的经过说了一遍。黄新问："那伙人是哪儿的？"戈文回答道："不知道！"接着分析说："我估计是沙井驿知青点的。"黄新又问："人没有打坏吧？"戈文说："没有！"黄新没再说话。戈文缝好了袖子，还了针线，上床睡觉了。

早上，管干于龙刚出了宿舍门，一群不认识的人从农场大门气冲冲地走了进来，手里有拿长棍的，有拿铁锹的。于龙不知怎么回事，觉得要出事，恰好看见黄新端着脸盆出来，忙喊："老黄，你过来一下。"黄新也看见从大门进来的人，看来是昨晚打架的人来算账了，他走到于龙跟前悄声说了这件事。于龙脸色严肃了，没有吱声，想看看对方怎么说。他还特意告诉黄新，一会儿你去找戈文，让他们注意，没他的命令，谁也不能出来。那一群人走到于龙跟前，忙问："这是七局的河西农场吗？"于龙问："你们有什么事吗？"一个小平头的青年人说："你们的人昨晚把我们的人打坏了。"于龙问："你们怎么知道是我们这里的人打的，有证据吗？"那群人当中一个人说："有证据，你们有一个人身穿'国家建委'字样的背心。"于龙说："你们只凭一件背心就断定是我们这里的人打的？"小平头问于龙："你是什么人？"黄新在旁边说："这是我们的领导。"于龙的眼睛示意他："赶快去告诉戈文，让人把背心藏起来。"于龙说："光有背心不能证明什么，还有一家国家建委的农场呢！"那些人要求全农场的人都出来，让他们验证一下，不然不会走的。于龙继续拦着他们，黄新进了地窝子。

戈文刚睁开眼睛，还没有起床。黄新说："昨晚跟你们打架的人，纠集了三四十人把农场围住了，要求把昨天和他们打架的人全部交出来。"戈文从床上一下子爬起来说："是他们先抢沙枣的！"对着黄新说："走！出去看看！"黄新一把拉住他说："于管干说，谁也不能出去，把门锁好。我和管干去跟他们交涉。"戈文说："没事！是他们先动手的。"这句话是他编了谎。

黄新说："那也不行！你就老老实实在房子里待着，千万不能出来。"外面的吵闹声不时传进来。于龙说："你们先回去，等我们调查清楚了给你们回话。你们也没有拿出证据，确定是我们这里的人干的。"对方有一个人说："我们有证据！有一个人穿白色背心，上面印有'国家建委'字样，那不是你们的人，那会是谁？"戈文心想，坏了！李忠就穿这样一件背心。他父亲曾代表七局参加过国家建委组织的篮球赛，那背心是他爸的。黄新问："谁穿了这个背心？"戈文说："李忠！"黄新说："今天不让验证一下，他们是不会走的。"他说："你从后面的窗户爬出去，告诉李忠，把背心藏起来，我一会儿再来。"他说完就出门了。戈文搬了个凳子放在床上，站在凳子上，从后面窗户爬了出去，昨晚去的人，除了戈文，其他人都住在一起。他见到李忠，告诉他怎么办。他又把昨晚去的人叫在一起交代了一下，让他们把证据都处理了。李忠害怕了，大家也害怕了。事情办好后，回到房子里，黄新又进来了。戈文把办好的事跟他说了一遍，黄新又出去了。过了一会儿，于管干喊："你们都出来！"农场的年轻人出来后都站成一排，对方像审贼似的，每个人看了一遍，对方的人，在戈文跟前站了半天，没敢确定，心存疑虑，又找不到破绽。对方一个人说："我们到那家去看看！"这些人走了，戈文大大地松了口气。于龙把他们几个都叫到办公室，瞪着眼珠子，先大骂了一顿。然后又开始询问这到底是怎么回事。谁也没有吭声。于龙端起桌子上的水杯，喝了一口水，然后又放下水杯，用眼睛巡视了一下，说："你们别以为这事就这么过去了，对方不可能善罢甘休，他们是地委农场的知青，你们说清楚了，说明白了，也好想办法去解决。如果你们不说，人家再来，怎么办？"戈文以为这场风波就这么有惊无险地过去了！是呀！人家再来怎么办？于龙用手指抠了抠脸上结了疤的粉刺，又问："你们谁先说？"沉默了一会儿，参与的每个人都把事情的经过说了一遍。戈文这才知道是李忠先动手的，他拿着木棍在打沙枣。于龙听完，没有马上说话，而是端起水杯喝了口水，沉默了一会儿说："你们先回去吧！"

出了办公室，戈文忐忑不安起来，承认了是自己领的头，这要处理自己怎么办，马上要招工了！影响招工怎么办？这事要是传到父母亲耳朵里，怎么办？戈文有点后悔了，心里叫道，我干吗要出这个头呀！又一想，我不出头，谁出头？能去说李忠吗？不能！情绪一落千丈。过后，又一想，事情已经这样了，再想也没有什么用了。听天由命吧！自己宽慰自己，可心还是堵堵的。

戈文和李忠去犁地了。李忠牵着白骡子，戈文扶着犁把。李忠说："戈文！谢谢你！要不是你跑过来告诉我，那就惨了。"戈文说："这是黄新叔叔告诉我的。"李忠说："不管怎样，我还得感谢你！以后你有什么事，不要客气，尽管吭声！"李忠又说："你那天在车厢里说梦话，说那个什么兰，是不是吴小兰？"戈文掩饰说："你胡说啥？那是不可能的。"李忠说："你喊的就是小兰！我听得清清楚楚。车上人多，另外，咱们又不熟，我就没有多说。这两天，我想了想，一定是吴小兰。"戈文没有再反驳，继续听他说。李忠又说："张宝喜欢吴小兰，他跟我说过。李忠家和张宝家是邻居，两家关系非常好。"李忠停顿了一下，又说："我觉得吴小兰看不上他。不过，张宝还跟我说，你也在追求吴小兰。"戈文总以为，他和吴小兰的关系，只有自己一个人清楚，没想到张宝已把这个秘密传播开了，只是变了个意思。如果在吴小兰父亲走之前，如果在小宝把吴小兰的话传给他之前，他会断然否定张宝所说的他追求吴小兰！现在，会否定吗？吴小兰传给他的话，能证明爱的产生吗？不能证明，所能证明的，就是吴小兰是一个守信用的人！爱的热量会传递的这么快吗？爱的这条路会走的这么平坦吗？爱的这节路会这么短吗？他刚刚稍微平静的心，又让李忠搅得翻腾了起来。

李忠问："你怎么不说话呀？"戈文说："我说什么呀！"李忠："我觉得吴小兰挺好的！"戈文笑了笑说："你是媒婆呀！"李忠笑了起来。戈文心想，张宝说了他和吴小兰的关系，绝不能从自己的口中说出来，不能透出一点点信息给李忠。

戈文一想起打架的事，就觉得倒霉！真是天上掉下来的一个横祸。那天，要是不去多好呀！这事发生得真是莫名其妙！晚上，他闷闷不乐，坐在床上，背靠墙，心不在焉地翻看着书，翻了几页，就把书放下了，傻愣愣地想着这段时间发生的事，吴小兰父亲的死，沙枣林打架，张宝的变化，李忠的发现。他觉得自己都有点扛不住了，不知怎么去解决这些问题。特别是打架的事，就像一把剑悬在自己的头顶上，不知什么时候就砍了下来。黄新过来，对戈文说："我俩出去转转。"院子里，有几处砖桌、砖凳，人们休息的时候，就坐下来聊天赏景。

两人在砖凳上坐了下来。戈文不知他要谈什么，心提到了嗓子眼上，心速加快，扑腾扑腾地跳。黄新说："我受于管干的委托，来负责调查这件事。李忠先拿木棍打在人家头上的。"戈文心想，这个问题已向于龙交代过了，怎么黄新又提起这件事？同时，心里也清楚，李忠这一棍，也是为了帮他。黄新继续说："被打的那个人还在医院，伤到什么程度等检查出来才清楚。如果伤者没事，这事就好处理了；要是有事，这事就难处理了。你要有个思想准备。"戈文一听这话脑袋蒙了。要有个思想准备,什么意思? 能有什么准备? 黄新又说:"这回可要严肃处理李忠了。你不要背思想包袱,这件事的关键,是把对方那个人的头打了,要不然也没有什么事。"接着又说:"于管干正在协商解决,你也不要想得太多。"戈文心想,我不可能不想得多! 如果,真像黄新说的那样,李忠怎么办? 要怎么处理? 他想到这,问:"黄叔叔,这要处理,怎么处理?"黄新回答道:"这些事不是你操心的,至于怎么处理,那是农场的事! 关键是被打的那个人,千万不要有什么毛病,剩下的事就好办了!"黄新说完就走了。

戈文坐着发愣,李忠来了,坐在对面,情绪低落,沉默了一会儿,说:"农场来找我调查了。"戈文没有接话。李忠发泄着说:"真他妈倒霉!"戈文想了一下说:"都怪我,我要忍一下,换了地方,就不会出现这件事。"李忠说:"那些人太横行霸道了。我们打的,他们就过来抢!"李忠的正义感,让戈文敬佩! 觉得自己也有责任,不能全怪李忠,说:"我去找管干说,是我让你打的。"李忠马上说:"你千万不要这样,我都承认了,同学也都证明了,是我先动手的。你把责任揽过去,那我成什么人了,同学们也瞧不起我呀! 那天在于管干办公室,你站了出来,我都不好意思了。反正已经这样了,愿意怎么处理就怎么处理吧! 我不管它了。"李忠这么一说,戈文无地自容了,那天自己还忐忑不安,还有点后悔。在李忠面前,矮了许多,觉得李忠才是一个男子汉! 戈文暗自下了决心,一定要帮李忠。他想去找黄新,他不是跟父亲关系好吗? 戈文回到宿舍,黄新在看书。他走了过去,黄新放下书,问:"你有事吗?"戈文把想好了的一股脑讲了,他说:"黄叔叔,求你帮帮李忠,帮李忠也是帮我!"黄新听完,只说了一句:"知道了!"戈文不走,黄新又说:"你去睡觉吧,我会想办法的!"

打架的事,远没有戈文想得这么简单,事情继续在发酵,被李忠打的那个人的父亲是地委的一位领导。虽然被打的那个人经医院检查没什么大问题,但是他父亲不干了。那个领导正在与农场交涉。据说,他要求拘留李忠。戈文听到这个消息,问了几次黄新,他都说正在协调,再等等。他没有否定拘留,也没有肯定不拘留。李忠表面很平静,但戈文几次看到他下了工一个人在院子里转悠,估计也听说要拘留他了。半个月后,没有什么动静。戈文心想,这事是不是就这么过去了。一天下午,戈文刚从水房出来,一辆黄帆布的吉普车开进院子里,从车里出来几名公安,于管干领着他们直朝李忠的宿舍走去。戈文心想,李忠这下子完了,肯定是来带他的。他站在院子里没有动,死盯着这几个公安。半个小时后,那几个公安出来,坐上车走了。

戈文不知怎么回事,没有带走李忠? 他快跑进李忠的宿舍,李忠正在喝水。戈文问:"什么情况?"李忠喝完水,慢悠悠地说:"他们是来调查的。我把那天打架的情况一五一十地说了,他们做了一个笔录,让我签了个字就走了。"戈文虚惊一场,接着又问:"他们没有再问别的?"李忠说:"没有!"他俩正说着话,黄新进来了。戈文忙问:"黄叔叔,这事咋样了?"黄新说:"这是例行公事,调查调查!"他又说:"农场和地委那个领导协商了,他吐口了,不再追究了。今天来的公安主要是调查清楚,准备结案了。"他没有讲具体怎么协商的,那位领导为什么不追究了,是什么原因让他放弃。戈文听完,心放松了,不管这些了,反正李忠没事了。李忠脸上露出了笑容,一扫这段时间的阴霾。戈文高兴地说:"黄叔叔! 谢谢你! 谢谢你!"李忠也随着说:"谢谢!"

这场风波就这样过去了。他和李忠的关系更铁了,更坚实了。

第八章

吴小兰走了一个多月,没有一点消息。戈文问过几次林梅,林梅说,她也没有吴小兰的消息。他们每天依然在田地里犁地、翻地、浇水、平整土地。

秋天,还那么炎热。戈文呼吸着满眼绿色飘出的草树味,享受着大自然的馈赠。自从打架的事处理完后,过了一段很平静的日子。然而,内心里翻腾着许多事。姚琴的回来又离开,吴小兰的离开还没有回来!情感的波浪,就像一条河,像一条江,更像一条潺潺的小溪在心里流淌。

在西线的一栋土坯房子里,吴小兰陪着母亲坐着,脸上还有泪痕。这一个多月,她痛苦万分,备受煎熬。这个打击太大了,她弱小的身躯是承受不了的,天天在流眼泪。下葬完父亲,她就想离开这地方,她恨这个地方,这个地方夺走了父亲的生命;可她又不愿意离开这个地方,父亲就埋在这个荒漠里,她想永远陪着父亲。然而,待的时间久了,她想同学们了,也许跟同学们在一起,能减轻一些痛苦。她想到了戈文,不知戈文现在怎么样,他会和我一样,这样想吗?每天夜里,她都在想,父亲走了,一定要和母亲支撑起这个家。她不知道,这些想法会不会实现。吴小兰在问着自己,想着未来。几天来,母亲一直跟单位交涉,让她顶替父亲,吴小兰心里获得一丝的安慰,她不知道自己会不会顶替,会不会留下来参加工作。如果工作了,跟戈文分开了,那自己还会去想戈文吗?参加工作了,有了收入了,家里的负担就会减轻,那戈文呢?她找不出答案,只能等待。

戈文躺在床上,没有心情看书,吴小兰又进了脑海里。他觉得她离开这么久,总应该来封信吧?林梅也没有收到吴小兰的来信。为什么这么久呀?同时,戈文也觉得自己太自私了。吴小兰的父亲去世了,自己一点忙都帮不上,还在心里埋怨吴小兰,自己还是人吗?书看不下去了,他走出了地窝子。

林梅、张宝、李忠、董茹正在院子里聊天。李忠叫道:"戈文!"戈文走了过去。董茹说:"听说吴小兰要顶替他父亲参加工作了。"张宝惊讶地问:

"是吗?"董茹说:"我也是听别人说的。"林梅说:"不是规定不够十六岁,不能参加工作吗?"董茹说:"也许是破例吧!"这个消息,就像一个冲击波,冲得戈文有点站不住了。他没想到会这样,他设想了许多和吴小兰再次见面的场景,就是没有想到她不回来了。戈文内心在翻腾,在回想。吴小兰不回来啦! 他的心好像一下子空了! 空得一点东西都不剩了。这个"空"是爱情吗? 难道说,他真的喜欢上吴小兰了吗? 不然,怎么会有这个感觉。思绪一下子飘向很远,飘向了吴小兰,仿佛看见她已穿上工作服,腰上挂着电工包,正在跟着工人师傅在工地上干活;仿佛看见她在工地上向他招手,跟他说,你去找姚琴吧! 你心里不是还惦记着姚琴吗?

张宝叫道:"戈文! 你发什么愣呀?""这次招工,你知道吗?"戈文缓过神问:"招什么工?"林梅看着戈文的表情,露出了一丝坏笑,她说:"戈文的魂,不知让谁给勾走了!"她这么一说,李忠和张宝都笑了,董茹傻愣愣地看着,她不知道林梅说的啥意思。

林梅说:"听说,农场要组织毛泽东思想宣传队,参加地区的知青会演。"董茹说:"我们又不是知青! 我们是在农场劳动。"李忠说:"我们是准知青!"林梅说:"反正在农场劳动的初中、高中毕业生都可以参加!"林梅又说:"黎俊的歌唱得不错,汪雪斌的笛子也吹得好,可惜他们走了。对了! 戈文,你不是会吹笛子吗?"戈文说:"我这水平不行,比汪雪斌差远了。"董茹说:"我看你不是老练吗?"戈文说:"再练也赶不上汪雪斌。"张宝说:"这只是听说,在我们这抽不抽人还难说呢,瞎操什么心!"接着又说:"林梅的舞跳得不错,在学校也算数一数二了。"林梅抿嘴一笑,谦虚地说:"我比姚琴差远了,也赶不上夏小芬。"林梅的舞确实跳得不错,经常代表学校参加校外的一些活动,在学校也算是公众人物了。戈文对会演没有多大兴趣,演也好不演也好,跟自己没有什么关系,他现在最关心的是招工的事。

果然没过几天,于管干通知他和林梅去场部报到,参加农场的毛泽东思想宣传队。林梅说得挺准! 她父亲在农场总部工作,知道的消息多些,快些。第二天下午,戈文收拾收拾东西坐着送货的大卡车回农场总部了。驾驶楼里就司机一个人,林梅和戈文坐了进去。戈文是第一次坐驾驶楼,林梅坐在戈文和司机的中间。这是第一次,戈文这么近得挨着女生坐着,他穿着短袖衫,裸露着胳膊,林梅穿着白底蓝花的短袖衫。

车在兰新公路上奔驰。坑坑洼洼的公路,一刹车,一颠,一转弯,林梅白白的胳膊碰到了戈文发热的胳膊,有一种冰凉麻酥酥的感觉,戈文不好意思地紧往车门上靠,想拉开点距离,心里却想着多几次刹车,多几次颠一颠,多几次转弯。每碰到一次,他就用眼睛的余光扫一下林梅。她神情若定,眼睛一直注视着前方。林梅是家里的老大,中等个,皮肤白腻,身材姣好,有一双会说话的眼睛。一路上,俩人没有说一句话,有时林梅扭过头看他一眼,戈文的眼睛盯着车外的风景。一排排白杨树倒在车的后面。司机是新调来的,不认识。他不说一句话。三个人静静地注视着前方。

农场大院东侧,有一排土坯房子。总部办公的地方,房前有一片绿茵茵的草坪,房子背后是大院的围墙。每间房子的门框上,有一块木制的白底黑字的牌子,上面写着:办公室、书记室、场长室、文体室。

戈文和林梅下了车来到文体室,一位戴眼镜的中年人正在低头写材料。林梅轻轻地敲了一下敞开的门。中年男人抬起头,问:"你们是来报到的吧?"林梅马上说:"是的!"这位中年人递了一张表。戈文和林梅分头填完表,递了过去。中年男人扫了一眼表说:"明天在农场大礼堂开始排练。"戈文和林梅出了办公室,两人说了声再见就各自回家了。

张琴在屋里干着活。前段时间,听说戈文在农场跟人打仗,心里生气,担心。她算计着时间,再过几天儿子就该回来了。前几天听说,打架的事解决了,幸好儿子没有伤着,一颗悬着的心算是放了下来。

戈文兴奋地进了家门,张琴一愣,没到放假的时间,儿子怎么回来了,马上问:"你怎么回来了?"戈文笑着说:"我被抽上参加农场宣传队。"张琴心里踏实了,接着把脸一拉,问道:"打架是怎么回事?"还没等戈文回答,张琴机关枪似的说了起来:"我跟你说了多少回,你怎么就记不住,你跟人打什么架呀?你爸都来信问这个事了。"母亲的数落,生气,让戈文措手不及,他不知怎么去回答,一直等到母亲不说了,稍微平静了,戈文才一五一十地把事情的经过说了。张琴听完,稍微温和了,接着又说:"快开始招工了,你千万不要再惹出什么事来。"戈文点点头!张琴又说:"等戈武、戈双回来再做饭,小四玩去了。"张琴说完进了她的屋,又开始纳鞋底了,边纳着鞋底边说:"下个礼拜,我就可以出工了。你排练回来,带着他们三个,自己做饭吃。"接着又说:"我去杨庙滩干活,中午回不来。"张琴又开始唠叨了:"你呀!再过两个月就十六岁了,成大人了,遇事要动动脑筋,不要傻了吧唧的。"戈文坐在小凳上,听母亲的絮叨。张琴看着儿子低头不语,就停止了絮叨,放下鞋底进了厨房。戈武、戈双放学回来了,他们一进门就高兴得围了过来。戈文高兴地从兜子里掏出了两块钱递给戈武说:"你去买些糖。"戈武拿上钱朝门外跑去。

张琴做好了饭，不见戈武回来，拿毛巾擦了擦手，问："戈武呢?"戈文回答："去小卖部买糖去了。"张琴不知从哪来的一股火，说道："买什么糖，家里这么紧张！你花钱真是大手大脚！"戈文没想到母亲反应这么强烈，他没有吱声，站了起来说："我去找找！"张琴说："快去快回！"戈文出了门，母亲的训斥，让他不理解，花的是自己省下的钱，又没有花家里的。再说了，钱是花到弟弟们身上，也没有花到自己头上，就两块钱嘛，值得母亲发这么大的脾气吗？戈文不明白。刚走到房拐角，戈武嘴含着糖，慢悠悠地往回走。戈文上去就是一脚，问道："你干吗去了，这么半天！"戈武撒腿就跑，嘴上嘟囔着："我告诉妈去，你打我！"戈文一进门又遭到母亲劈头盖脸的训斥："你打他干啥？"戈文心里那个气呀，又说不出什么。他坐了下来，一声不语。张琴叹了口气说："你怎么这么不让我省心。"戈武得意扬扬地看着戈文。张琴又说："吃饭吧！"这顿饭吃得很沉闷。戈文的心情降到冰点，后悔回来参加演出，一个人在农场劳动多好呀！没人管，回来还挨训！他草草地吃几口饭就进了自己的屋子，刚坐在炕上，母亲在外面叫了起来："说你几句，你脾气还大得很，饭也不吃了。"张琴说完抽泣起来。戈文听见母亲哭了，突然觉得自己是不是有点过分，反省自己，打架、花钱、打弟弟，还惹得母亲生气，觉得是自己不对。想到这，他出了屋，站在母亲跟前说："我错了！"张琴不理，抹着眼泪，放下筷子，进了屋。戈文愣了，看着三个弟弟，大眼对着小眼，不知怎么办好了！

张琴心情坏到了极点。前段时间西线来人，告诉她，丈夫的肝炎病又犯了，她着急写了封信问。昨天丈夫回信，说病好多了，让她放心。张琴根本不相信，担心焦虑了起来。她没有别的办法，丈夫离得这么远。她想到，丈夫就是这一家人的命，他要是有个三长两短，一家人怎么活呀？

戈文和三个弟弟静静地坐着，他不知道为什么母亲会这么生气，心里也憋气。戈双放下筷子，对着戈武说："都是你！你要早点回来，妈也不会这么生气。"戈武觉得自己错了，一声不吭。戈文想了想进了母亲的屋，戈武、戈双、戈全也跟进来了。

张琴坐在床沿上哭泣。戈全上前去劝："妈妈！你别哭了。"张琴抬头看了看停止了哭声，说："你们去吃吧！我待一会儿。"四个儿子站着不动。她又说了一句："我没事，你们出去吧！"戈文和三个弟弟这才低头出去了。

戈文在想，母亲的脾气怎么一下子变得这么大，发生了什么事？平常母亲不这样呀！他百思不解！吃完晚饭，收拾好碗筷，他坐在凳子上发愣。张琴从屋里出来，一句话没说领着小弟弟出去了。戈文开始打扫卫生。进了母亲的屋里,他看到缝纫机盖布的下面,露出了信的一个角,掀开盖布,信是爸爸来的,犹豫了一下,拿起来看信,除了父亲问他打架的事,再就是告诉母亲肝炎病好多了,让母亲放心。他明白了,原来母亲发脾气是因父亲的病引起的,心里不觉得沉重了起来,也为父亲担心了起来!戈文内疚了,觉得好后悔!为什么不理解母亲呢?刚才还跟母亲要脾气!不由得难受了起来,眼里涌出了泪水!内心里在问,戈文!你怎么就不能替母亲分忧呢?

戈文收拾完屋子,坐在戈武和戈全的对面,看着他俩写作业。窗外,月亮挂在天空上,戈文想着心事,越想越觉得自己愧对母亲。家里这么困难,自己大手大脚地花钱。父亲有病,家里需要钱的地方多着呢,可自己还跟母亲使性子。戈文真想扇自己一个耳光。

张琴心急如火,丈夫的病让她寝食不安。后院的李婶家有一家传秘方,她带着小儿子到李婶家去拿秘方。张琴的心里也有些后悔,刚才对儿子发了那么大脾气。进了李婶家,她把丈夫的情况跟李婶说了,李婶从抽屉里找出秘方,让张琴抄。张琴没上几天学,写个简单信的还行。她笑着说,我哪能抄呀,让你姑娘帮我抄一下。李婶的姑娘拿着秘方,趴在桌子上抄了起来。张琴与李婶唠起了家常。

张琴回到家见屋里干净了许多,知道儿子知错了。她坐了下来,叫戈文出来。戈文从屋里出来,张琴说:"你给你爸写封信。"戈文坐了下来,拿出信纸,听母亲口述。信写完,他念了一遍,母亲在信里只字没提父亲的病,只是说了家里都挺好,让父亲放心。随后,张琴从那洗了发白,补了好几块补丁的蓝布衣服兜里,掏出药方装进信里。然后又说:"你明早寄出去。"

睡觉之前,戈文把带回来的衣服都洗了,晾在门外的小院里,晾完衣服回屋,张琴又坐在厅里纳鞋底,抬起眼睛看了他一眼,他觉得这眼光是那么温情,那么温暖,觉得母亲可能有话要跟他说。结果等了一会儿,母亲什么话也没说。戈文说:"我去睡觉了。"母亲点点头。他进了屋,弟弟们都睡着了。上了床,从书包里掏出书看了起来,边看书边觉得刚才母亲那一眼,是原谅自己的一眼,是融化了冰点的一眼。

第二天早晨,张琴起来做早饭,脸上也放晴了。阳光洒在大院里,家家户户开始了新的一天。戈文吃完早饭,寄完信就去农场礼堂报到!他的心情好了许多。

戈文走进礼堂,舞台上聚集了许多人。舞台下面,摆了几排木制的长条椅子。空荡的礼堂有了人气。台上的人们正在说话,没人注意他进来。他走到凳子跟前坐了下来,面对舞台,戈文在心里默数着人数。有十几个人,都是一个年级的同学。毕业后,一部分人去了燎烟墩,一部分人去了离家较近的杨庙滩。林梅转身看见了戈文,叫道:"戈文!"随即从台上下来,其他几个同学也从舞台下来互相问好。

礼堂的门开了,一位戴眼镜的中年人走了进来,后面跟着一位三十岁左右的女人,非常漂亮。同学们回头望去。戈文说:"这不是我们报到时见过的那个人吗?"林梅说:"是的!他是这次会演的总负责。"这个人目不转睛地走到礼堂舞台中间站住,拍了拍手,叫道:"大家肃静!"同学还在说话,他又拍了拍手,说:"大家集中一下,现在开个会。"人们停止了说话,围了过来。他清了清嗓子,说:"我首先介绍一下自己,我叫刘民!姓刘的刘,人民的民。农场组织宣传队参加这次地区会演,我是总负责,也就是宣传队队长!大家有什么事可以找我。""我再介绍一下,我们从地区文工团请来了老师,"他用手指着站在旁边的女人,介绍说,"她叫邵敏,姓邵的邵,敏捷的敏。"他怕大家不明白,又走到黑板前,写了个"邵"字!"她就是你们的副队长,也是总导演。"大家鼓掌,热烈欢迎邵敏老师。邵敏往前走了两步,鞠了个躬,谦虚地说:"我也是来学习的,请大家多指导!"几个男同学望着这位非常漂亮的老师,嘀咕说:"真漂亮!"特别是荣剑,他外号叫小白脸,平常穿得整整齐齐,走起路来,有点像女人,长得像一个小姑娘似的,平常就愿意和女同学玩。戈文被这个女老师的美艳惊住了。虽然她穿的衣服很普通,跟大家穿的衣服没什么两样,但穿在她身上就显得那么得体、合适、漂亮。刘民介绍完,又说:"我们这次参加会演,农场领导很重视,我们大家一定要好好排练,三个月后参加会演,争取拿个名次。"同时,宣布了几条纪律。他说完,邵敏把要排的节目说了一下。大家按节目单分组进行排练。

戈文是笛子独奏,拿上曲子练习就行了。他知道自己的水平,上舞台表演还差得很远。于管干通知时,戈文就拒绝了,说自己不行。于管干说,这是农场定的,我只管通知!戈文当时心想,这是谁推荐的呢?林梅在旁边说:"没事!都是练出来的。"戈文心想,这不是赶鸭子上架吗?

刘民和邵敏讲完话后,大家分头练着各自的节目。

戈文每天早晨起来练笛子。有时在礼堂里,有时在礼堂外的树林里,有时在礼堂看着其他人练别的节目,比较自由。练了几天,觉得自己不行,想跟邵老师说,不练了回农场劳动,又不敢说。有时在问,我是一个退却的人吗?如果我退却了,同学们会瞧不起我的。如果不退却,自己能吹好吗?纠结!苦恼!有时自己给自己打气,不管它了,纠结也好,苦恼也好,已上了架子,只能朝前走。戈文给自己下了命令,练吧!至于能不能上台演出,能不能获得通过,那是以后的事,先不要去想它了,把眼前的事做好就行了,用心练好每一天。

有一天早晨,戈文一进礼堂,看到同学们在唱片的伴奏下,跳着《北京的金山上》的舞蹈,林梅在前面领舞。邵敏扭过头说:"戈文!你吹一下!"她的声音非常轻、非常甜美、非常清脆。戈文没有准备,心里有点紧张,这才几天呀!邵敏那一对漂亮的眼睛注视着他,戈文只好硬着头皮吹开了,试吹了几下,都没有在调上,头都出汗了。邵老师说:"别紧张,放松,放松,就按你平时吹的。"戈文的情绪稍微缓和,又吹了一遍。听完后,邵敏摇了摇头说:"你还得好好练练,尤其是基本功!你的基本功太差了。"戈文的脸唰的一下子红了。她说:"练笛子,有几个要点,一是音符。音符的演奏要有长音,吐音,连音等;二是长音要练二十五秒,从低音到高音,从高音到低音。还有气震音,吐音要准确;三是指法,每一个手指,要对应一个笛孔,手指的起伏,就是旋律!"邵敏讲了许多吹笛子的基本功知识,又推荐了一本练习笛子的书。她讲的有些戈文听明白了,有些没有听明白。"邵敏老师的指导,让戈文心情好了起来,增强了学好吹笛子的信心!邵敏说:"你好好练,多练基本功。"戈文朝邵敏笑了笑说:"好的!"邵敏转身又去教舞蹈了。戈文站着没动,眼光跟着过去了。跳舞的同学们都围了过去。荣剑特意站在邵敏旁边,挨得很近,邵敏挪了一下步,荣剑也挪一步。邵敏开始讲,并用手势教。她讲跳舞的基本功:"舞蹈要有站姿、坐姿;肌肉线条、肌肉能力;软开度开发、关节拓展;节奏感训练、乐感训练;灵巧度训练、体能训练,这是身体的基本舞蹈能力。当然,这些你们都没有学过,我告诉你们舞蹈的几个要素。基本功的第一要素就是站。站不好,就不要谈其他基本功了,所以站是第一要素。有了站的基本功,再练开脚、直膝、包臀、立腰、立背、展肩、立项、沉气等。第二要素是立,第三要素是直,第四要素是行,第五要素是韧,第六要素是快,第七要素是轻,第八要素是稳!"她又讲:"要想跳好舞,这些是必须学的。"同学们听得云里雾里,哪里学过这些呀!邵敏也意识到说多了,又说:"这些东西要慢慢掌握,才能跳好舞!"又示范性地跳了几段舞,非常优美!同学们都看傻了。她跳完后,大家使劲地鼓掌,特别是男同学巴掌拍得最响。

戈文按着邵敏教的方法,刻苦练习,水平慢慢有所提高。有天晚上,戈文领着三个弟弟来到大院的树林里,背靠树,面对弟弟们说:"我吹一下,你们听听,好不好听。"小弟弟戈全拍着小手叫道:"好!"一曲欢快的《扬鞭催马送粮忙》划破寂静的天空。戈全拍手称:"好。"大弟弟戈武没反应。戈文问:"怎么样?"戈武说:"没有戏匣子(收音机)里的好听!"二弟戈双也这么说。戈文说:"再吹一曲《牧民新歌》。"戈武听完,待了一会儿说:"反正没有戏匣子里的好听!"

月光铺洒在树梢上,铺洒在戈文的身上。他仰望深邃的天空,圆圆的月亮悬挂在空中,星星像小眼睛俯视着大地。突然,他眼睛的余光闪出一个人来,心一跳,那不是邵敏吗?她到树林里干什么来了?又闪出一个人影,宣传队队长刘民。他怎么也到这里来了!戈文的脑子瞬间空了。邵敏和刘民——,他心慌了,不敢想下去了!邵敏的形象在这个少年心里是圣洁的,是白璧无瑕的,是女神呀!戈文静了一下,想了想,也许是自己多虑了。不管怎么说,刘民触动了戈文心中的圣洁,戈文不禁对刘民产生了厌恶感!

邵敏是戈文的偶像,也是这群男同学的偶像!邵敏来到他们中间,只有几天的工夫,她的美貌、她的学识,足足让他们神魂颠倒。有一次,荣剑聊天说:"邵敏像《铁道游击队》里的芳林嫂。"戈文想到了《英雄儿女》中的王芳,《红灯记》中的李铁梅,她们是戈文心中的偶像,是男同学们心中的偶像,谁污染偶像,追随者都不会答应的。

今天下午排练完,人们都走了。邵敏没有走,准备明天排练的课程。一直到天黑,她才出了礼堂大门,在门口碰见了刘民,邵敏问:"有事吗?"刘民说:"有点事。"邵敏说:"明天说行吗?"刘民坚持说:"时间不长,就说几句话。"邵敏说:"那你说吧。"刘民说:"这说话不太方便。"两人来到小树林。刘民说:"咱俩认识这么久了,你应该给我一个明确的答复。"邵敏说:"以后再说吧!我现在给不了你答复。我觉得我们这么来往挺好的,不要再往深处走,我有些情况你不清楚。"刘民说:"你的过去跟我没关系,我也不想了解你的过去。我交的是你这个人,不是你的过去。"邵敏说:"不早了,我还得赶回去,哪天再说。"刘民看邵敏不愿再谈了,没有吱声,静静地站在旁边。突然传来一阵笛子声,邵敏说:"我先走了!"没想到,她刚出小树林就看见了戈文。在回家的路上,她反复在想,刘民这么追求,她有点招架不住。她现在不想个人的问题,家里的现状不容她想个人的问题。再说,虽然认识刘民有一段时间了,但是对他深层次的了解还不够。同时,邵敏也有难言之隐呀!这些难言之隐封闭了自己,她知道自己的美丽,但这个美丽却没有给她带来什么好处。

戈文自从在小树林看见邵敏后,就每天提前来到礼堂,不知这是为什么。有一天早晨,他来到礼堂,礼堂人不多,邵敏没来,林梅、荣剑、李力帆在练习舞蹈。李力帆的腿好后,没再去燎烟墩分场,而是去了杨庙滩。他见到戈文走了过去。刚来宣传队报到的那一天，李力帆说了许多感谢他的话，还问起了张权、葛林。戈文告诉李力帆，他们都"解放"了，离开农场了。吴小兰父亲去世的消息，院子里的人都知道，他没有过多地问，只是问了一句："吴小兰怎么样？"戈文说："我也不知道。不过，听说她要顶替她父亲上班了。"李力帆说："我听说不是那么回事，是她妈要求单位让吴小兰顶替，之所以这么长时间没回来，关键是单位还没有答应。她妈说，不让吴小兰顶替，她就不回来了。"戈文这才明白吴小兰为什么待在西线这么久。那天董茹说的消息，看来还是有点影的。怪不得林梅说，够十六岁，才能参加工作。

李力帆悄悄对着戈文的耳朵说："你没发现我们队长对邵敏的献媚吗？同学们都看出来了。"经他这么一说，戈文又联想到那天晚上看到的一切！难道这是真的吗？李力帆继续说："刘民一来，就让我们自己练，叫邵敏去舞台的广播室。荣剑去偷听了几回，没听清楚说啥！"刘民一来，大家都反感他。

戈文经常不在礼堂练，而是拿上歌谱到外面去练。李力帆说的，他是不知道的。李力帆说："邵老师来了，不说了。"

邵敏今天换了一套列宁装，非常好看，线条美，显得干练！她走上舞台，拍了拍手问："林梅，人都到齐了吗？"林梅环顾了一下说："还差三四个人。"邵敏随后走到戈文跟前，说："戈文，你再吹吹！"戈文拿来乐谱架，看着乐谱吹开了。李力帆、林梅、荣剑、钱雪华、赵梅花等几个同学围了上来。戈文吹完，邵敏说："你有很大进步了。"她继续说："你就按这个练法去练，肯定会吹好的。"戈文心里高兴起来。邵敏漂亮的脸蛋，那么端庄、那么圣洁。戈文又想起那天晚上，他不相信邵敏会做出不光彩的事！李力帆传递的信息是不是有误。误判了的邵敏，在他这个少年心里打架，一个是肯定，一个是否定。美好的东西，受到污染，人们都会心痛的！戈文对邵敏的崇拜已经神圣化了，他不相信这么美丽的人会和刘民在一起，一想起刘民和邵敏在一起，就像吃了个苍蝇！

礼堂里响起了《北京的金山上》的乐曲。这是一首藏族民风的歌曲，据说其原曲是一支古老的酒歌，一般用于宗教的仪式。后改编了新词，在中国大地的每个角落唱响。十几年来，这个曲子经久不衰，没想到这么一首短小明快的歌曲竟然有着如此强大而久远的生命力，让人不胜感慨。

人来齐了，林梅领着同学开始练了。戈文走进舞台的广播室。说是广播室，实际上就是简陋的舞台灯光、音响总控室。他正在专心致志地练着。突然，外面响起了吵闹声。戈文开门出来，林梅正在和袁强吵架。袁强个子挺高,尖下巴、小眼睛、高鼻梁、窄额头。袁强说:"你厉害啥?我动作不准确,你好好说呀,你干吗那么厉害?"林梅说:"我跟你说了多少回了,你总是不改!"袁强说:"你为什么骂我笨猪!你才是笨猪!"林梅趁袁强没注意,上去就给他一个嘴巴!袁强火了,一下就冲了上去,把林梅推了一个跟头。戈文一看不好,冲上去拦住袁强,其他人也上去劝袁强。他躲闪了过去,一下子又把林梅推了一个跟头。戈文上前拉住袁强,李力帆也过来拉。袁强一甩手,骂了一声:"他妈的,我不排了。"转身走了。袁强在学校就是一个刺儿头,脾气暴躁,行为鲁莽。可他有一个特点是人们想不到的,爱好文艺。他喜欢唱歌,喜欢跳舞。在学校,在农场,戈文不跟他打交道。林梅也太厉害了,跟谁学的,这么强悍!林梅坐在地上哭开了。邵老师呢?戈文扫了一眼礼堂,问:"赵梅花,邵老师呢?"赵梅花也朝礼堂看了一眼,说:"早晨不是还在的吗?什么时候走的,不知道!"有几位同学过去,拉起林梅。大家纷纷议论,表示对袁强的不满。林梅抽泣,节目排不成了。几个女同学陪着林梅,男同学聚在一起闲聊。荣剑说:"邵老师去哪了?"李力帆说:"是不是到刘队长哪汇报工作去了?"赵一川说:"汇报什么工作去了?偷鸡……"他把话说到这戛然停止,"摸狗"两个字没有说出来。不过,大家心里都明白。赵一川也是同学,给人的感觉精明强干,说起话来,快言快语,从不拖泥带水。人长得帅气,双眼皮、大眼睛。女同学比较喜欢他。傅五十说:"你们不要瞎猜,也许邵老师有事。"傅五十的年龄比同龄人大两岁。从农村来的,九岁才上学,是小班的。他个子不高,皮肤黑,一双小眼睛,像老在寻找什么。荣剑接傅五十的话,说:"那谁知道呀?"傅五十说:"不知道,就不要瞎说。"荣剑问:"谁瞎说?"傅五十说:"我哪知道谁瞎说呀!"荣剑说:"瞧你这个熊样,配得上为邵敏说话吗?"傅五十回应说:"就你配得上,瞧你这个熊样!"李力帆一看这架势,忙说:"你俩少说两句,干吗呀!都是同学!"戈文一看,对邵敏的态度,已分成了两派。那自己站到哪一派?不管哪一派,喜欢邵敏都是一致的。

接近中午,邵敏回来了。她问林梅怎么回事。林梅挂着泪痕把刚才发生的事情说了一遍。邵敏说:"这事过后再处理,大家先练起来。"女同学们站好了队,男同学都慢悠悠,满不在意。邵敏喊:"你们快点!"荣剑用怪异的腔调说:"邵老师,喊那么大声干吗?我们又不是听不到!"邵敏愣住了,没想到,荣剑呛她。她意识到了,同学们对她刚才的离开有意见了。她做梦也不会想到,不是因为她的离开,而是因为她与刘民的关系。她更没想到的是,这群乳臭未干的毛孩子把她当成偶像了。她无意识地伤害了这群毛孩子的心啦！邵敏冷静地说："林梅，你去放唱片吧！"音乐响起，同学们开始练起舞来。戈文刚准备走，邵敏喊："戈文！你先别走！你先替代一下袁强，少一个人，队形不好排。"

中午，邵敏拍手叫道："上午就练到这里。"大家停下了，拿衣服，准备回家。邵敏客气地说："同学们，稍微耽误你们几分钟。今天上午我有点事出去了一下，给大家道歉。"又说："既然农场请我来，我就得负这个责任，同学们有什么意见可以提，绝不能影响排练。"荣剑接过了话："邵老师，我不是针对你！你不要多想！我们会好好排练的。"邵敏没有听明白荣剑说的话，戈文当时也没有明白。邵敏说："好了！不管你针对谁，都不能耽误排练。"过后，戈文才明白荣剑不满的意思。

戈文刚迈出礼堂大门，林梅在后面喊："戈文！"她走过来说："谢谢你！"戈文本想说："谢什么呀！"又觉得太虚！只是笑了笑。林梅问："袁强还来吗？"戈文说："不知道！"林梅问："吴小兰给你来过信吗？"戈文说："没有！"林梅说："她给我来信了。"戈文装着很镇静的样子，只"喔"了一声。林梅接着说："吴小兰本来早就该回来了，是她妈不让她回来，非要她顶替她爸上班才能回来。"戈文等林梅把话说完，也没有等到吴小兰提到他的话。戈文又想，她给林梅写信，怎么会提到自己呢！这么久了，吴小兰都不来封信，心里挺不是滋味的。自从吴小兰走了以后，戈文对她有了思念。这个思念是对朋友的思念，还是对情人的思念？吴小兰是朋友，还是情人呢？他分辨不出。林梅见戈文一句话不说，问："你怎么不说话呀！"戈文没有接话，而是说："我在听你说呢。"林梅说："我发现你，现在怎么不爱说话了。"林梅问的话，戈文没有办法回答，自己也不清楚，怎么会变得不爱说话了呢？林梅到家了，戈文继续朝前走。

进了家门，弟弟们放学了。小弟弟被母亲领走，去了杨庙滩。老三戈双说："哥！你怎么才回来呀！我都饿了。"戈文抓紧做饭。

饭做好后，他边吃饭边想，吴小兰就要参加工作了。她走了，自己以后怎么办？吴小兰没有答应过自己什么，自己也没有答应过吴小兰什么。原来自己想的那些是不是都想错了，吴小兰根本就没有那个意思，而是自己的一厢情愿。吴小兰对自己所做的就是作为一个同学的关心。戈文想到这儿，既感到失落，也感到了轻松。失落的是因为感情的温度一下子降为零度；轻松的是，吴小兰对自己的情感只是同学之间的友谊，自己没有背上情感的包袱。这些能证明吴小兰就此离开自己了吗？他不知道！吴小兰离开了这么久，没有一点儿消息，不由得有了怨气。同时，戈文也在想，也在问自己,你把吴小兰装到心里了吗?你敢肯定吗?不敢肯定?那你为什么有怨气呢?戈武叫了一声:"哥!你想啥呢?饭都凉了。"戈文对吴小兰的情感是模糊的,他始终弄不清楚对吴小兰的感情是什么。情感有多深,自己也不知道。吃完饭,戈文拿着笛子去礼堂了。在房子的拐角处,碰见了李力帆,他说:"荣剑被刘民叫走了。"戈文问:"你怎么知道的?"李力帆说:"我最后走的。"李力帆接着说:"肯定是荣剑呛邵敏的事,对了,也把袁强叫去了。"戈文心想,这事跟他也没有多大关系,就没有往深处问。不过,又觉得邵敏的胸怀也太窄了点,屁大点事,值得告诉刘民吗?何况,当时荣剑也算承认错误了。荣剑的态度是对刘民的,邵敏应该息事宁人,不应该挑事。戈文不由地问了李力帆一句:"刘民怎么知道的?"李力帆说:"是傅五十告诉的。"戈文一听这话,觉得自己刚才冤枉邵敏了。两人走到礼堂门口,门口站了好几个人。李力帆问:"为什么不进去呀?"钱雪花说:"门锁了!"钱雪花是戈文的同班同学,属于那种小巧玲珑型的女孩子,性格活泼开朗,爱说爱笑。只是皮肤黑点,在学校大家都叫她黑牡丹。傅五十接过钱雪花的话:"我去拿钥匙!"钱雪花说:"拿什么拿,老师一会儿就来了。"傅五十很听话地没有动。赵梅花说:"那我们就在这里等着?太阳这么热,再待一会儿就晒干了。"赵梅花属于宽大型的女孩,干啥事都大咧咧的,嘴角老挂着笑容,给人感觉这个女孩没有什么心眼,傻了吧唧的。赵一川上前拨弄着锁头,稍微一用力锁头开了。一群人进了礼堂,因为老师不在,有的在聊天,有的在练舞蹈。赵一川和李力帆去了舞台的广播室。林敏练着舞,戈文拿来乐谱架,吹开了。悠扬清脆的笛声在礼堂里回荡着。林梅停止了练舞,跑过来对戈文说:"你的笛子练得不错呀!"

下午三点多了,邵敏还没有来,荣剑、袁强也没有来。同学们开始纷纷议论起来,大家不知到底发生了什么事。正在乱猜测的时候,邵敏来了,眼睛红肿,像刚哭过似的。她拍了拍手,说:"大家把前段时间练的节目演练一遍。"

宣传队一共排了三个节目,一个笛子独奏曲,一个舞蹈,一个小合唱。第一个演练节目的是戈文,他吹完后,接着是林梅领舞的《北京的金山上》。这时,戈文看见刘民领着荣剑、袁强来了。三个人进来没有说话,刘民走到邵敏跟前说了几句话,就去广播室了。没想到的是,刘民刚推开广播室半掩的双开门,门上一簸箕的土就倒在了他身上。他拍着身上的土大喊:"这是谁干的?!"他这么一喊,大家都愣住了。刘民灰头灰脸的样子惹得几个女同学偷偷地笑。刘民又大喊一声:"到底是谁干的?"礼堂顿时鸦雀无声了。

邵敏的脸色顿时变得非常难看,望着灰头灰脸的刘民,她不知道现在说什么好了。戈文觉得这个恶作剧开得有点大了,刚才赵一川和李力帆去了广播室,戈文心里猜测也许是他俩干的。刘民在大家的面前来回走动,嘴里却叫道:"谁干的?"邵敏轻声地对刘民说了几句话,没想到刘民一挥手,说:"拉倒吧!今天非把这个事情查清楚。"邵敏声音大了点,说:"现正在排练,一儿再说,行不行?"刘民说:"不行!现在就查!"邵敏没再说一句话,一扭身走了。刘民没想到邵敏会走,忙去拉,说:"你别走呀!"邵敏一甩手,快了走几步出了礼堂。刘民望着离去的邵敏,不知所措了,稍微停了一下,也跟着出去了。

刘民是单身,快四十岁了,从技校毕业分配来的,细高个,脸上的青春痘较多,戴着一副眼镜,说话声音细细的,缺少阳刚之气。邵敏和他在一起,一点儿也不般配。戈文的厌恶感就是这么来的,觉得鲜花插到牛粪上了。刚才看到邵敏的态度,戈文觉得邵敏不会和他好的,心里感到了庆幸。荣剑见刘民出了礼堂,拍手叫道:"谁干的!太好了!"然后,他问傅五十:"是不是你到刘民那告我的状?"傅五十否认:"不是我!"荣剑说:"除了你,还有谁!"傅五十不吭声了,荣剑这个小白脸,怒起来,还挺像个男子汉的!他指着傅五十说:"你等着!"荣剑之所以敢这么说,关键是因为他有三个哥哥。他那三个哥哥的厉害,在大院里是有名的。戈文心想,刘民的事,不会就这么结束的。如果是李力帆和赵一川干的,就得提防着傅五十,因为他一直在礼堂。戈文想到这儿,走到李力帆跟前,悄悄问:"这事是不是你干的?"李力帆用手指了一下嘴,嘘了一声。戈文明白了,悄声说:"你得防着点傅五十!"李力帆点了点头。

邵敏出了门,没走多远,在一棵树前停下了。阳光透过树叶洒了下来,她觉得刘民心胸太窄,何况自己又跟他求情了,他还这样,不懂事理。刘民走过来,再三解释,邵敏始终不说一句话。刘民心里气得不行,觉得邵敏不理解他,还为孩子们求情,这让刘民更不能忍受了。他咽不下这口气,一定要处理这件事。邵敏不同意,他很难处理,邵敏毕竟是他请来的。刘民说:"这帮孩子太不像话,不处理是不行的。"邵敏说:"怎么处理?处理了,还怎么排节目?时间这么紧!"刘民说:"怎么处理你就不用管了。"邵敏说:"那不行!要处理,也得会演完再说。"刘民不表态,两个人僵持了。

这一簸箕土,把邵敏、刘民弄跑了。袁强说:"刘民带我们来,本是让我们跟林梅道个歉,让荣剑在大家面前检讨一下。"接着又说:"他俩都走了,那我们还待在这干吗?"林梅说:"等老师来了再走。"袁强回头看了看林梅说:"我给你道个歉！我错了！"袁强又说:"你太厉害了！敢打我耳光！你就是一个女的,不然的话,非揍扁你不可！"林梅不示弱地说:"你敢！"袁强这会儿没了脾气,笑了笑说:"我哪敢呀！"戈文纳闷,袁强怎么脾气变得这么好,他吃了什么药了？大家瞎聊着,没有一个人走。

戈文拿出笛子吹开了。林梅拍拍手,说:"老师不在,我们练练吧！"同学们跳起了舞蹈,袁强没有走,也跟着练去了。

下午,快三点了,邵敏来了。她把大家召集在一起说:"我希望大家好好排节目,不要再发生这样的事了。时间紧,任务重,你们要是觉得我教得不好,我可以走人。"她这么一说,大家都说:"你教得好！"荣剑说:"邵老师,你不能走！"大家也跟着说:"不能走！"邵敏说:"既然大家认为我教得好,不让我走,那以后就得听我指挥！如果大家同意,就拍个手。"大家一起拍手！戈文心想,邵老师肯定要追究发生的事！可她一点儿也没提,最后她说:"今天就到这儿,明天准时排练。解散！"

解散以后,戈文和李力帆一起走。戈文问:"邵老师的眼睛怎么红的像哭过？"李力帆说:"不清楚！对了,问问荣剑。"回头望了一下,荣剑和钱雪华、林梅、赵梅花一起出来。李力帆叫了一声"荣剑",他快步走了过来,李力帆问:"邵老师的眼睛怎么红了？"荣剑回答:"还不是被刘民气哭的。"戈文来了兴趣问:"怎么回事？"荣剑说:"刘民把我和袁强叫过去,让我俩停止训练,邵老师不同意。她说,现在换人会影响排练,到时怕赶不上会演。刘民坚持要这样做,后来两人就吵起来了。邵老师说,如果刘民坚持处理我俩,她就不干了。刘民说,不干就不干。邵老师被气哭了。刘民见邵敏哭了,也就妥协了。邵老师先走了,刘民又把我俩教训了一顿。"戈文这才明白,邵老师是一个顾全大局的人,是一个心胸开阔的人。荣剑说:"要没有邵老师的坚持,我和袁强就回农场劳动去了。"怪不得,刚才荣剑使劲拍手挽留邵老师,袁强的态度也变好了。戈文不由得在心里更敬佩邵老师了。不过,他又想,刘民不可能就这么过去,他只是在邵敏的坚持下,才暂时让步的,这事肯定没完。戈文对荣剑说:"你以后注意点,刘民不会就这么算了。"荣剑满不在乎地说:"知道！我又没有干什么,刘民不就是想讨好邵老师吗？"荣剑说完,又去追那帮女同学了。戈文对李力帆说:"刘民肯定要查这件事,由于邵老师的阻止,刘民才没有继续查。"李力帆问:"那怎么办？"戈文说:"让他找不到证据！对了,那个簸箕是从哪里拿的？"李力帆说:"就是礼堂里的。"戈文又问:"你们到礼堂外面弄土,谁看着了？"李力帆说:"我哪知道呀！"戈文说:"傅五十靠不住,也不知道他看见你们没有。"李力帆说:"不知道呀!"戈文接着说:"刚才刘民那么叫唤,也没有人出来揭发。"李力帆说:"万一有人看见了,怎么办?"戈文说:"你们就不承认! 就是傅五十说了,也不要紧,就他一个人,其他人不说就没有事。另外,你跟赵一川也说一声,让他注意点。"戈文和李力帆商量完就各自回家了。

第九章

一个月过去了,戈文每天照常去排练,李力帆、赵一川的事也暂时没有被追究。宣传队表面上很平静,但戈文隐隐约约地感到,男女同学之间的关系发生了一些变化,而这些变化不怎么清晰,甚至说是模糊的。模糊得让他也吃不准这些变化在哪里。

有一天的下午,中间休息,邵敏出了礼堂。赵一川、傅五十、钱雪华三人,不知在嘀咕什么。没过一会儿,不知什么原因,傅五十和赵一川吵了起来,钱雪华在中间劝阻。钱雪华说:"你们吵什么呀!"傅五十说:"我没跟他吵,是他跟我吵!"赵一川说:"你是什么东西! 我跟你吵,你配吗? 你一个留级包,乡巴佬!"傅五十说:"你干的坏事,别以为别人不知道!"赵一川冲过去揪住傅五十的衣领问:"我干什么坏事了?"傅五十用手掰赵一川的手说:"谁干的坏事,谁知道!"戈文觉得傅五十所知道的坏事,也许就是泼土的事。钱雪华说:"傅五十,没根据的事,你不要瞎说! 你俩再吵,我就不理你俩了。"钱雪华此话一出口,傅五十和赵一川顿时停住了吵架。

钱雪华离开了他俩,赵一川站着没动,傅五十跟了过去。钱雪华说:"我去厕所,你跟着干吗?"傅五十停住脚步,尴尬地笑了一声,同学们随后大笑了起来。荣剑说:"五十,人家上厕所,你跟着干吗!"傅五十脸红了,一直红到脖子根。赵梅花站在旁边,眼睛柔和地看了荣剑一眼。这一眼的柔和细腻与她大咧咧的形象形成了鲜明的反差。戈文感到了,他们这一群同学,也和他一样开始了情感的旅程了。刚走到旅程第一站的站台上,在等着情感的列车进站。那情感的列车什么时候进站,他不知道,同学们也不会知道,只能去等待着!

邵老师回来拍手说:"继续排练。"这段时间的排练,大家都有了长进。戈文的演奏水平有了很大提高。邵老师在这群孩子当中的威信越来越高,不论男女都喜欢她。她偶像的形象越来越深入他们的心里了。刘民这段时间,只来过两回,来了也不说话,只是静静地看着排练。戈文感觉到,邵敏老师在跟他保持着距离。泼土的事发生后的第三天,刘民来了,嘴角上起满泡,破的渗出了血丝,还贴了一块小小的白纸片。他神情黯淡,眼睛无神,像霜打了似的。戈文心想,是不是跟邵老师争吵的结果。邵敏是一个谜。虽然也听过一些关于她的消息,但是总觉得这些消息不可信。同学只要在一起,议论的第一个内容就是邵敏,对她的形象,对她的衣服,对她的说话,都一一评论。特别是女同学,学着邵敏的穿戴。当然,他们的这些活动,邵敏是一概不知的。但有一点,邵敏是知道的,就是这群孩子都非常喜欢她。

有一次,荣剑神秘地跟戈文说,他跟踪过邵敏,她家不在文工团大院,而是在百货公司后面的一排平房里。家门口有一个四五岁男孩迎上去叫什么,因为太远,听不清楚,怕被老师发现,没敢多待。荣剑问戈文:"这小孩是不是邵敏的儿子呀?"戈文说:"不可能吧!她不是没有结婚吗?再说,刘民也不会追求一个有小孩的女人吧!"荣剑说:"我想也是!"邵敏的种种谜团,弄得这一群少年心神不定。

戈文正在专心地练着吹笛子,突然,听到林梅"哎呀"一声。他扭头看,林梅坐在地上,手摸着脚。邵敏老师马上俯下身来问怎么了。林梅带着哭腔说:"我的脚可能崴了。"邵敏用手去揉,林梅就叫:"疼!"邵老师站了起来安排说:"戈文!力帆!扶着林梅去趟卫生所。"两人一边一个搀着林梅。卫生所离礼堂有段距离,礼堂在大院的西头,要横穿半个大院。戈文心想,这么一步一步走过去肯定不行,出了礼堂大门,让李力帆去找辆架子车,戈文扶林梅在台阶上坐了下来。林梅疼得直叫,戈文站在旁边束手无策,本想给林梅揉揉脚,又一想,女孩子的脚,不好意思去揉!林梅又叫:"怎么还不来呀?"戈文安慰她说:"快了!快了!"没过几分钟,李力帆拉着架子车跑来,他俩抬起林梅放到架子车上。李力帆拉,戈文在后面推。这情景跟戈文和吴小兰拉李力帆的情景是一样的。吴小兰又跳进戈文的脑海里。李力帆在前面拉着说:"你和吴小兰就这样拉的我。"戈文在后面没有接李力帆的话茬。林梅直了一下身子,瞅了戈文一眼。戈文在猜这个细微的变化是什么意思呢?

三人到了卫生所,戈文、李力帆扶着林梅进了诊室,医生检查完说:"脱臼了!推上去就好了。这几天不要有剧烈的活动。"看完后两人拉着林梅回家了。林梅的母亲紧张地问:"这是怎么回事?"李力帆说:"排练时把脚崴了,没什么大事。"林梅的母亲松了口气,说:"那就好!你们快坐!"林梅家和戈文家一样的简陋,但她家的房子比戈文家大一些。林梅的母亲端来水,说:"喝水!喝水!"问戈文:"你就是她戈婶家的大小子吧?越长越精神了。"戈文点头抿嘴笑了笑。林梅的母亲又说:"我家林梅老提到你!"林梅马上打断了话说:"妈! 你说什么呢!"林梅的母亲说:"好好! 我不说了,你们说!"林梅的母亲走了,三个人不知说啥了,屋里顿时安静了下来。戈文站了起来说:"走!"林梅说:"喝完水再走呗!"李力帆也跟着说:"走!"戈文和李力帆从林梅家出来。李力帆笑着戈文说:"你艳遇不浅呀! 我看林梅看上你了!"戈文说:"你瞎说啥呀!"李力帆说:"刚才她母亲说,林梅老提起你!"戈文说:"我俩在一起劳动,经常提起也是正常的。"李力帆说:"你拉倒吧!"戈文心想,这是哪和哪呀! 他不去解释了,越解释越解释不清楚。让李力帆随便想去吧! 虽然他心里这么想,但是还是想知道,林梅跟她母亲都说了啥。戈文回礼堂,李力帆去还架子车,邵老师接替林梅在领舞。

邵敏跳完舞,擦着头上的汗问:"林梅怎么样?"戈文说,'脱臼了! 没什么大事,送她回家了。医生说得休息几天。'邵敏说:"好!"那你这几天顶一下她。"

戈文觉得邵敏老师就像一幅美妙绝伦的画,他愿意站在这画的跟前,流连忘返地欣赏。觉得和邵敏在一起,阳光、兴奋、追求、高兴,邵敏就像发动机一样,驱动着他这个车轮朝前进的方向奔跑!

大家排好了队形,在音乐的伴奏下开始跳舞。跳着跳着,就有人踢戈文一脚。他一回头,后面的荣剑若无其事地跳着。跳着跳着,又挨了一脚。戈文一下子火了,转身冲过去推了荣剑一把,没想到,他那么不经推,一屁股坐到地上。戈文上去骑在他身上,揍了起来。邵敏老师过来,一把揪起戈文来说:"你怎么这么野蛮!"荣剑爬起来哭着说:"我告诉我哥,让我哥揍你。"邵敏又对戈文说:"你干什么打人家!"李力帆说:"荣剑用脚踢戈文!"荣剑马上狡辩说:"我没有踢!"李力帆说:"我都看见了。"邵敏问:"荣剑! 你说,怎么回事?"荣剑低头不语。邵敏问:"你踢他干什么?"戈文气得脸都憋红了。邵敏说:"先练,这事完了再说。"戈文心里不服气,心想,荣剑踢我,你不处理,还说我野蛮! 他踢我就不野蛮了? 戈文真不明白,荣剑为什么踢他! 邵敏拍了拍手说:"继续!"排练完,邵敏老师面对大家说:"今天就练到这儿,我有事先走了。"戈文本想去找邵敏申诉一下,见她着急地穿上衣服快步出了门,也不处理他和荣剑打架的事了。荣剑过来对戈文说:"你等着! 让我哥揍你。"戈文没理他。李力帆走过来对戈文说:"走!"两人出了礼堂大门,戈文越想越气。李力帆说:"我看荣剑就是嫉妒! 邵敏让你来顶替林梅,他心里不舒服。"戈文说:"他心里怎么这么阴暗呀!"李力帆说:"荣剑觉得邵敏对你好呗!"傅五十也过来,说:"荣剑仗着他有三个哥哥,净欺负人! 他哥堵住我，警告我再欺负他弟弟，就揍扁我。"戈文底气不足地说："我才不怕他哥呢！"虽然他嘴上这样说，但心里还是有点怕的。李力帆说："你还是注意点！"戈文说："没事！他哥能把我怎么样？"戈文的嘴犟着。

荣剑肚子里憋着气，回家告诉哥哥。跳舞的时候，荣剑踢戈文就是想引起邵敏的注意，邵敏对戈文不错，荣剑心存嫉妒。没想到，戈文火了，敢打他，这让他很没有面子。还有那个李力帆也不是东西，还揭发他。在他心里，邵敏就是女神，这种感觉已超过了年龄的界限。他太喜欢邵敏了。他这个喜欢超越男女之间的那种喜欢，而是像喜欢一幅画，喜欢大草原，喜欢高山大海一样的喜欢。荣剑心想，一定要教训一下戈文，要不然在同学们跟前就丢了面子。

戈文和李力帆分手回家了。母亲还没有下工回来，弟弟们也没有放学。李力帆提醒得对，尽量不出门，荣剑他哥总不至于跑到家里来打吧。突然有人敲门，他以为是荣剑他哥来了，有点害怕，趴门缝一看，是李忠！戈文心想，他怎么从农场回来了，怀着疑问开了门。李忠进来就拍了一下他的肩膀，说："我刚才去礼堂找你，礼堂大门关了，估计你在家就过来了。告诉你一个好消息！"还没等戈文问，他又说："马上就要招工了！"戈文没有激动，因为这事早就传了。他说："不早就说了吗？"李忠说："这回快了。我刚才去农场送材料，听管人事的人说的。"戈文问："是吗？"李忠说："是呀！"李忠问："听说，林梅受伤了！"戈文说："是的！"接着又问："你怎么知道的？"李忠说："刚才去农场，听林梅她爸说的。晚上我们一起去看看林梅？"戈文想了一下，说："改日吧。"他不是不想去，是怕碰到荣剑他哥，可这话又不能跟李忠说。李忠说："我明天就回去了！"戈文犹豫了一下，说："行！"李忠高兴地说："晚上吃完饭，我来叫你！"戈文心想，李忠怎么想起来去看林梅呢？他们两家经常走动，在学校两人的关系也不错，李忠完全可以一个人去，干吗非拉上我呢？不解其意！

张琴下工回来，有气无力地说："东兰，你去拿扫帚！"戈文拿来扫帚，扫打着母亲身上的尘土。张琴说："我有点累！你一会儿把粥熬上，我躺一会儿，菜我来炒。你把小四身上的土也打一打"。张琴说完，脸也没有洗就上床了。戈文边给小弟打土边问："哪来的这一身土？"小弟说："妈妈今天筛沙子！"戈文筛过沙子，往筛子上一扔土，风一吹，尘土四处飞扬。戈文捅开炉子，多烧了一些水，除了熬粥用，还洗脸用。戈武、戈双放学回来了。他俩放下书包，就叫道："饭好了没有？"戈文示意他俩不要叫，让母亲多睡会儿。他俩静静地坐在凳子上，掏出作业本开始写作业了。

张琴听到俩儿子放学回来后就起来了,洗完脸进了厨房。戈文洗好菜,粥熬好了。戈文看着母亲很疲倦,心里不好受起来。他说:"妈,我来吧!"张琴说:"不用了,马上就好了。你去收拾一下桌子,把碗筷拿出来。"饭做好后,张琴没吃几口又上床了,她太累了。

吃完饭,收拾完,戈文等着李忠。戈全和戈双,不知怎么吵了起来。戈文马上说:"你俩吵什么? 没见妈在睡觉吗? 别吵了!"话音刚落,有人敲门,他开门,李忠站在门口,说:"走!"戈文转过身对戈武说:"等妈醒了,告诉妈一声,我有事出去一下! 一会儿就回来了。"又嘱咐他们一句,不要乱跑! 不要吵! 便随着李忠出了门。

张琴躺在床上,眼睛睁着,心里在想着丈夫,不知丈夫的病怎么样了? 她心里害怕、牵挂。自己的命和丈夫的命连在一起。她想去西线,想去看看丈夫,又一想,她走了孩子怎么办? 孩子还在上学,又打消了这个念头。

弯弯的月亮挂在天空上。排排平房中间的道路,像铺上一层透明的白色纱布。院子里分散着好几堆人,在灯光下,男孩子弹玻璃球、玩烟盒,女孩子跳皮筋、跳绳、踢毽子。

戈文和李忠来到林梅家,李忠上前敲门,戈文站在后面,林梅的母亲问:"谁呀?"李忠说:"林婶! 我,忠子(李忠的小名)。我和戈文看林梅来了。"门开了,林梅的母亲说:"快进!"一进屋,没想到张宝也在! 李忠问张宝:"你怎么也回来了?"张宝没有回答。林梅挣扎着站了起来,李忠一个箭步跨过去,扶着说:"快坐!"三个人围着林梅坐了下来。张宝朝戈文点了点头。张宝先开口了,问:"林梅,你们排练得怎么样了?"林梅说:"还行吧!"李忠问:"你腿怎么样了?"林梅说:"还行吧!"林梅的眼睛看着戈文,问:"听说,你跟荣剑打了一架?"戈文说:"你的消息挺快呀!"林梅说:"是夏小芬告诉我的。"夏小芬跟林梅关系不错。夏小芬的眼睛不大,皮肤白,身材好,就是嘴厉害,小嘴说起话特快,你说一句没说完,她五句话都说完了,得理不饶人。在班里,同学们都叫她"小辣椒"。李忠说:"你们听说没,马上要招工了。"林梅说:"这事我知道了,我爸回来跟我说了。"张宝问:"什么时候呀?"李忠说:"快了!"张宝说:"可熬出头了,快出苦海了!"林梅嘲弄他说:"就你怕苦!"张宝嗨嗨一笑,说:"谁说我怕苦? 我不怕苦!"林梅又问:"听小芬说,荣剑叫他哥打你!"戈文说:"没事! 我不怕!"林梅说:"没事! 我让我爸跟荣剑他妈说一声。"戈文的心放了下来,说:"谢谢你! 也谢谢你爸!""林梅哈哈一笑,说:"谢什么呀! 你也帮过我呀!"林梅竟跟他说话了。为了调解气氛,戈文问了一些农场的事,问农场那条名叫赛虎的狗怎么样了,问黄叔叔好吗，问地都耕完了吗……张宝一声没吭，都是李忠回答的。林梅也感觉到了气氛不对，也和李忠、张宝聊开了。李忠说："戈文！别怕！荣剑有哥，我也有哥！他有三个哥，我有四个哥！"林梅听完这话脸上露出了笑容。张宝的脸色越来越难看。戈文对李忠说："咱们走吧。"李忠说："好！"他和李忠起身，林梅说："再坐一会儿呗！"戈文说："我妈让我早点回去！"林梅说："那好吧！"张宝没有动身。

林梅目送戈文和李忠出了门，眼光落在张宝身上，这个人怎么这么没眼色，心里厌烦了。张宝没有看出林梅的脸色变化，还在那说个不停，可林梅始终一言不发。张宝见林梅如此，觉得没趣就起身走了。林梅客气地说："没事来玩！"张宝满脸的不高兴。林梅看着张宝离去，心里不由伤感起来。她不知怎么回事，总觉得戈文在她心里划了一道印，见到戈文心里就欢愉，就兴奋。可戈文却总是对她躲躲闪闪，不知是为什么。有时也想，我干吗这样呀！可以不理他呀！可是一见到戈文，那些怨气就跑得无影无踪了。有时骂自己贱，可一见到了戈文，自己就一步一步地退让。

戈文和李忠出了门，刚走到房子的拐角，正好碰见荣剑和他二哥。因为有了林梅说的话，戈文心里也就不怕了。荣剑拦住他，李忠站住了。荣剑对李忠说："这里没你什么事，你站在这干吗？"李忠："我愿意站这儿，这里是你家的地方吗！"荣剑说："你他妈找揍！"李忠脖子一梗，说："你揍试试！"荣剑二哥说话了："我们找戈文有点事，你先走。"李忠真够哥们，他说："你们说吧！我不影响你们！"荣剑二哥一看，没辙了，拍着荣剑的肩膀说："哪天再说，走！"

戈文非常感激李忠，说："谢谢！"李忠说："谢啥！我才不怕他们呢！他们算个球！"李忠的豪气，让戈文敬佩！他的豪气来自他有四个哥哥呀！戈文心想，我要是有四个哥哥，我也豪气。他特羡慕有哥哥的同学！

戈文和李忠分了手，刚走到家门口，张宝出现了，他跑这干吗来了？张宝刚想说话，李忠气喘吁吁跑来了。戈文问："你跑来干吗来了？"李忠说："我怕荣剑和他二哥再找你。"李忠的行为真让戈文感动！李忠看到张宝，问："你怎么跑这来了？"张宝说："没事！我是路过，刚好在这碰见了戈文。"李忠说："不对呀！你回家也不路过这呀！"张宝马上改口说："我要去夏小芬家！"李忠疑惑地看着张宝，戈文也觉得张宝在说假话。李忠说："你进了家门，我就放心了。"张宝问："怎么回事？"戈文接过话说："没什么事。"戈文不想让张宝知道荣剑拦他的事，先抢着说了。李忠没吱声扭身走了，张宝也跟着走了。

张宝从林梅家出来,憋了一肚子气。不知为什么,自己喜欢的两个女孩都喜欢戈文,他心里很不平衡,想找戈文聊聊,看看他到底喜欢谁。吴小兰去了西线,喜欢落空了;喜欢林梅,刚才在林梅家,觉得林梅对自己根本没有兴趣。张宝越想越想找戈文谈谈,不由地走到了戈文的家,没想到李忠来了。后来一想,跟戈文谈,能谈出什么呢?戈文又没有拦住自己,不让自己和林梅接触。张宝心里很烦,吴小兰被追走了,林梅呢?心里一点底都没有,不由地嫉妒戈文。

戈文进了家门,张琴在纳鞋底。戈文说:"妈!你还不休息?"张琴没接他的话,而是问:"你是不是又跟人打架了?"戈文的心一沉,母亲怎么知道的。张琴又说:"我跟你说的话,你一句也不听,你想气死我呀!刚才你荣娘来了。"戈文没有想到荣娘会来家里告状,他隐瞒不住了,便一五一十地把经过说了一遍。张琴说:"这个荣剑也不是东西!"接着又说:"再怎么样,你也不能打人呀!你可以跟老师说呀!"戈文心里那个气呀!这个荣剑真娘们,这点事还跟他妈说,还跟他哥说,他想干啥!戈文心里想,瞅机会,再揍他一顿。张琴又说:"我跟你说的话,你记住没有呀!你长点记性好不好!"戈文低声说:"记住了!"他恨荣剑!也恨自己!不能减轻母亲身上的担子,还尽给母亲惹祸!他在问自己,我怎么老是控制不住自己呢?又一想,荣娘的出现,预料着荣剑不会再找他的麻烦了,他哥也不会来揍他了。虽然挨了一顿骂,但是荣剑的问题解决了。母亲说:"你的鞋都露脚趾头了。"说完进了里屋,拿出一双新鞋,说:"把这双换上!"戈文穿上新鞋,舒服多了。母亲问:"合脚不合脚?"戈文笑着说:"合脚!"母亲说:"洗洗睡吧!"

戈文躺在床上想,张宝有什么事?自从吴小兰走后,他和张宝的关系平淡了许多,话也说得少了,和他见面也就在食堂、劳动的时候,基本上没有什么联系。张宝是不是认为,林梅和自己有什么关系?不对呀!他怎么又把自己跟林梅扯上了?

林梅的脚好了,恢复了正常的排练。戈文和荣剑的事也不声不响平息了。荣剑这段时间老实了许多。袁强的鲁莽收敛了不少,脾气也变得温顺了一些。他天天围着林梅的屁股转起来。同学们心里都明白,袁强想和林梅好,可林梅却对袁强爱答不理的,甚至有点厌恶。钱雪华和赵一川、傅五十保持着同等的距离。赵梅花对荣剑的黏糊,也让荣剑哭笑不得。夏小芬对赵一川的态度也发生了细微的变化。林梅和戈文依然保持过去的关系,不远不近地交往着。只有李力帆,看不出什么变化。吴小兰依然没有消息,姚琴去了西线至今没有回来。张宝回到农场后再没来找戈文,倒是荣剑在戈文跟前说过几次不着调的话,他说:"林梅喜欢你,她让她爸找我妈,为你求情说话。"荣剑这么说,戈文也就听一听而已,一笑了之,不想跟荣剑有过多的解释。

天渐渐变凉,树上的叶子开始变黄了。会演的时间一天一天接近,排练也就越来越紧张。每天晚上吃完饭就得加班排练,一直练到晚上十点钟才结束。邵敏也跟大家一起加班,每天很晚才回家。戈文跟邵老师说过几次,送送她,她死活不让送。刘民再没来过礼堂,他把排练的事全部交给邵敏了。戈文吹笛子,相对来讲,比跳舞的同学轻松了许多。

有一天晚上,由于几个同学的舞蹈动作不对,邵敏就一遍一遍地去纠正,然后又让他们一遍一遍地练。有几个同学,总是跳不到点上。邵敏说:"今晚不睡觉也要把这个动作纠正过来。"晚上十点多钟,戈文想走,看邵老师不走,觉得自己怎么能走呢?就是能走,也不好意思走啊。

时间接近零点,那几个同学的跳舞动作总算可以了。邵敏这才说解散回家。她穿好衣服,刚走到礼堂门口,门开了,进来一个年龄近六十岁的男人,领着一个约有四五岁,长得非常可爱的小男孩。男孩一见邵敏就扑了上来,叫道:"妈妈!妈妈!"所有的人都愣了,都在问:"邵敏有孩子?"荣剑悄悄地对戈文说:"上次,我见到的就是这个小男孩。"邵敏问老人:"爸!你怎么来了?这么远。"小男孩说:"是我让爷爷来的。"邵敏抱着男孩出了礼堂大门,进入了黑黑的夜幕里。同学们心里都在问,邵敏结婚了?而且还有一个孩子。所有的人突然有了一种找不到北的感觉,都静静地望着邵敏离去的背景,没有一个人挪动脚步。此时林梅喊了一声:"都愣在这干吗?走呀!"她这么一喊,大家才从发愣的状态中醒过来。

戈文和李力帆一起出了门,李力帆问:"这是怎么回事?"戈文也回答不上来。他心里也在问,这是咋回事?邵敏还是他心中的偶像吗?见戈文不说话,他又问了一句:"邵敏到底结没结婚?"戈文想,如果结了婚,那她跟刘民算怎么回事?没结,这个孩子算怎么回事?这个孩子的爷爷又是谁?这一连串的疑问,在戈文的脑袋里画出了一连串的问号!

戈文和李力帆没走多远,闪电划破了天空,随后天空响起了雷声,大雨随之倾盆而下。戈文对李力帆说:"往家跑太远了!"李力帆说:"那我们回礼堂吧!"两人扭头往回跑,同学们也纷纷跑了回来。大家进了礼堂,夜里下雨,礼堂冷了起来。人们穿得单薄。荣剑说:"邵老师刚走,下这么大的雨,还带个孩子。"戈文没想到荣剑会说出这样体贴的话来,看来荣剑也有一颗善良的心。林梅问:"那怎么办呀?"戈文说:"我回家拿伞!"赵一川说:

"你家远,我家近。"他说完,跑出了礼堂。没过一会儿,赵一川回来,手里拿了三把油纸伞,一把递给了钱雪花,钱雪花说:"不用! 我家人肯定会送伞来的。"赵一川说:"让你拿上,你就拿上,啰唆什么呀!"钱雪花拿上伞和两个同学先走了。赵一川问:"谁跟我去给邵老师送伞?"戈文说:"我去!"李力帆说:"我也去!"荣剑说:"我也去!"赵一川对荣剑说:"伞不够了,你别去了。"

他们打着伞,出了礼堂门,冒雨去追邵敏。赵一川打着一把伞,戈文和李力帆打着一把伞。路上积满了雨水,深一脚浅一脚地趟着雨水,顺着公路去追。雨越下越大,戈文跟赵一川说:"你去公路那边,我们在公路这边,咱们顺着公路两边找。"雨珠打在雨伞上,三个人在茫茫的雨中追邵敏。

一辆汽车从身后驶过来,车灯照得好远。李力帆说:"戈文! 你看前面好像有人影。"他们加快了脚步,戈文边走边对公路那边的赵一川喊:"赵一川,前面发现人影了!"当他们快走近时,看到前面的两个人顶着衣服,艰难地走着。天太黑,雨又大,从背后看不清人脸。戈文大喊了一声:"邵老师!"那两人停住了。他们快走了几步,雨水顺着邵老师的脸往下流,衣服都湿透了。戈文立即从邵老师的手里接过孩子,李力帆和赵一川在旁边打着伞。孩子浑身湿湿的。李力帆打伞,戈文抱着孩子和邵敏一起行走。赵一川和孩子的爷爷跟在后面。

路上,邵敏一句话没有说,走着走着,似乎听到邵敏轻微的抽泣声。这抽泣声让戈文想了很多,邵敏在他眼里就是一个光彩照人的圣女! 真没想到,邵敏的背后还有这么多的心酸! 在这样的一个黑夜里,一个老人,一个弱女子,一个四五岁的孩子,在狂风暴雨中行走! 她们是多么无助呀! 他突然觉得邵敏是这么可怜,是这么弱小!

邵敏住在荣剑说的那个地方,在百货公司后面的一排低矮平房里。他们把邵敏送到家门口,邵敏非让他们进屋避一会儿雨。她说:"下这么大的雨,等雨小了再走。"他们进了屋。屋不大,有二十平方米左右,一张大床,一张单人床,布帘把两张床隔开,有几件简单的家具。邵老师递给他们毛巾说:"擦擦脸。"他们擦完脸,喝了几口水。待了一会儿,外面的雨声小了,戈文出门伸手试了试,雨小多了,然后跟邵敏道了别出门回家了。

邵敏见戈文他们走远了,转身回到屋里。她环顾了一下,拉上布帘换了衣服,把儿子的湿衣服换了下来,给儿子洗好澡抱上床。孩子的爷爷换了衣服,对邵敏说:"你也早点睡吧。"她洗完上床搂着儿子久久不能入睡,身上一阵阵发冷,泪水从眼角流了下来。

戈文走到家门口,已是深夜两点多了,家里的灯亮着。这么晚了,母亲还在等我,戈文心里一阵感动。他又想,母亲一定会生气的,这么晚才回家。即使母亲生气,可戈文心里也是敞亮的。他拍了拍身上的雨水,推门进屋。张琴在纳鞋底,平静地问:"回来了?"戈文回答:"回来了!"母亲没有一点生气的意思,而是问:"把老师送到家了?"戈文回答:"送到了。"母亲怎么会知道他送老师去了?是谁告诉她的?于是不解地问:"妈,你怎么知道我送老师去了?"张琴说:"我看天下这么大的雨,就让老二和老三去给你送雨伞。他们回来说,礼堂没人!我想你可能到谁家躲雨去了。大半夜了,还不见你回来,我就着急了,是林家的大丫头来告诉的。"张琴又说:"快把湿衣服换换睡觉吧!这么晚了。"戈文脱下湿衣服上了床,脑子里还想着林梅。她这么帮我,让自己感动!上次,她让她爸找荣剑的妈给自己解围,今天又来告诉母亲。林梅这颗热情的心,让戈文感到很温暖,很舒服。同时,心里不解地在问,这只是温暖和舒服吗?

第二天,戈文一觉醒来,已经是九点多钟了。母亲带着小弟上班去了。他起来没顾得上吃早饭,赶紧朝礼堂跑去。

雨过天晴。农场大院到处都是积水,院子里到处都是人在拉土填坑,处理积水。戈文到了礼堂,门外站了几个同学,他问:"怎么不练了?"钱雪花说:"邵老师还没来呢。"戈文进了礼堂,只见林梅一个人在练。他上前问:"怎么就你一个人练?"林梅停住了,擦了一下头上的汗,说:"现在人不全,再说邵老师还没来。对了!你们昨晚找到邵老师没有?"戈文回答说:"找到了!"接着又说:"谢谢你昨晚告诉我妈!"林梅说:"这有什么可谢的!你们那么远去送邵老师,我做这点小事是应该的。"戈文说:"小事也得谢谢你呀。"袁强来了,手里拎了个军用水壶,走到林梅跟前说:"你喝水吧?"林梅没吱声,也没理他,练舞去了。袁强把水壶盖打开,递给林梅,说:"喝水!"林梅依然在跳,袁强又喊了一声:"喝水!"林梅这才站住,看了看袁强,说:"不渴!"袁强说:"看你头上都是汗,喝口吧!"戈文笑了笑,拿上笛子练去了。

一直到中午,邵老师都没有来。林梅找到戈文说:"邵老师到现在还没来,咱们去她家看看?"戈文也在担心邵老师被大雨淋了,会不会感冒。他往礼堂扫了一眼,袁强和荣剑正在说话。他说:"要不你和袁强去?"林梅一听这话,嘴一噘走了。戈文觉得自己太不男人了,人家帮你,就这么点要求,你都不答应!他心里争斗着问自己,你怕什么呀?怕袁强?怕他干什么?戈文出去追林梅。一出门,见她站在礼堂门口。戈文对她说:"走呀!"

林梅说:"这还差不多!"她又叫上夏小芬。戈文说:"你稍等,我去告诉李力帆,让他告诉我弟弟,我中午不回来,让他们自己弄点吃的。"林梅说:"那你告诉李力帆,让他领你弟弟到我家吃饭去。"戈文一想这样也行,跟李力帆说完,就和林梅、夏小芬走了。刚走到院子大门口,邵老师来了,三人马上围了过去,只见邵老师满脸通红。戈文问:"邵老师,你感冒了?"邵老师点了点头。林梅说:"那去卫生所看看吧?"邵敏软弱无力地点了点头。

戈文、林梅、夏小芬陪邵敏来到了卫生所,医生拿出一支体温表说:"测测体温。"测完后医生看着体温表说:"高烧!输液!"邵老师说:"开点药吧,我不能在这输液,还有一群人等着排练呢!"排练演出,全大院的人都知道。医生想了一下说:"液肯定要输!这样吧,我再开些药,吃药输液,病能好得快点,叫护士跟你一起去礼堂输液,你看,这样行吗?"邵敏点了点头,说:"谢谢!"林梅和夏小芬扶着邵敏,护士提着输液瓶,戈文跟在后面出了卫生所。

邵老师来了,同学纷纷都围了上去。邵敏诙谐地对同学们说:"不好意思,今天来晚了,都是让这个感冒给拖的。"她的乐观态度,让戈文感动。昨天从她家出来,他就想,她这么一个年轻貌美的女人,这么一个学识渊博的女人,在那么简陋的平房里生活,承担着抚养一个老人,一个幼小孩子的责任。她没有消沉,没有抱怨,还这么乐观向上。她的这种精神,让戈文的思想受到了洗礼,受到了冲击,受到了教育。他突然想起了《红灯记》李铁梅的一句唱词"做事要做这样的事,做人要做这样的人"。邵老师的左手吊着瓶子输液,右手拍打坐着的凳子说:"大家开始排练。"同学们马上排好队,在音乐的伴奏下开始练舞了。戈文站了一会儿,也去练笛子了!

邵敏输着液,指点着同学们排练。突然,礼堂门砰的一声被人推开了,所有人的眼睛朝大门望去,只见刘民一脸怒气地进来了。戈文一想,坏了,他肯定是来问邵老师孩子的事。邵老师自然也看见了刘民,她装着没有看见似的,对同学们说:"不要停,继续练!"刘民走到邵敏跟前,想说又没说,在邵老师后面转了两圈后,说:"排练停一下,我有话要跟你讲。"邵老师一只手托着输液瓶子,很平静地说:"你说吧!"刘民说:"能不能换个地方?"邵敏说:"正在排练,你稍等一会儿。"刘民站在邵敏的后面,从兜里掏出一支烟来点燃,吐出一口浓浓的烟。邵敏咳嗽了两声,刘民也没有理会。等同学们把所有舞蹈排练完,邵敏一只手托着输液瓶子,对刘民说:"走!"邵老师在前,刘民在后,进了礼堂广播室。戈文和同学们的目光也随之落到了广播室。

　　戈文、李力帆、林梅、夏小芬聚在一起议论着。夏小芬说："他俩不会打起来吧？邵老师还有病呢？这个刘民真不是东西，等邵老师病好了，你再来问呀！"林梅说："你看刘民长的那样，还想和邵敏好，真是癞蛤蟆想吃天鹅肉。"李力帆说："也许邵敏跟刘民真好呢？"林梅说："不可能！"夏小芬也说："不可能！"荣剑跑到广播室门口偷偷地听。赵一川和钱雪花在一起，赵梅花喊："荣剑，你下来！"她话音刚落，广播室里传出了激烈的争吵后，荣剑推门冲了进去。大家都傻了，这个荣剑疯了，刘民怒气冲冲地出来，从舞台后门走了。邵敏出来了，头发凌乱，输液瓶子没了。荣剑拿着瓶子套跟在后面。戈文和同学们围了上去，看着邵敏不知说什么好。邵敏捋了捋头发，坚定有力地说："继续排练。"

　　戈文看着邵敏的样子，也能猜出几分来。刘民肯定跟她动手了，不然，液体瓶不会碎的，荣剑也不会冲进去。荣剑这么一冲，让戈文敬佩了几分。邵敏平静地出奇，而这平静里透出的刚毅，让戈文更加敬佩她了！邵敏像什么事情都没有发生过一样，依然和过去一样排练。从她的神情看，还是那么端庄和恬静。礼堂里的气氛有点沉闷，这个沉闷，让这些人觉得邵敏老师怎么过得这么苦。

　　排练依然继续，但因邵敏的感冒，晚上提前结束了。戈文、李力帆、林梅要去送，她坚持不让送，在他们的再三要求下，邵敏才答应。当他们到了邵敏家时，没想到刘民就站在门口。邵敏说："你们先走吧！"戈文和同学没有动。邵敏又说："你们走吧！没事！"他们还是没走。邵敏一看劝不走，就迎了上去。邵敏走到刘民跟前，不知她说了什么。林梅说："刘民怎么是这样的人，还跑到人家来了。"李力帆说："刘民和邵敏肯定有事，不然，刘民不会这样的。"林梅说："有什么事，不就是追求邵敏吗？"戈文没有插言，只是听着议论。突然，刘民的声音大了起来，说："你不能这样对待我！你怎么不跟我说实话呀！你有孩子跟我说过吗？你结过婚，跟我说过吗？你是一个骗子！"刘民歇斯底里地喊着，而邵敏一声没吭。刘民又说："你说话呀！这到底是为什么？"不管刘民说什么，邵敏一句话也不说。戈文他们断断续续地听着刘民的话，觉得刘民的脸皮太厚，人家不理他，他还这样。戈文的脑袋里闪出了张宝，张宝不就这样吗？突然，刘民自己扇自己的嘴巴，不断地说："我怎么这么傻呀！"说着，蹲在地上哭开了。刘民这么一哭，把戈文他们给哭懵了，不知怎么回事！难道说，邵敏伤刘民伤得这么深吗？邵敏还是站着一声不吭。戈文他们一看，觉得刘民不会对邵敏有什么伤害，才离开回家。路上，几个人还在议论，议论的主题转到刘民的身上了。林梅说："刘民一个大男人，怎么说哭就哭！没个骨气！"李力帆说："我觉得邵老师不应该这样对待刘民。邵老师没有把情况说清楚，要是说清楚，刘民也不会这样。"林梅说："我看刘民就是贱！"他俩东一句西一句地议论着。戈文觉得，邵敏对刘民肯定有不公平的地方。不然的话，刘民不会这样。他们几个带着许多的疑问回家了。

第二天，邵敏没有来，刘民也没有来。整整一天，宣传队没人管了。晚上吃完饭，戈文、林梅、李力帆、夏小芬、荣剑、赵一川约好一起去邵敏家，看看到底发生了什么事。

当他们来到邵敏家，发现她家的门锁着。戈文有一种不祥之感，邵敏还在感冒呢，她会到哪去呢？就是去看病，家里也应该有人呀！他想去问问邻居。这时，隔壁走出一个人来，问："你们是不是找邵敏的？"戈文回答说："是！"那个人说："她在医院，昨晚有一个人把她打了，打完就跑了。"戈文马上想到刘民。那个人又说："我出来后，看到邵敏就躺在地上，我们把她送到地区医院了，你们到医院去找她吧。"戈文听完，觉得昨晚不走就好了。几个人往医院跑去。林梅说："肯定是刘民打的。"李力帆说："不会吧？那刘民胆子也太大了吧！"夏小芬说："林梅说得对，肯定是刘民干的。"

他们到了医院，走进病房，看到邵敏躺在病床上，还没有醒来，胳膊上输着液，头上、脸上缠满了纱布。孩子的爷爷守护着，一见他们就说："你们可来了。"戈文问："怎么回事？"孩子的爷爷说："我听着砰的一声，就跑出门，邵敏已躺在地上，跑了的那个人，只看见一个背影。"林梅说："这个刘民怎么会这样呢？"戈文说："这个情况很严重，我和李力帆在这守着。林梅和赵一川你俩先回去，跟农场领导汇报一下，看看怎么办。另外，你也告诉我妈一声！"李力帆说："也告诉我妈一声。"林梅说："好！"她和赵一川刚出门，医生进来问："你们是她什么人？"戈文说："我们是她的学生！"医生说："什么人打的？这么重！"戈文说："不知道！"医生说："脑额骨、脑顶骨严重损伤，是受了重击。"医生看了看走了。戈文看着邵敏，心里有一种说不出的难受！

刘民怎么会下这么重的手呀！邵敏，曾是他那么仰慕，那么喜欢的人，怎么会变为这样呢？太可怕了！小男孩喊："饿！"戈文对孩子的爷爷说："你带着孩子去吃饭吧！我们在这守着，等着农场的人来。"孩子的爷爷没走多久，林梅和赵一川带着农场保卫股的两个人来了。一个人戈文认识，叫章文，有四十多岁，头上戴着洗得发白的蓝布帽子，另外一个不认识。章文看了看邵敏，问："通知文工团了吗？"戈文说："这得问刘民！"章文说："我们去找过刘民,他不在宿舍?不知跑哪去了。"接着又说:"我们去现场看看。"赵一川领着他俩走了,林梅留了下来。林梅问戈文:"怎么样了?"戈文回答:"到现在还没醒来。"林梅问:"那爷俩呢?"戈文说:"吃饭去了。"林梅说:"邵老师真可怜。"下半夜,邵敏醒来了,睁开眼睛,看了看戈文,焦急地问:"我儿子呢?"戈文告诉她,被他爷爷带出去吃饭了。她又问:"在医院吗?"戈文说:"是的!"她又闭上了眼睛。戈文去喊医生,医生检查了一遍说:"她得在这里观察一段时间,你们要轮流看护,现在的情况还不稳定。"医生出去了,没过多久,保卫股的章文勘查现场回来了,跟他来的还有三位警察。他们叫醒了邵敏进行询问,做笔录。邵敏一句话不说。警察说:"她不说话!怎么办?"章文说:"我们去现场调查了,邻居都说,只听到砰的一声,等他们出来,邵敏就躺在地上了。那个人跑了,只看见背影。"警察说:"现在不能光凭刘民不在就确定是他,证据不足。"林梅说:"我们走的时候,就他和邵敏老师在争吵,不是他是谁?"警察说:"你只看到他们在一起,你看到他打人了吗?刘民,只是一个怀疑对象,现在关键是要找到刘民!"章文说:"是的!我们抓紧找。"

一连三天,都没有找到刘民,公安机关发了通缉令。宣传队的排练陷入停顿,农场通知文工团,让再派一个人来。文工团不知道这个事,邵敏跟团里请了假,再说文工团也派不出人来。农场领导明白了,还是邵敏的个人行为,是刘民通过他的私人关系请来的。农场领导一看,会演马上就要开始了,不能半途而废,排练还得进行。商量后,觉得已经练了这么长的时间,有了一定的基础了,就让林梅暂时负责了起来。

第十章

　　邵敏醒了,儿子在身旁叫道:"妈妈! 妈妈!"儿子的叫声,让她心如刀绞。她侧过脸看了看,伸出无力的手摸了摸儿子的头,眼泪流了出来。孩子的爷爷拿毛巾递了过去,邵敏接过毛巾擦了擦泪水又闭上了眼睛。

　　她的爱人也是文工团的,是位笛子演奏员。两个人感情很好,生活过得很平静。一年半前,文工团下乡演出,在翻越祁连山时,她的爱人失足掉进山沟里摔死了。她看着爱人滚下了深渊。

　　她的爱人是独子,早年母亲去世了,是父亲把他拉扯大的。邵敏的家在南方,十几岁随着父亲、母亲来到大西北,高中毕业后,因她有文艺特长被抽到地区文工团。

　　自从爱人死后,她封闭了自己,除了照顾孩子,基本上不与外界打交道。半年后,团里的个别人,看她孤儿寡母的,就经常来骚扰她。女人们不去管丈夫,而是找邵敏发泄打架。邵敏怕孩子受影响,就把儿子送到他爷爷那儿去了。在文工团的院子里住不下去了,她就搬到现在这个地方。一个月前,她才把孩子和爱人的父亲接来。

　　半年前,邵敏参加团里一位同事的婚礼,在婚宴上认识了朋友的一位亲戚刘民,一来二往两人就熟了。邵敏家里的情况,刘民始终没问过,邵敏也没有说过,她想,也许朋友会跟刘民讲。再一方面,她也觉得刘民就是一个普通朋友。万万没想到,刘民对她这么上心,还深深陷入了这个不是情感而又是情感的旋涡里了。刘民,一个近四十岁的男人,一根筋,多疑、偏执,敏感,自卑而又清高。

　　邵敏刚接触刘民时,觉得刘民腼腆,不爱说话,想接触看看。没想到,刘民知道她有孩子时,觉得受骗了。面对刘民的指责,她采取回避的态度,而刘民偏执的性格让她无法接受。那天晚上两人发生了激烈的争吵,没想到,刘民会下这么重的手。同时,邵敏也想到了,刘民罪责难逃,即使她什么都不说,农场和公安局也会处理这件事的。她内心在煎熬着,总觉得是因为自己引起的,心里有些内疚,不想过重地处理刘民,不想去结仇。为此,公安局来调查,她只字不提。再就是自己倒下了,排练就会停止,她心里牵挂着。而她所想的这些,现在一点办法都没有。

林梅开始负责的第三天早晨,戈文一进礼堂,就看见夏小芬与钱雪华在争吵,赵一川在旁边劝。钱雪华问:"你骂我干什么?"夏小芬说:"我没骂你!"钱雪华说:"你刚才嘴里嘟囔小妖精。你说,谁是小妖精?"夏小芬说:"谁是小妖精,谁知道!我指名说你是小妖精了吗?"钱雪华一下被噎住了,不知说啥了!嘴里突然冒出一句:"你才是小妖精!"此话一出,夏小芬上去就推了她一把,问:"谁是小妖精?"钱雪华就扑了过去,夏小芬和钱雪华厮打了起来。赵一川拉架,钱雪华挣扎着说:"你拉我干什么呀?你少拉我。"林梅也上去劝,把夏小芬拉走了。钱雪华还在骂:"你这个臭不要脸的。"夏小芬挣脱林梅,上去就给了钱雪华一个大嘴巴!钱雪华也冲了上去。赵一川眼疾手快,一下子抱住了钱雪华,林梅转过身又把夏小芬拖走了。钱雪华又哭又闹,说:"赵一川,你拉我干吗?你怎么不去拉她?"赵一川一下子火了,说:"谁他妈稀罕拉!你这个疯子!"钱雪华立即停住了哭声,眼睛直盯盯地看着赵一川,说:"你说啥?你说我是疯子!我是疯子,你老找我干啥?你昨晚跑我家来干吗?"赵一川的脸唰地红了,扭头走了。钱雪华朝着走去的赵一川大喊:"你有本事,不要再来找我!"赵一川这么一走,舞蹈就排不下去了。林梅找戈文说:"你顶一下吧!"戈文点点头,林梅露出感谢的眼神。刚才这一幕,他看得很清楚,知道为什么,同学们也知道为什么,夏小芬和钱雪华在争风吃醋。

在林梅的指挥下,排练又开始了,夏小芬和钱雪华的气也消了些。戈文在后一排,顶赵一川的位置,站在她俩的中间。

舞蹈继续练着,快中午的时候,赵一川回来了,戈文就去吹笛子了。中午休息,戈文和林梅、夏小芬、李力帆一起走,钱雪华、赵一川、赵梅花、傅五十、荣剑在他们前头走。赵一川和钱雪华并排走,赵一川跟钱雪华说话,钱雪华不理赵一川,夏小芬骂了一句:"贱货!"

戈文回到家,母亲已下工回来,正在厨房做饭。前两天,张琴才从杨庙滩回农场本部上班,在大院里修补围墙,递个砖,递个砂浆。戈文进了厨房,问:"妈,我干点啥?"张琴头也没回地说:"你把白菜洗一下,别在家洗,去水房洗。"戈文把白菜一片一片剥好,放在盆子里就去水房了。

戈文来到水房,一个熟悉的背影映入了眼帘,这不是姚琴吗?她什么时候回来的?怎么一点消息都没有?戈文端着水盆愣住了。这幅画走到跟前了,心不禁怦怦跳。姚琴一扭身,很自然地莞尔一笑,戈文缓过神主动问了一句:"你什么时候回来的?"姚琴端着水盆回答:"昨天回来的。"接着又说:"我爸调到农场工作,我也就跟着回来了。"戈文对她笑笑,腼腆羞涩了起来,不知说啥好了。姚琴边洗衣服边问:"听说,你们在排练演节目?"戈文回答:"是的! 马上就要会演了。"接着又问:"你怎么知道的?"她说:"昨天回来,碰见赵梅花了,她告诉我的。"戈文以为是林梅告诉的呢,接着问:"你还去农场劳动吗?"姚琴说:"不知道!"接着又补充了一句:"也许还去吧!"两人平淡地聊了几句,就各自端着水盆回家了。

吴小兰走了以后,戈文那颗情感骚动的心变得平静了,变得平淡了。姚琴的回来又勾起他那个说不清楚道不明白的情感,而这个纯洁的情感就像清澈的小溪,潺潺地流入他的心田,滋润着他那萌芽般的情感慢慢生长。

戈文端着水盆进了家门,母亲说:"你怎么这么磨叽,快给我。"母亲又说:"你站在那干啥? 把碗筷拿出来,放在桌子上。"戈文应了一声,忙去拿碗筷,不小心一个碗掉在地上摔碎了。母亲说:"你干点活,怎么这么毛糙!"戈文把碗筷放好,又去拿簸箕把碎块收拾起来,把地扫干净。吃饭的时候,母亲又说:"以后干活别毛毛糙糙的,要稳当点。"戈文点着头,快快吃完饭就去了礼堂。

戈文进了礼堂,林梅一个人在练舞。他没有惊动她,而是掏出笛子开始练。笛声一响,林梅停住了,喊了一声:"戈文。"戈文问:"啥事?"林梅说:"你过来,我跟你说个事。"他走到林梅跟前问:"什么事?"林梅说:"中午,我爸跟我说,姚琴回来了。"戈文装着不知,应了一声。她继续说:"农场决定,让姚琴负责宣传队,下午来宣布。"戈文知道姚琴小时候练过舞蹈,在学校时经常代表学校参加地区举办的舞蹈比赛。他说:"是吗?"接着又问了一句:"你呢?"她说:"我俩负责!"

姚琴,是戈文心中的秘密,没人知道这个秘密。林梅又说:"这两天,我们抽空去看看邵老师吧?"

同学们陆陆续续地来了。袁强见戈文和林梅在一起,就走了过来问:"你们聊得好呀!"语气里带有暧昧。林梅说:"我俩就聊得好,碍你什么事!"袁强又怪腔怪调地说:"当然不碍我啥事! 能碍我什么事呀!"袁强的挑衅,戈文心里很清楚是针对自己的。他没有吭声,转身练笛子去了。他告诫自己,不能冲动,冲动会惹母亲生气的。母亲不是再三告诫,遇事要冷静吗!

练了一会儿,农场来了一个人,姚琴跟在后面,穿着一件红底蓝花,小碎花布上衣,黑油油的头发梳着两个小辫。姚琴的漂亮,在于艳丽里透出的质朴,给人感觉是一种天然的美,像盛开的美丽花朵,让人赏心悦目。农场那个人拍了拍手,叫道:"大家集中一下。"姚琴大大方方地站在旁边。大家都围了过来。农场那个人说:"根据农场的安排,暂时由姚琴负责整个宣传队的工作,林梅负责舞蹈的排练。"接着他又说:"姚琴是你们同学,你们都熟悉,我就不多说了。"他说完就走出了礼堂。

那个人走后,姚琴面对大家说了一句话:"我也不是什么负责人,就是和林梅带着大家把节目排好,争取在会演中取得一个好名次,希望大家多支持。"接着继续说:"大家继续练吧!"她说完叫上林梅,两个人商量事去了。女同学们零星地鼓掌,荣剑、袁强吹起了口哨。

姚琴来的当天晚上,戈文、林梅、李力帆、夏小芬一起去医院看邵敏。在去的路上,夏小芬问:"姚琴不是被她妈带走了吗,怎么又回来了?"林梅说:"农村太苦,姚琴要求回来,她爸也要。"这件事,黄新早就跟戈文说过。戈文在想,她走了,她妈怎么办?姚琴不难受吗?她能这么狠心吗?姚琴心里会想着她妈吗?戈文又觉得姚琴挺可怜的,如果在她妈那,她会想她爸;如果在她爸这,她会想她妈!然而,又想到自己,自己要是离开母亲,那肯定会难受的。李力帆说:"我想她爸也是为了她的前途,才让她回来的。"他们几个人就这么聊着来到了医院。进了病房,邵敏的头上缠着纱布,脸和眼睛露了出来,看上去好了许多,正靠着床头,聚精会神地看书。他们的来到,邵敏一点都没有觉察到。林梅轻轻地叫了一声:"邵老师!"她这才抬起头放下书,惊喜地问:"你们来了?"她把身子往上挪了挪,说:"你们坐! 你们坐!"他们围着病床问:"邵老师,你好点了吗?"邵敏又说了一声:"你们坐呀!"戈文接过话,说:"我们不坐了,站着挺好。"邵敏说:"好一些了!"接着问:"汇演马上要开始了,你们排练得怎么样了?"林梅把这段时间宣传队的排练情况向她汇报了一下。汇报完,邵敏说:"参加会演不是目的,目的是展现你们的才华,给自己以后多创造一些机会,发展空间会大些。你们现在还小,正是成长的时候,多学一些东西会有好处。"

戈文心想,这么长的时间,邵老师第一次这么语重心长地给他们讲这个道理。他们和邵老师聊了好半天,邵敏自始至终没有问刘民的情况。戈文心想,虽然刘民打了邵敏,但是她毕竟和刘民有过一段恋情,她怎么不问呢?林梅见邵敏没有问刘民的情况,就主动说了。林梅说:"刘民还没找到,公安机关已经发了两次通缉令了。"邵敏听完,没说一句话,也没有问一句话。

他们又坐了一会儿就走了。路上,戈文心里想,邵敏的态度,让人琢磨不透,她和刘民的关系绝不是一两天的事,肯定有很长时间了。要不然,刘民不会这样,邵敏这个谜,让人费解!那天,警察来,她只字不说,这么长时间了,刘民现在状况如何,她只字不问。戈文又想到了姚琴,她那莞尔的一笑,没有表达出任何意思,而这个意思,让他觉得没有任何意思,而自己对姚琴的想法,也许都是自己一个人的意思。

离会演只剩下二十天了,排练到了最后的冲刺阶段。邵敏还在医院,刘民也还没有找到。在姚琴和林梅的带领下,大家紧张有序地排练着。

姚琴的舞蹈水平接近于邵敏。邵敏没这来几天,姚琴和同学们相处地非常好。袁强、荣剑等人都围着她屁股转。林梅、赵梅花时不时地露出莫名其妙的情绪来,让人感觉她们有点吃姚琴的醋。姚琴很会处理人际关系,她跟所有的人都保持同等的距离,特别是男同学,她更是小心谨慎。年龄不大,在处事方面,挺老到的。林梅和赵梅花虽然明白袁强和荣剑的意思,但是她们找不出姚琴的一点毛病来。

姚琴到了宣传队后,戈文每天都提前到礼堂。可不论多早,每当推开礼堂大门,就能看见姚琴在练舞蹈。他们的见面,只是双方点点头,就算打过招呼了。戈文练着笛子,她练她的舞蹈。这段时间,他没有和姚琴单独说过一次话,都是点一下头而已。姚琴表面上一切都很正常,看不出受到父母离婚的一点影响。姚琴的重现,让戈文的情感有了憧憬,这个憧憬让他去设想,采取什么办法去和她接触。他设想了许多的方法,可每当机会来了,都因为胆怯而退却了。他骂过自己,你怎么这么无能,为啥喜欢的不去追求。他总感到她离自己越近的时候,心却不敢靠近。这是为什么呀?这个煎熬,让他越来越沉默了。林梅几次说他,你过去挺活泼的,现在怎么变得死气沉沉的,好像心里有什么心事。林梅哪里知道他的秘密呀!姚琴的返回,让戈文觉得天蓝了,水欢快了,眼前的一切都是那么美好了!

有一天的下午,戈文刚进礼堂的大门,姚琴就喊:“戈文,你过来一下。”她那口气跟农场场长说话的口气一样,戈文心里有点不舒服,都是同学,干吗这么拿腔拿调的。他走了过去。虽然内心不舒服,但是还是蛮高兴的。姚琴说:“接到会演组委会通知,节目太多,让我们缩减节目。”戈文一下子警觉了,试探地问:“你是要减我的节目呗?”姚琴说:“我没这么说,这不是通知一下你嘛,让你有个思想准备。明天组委会来人审查节目,如果你的节目审查过了,就是我不让演都不行。”戈文觉得自己急躁了,等她说完,自己再问也来得及。姚琴又说:“我觉得,你是一个人,好办!如果舞蹈被撤下了,人多,不太好办,你想想看。”戈文一听她这么说,还想想什么呀!这不是在暗示吗,让自己提出不上了!想了想对她说:"等明天审查完再说吧。"练了两个月,最后不让上了,怎么跟母亲说,怎么跟买笛子的父亲说,怎么跟要看他演出的人说呀?

戈文郁闷地不练了,觉得这不是欺负人吗?他走出了礼堂大门,顺着兰新公路走着,怎么也想不明白,姚琴怎么会有这种想法呢?真倒霉!戈文冷静了一些回到礼堂。一进礼堂大门,就听见林梅和姚琴吵嘴。林梅说:"我不同意让戈文下,要下也得听组委会的。"姚琴说:"我也没说让他下呀!我是说,万一组委会没通过呢?"林梅说:"没通过,那就不上呗!"林梅在为他争取,戈文心里顿时流出一股暖流。当他走近,她俩立即停止了争吵。姚琴对同学喊:"继续练!"她喊完后,起身走出了礼堂大门。

戈文越想越不是滋味,没有心思再练了,想回家。刚准备走,林梅喊:"戈文!"林梅走过来问:"刚才我们说的话,你都听到了?"戈文点点头。林梅继续说:"你也不要泄气!只要组委会同意,谁也没有办法。"林梅给他打气。戈文心里明白,姚琴的态度非常重要,如果所有的节目都审查过了,下谁,就是她说了算。如果站在她的角度,这就是一个难题!让谁下都得罪人!戈文慢慢想开了。林梅劝他说:"你也不要多想,这毕竟是姚琴个人的想法。"

戈文郁闷地回家了。母亲还没有下工,弟弟们还没放学,小弟弟被母亲带走了。他脑袋里乱得很,姚琴、吴小兰、林梅、邵敏,不时地出现在脑海里。姚琴,一直是心中的梦想,这个梦想,曾让他经常在夜里梦见。当她出现的时候,却不能有任何的表达,一切都深深埋在心里。吴小兰,一直在西线,她是否回来,还是个未知数。和林梅天天在一起,总觉得心老是靠不近。邵敏是心中的偶像,崇拜无比的女神!刘民的事件发生后,他对偶像邵敏的崇拜有了松动,也有些迷惘。所有的一切,让情感无所适从!姚琴的重现所带来的欢快心情,这时跑得无踪无影,只留下一片情感的空地。

门响,戈文起身开门,弟弟们放学了。戈武问:"哥!你什么时候演出?带我们去看看。"他哪里知道,他哥可能演不成了。戈文敷衍说:"等着!"看戈文神情不对,戈武问:"哥,你怎么了?"他说:"没事!"而心里却想,不去演出,会让弟弟们多失望呀!哪个堵呀,就像一团棉花塞到了嘴里。

张琴带着小儿子回来了,进了门,摘下磨破的线手套,戈文马上接过手套,上面沾着血丝。戈文问:"妈,你手破了?"张琴说:"没事!就是搬砖磨破的。你去找块纱布,包一下。"张琴包好手指,问:"我看你闷闷不乐,怎么了?"戈文想哭,忍住了说:"没事!"张琴进了厨房,戈文也跟着进去了。张琴准备和面，戈文说："我来，你不能沾水。"张琴把面盆递了过去，又问："你今天到底怎么了？"戈文宽慰地说："妈，我真的没事！"

戈文和母亲一起把饭做好了，刚准备吃，有人敲门，他去开门，进来的竟是姚琴。她说："戈文，我有事找你。"母亲叫道："小琴，进来呀！"姚琴客气地说："戈婶，不进去了，我找戈文有点事，商量一下宣传队的事。"母亲赞叹地说："小琴长成漂亮的大姑娘了。"姚琴笑了笑没有吱声，母亲接着说："去吧！"戈文放下了手里的筷子，跟姚琴出门了。

两人走到房头站住了。姚琴说："我想了一下，觉得还得跟你单独谈一下节目缩减的事。"其实，她不说，戈文也知道她谈啥事。她说："下午，我跟农场领导汇报了，农场领导觉得还是听会演组委会的。我怕都审查合格了，还让我撤下一个节目怎么办？所以，我还是想先找你商量一下。"

下午，她和林梅争吵的内容，戈文都听到了，也明白她的意思，想了想说："这个事，等明天审查完再说吧！"姚琴追问一句："如果都审查过了，非让下一个，怎么办？"没等戈文回答，她接着又问："你得有个态度呀！"戈文心想，我能有什么态度呀？我的态度就是不想下，下了多丢人呀！她见戈文不说话，有点急了，又说："咱们是同学，你能帮帮我吗？我也不想让你下，可是组委会就这么定的，你让我怎么办？跳舞的不上，十几个同学呀！她们还不得骂死我呀！我求求你了。"戈文再不答应，姚琴就快哭了。戈文没有直接答应她，只说了一句："我想想！"她听完这话："好……好！你想想，我先走了。"姚琴走了，戈文望着她的背影，心里有种惬意的感觉，她那快哭的样子，让他心里得到一点点的满足。

进家门，母亲和弟弟们还没有吃。母亲赶紧问："老姚家的丫头找你干啥？这丫头越长越漂亮了。"戈文说："妈，你说啥呢！她漂亮不漂亮跟我有啥关系？"母亲说："我就这么一说，你这么不耐烦！到底发生了啥事？"戈文回答："没什么事！"母亲说："瞧你这孩子，我是你妈，问你两句，你怎么这样。"戈文看母亲有点生气了，说："都是些宣传队的事！"母亲问："宣传队什么事？怎么找你来了，你是不是在宣传队又跟人打架了？"戈文马上说："你想哪去了，我跟谁打架！"母亲说："没打架就好！快吃吧！"戈文胡乱吃了几口，就回屋了。有人敲门。母亲问："小梅呀！你怎么来了？"林梅问："戈文在吗？"母亲说："在，在！"

戈文从屋里走出来，林梅马上说："我找你有个事，咱俩出去说。"接着又说："戈婶，我走了。"母亲挽留说："再坐一会儿？"林梅说："不坐了。"

戈文和林梅出了门，也是走到房头停下了。林梅说："我想了一下，还得跟你商量一下,明天要是都审查通过了,还得下一个节目,怎么办?"她这个口气,跟姚琴没有多大区别。戈文问:"你的意思呢?"林梅很干脆地说:"我的意思,你下!"下午,她还在为他上,和姚琴争,没过几个小时就变了。戈文不知从哪冒出火说:"你们都定了还找我商量什么!你们看着办吧!"扭头准备走,林梅拉住他的胳膊说:"我还没说完呢。"戈文说:"你还有什么可说的,你们都定了。"林梅说:"不是还没定吗?想听听你的意见。"戈文赌气说:"没意见,你们看着办吧!"

　　林梅看着生气走掉的戈文,心里也有些不好受,练了这么长时间,让谁下都会有意见的,她想不出别的办法,姚琴跟她谈了,让她来做戈文的工作,没想到,戈文还真生气了,她不知该怎么办了。

　　戈文进了家门,张琴正在纳鞋底,两个弟弟在复习功课,小弟弟在玩耍。张琴抬头看了他一眼,边纳鞋边问:"这么快就谈完了?"他说:"谈完了。"张琴又问:"小梅呢?"她没等儿子回答又说:"我看小梅这孩子挺懂事,上次那么晚了,她还来通知我,真是一个好孩子,这姑娘还长得挺俊。"戈文没心思听母亲的絮叨,说:"我睡觉了。"母亲问:"今天你怎么回事?这两个丫头找你干什么?我看你有心事,到底发生了什么事?你说呀!"戈文想了想,拿着凳子坐在母亲跟前,说:"她们不让我演出了。"母亲问:"为啥呀?"戈文把整个过程说了一遍。母亲说:"这有什么呀!不演就不演呗!再说了,演了你也是吹笛子,不演你也是学了门手艺。何况人家两丫头找你,也是为难了。我看不演就不演吧。"母亲没有一点埋怨他,还劝他不演了。虽然母亲这么劝,但戈文心里还是解不开这个结。母亲见他不说话,又说:"是你的,谁也拿不走,不是你的,就是争,你也争不到。我看林梅这丫头就挺好,人家老帮你,人家碰点难事,你怎么不去帮人家?"

　　母亲的絮叨,让戈文平静了些,内心也在问,你不是喜欢姚琴吗?你这么喜欢,怎么一点都不想付出呢?为了自己的面子,让自己喜欢的人为难,这是喜欢她吗?喜欢就要付出。林梅那么帮你,人家碰到难事了,你就可以甩手不管吗?你还有情谊吗?

　　戈武趴在桌子上写作业,听到戈文和母亲谈话,手里拿着笔扭过身,问:"哥,你不演了?我都跟同学们说了,你演出,我还要叫上他们去看呢!"母亲对大弟说:"看什么看,抓紧写作业。"大弟做了一个鬼脸。

　　窗外的月光铺洒在屋里,张琴放下手中的活,伸了个懒腰,看了看马蹄表,说:"不早了,睡觉吧!"接着又问弟弟们:"你俩作业写完了没?"没等弟弟们回答,接着又说:"写完了睡觉。"

戈文洗了洗上床了，躺在床上还在想不让参加演出的事。明天参加节目审查，还去吗？他问自己。不去，那就是彻底放弃，姚琴会怎么想，林梅会怎么想？去了万一审查通过，而又不让参加演出，同学们会怎么看？谁让自己喜欢姚琴呢？她求自己，让自己理解她，我理解了吗？戈文仿佛看见姚琴的眼睛在注视着他，在问，我就求你这么点事，你都不答应，你真喜欢我吗？她漂亮的脸庞，让戈文心动了，觉得自己应该答应姚琴的要求。他想通了，计划明天早上告诉姚琴。戈文的心轻松了，更激起了他对姚琴的向往。

第二天早晨，戈文起得格外早，没吃早饭就朝礼堂跑去，但大门紧锁，左等右等也不见姚琴。这是怎么回事？平常姚琴都来得挺早，今天是怎么回事？

林梅来了，她问："你今天怎么来得这么早？"戈文回答："今天起来得早。"他是想把自己的决定第一个告诉姚琴。可惜，她没来。林梅道歉地说："昨天，我脾气不好，你生气了吧？"戈文笑了一下，用开玩笑的口吻说："怎么会呢？"林梅又问："你想得怎么样了？"戈文装糊涂问："什么怎么样了？"林梅说："你装什么糊涂！"戈文没有说，而是想了想，问："姚琴呢？"林梅说："上地区开会去了。"

时间到了，同学们都陆续来了，戈文和林梅一起走进了礼堂。李力帆走过来，问戈文："听说不让你演了？"没等戈文回答，他接着又说："刚才进门的时候，看见你和林梅说话，不好意思问。你同意了吗？"戈文心里放着光彩，觉得为姚琴做了点事，心里很高兴，虽然不演出了，但能博得喜欢的人的高兴，那也是值得的。他说："我同意了！还没跟别人说呢。"李力帆惋惜地说："你白练了这么长时间！"戈文笑了一下，装着委屈地说："这也是没有办法的，再说，昨天晚上，姚琴和林梅都去找我，让我主动撤出。你说，我该咋办？"李力帆没接话。林梅喊："跳舞的抓紧排练了。"

自从姚琴、林梅负责后，同学们不知怎么回事，都变得很自觉了，排练也比较卖力。戈文心想，不能告诉李力帆不去争的理由，那是内心的秘密。姚琴虽然没有像吴小兰那样，没有像林梅那样，可她在自己的心里一直存在着，这个存在就像没有熄灭的灰烬，只要有点火星，就会死灰复燃。

同学们都在排练，戈文闲着没事，坐在长条椅子看着，想着，如果告诉姚琴这个决定，那姚琴一定会高兴的，她高兴了，一定会给自己一个笑脸，她有了笑脸，就会感谢，感谢了，那自己就会给姚琴留下好印象了，有好印象，慢慢地就有机会了。

中间休息，林梅过来，坐在戈文旁边问："你想好了没？"戈文说："下午审查完了,再告诉你。"林梅看他的神情,问:"你想通了?"林梅真厉害,一眼就看穿他心里想什么了。戈文笑而不语。林梅说:"下午审查的时候,你要好好吹,不要以为不上,就不卖力了。"戈文心想,林梅提醒得非常对,一定要好好吹,让姚琴看看!林梅见他不说话,又说:"我跟你说话呢,你想什么呢?我刚才说的话,你听清没?"自从林梅和他到宣传队后,她对戈文说话的口气也变得很随意了。戈文说:"好好!我一定好好吹,不会给你们丢人的。"

时间快接近中午,姚琴回来了,还领着几个人。她喊林梅,两人嘀咕了几句。林梅拍手喊道:"大家静一静,欢迎地区会演组委会的领导来审查节目,大家鼓掌。"林梅说:"现在请姚琴讲讲,审查节目的注意事项。"组委会的人坐在长条凳子上了。姚琴清了清嗓子,说:"这次会演很重要,要求也严格,大家一定要演好,演不好,我们就不能参加演出了。"她又讲了一些注意事项。最后她说:"上两个节目。"戈文听了节目单,根本就没有他的节目。

戈文气蒙了。这么多人,又不好发作。同学们都回头看他,特别是林梅递过来的眼神,像在告诉他,这事我不知道。戈文愤怒又孤单地走了,走出了礼堂的大门。

他所有的期盼,所有的设计,所有的多情,就这样成为泡影了。姚琴不给他机会,不给他情感表达的机会,他心里那个恨呀,真想冲上去问问姚琴。戈文没有冲上去,他想好了,不再对姚琴抱有幻想了,对姚琴彻底失望了。

戈文没有回家,他走出大院的大门,朝围墙外的一片田野走去。他愤怒到了极点,姚琴怎么可以这样对待我呢?戈文刚刚燃烧起的火苗,就这么被她扑灭了。他站在空旷的田野上,仰头看着蓝蓝的天,觉得自己的心被蹂躏了。姚琴把他说的机会剥夺了。他朝天空喊:"姚琴,你这是为什么呀?"

太阳西斜了,戈文慢慢地平静下来,转身回去,刚走进大院门口,林梅四处张望,看见戈文就喊:"你跑哪去了?我四处找你呢!"戈文理也没理,一直朝家走,她跑过来拦住说:"你这是干吗呀?我也不想这样呀!"戈文生气地说:"我干吗!跟你有关系吗?闪开!"林梅说:"你听我说呀!"戈文说:"说什么呀!事情已经这样了,说别的还管用吗?我明天就回农场。"林梅说:"你听我把话说完,行不行?姚琴说,你可以做备用节目,如果哪个节目有问题了,你就可以替补。"戈文见林梅这么说,停住了脚步,说:"你们太不尊重我了。"接着又说:"我告诉你,我已经想通了,本想今早告诉姚琴一声,没想到,她这样做事!再说了,你们可以提前跟我说一声呀,说都不说就宣布了。替补的事，我不参加。"

戈文走了。林梅怎么喊，戈文都不理。走到房头，李忠在身后喊："戈文！"戈文停住了脚步回头问："你怎么会来找我？"李忠说："你不是不演了吗？"戈文板着冰一样的脸问："你怎么知道的？是不是听林梅说的？"李忠嘿嘿一笑，说："是的。昨晚我去她家了，她妈说，林梅找你去了。我今早碰见她，她告诉我的，说你不演了，让我来劝劝你。我今天上午有事，刚腾出时间就来找你。"戈文说："劝什么，不用劝，我想明白了，明天跟你一起回农场。"李忠看戈文异常气愤，也不好再说什么。他知道，现在劝，就等于火上浇油。接着问："你明天真走？"戈文说："不走，还赖在这干吗？"李忠宽慰地说："演什么呀！还不如回农场劳动呢！"

姚琴看着戈文走出了礼堂，心里极为不好受。本想去叫住戈文，又一想，那戈文肯定会质问她，肯定会跟她吵起来。在宣布之前，姚琴做了最坏的打算，万一戈文不同意怎么办？万一跟她吵起来怎么办？姚琴分析来分析去，觉得戈文不会的，会给她留面子。再说，这件事是自己杜撰的。为了自己的今后，冒冒这个风险。没想到，真让自己猜对了，戈文一声不吭地走了。她想，等事情成功了再给戈文解释，戈文会理解的。同时，她也怕戈文不理解去找农场，那就麻烦了。她想继续顺着这个思路，晚上去找戈文安抚他，在这段时间里，千万不能出差错。

戈文进了家门，看了看家里的一切，这才是躲避风雨的港湾。在家，不会受到这样的遭遇。他坐在凳子上，忽然想到，晚上，如果姚琴要来找他怎么办？怎么去接纳她呢？他拿不定主意，也拿不出想法。他的思维还定格在中午姚琴的宣布上。

张琴下工回来了，小弟戈全在小院里逗兔子。戈文见母亲回来，忙站了起来，张琴装着不解地问："你怎么这么早回来了？"戈文说："不演了，就早点回来了。"张琴说："小梅跑到工地上去找我了，你是不是跟她吵嘴了？"戈文说："没有呀！"母亲说："我看小梅脸色非常不好，还以为你跟她吵架了呢？"戈文心里清楚，林梅去找母亲，那肯定是让母亲劝劝自己，他装着不解地问："妈，她找你干吗？"母亲说："还不是让我劝劝你，不要有包袱，让我跟你解释解释。"戈文说："这还有什么解释的。"母亲说："我看小梅挺喜欢你。"文说："妈，你说啥呀！"母亲说："小梅担心你呀！"虽然戈文嘴上这么说，但林梅这个举动还是让他感到温暖的。她这么做，让他的这颗心得到了一点点的感动。就像有人掉进河里快不行的时候，有人给你扔一根草绳，你会感激的。林梅是那个扔绳子的人吗？母亲说："不演就不演吧！我看呀！

就像一群人聚在一起闹一闹，你不去也好。"母亲的这种劝法，让戈文哭笑不得，在她眼里，排了这么久的节目，就是为了闹一闹。这是什么逻辑，这是什么思维呀！

张琴这么劝儿子，知道大儿子心气高，倔强，脸皮薄。突然受到这个打击，怕儿子受不了，所以，才把演出的事说得很平淡，希望儿子心里能好受一些。她知道这件事不怪儿子，可宣传队有宣传队的规矩呀。再说了，演出不演出对生活又没有多大的影响。当然了，她也喜欢儿子有一技之长，这对儿子以后有好处。

戈文出了门，来到兔子窝前，小弟手里拿着草在逗兔子。有一两只肥了，戈文想吃兔子肉了。他进了屋说："妈，今晚做兔子肉吃?"张琴说："行!"戈文进厨房拿了把菜刀，用手摸了摸刀刃，刀不快。于是就从橱柜里拿出磨刀石磨了磨。磨完后，他从窝里掏出一只兔子，摁住兔子头，朝脖子一刀下去，血喷了戈文满脸，小弟弟看后哈哈大笑。

姚琴来了，见戈文一脸的血，吓得撒腿就跑。小弟弟喊："姚姐，是我哥杀兔子喷的。"张琴出来问："你怎么搞的，杀个兔子弄了一脸血。"接着又问："是不是小琴来了?"说完回屋拿毛巾递给戈文说："擦擦脸。"姚琴回来进了小院。母亲说："快进屋坐!"姚琴说："戈婶，不坐了，我找戈文有点事。"母亲说："我来收拾，你去跟小琴说事去吧。"戈文不好发作，只能跟着姚琴出去了。

他俩走到房头。戈文心想，不管姚琴说什么，都不吱声。他下定决心了，不想再跟姚琴来往了。姚琴很温柔地说："你能不能理解我一些，咱们是同学，我能不希望你上吗? 我上午就去组委会，求他们让我们三个节目都上，组委会不同意。我没有办法，我也生气，才没让你上。如果你的节目通过了，再不让你上，你会更难受的。再说，农场领导要求，我们必须要获得一个名次，如果硬让你上，会得罪组委会的，反而不好了。你说，我应该怎么办? 昨天你不同意，我想再去争取一下，也许你能上。结果组委会的人没时间了，只好中午审查，所以在会上，我就没有宣布你。"姚琴这么一说，戈文那颗愤怒的心稍微好了一些。姚琴所说的，让他没有办法去跟她申辩，如果自己执意申辩，倒觉得自己是一个不讲道理，不讲情理的人啦。姚琴又说："我好不容易说通组委会，要是哪个单位节目审查不合格，你可以作为替补，可你却不理解。"姚琴的一席话，让戈文无法再继续生气了，要生气也是生组委会的气。组委会的气，生得着吗? 戈文听完只说了一句："我明白了!"姚琴最后问了一句："替补会演，你还参加吗?"戈文想了想说："明天再说吧。"姚琴说:"你理解我就行了,至于你去不去,你自己拿主意。明天准备报参加替补会演的名单,你想好了,明天上午告诉我。"姚琴说完走了。戈文望着她离去的背影,在问自己,难道是我错怪了她?难道是我心胸太狭窄?难道是我辜负了她?难道是我要把爱的闸门关上?刚才姚琴的一席话,让戈文对姚琴多了一些了解,也知道了她的用心良苦。

中午,戈文的情绪,还是暴风骤雨,到了晚上就变成一条潺潺流水的小溪。戈文转身回家了,母亲刚把饭做好,兔子肉也炖好了,兔子肉里加了一些萝卜块。母亲问:"谈完了?"戈文回答:"谈完了!"母亲接着说:"你怎么不叫小琴来家吃饭?"戈文说:"我没有叫她。"母亲说:"瞧你这个孩子,男人心胸要宽一些,又都住在一个院里,低头不见抬头见,别搞得那么紧张。人家不就是没让你演嘛,你也不能这样呀,何况这事还是上面定的,她也没有办法。"母亲倒挺会劝人的,不帮自己说话,老是帮别人说话。他边想着边吃着,如果姚琴说的话都是真实的,那他就真是有点糊涂了,真是误会她了。

吃完饭,戈文心里郁闷,想出去散散心,在房头碰见了林梅和李忠。林梅问:"你干什么去?"戈文没好气地说:"没事,瞎转?"林梅接着问:"姚琴找你了?"戈文没有说话,只是点点头。李忠马上说:"想开点,不就是一个会演嘛!又不是招工。"李忠说得轻巧!这多丢面子呀!李忠所说的招工,让戈文稍微好受一些,也觉得这就是参加一个活动!就像母亲说的,不就是闹一闹嘛,又不是决定命运的事,再说,姚琴已经说清楚了。林梅说:"现在时间还早,要不我们再去看看邵老师。"接着她又问李忠:"你去不去?"李忠坚定地说:"我也没有什么事,去!看看你们的偶像。"他说邵敏是偶像。戈文想了想刚才对林梅有点过,林梅处处为自己说话。他想到这说:"行!"接着又说:"我跟我妈说一声,你们在这里等着。"

晚上的月亮特别圆,特别大,特别亮。微风吹拂,三人踏着白杨树掉下的黄绿叶子进城了。

他们到了医院,得知邵敏已出院,又来到邵敏家。进了屋,孩子的爷爷正在逗小孩玩,马上起身问:"来了?"邵敏躺在布帘子后面的床上,坐了起来,问:"这么晚了,你们怎么来了?"林梅笑着说:"再晚也得看看我们的导师呀!"邵敏的气色不错,身体也恢复得不错,精神状态好多了。她说:"什么导师呀!你们高抬我了,我就是一个普通的文艺工作者。"接着她问:"还有三四天就会演了吧?戈文的笛子练得如何?我受伤前,你的水平有了很大的提高,凭你现在的水平,这次会演,应该能拿到一个名次。"戈文苦笑了一声:"不演了!"邵敏惊讶地问:"怎么回事?"林梅把话接了过去,详细地把事情说了一遍。邵敏沉默了一会儿说:"会演就是发现新苗子,是培养前途的,是去充实文艺队伍的,怎么会压缩呢? 就是压缩,也是压缩节目质量不高的呀! 戈文吹笛子的水平,我觉得还是蛮高的。"她这么一说,又让戈文唤起了希望。但又一想,这事都定了,还有什么希望呀! 不想了! 戈文说:"邵老师,没事,演不演对我来讲已没多大意思了。"邵敏说:"没有听说节目要缩减呀。前几天,单位的人来看我,还说我们的三个节目都上呀! 她就是组委会的。"邵敏伸手拿了一张纸,写了一张纸条,递给戈文说:"你去一下文工团,让张老师来一趟,我问问情况。"戈文拿着条子快步朝文工团家属院跑去,过两条街就到了。他到了文工团,才发现张老师就是那天审查节目的老师。

邵敏见到张老师,说:"真不好意思,这么晚了,还把你揪来了,没意见吧?"张老师笑了一下说:"我敢吗? 邵大导演,怎么回事?"邵敏说:"林梅,你把情况向张老师说一下。"林梅说了一遍。张老师说:"审查节目是真的,压缩节目没这回事。当时,你们那个队长说,就上两个节目。我还想着,邵敏跟我说是三个,怎么变两个了。我也没多想。对了,你们那个队长说,有一个吹笛子的,家里有事来不了了。"邵敏问:"那现在怎么办?"张老师说:"现在没有办法了,节目单都印好了,改不了啦。"邵敏说:"知道了,你先回吧!"张老师走到门口,又转过身说:"这事也许组委会主任知道得更清楚些。听说,你们那个队长的父亲和组委会主任过去是战友。这次会演就是发现苗子,选一些表演、演奏不错的人充实地区文工团的。"

事情真相大白了。姚琴是一个什么样的人呀! 林梅目瞪口呆了,沉默了一会儿,说:"太不可思议了,姚琴的胆子太大了! 她怎么能这么干呢? 就是为了进文工团!"戈文傻傻地站着,心里在流血,他被姚琴那诚恳的态度蒙蔽了,被她那艳丽透出质朴的脸庞蒙蔽了。邵敏老师说:"这件事情很清楚了,再说组委会节目单已印出来,想更改已经不可能了。你们回去什么也不要说,装着什么事都没有发生过,一定要冷静。"戈文心想,我能冷静得了吗? 我被姚琴害得这么惨! 邵敏看着戈文愤怒的脸,嘱咐说:"戈文,你一定要冷静,千万不敢冲动。"林梅气得说:"这,这太欺负人了。为了自己的私利,连老邻居、老同学都不顾了,这哪是个人呀!"李忠说:"明天把这事跟同学们说,让同学们都不理她,孤立她。"邵敏说:"你们这样会把事情搞得更复杂,一定要听我的。"接着又说:"前几天,荣剑他们几个来看我说,姚琴的父亲在农场还当了个头儿,这事闹大了,对你们下一步招工、参军都不好。你们说是不是呀?"戈文心想,还是邵老师考虑得周全,一说到招工,他就有点害怕了。要是去找姚琴闹,万一她爸使坏,怎么办?戈文想到这儿,说:"邵老师,谢谢你,我不会那样做的,事已经发生了,我会正确对待的。"邵敏说:"那就好!我想,你会慢慢想明白的,机会总会有的。"

在回去的路上,三个人都沉默了,走了好长时间没有人说一句话。戈文的内心翻腾着。人咋这么复杂?姚琴这么小的年龄,这么有心计,为了自己的前途,踏着别人的身子去获取。林梅走着走着,好像对自己说,也好像是对戈文和李忠说:"姚琴太可怕了!"接着,林梅又大声说:"她竟能做出这样的事来,跟她在一起,真得防着点。我还帮她去劝戈文,结果这是一个骗局!"李忠气愤地说:"人不可貌相,她长得那么漂亮,心里这么肮脏。就是一个大粪坑,臭不可闻。"戈文觉得自己好像做了一个噩梦,演了一场滑稽戏。他憧憬着美好爱情的诞生,没想到,姚琴是这么一个心狠手毒的人,戏演得跟真的一样。他一想起她的表演,就感到恶心。姚琴的行为,就像一个棍子,把他打傻了,打懵了,打愤怒了!但他的愤怒只能在心里,在血液里,在肚子里。他现在能做的,只是叹息一声!忍!

戈文回到家已经很晚了,母亲依然在纳鞋底。母亲问:"你们那个邵老师怎么样了?"戈文回答:"好多了。"接着跟母亲说:"妈,我明天回驻地了。"母亲说:"好的!"母亲没再问会演的事。戈文洗了洗就上床了,等待第二天太阳的升起。

第十一章

　　林梅一大早就来到大院门口,想送送戈文,觉得自己对不住戈文。虽然这件事跟自己没有多大的关系,但是自己毕竟是副队长呀! 心里憋了一口气堵得慌。

　　戈文睁开眼睛,天已经亮了,听见母亲在做饭的声音,赶紧起床,洗完脸进了厨房。母亲问:"起这么早干吗? 才六点多钟,你再睡一会儿,等饭做好了叫你。"戈文哪还有睡意呀! 吃完饭,戈文跟母亲道了别,来到大院门口。他没想到林梅来了,正在和李忠说话。她来干什么? 戈文走了过去问:"你怎么来了?"林梅说:"我来送送你。"她的眼圈有点红,搞得戈文鼻子酸酸的。他们在一起排了近两个月的节目,以他的退出而结束。林梅的眼圈一红,让戈文那颗被欺骗、被蹂躏的一颗心,流进了一股温泉,冲刷着心里受伤渗出的血迹。李忠在旁边不知说什么好。林梅的真情感动了戈文,李忠表情复杂地看了戈文一眼。

　　车来了,戈文和李忠上了卡车,向林梅招了招手。车刚驶出大院的大门,戈文看见姚琴跑来了,嘴里在喊着什么。卡车急速地朝农场驶去。

　　一路上,戈文沉默寡言,张宝跟他说话,戈文只是"嗯"! 同学们有说有笑,一会儿大声一会儿小声,好像怕他听见似的。戈文心里清楚,人们在议论,他为什么不参加会演了,而回去劳动。他现在的心情平静了许多,冷静了许多。

　　车驶进了农场,这里的一切,那么熟悉地映入了眼帘。在这片土地上,耕耘了六七个月,戈文从一个不懂农活的孩子,变得会干农活了,知道粮食的珍贵了。

　　戈文刚下车,管干就过来告诉他:"你们宣传队的姚琴来电话,让你给她回个电话,她说,让你一定要回。"戈文没有立即回电话,而是背着黄书包进了地窝子。地窝子一个人都没有,他铺好了床,打扫了一下屋。黄叔叔的铺盖还在,老顾的铺盖也在,王大胡子的床空了。屋里连他加起来就剩下三個人了。戈文收拾完床鋪就出門了。

李忠、张宝、董茹，还有其他几个同学都在院子里站着，等着管干分配活。戈文进了办公室，里面没人，拿起电话，摇了几下，电话通了，姚琴的声音传过来，说："我不是说了，让你参加汇演的替补吗？"戈文生硬地回答："我没有兴趣，你另外找别人吧！"他说完就把电话放下了，刚走到门口，电话铃又响了，他犹豫一下，还是返了回去拿起电话，还是姚琴，她问："你是戈文吗？"戈文生硬地说："你说吧！"姚琴说："你一定要来，听组委会的人说，有的单位的节目审查不合格，让你替补。"戈文心想，我再不会相信你了，你说的就是一座金山，也不会去。戈文语调变得很平静："你还是让别人替补吧！"说完撂下电话出门了。屋里的电话铃没有再响。

电话筒里响起嘟嘟的忙音，姚琴放下了电话。她为自己的前途杜撰出来的事，觉得总有一天会暴露的。她想去补偿，没想到，戈文根本不理，这让她心里很难受。事情已经这样了，没有挽回的余地了。她觉得自己做错了，而这个错是无法弥补的。

于管干正在分配农活，戈文走进了人群，于管干说："今天继续播冬小麦的种子，施肥。戈文，你跟李忠一组。"接着又说："这段时间，你没来，让李忠带带你。"戈文和李忠带上犁，把几袋麦种放在白骡子的背上，牵着它，扛着铁锹走进了裸露的黄土地里。

李忠牵着骡子犁出一条一条的地垄，戈文往地垄里撒种子，再用铁锹铲土把麦种埋上。李忠一只手拿着鞭子，一只手扶犁，试探着说："我觉得林梅挺喜欢你，今早我看她送你，眼泪都快下来了。"李忠在套话，戈文哈哈一笑，说："送我一下，就喜欢我了？那你去林梅家，怎么说呢？难道说，你喜欢她了？"李忠听戈文这样说，不顾一切地说了："戈文，咱们是哥们，我也不想瞒你，我就是喜欢林梅，可我不知道林梅喜欢不喜欢我呀。"李忠继续说："我觉得她对你挺上心的。昨晚回来，她要去找姚琴，要去问个明白，是我把她拉住了。我对她说，邵敏老师不让我们去闹。林梅才没去，今早她叫上我一起去大院门口送你。我觉得林梅对你太上心了，你说实话，你到底喜欢不喜欢林梅？"戈文心想，刚被姚琴打得伤痕累累，他现在问这个问题，怎么去回答他？戈文又碰到了一个难题，一边是他的好朋友李忠，一边是让他有点感动，准确地说，有点心动的林梅。李忠让他说出来，他不知道怎么说。李忠开玩笑地说："看看，说到你心坎去了吧？"李忠开的这个玩笑，就像一把重锤敲打在戈文的心上。李忠说："你怎么不说话呀，难住你了？放心吧！只要你喜欢，我不会难为你的。"李忠说的这些话，哪像一个十五六岁的少年说的话，倒像一个有经验的成年人说的。李忠说的话，暗示他，必须表态，他喜欢了，李忠就不染指了。李忠喜欢了，自己就不要心疼后悔。戈文心想，怎么又搅到这里来了，刚对吴小兰心动，她就跑得无影无踪了，一晃几个月，她都没有给任何消息。为了吴小兰，和张宝闹得互相不理。戈文想了一会儿，斩钉截铁地说："我不喜欢林梅！"李忠哈哈大笑起来，然后他说："这可是你说的，如果林梅问你，你就这么回答！"戈文说："没问题！"李忠说："这才是铁哥们！"戈文的心扑通掉在地上，顿时也感到轻松，也感到沉重，也感到内疚，也感到伤痛。他的心被撕开了，鲜血遍地流。他不知道，说完这个话，将来会发生什么。林梅知道会怎么样，会生气吗？会骂他吗？会不理他吗？李忠说："只要你不主动就行了，你刚才说的话，就你知我知，我不会让任何人知道的。"他说完这句话，戈文的心稍微轻松了一些，这个轻松是为了朋友两肋插刀的轻松，这个轻松是苦涩的轻松，这个轻松是沉重的轻松！他和李忠就这样把林梅的问题暂时解决了，至于解决多少，解决多久，他和李忠都是不知道的，戈文觉得情感就像宇宙，浩瀚无边，深奥莫测，变幻无穷，深不到底，高不到边。多少英雄豪杰倒毙在情感的战场上。何况，他这么一个乳臭未干的小孩呢！自从到农场劳动后，戈文觉得自己就是一个情感的失败者。

中午到了，戈文和李忠牵着骡子回驻地。一上午，他们种了五亩地，这也是于管干要求完成的指标。戈文一进地窝子，就看见黄叔叔了，他坐在床上，正在缝袜子，见到戈文很高兴，他说："你走后，这半边都没人了。"戈文说："黄叔叔，你还好吗？"黄新问："怎么提前回来了？"戈文心想，看来自己的情况，他还不清楚。戈文说："不演了！"黄新问："为什么呀？"他没把实情告诉他，而是告诉他节目压缩了。黄新说："真可惜！白练了两个月。"接着他又说："这组委会太没计划了，怎么说撤就撤呢？"接着他问："你想不想演呀？"戈文回答："当然想演了。"黄新说："这样我联系一下临泽县知青办，看看你能不能代表他们那里的知青点去演。"戈文又来了精神问："这样行吗？"黄新说："我试试。"

戈文的心又燃起了演出的希望，让姚琴看看，你捣乱，我也能照样演出，气死你。他恨姚琴，让他丢了多大的人。他感激地说："谢谢黄叔叔。"黄新哈哈一笑说："我们不能埋没人才嘛！"他这么一说，戈文的脸就红了。黄新说："这事不一定成，你先不要说。"戈文点了点头。

下午上工的时间到了，戈文和李忠又去播种了。李忠说："这个姚琴真是的，干吗要这样做，这要传出去，她在同学当中，不就臭了吗，甚至在大院里都臭了。谁还敢和她玩呀！再说了，文工团招人，你是吹笛子的，她是跳舞的，也不一样呀！"李忠抱不平地说着，戈文静静听着。李忠又说："怎么看，姚琴也不是这样的人呀，要不是那个张老师说，我真不敢相信，姚琴会干出这样的事来。"姚琴曾是戈文心中一幅美丽的画，是那么勾人心魄，令人向往。如今变得这么丑陋，这么恶心。姚琴今天来电话，是不是她在挽回？是不是良心上发现了什么？不管她了，她什么样，跟自己没有什么关系。

李忠又说："你怎么不说话呀？"戈文说："我听你说不就行了吗？"李忠说："中午，我想了想，是不是我这个人不够哥们呀？你是不是不好意思说呀？"他这么没头没脑的问话，戈文心里是明白的，他还在说林梅的事。戈文装着不明白说："这又怎么啦？"李忠说："我反复考虑了一下，林梅喜欢你，我喜欢林梅，你不喜欢林梅，那你喜欢谁呀？"戈文问自己，我喜欢谁？我都迷茫了！我喜欢姚琴！可我在姚琴心里一点位置都没有，要是有一点点的位置，她都不会这样做！我不是她喜欢的人。吴小兰呢？吴小兰是自己喜欢的吗？吴小兰真喜欢我吗？戈文心里也不清楚，而这些都是问号。戈文又想，姚琴要是跟我说实话，自己也许会自动退出，假如文工团就招一个名额，就是招上了自己，他都会毫不犹豫地把这个名额让给姚琴。因为喜欢她，喜欢就要做出她喜欢的事。结果她走了另外一条路，这条路会越走越窄的。李忠催着说："你到底喜欢谁呀？"戈文没有回答他，而反问了一句："你看我喜欢谁？"李忠说："你喜欢姚琴！"

李忠早就看出戈文喜欢姚琴，不然戈文不会这么愤怒，难道他只是为了演出吗？一开始，李忠是这样想的，随着事情的发展，他慢慢看出来了，戈文对姚琴的感觉是很深的。他这才跟戈文谈林梅，这样才会有机会。只要戈文不对林梅动心，那林梅是没有办法的。没想到，早上林梅送戈文，发现戈文有点动心，如果不抓紧，那他的一切想法可能就会成为泡影了。李忠这才和戈文谈林梅，而且还要谈开，不能拖泥带水。正好戈文问他，他喜欢谁。李忠马上揭开了戈文的谜底。

戈文心里一惊，他怎么知道这个秘密的呢？这是他心中没人知晓的秘密呀！李忠说："你不吱声，就是默认了。"李忠在前面犁着地，哈哈大笑起来。他这么一笑，把戈文笑得不自在了，脸也红了。李忠捅到了戈文心中的秘密。戈文想套他的话，看看他怎么知道这个秘密的，戈文说："你瞎说！不可能！"李忠说："你拉倒吧，一说到姚琴，你的眼睛都放光。"这个李忠就是人精，眼睛太犀利了，太毒了。怪不得，他敢跟他提林梅，说明他知道，自己心里还没有林梅。可今天早上，林梅的眼圈一红，让李忠捕捉到了什么。他太聪明了，觉得再不动手，有可能戈文就会被林梅所感动。李忠心里清楚，戈文刚受完打击，是最脆弱的时候。再不进攻，有可能就会失去这个机会。戈文完全明白了李忠的心思，马上说："这都是过去的事情了，上午我说的话已经很清楚了，你就大胆往前走吧。"戈文说完，虽然心里不是滋味，但是没有办法挽回，只能顺水推舟了。何况，李忠又是哥们，是拒绝不了的。

李忠停下来，拥抱了一下戈文，说了声："谢谢！"戈文那颗刚被林梅撬动的心，又被李忠给推了回去。他不知道，以后怎么去面对林梅。李忠让他对林梅不仁不义了，而对李忠却是有情有义。戈文在想，我这样做是对林梅不仁不义吗？不是！只是拉开了距离，只是自己先往后退了退。同时，他也感到了放下，而这个放下，为李忠打开了一条情感的通道，至于李忠能不能顺着这个情感通道走下去，那就看他的本事了。

下工后，戈文一进宿舍，黄叔叔不在，心想，应该是为自己的演出活动去了。他拿上脸盆去了水房，碰见了董茹，她问："你怎么不演了呢？"戈文只说了一句："节目缩减了！"董茹"哦"了一声，没再往深处问。戈文洗完一扭身，差点碰着张宝端的水盆，他说："你注意点！"戈文说："我哪知道你在后面呀！"张宝说："我就说，让你注意点，怎么啦？"戈文看他有吵架的意思，忍了一下，端着洗脸盆走了，刚跨出门，听到张宝说："花心萝卜！"

戈文真想转身问问他，谁是花心萝卜！想了想忍住了。戈文觉得自己真冤，姚琴的欺负，吴小兰的离去，林梅又让人夺走，最后，自己还落下一个"花心萝卜"的称号！觉得自己做人太失败了，太无能了。

戈文端着洗脸盆往回走，李忠在身后叫："戈文！"他走了过来，说："晚上一起喝酒，我从家里拿了几瓶西凤酒。"戈文知道李忠老家是陕西人，西凤酒就是陕西特产。戈文疑惑地问："这不过年不过节的喝什么酒呀？"李忠说："这是好酒呀！"他没有直接回答。忽然，戈文觉得哪不对味，李忠莫名其妙叫他喝酒，是不是跟他俩白天的谈话有关，李忠是不是有点俗气了。如果谈话内容是另外一个结果，他还会请我喝酒吗？李忠说："行不行呀？你怎么傻了？想啥呢！"李忠这么一叫，戈文醒过神说："行！"他觉得自己现在怎么变得这么多疑了。是不是有毛病呀！李忠可是自己的好朋友呀！所说的喝酒，就是在食堂多买几个菜，几个人凑在一起，用碗当酒杯。李忠说："一会儿你来我们宿舍。"戈文答应着走进了宿舍，放好了洗脸盆，准备出门，黄叔叔回来了。他问："你要出去？"戈文说："李忠叫我喝酒。"黄叔叔说:"你先去吧!等你回来,再跟你说。"戈文说:"不用!你说吧!"他说:"这事有点麻烦,人家规定,必须是本点的知青才行。"戈文说:"没事!不去就不去吧!"听黄新这么一说,那姚琴说的话又是一个谎话,说什么替补,也是瞎说。戈文还以为她的良心发现了,原来也是胡扯。黄叔叔说,你也不要泄气,学点东西也是好的,说不定哪天就有用了。戈文说:"谢谢黄叔叔!"

戈文走进李忠的宿舍,大家都坐好了,他跟大家点了点头坐下。李忠站了起来,说:"我们今天给戈文接风,前段时间,戈文去了宣传队。今天,我代表大家给戈文敬酒!"他说完,一仰脖,一碗酒进肚了。张张稚嫩的脸庞,洋溢着少年的气息。戈文忽然明白了一个道理,人是不能脱开群体生活的,一旦脱开群体,就会孤独,就会自卑,就会越来越封闭。

这段时间,戈文是孤独的,是压抑的。姚琴的欺骗,吴小兰的无声无息,林梅又让李忠夺走,所有这些压得他喘不上气来。戈文端起酒碗站起来,说:"感谢李忠!感谢同学们!我把这碗酒喝了,以表敬意!"李忠说:"我提议,我们大家一起和戈文碰一杯,他是我们当中的才子!"大家纷纷端起酒碗,戈文跟每一个人碰了一下,一饮而尽。他刚放下酒碗,王大力端起酒碗,说:"戈文,咱俩碰一杯!"接着又说:"你也不愿意和我们玩,以后多和我们这些落后同学玩玩。"王大力是戈文的同班同学,个子不高,学习太差,每次考试,就没有及格过。他没等戈文回话,碰了一下就把酒喝了。董茹也跟着说:"戈文连多看我们一眼都懒得看。"张宝也接上话,说:"戈文爱找漂亮女同学玩!"戈文知道他说的什么意思。李忠拦住说:"都是同学,什么理不理,爱不爱的,来喝酒!少谈没用的。"他说完一饮而尽,戈文、王大力、董茹也都一饮而尽。张宝没喝,把碗放了下来。王大力马上指着张宝说:"我们都喝了,你怎么不喝?"张宝说:"我得待一会儿喝。"王大力说:"不行,现在就喝!"王大力眼珠子红了,看来张宝这酒不喝是不行了。李忠说:"张宝,这酒你喝不下去,我替你喝!"戈文知道,这是李忠的激将法。张宝说:"谁说我不喝!"王大力说:"你能喝不喝,不就玩赖吗?"张宝被顶到死角了,他端起酒碗说:"喝就喝!"一饮而尽。王大力说:"好!"戈文不清楚,王大力和张宝有什么矛盾,刚才他俩的表现,肯定有过节。张宝刚放下碗,王大力说:"张宝,咱俩再碰一碗。"张宝说:"你有完没完了?"王大力声音高了八度,说:"没完!"张宝一下子火了,站起来说:"你想干什么?"王大力也把碗往桌子上一放,说:"你想干什么?你他妈的在吴小兰跟前,为什么说我的坏话!"戈文没想到,王大力也是吴小兰的追求者!张宝的脸唰得红了。李忠赶忙出面,说:"这哪是哪呀,怎么又扯出吴小兰了,都是一些陈糠烂谷的事,还提它干什么! 今天的主要内容就是给戈文接风,不谈别的。"李忠在这群人当中还是蛮有威信的。他说完,王大力坐了下来,不吱声了,张宝也不吭声了。戈文喝了几碗酒,情绪上来了,脸也发热了,一股脑的事涌了出来,叫道:"喝酒!"顾花花端起酒碗说:"我跟你碰一下。"顾花花不爱说话,性格内向,腼腆,脸上有点儿雀斑,肤色偏黑,说起话来,声音浑浊,不清晰,只有和她待久了才能听清楚。吕莲莲说:"我也和戈文碰一下。"她俩也是戈文的同班同学,吕莲莲总是笑容满面,一双眼睛清澈到底,说起话慢悠悠,一个字、一个字地蹦。戈文刚才看到张宝与王大力较真的一幕,心想,王大力怎么跟吴小兰扯在一起了,还跟张宝有关系。戈文有点想不明白,看来同学之间的许多事,他是不知道的,他和吴小兰的关系,王大力应该是不知道的。李忠又端起酒碗说:"让我们把过去那些不愉快的事情都忘掉,干杯!"由于酒精的作用,戈文的情绪控制不住了,揪住刚才张宝说的话,舌头都有点硬了,他说:"张宝,你说谁爱……爱跟女同学玩,你不爱跟女同学玩吗?我跟谁玩了,你说清楚!"张宝面对着戈文,眼睛露出了不屑的眼神,戈文继续说:"你说,我跟谁玩了? 你满嘴的胡说八道! 是你想跟女同学玩吧? 你今天喜欢这个,明天喜欢那个,你才是花心萝卜!"万万没想到,张宝出奇的冷静,一句话没说。李忠劝戈文说:"你喝多了,咱们今天不谈这些事。"王大力说:"让戈文说下去!"董茹说:"别说了。"戈文知道,李忠、董茹怕他和张宝打起来。戈文趁着酒劲继续说:"你说我花心萝卜,谁是花心萝卜谁知道!"顾花花、吕莲莲不知道怎么回事,睁大了眼珠子,张着大嘴听着。戈文说到这儿,端起酒碗,说:"喝酒!"没等别人反应过来,一碗酒又进肚了,他继续说:"我花心萝卜,我她妈就是一个大傻瓜! 一个大傻瓜! 我傻到家了。"戈文的屈辱、委屈、压抑趁着酒劲都出来了。他哭了起来,号啕大哭! 干什么了,自己会落到这么一个下场? 戈文内心叫道,我真诚待人,我善良待人,结果怎么会这样? 戈文的发泄,李忠心里是清楚的,张宝也知道他所做的事! 戈文泪流满面又端起酒碗,顾花花忙拦住说:"你不要喝了,"吕莲莲也在旁边帮腔说:"戈文! 不要喝了!"戈文情绪坏到了极点,心里在呐喊,这到底怎么回事呀? 自己能说吗? 能揭露吗? 说了,有人相信吗? 戈文的情绪激烈地波动,除了李忠、张宝,让所有的人目瞪口呆! 他们不知发生了什么事,不知道戈文为什么会这么痛苦!

李忠说:"戈文! 你不要太悲观,事情并不像你想的那么糟糕。"戈文心想,现在的处境,还不糟糕吗? 委屈得不到释放,屈辱得不到解脱,善良得不到理解！自己这个花心萝卜，一朵花都没有！戈文的情绪，让屋里的气氛顿时沉闷了起来。突然一股酸辣味涌入嗓子眼，戈文急忙起身朝外走，在门口吐了，吐得昏天混地，快把肠子吐出来了。顾花花拍着戈文的后背。戈文发泄完了，轻松了，把郁闷都吐出来了，他对顾花花说："我没事，我没事！"又回到了酒桌，也清醒了一些，道歉地说："不好意思，喝多了，大家不要见怪！"

王大力端起酒杯说："戈文！我不知道你发生了什么事，但有一点，我们都是同学，需要我们干什么，你尽管说！"他说完，一杯酒进肚了。李忠坐着发起了愣。戈文心想，刚才的情绪是不是触动了李忠。戈文说："李忠，你愣着干吗！喝酒！"张宝表情严肃，而李忠马上恢复了常态，端起酒碗说："喝酒！"他又说："我们都是同学，能有什么解不开的疙瘩。"顾花花说："李忠说得对！"张宝端起酒碗，对王大力说："咱俩碰一杯，喝完这杯酒，我再跟你谈吴小兰的事。"王大力一仰脖，把酒喝了下去。张宝喝完，把碗放在桌子上，用手抹了一下嘴巴，说："大力，你误会我了。那天晚上，你约吴小兰，我是不知道的。我去树林转，碰见你和吴小兰、林梅在说话，我就过去了，你见到我就走了。在这之前，吴小兰和你发生的事，我是不知道了。不瞒你讲，我也喜欢吴小兰，但我绝对不会因为喜欢她，而去诽谤别人。至于吴小兰后面不理你，我就更不知道什么原因了。我想，戈文可能比我更清楚一些。"戈文觉得张宝把这个球踢给自己，当然，张宝说的这件事是有的，那天是林梅来叫的。不过，张宝把他和吴小兰的谈话内容掐掉了。他去的时候，吴小兰是哭着走的。没想到在张宝之前，还有个王大力，吴小兰和林梅只字没说。戈文有点晕，怎么这么复杂。戈文接过了话，问张宝："我清楚啥？我啥都不清楚！"张宝说："你别说不清楚，吴小兰不是喜欢你吗？你承认不承认？"王大力把脸转过来看他，戈文问："你咋知道她喜欢我？"张宝说："吴小兰跟我说的！"戈文说："她可没有跟我说。"王大力在跟前，戈文心想，不能说，再说了，吴小兰从来没有说过喜欢自己。王大力端起酒碗对着张宝说："看来我误解你了。不好意思，我喝一个赔罪酒。"他一饮而尽。话说到这份上，气氛稍微缓和了一些。这群少年，由于酒精的作用，大胆地谈起了感情，这是戈文没有想到的。张宝要把他拖进来，可见其用心是可恶的。虽然这样，但是戈文还是没有说什么。张宝什么都不顾，王大力什么都不顾，戈文要顾，不能说，什么都不能说。顾花花转了话题，她问："招工什么时候开始呀？"李忠说："据我所知，正在摸底，这次好几个单位都招工。有平原四厂、有七九二矿、有民乐、有张掖。"平原四厂、七九二矿都是父亲的单位建的，他们刚从西线转移到东线。父亲来信说，东线自然环境比西线好多了。大家喝酒的气氛慢慢地恢复了和谐，东拉西扯起来，一直聊到深夜。

戈文昏头昏脑地回到宿舍，一头栽在床上就昏睡过去了。等他睁开眼睛，天已大亮了，赶紧穿上衣服出门了。

院子里空无一人，戈文去李忠的宿舍，只见门开着无人，心想，这人都去哪了？又跑到食堂，里面也没人，又跑到管干的办公室，也没有人。他心想，饲养棚里应该有人，到了饲养棚，老顾一个人在铡草，他问："院子里的人都跑哪去了？"老顾抬头看了一下，问："你问谁呢？"戈文说："问你呀？"老顾说："我没名呀！"戈文自知错了，马上说："顾师傅，不好意思！"老顾说："凌晨隔壁村庄着火了，大家都救火去了。"戈文继续问："怎么没人叫我呀！"老顾说："叫了，你睡死过去了，还吐了一地，是老黄帮你打扫的。"

戈文站在院子里，沐浴着阳光。远处走来一群人，救火的人回来了。越走越近，他看见李忠满脸乌黑，和张宝抬着担架，担架上躺着人，头上盖了一件灰布衣服。王大力、吕莲莲、董茹，还有其他几个同学跟在担架后面，同学们表情严肃。于管干在张宝后面，谁也不吱声。戈文走到李忠跟前问："抬的谁，怎么了？"李忠神情悲切地说："是黄师傅！他死了。"戈文的意识瞬间全无，过了好一会儿，悲伤地又问："到底怎么回事？"李忠说："房梁掉下来，砸在黄师傅的头上，等我们把他拉出来人已经没气了。"戈文静静地看着躺在担架上的黄新，心里那个难受。他的形象瞬间从脑海过了一遍，怎么会这样呀？眼泪不由地流了下来，哭出了声，女生也跟着哭了起来。悲痛的气氛蔓延了，他的心就像锥子扎一样的疼痛。戈文伸手抬起担架，来到农场的库房，把黄叔叔放下。于管干快步跑到办公室，给总部打电话告知。

戈文站在黄叔叔身边流着泪，同学们都各自回宿舍了。他想掀开那件盖在黄叔叔脸上的灰衣服，看看他，几次想动，结果手又缩了回来。

他怎么也不会相信，昨天还在一起，今天他就去了另外一个冰冷的世界。他在问，生命怎么会如此的脆弱，说没了就没了。黄新身上的衣服烧破了，腿肚子上还流着血，手臂上有道道血印，渗出了血。戈文注视着盖在黄新脸上的破衣服，默默地鞠了个躬。

于管干进来了，后面跟着几个人，他指挥说："把老黄送到沙井驿卫生院太平间。"人们抬起黄叔叔，戈文也伸手抬着，走出门放在架子车上。管干说："戈文，你就不要去了。"人们拉着黄新走远了，戈文站在库房门口，目送着黄叔叔去了另外一个世界。

戈文回到宿舍，走到黄叔叔的床前。窗外的一缕阳光，射在黄叔叔的床上，睹物思人。他仿佛看见黄新又站在身旁，仿佛又在给他讲故事，仿佛又借给他书看。这一切的仿佛，让他的心痛苦难受，这么好的一个人就这么走了，这么离开了。整间房子，就剩下了他和老顾了。顿时，他感到一种从没有过的孤独，凄凉。借着窗外的一缕阳光，他环顾着这间地窝子，回想着这段时间的遭遇，想到了人活起来怎么这么难，这么辛苦，快乐都到哪去了？他这颗少年的心，像蒙上了一块黑布，突然迷失了方向，迷失了目标！

戈文回到床上，拿出黄新借给他的书，翻看着，心里空荡荡的，平静不下来，坐了一会儿，放下书出门了，想去看看李忠。

进了李忠的宿舍，他倒在床上睡觉。戈文站了几分钟转身走了，刚走到门口，李忠醒了喊："戈文！"他回头，李忠从床上起来了，一脸的疲惫，戈文说："你再休息一下，我一会儿来。"李忠说："没事！你坐吧。"戈文拉了把凳子坐下，问："这到底是怎么回事？"李忠说："你走以后，我就倒在床上睡着了。突然有人喊着火了，我以为是在做梦。于管干进来喊，快点起来救火。我跟着人群就往着火的地方跑去。"戈文问："怎么没人叫我呀！"李忠说："估计黄师傅叫你了，你没醒，他就一个人去了。"老顾不是说，自己吐得一塌糊涂吗？戈文的心又一次被黄叔叔感动了，肯定是他告诉管干，自己酒喝多了去不了。李忠说："真没想到呀！黄师傅本来没事的，后来有人说村里的一个农民的小孩在房子里，他就冲了进去，把小孩抱了出来，刚把小孩递给别人，房梁就塌了，砸到黄师傅的头上。黄师傅只要往前走一步，就没事了，就差这一步呀，人就没了。"

整个驻地沉浸在悲伤之中，一整天静悄悄的。戈文从宿舍出来，就朝着火的村庄走去。想看一看，黄叔叔被砸死的地方。

一路上，轻风吹起的沙土弥漫在天空，像蒙上一块白色透明的纱布，淡淡的土腥味飘进了鼻孔。通往村庄的路，是一片沙丘，越过这片沙丘就到了。村庄在沙漠绿洲的边上，有十几户人家，归沙井驿公社管。

戈文站在那栋被烧毁的房屋前，村里的人正在收拾烧毁的房屋。一个农民看见戈文，主动走过来问："你是河西农场的吧？"戈文说："是的！"那农民说："你们是好人呀！要没你们，我们就完蛋了。你们那个人烧死了，我们全村人都很难受。我们全村的人，明天都去给他守灵。"戈文又说："人已送到沙井驿卫生院了。"那个农民说："不管在哪，我们都要去守灵，他是为我们死的。他是我娃的救命恩人呀！我叫我的娃给他披麻戴孝。"那个农民说："多好的人呀！"他说着流出了眼泪。

戈文回了驻地，农场的领导都来了。在空荡荡的宿舍里，戈文又想起了黄叔叔,他就这样地走了,他的一家人怎么办?不知道黄叔叔的家在哪里,家里有几个人。生活的残酷又告诉了戈文,人的一生不是那么容易的!

戈文想到自己遇到打击,心就灰灰蒙蒙了,失去对生活的追求。可这些跟黄叔叔失去生命比起来那就太小了,太不值得一谈了。我的遭遇,只是在我的人生长河中,掀起的小小波澜。黄叔叔不是跟我说过,不要泄气,学点东西也是好的。对了!我不能泄气!要鼓足气朝前走。只有这样,我的路才能越走越宽广。戈文想到自己昨晚的丑态,脸上都发烧,真想抽自己,怎么这么软弱呢?软弱成不了大事,软弱让人瞧不起的,软弱会消耗智慧的,会消耗生命的风采,会消耗生命的意义。黄叔叔舍身救人,他才是一个英雄,才是一个值得敬佩的人!就像那个农民说的,他是为我们而死的。毛主席说过:"人总是要死的,但死的意义有不同。"古时候有个叫司马迁的文学家说过:"人固有一死,或重于泰山,或轻于鸿毛。"为人民利益而死,就比泰山还重;替法西斯卖力,替剥削人民和压迫人民的人去死,就比鸿毛还轻。张思德同志是为人民利益而死的,他的死是比泰山还要重的。黄叔叔就是这样的人,他是为人民而死,他的死比泰山还重!黄叔叔的去世,让戈文明白了一个人生活的意义。那个积极向上的情绪,在戈文的心里蔓延了。他觉得自己有劲了,也觉得自己的思想得到了升华。

三天后,黄叔叔出殡了。农场所有的人都去参加了追悼会,附近村庄的人也都去了。当地的领导和农场的领导都参加了追悼会。黄新就埋在村庄旁边,让他能永远看着这片土地,永远与这个村庄在一起。

农场又恢复往日的状态。戈文和李忠依然去播种,但不知怎么回事,两个人的话突然少了。

前几天,戈文心想,自己的那通话,是不是对李忠有了影响,是不是他的哭闹和林梅有关系。李忠为什么变得这么低沉了。戈文总感到李忠有话要跟他讲,不然的话,他不会这样。他什么时候讲,讲什么,也能猜出几分。林梅是他俩关系好坏的分界线。戈文想好了,只要他提,还是告诉他,那天说的话没有变,也许这样说,他不相信。他相信也好不相信也好,一定给他明确一个态度,让他放心,我,戈文一定是一个男子汉。黄新为了别人,把命都搭上了,自己难道连一个朦胧的情感都不让吗?何况林梅是不是真心喜欢我,我也不清楚。我把一个不清楚的,握在自己的手里,是不是有点自私了。果不其然,中间休息的时候,李忠说话了。他说:"戈文!咱俩是好朋友,你那天说的一通话,是不是对我有意见,是不是觉我不应该跟你去争林梅?"李忠的坦率,单刀直入,让戈文很惊讶,那他也要坦率,也要单刀直入,不能有一点虚假的东西,有了,李忠会看出来的。戈文知道,哪天他说的话,对李忠是有冲击的,他一定认为是针对他的。戈文平静地说:"李忠,你我是好朋友,我跟你说的都是真的。林梅,虽然对我不错,但我真的没有那个感觉。我和她的关系,就和一个男人的关系一样。你没有必要担心我,只要你喜欢,你就去追。至于,将来我和林梅的关系怎么处,我现在说什么,你都不会相信,那你就看我怎么做吧!"李忠听完,笑了一下,说:"我知道你对林梅的感情,只是普通同学的感情,但我觉得林梅可不是这么想的,她喜欢你! 这个我心里非常清楚。"李忠接着又说:"我喜欢林梅了,而你又是这么一个态度,我怕将来林梅会恨你的。我想,我去追林梅,追不上,我也不会怨你,咱俩还是好朋友。如果你哪天喜欢林梅了,我马上就撤出。"李忠这一席话,很坦诚,很真实,很哥们。戈文觉得自己心胸是不是狭窄了,怎么就说不出这样大气的话呢。"你喜欢我就撤出!"多大度的一句话。他受到李忠的感染,也表了一个态:"李忠,你放心,在你没有撤出之前,我绝对不会向林梅踏进半步。"他说完这句话,李忠笑了! 笑得那么灿烂,而他心里却有点酸楚。李忠拍了一下他的肩膀说:"哥们! 你什么时候喜欢上林梅,我就立即撤出。"他把刚才说的话又重复了一遍。

晚上,吃完饭,戈文待在宿舍看书。整个房间就他一个人,老顾在饲养棚。他看了一会儿书,眼睛又朝黄新的床看去,只剩下了光溜溜的浅浅的黄色木板了,铺盖陪黄新埋在地下了,那边冷吧?

王大力来了,戈文从床上下来,问:"你怎么来了?"王大力说:"我闲着没事,就到你这转一转。"戈文心想,他俩平常来往非常少,今天到这来,肯定跟那天喝酒有关。不管怎么说,王大力对他说的那通话,还是让他感动的。王大力坐在床边,顺手拿起床上放的书翻了翻,说:"戈文! 你这么爱看书,让我佩服。我怎么一看书头就疼,一点都看不进去。"戈文笑了笑没有吱声,等他要说的话。他又说:"对了! 吴小兰跟你联系过没有?"戈文说:"没有!"王大力说:"那天张宝说,吴小兰的事你清楚,这到底是怎么回事?"戈文没有回答,而是反问他:"你和吴小兰到底怎么回事?"他这么一问,王大力露出了一丝羞涩,不像那天喝酒时对张宝的样子了。他说:"戈文,这个事就不要问了,说出来丢人。"戈文说:"那丢什么人呀? 你喜欢吴小兰也是正常的,男人喜欢女人天经地义。"王大力叹了口气,说:"都怪我太粗鲁,怪我一时兴起。"他停顿了一下,接着说:"那天,我约吴小兰出来,结果她把林梅叫上了。我心里就不太舒服,可又不能说。我们三个人来到树林,我想跟她说我喜欢她,可林梅在,我又不好说。后来,我就让林梅回避一下,说了心里的话,没想到,她没有反感,也没有说话。我以为她默认了,就去拥抱她,没想到,她一把推开了我,我又冲了上去。她大声喊林梅。我恐慌了,没有再冲。林梅跑过来问什么事,吴小兰没说话。这时,我看见张宝来了就溜走了。后来的事,我就不知道了,从那以后,吴小兰就不理我了。我心想,是不是张宝说我坏话了。"戈文听完王大力的话,心想,王大力胆子够大的,敢去拥抱吴小兰,敢去大胆地表白。我怎么就不敢呢?王大力这么坦诚,这么信任我,我不说心里话,觉得对不住他。可我怎么说呀,我和吴小兰真没有什么关系,想了想,我和吴小兰的事都很平淡。没有他那么大胆的表白,没有他那么大胆地冲上去拥抱。我和吴小兰的交往都在心里。她虽然对我处处关心,处处照顾,但是始终没有从语言上流露出一丝的情感的表白。我说不出什么来呀,我能说,她给我洗衣服吗?说她帮我拉架子车吗?说她去请声乐老师教我唱歌吗?这些能证明,她就是喜欢我吗?说我喜欢她,可这几个月过去了,我那刚刚燃烧的情感火苗,被吴小兰这么长时间,没有给我一点信息而浇灭了。我现在对她的激情减退了。用减退的激情去说,我觉得也是不道德的。戈文想到这里,说:"大力,你我都是同学,你这么信任我,这么坦诚,我也跟你说实话,过去,我对吴小兰是有感觉的,现在没有了。如果你还喜欢她就大胆去追,我不会有想法的。你放心,你刚才跟我讲的事我不会对任何人讲。"王大力拍了一下戈文的肩膀说:"我知道了。"他俩又说了一会儿闲话,王大力走了。

戈文又拿起书看开了,可怎么也看不下去。脑子里想着,这一群乳臭未干的少年,怎么这么早就走上了感情这条路,又这么激情燃放,说的话呀,想的问题呀,都这么成熟,像大人一样。戈文琢磨着,这是不是情感的早熟呀?他又想到了林梅的问题,吴小兰的问题,觉得自己不如李忠、不如王大力、不如张宝,喜欢就往前冲,喜欢就去表白。而自己喜欢姚琴,就不敢去冲,不敢去表白,反而躲得远远的。那天洗菜见到姚琴,激动得不知说啥好,羞涩地手心都出汗了,为啥在情感这条路上,自己会这么懦弱!这是清高吗?还是高傲?还是自己情感上的不成熟?假如姚琴不欺骗自己,我会调整心态吗?戈文这样问着自己,这样梳理着自己。

窗外的银白月光,透过小小的窗户铺洒了进来。老顾在饲养棚里,屋里阴森森的。戈文有点害怕,有点紧张。突然有人敲门,他过去开门,进来的是李忠,他问:"就你一个人?老顾呢?"戈文说:"老顾还没有回来。"李忠说:"告诉你一个消息,于管干说,地区会演明天晚上开始,分给我们五张票,管干的意思,让你、张宝、吕莲莲、王大力、我,五个人去。"戈文问:"管干不去了?"李忠说:"管干说了,都是年轻人的事,他就不去了。"戈文也不想去,不想见到姚琴,也不想见宣传队的那些人。在台下看他们演出,心里不是滋味。李忠说:"我知道,你不好意思去,这有什么呀?是姚琴的错,不是你的错,你害怕啥?要是我,就越要去,气气她。"李忠这么一说,戈文说:"我怕什么呀?去!"李忠说:"这就对了。"他又说:"你一个人待在这儿干吗?跟我过去。"

　　戈文一进李忠宿舍的门,有人嘻嘻哈哈打闹着,有人在聊天,有人在打扑克牌。李二虎正在说话:"你们听说没,走了的那个黄然,有十万块钱。"李二虎是戈文的同学,中等身材,大嘴,小眼睛,不胖不瘦,看着很结实。他一提黄然,戈文想起了他的罐头,还没还呢。王大力说:"你吹牛吧?他怎么会有这么多钱?我们一天才挣五毛钱,一个月才十五块钱,一年才一百八十块钱,挣十年也不会有多少钱呀?"他扳着指头算着,过了一会儿,说:"操!按五毛钱算,我们得干够五百五十多年才能挣够这些钱。"李二虎接过话,说:"十万块钱,可以装备一个营了。"他的这个说法,从哪来的,不知道。王大力说:"我要是有这么多钱多好呀!"李忠说:"你要是有这么多钱,你都不知道怎么花。"王大力说:"怎么花?就是天天吃肉,那也花不完。"戈文和同学聊了很久,才回到宿舍,老顾还没有回来,空荡荡的房间有点瘆人。他想,老顾怎么还不回来?过去,戈文从没有过这个念头,因为老顾就像空气一样,可是今晚他却盼着老顾回来。戈文抓紧上了床,明天还要去看会演。在睡梦中,他隐隐约约听到老顾的呻吟声,戈文心里害怕,睁开了眼睛,屋里漆黑漆黑的,他起来下了床,走过去一看,老顾萎缩在床上,满地都是沾有血迹的牛皮纸、破布,忙叫道:"顾师傅,你怎么了?"老顾睁开眼睛有气无力地说:"我……我的手被……铡刀铡了。"戈文着急地说:"那上医院呀?你躺在这儿干吗?"老顾用微弱的声音说:"我想……忍一个晚上,明天……再去。再说这么晚了,走这么远的路,就不麻烦别人了。"戈文说:"要流一晚上的血,你会流死的。"接着又说:"我去叫人,马上拉你去医院。"戈文跑到李忠的宿舍,敲门叫人,门开了,是王大力,他问:"你深更半夜干吗?不是哪又着火了吧?"李忠披着衣服也过来了,问:"怎么回事?"他说:"老顾的手被铡刀铡了,流了好多血,得马上去医院。"李忠二话没说,穿好衣服就跟他走了,王大力也跟着来了。老顾疼得晕了过去,手用毛巾裹着,血渗透了出来。他们把老顾抬了出来,王大力找了辆架子车,拉着老顾就走。没走几步,李忠说:"得跟管干说一声。"王大力说:"说啥呀!抓紧救人吧!"李忠坚持说:"还是跟管干说一下。"戈文想了一下说:"我去!"他敲开管干宿舍的门,过了一会儿,管干喊:"谁呀!"随后门开了,问:"出啥事了?"戈文把情况说了一下。管干说:"你等一下,我和你们一起去。"四个人拉着老顾朝沙井驿医院奔去。

他们到了医院,进了急诊室。医生睡眼惺忪地问:"怎么啦?"他边问边看,用手把血迹斑斑的毛巾解开,老顾中指头的一截,连着一点点的皮。他用酒精棉擦了擦说:"这手指都切了一截了。这里看不了,得去城里的医院。"他把血止住,上了消炎药,又说:"你们抓紧去,要不然,他这个手指就保不住了。"管干想了想说:"那就送到农场卫生所吧!你们送到就不要回来了,给你们放两天假,我就不去了。"

月光铺洒下来,老顾身上盖着厚厚的被子。三个人穿的衣服少,冻得发抖。戈文和李忠在前面拉,王大力在后面推,一路小跑,天大亮,他们到了卫生所,安顿好老顾就各自回家睡觉了。

戈文进了家门,家里没人,困得一头就栽到了床上。不知睡了多久,一阵敲门声,叫醒了戈文。他以为母亲回来了,一开门,是林梅。戈文惊讶地问:"你怎么知道我回来了?"林梅开了个玩笑,说:"我是侦探呀!"戈文问:"你找我有事吗?"林梅说:"没事,就不能找你了?"戈文客气地说:"你进来坐,我洗把脸。"母亲领着小弟弟回来了,见林梅在,愣了一下,林梅马上问:"戈婶下班了?"接着又说:"我找戈文有点事。"母亲顿时笑容满面地说:"你们说。小梅呀!中午在这吃饭?"林梅说:"戈婶,不吃了,跟戈文说几句话就走了。"她拉着戈文的衣袖出了门,戈文问:"啥事?"林梅嗔怒地说:"你干吗呀,这么生硬。没事就不能找你了吗?"戈文让她这么一呛,不知啥好了。心想,林梅呀!你哪里知道,我是拍着胸脯给李忠表的态,不能向你踏进半步。如果让李忠看见,我真是跳进黄河也洗不清呀!真是活见鬼了,李忠从房头那边走了过来,停了一下脚步,准备转身走。戈文喊了一声:"李忠!"林梅转过身。李忠马上说:"林梅,我去你家找你去了。"林梅说:"你找我啥事?"李忠说:"没啥事,找你问问,你们什么时候出发,搭你们的车。"林梅说:"你们自己去吧,车上坐不下了。"林梅接着说:"你俩聊吧,我去排练,化妆,下午六点就出发了。"林梅一阵风地走了。戈文想跟李忠解释,还没张口,李忠一挥手说:"不用说了。"接着问:"我们几点集合?"戈文说:"你说几点就几点。"李忠说:"那我们四点集合,我去告诉他们三个。"接着又说:"估计张宝、吕莲莲也该回来了。"李忠说完转身走了。

戈文望着李忠离去的背影,心想,这么巧,刚和林梅在一起,李忠就出现了,说明他对林梅还是了解的,李忠不简单呀!他来不是巧合,而是计划好的。虽然李忠这么大度，但是他对我的态度还是有保留。这说明他对林梅的进攻能否成功，心里是没有底的。戈文觉得李忠对情感的追求，心胸还要更宽阔一些。

戈文进了家门，张琴问："你怎么回来了?"戈文回答："看会演来了。"张琴说："抓紧吃饭吧。"大弟戈武说："我也要去。"戈文说："没票了。"张琴对戈武说："你好好在家做作业，看什么看!"戈武不吭声了。戈文边吃饭边对母亲说老顾的事。母亲听完说："你以后干啥事，也要小心些。"母亲说："你那天早上刚走，老姚家的丫头来找你。我问她有啥事，她还不说。"戈文接过说："我知道了。"吃完饭，母亲和弟弟们走了。

戈文站在屋中间环顾这个家，简陋、温馨，接着又想起了林梅热情的表现，李忠的心机。同时也在心里叫道，林梅呀，我给李忠诺言了! 这是套在我头上的枷锁呀? 我如果对你热情了，李忠会不高兴;对你冷淡了，你肯定不会高兴。何况，我没有理由不理你呀! 戈文有点后悔那天给李忠的承诺了。可已经承诺了，只能往下走了。

戈文进了屋躺在床上，感到很困、很疲乏，但眼睛却睁得大大的，就是睡不着。想着许许多多的事，渐渐迷糊了。突然在朦胧中听见了敲门声，起身开门，李忠、王大力、张宝、吕莲莲站在门口。李忠说："走!"戈文问："几点了?"李忠说："快三点半了。"接着又问："怎么走这么早?"李忠说："没事!咱们早点去。"戈文穿上衣服，就和他们一起去汇演的地方——地区大礼堂。

几个人走到农场大院门口，看见宣传队的人正在装车。戈文装着没有看见，一直往前走。王大力叫道："戈文! 你走那么快干吗?"戈文不想见到宣传队的那些人。他走出大院，回头一看，那几个人不见了，等了一会儿，李忠、王大力、张宝、吕莲莲才从大门出来。他问："你们干什么去了"李忠说："林梅喊我们帮着装道具，王大力喊你，你没听着，一直走。"李忠说："刚才我看见姚琴了，她跟我说话，我没理她，这种人就不是人。"戈文没有接话茬，不想再去谈了。王大力忙问："姚琴怎么了?"李忠说："没怎么呀!"王大力说："那你刚才为什么骂她不是人，怎么回事?"李忠说："你别问了，等有空再告诉你!"接着调侃大力："你怎么这么关心姚琴? 你和姚琴什么关系?"王大力自嘲地说："我倒是想有关系，可姚琴都不正眼瞧我一下。姚琴是长得真漂亮! 真馋人!"张宝听完，哈哈大笑，笑完说："大力! 什么馋人?"王大力说："去，一边去!"张宝说："姚琴是馋人，是不是戈文?"李忠骂姚琴，肯定是为了帮他出气，戈文心里感谢李忠，这么好的朋友。要想维持住这段友情就看自己怎么对待林梅了。林梅这关,能不能过去,戈文心里也没有底。中午那一幕,就让他不知怎么办好!躲也不行,不躲也不行,幸亏李忠及时出现才解了围。然而,不知李忠怎么想的,就怕他不理解。他要是心窄一些,两人的关系就会出现裂痕。突然,王大力说:"喂!你们知道不,吴小兰参加工作了,接上她爸的班了。"张宝着急地问:"你听谁说的?"王大力说:"中午的时候,我听我妈说的,是我爸来信说的。"王大力说:"我爸和吴小兰她爸是师兄弟。"张宝斜着眼看了戈文一下。戈文现在的心情已经平静了许多,觉得他和吴小兰的关系暂告一段落了,也许就是结束了。

走到西关,在路东边,有一家肉丝面馆。在学校时,每次接完猪血,就来这家面馆吃上一碗肉丝面,两毛钱一碗。那个香呀!一到周末,就盼着接猪血。戈文的肚子有点饿了,忘带玉米发糕了,摸摸兜里有一块多钱,对李忠说:"去这家吃碗面?"李忠说:"没问题。"

面馆人挺多,得去排队。李忠说:"你们去占位子,我去开票。"戈文说:"把钱给你。"李忠说:"一会儿算。"吕莲莲说:"我可没带钱,只带了一块发糕。"王大力也说:"我也没带钱。"李忠说:"没事!就算我请客!"戈文说:"我带钱了,咱俩请。"李忠说:"不用!下回你请!"其他人找好了座位。戈文环视了一下环境,靠墙角坐了几个人,其中有两个人面熟,又想不起在哪见过。他努力回想着,想起来了,和他们在沙枣林打仗的人。对方也抬头看了他一眼。李忠、吕莲莲把面端了上来,开始吃面了。那个面熟的人走过来问:"你们是河西农场的吗?"戈文抬起头问:"是呀!有事吗?"那个面熟的人又问:"你们是不是也来看会演?"戈文说:"是呀!"他又问了一句:"你们宣传队,有一个叫戈文的,你认识吗?"戈文觉得莫名其妙,他怎么会知道自己的名字呀?忙问:"你怎么知道他的?你找他有事吗?"那个面熟的人又说:"是我姐告诉我的。"戈文问:"你姐是谁?"他说:"我姐就是给你们宣传队教舞蹈的邵敏呀!"

戈文一听马上站了起来,说:"快坐!"那个面熟的人继续说:"我姐说,你们可好了!我叫邵刚!"戈文马上问:"你姐怎么样了?"邵刚回答:"好多了。"戈文说:"真巧!咱们是不打不相识呀!"李忠和张宝也说:"是呀!不打不相识呀!"邵刚说:"我们最后没有去找你们,是我姐做的工作。我姐说,就是年轻人打个架嘛!再说了,也是我们先错的。最后,我劝我们点上那个领导跟被打破的那人的父亲说了说,这事就这么解决了。"

戈文激动地说:"太谢谢邵敏老师了。"李忠马上说:"今天的饭我请了。"邵刚说:"不用了,你们对我姐那么好,我应该请你们。对了!我姐也去看演出。一会儿我们在礼堂见。"他说完就走了。戈文和李忠一直把他和那几个人送到门口。李忠说:"看来人要多做好事,就会有好报。"戈文说:"是呀!"接着又说:"抽时间去看看邵老师!"李忠说:"那一定要去,把林梅喊上。"

第十二章

太阳西斜了,天空中不时地飞过小鸟,像来参加这个盛会,展现它的舞姿一样。

礼堂外面聚集了许多人,有的在聊天,有的在练歌,有的在练舞蹈,有的在练琴。礼堂大门的上方,中间是毛主席画像,画像东边是一幅标语"中华人民共和国万岁",西边是"中国共产党万岁"。画像后面矗立着旗杆,飘扬着鲜艳的五星红旗。

礼堂大门没开。戈文他们在人群里乱窜,看一看拉琴的,看一看练歌的。戈文感触地说:"多久没有见到这么热闹的场面了?"他觉得人应该这样生活,快乐的生活是创造出来的。于是心情随着热闹的场面而兴奋起来,眼睛却不时地看着大门口。戈文问李忠:"几点了?"李忠说:"应该快到时间了吧。"他对大力说:"你去问问几点了。"礼堂前的广场上人越聚越多,各地知青点的人都来了,脸上画着妆。大力回来说:"快六点半了。"李忠像自言自语,也像对他们说:"林梅她们也应该到了,怎么还没到?"

邵敏来了。戈文和李忠高兴地跑了过去说:"邵老师好!"邵敏已恢复了,脸色还是那么红润,眼睛还是那么明亮。她微笑地点点头。戈文问:"邵老师,你都好了?"邵老师说:"都好了!"接着她问:"你们的人来了吗?"戈文说:"还没有。"邵敏问:"几点了?"李忠回答:"快六点半了。"邵敏说:"前几天,林梅来看我,我还告诉她们早点来,怎么回事?"戈文把刚才碰见邵刚的事说了一遍。邵敏说:"他们也来参加演出。邵刚他人呢?"李忠说:"没看着,邵刚说和我们在大门口见。"李忠的话音刚落,邵刚过来了,他叫了一声:"姐!"又问:"明明呢?"邵敏说:"他爷爷带着呢!"她又问戈文:"你没事吧?"戈文知道她问的意思,说:"没事,我想开了。"邵敏说:"这就对了,人经点风雨是有好处的。"礼堂的大门开了,人们蜂拥而进。邵刚说:"咱们进去吧?"邵敏说:"待一会儿"。邵刚进去了。快七点了,不见林梅和宣传队的人来。邵敏说:"不等了,进去吧。"几个人走到门口,李忠没动,站在礼堂的台阶上,不时地朝大门口张望。

戈文觉得奇怪,从农场到地区礼堂五六公里的距离,六点出发,再慢,半个小时也该到了,不会出什么事吧? 车坏了? 戈文从门口下来对李忠说:"咱俩去找找。"李忠说:"好!"戈文说:"我去跟邵敏老师打个招呼,让王大力他们先进去。"

戈文从礼堂出来,张宝跟着出来说:"我也去!"三个人往农场方向返,刚走过礼堂门口的马路,看见了李力帆从远处跑来。戈文大声喊,李力帆走近,身上有血,有土。戈文急切地问:"怎么啦?"李力帆哭着说:"撞车了。"李忠着急地问:"怎么回事?"李力帆带着哭腔说:"姚琴和林梅坐在驾驶楼里,车头撞瘪了,人卡在驾驶楼里出不来,她俩流了好多的血。我是来通知组委会的,赵一川去通知农场,车厢上的大部分人头被撞破了,身上被撞骨折了,伤不重的都在看护现场。"戈文一听脑袋就炸了,跟李力帆说:"你去通知组委会,我们去现场。"戈文、李忠、张宝一路小跑,戈文边跑边想,真没想到呀,怎么会出现这样的事? 戈文为同学担心,潜在内心深处的,那就是与姚琴藕断丝连的情感,对林梅的担心也更加强烈了。戈文设想了许多次跟姚琴再次见面的场景,一是俩人见面,谁也不理谁;二是她跟自己打招呼,不理她;三是他们话不投机;四是姚琴给他赔礼道歉,可万万没想到会撞车呀!

三人到了现场,受伤的同学都被送往医院了。两台车头对头地撞上了,农场的车头被撞成凹型,驾驶楼被挤扁了,车门严重扭曲,地上一摊鲜血,道具散落满地。戈文站在现场一阵难受,怎么会这样呀?! 刚才还是一群激情豪放,憧憬未来的稚嫩少年,朵朵含苞待放的鲜花,棵棵苗壮成长的树苗,瞬间就受到了这么大的摧残。李忠、张宝傻傻摸着扭曲的车门。李忠走过去问正在维护现场的章文,戈文也跟了过去。章文说:"老姚家的丫头够呛,从驾驶救出来,人已经不成样子了。老林家的大丫头,还清醒一些。其他人问题不大,就是头破了,擦伤,不危及生命。"戈文急切地问:"去哪家医院了?"章文说:"地区医院。"真是天有不测风云呀! 一场汇演变成一场灾难! 这个灾难太大了,这个灾难撞击着戈文,这个灾难震感着戈文的心灵! 姚琴和林梅的形象在戈文的脑海里轮换着出现。戈文的心发颤,脑袋木呆。李忠神情严肃,张宝神情严肃。他们扭身一路快跑,跑得上气不接下气。

农场家属大院的母亲们听到消息后,全乱套了,埋怨声、骂声、哭啼声交织在一起,成群结队地朝医院跑去,心都提到嗓子眼了,不知孩子们撞得怎么样。她们有的拿着衣服,有的拿着棉被,有的拎着脸盘。

　　三人跑进了医院。急诊室门口围了很多人，人们静静的，仰着头、翘着脚尖朝里望。戈文环顾了一下，没见姚琴和林梅的父亲，其他同学的家人都在急诊室门口。他挤进了人群里，看见荣娘问："荣娘，姚琴和林梅呢?"荣娘没有回答而是问："你跑哪去了? 你妈到处找你呢! 都在手术室呢!"戈文嘴里嘟囔一句："我妈干吗来了?"一抬头又看见了夏娘。戈文眼睛寻找母亲，一转身看见了母亲在人群里东张西望。戈文走了过去，叫道："妈! 妈!"张琴看了看儿子："你没事吧?"戈文说："没事!"张琴说："你可把我吓死了，我以为你也在车上，你没事就好! 我去看看你荣娘和夏娘。一会儿和我一起回家。"戈文点了点头，转身冲上了二楼手术室。

　　手术室的门口集聚了不少人。姚琴的父亲在走廊里来回走动，林梅的父亲捂着脸坐在凳子上，林梅的母亲在哭。悲伤的气氛笼罩着大家。李忠、张宝在手术室门口默默地站着。突然，一个男人的哭声撞击着每个人的心理，那么悲切，那么让人揪心，那么催人泪下。姚琴的父亲面对着墙壁，用头在撞墙，咚咚地响。农场的一位领导忙去劝："老姚，你不能这样，别弄坏身体! 现在不是在抢救吗?"

　　手术室的大门紧关着。这个大门是生死门，从门里出来也许是活，也许是死! 进去也许是活，也许是死! 这道门就是阎王殿的大门。门开了，出来一位年轻的女护士，人们都拥了上去。女护士说："别挤! 有 A 型血的人吗?"戈文抢着说："我是!"张宝凑上来说："我也是!"姚琴的父亲说："我也是!"李忠说："我也是!"林梅的爸妈都抢着说："我是!"护士让戈文、张宝、李忠和姚琴的父亲进去了。林梅的爸妈也往里挤，林梅的弟弟和妹妹也往里挤。女护士拦着说："先进四个。"

　　在洁白的手术室里，四个人测完血型，戈文和张宝是 A 血型，李忠是 O 血型，姚琴的父亲是 B 血型。护士问："你是她什么人?"姚琴的父亲说："我是她爸。"女护士又问："你是谁爸?"姚琴的父亲说："我是姚琴的父亲!"女护士神情疑惑地说："你没搞错吧? 血型不对! 你出去吧。"姚琴的父亲脸色顿时灰白了，有点结巴地说："这是怎么回事?"女护士说："你先出去吧! 过后再说。"

　　姚琴的父亲和李忠出去了，戈文和张宝抽完血出来了。林梅的父亲问："怎么样?"戈文说："没事!"林梅的父亲问："孩子怎么样了?"戈文说："不知道!"接着又说："我们就在门口旁边一间房子，抽完血就让我们出来了。"林梅的父亲关切地说："赶快坐下，休息休息!"戈文手按住胳膊上的针眼坐下了。姚琴的父亲默默地站着，表情极为难看。戈文按着胳膊想，刚才年轻女护士说的话有些不明白,虽然他对医学不懂,但是女护士为什么说血型不对? 女护士的疑惑表情,让戈文对姚琴和她爸的关系有了疑问。

手术室门外,除了轻轻的抽泣声,静得掉一根头发都能听到。时间过得真慢,让人觉得过一秒就像过了一年,过一分钟像过了几十年,过一个小时像过了几百年。

戈文坐了一会儿下了楼,张琴正在陪荣娘和夏娘说话。夏娘对张琴说:"她戈婶,你和东兰先回吧。刚才听医生说,所有的人都在医院观察一夜,没有什么事,明天就可以回家了。"张琴说:"那也行!"戈文说:"妈! 你先回吧! 我还得待一会儿,她俩的手术还没做完,不知几点能做完。"张琴说:"那也行! 你注意点,我先回了。"戈文送走母亲,又上了二楼。邵敏老师来了,正在和李忠说话,邵刚、李力帆、王大力、吕莲莲站在她的身旁。戈文走过去问:"邵老师来了?"邵敏点了点头,叹了口气,说:"怎么会出现这种事,太意外了。"邵刚说:"这条路太窄,经常出车祸。上个月,我们从沙井驿回来,差一点跟一台车撞上。"李力帆一点事没有,只是胳膊上划了一道血印。李力帆说:"我们六点钟过一点出来的。男同学站在驾驶楼的后面,女同学都坐在车厢的中部和后部,一辆卡车迎面过来,没想到,那辆卡车迎面撞了上来,来不及反应,只听砰的一声,车厢后部的人摔了过来。太吓人了!"

午夜了。戈文说:"邵老师,你先回吧,这么晚了。"邵敏说:"那也行! 我先回去,有什么情况及时通知我。"戈文和李力帆把邵敏送到医院门口。当他俩返回二楼,就听见姚琴父亲撕心裂肺的哭声,戈文的心一下子揪了起来,难道姚琴走了吗? 不会吧! 他安慰着自己。戈文走到紧闭的手术室大门前,李忠低声告诉他:"姚琴死了!"戈文觉得自己的思维、自己的血液、自己的呼吸一下子都停止了! 李忠又说:"林梅还在抢救之中,据刚才出来的护士讲,生命没有危险了,但一条腿可能保不住了。"

戈文的内心在喊,这到底为什么呀! 怎么会这么血腥,这么残酷,残酷得让人喘不上气来,残酷得让人精神失常! 林梅的母亲哭道:"以后孩子怎么活呀! 怎么办呀?"林梅的爸紧闭双唇,眼睛透出的光是那么哀伤,那么无助,那么无奈!

下半夜,在医院的太平间里,戈文和同学们见到了躺在床上的姚琴,她身上盖着白色的被单,一张漂亮的脸庞是那么苍白,白得像一片雪花,像一朵含苞欲睡的玉兰花。戈文默默看着,心里却在想,姚琴,你不能用生命来惩罚自己呀! 这个代价太大了,这个代价是不值得的。我现在才明白,你那天来的电话,就是一个忏悔,就是一个认错,可我没有去接受,没想到,你就这么快去了另外一个世界。那个世界是冰冷的,你炽烈的火焰刚刚燃起,就这么快熄灭了。此时此刻,戈文内疚、后悔!心里在喊:"姚琴,我真的不想让你走呀!"泪水顺着戈文的面颊一滴一滴掉在地上,灰白的地板上,被泪水染成一点点黑色。李忠、王大力、张宝、吕莲莲都在擦着眼泪。姚琴就这样走了,走得这么仓促!姚琴,你就这样永远留在我们的记忆里了。

戈文和同学们向姚琴告了别,上了二楼,林梅的手术做完了,从手术室转到重病监护室。戈文和同学们来到了重病监护室,透过玻璃看着躺在病床上的林梅。她紧闭双眼,干裂的嘴唇渗出浅浅的红色。林梅的父亲对他们说:"你们先回去吧,你们也折腾快一夜了。"李忠说:"没事!我们再待一会儿,看看还有什么事。"戈文没有吱声,眼睛盯着玻璃。过了一会儿,他问林梅的父亲:"林叔,林梅的腿怎么样了?"林梅的父亲说:"医生说,做最大的努力保住她的腿!"接着又说:"从做完手术看,还是有希望的。"希望,就是人们的向往;希望,就是人前面的明灯!戈文心里一阵激动,林梅的腿有希望保住了!李忠说:"那太好了!"李忠又说:"我今晚就守在这了。"林梅的好转,让戈文一喜一悲!也稍微减轻了一下痛苦。他在心里祈祷:林梅,你一定会站起来的!

三天后,戈文参加了姚琴的追悼会,许多同学都来了。他和同学们一直把姚琴送到墓地。戈文站在姚琴墓碑前,久久不愿离去。一朵正在盛开的鲜花,就这么凋零了,就这么过早地和大地融为一体了。墓碑上镶着姚琴稚嫩漂亮的照片,她那双含水的眼睛注视着他,像在问:"戈文,你那天为啥拒绝我,为啥不给我向你道歉的机会?"戈文内心在煎熬,姚琴打的最后一个电话,却是我的拒绝,这个拒绝让戈文心里留下一道深深的伤痕。姚琴那甜甜清脆的声音,仿佛还在耳边回响!

第十三章

寒冬渐渐地逼近了,深秋的落叶在风中飘动,又缓缓地落在地上。林梅的腿保住了。过去发生的事,慢慢地离得越来越远了。农场又恢复了往日的平静,戈文的痛苦随着时间的流逝渐渐地减轻了。

前一段时间,每当夜深人静,黄新、姚琴的身影、容貌会不时地飘进戈文的脑海里,甚至在梦中都能感觉到他们依然存在着,依然和他在一起。深夜,每当戈文睁开眼睛,觉得住这么大的地窝子,就像在荒山野岭里一样。老顾还在医院。于管干跟戈文说过几次,让他搬出来,他都拒绝了。不想搬的理由,说不出来。

有一天,李忠来到宿舍跟戈文说:"让你搬到我们那去,你也不搬。这样吧,你不搬,我搬!"戈文点了点头。李忠说:"我昨晚跑回去看了看林梅。林梅的腿基本上能动了,她还问,你怎么没来。"戈文没去问。农场到地区医院的距离,将近十五公里,来回就三十公里,这一趟要走六个小时,戈文被李忠的行为所感动。林梅也许会被感动吧!

自从林梅清醒以后,戈文就没去看过,有几次他想叫李忠一起去看看,但让他对李忠的诺言挡住了,他在等李忠来叫。没想到,自己去了。戈文问:"林梅可以下地了吗?"李忠说:"这才多长时间,我估计到年底,林梅就可以下地了。"戈文心想,真是上天保佑,林梅没有留下后遗症。李忠说完,回宿舍拿行李去了。

戈文陷入了沉思,这么长时间没去看林梅,她会怎么想,是不是觉得自己是一个忘恩负义的人,是一个没有情谊的人。林梅呀!你哪里知道,我向李忠承诺了。林梅,你记住,戈文肯定不是一个无情无义的人!

李忠和王大力背着行李进来了。李忠说:"王大力也跟着来了。"戈文从沉思中醒来,说:"来吧!人多热闹。"李忠把铺盖放到葛林住过的床上,王大力放在张权的床上。他俩刚铺好,李二虎也来了,他说:"你俩搬走了,我一个人待在那,觉得没啥意思。我也搬过来!"接着又问:"戈文!没意见吧?"戈文说:"没意见!"李二虎回去拿来了行李,放在了王大胡子的床上。

他们三个人搬了进来,屋里顿时有了生机。前段时间,于管干让谁搬,谁都不搬。戈文想,他们不搬的原因,可能是因为黄叔叔吧!他知道,这个话是说不出来的。三个人把床铺好,闲着没事。李忠说:"我们出去转转吧。"戈文说:"好!"

四个人出了门,月亮不知躲到哪里去了,满天的星星,闪着点点星光。戈文仰望天空在想,人,为什么会有生死? 黄新、姚琴又浮了出来。李忠在旁边指着天空,说:"你们看那颗星星多亮呀!"

突然,天空上划过一条细细的光线。王大力说:"你们看,那是流星,那是流星。"戈文在想,姚琴是流星,黄叔叔是流星,流星一闪而过,划破了天空。星星都有落下的时候,何况人呢? 每一个人的逝去,都会给活着的人留下无穷的思念和痛苦。虽然时间能减轻痛苦,但是思念是无穷的,时间越久,思念越深。思念里有深情,思念里有懊悔,思念里有反省,思念里有遗憾! 思念就像一条链条,把人们紧紧连在一起,一个在地下,一个在地上。姚琴的离去,给自己留下了无穷的懊悔;黄新的离去,给自己留下了思念!

李忠拍着戈文的肩膀问:"你想什么呢?"悄悄地贴着戈文的耳朵问:"又想姚琴了?"戈文没有回答,而是问李忠:"人为什么会死?"李忠说:"人不死,那地球就装不下了嘛?"在戈文的脑海,根本不知道死,也没有想过死。然而,吴小兰父亲的死、黄叔叔的死、姚琴的死告诉他,人是会死的,生活告诉他,死亡与出生一样存在。李二虎凑了过来说:"自从宣传队出事以后,我看戈文就闷闷不乐,无精打采的"。王大力附和着说:"就是的,戈文,你这是怎么了?"这个怎么了,让他不知以后怎么去面对。李忠说:"戈文!你不要想太多,事情已这样了。我觉得只有我们越高兴,生活地越好,才是对离去的人最好的纪念。"戈文没想到,李忠会说出这样深刻的话,觉得不像他说的。李忠接着说:"这是我爸说的。"李二虎、王大力似乎也明白了戈文在思念谁。李二虎说:"这也是谁都不愿看到的。"王大力也跟着说:"李忠说得对!"他们的劝解,让戈文沉闷的心情有所缓解,感激地点点头,觉得同学们情深意长。起风了,四人从沙丘上站了起来,踏着星光回去了。

第二天早晨,于管干早早地来到戈文的宿舍,一推门,见多了三双被子,问:"你们几个都搬过来了?"李忠笑着脸说:"是的!"于管干说:"戈文和李忠,今天就不要下地了,代表农场去看一看老顾。"接着他又从兜里掏出五块钱说:"买点礼品。"戈文觉得奇怪,过去,于管干都不正眼瞧老顾,今天是怎么回事? 于管干看到他们疑惑的眼神说:"他平反了,农场领导打来电话,让我们派人去看看。早上,正好有一辆运货的车,你俩搭这个车回去,明天再回来。"

戈文和李忠上了停在院里的卡车,司机见他俩上了车厢喊:"你们下来坐。"戈文没动身,李忠问:"坐吗?"戈文摇了摇头。李忠朝司机说:"我们不下去,坐这挺好。"驾驶楼,在戈文心里就是一个伤痛,如果姚琴和林梅不坐在驾驶楼,就不会有事。车开了,驶出驻地上了兰新公路。

早晨的气温低,车跑起来,风冷飕飕的。他俩躲在车厢板下。李忠问:"老顾真是个特务,特务还能平反吗?"戈文说:"听说,老顾曾经是地下党,后打入国民党的军统内部。"李忠说:"那老顾,是不是潜伏在军统的地下党呀?"戈文回答:"这个就不清楚了。"老顾,在农场劳动改造的这群人当中,是最神秘的一个人,也是最让戈文好奇的一个人。他曾几次想和老顾聊天,都被老顾冷淡地挡住了。李忠说:"老顾是一个谜呀!"

戈文和李忠在医院门口的商店,买好了东西,上楼走进了老顾的病房,床是空的。戈文问旁边的一个老头,那老头说:"刚才还在,是不是出去溜达了。"两人出了病房,在过道的长条凳子上坐了下来。

一个熟悉的身影出现在戈文的眼睛里,李忠忙说:"那不是吴小兰吗?"吴小兰也看见了他们,惊讶地问:"你们怎么在这?"戈文和李忠站了起来,李忠问:"你什么时候回来的?"吴小兰微笑着说:"我前天回来的。"李忠接着又问:"你上班了?"吴小兰点点头,她问:"你们看谁来了?"李忠说:"看农场的老顾。他不在,我们在这等一会儿。"接着李忠又说:"我们一会儿过去看林梅。"这时老顾走了过来,吴小兰说:"那我先过去了,一会儿见。"戈文和吴小兰一句话都没有说,分别了几个月后的重逢,就这么简单,就这么淡淡的,就这么静静的。戈文望着吴小兰离开的背影,没有感到吴小兰见到他的那种感觉,戈文心里在问,是我的感觉变了,还是她的感觉变了。虽然吴小兰笑容满面,但是她的笑容掩盖不了她忧郁而忧伤的眼神。毕竟她失去最亲爱的父亲,这个伤痛是不会很快消失的。她那忧郁而忧伤的眼神,让戈文心里不是滋味。同时,他也从吴小兰那忧伤的眼神里,看到了透出的坚强。

老顾走进了病房,他俩也随后跟了进去。老顾吃惊地问:"你们来看我的?"李忠接过话说:"是的! 是农场派我们来看你的!"说完,把买的东西放在床头柜上。老顾,那张紧凑的脸,一下子放松了,绽放了,嘴里不停地说:"那好! 那好!"他那张绽放的脸又收了回来,深深吸了一口气说:"终于有人来看我了。"老顾说完这句话,把头扭向窗外,树枝的黄叶被风吹得来回晃动。李忠问:"顾师傅,你原来是地下党吗?"老顾没有说话,只是点点头。戈文问:"顾师傅,你还有没有什么事需要我们办的,需要我们向领导传达的?"老顾说:"没有! 没有!"

戈文和李忠从病房走了出来,没走几步,戈文对李忠说:"你去看林梅吧,我就不去了。"李忠一下子愣了,问:"你怎么回事? 怎么不去了? 为啥?"戈文说:"还是你去吧!"李忠说:"你不去,不好吧! 吴小兰肯定跟林梅说了,你要是不去,林梅肯定会生气,她可能会以为,是我不让你去的。"戈文点点头。

林梅看到他们很高兴。她母亲马上招呼。李忠说:"看你的气色不错。"林梅说:"我这是死门关走了一回呀。"林梅的母亲说:"啥死门关的! 不能说死!"李忠环顾了一下,问:"吴小兰呢?"林梅说:"走了!"李忠问:"她没说碰见我们吗?"林梅回答:"说了! 她说,她还有事先走了,让我告诉你们一声。"吴小兰的离开,是戈文没有想到的,她怎么会走? 是真有事,还是躲避? 林梅坐在病床上,往上挪了挪说:"你们坐!"她说完,看了戈文一眼。李忠忙说:"你别动!"林梅说:"没事! 感觉好多了! 我真是大难不死呀!"林梅乐观的态度,让人觉得她根本没有出过事。李忠说:"大难不死,必有后福呀!"林梅说:"什么后福呀! 不瘸就烧高香了。"林梅的母亲在旁边说:"你这孩子,尽说些不吉利的话!"林梅见戈文不说话,笑着说:"戈文! 你怎么了? 连话都不想跟我说了?"她这么一说,戈文不知说什么好了,马上说:"哪有的事!"戈文心里明白,林梅所说的怎么了,那就是没见到吴小兰的意思。戈文接着转移了话题,问:"你的腿怎么样了?"林梅说:"医生说没事,但要加强锻炼。"林梅的好转,林梅的乐观,让戈文的心里得到一些安慰。虽然他表面上没有表现出过分的热情,但是内心里还是非常喜悦的。戈文说:"那就得好好锻炼。"李忠问:"林梅,吴小兰参加工作了?"林梅回答:"是的! 她刚办完入职手续,这次回来是送她妈的,可能过两天就回西线了。"戈文和吴小兰的关系,林梅是最清楚的,她只字没提。是吴小兰没说,还是林梅不愿说,还是因为李忠在? 戈文心里琢磨着。

姚琴的离去,使戈文内心沉重、忧郁,而这忧郁,让他心里灰蒙蒙的,总是高兴不起来,觉得什么都没意思。虽然同学们劝解,但是姚琴离去留下的阴影依然存在着,即使在林梅跟前他也提不起精神来。

突然,病房的门开了。夏小芬、钱雪华、李力帆、荣剑、赵一川进了病房,他们的病都好了,屋里顿时热闹了起来。赵一川拍着戈文的肩膀说:"还是戈文……"他说到这,卡住了。戈文说:"你是不是觉得我没有参加演出,躲过一劫呀?"赵一川说:"你不就是躲过一劫了吗?"戈文心想,自己宁肯有这一劫,也不愿意留下懊悔,留下内疚。如果这一劫,能让姚琴不离去,自己宁肯有这一劫。躲过这一劫,那也是姚琴让我躲过的。夏小芬说:"那天真吓死人呀!我们几个正聊得热乎,突然就被甩到前面的车厢板上。"林梅说:"好了!好了!你们这哪是看我来了,倒是来开撞车总结大会来了。"林梅这么一说,同学们都哈哈大笑。戈文心想,袁强怎么没来?他不是挺喜欢林梅的吗?于是小声地问赵一川。"袁强呢?"赵一川说:"我们没叫他。"一群人围着林梅,不知怎么,林梅的情绪又低落下来,唉了一声,说:"我们没有参加上会演,真遗憾!"荣剑说:"遗憾什么呀!我们没有什么事,这才是万幸呀。"林梅突然问:"那个司机没事吧?"赵一川说:"那个司机没事,车头正好撞到你们这边,他只是腿折了,也在这个医院住着。"夏小芬说:"是挺遗憾的,我们排了两个月,一场车祸,让我们白练了,还搭上了姚琴!"一说到姚琴,大家的神情顿时黯淡下来,谁也不再说话了。屋里的气氛变得沉闷了。过了好一会儿,李忠宽慰着说:"事情都过去了,发生的事,没办法更改了。"钱雪华深深地叹了口气,说:"真倒霉!"戈文心想,傅五十怎么没来?他悄声问李力帆:"傅五十呢?"他低声地说:"钱雪华不让叫。"戈文心里明白了,赵一川战胜了傅五十,钱雪华不喜欢他了。夏小芬问:"林梅,吴小兰回来了,你知道吗?"林梅说:"知道!吴小兰刚走没一会儿。"夏小芬羡慕地说:"吴小兰参加工作了!"接着又说:"我们什么时候能参加工作呀?"李忠说:"快了!"夏小芬说:"要是不出车祸,说不准林梅呀,姚琴呀,都进地区文工团了!"李力帆说:"是呀!"林梅说:"不说这些不愉快的事啦。"接着问:"邵老师怎么样了?"李忠说:"邵老师挺好!那天出车祸,邵老师还来看你呢!"夏小芬问:"刘民被抓住没有?"李力帆说:"没消息!"

这一群稚嫩、热情、朝气十足的,即将迈进青年门槛的少年,虽然刚经过这个沉重打击,但是精神依然充满着活力,充满着对未来的憧憬。大家围着林梅东拉西扯了起来。

时间快到中午了,戈文对同学们说:"我们走吧,让林梅休息吧。"大家跟林梅说了声再见,出了病房。刚走到楼下,李忠说:"你们先走,我还有点事跟林梅说一下。"

李忠返回病房,想跟林梅多待一会儿。可他走到病房门口却犹豫了,这样进去,林梅会怎么想?这么肤浅地做事,会不会招林梅的讨厌呀?李忠没有推门进去,而是停了一会儿下了楼,在大厅里来回走动等同学们走远。李忠心想,我这么返回,同学们肯定会有议论!接着又想,才不怕议论,议论多了,对自己是有好处的,那一定会传到林梅的耳朵里。李忠为自己的计策而高兴。再说了,让戈文也认为,林梅喜欢他了。那戈文就会停止对林梅的幻想。虽然戈文给了承诺,但他还是不放心。

戈文和同学们走在路上,夏小芬说:"李忠有啥事又回去了?"钱雪华说:"能有啥事? 就是想和林梅多待一会儿呗!"赵一川说:"也许人家真有事,你们不要乱猜疑!"荣剑说:"这哪是猜疑呀! 这不明摆着的吗? 还用猜吗!"同学们七嘴八舌议论着李忠的返回。戈文边走边想,李忠的大胆,比自己强多了,自己就没有这么大胆,没有这个勇气。明明自己喜欢,还不敢表露,自己就是一个懦夫! 戈文心里又在问,自己喜欢林梅吗? 是像对姚琴那样的吗? 好像没有,觉得好像缺少了什么。李力帆低声地问:"林梅不是挺喜欢你吗?"戈文没有接他的话,因为他已和李忠有了约定,所以不能说喜欢还是不喜欢。李力帆用胳膊碰了他一下又问:"我跟你说话呢,你怎么不吭声?"戈文苦笑一下,说:"我怎么不知道林梅喜欢我呀! 你别瞎猜了!"

中午,戈文进了家门,母亲和弟弟们还没有回来。他进了厨房,打开碗柜,有几块玉米发糕用白纱布盖着,还有几碟咸菜用碗扣着。他想了想,熬点稀粥就行了。他从缸里掏出小米,刚准备淘米,门响了。母亲和小弟弟回来了。母亲问:"你怎么今天回来了?"戈文回答:"去看老顾了,管干给放了一天的假。"母亲说:"我洗洗手,你把小米淘淘,一会儿熬粥。"母亲洗完手,边擦手边说:"里屋缝纫机盖上有一封信,是姚家丫头写的。前几天,她爸把信送来的。"戈文的心咯噔一下,姚琴给他写的信? 母亲说:"老姚真可怜! 老婆离婚,姑娘又死了。"母亲说完深深地叹了口气进了厨房。戈文进了屋里,从缝纫机盖上拿起信,刚想撕开信,又一想,等母亲上工了,再慢慢地看。

吃饭时,母亲问:"老姚家丫头,信上都说些啥?"戈文没说实话,而是说:"没写啥!"张琴看儿子不愿说,没再问。她又问:"老林家的大丫头,病怎么样了?"戈文回答:"好多了! 没有留下什么后遗症。"张琴庆幸地说:"真是万幸呀!"

吃完饭,母亲领着小弟弟上工去了,俩弟弟上学了。屋里空荡了。戈文从兜里拿出信,一点一点地撕开了信封,抽出信,有两页纸,字写得很娟秀。

戈文你好:

　　我本来不想写这封信,想见面和你说,可你拒绝了我。那天我打电话给你,就是想让你回来,当面跟你解释。不过,也许我当面向你解释,你根本也不会听。这件事对你是有伤害的。那天晚上,林梅找过我,虽然她没有说透,但是我已明白了。我想,你应该知道这件事的来龙去脉了。你一定很生气,觉得我是一个坏人。我不想解释什么,只想告诉你,我做这件事的原因,你一定要保密,不能跟任何人讲,我相信你会做到的。

我还是从我的出生说起吧。我是一个遗腹子或者说是私生子,我母亲和我爸离婚后,在我重返张掖农场时,母亲告诉我的。这对我来讲,真是晴天霹雳。父亲对我很好,父亲也很爱我,他怎么会一下子成为我的后爸了呢?我不相信,我哭,伤透了心地哭。怎么会这样?母亲告诉我,她原来有一个人,是同村的。母亲家比较穷,那个人,也就是我的亲生父亲,老来帮助我妈家,慢慢地就和我妈好了。没过多久,这个人就当兵走了,走的那天晚上,和我母亲就在一起了。没想到的是,这个人走了没过一天,在去部队的路上,车翻了。我亲生父亲掉进山崖摔死了。这时,母亲的父母就介绍我爸,后来母亲就和我爸结婚了。结婚的当天,父亲就发现母亲有问题,从那以后,他俩就经常吵仗。母亲为了我忍气吞声和父亲过日子。但父亲不知道,我不是他的。前段时间,我母亲和父亲离婚。我跟母亲回到老家,老家太苦,我受不了,母亲也觉得这样会毁了我,就让我给父亲写信,要求回到父亲身旁。在临走那天,我向母亲保证,条件一好,就带她出来,和我一起生活。

我到了农场以后,听说这次会演要选拔一些人进文工团。我特想参加工作,特渴望这个工作。工作了,我就可以把受尽了苦难的母亲接来。结果我做了对不起你的事。另外,我知道,你对我有好感,也觉得你喜欢我。我本想,等事情成功了,我再向你解释,你也会原谅我的,没想到你提前知道了。我也觉得自己错了,想给你赔礼道歉,结果你不给我这个机会。说实话,我特别懊悔,我怎么会去坑害一个喜欢我的人呢?你理解也好,不理解也好!我一定会当面向你道歉的。不管怎么说,这都是我的错!

戈文手里拿着信,眼里涌出了泪水。姚琴太苦了,而且是心里苦,她这么苦,自己一点忙都没帮,还恨姚琴!为了苦命的母亲,姚琴这么小的年纪承受着这么大的压力!然而,当她知道自己的父亲不是亲生父亲的时候,她的生命已接近尾声了。她是带着无比的惆怅,无比的痛苦,无比的希望,无比的懊悔,带着对未来无比的憧憬,离开了这个世界。

戈文手里捧着信,心情格外沉重,这个沉重压得他快要窒息了。他走出了门,不知不觉来到姚琴的墓前,凝视着姚琴的画像,深深地向她鞠了一个躬。他对姚琴说:"对不起!"这个对不起饱含着他的情感,饱含着他的懊悔,饱含着他对姚琴深深的理解。

戈文站在姚琴的墓前,静静地陪着她。他在想,如果姚琴没有离去,那美丽的爱情之花,一定会在心里绽放;如果姚琴没有离去,他一定会真心爱恋着她;如果姚琴没有离去,那世界一定很美丽!不知过了多久,天渐渐暗了下来,戈文才离开了姚琴的墓地。

当他进了家门,母亲和弟弟们都回来了。母亲问:"你到哪去了?刚才老吴家丫头找你两回了。"戈文说:"知道了!"他心里还在翻看着姚琴的信,情绪还没有完全恢复过来。他在想,吴小兰找他,会有一个什么样的结局呢?她是会说再见,还是会说我依然喜欢你?姚琴的离世,对林梅的放弃,他不敢去奢望吴小兰的喜欢,也不敢去追求渐渐远去的吴小兰曾经给过的情感。

张琴看着大儿子神情恍惚,不由地担心起来,问:"你怎么回事?六神无主的,魂都没了,发生什么事了?姚家丫头信里写了些什么让你这样?"戈文说:"没写什么!"张琴语重心长地又说:"孩子!人已经死了,那是没有办法的事,谁也不愿意让她去死。天灾人祸的发生,谁也没有办法!你一定要想开,你还有我,还有你爸,还有弟弟们,还有你的同学。你这样下去,妈会伤心的。"母亲说了这么一番话,让戈文的心翻腾了。是呀!母亲说得对,我不能这样下去,这样下去会毁了我的成长,会毁了我追求美好未来的斗志,我要振作起来。星星都有陨落的时候,何况人呢?戈文想到这,对母亲说,我知道了。他说完,挺了一下腰,快速地吃起饭来。

这时有人敲门,戈文以为是吴小兰来了,结果是李力帆和李忠。他随着他俩出了门。一出门,张宝在门口站着。戈文觉得奇怪,问:"张宝,你怎么会在这里?"接着又问:"有事吗?"李忠接过话,说:"没什么事。"张宝说:"想叫上你,一起去看看吴小兰。"戈文觉得更奇怪了,看吴小兰,叫他干什么?他们又不是不认识。戈文觉得有问题,想了想,问:"你们都认识,干吗叫我呀!"李忠说:"你别问那么多了,叫你去肯定有原因的。"戈文问:"什么原因?"李力帆说:"我们刚才去吴小兰家了,吴小兰不开门。我们也不知为什么,想叫你一起去。"他这么一说,戈文更是一头雾水,吴小兰开门不开门,跟他有什么关系,还非得叫上他。我去了,她就开门了?他不明白地看着他们。张宝说:"昨晚,我去吴小兰家了。她说想见你,跟你解释一下去群艺馆的事。"戈文说:"这有什么解释的,她不是都给小宝交代了吗?这个事情过去那么久了,还解释啥!"虽然戈文这样说,但是他觉得吴小兰找他,绝对不是解释这件事,也许还有别的事。戈文心里疑惑地问,会是什么事呢?李忠催着说:"你磨叽什么,去还是不去?"李忠催他也有他的小九九。戈文想了想,说:"走!"他们来到吴小兰家,敲门,是吴小兰的母亲开的门。张宝躲在后面。戈文问:"吴婶,吴小兰在家吗?"吴小兰的母亲说:"刚出门。"李忠问:"去哪了?"她说:"不知道!"戈文心想,是不是找他去了?从吴小兰家出来,李忠说:"到我家坐一会儿。"戈文说:"不去了。"

进了家门,母亲没说吴小兰来,倒是问了他一句:"吴家丫头,你见了没有?"戈文回答:"没有!"母亲说:"也许一会儿还会来找你。"

第二天早晨,也没见吴小兰。戈文和李忠回农场了。路上,戈文在想,为什么吴小兰又不来找了,什么原因?算了!不想这些了。李忠说:"昨晚,张宝找我和李力帆,非让我叫上你去吴小兰家。当时,我也觉得奇怪,干嘛非叫上你呢?原来前天晚上,张宝去了吴小兰家。"李忠说完,戈文没有吱声,见不见吴小兰,都觉得没有多大意思了。见了,也就是叙叙旧;不见面,也许就这样结束了,以后就是普通同学了。吴小兰工作了,离开了,以后再见面也就难了。

路两旁的树叶都快掉光了,冬天一天一天地逼近。冬小麦的播种马上结束了,农活也慢慢少了。他们走了两个小时回到了农场,李忠说:"我不去了,你去汇报吧!"

戈文走进了办公室,于管干不在。正准备出门,电话铃响了,他犹豫了一下,拿起话筒。吴小兰说:"找一下戈文!"戈文马上说:"我是!"吴小兰说:"你能回来吗?我有事对你说。"戈文犹豫地说:"我刚到驻地。"她说:"你请个假,我明天就走了。"戈文沉默了一会儿,说:"行!"吴小兰说:"在你家前面那片树林见。"

戈文放下电话,于管干进来了,问:"谁的电话?"戈文编谎说:"我家的。我妈让我回去一趟,家里有事。"管干没有多问,说:"去吧!"他没有回宿舍,走了几步,觉得还是跟李忠说一声为好,但没有说实情。李忠问:"需要不需要我陪你回去?"戈文拒绝了。这种事能让人陪吗?李忠的情谊,戈文心领了。在路上,戈文不明白吴小兰为什么找他。是告诉他我喜欢你,还是不喜欢你?戈文心里翻腾着,对自己没有信心了。算了!不管什么结果都要承担,戈文的心情一下放松了。

戈文来到了约定的地点,走进树林,听见张宝正在说话,觉得奇怪,他怎么会在?朝前走了几步,又想,张宝怎么会知道吴小兰在这,难道他跟踪了吴小兰？还是吴小兰分别见他和张宝？戈文想走了，又一想，和吴小兰约好了现在走了不好，再说，这次见面后，能不能再见面，还难说呢！接着又想，现在过去好不好？要是不过去，张宝不走怎么办？戈文犹豫了！想了想，大胆一回吧！走了过去。张宝惊愕了。戈文装着放松的样子说："你俩干吗呢？"张宝缓过神问："你不是回农场了吗，怎么没走？"戈文没有回答，而是郑重地对吴小兰说："你好！"吴小兰脸上露出了笑容说："你好！"戈文调侃说："你现在是工人阶级了，向工人阶级致敬！向工人阶级学习！"他的幽默，逗得吴小兰笑了，笑得那么灿烂。张宝的脸上露出尴尬的表情。戈文之所以这样，一是因张宝在。越是有人在，越是要装轻松。二是心里没有负担了。人一旦没有负担了，情绪就会放松。放松了，说话也就随便了。张宝知趣地说，我有事先走了。

　　戈文和吴小兰默默无语，四目相对，空气凝固了。谁都不先开口，沉默！沉默！最后戈文先打破了，他问："你找我有什么事？"很平淡地说话。吴小兰说："那天在医院，我先走了，因为，我知道林梅喜欢你！"戈文的心里涌出了波涛，吴小兰怎么会说出这种话来呢？吴小兰接着说："昨天，你们几个到我家来找，是我不让我妈开门的，张宝这几天老来找我。我去你家找你，就是想解释一下那天在医院的事，我不想让你有误会。"戈文迅速想，她要表达什么意思？难道是告诉我，林梅喜欢我，她就不喜欢我了？想说就直接说嘛，何必绕这么大一个圈子。戈文没有吱声，想继续听她说什么。吴小兰说："我挺想和你交朋友的，可是……"她后面的话没有说出来，戈文似乎明白了，马上接过话诙谐地说："什么挺想呀！咱俩本来就是朋友，就是同学！你帮我那么多，我应该感谢你！"虽然戈文内心隐隐作痛，但是表面上仍装作非常轻松的样子。吴小兰说："那都是一些什么事呀！不值得一谢。"戈文完全明白了，想尽快结束谈话。他心里非常清楚，吴小兰和他的情感萌芽就这样夭折了。他不想再拖时间了，自尊心受到了打击。戈文极力平和地说："我还得赶回去，你明天就要走了，祝你一路平安！再说了，你也得回家收拾收拾。"戈文转身就要走，吴小兰叫道："等一下！"说完从兜子里掏出一本红色的笔记本递给戈文说："留个纪念吧！"戈文接过说了声谢谢走了。

　　戈文挥手和吴小兰再见，来回四个小时，就为了"再见"两个字。一路上，戈文感到心酸酸的，在问，难道人的境遇一变，情感也会跟着变了吗？吴小兰是这样的人吗？是她不喜欢自己了，难道真是因为林梅吗？还是说，林梅不喜欢我，她就可以喜欢我了吗？还是林梅跟她有约定，像自己和李忠一样的约定？戈文心里画了一连串的问号。不管怎么，吴小兰明天就走了，过去的情谊让戈文感到有些心痛。然而,他一点都不记恨吴小兰,她做事有始有终。虽然委婉地告诉他了,但是她的做事风格还是让人敬佩的。戈文回想和吴小兰在农场的点点滴滴,让他感动,让他留恋。如今,不管说什么,她即将工作了,应该为她而高兴,至于以后如何,只有天知道了。

吴小兰望着戈文离去的背影,心里不由地伤感了起来。她在想,自己就要离开了,不给戈文一个结果,那是不负责任的。她心里清楚,戈文心里有她,只是没有说出来。在这个时候,必须告诉他。然而,这个告诉很难,如果不离开农场,也许会和戈文继续交往下去。现在要走了,要走到很远的地方,未来是什么样,不知道。再说,离远了的感情还牢靠吗?戈文牢靠吗?自己牢靠吗?戈文很聪明,自己没有多说,他就明白了。吴小兰心里在想,戈文肯定生气了,长痛不如短痛。工作以后,会遇到各方面的事,能坚持和戈文的来往吗?如果不能,那就早早地结束了。结束了,自己轻松了,戈文也轻松了。不过,她看得出来,林梅喜欢戈文,那就更应该退出,这样也许会给林梅创造条件。吴小兰见戈文走远了,才从树林里走了出来,刚走到家门口,农场的一位办事员就让她去场长办公室。

戈文回到农场,已是下午了。院子的人都去了地里。没有什么事,他打扫打扫屋里的卫生,拿着洗脸盆去水房了。在水房门口,他碰见了吕莲莲。戈文问她怎么没上工,吕莲莲说她今天有点不舒服。戈文关切地问:"有病了?"她说:"没病!"戈文纳闷,没病怎么不去上工。吕莲莲告诉他:"女孩子都有几天肚子痛。"戈文就更不明白地问:"为什么呀?"她说:"你就别问了好不好!"她马上转了话题,问:"李忠要走了,你知道不?"戈文惊讶地问:"到哪去?"她说:"参加工作了。"戈文说:"我怎么不知道,什么时候的事?"吕莲莲说:"中午吃饭的时候,李忠说的。他说,中午快下工的时候,总部来电话,让他明天回去报到。"戈文又问:"分哪了?"吕莲莲说:"听说,分到甘南一个什么矿。"戈文心想,李忠真能保密,这么大的事,他只字没提。李忠,你真不够哥们!这个想头一闪而过,毕竟李忠参加工作,应该庆贺,应该高兴才对!吕莲莲感叹着说:"也不知我们什么时候能走!"戈文哈哈一笑,说:"该走的时候就走了。"虽然他这么说,但自己的心里也很着急。他接完水回宿舍,刚下台阶,脚一滑,连人带盆滚了下去,浑身上下又是土又是水。他站了起来,拍了拍身上的土,拎着盆子又去水房了。吕莲莲还在洗衣服。她一见戈文这样,问:"你这是怎么回事,怎么弄成这样了?"戈文说:"摔了一跤。"吕莲莲问:"没事吧?"戈文说:"没事!"又接了一盆水走了。

戈文一进宿舍,李忠回来了。本想问李忠参加工作的事,又一想不问了,看他说不说。李忠问:"你怎么这么快就回来了?"戈文说:"事办完了就回来了。"李忠说:"我明天就走了。"戈文装着什么都不知道,问:"干吗去?"李忠说:"我参加工作了。"戈文故作惊讶,问:"是吗?"李忠点头说:"是的!"戈文没再多问。李忠继续说:"把我分到甘南了。"戈文问:"就你一个人吗?"李忠说:"还有钱雪华、袁强、傅五十、赵梅花。"接着他又说:"我不想去!"戈文说:"这多好呀!你怎么不想去呢?"李忠不舍地说:"我走了,林梅怎么办?"看来,李忠对林梅是真有感情了,没有为自己工作了而感到高兴,却为林梅担心。他问的这句话,戈文没有办法回答他,也不能回答他,只能听他继续说。李忠又说:"我要是这么一走,不知什么时候能见面。听说,三年学徒是没有假的。真闹心!"

　　情感拉着李忠,李忠拉着林梅,这个拉着,让李忠苦恼。戈文忽然觉得自己醒悟了什么。人一旦分开,情感是不是也就跟着分开了?是怕自己变了,还是怕自己喜欢的人变了?如果这样经不起距离的摧毁,那在学校里建立的情感,还牢靠吗?如果两人分开了,情感没分开,两个人一起难受,那说明他们都在等待着相逢,等待着重逢的快乐。然而,分离久了,重逢的机会就少了,不再重逢,那这段感情就成了回忆。特别是青少年的情感,是脆弱的,是纯洁的,是启蒙的,是怕风雨的,同时也是最真挚的,最令人心动的,最让人流连忘返的。此时此刻,李忠复杂的心情可想而知。戈文想到这,问李忠:"你是不是还得跟林梅见个面?"李忠说:"是的!不过,我和林梅说啥呀?"他是在问戈文,还是问他自己?问戈文,他是回答不了的;问他自己,戈文觉得,他也没有办法回答。戈文心想,如果他说,林梅,我一定会回来找你,会继续跟你好!林梅能信吗?李忠以后会兑现吗?戈文想到了吴小兰,她和自己分手,是不是也是这样想的呢?

　　李忠边说着话边收拾行李。戈文问:"你今天走吗?"李忠说:"明天早上走。"戈文说:"那你收拾这么早干吗?"李忠没有回答,而是说:"今晚我请你们喝酒,我兜里还有几块钱。"戈文说:"哪能让你请,我们大家请。"李忠说:"别争!我已跟王大力他们说好了,让大力去买酒了,李二虎也跟着去了。"

　　晚上,一群人在宿舍里开始喝酒。戈文先站了起来,举杯对着李忠说:"你即将成为工人阶级中的一员了,我代表我们这些还在广阔田地里继续种地的人们,向你敬酒。"他说完,王大力说:"戈文!你咋这么啰唆,就说喝酒不就完了吗,搞这么一堆词!"李二虎说:"你也说了不少。"戈文说:"好!干了这杯。"他一口喝了下去。喝完酒,他突然想起了张宝,问:"张宝怎么没来?"李忠说:"张宝也分配了,分到高台供销社了。"戈文继续问:"就他一个人吗?"李忠说:"还有几个女的,有范美丽、李妮妮、贾春梅。"李二虎说:"喝酒!管别人干吗!反正,咱们还得修理地球。"吕莲莲说:"我听说,张宝不愿去!"董茹说:"我也听说了。不过,农场领导说了,分配一次,不去以后就没有机会了。"李忠说:"张宝分到高台离家近,我分到甘南,多远呀!三年学徒,还不给请假。"王大力说:"我愿意分远一些,不愿意在家门口。"王大力的想法和戈文的想法一样,就是想离家远点。男人嘛,要志在千里,四海为家,就要走出去,看看外面的世界。李二虎说:"就是!我也不愿意分在家门口。"吕莲莲:"还是分到离家近的地方好。"王大力说:"这是女人之见。"戈文说:"别争了!喝酒!"大家又端起杯子一起喝了。戈文喝完酒,看李忠无精打采的,他是不是还在犹豫,是不是还在想怎么跟林梅说。林梅也许知道这群人分配的情况了。王大力说:"李忠,你怎么提不起精神,是不是不想离开我们呀!"李二虎说:"他不是不想离开我们,而是不想离开——"他拖了个长音卡住了。王大力问:"他不想离开谁呀?"李二虎说:"我哪知道呀!"李忠拦住说:"别扯没用的!喝酒!"戈文看李忠这样,也想到自己,如果自己和吴小兰好了,遇到这种情况,怎么办?我会放弃一切,会留在她的身旁吗?如果不能,天各一方,以后怎么办?这个难题,摆在戈文与这群情窦初开的少年们面前,这是一条越不过去的沟吗?

大家又端起杯喝酒,一杯一杯地喝。走的喝是既高兴又纠结,没走的喝是既羡慕又嫉妒。李忠喝多了躺在床上,王大力趴在李忠跟前问:"李忠,你喜欢谁?"李二虎也问:"你喜欢谁?"李忠醉得一塌糊涂,说:"我……我喜欢谁?我咋……不知道……我……喜欢谁!我……喜欢,我……喜欢……"他脑袋一歪,打起鼾了。王大力推了推李忠,问:"你是喜欢林梅,还是喜欢吴小兰,还是喜欢钱雪花?"李二虎也醉了说:"你问那么多干吗,他喜欢得过来吗?"戈文说:"别叫他了!咱们继续喝。"几个人又继续喝。喝高了,大声地唱歌,唱:"我们走在大路上,意气风发,斗志昂扬……"

戈文想喝酒,想疯,想大醉,想放松,想把前一段的郁闷全喝光。王大力也喝醉了,在屋里大喊大叫:"我就是喜欢吴小兰,就是喜欢吴小兰!"喊完了就大哭,大哭完了就大笑。吕莲莲和董茹被吓得跑了。王大力又哭又闹,李二虎和戈文继续喝。他们都醉了,戈文倒在床上,王大力、李二虎倒在地上。

月光透过窗户铺洒进来,他们都睡着了,稚气的脸是那么可爱,红彤彤的。衣衫不整,憧憬未来,而未来是那么遥远。他们所想,所思的,对未来没有选择,只有等待。在情感上有选择,而这个选择是朦胧的,选择的目标是不确定的,是没有底的。选择别人,别人不选择他,那这个选择就是漂浮的,就像空中的散花,不知道哪朵花落在头上。

第二天早晨,戈文睁开眼睛,屋里收拾得干干净净,一个人都没有。他坐起来,发现枕头下压着一张纸条,拿起一看,是李忠写的。他说:"戈文!我走了,我到了甘南会马上给你来信的,别忘了咱们的约定。"戈文看着这张纸条,苦笑了一下叫道:"李忠,你太小瞧我了,你尽管放心吧,只怕你会变的。"

戈文拿上洗脸盆去了水房,于管干和吴小兰从水房走过。戈文不明白了,这是怎么回事,吴小兰不是走了吗?戈文从水房里出来,没有回宿舍,而是来到吕莲莲的宿舍,宿舍没人。

戈文返回自己的宿舍,正端着水盆往地下撩水,于管干和吴小兰进来了。于管干问:"戈文,你酒醒了?今早送李忠,见你躺在床上,吐得一塌糊涂,满屋里酒气冲天熏死人!我让人收拾干净了。早上上工也没有叫你。"他说完才介绍吴小兰。他说:"根据总部接到的上级电话,让小吴暂时留在农场帮忙。最近,国家建委里来人,检查工作。"

戈文端着盆子面无表情地听着,吴小兰过去是同学,转眼间就成领导了。人的命运怎么这么变化莫测,瞬间就高我们一头了!吴小兰没有说一句话。于管干临出门时嘱咐:"戈文,你以后少喝点酒!不要往死里喝。"吴小兰转身向戈文微笑了一下,戈文也回以微笑。

戈文见两人出了门,在想吴小兰的变化,有两种可能。一种是今天上午突来的变化,第二种就是她早就知道了这个变化。如果她早知道了这个变化,那昨天她和我谈话的目的就是告诉我,以前所有的事就结束了,不能像过去那样,随便说话,随便来往了;如果是今天她才知道,说明昨天的谈话,只是告诉我她走了,留下一个猜的谜。也就是说,我和她也许结束了,也许还有交往的可能,那是自己猜错了。如果是第二种,那吴小兰太会处事了。不管怎样,都要跟吴小兰拉开距离。何况,王大力、张宝都在追求她呢!和王大力在一个宿舍,每天低头不见抬头见,稍微处理不好就会惹麻烦。再说,张宝在高台,离得也很近,说不定哪天就来了。昨天和吴小兰的谈话,说不定哪一天,张宝会来问的。张宝肯定不会想到,吴小兰会到驻地来。在这复杂的关系中,稍微不谨慎,就会和同学们闹出矛盾。吴小兰的回来,无疑打破了本已平静的生活。

戈文觉得自己是不是有点神经质了,吴小兰的回来,怎么会让自己想这么多问题呢？王大力回来了，忙问："你醒了？早上怎么都叫不醒你！"接着又问："吴小兰回来了，你知道不？"戈文说："她和管干刚走。"王大力说："这地方真邪性，昨晚一喊，真把吴小兰喊来了。"戈文哈哈一笑，说："你没喝多呀，原来你清醒着呢。"王大力摸了一下头，笑着说："酒壮怂人胆呗！"李二虎回来了，见王大力就说："你昨晚喊的人来了。"王大力说："你别瞎说！我那是喝醉了。"李二虎说："酒后吐真言！不过，别害怕，我不会说的。"接着他又说："戈文，我问你，李忠真的喜欢林梅吗？"戈文笑了一下说："不知道！"李二虎说："你不跟我说实话。"戈文说："我真的不知道！"王大力抢过来说："戈文！你别装傻了。我都看出来，李忠喜欢林梅。你俩关系好，你能不知道吗？是不是你也喜欢林梅？"李二虎接过话问："戈文，上次喝酒时，张宝不是说，你跟吴小兰关系也不错嘛！"戈文说："你瞎说啥呀！我什么时候跟吴小兰关系不错了！"李二虎说："吴小兰给你洗衣服，全驻地都知道。"戈文说："洗个衣服就是喜欢了？吕莲莲给你洗衣服，就是喜欢你了？"接着又说："同学之间互相帮个忙，就是喜欢吗？"李二虎根本不知道戈文和吴小兰更深的关系。王大力和吴小兰的关系，也就是单相思的关系，谈不上更深。戈文知道吴小兰看不上王大力，也看不上张宝，他俩都是单相思。戈文心想，他俩越这样，自己就越要隐藏的深一些，不能让他们抓住把柄。李二虎没再说话，吃饭时间到了，三人拿上饭盒出门了。

食堂卖饭口的左侧黑板上，写着通知，今天下午两点在食堂开大会，望大家准时参加。戈文、二虎、大力在宿舍边吃饭边聊天。王大力说："吴小兰摇身一变，成了我们的领导了。"李二虎说："她再是领导，也是我们的同学。"王大力说："你不能这样说，领导就是领导！"李二虎说："领导个啥，说不定过几天我们都参加工作走了。"戈文说："二虎，你不能这么想，人家当一天领导，就是一天的领导。"王大力说："就是！"接着又说："她不是去西线了吗？怎么会留在农场？"李二虎说："西线的大部分人都搬到东线去了，剩下的人也快了。我爸说，他已在东线了。"王大力说："我爸也在东线了。"接着问："戈文，你爸去了没有？"戈文回答说："我爸早去了。对了，不是说，东线的军工厂马上要招工吗？"王大力说："是的！现在按年龄排队呢？这次东线招工，我们都没戏，先从年龄大的开始，估计吕莲莲、古小琴、王兰生、郑河、迟琴等十几个人先走。"李二虎感叹地说："不知道我们什么时候能走呀？"开会的时间到了，三个人拎上板凳出门了。

食堂里聚满了人。三个人找空地坐了下来。会场布置简单，前面摆了一张桌子,两把椅子。管干于龙和吴小兰从门外走了进来,两人在桌子跟前坐下了。于龙说话了,清了清嗓子,说:"大家肃静!今天开个大会,这次大会的主要议题是迎接建委的检查。我首先介绍一下,吴小兰同志在我们这里劳动过,大家都认识,暂时留在农场,配合我的工作,做检查前的准备工作。大家鼓掌欢迎!"台下的人们拍了几下掌,于龙继续说:"这次检查非常重要,大家一定要做好分内的工作,把院子打扫干净,把地窝子打扫干净,把个人卫生收拾干净。"他接着说:"现在请吴小兰同志讲几句。"吴小兰站了起来,红着脸说:"我没什么可讲的。反正我都认识大家,大家也都认识我。我配合于管干把工作干好,请大家多支持。我的话讲完了。"吴小兰穿着一身列宁装,显得干练漂亮。

散了会,戈文和王大力、李二虎回宿舍了。王大力说:"你们别说,吴小兰往那一站,还挺像回事。"李二虎说:"不是像回事,就是一回事。"接着问戈文:"你说,是不是?"戈文笑了笑没有回答,不是不回答,而是无法回答,说多了失言。

有一天下午,太阳渐渐西斜,阳光铺满了院子。在一栋地窝子门前,吴小兰身背阳光,写着黑板报。王大力、戈文、李二虎,还有几个同学站在旁边看。吴小兰写着写着,脸上的汗珠流了下来,用手擦了一下,额头上沾了粉笔灰。王大力转身回宿舍拿来毛巾,递给吴小兰,说:"给你毛巾,额头上有灰。"吴小兰接过毛巾会心地一笑,王大力也高兴地一笑。王大力回到宿舍,兴奋地不停哼歌。李二虎逗他:"看把你乐的!你心真细!"王大力抿着嘴笑,说:"那是!"吴小兰对他一笑,让他这么激动。戈文心想,情感的互动,是让人欢愉的。俗话讲:男女搭配,干活不累。何况和自己喜欢的人在一起,那不是累,是高兴!是兴奋!是激情四射!在这点上,他不如王大力,不如李忠,不如张宝!

开完大会的第五天上午,在农场领导的陪同下,检查团一行人来到驻地。农场所有人集中在院子里列队鼓掌欢迎。戈文看见了曾和他在一个宿舍的黄然。他头上不多的头发梳得铮亮,脚穿一双黑色皮鞋。戈文想起,那瓶罐头还没还他呢!黄然也看见了戈文,朝戈文点了点头。于管干和吴小兰陪着农场的领导和检查团边走边看,检查团走远了,欢迎的人们各自回宿舍了。

一进宿舍,王大力说:"你看那个黄然,在我们这,就是萎缩的小老头,现在一看,多神气!戈文,你们不是在一个地窝子里住过吗?"戈文回答:"是的!"李二虎感慨地说:"黄然在我们这里都没人理。"

　　黄然的再现,对这群不谙人间事事的少年,确实是一个冲击。这个冲击,让他们不明白这人世间的变化。吴小兰、黄然的变化,让他们明白了一个道理,那就是人必须朝前走,朝光明的地方走。

　　中午,在去食堂吃饭的路上,戈文看见农场领导和检查团回来,停住脚步等黄然过来。黄然走近了,戈文轻声喊了一声:"黄师傅!"他停住了脚步,问:"有什么事?"戈文轻声回答:"还你罐头!"黄然没听清地问:"还什么?"戈文说:"还你罐头!"黄然听后哈哈大笑,接着说:"你这小孩,还记得这事呢?"他摸了一下戈文的头说:"不错! 罐头送你了!"戈文坚持说:"是我妈让我还你的。"黄然又说:"跟你妈说,罐头送你了。"

　　食堂改善了伙食,加了许多菜。戈文打完菜,吴小兰走了过来,对戈文说:"黄老刚才表扬你了!"戈文笑了笑说:"这有啥表扬的。"吴小兰眼睛里透出了赞许的眼神,那眼神触动了戈文,吴小兰没再说什么,转身回到食堂的里间房子。王大力不解地问:"黄然表扬你什么了?"戈文笑着说:"你管那么多干吗!"说完快步走了。王大力随后也跟着。王大力在后面追问:"黄然怎么表扬你的?"戈文说:"你烦不烦呀!"王大力说:"不够哥们!"他不是问黄然,而是在问吴小兰。戈文知道他心里怎么想的,可他不能说还罐头的事,黄然不是说了嘛,跟谁都不能说,自己要信守诺言呀!

　　第二天,检查团走了,整个农场处于农闲了。李二虎、王大力到别的宿舍打扑克、吹牛去了。戈文待在宿舍拿起书看开了,边看书边想,这么长时间了,李忠该来信了吧! 他想借李忠来信的理由,去看看林梅。李忠肯定会在信里写到林梅的。又想到了吴小兰,她是不是快走了? 戈文的脑子里胡思乱想着,忽然听见了开门的声音。戈文扭头,吴小兰走了过来问:"在看书?"戈文从床上下来问:"找我有事?"吴小兰问:"看什么书?"戈文回答:"没看什么书。"她没再问,而是说:"检查团走了,随便转转。"接着她又说:"黄老说,你是一个好孩子,过了那么久,你都记得这事!"戈文说:"不应该拿的东西,是不能拿的。"她问:"张宝没找你吧?"戈文知道她问这句话是没话找话。戈文说:"张宝去高台了! 你不知道吗?"她说:"我知道!"两人不咸不淡地聊着。因为上次在树林里的谈话,让戈文心里有了隔阂,这个隔阂让他跟吴小兰说话有了分寸。她在屋里走了几步,停下来问:"明天,咱们一起去看看林梅吧?"戈文愣住了,迅速在想,是答应,还不答应。吴小兰怎么会跟他提出去看林梅呢? 如果没有上次的谈话,他觉得很正常。可她上次说,林梅喜欢你,而现在又要一起去看林梅。难道,她不怕林梅有想法吗?

林梅可是她最好的朋友呀！吴小兰见他不说话，又问了一句："你到底去不去？"戈文点了点头。接着她继续说："我知道你怎么想的！你想这么多干吗！我是她的同学，你也是她的同学，同学看同学，有什么呀！真是！"戈文一句话没说，她把戈文的疑虑都说了。吴小兰说得没错，同学看同学有什么呀！吴小兰说："看完林梅我就回西线了，在这里的工作结束了。"戈文问："什么时候走？"她说："过上三四天吧。"她说完走到门口，碰见王大力回来了。王大力问："我一来，你怎么就走了？"吴小兰生硬地回答："我有事！"王大力见吴小兰出了门问戈文："她干吗来了？"戈文平静地回答："没啥事，就是转转。"王大力吃醋地说："不对吧！到这转，怎么不到其他地方转？"戈文心里有点不高兴了，这个王大力怎么这样，没好气地说："你问我，我哪里知道呀！"王大力觉得戈文说话口气变了，不满地说："戈文！你真不够哥们！你明明知道我喜欢吴小兰，你也不帮帮我。"戈文说："我怎么帮你呀！我总不能把吴小兰叫来，让她跟你好吧！"王大力一听他这话，生气地说："你这不是抬杠吗？你怎么这么说话？"戈文说："那你说，我怎么说话？她到这来，又不是我叫来的，是她自己来的，谁叫你不在呢？"王大力说："好了，好了，我不跟你争了。"戈文说："我也没有跟你争！"戈文也不清楚，怎么突然有了脾气。

王大力转身走出了地窝子。戈文心里不由想起了很多，面对林梅、李忠、吴小兰，这关系以后怎么处呀？要是让李忠知道了，我和吴小兰去看林梅，他会怎么想，一定会说我不守约吧！与吴小兰的关系若隐若现，不知吴小兰怎么想。吴小兰突然叫他去看林梅，她葫芦里到底卖的什么药，同时，戈文也觉得自己的性格有缺陷，老是担心别人怎么看，畏缩不前。机会到来了，可每次都会失去。他骂过自己，可总是改不了。在情感方面，王大力表现的行为，打死自己，也做不出来。心里想得多，行为表现得少，可又总感到处于压抑之中。戈文对情感的认识，就像一条大河，他站在这河边，遥望河那边，那边有吴小兰、林梅，他想过河，可又不敢过河。如果对姚琴大胆一些，也许就是另外一个结局。现在摆在他面前的河，他不知河水的深浅。水深了，没有好水性，过河会被淹死；水浅了，过河太容易了。那太容易得到的东西，会珍贵吗？只有千难万险得到的东西，才会更加珍贵。这个千难万险，能过去吗？敢去尝试吗？如果没有这个勇气，你不会感觉到它的珍贵。戈文的思绪在飘动。明天还要和吴小兰一起去看林梅，路上说什么呀？就是能说，敢说吗？戈文心里有了障碍。虽然吴小兰的一番话，让他有些放松，但是这个心结还在纠缠着。

第二天早上，王大力、李二虎上工去了，临出门时叫戈文。戈文没说实话，而是说："有事。"他俩走后，戈文才背上书包出了地窝子。一出门，他的担心没了，吕莲莲、董茹在。吴小兰想得真周全，比自己会处事，比自己聪明，这样林梅也不会多想了。

第十四章

　　在地区医院的病房里，林梅躺在病床上。早晨的阳光洒在她的脸上。这张鲜嫩的面孔，面对镜子不知看过多少回。每次林梅站在镜子跟前就会涌出少女的思春，而这个思春让她产生了许多的念头。经过不断地梳理，一个念头一个念头又消失了。唯有戈文在这些念头里，每次都梳理不掉。她心里感到戈文正在慢慢进入心里。林梅的脸红了，红满天了，心脏跳快了。这么长的时候，戈文都没来看自己，自己是不是想错了，是不是戈文根本就不喜欢自己，是不是戈文还没有开窍。林梅看着窗外出神。

　　深秋，戈文和三个少女踏着黄树叶一步一步地朝医院走去。

　　他们边走边聊着天。董茹问吴小兰："你分到哪个队了？"吴小兰回答："安装队！"吕莲莲问："分了什么工种？"吴小兰回答："电工！"董茹说："电工好！电工不累。比机械工、混泥土工、瓦工、架子工、钢筋工好多了。"吕莲莲说："董茹，你懂得真不少。"董茹说："这都是我爸告诉我的。"戈文的父亲所在的各单位都是以业务划分建立的。以土建为主的叫工程队，以建筑安装为主的叫安装队，以塔吊、建筑机械为主的叫机械队，以建筑运输车辆为主的叫运输队。在建筑公司，最好的单位，最好的工种，就是安装队、机械队、运输队。吴小兰能分到安装队当电工，那肯定是受到了照顾。吕莲莲羡慕地说："工作了真好！"戈文没有说话，静静听着。她们三个人在前，戈文在后面跟着走。吴小兰回头叫："戈文，你快点呀！"接着又问："你老低头想什么呢？是不是想捡钱呢？"吴小兰在别人跟前，跟戈文说话很随意。戈文也放松地说："捡什么钱，捡石头吧！钱都不够花，地上还能捡到钱吗？"董茹说："是的！小兰参加工作，比我们有钱。"吴小兰说："有啥钱，第一年学徒才二十四块钱，第二年三十二块，第三年才三十八块。"董茹说："那还比我们多九块钱呢！何况，你还学到了技术。我们呢？学习修理地球的技术吧！"戈文没想到董茹还挺会说话。平常见她蔫了呼哧，知道的事还不少。吕莲莲说："在西线还有补助呢，你都没算。"吴小兰说："补助，那是保密费，一个月十二块钱。"董茹数着手指头算,说:"哎呀! 这都三十六块钱了。"吴小兰神气地说:"那是!"她说完,脸色又黯淡下来,说:"这点钱不够用。我爸不在了,家里的收入全靠我了,再就是靠我爸的抚恤金,还有我妈在农场挣的那点钱了。"吴小兰一提起她爸,几个人不吭声了,不愿让她伤痛。戈文说:"工资会慢慢升的。"吴小兰也感觉到影响了大家的情绪,马上表现出高兴的样子说:"反正比在农场挣得多了。"董茹说:"那是! 三十六块钱!"她语音拉长,停顿一下又说:"我从小到大,都没见过这么多的钱。"吕莲莲说:"我也没见过。"戈文也说:"我们都没见过。就吴小兰快见到了。"吕莲莲说:"是呀! 我们什么时候能有这样的好事呀? 李忠、张宝都走了,我们怎么还不走? 我的年龄也够了,张宝、李忠还没有我大呢!"董茹说:"听说,有人改了年龄。"吴小兰说:"不要瞎说! 这种没根据的话不要说。"董茹辩解说:"我也是听说。"吕莲莲问:"谁改年龄了?"董茹说:"我哪知道呀!"吴小兰提醒她,回避了这个话题。这种话是不能说的,说了会得罪人的。董茹没再说这件事。四个人聊着走着。一路上,聊得最多的,都是参加工作的事。

四个人一进病房,林梅正拄着拐来回走动,高兴地说:"你们可来了,想死你们了。"她们三个女的也说:"我们也想死你啦!"林梅笑着问:"真的假的?"林梅的母亲赶忙说:"你们赶快坐。"吴小兰说:"林婶,我们不坐,站着就行。"林梅对着吴小兰说:"我听说你没走,怎么回事?"吴小兰说:"让农场临时抓了个差,过两天就走。"接着又说:"看来你身体恢复得挺快。没什么问题吧?"林梅说:"大问题没有,就是左脚有点不协调。"所说的不协调,就是说,两条腿不平衡了,有点瘸了。林梅的母亲说:"不注意看不出来。"林梅说:"李忠走的时候来了。"扭头问:"戈文,你怎么没跟他来看我呀?"林梅问的,戈文不知怎么回答了,说不愿意来,是不行的;说李忠没叫,也是不行的。只能编了话:"前一段时间,检查团来了,太忙来不了,今天不是来了吗?"戈文心里清楚,林梅问这个话的意思不是来不来的问题,而是跟谁来了的问题。你不跟李忠来,而是跟吴小兰来? 吴小兰接过话说:"前几天是挺忙的。"林梅抿嘴一笑,没再说什么。林梅说:"张宝分到高台了?"吕莲莲说:"是的! 不知道他走了没有。"林梅接过话说:"我这腿好了,也该分配了。还是小兰好,已经工作了。"林梅说完这句话,有点觉得不妥。吴小兰这个工作是她爸用命换来的。戈文不敢说这样的话,吴小兰会伤心的。在树林里,戈文就没敢说,林梅意识到了说:"不好意思! 你别介意。"吴小兰说:"没事! 我已经挺过来了。"吴小兰自从西线回来,只字没提她父亲的事,大家也都不问这件事,怕惹她伤心。

林梅有点伤感地说:"也许再过一段时间,我们就各奔东西了,以后什么时候再见面,就难说了。"董茹说:"就是!"吕莲莲说:"我们这一分开,就步入社会,成大人了。有一次,我看我爸带着徒弟,比我还小,可我爸让我叫他叔叔。我死活没叫,就叫他哥哥。我爸还说我没礼貌。"吴小兰说:"在单位,年龄大的,叫师傅;年龄相同的,叫师兄或叫小吴、小林、小董。"董茹说:"昨天开会的时候,于管干怎么叫你吴小兰同志,怎么没叫你小吴?"吴小兰说:"在正式场合,都是以同志相称。"林梅听完,哈哈大笑说:"吴小兰同志!吴小兰同志!"接着又说:"我怎么觉得这么拗口。"她这么一学,逗得大家都笑了。董茹说:"管他叫啥呢,能工作就行,能有一个好工作就行。"吕莲莲也说:"工作再不好,也比种地强吧。"林梅说:"我听说汪雪斌、汪智、黎俊他们的工作,还真不如种地呢!他们特辛苦,比种地还累,每天都是举大锤砸石头。"董茹问:"那是啥工作呀?"林梅说:"是做耐火材料的,每天跟石头打交道。"

在这群人心里,都对自己未来的工作,进行了许多假设、许多想象、许多猜测、许多期望、许多希望。因为,这群人在一个封闭圈里生活,对外面世界的了解、认知几乎是空白。他们得到的信息,都是父亲、母亲所传递的,再就是从广播、报纸得到的。说实话,他们很少看到报纸,很少听到广播。再就是,从课本里学到的东西。林梅之所以笑,是因为她们在一起,从来没有用过"同志"这个词。再说,什么样的工作岗位好,除了父亲的单位还知道点,外面的几乎一无所知。从参加工作的同学那里得到的信息看,他们的工作岗位没有太好的,就吴小兰的工作不错。

她们聊着,嬉笑着、畅想着未来。时间过得真快,快接近十二点了。吴小兰说:"林梅,你好好养伤,我过两天就回西线了。"戈文也对林梅说:"你好好养伤,哪天抽空再来看你。"林梅说:"谢谢!"接着她又说:"我得抓紧锻炼,好好养伤,早日回到你们中间!"

四个人离开病房下了楼,吴小兰说:"回家,就错过中午饭了,我请你们去吃肉丝面。吃完饭,你们就可以直接回驻地了。我给你们请了假,向于管干保证晚上一定回驻地。"戈文马上抢着说:"我请,怎么能让你请,也算给你送行了。"吕莲莲说:"我们三个人请你。"吴小兰说:"先去饭馆吧!"

中午,吃面的人特别多,外面都排起了队。戈文说:"我排队,你们去占座位。"吴小兰说:"我来,你们去。"戈文说:"我来。"吴小兰说:"别争了。我挣的钱多,等你们挣钱了再请我。"戈文拗不过说:"我先排队,快到了,你再来。"吴小兰说:"那也行!"她进了面馆。忽然有人叫:"戈文!"戈文一看是黎俊、汪雪斌,惊讶地问:"你们俩怎么在这?"接着又问:"放假了?"他俩身穿工作服,戴蓝色布帽子,脸上少了一些青涩,多了一些成熟。汪雪斌问:"你怎么在这?"戈文回答:"看林梅去了,对了,吴小兰、吕莲莲、董茹都在里面。"汪雪斌感触地说:"唉!你们这个车祸出的,还把姚琴撞死了。我们想去看看,当时,单位忙又不给请假,一直不休息。这不工厂停电了,才给我们放假。"黎俊说:"要不我们吃完饭,去看看林梅。"汪雪斌说:"行!"接着又说:"戈文,一会儿一起去。"戈文说:"不去了,我回驻地。"汪雪斌问:"林梅住几号病房?"戈文详细地告诉了他们。吴小兰出来,一见到他们,高兴地说:"真巧!"黎俊说:"巧吧!我刚才听戈文说,你们去看林梅了?"还没等吴小兰回话,黎俊又说:"吃完饭,你和我们一起去呗?"没想到吴小兰一口应承了。董茹也从饭馆里出来了,见到黎俊、汪雪斌高兴地叫道:"你俩怎么在这?"汪雪斌说:"我们准备回家,走到这,吃碗面再回。"接着汪雪斌又说:"吴小兰是越长越漂亮了,美人呀!"黎俊说:"那是!河西农场的五大美女之一!"吴小兰哈哈大笑说:"黎俊,你别欺负我行不行!"黎俊说:"我哪是欺负你呀!你问戈文!"黎俊聪明地把球踢了过来,戈文也只能顺着杆往上爬,说:"那是,不是之一,是之首!"黎俊哈哈一笑,说:"还是戈文会说话!"到了买票口,黎俊抢着买票。戈文和吴小兰都被汪雪斌拦住了。

黎俊端来饭,除了肉丝面外,还有烧壳子(用白面做成的像月饼大,一块、一块的卷油饼,放在大铁锅里,用干羊粪慢火烤。熟了,外黄内酥,便于携带)一碟花生米、一碟拍黄瓜。戈文看着这些饭菜说:"真丰盛!"董茹说:"还是工作好!"黎俊说:"别说了,为了我们在这里见面,干杯!"他端起了肉丝面碗,一桌人也跟着端了起来,碰了一下,面汤洒了出来,滴到桌子上的菜和烧壳子上。黎俊放下碗说:"开吃!"汪雪斌说:"这家面就是好吃,在学校时,每次接猪血,都到这家面馆吃。"黎俊和汪雪斌的大气、大方,折服了他们四个人。吴小兰赞许地说:"还是同学好!"董茹问:"黎俊,你说的五大美女,另外四位是谁呀?"黎俊说:"自己去猜!"戈文逗她说:"还有你俩呀!"董茹的脸一下子红了,羞涩地说:"你瞎说啥呀!羞死人了,没你这么欺负人的。"戈文觉得有点过了。女孩子都喜欢听这样的话。吴小兰问:"黎俊,你们在高宏厂,累吗?苦吗?"汪雪斌说:"苦呀!苦不堪言!每天砸石头!"黎俊说:"不说这些事了!"接着他问:"吴小兰,听说你工作都安排完了?"吴小兰点点头说:"过两天就走了。"六个人吃完饭,戈文和吕莲莲、董茹回驻地了,吴小兰带着黎俊、汪雪斌去看林梅了。

在路上,吕莲莲感慨地说:"工作和没工作就是不一样。黎俊和汪雪斌真是大方。我就不敢,兜里没钱。"董茹追问:"除了吴小兰,另外四大美女是谁呀?"吕莲莲说:"你听黎俊瞎说,他瞎编的你都信。"董茹说:"男生评价的,我觉得有可信度。"吕莲莲说:"还用男生评价,你自己都能评价,咱们这些人中,谁漂亮,你不清楚呀?"董茹好像明白了似的,说:"对呀!"她扳着手指头,自言自语地数着:"姚琴、林梅、吴小兰、费雯雯、肖芸。"她数完问戈文和吕莲莲是不是这几个人?戈文没回答,吕莲莲回答了:"差不多吧!"董茹问:"那夏小芬呢? 算不算美女?"戈文笑着说:"那你就弄出个六大美女吧!"吕莲莲开玩笑说:"你要这么去算,女生都是美女。"董茹听他俩这么一说不吭声了。

突然,身后响起汽车的喇叭声,他们朝马路边上靠,喇叭声一直响,戈文心里骂道,这司机有病,都快下马路了,还按喇叭。没想到的是,汽车在他们身旁停住了。戈文停住脚步,张宝从驾驶楼伸出脑袋喊:"你们干什么去?"吕莲莲说:"我们回驻地。"张宝说:"你们上来吧,捎你们去驻地。"三人上了车。张宝也从驾驶楼出来上了车厢。董茹问:"你不是在高台供销社吗?怎么跑到这来了?"张宝说:"我去沙井驿拉化肥。"接着又问:"你们干什么去了?"董茹说:"我们到医院看林梅去了。"张宝又问:"吴小兰在吗?"董茹说:"吴小兰跟我们一起去看的林梅。"董茹没有理解他的意思。张宝问:"吴小兰在不在驻地?"吕莲莲说:"吴小兰又领着黎俊、汪雪斌去看林梅了,不在驻地。"张宝听完这话,没再问。他转身悄悄问戈文:"那天吴小兰找你干什么? 都跟你谈什么了?"戈文说:"没谈啥。"张宝用疑虑的眼神盯着,问:"真的,没说什么?"戈文说:"你不相信,可以去问吴小兰呀!"董茹看他俩小声说话,问:"你俩嘀咕啥呢?"他俩停止了说话,一直到驻地,张宝没有再跟戈文说一句话,倒是跟吕莲莲和董茹聊得挺热乎。

车到了驻地,他们下了车。汽车又继续朝沙井驿的方向驶去。吕莲莲说:"你看张宝现在多神气! 一参加工作,连说话的口气都变了。我都觉得矮人一头。"董茹说:"就是!"戈文接着说:"有啥矮人一头的,过不了多久,我们也就参加工作了。"吕莲莲说:"什么时候呀?"董茹说:"不是快了吗?"

下午三点多,戈文进了宿舍。王大力、李二虎在睡觉。他轻手轻脚地怕吵醒他们,放下背包,从床底拿出洗脸盆出门,刚上台阶一脚踏空,摔了个跟头,盆子摔在地上。王大力喊:"谁呀! 干吗的?"李二虎起床说:"戈文,你怎么回事?"戈文从地上爬了起来,拍了拍身上的土,说:"倒霉!"王大力走到跟前,说:"你想什么呢? 走路都不注意。"戈文苦笑了一下说:"我能想什么?"王大力说:"我哪知道你想什么?"戈文心想,王大力应该知道,他和吴小兰去看林梅,肚子里肯定憋着火呢!另外,吴小兰什么都没说,虽然她的态度,让自己心里得到一些温暖,但是戈文心里是迷茫的,跟吴小兰以后的关系到底怎么处?刚才在面馆分手时,吴小兰什么话都没说,不知道她去西线前,能不能再见面?

戈文也理解王大力的心情,可王大力没有自知之明。吴小兰躲避他,就是告诉他,你不要追我了。王大力还这么执着,这样下去,受伤害的还是他自己。戈文心里明白,但又不能告诉他。如果告诉他了,那王大力肯定会跟他翻脸的。戈文没有回王大力的话,从地上捡起洗脸盆去了水房。

戈文正在低头洗脸,李二虎进来拍戈文的后背,戈文抬起头说:"你吓我一跳。"李二虎说:"你们是不是去医院看林梅了?"戈文说:"是呀!"李二虎说:"那你怎么没叫上我们?"戈文解释说:"吴小兰叫我去的。"李二虎说:"王大力为这事生气了,觉得你不够哥们,不够朋友。"戈文没有办法回答李二虎的问话。李二虎继续说:"我们中午下工回来,不见你和吴小兰、董茹、吕莲莲,才知道你们去了地区医院。"戈文遮掩着说:"吴小兰叫我和她去,她又没说叫谁,等早晨走的时候,董茹和吕莲莲也跟着一起去了。"李二虎说:"我知道,吴小兰看不上王大力,但大力是我的好朋友。他跟我说过几回,让我跟吴小兰说说。你想,这种话我能说吗?再说,我也不可能说。我想跟你商量商量。"戈文心想,这种事能商量吗?能商量出来什么?再说,吴小兰在他心里已留下了烙印。戈文想到这,说:"这种事,不要和我商量!"李二虎见戈文拒绝,没有再强求。戈文心想,李二虎是在试探他,试探他和吴小兰的关系,看看他是什么态度。这个试探,不是李二虎要试探的,肯定是王大力让他来试探的。这个王大力也够鬼的了。李二虎扭头朝门外瞅了瞅,鬼鬼祟祟地从兜里掏出一包宝成烟,抽出一支递给戈文,说:"抽一支!"戈文说:"不会!"李二虎把烟叼在嘴上,蹲了下来,手拿着炉钳子,从炉膛里夹了一块烧红的炭,点着了烟,深吸了一口,吐着烟圈,说:"别告诉别人呀!"戈文笑了笑。

门外响起了脚步声,李二虎把烟扔进了炉膛。常丽进来,她也是戈文的同级同学,是另外一个班的。个子不高,身材很匀称,小眼睛、单眼皮,皮肤白皙,说话声音较细。李二虎调侃地说:"小不点,洗衣服?"常丽说:"对呀!你俩躲在水房里干什么呢?"李二虎说:"你说,我们干什么呢?"常丽说:"我哪知道你们干什么呢!不会,在这抽烟吧?"李二虎说:"谁抽烟了?"常丽说:"烟味这么大!"李二虎说:"那是炉子烧煤的烟味。"李二虎和常丽较熟。

戈文觉得李二虎看常丽的眼神有点特别。戈文回避说："你们聊,我先走了。"他端着脸盆出了水房。常丽还在问李二虎抽烟没。戈文觉得他们关系不一般。在农场大院,小孩是不准抽烟的,要是让大人知道了,那肯定要挨揍的,所以李二虎偷着抽烟。

戈文回到宿舍,王大力不见了。他拿起书看起来,正看得入神,门被人推开了。李二虎着急地叫:"戈文,快!去推车。"戈文问:"怎么回事?推谁的车。"李二虎:"别问了,快点!一会儿告诉你。"戈文穿上鞋就跟着他跑了出去。张宝下午坐的那辆车抛锚了,张宝来求救了。十几个人带着撬杠、铁锹、滚杠、绳子,跟着张宝去汽车抛锚的地方。

太阳西斜了,公路蜿蜒悠长,远远望去,与天边的晚霞连在一起。公路铺着柏油,路面上一段平展,一段坑坑洼洼。黄树叶落在路面上,车一过来,黄黄的树叶被车轱辘卷起,四处飘落。车辆驶过,又慢慢地落在路面上,落在沟里。这群人走了五六公里,到了抛锚的地点。车的后车轱辘压在公路边沿,下面有一条两米多深的排洪沟,稍微一动就有可能掉到水沟里,车子装了满满的化肥。在司机的指导下,大家搬来石头顶住后面车轱辘,前面用人拉,折腾了半个多小时,终于把车拉了上来。司机感谢地说:"谢谢!谢谢!"张宝也跟着说:"谢谢同学们!谢谢同学们!"张宝坐上车走了,人们扛着工具回了驻地。

李二虎和戈文并排走着。戈文想起了水房的一幕,问李二虎:"你跟常丽挺熟呀?"李二虎哈哈一笑说:"同学嘛,能不熟吗?"李二虎马上觉得戈文的问话有意思,问:"你什么意思?你可别胡想呀!"戈文笑了笑,看来,自己的感觉是对的,李二虎紧张了。戈文哈哈一笑,说:"我没啥意思!"接着又说:"你隐藏得够深的。"李二虎说:"我隐藏什么了?"常丽跟了上来,问:"你们俩聊什么呢?"戈文调侃说:"聊隐藏呢?"常丽不明白地问:"什么隐藏?"李二虎说:"阶级敌人隐藏!"他这么一说,戈文笑了,觉得李二虎也有可爱的一面,会幽默了。戈文探到了李二虎内心的秘密。看来,同学们都进了情感的旋涡里了。在这个情感旋涡里,戈文、李忠、张宝、吴小兰、林梅都卷进去了,李二虎、王大力也卷了进去。

李二虎的胳膊搭在戈文的肩膀上,对着常丽说:"我俩聊啥,能告诉你吗?"常丽笑着说:"你俩能聊出什么好东西来。"戈文转过脸,看着常丽笑着说:"常丽,你想听我俩聊的啥吗?"常丽说:"我才不听呢!"戈文逗她说:"不听,可别后悔呀!"常丽露出不屑的表情说:"我有啥后悔的,我才不后悔呢!"费雯雯也上来了,问:"后悔什么呀?"费雯雯也是同学,和戈文一个班。

她给人的感觉就是恬静,属于越看越好看的那种女孩。眼睛不大不小,一口洁白的牙齿,小嘴,中等个。可以说,在班里也算是一个美人了。戈文和她不太打交道。费雯雯不是农场的子弟,是从农场旁边的驻军转过来上学的。初中毕业后,也就被分到农场参加劳动了。常丽搀着费雯雯的胳膊说:"还不知道,谁后悔呢?!"她说完,咯咯大笑起来。费雯雯问:"听说,这次招工,没有我的份?"戈文说:"我哪里知道呀!"接着又说:"你是革命军人的后代,将来分配肯定比我们好!说不定,哪天就成为一名解放军战士了。"费雯雯说:"我不想参军,我想当工人。当工人多好呀!"费雯雯此言一出,让戈文感到惊讶!农场的这些人都想去参军,怎么她就不愿意去。李二虎说:"咱俩换,我去参军,你去工作。"费雯雯说:"好呀!"李二虎说:"参军多好呀!"费雯雯说:"当兵一个月工资才六块钱,当工人,就是学徒,也有二十四块钱。"闹了半天,费雯雯不想当兵,是因为钱少。李二虎说:"当兵啥都不用管,衣服是发的,饭是管的,没啥花钱的地方。"费雯雯说:"当工人可以干一辈子,当兵还得转业,结果还是去当工人,那还不如现在就去当工人呢。"费雯雯这么一说,大家觉得有点道理。常丽说:"当兵是义务,不是你想当就当,也不是你想不当就不当的。"常丽这么一说,李二虎马上接过话说:"对!当兵是义务。都不去当兵,谁来保卫祖国?"李二虎说完,大家都不吭声了,因为他所说的这个问题太大,不是这群孩子所能理解的。不过,有一点,大家是明白的,只要祖国召唤,他们肯定都会去当兵,会像王成一样,会像罗盛教一样,会像邱少云一样,为祖国去献身。费雯雯不再吭声了。常丽说:"前天我回农场,听说黎俊要去当兵。"戈文说:"不会吧?我和他刚见完面,他都没说。"常丽说:"我听汪雪斌说的,黎俊都报名了。"李二虎问:"咱们这怎么没有呀?咱们这要有,我就当兵去。"常丽说:"人家都是从工厂里招,从公社里招,从知青点招,没有我们这些人。我们既不是知青,也不是公社社员,更不是工厂工人。我们是临时在农场劳动的,是三无人员。"常丽这么一说,戈文觉得有点道理。他们这些人什么条件都不具备。

戈文和同学们为自己的未来思考着,猜测着,不知道自己将来是一个什么样的命运!他们知道命运不是自己掌握的,而是命运在选择他们。王大力进了宿舍,一声不吭地躺在床上。戈文想了想,李二虎刚才在水房说的话,觉得还是应该跟王大力解释一下,让他心里不要有疙瘩。戈文叫了一声,王大力没答应,又叫了一声:"大力!"王大力这才懒洋洋地从床上坐了起来,问:"啥事?"戈文说:"咱俩出去聊聊?"王大力说:"有啥事,就在这说吧。李二虎不在!"王大力的口气有点气人,戈文突然有了反感,不想说了,我又没有欠你什么,更没有义务去给你解释什么。我干吗跟你去解释,我解释得着吗?戈文说:"没啥事!"王大力说:"你没啥事,叫我干吗!"戈文看他这样,有点生气地说:"大力,你没有必要这样。你要觉得我有什么毛病,你可以说呀!"王大力眼睛盯着戈文说:"戈文,你喜欢吴小兰吗?"王大力的单刀直入,让戈文不知怎么回答了。王大力又问:"你说呀!你到底喜欢不喜欢她呀?你要喜欢就去追呀!我王大力绝不拦你,还支持你。你不喜欢,还老跟她在一起,你什么意思呀?"王大力这一番话,真的把戈文逼到死角上了。王大力说得不是没有道理,可我有这么大的胆吗?怎么回答王大力的问话呢?说喜欢,戈文心里没有底,去追,又不是自己的风格;不追,王大力、张宝都在等着呢!想来想去,他实在没有办法回答王大力的话,只能回避地说:"这个,这个,我没有必要回答你。你喜欢不喜欢,跟我没有什么关系。我喜欢和不喜欢,跟你也没有关系。如果你喜欢,你就去追,我又没有拦着你去追。再说,你追吴小兰,那是你的事,这也不影响咱俩的关系呀。不能因为你喜欢吴小兰,我就不和你好了。也不能因为我喜欢吴小兰,你就不跟我玩了,就不成为朋友了。你说,是不是?"戈文的这一番话,让王大力没法回答了。虽然不反驳了,但是他与戈文的裂痕出现了。李二虎回来了。他问:"你俩聊什么呢?"王大力说:"聊啥!能聊啥!聊了也白聊。"王大力的话,李二虎听得明白,他说:"干吗呀?大力,你在说绕口令呀!"

在学校时,三个人的关系不错,王大力帮戈文打过一架。有一次,在农场对面的粮油加工厂家属院玩,戈文打麻雀时不小心把人家的玻璃打碎了,人家找他们算账,他们蛮横不讲理,还跟人家打了一架,被加工厂的保卫科扣住了。为了这事,戈文心里觉得亏欠王大力的,可现在为了一个女人,和王大力有了隔阂,戈文心里不畅快,感到堵堵的。

戈文出了门,站在院子里,仰望着天空,心里在问,人生目标在哪里?为什么情感的流线,那么不流畅,那么曲折,那么疙里疙瘩!他不知道怎么走了,感到心里空荡荡的。

戈文漫无目的地走着,来到曾经和吴小兰见面的小树林里。棵棵小树围绕他,他手摸一棵棵小树,越想越憋气,越想越愤怒。怎么会这样,怕王大力的误解,怕李忠的误解,怕林梅的误解,怕吴小兰的误解。这些误解,又没有办法去解除,觉得自己无能,破解不了这些误解。人要是永远不长大就好了。每天在父母的庇护下,无忧无虑地生活着,饿了就吃,困了就睡,生气了就闹就哭。现在已经长大了,懂得情感了,懂得喜欢女人了,懂得了更深入地去思考自己的前途了。戈文待了很久,远处的灯光灭了,才返回宿舍。王大力、李二虎都睡着了,打着呼噜。

第二天早晨起来,王大力、李二虎的床是空的,头一回没有叫戈文一起去吃早餐。戈文感到孤单了。要是李忠在,就不会这样。李忠走了这么长时间,也不来信。他说话还算数吗? 他和自己的约定,他还在坚守吗?

戈文走进了水房。李二虎问:"你才起来?"戈文点头哼了一声。王大力没有理他。常丽和费雯雯嘻嘻哈哈地进来了。王大力出门了,李二虎没走。常丽问李二虎:"你是不是在这抽烟呢?"李二虎说:"谁抽烟了? 你瞎说啥!"费雯雯问李二虎:"你还抽烟?"李二虎说:"你听她胡说。"李二虎往费雯雯身上靠,张开嘴,说:"你闻闻,哪有烟味?"费雯雯推了他一把,说:"我才不闻呢! 让常丽去闻!"常丽神情有点紧张地说:"我才不闻这张臭嘴呢!"戈文正在接水,哈哈一笑,逗常丽说:"你怎么知道二虎嘴臭呀?"常丽脸红了,生气地说:"戈文,你咋胡说八道呀!"戈文也觉得自己说得太过了,让常丽下不来台。费雯雯也跟着羞涩起来,说:"戈文,你说话文明点好不好。"常丽说:"你的嘴咋这么损。"李二虎说:"我没抽烟,你愣说我抽了。"常丽说:"你抽,你抽,你抽烟死了,碍我什么事。你去抽吧! 抽死你!"常丽的话,完全证明了戈文的猜测是对的。费雯雯抿嘴一笑,说:"李二虎,常丽这都是为你好!"常丽说:"雯雯,你瞎说啥呀! 他跟我没关系。"常丽真是越描越黑。戈文和费雯雯都笑了起来。董茹进来了问:"怎么这么热闹?"常丽接上水,说:"董茹,你们继续热闹吧!"她端着水盆出了门,李二虎也跟着出去了。费雯雯接上水也走了。董茹问戈文:"怎么我一来他们都走了?"戈文劝董茹别胡想,他说:"你别瞎想,这纯属巧合。"董茹没接话,接完水走了。水房顿时空荡了。戈文刚准备走,费雯雯又进来了。戈文问:"你怎么又回来了?"费雯雯回答:"我再接一盆水。"戈文出了门回到宿舍。冬季了,上工的时间晚了。戈文拿上饭盒走进了食堂,人不多,打完饭在回宿舍的路上,有人喊:"戈文! 电话!"他进了办公室拿起电话喂了一声,电话那头传来吴小兰的声音。她问:"戈文吗?"戈文回答:"是!"她说:"戈文,我本想临走时,和你见个面,道个别。可这两天忙,就没时间了。我就在电话里跟你道个别,到了西线,我会给你来信的。"戈文回应说:"好! 你一路保重!"搁下电话走出了门,吴小兰和戈文就这样分开了。

戈文和吴小兰在一起上小学,上初中,一起到农场来劳动,一晃五年多过去了。五年多凝成的情谊、情感,由不懂到启蒙,由启蒙到播撒情感的种子。吴小兰这么一走,把情感的丝线越拉越长。上次她走,觉得她还会回来,没这么难受。这次走了,见面的机会就少了,自己也面临分配工作,这让他内心的伤感蔓延了起来。戈文记得,在上学的时候,有一天的晚上,上完晚自习在回家的路上,路过她家门口,她端了一盆洗脸水泼了他一身。他还骂了吴小兰一句,她吓得拎着盆子朝家跑。这是戈文第一次近距离和吴小兰接触。她那被吓得样子蛮可爱的。第二天,她还主动和戈文道歉。一晃几年过去了,他们长大了。羞涩慢慢撩开了情感的面纱,慢慢显露了出来。然而,戈文和吴小兰的情感,已经在小树林,让吴小兰的可是隔阂了。虽然这样,但戈文内心里还抱着幻想,而这个幻想就是等待吴小兰再一次的回望。

戈文从宿舍出来,扛着铁锹去地里浇水了。田野里荒芜了,下面埋着来年春天就会生长起来的冬小麦,那时荒芜的土地就会变成一片绿色。冬日的阳光显得那么无力,洒在身上稍微有些暖。

戈文一亩地一亩地地浇水,清澈的水流滋润着土地,清澈的水渗入土壤里,干涸的土地顿时变得湿润了,呈现出浅浅的黑色。

冬日的天空,显得空旷,太阳变得小了,远远地躲着大地。眼前的一切,让戈文心里的一些浮尘得到了沉淀。回望前一段时光,思绪万千。他想到自己是一个什么样的人,想到自己要做一个什么样的人,想到自己能做一个什么样的人。他想起了苏联长篇小说《钢铁是怎样炼成的》中的主人公保尔·柯察金所说的一段话:"人最宝贵的是生命。生命对每个人来说只有一次。人的一生应当这样度过:当回忆往事的时候,他不会因为虚度年华而悔恨,也不会因为碌碌无为而羞愧。在临死的时候,他能够说:'我的整个生命和全部精力,都已献给了世界上最壮丽的事业。'"这段话戈文读了好几遍,虽然他还不能完全理解这段话的含义,但是,有一点他是明白的,那就是一定要做一个对社会、对朋友、对家人有用的人。他想做一个对社会有用的人,可又不知道怎么去做。他去抗过洪,去推过汽车,而这些能说是对社会有用的吗?

他想到了这些,突然心里轻松多了,也敞亮多了。

中午休息,戈文回到宿舍,见到王大力,主动去跟他说:"大力,抽空咱俩聊聊?"王大力面带微笑地说:"好!"。李二虎说:"你俩聊,怎么不带上我?"戈文看着他,说:"好! 带上,一起聊。"戈文心想,这样做,王大力心里会轻松的,心里的疙瘩也会解开。随之,戈文又想,怎么去跟王大力谈,谈什么,谈吴小兰,能谈像李二虎说的那样,给他创造条件,这个条件自己能创造出来吗? 不谈吴小兰,又谈什么呢? 他觉得有点仓促了,同时又觉得自己怎么这么优柔寡断,不像个男人。最后,戈文还是下定决心,就和王大力谈吴小兰吧！

晚上，戈文下工晚了，吃完饭就想去跟王大力谈。没想到一进宿舍，就看到李二虎、常丽、费雯雯、董茹、王大力、吕莲莲在一起吃饭。李二虎叫道："你怎么才回来？我还找你呢！"戈文觉得奇怪，不过年不过节的，聚什么餐呀？有什么喜事吗？李二虎说："当然有喜事呀！"戈文问："什么喜事？"李二虎说："你先坐下，慢慢跟你说！"他坐下后，等着李二虎说喜事。李二虎却说："戈文，喜事一会儿说，咱们先喝酒。"戈文心想，是不是谁又要参加工作走了。每次参加工作的同学一走，对没走的同学就是一个刺激，郁闷几天。李二虎这么兴奋，这次走有他？不然，他不会这么兴奋。戈文说："那就喝！"费雯雯拦住说："稍候！"接着问："李二虎，到底啥喜事？说出来，让大家高兴高兴！"费雯雯一问，刚才戈文心里还有点不舒服，什么喜事呀，就瞒着他一个人，现在也释然了。李二虎说："喝了这杯酒就宣布！"大家站了起来，碰了一下杯。李二虎喝完酒，用手擦了一下嘴巴，说："王大力、常丽工作了，分到西线啦！"费雯雯问："你呢？"李二虎说："没我！"戈文心想，闹了半天没他，那他肯定是为常丽高兴了。戈文心想，按顺序排，应该是李二虎走，怎么会是常丽呢？董茹问："怎么这么快呀？"王大力神情飞扬地说："今天下午才知道的。我们明天就回农场总部，后天就去西线报到。"王大力这么一说，戈文的第一个念头就想到了吴小兰。王大力跟吴小兰在一起工作了。真是世事难料呀。王大力心里一定非常高兴。看来，跟他的谈话也就没有什么用了。

李二虎的兴奋倒是让戈文觉得奇怪，常丽走了，他心里不难受吗？还这么高兴？戈文看过一本书，书名忘了，书里有一段话：爱一个人，就是舍得；爱一个人，就是爱的人越幸福，爱人的人就越高兴。李二虎就是这样的人吗？此时此刻，常丽一定感到了幸福。戈文想到这，端起酒杯说："为王大力、常丽奔赴新的工作岗位干杯！"戈文仰脖把一杯酒喝到了肚子里，因喝得太急，呛到嗓子了，弯腰咳嗽起来，坐在他旁边的费雯雯拍戈文的后背。戈文咳嗽完站起来，说了声："谢谢！"费雯雯抿嘴一笑，什么也没有说。她的一笑，让戈文觉得像冬日的一缕阳光，像久旱的雨露，像徐徐清风吹入心田。

王大力端起酒杯说："戈文，咱俩碰一杯。"虽然他没说为啥干杯，但是两人的心里都清楚为啥干杯！李二虎明白，也端起酒杯说："咱仁干一杯。"三个人喝完酒，戈文觉得王大力有点挑衅的意思，似乎在向戈文表明，吴小兰会被他追到。戈文面对着王大力的得意，一点反驳的能力都没有了。他毕竟和吴小兰远隔几百公里,而王大力时刻在她身旁,近水楼台先得月嘛!戈文又一想,自己不是要做一个对社会、对朋友有用的人吗?怎么又小肚鸡肠起来了,应该大度,应该为王大力高兴。他想到这,端起酒杯说:"大力,祝贺你!"王大力没动杯子问:"祝贺我什么呀?"戈文看到王大力那藐视他的神态,一股火窜了出来,刚想发作,想了想又忍了下来说:"祝你参加工作呀!祝你奔向美好的前程呀!"王大力冷笑了一下说:"这不是你的心里话吧?"戈文厌恶这个人了,不过还是面带微笑,说:"肯定是我的心里话呀!"接着说:"为了表明这是我的心里话,我把这杯酒喝了。"戈文说完一仰脖把酒喝了下去。李二虎忙着说:"大力,跟戈文碰一杯。"王大力没有动杯子。费雯雯用眼睛余光瞟了戈文一下,那眼神露出了赞许。随后,她端起酒杯说:"我们这些没走的跟走的同学干一杯。"李二虎说:"对对!跟走的同学干一杯。"王大力可能也觉得有点过分,特意跟戈文碰了一下杯。戈文心想,王大力如果是这样一副小人得志的样子,就是他对吴小兰再好,那吴小兰也不一定会喜欢他的常丽也端起酒杯说:"那我这要走的人也跟即将要走的人干一杯。"戈文心想,常丽挺会说话,为了没走同学的心情,说了一句安慰的话。李二虎忙接上话,说:"对!走的跟没走的干一杯!"这群人就这么抱着理想,抱着对未来的幻想,一杯酒,一杯酒地碰。最后,王大力、李二虎都有点过量了,常丽也有点过量了,她在费雯雯、董茹、吕莲莲的搀扶下回宿舍了。戈文还好,没有喝多。王大力、李二虎倒在床上了。戈文收拾了屋子,打扫干净出门倒垃圾,费雯雯和其他几个女生围着蹲在地上大吐的常丽。

天上的月亮特圆、特亮,漫天的星星闪闪发光,黑夜如同白昼。戈文倒完垃圾,费雯雯她们回了宿舍。天很冷,戈文坐在院子里的水泥凳子上,仰望天空,赏月、看星星。戈文想着刚才喝酒时费雯雯的眼神,这个念头刚露出,就觉得荒唐,怎么会想到费雯雯呢?她和自己的距离太远了,她是军官的女儿,又长得那么漂亮,在她跟前,自己没有任何优势。再说,自己是一个普通人家的孩子,父母亲都是从农村出来的。戈文想到这些苦笑了一下,摇摇头,自言自语地说:"这是不可能的,不想了。"他又想起了刚才王大力的表现,肚子里的气又出来了。戈文暗自告诫自己:戈文,你要大度一些,你要朝远处看,你要学会感谢别人,王大力毕竟帮过你,你一定要有胸怀。

天越来越冷了,戈文拎着簸箕回到宿舍,屋里的酒气还在弥漫着,他一点睡意都没有。戈文拿出书,打亮手电筒,捂着被子看杨沫写的长篇小说《青春之歌》。这部小说讲述了女主人公林道静苦难曲折的参加革命的故事,讲了安于现状、不思进取的余永泽,讲了为了革命,为了大多数人利益而死在敌人屠刀下的卢嘉川。书中描写卢嘉川为了不让林道静牵挂自己,也没说出心中的想法。在给林道静的遗书中,他写道:"你的信我也看到了。可惜我们已经不能再在一起工作了。在这最后的时刻,我很想把我的心情告诉你。不,还是不要说它的好……"卢嘉川将这段儿女私情化作对革命的热情,化作对林道静的鼓励,化作对万千革命同胞的期望。他的伟大更加让林道静心痛不已,对他念念不忘。带着这份对他的爱慕,林道静坚定不移地投入到了革命斗争中。卢嘉川的英勇、高尚的品格都深深地吸引着戈文。他看着书,想着自己,将来会成为一个什么样的人? 想着、想着,眼皮子搭了下来。

戈文早晨醒来,王大力不见了,李二虎还在睡觉。戈文起身走到李二虎床前,叫了一声:"二虎! 二虎!"李二虎睁开眼睛,用手揉了一下眼睛,问:"啥事?"戈文问:"王大力呢? 走了吗?"李二虎翻身朝王大力床上看了看问:"几点了?"戈文的眼睛落在窗户上,说:"应该七点多了。"李二虎说:"大力起这么早干吗去了,不是说好了,八点半走吗?"戈文说:"是不是去水房了?"李二虎说:"有可能吧!"李二虎和戈文拿上脸盆去水房了。

天下起了小雪,地上铺了一层薄薄的雪。两人进了水房,水房没人。李二虎放下盆子,说:"我去看看常丽。"没过一会儿,李二虎回来,说:"常丽也不在。"戈文说:"那他俩走了?"李二虎说:"行李都没拿! 这是怎么回事?"李二虎有点着急了,王大力、常丽的不见,让他不知所措了。戈文问:"你没问费雯雯?"他回答:"费雯雯也不知道。"她说,她睁开眼睛没看到常丽。戈文说:"再等等。"李二虎嘴里嘀咕着:"去哪里也得跟我打声招呼呀! 说好八点半送他们的。"戈文也觉得奇怪,这两个人到底怎么回事? 戈文说:"看看他们留没留什么纸条。"李二虎直接去了常丽的宿舍,没过一会儿回来说:"啥都没有。"费雯雯、董茹、吕莲莲,还有几个同学都出来了。董茹说:"我想起来,昨晚喝酒的时候,我听常丽对王大力悄声说要去看谁,我没听清。"李二虎说:"他们看谁呀?"董茹说:"没听清!"戈文脑子一闪,他们会看谁呢? 难道他们去看黄叔叔了;戈文知道,黄叔叔对常丽不错,对王大力也不错。黄叔叔曾和他俩的父亲在一起工作过。黄叔叔追悼会那天,常丽、王大力都很伤心。如果他俩真是去看黄叔叔,那王大力也是一个有情有义的人。

正在大家万分着急的时候,王大力、常丽从外面走进院子里。王大力看大家都在院子里,不解地问:"你们都站在这干吗呢?"李二虎脸色难看地问常丽："你干啥去了?"李二虎这个问话,把"们"字去掉了。常丽神情自若地说:"看你这样,想吃人呀? 这么凶。"李二虎说:"我问你,你干吗去了?"他越这么问,常丽越不说。王大力接过话说:"我俩去看黄叔叔了。"李二虎的怒气有些减弱地说:"那你也告诉我一声呀!"常丽说:"我昨天都跟你说了,你喝酒都喝糊涂了。"李二虎拍了一下脑袋说:"哎呀! 我忘了,都怪我!"常丽说:"跟你说好的事,你还怪我。早晨起来,等你半天,不见你。"李二虎低头不语了。大家一听这样,除了李二虎和常丽,其他人都回宿舍了。

进了宿舍,戈文对王大力说:"谢谢你去看黄叔叔。"王大力说:"这有什么好谢的,黄叔叔对我也不错。昨天,常丽跟我说,临走之前去看看黄叔叔。"没过一会儿,李二虎回来了,不满地说:"大力,你真不够意思,你怎么不叫我一声。"王大力说:"本来要叫你的,可常丽不让叫。"接着又说:"二虎,常丽跟你说好了,结果你忘了。常丽很生气,不让我叫你。"李二虎不吱声了。王大力又说:"你呀! 喝酒不能误事!"李二虎自知错了,没再说什么。过了一会儿,李二虎对王大力说,不管怎么说:"咱俩住在一个宿舍,你叫我一下,常丽也不会知道。"王大力说:"我哪里知道常丽也叫你了。我出去,常丽才问你怎么没来,我才知道的。"李二虎听完,再没有说话。戈文觉得李二虎的心里肯定有疑惑,而这个疑惑又让他无法解开。戈文接上王大力的话说:"二虎,以后喝酒不能误事。我觉得,你应该去跟常丽好好解释一下。"李二虎情绪低落地说:"刚才跟她解释了,她一句也听不进去。算啦! 不管了,她愿意咋样就咋样。"王大力一听李二虎这么说,也怕闹误会,忙说:"二虎,你可不要胡思乱想,咱们可是好朋友呀!"李二虎问:"几点了? 你们该走了吧?"戈文说:"估计快到时间了。"李二虎出了宿舍门。王大力已经把行李收拾好了。在农场劳动的行李非常简单,一床被褥,一床被子,一个枕头,一个被单,一个背包,一个脸盆,一套牙具,一套穿在身上的衣服,一双穿在脚上的布鞋。戈文说:"大力,咱们走吧。"说完上前帮他拎行李,王大力说:"不用! 我自己来。"他拿起行李,往肩上一甩,扛着行李,一只手拎着装有牙具、洗脸盆的网兜出门了。戈文觉得王大力对他的气还没有消。

王大力在前,戈文在后出了门。院子里站了七八个人,于管干也在其中,旁边停着一辆卡车。大家说着话等常丽。于管干环视了一下问:"常丽呢? 董茹,你去叫一下! 车等着呢!"他话音刚落,就传来常丽和李二虎的争吵声。于管干问:"这是怎么回事? 董茹,你过去看看。"董茹说:"刚才李二虎把我们都撵了出来。"于管干去了。一会儿,常丽出来了,李二虎拎着行李跟在后面。常丽眼圈是红的。于管干在他俩的后面。本来是一场高高兴兴的送行,但常丽的眼泪却把大家弄得心里酸溜溜的。人们把他俩送到卡车前,常丽进了驾驶楼,王大力上了车厢。戈文心里想,他怎么不坐驾驶楼呢?又一想,也许怕李二虎误会吧。车一加油门,车轮卷起了尘土,朝兰新公路驶去。王大力站在车厢上挥动着双手喊再见。常丽坐在驾驶楼里,没有伸出头。李二虎站在戈文旁边傻愣愣地看着远去的汽车,远去的常丽。戈文心里想,李二虎现在的心情一定是恶劣的。本是一场高兴的离别,现在却变成一场酸甜苦辣的、痛苦难忍的离别。戈文虽然理解李二虎此时此刻的心情,但又不知怎么去劝慰他。李二虎耷拉着脑袋,一进宿舍就上床了。不一会儿,李二虎抽泣起来。戈文几次想劝,想了想又忍住了。

常丽坐在驾驶楼里,眼睛注视着前方,脸上挂着泪痕。刚才和二虎吵架,是不是自己太任性了,是不是自己不近情理了。这个工作毕竟是二虎让出来的,没有二虎就不会有她的今天。二虎一直追她,一直让着她,一直喜欢她,而她却感到内心的情感浮在了情谊上,没有真正地触动情感线。早上,二虎吵仗就证明了这点,如果是真爱会这样吗?当然,她内心里还是觉得实在不应该,觉得不应该这样做,她内疚,她后悔,欠了二虎一个大大的人情。这个人情怎么还呀!常丽也在想,也许随着时间的推移会好起来。虽然答应了二虎,但这是还他的人情吗?常丽迷茫了!她还在想,离开了二虎,随着时间的推移,会等二虎吗?会信守诺言吗?如果将来不和二虎在一起,怎么向二虎交代?这一切让常丽无法回答,她也回答不了。她坐在车里,眼睛注视着窗外,一片荒漠,觉得自己有点卑鄙了,而这个卑鄙让她有了工作,这样的交换值得吗?

第二天,天亮了。戈文睁开眼睛,李二虎的床是空的。戈文拿上洗脸盆去了水房。在水房门口,他听见董茹、费雯雯、吕莲莲在说话。戈文停住了脚步。董茹说:"我听说,这次本来是李二虎走的,怎么常丽走了?"吕莲莲说:"我听说,常丽找李二虎让他把名额让给她。"费雯雯说:"不可能吧?李二虎不会这么傻吧?"吕莲莲说:"我也是听张亮说的。"张亮也是同学,长得高大结实,宽肩膀,小脑袋。他父亲是农场的副场长,是从北京下放来了,一口的京腔。在农场劳动这么长时间,很少见他的面。他经常回北京,看他爷爷、奶奶。戈文推门进去,董茹问:"戈文,李二虎为啥和常丽吵架?"戈文回答:"我哪里知道呀!"董茹又问:"李二虎没跟你说?"戈文回答:"没说!"接着又说:"人家的事怎么会跟我说。"戈文装着什么都不知道,试探地问:"李二虎年龄比常丽大,应该是李二虎走,怎么常丽走了?"吕莲莲说:"听说是常丽找李二虎让他把指标让给她的。"戈文说:"会有这样的事?"吕莲莲说:

"我也是听张亮说的。"戈文完全理解李二虎的心情了,他昨晚的哭泣,可能还有更深的原因。费雯雯说:"那常丽应该好好感谢李二虎。"董茹说:"就是!没想到,临走了,她还跟二虎吵了一架。"戈文问:"你们见到李二虎没有?"她们都说没有!费雯雯问戈文:"李二虎怎么了?"戈文答道:"我早上起来没看到他。"董茹说:"是不是回农场总部了?"吕莲莲说:"不会吧!"戈文自言自语问:"他能去哪呢?"

晚上下了工,戈文回到宿舍,还是没看到李二虎。整整一天,他去哪了?难道正像董茹说的,回农场总部了?中午休息,于管干问:"李二虎干什么去了?简直无组织无纪律。"如果李二虎回农场总部了,戈文觉得他心眼有点小了,不就是王大力和常丽一起看了看黄叔叔吗?值得他这样吗?二虎这样,常丽会和他长期交往吗?会有好的结果吗?

宿舍里就剩下戈文了。老顾病好后,就回家探亲了。李忠走后,一直没有来信。林梅的病,听说好了许多。吴小兰也没有来信。晚上,戈文感到孤独了。屋里静得出奇。外面的风一刮,沙土打在窗户的玻璃上。戈文心烦意乱,同学们一个一个地走了。戈文想着自己以后的命运,边想边翻看着书,却怎么也看不进去。有人敲门,戈文以为李二虎回来了。开门,是费雯雯和董茹。戈文疑惑地问:"你俩怎么来了?"费雯雯调皮地说:"我们怎么就不能来?你不欢迎吗?"戈文笑脸相迎地说:"欢迎!欢迎!哪能不欢迎呢?"费雯雯笑眯眯地说:"这还差不多。"费雯雯和董茹,在屋里转了一圈,坐在了李二虎的床上。费雯雯问:"你在看什么书?"戈文回答道:"《青春之歌》。"费雯雯"哦"了一声,接着她问:"李二虎还没回来?"她这是没话找话。戈文不知道,她和董茹来找他是有事呢,还是闲着没事瞎转,接着说:"他没有请假,中午,于管干还问我呢!"董茹坚定了她的猜想,说:"二虎肯定去找常丽了。"费雯雯说:"这李二虎,心眼小了点。"戈文附和说:"就是!"董茹说:"下一批招工,该轮到我们了吧?"费雯雯说:"你们还有个盼头,我连个盼头都没有。"董茹问:"你不跟我们分配吗?"费雯雯说:"我不属于你们系统的,所以分配就轮不到我呀!看来我只有走当兵这条路了。"接着她说:"前段时间我回家,我爸告诉我,我只能当兵了。冬季招兵快开始了,也许这次招兵我能走。"戈文羡慕当兵的,也特想当兵,可他没有这个机会。戈文说:"当兵多好呀!我羡慕你呀!"费雯雯说:"我也就是这么一说,能不能走,还难说呢!"董茹对费雯雯说:"你肯定能走。倒是我们还得排队,什么时候能轮到我们还难说呢。"戈文和她俩漫无边际地聊着天。

门开了,李二虎进来了。戈文忙问:"二虎,你跑哪去了?"李二虎见费雯雯、董茹在,朝她俩点了个头,说:"我回了趟农场总部。"戈文说:"你回去,怎么也不请假? 中午的时候,于管干还问你呢!"李二虎说:"早上五六点,我就走了。本想跟你说一声,看你睡得挺死,没好意思打扰你。本想赶在中午回来,有事给耽误了。"李二虎没说什么事,但戈文猜想也许就是常丽的事。不过,看李二虎兴奋的神情,他和常丽的事应该是解决了。费雯雯说:"你这出门也不打个招呼,害得戈文四处找你。"董茹在旁边也说:"就是!"李二虎拍了一下戈文的肩膀说:"谢谢!"戈文笑着说:"你少来这一套。以后,别让我到处找你就行了。"李二虎嘿嘿一笑。费雯雯和董茹又坐了一会儿起身走了。

李二虎把门关上,神秘兴奋地说:"常丽答应了!"戈文不解地问:"答应什么了?"他确实不明白李二虎说的意思。李二虎拍拍戈文的肩膀说:"连这个意思都不明白?"戈文摇摇头说:"不明白!"李二虎激动地说:"我亲她的嘴了!"戈文有点害羞了,男人怎么会亲女人的嘴呢? 这不是流氓吗? 李二虎说:"你千万不能告诉别人呀!"戈文看着他涨红的脸,点点头表示知道了。李二虎继续说:"常丽答应我,将来嫁给我。"李二虎的一席话,让戈文震惊不小。难道说,心里那个喜欢,那个向往,那个让他寝食不安的人,就是要嫁给他吗? 李二虎的喜悦、高兴、兴奋,让戈文心里酸溜溜的,我怎么就得不到像李二虎这样的幸福呢?

门开了,于管干进来了。戈文马上站了起来,李二虎还在讲,于管干走到跟前,问:"李二虎,你干什么去了?"二虎扭头刚张嘴解释,于管干劈头盖脸地训斥:"你这样无组织无纪律,还想参加工作吗?"李二虎被管干一顿训斥,吓得不敢吭声了。于管干又问:"你到底干什么去了?"戈文看着李二虎,他敢说亲常丽的嘴了吗? 敢说常丽将来要嫁给他吗? 他不敢说! 于管干又大声说了一声:"你说话呀!"李二虎低声地说:"我、我、我送他们去了!"于管干问:"走的时候,不是送了吗! 怎么又回去送?"李二虎不再吱声了。管干说:"扣你一天工资。"说完出门了。李二虎拍了一下脑袋,嘴里骂了一声:"真他妈扫兴! 睡觉!"他不洗脸,不洗脚地上床了。

戈文提着洗脸盆去水房,拉开门,一阵寒风扑面而来,他打了个寒战。走到水房,听见里面有哗哗的水声。这么晚了,谁呀? 他从门缝往里看,衣服挡住了。戈文好奇地绕到水房后面,从墙缝朝里面一看,吓了一跳,心扑通、扑通地跳了起来,脸涨红了。费雯雯光着身子在洗澡,鲜嫩皮肤上滚动的水珠,像发亮的珍珠。戈文想走,脚却像吸铁石一样无法迈出去,他大气不敢出,蹲在墙根下。寒气袭人,冻得发抖。过了好长时间,费雯雯哼着歌从水房走出来。

戈文见她走远了赶紧朝水房里跑,不小心摔了跟头,洗脸盆摔出了好远。费雯雯回头问:"谁呀?"戈文从地上爬了起来回应:"我!"费雯雯扭过身问:"你深更半夜的干吗呢?"戈文马上解释:"我刚从宿舍出来,不小心摔了一跤。"费雯雯疑惑地问:"你刚出来吗?"幸亏是晚上,要是白天肯定露出破绽来了。戈文说:"是刚出来的。"她没再问什么走了。戈文捡起脸盆进了水房,水房里还散发着费雯雯的芳香气息。他呼吸着、品尝着,他陶醉在气息里。当他洗完回到宿舍,躺在床上,一闭上眼睛,费雯雯洁白的身子又出现了。戈文觉得怎么会这样呢? 内心在叫道,这是多么下流呀! 看女生洗澡!

费雯雯回到宿舍总觉得不对,刚才洗澡是不是被戈文偷看了。她想到这脸红了。要真是这样多丢人呀! 要是戈文说出去,自己哪还有脸呀? 费雯雯又想,也许这都是自己瞎猜的,戈文不是说他刚刚出来吗。那戈文怎么摔一跤呢? 费雯雯一想到这,脸又烧了起来。戈文在她这个少女心里留下了好的印象,她摸不准戈文对她是啥印象。

偷看费雯雯洗澡,这是戈文心中的秘密,对谁都不能讲。然而,他内心里潜在的意识浮了出来。那天,在一起喝酒的时候,费雯雯的莞尔一笑,让他心动了,他压着自己,不要胡思乱想。今夜这一幕,让他不得不重新审视自己深层次的情感了。那这个情感,能叫他冲出自己的内心栅栏吗? 能够跨出吗? 费雯雯是怎么想的,他一点都不知道。她会和自己好吗? 他想到这又泄气了,觉得这是不可能的,觉得自己在狂想,在幻想。这狂想、幻想能获得费雯雯的青睐吗?

戈文第二天迟迟不起床,还沉醉在昨夜的梦幻之中。李二虎的床是空的。戈文起床去了水房,寻找昨夜的气息。昨晚的气息已跑得无影无踪了。他出了水房门,碰见费雯雯,她脸红扑扑的,见戈文莞尔一笑,一句话没说,低头进了水房。戈文突然觉得费雯雯特别美丽,特别漂亮! 他忍不住回头望了望水房。

戈文往回走,不觉得脸又红了,拍了一下脑袋,你不要胡思乱想好不好! 进了门,李二虎回来了。戈文问:"你干吗去了?"李二虎说:"没干啥!"戈文说:"咱们吃饭去。"在食堂买完饭,一转身差点碰了费雯雯,她躲闪了一下说:"你注意点!"戈文赶紧抱歉地说:"不好意思!"她又莞尔一笑,戈文端着饭盒傻愣,瞬间又恢复了常态。刚迈出食堂门,办公室的小秦喊:"戈文,你的信。"他以为是吴小兰来的,拿上信一看,是李忠来的。李二虎问:"谁的信?"戈文说:"李忠的。"他在信上什么都没说,一个字没提林梅。只是告诉他,这么长时间才回信,是因为忙得没时间,只字未提两人约定的事。戈文看完信觉得李忠变了。到底是哪里变了,说不出来,信里倒是提了李二虎、王大力了,代问他俩好。

　　戈文把信递给李二虎,说:"你看看!"二虎接过信看完说:"啥情况没介绍,干啥也没说。"他放下信问:"你昨晚干啥去了?"戈文警觉地说:"没干啥,去水房洗脸啦。"二虎看着戈文诡秘地笑了一声说:"你洗脸,怎么跑到水房后面洗去了?"戈文一惊,他怎么知道我去水房后面了? 难道他跟踪我了? 不会呀! 他睡得像死猪似的。又觉得他是不是在诈我。哪诈得这么准呢? 肯定是他看到什么了。戈文想到这,试探着问:"我跑水房后面,你看到了?"李二虎笑着说:"你昨晚肯定没干什么好事! 不承认是吧?"戈文有点急了,叫道:"你说呀!"李二虎说:"今早我去水房,看烧水的煤不多了,去取煤,发现煤堆里有脚印,旁边有道墙缝,我就明白了。"二虎接着问:"你从墙缝看什么呢?"戈文听他这么一说,想隐瞒也隐瞒不过去了,说了,怕传到费雯雯耳朵里,那就毁了;不说,李二虎又紧追不放。戈文想来想去决定不说,不说利大于弊,说了就有把柄落在他手里了。这都是次要的,关键是怕传到费雯雯那里。他不吭声,李二虎哈哈一笑又说:"我也在那里偷看过女生洗澡,还偷看常丽洗澡呢。"戈文惊呆了。怪不得有时深更半夜就见不到他了呢,原来如此。戈文想了想编了个谎说:"我走到门口,听见有人洗澡,趴门缝看看,结果让衣服挡住了,等我绕到后面,从墙缝往里一看,只见了个背影,啥也没看着。"二虎睁大眼睛看着戈文,问:"真的?"戈文说:"真的!"二虎说:"那太遗憾了!"戈文装着问:"有什么遗憾的?"他说:"你没看到,就不知道什么叫遗憾了。我看了好几回。"戈文问:"你都看谁了?"二虎摇摇头说:"这个,不能告诉你,你泄了密怎么办?"戈文想问问他,看过吴小兰、林梅、姚琴、费雯雯没有,其他人跟他没什么关系。可李二虎不说,戈文也不好再问了,再问,怕他起疑心了。他俩聊完拿上铁锹上工了。

　　在路上,戈文边走边想,李二虎的胆子够大的。不但亲常丽的嘴,还偷看女生洗澡。他偷看过,那王大力偷看过没有? 戈文问:"李二虎,王大力偷看过没有?"李二虎看了看戈文说:"偷看什么?"戈文说:"你说偷看什么?"李二虎"噢"了一声,说:"我那是逗你玩呢,你还当真了!"他这么一说,倒让戈文糊涂了。刚刚还说偷看了呢? 怎么这会又说没偷看,逗着玩呢! 戈文说:"这种事能逗着玩吗?"他拍了一下戈文的肩膀说:"戈文,你呀,还傻着呢!"戈文突然觉得李二虎从昨晚回来后,好像成熟了,开始像大人一样说话了。戈文不明白他说的是什么意思,问:"你什么意思,我傻吗?"他哈哈大笑说:"等哪天有空,我再跟你说,你为什么傻!"

第十五章

冬天,农活不多了,除了守护农场的人,其他的人都放假了。在离开的前夕,农场举办了一次聚会。

在聚会的前一天,戈文收到吴小兰的来信。信上只是写了,她到了以后,如何的忙,一直没有空写信。其他,什么都没讲。他看完信很失落。李二虎所说"他傻着呢!"这就是证明吧。戈文所等待的是一种失落,而这个失落又是他盼望了许久的。他内心里渴望着情感的到来,可又不知道这个情感的到来是什么时候,不知道谁会带着情感来。他想了想,自从到农场劳动,经过这么多的事,让他不得不去反思。

林梅出院了,在家休息。据看过她的同学讲,林梅的腿有点瘸了。戈文守着和李忠的约定,再没有去看过林梅。吴小兰的信平平淡淡,让戈文没有一点心动的意思。费雯雯在前几天,被她父亲叫了回去,当兵走了。费雯雯临走的时候,跟大家聚了一下,戈文什么意思也没有感觉到,觉得自己心里过去装着许多事,现在一下子空了!然而,这个空又叫戈文心里沉甸甸的有些压抑,情绪低落起来,觉得什么都没意思,觉得自己也许就是一个失败者,只有在梦中寻求一些安慰和快乐。

下午五点,聚会开始。在食堂大厅里,摆了五六桌,十个人一桌。每张桌子上,摆着两瓶当地产的白酒、一罐红糖、两盒一毛二分钱的"燎原"牌香烟。与戈文一桌的有李二虎、吕莲莲、董茹、张亮、李才、丁云。一个月前,李才从山东农村老家转过来,一口的山东味,他一说话,大家都笑,后来他基本不说话了,拼命地学普通话,可普通话没学好,倒学了一口山东版的普通话,大家更笑了。丁云也是同学,是一位非常沉静的姑娘。其他三位是农场的工人。

大家坐好后,于管干站了起来讲话。他今天换了一套新衣服,说是新衣服,也就是洗的干净点的衣服。他拍了拍手说:"大家肃静!我讲几句话。"戈文所在的这张桌子上的几个人在交头接耳。董茹说:"我听说,打邵敏老师的刘民抓住了。"丁云说："是嘛!"吕莲莲说："我听说,邵老师还给他求情!"李二虎说："这怎么可能呢?"张亮说："是有这么回事!"随后,他又悄悄地跟李二虎嘀咕了几句。于管干高声喊道："大家共同举杯喝酒。"大家都站起来,面对着于管干,一起举杯,齐声说："干杯!"喝完酒,李二虎迫不及待地对张亮说："那是不可能的,我傻呀!"张亮问李二虎:"你是不是给农场写了条子,让常丽去?"李二虎低下头不吭声了,他沉闷了一会儿,拿起酒杯说:"喝酒!"李才端起酒杯,说:"俺跟你们喝!"他说完,几个女同学哈哈大笑起来,学着李才的腔调:"俺们也喝!"女同学这么一学,李才的脸涨得通红,说:"俺说话不好听,你们不要笑话俺了!"大家笑得越厉害了。李才恳求着又说了一句:"你们不要笑话俺了,行不行呀!"大家停住了,接着又哈哈大笑。

戈文看这情景,也笑着说:"我们大家来干一杯!"虽然戈文表面热情洋溢,像炽烈火焰熊熊燃烧,但内心却很冷。他不知道,他的情感宣泄在哪里,不知道他所想的人,是不是还惦记着他。他看着一张张笑脸洋溢着青春四射的活力,看着抱着对美好未来憧憬的同学们,举着酒杯,畅饮着。同时,他也看到他们内心情感的澎湃,正在一浪一浪拍打情感的彼岸。董茹有点喝多了,摇摇晃晃站了起来,顾不上女孩子的羞涩了,说:"我是丑小鸭,也知道男同学不待见我。"她继续说:"漂亮的脸蛋能产大米吗?"(这是朝鲜电影《鲜花盛开的村庄》的一句台词)吕莲莲也跟说:"红颜薄命!"她说完,让戈文又想起了姚琴! 想起姚琴写给他的那封信,心里不觉得又悲怆起来,由于酒劲的作用,思绪波动起来。他想着过去,想着未来! 姚琴不是很漂亮吗?可她的火焰刚刚燃起就熄灭了。

李二虎推了戈文一把,问:"你睡着了?"戈文马上把胡思乱想的思绪藏了起来反驳说:"谁睡着了!"董茹喝完酒,由于酒精作用,不知什么原因悲伤起来,掉下了眼泪。眼泪是少女含情的泪,是宣泄情感的泪,是少女怀春的泪! 张亮端着酒杯说话了:"我觉得董茹说得对,漂亮的脸蛋能产大米吗?"他一口京腔清脆有力。他继续说:"我要找,就找一般人,心好、善良、能干就行!"他刚说到这,于管干和办公室的小秦过来了。小秦说:"于管干给各位敬杯酒! 大家都起来了。"董茹的眼泪还没擦干净,于管干对着几个男生说:"你们是不是欺负小董了?"大家异口同声地说:"没有!"董茹见大家这样整齐得回答,破涕而笑。于管干说:"没欺负小董就好!"他又说:"干了这杯。"他说完仰脖喝完,大家也跟着仰脖喝完了。于管干又去其他桌了。戈文仗着酒劲对丁云说:"你看你像个淑女似的,一杯酒也不喝,沾一下酒杯就放下了。"丁云抿嘴笑了一下,细声细语地说:"我不会喝酒!"戈文说:"俗话讲,女人天生三两酒!"还没等丁云回话,董茹就抢过来说:"那男人呢?"她恢复常态。李二虎接上话,说:"男人是海量!"丁云没有吱声,而是把桌子上的酒杯往前摆了一下,坚定地说:"好!我喝一杯,你喝三杯!"李二虎一看这架势,问:"你和谁喝呀?"丁云的脸上露出坚毅的表情说:"和你呀!你不是说,男人海量吗?"这一说,把李二虎逼上死角了。李二虎愣了一下,把酒杯倒得满满的,说:"你有胆量,咱们一对一的喝!"丁云一点都没有犹豫,马上把酒杯倒满了,端起来喝掉了。李二虎傻了!手里端着酒杯,迟迟不下肚。丁云把酒杯往桌子上一放,注视着。李二虎骑虎难下了,吕莲莲说:"喝呀!"董茹说:"怎么傻了?"她俩这么一说,李二虎一闭眼睛,把满满的一杯酒喝了下去。没过一会儿,二虎摇晃了起来。戈文一看,怎么能让女人熊住,说:"我跟你喝!"丁云的脸上露出了藐视的神情说:"算啦!"张亮忙拦住说:"戈文,你稍等,我来!"戈文不服气地拦住张亮说:"你来什么!还是我来吧!"丁云露出一丝微笑,说:"好!"李才也掺和进来说:"俺来喝!"张亮说:"你来什么!还是我来吧!"张亮说完,把酒倒上,一口干了。丁云也一口干了。张亮晕了,说话含糊了,说:"再来!"李二虎打起了呼噜。张亮晃动着,又倒了一杯酒,一口又干了,丁云也一口干了。张亮这杯酒下去,完全就不行了,一屁股坐在凳子上,嘴里还在说:"喝!继续喝!"戈文有点怵了,但表面上不能认输,底气不足地说:"咱俩喝!"丁云说:"算了!你喝了,你也和他俩的下场一样,不喝了。"张亮和李二虎都完了。李才傻傻愣愣地看着,不敢再说俺来喝了。戈文觉得丁云瞧不起他,精神一下子来了,说:"不行!继续喝!"他在倒酒,丁云起身走了。她走到食堂的大门上,回头朝戈文微笑了一下,就迈出了大门,消失在茫茫的黑夜里了。

戈文傻傻地望着丁云离去的背影。董茹说:"喝不喝了?"李才接过话:"俺来跟你喝!"董茹说:"你喝什么喝!"吕莲莲说:"不喝了,食堂人都走光了,就剩下咱们四个了。"戈文推了推张亮,说:"回去睡觉了,人都走了。"张亮睁开眼睛,摇摇晃晃地站起来,迈了一步差一点摔倒,董茹马上扶了上去,搀着他走出了大门。戈文又推李二虎,推半天他都不醒。他对吕莲莲说:"你去看一下张亮。"戈文和李才又喝起酒来。待了一会儿,吕莲莲回来说:"他俩不知道到哪去了。"戈文说:"你回去吧!我和李才等二虎。"

戈文出门撒尿,在食堂后面的墙角,看见张亮搂着董茹亲嘴,吓了一跳,尿都吓没了。他想走又想看,忍不住又看了两眼。董茹的呻吟,让戈文身上起了鸡皮疙瘩,心跳加快,脸通红!这跟上次看费雯雯洗澡是一样的感觉。

戈文小心翼翼跑了回来，李二虎还没醒，戈文对李才说："咱俩把他扶回去。"刚出食堂门，看见董茹搀着张亮亲密地往宿舍走去。

戈文费了好大劲把李二虎弄到床上，脱了他的鞋和上衣，盖上被子。然后戈文拿上脸盆，出了门上水房了。他边走边想，丁云为啥不跟他喝酒了呢？是她有心关心他，还是知道他不能喝酒，最让他心动的是她出门的微笑。戈文觉得自己又胡思乱想起来，他的信心没有了，觉得自己在情感方面是幼稚的，不成熟的，说句难听的话，不会多情的多情。他走到水房，一推门进去，丁云在洗头，白花花的头，她抬头看了戈文一眼，说："你把我的脖领往下塞一塞。"戈文犹豫了！她又说了一声："快呀！"他放下脸盆，走到她跟前，伸手去塞脖领。她的皮肤鲜嫩白皙，脖子上挂着一条细细的红线，手指触动她那鲜嫩的皮肤，像触电一样，跟在驾驶楼里碰林梅的胳膊感觉是一样的。他弄完后，丁云问："你酒醒了？"戈文点了点头没有吱声。丁云又说："你不能喝，逞什么能呀？"戈文的心扑通一跳，立即又恢复了平静。她边洗头边说："你不能喝，就不要喝，这样会伤身体。"戈文说："是的！"接着她又说："你用水冲冲我的头。"戈文听指挥，接了一盆水倒了下去，清清的水顺着头发、脖子流下。她叫道："你都把水倒进我脖子里了！"戈文赶忙拿毛巾擦她的脖子，她抬起身，低着头甩了甩头发。然后抬起头说："我自己来！"丁云的脸红扑扑的，戈文的心一动，联想到刚才张亮和董茹的亲嘴，有个冲动，眼睛勾勾地盯着她。丁云看了戈文一眼，说："你怎么这么看我。"她这么一问，戈文的冲动又减弱了。他恨自己，怎么不会像张亮那样，像李二虎那样呀！怕丁云看到他内心的秘密，接上一盆水，仓皇地跑回了宿舍。戈文知道刚才的冲动是酒精的作用，丁云那一眼就把他打败了。

戈文回到宿舍关上门，钻进冰凉的被窝，心还在扑通扑通地跳。李二虎打着呼噜。刚才的一幕，让戈文回味、激动、想入非非？在这黑洞洞的地窝子里，脑袋一片空白，又浮出丁云的身影和那红扑扑的笑脸。柔美的声音在耳边回响，发热的头脑渐渐冷静了下来，心跳的速度恢复了常态。丁云为什么这样？难道说，她是有意的？戈文觉得自己又多情了，努力回想着和丁云在一起的每一个细节，同时，也为自己刚才的丑恶想法而感到羞愧。怎么会这样呢？幸好控制了，要控制不住，冲了上去，万一丁云反抗了怎么办？喊叫怎么办？戈文又想到，她要不反抗呢？不喊叫呢？不就成功了吗？那丁云就会和自己好，将来就会变成自己的媳妇。戈文想到这，嘴角露出笑容。虽然看不到自己的笑容，但是内心的笑容看到了。随之又觉得后悔了，失去了一次机会。于是盼着太阳赶快升起，盼着明早见到丁云，便含着甜蜜渐渐进入了梦乡。突然,一阵激烈的叫骂声把戈文惊醒了。可除了李二虎的呼噜声,什么声音都没有,原来是李二虎在说梦话。他觉得自己也在梦中,掐了自己一下,关灯又躺下了。

第二天一早,戈文叫李二虎起来,他哼了两声转过身又睡了。戈文来到水房,磨叽着洗脸,等着丁云。人们都洗完了,也没见到丁云。戈文准备走,李二虎进来了,问:"你怎么洗这么长时间? 干吗呢?"

戈文编起谎来,说:"水还没热呢!"李二虎说:"你瞎扯吧! 老李头凌晨四点起来烧水,怎么能不热呢? 你来这么早,是不是又想看女生洗澡?"戈文的脸唰地红了,有点生气地说:"你瞎说啥呀! 别胡说八道!"李二虎嘿嘿一笑去接水了。戈文一直等到吃早饭,也没见到丁云,才拎着洗脸盆回宿舍了。他想不明白,丁云怎么没来? 心想,不会跟昨晚有关系吧? 昨晚没有干什么呀! 要说干的,就是给她倒水冲脖子,再就是多看了她一眼。昨晚在水房时,她好好的呀!

在去食堂的路上,戈文又转到水房看了看,没人。在食堂门口,他听见后面的两位女同学问:"丁云昨晚肚子疼了半夜! 你听见她叫了没?"另外一位说:"我没听见。"那位又说:"弄得我一夜没睡好!"戈文心里明白了,丁云为什么没来,得了和吕莲莲一样的病,女人病! 这是一个什么病? 每月病一次。昨晚,看她一点事没有呀! 怎么说病就病了。他想去宿舍看看她,又觉得不好意思,不敢去!

李二虎洗完脸回来,戈文问:"你说我傻着呢,我哪傻?"李二虎边收拾行李边说:"你呀! 以后再跟你说。"戈文见他收拾行李,问:"你收拾行李,放完假不来了吗?"李二虎说:"拿回去洗洗呀!"接着又说:"快一年没有洗过被子了。"

戈文也收拾起行李了,边收拾边问:"说呀! 我为啥傻?"李二虎停住手转过身说:"你就是一个木头! 缺心眼! 傻蛋一个! 我觉得咱们几个女同学,对你都有意思,你不积极往前走,不抓住机会,你反应迟钝。哪有女孩先说的,你主动呀! 你是不是傻!"戈文吃惊地张着嘴望着他,一句话说不出来,怎么会这样。李二虎继续说:"还弄得你万分痛苦! 这都是你自己造成的。就说吴小兰吧,你想想,是不是你自己的错。林梅,是不是你自己的错。还有费雯雯,我都看出来了。"他刚说到这,外面有人喊:"上车了。"李二虎和戈文拎上行李出门了。

冬天的戈壁滩,一派荒凉。天空中没有太阳,阴云密布,寒风阵阵。董茹和吕莲莲搀着丁云走来。于管干站在车旁喊:"让小丁坐驾驶楼里。"董茹和吕莲莲安顿好丁云就上了车厢。车开了！人们朝于管干和送行的人挥手道别。

车急速地朝农场家属大院开去。张亮和董茹站在一起，两人聊得热烈。董茹洋溢着幸福的笑容，张亮眉飞色舞地给她讲着什么。李二虎上车，坐在行李上又睡觉了。戈文迎着寒风，看着冬天的景色，想着李二虎刚才的一席话。难道林梅、吴小兰，费雯雯，她们都是像二虎说的那样吗？可自己什么都不知道呀，没有感觉到她们对自己有什么呀？吴小兰呢，说句难听的话，是她抛弃了我。林梅，因为与李忠有约定，情况不明朗。戈文没有头绪地想着，而这些想法，让他不知以后怎么走了。丁云刚才触动了他，能像李二虎说的那样冲上去吗？寒风吹得脑袋生疼，戈文扭过头，同学们在热烈地交谈着，寒风吹不走同学们回家的兴奋和热情，他脑海中又浮现出昨晚丁云红扑扑的脸庞，含水的眼睛！然而，她的生病，又让他担忧了起来。车拐进农场家属大院，人们纷纷跳下车，背着行李回家了。在农场的劳动暂告一段落，戈文心想，也许不会再来了。

戈文进了家门，家里没人。他放下了行李，赶紧围着炉子烤起火来。炉子不热，他拿起炉钩，钩开炉盖，炉火被厚厚的湿煤封死了。他拨了拨煤层，在中间捅了几个洞，蓝蓝的火苗，从煤眼里冒了上来，屋里渐渐温暖了。

戈文看看水缸，水不多了，拿上扁担，拎着水桶去水房了。水房四周冻上了一层冰，非常滑。他小心翼翼地把水桶放在水管的下面。拧开水龙头，怎么拧也拧不开，水龙头冻住了。他回家去拿扳手，刚一转身，李力帆站在身后，戈文高兴地说："好长时间不见了。"李力帆激动地说："多久没见你了。"戈文说："你再也没去燎烟墩，到哪见我呀？"李力帆说："你走后，我就留在场部维修队了。对了！我经常和你妈在一起干活。"他接着问："你这次回来，还走吗？"戈文说："不走了！冬天放假，等开春再说。"李力帆说："据我了解，估计咱们年前就分配了。"戈文说："是吗？"他说："你妈没跟你说吗？都报完名了，就等通知了。"戈文心里一阵狂喜地问："分哪了？"他说："还不知道，反正好几个地方，你妈应该知道。"戈文问："你呢？"他说："我和你一样，也在等消息。"他又说："林梅问过你几次，你这两天有空，咱俩去看看她。"戈文想了想没直接答应，而是问："李忠呢？"李力帆说："李忠没给我来信，倒是给林梅来过。不过，林梅没有说李忠说了什么。"李力帆接着说："同学嘛，去看一看也是正常的。"戈文觉得自己顾及得太多了。看看同学，人之常情。再说，林梅曾经帮过自己，对自己挺好，不能因为李忠就不去了，那还是个人吗？还是一个有情谊的人吗？戈文点点头说："好！"李力帆说："尽聊天了，水还没接。"戈文说："水龙头冻住了。"李力帆从桶里拿出扳手。两人使劲地把水龙头拧开了，流出了细细的清水。

这时，童强挑着水桶来了，他也是同学，分在杨庙滩劳动。他见到戈文和李力帆亲热地笑着说："哈哈，多久没见你俩了！"李力帆说："你不想见呗！想见，在一个大院里，什么时间都可以见。"戈文知道，他这位同学比较虚嘴甜，李力帆比较烦他。童强好像没有听出李力帆话的意思，又说："你们分哪了？知道了吗？"李力帆没吱声，戈文也没吭声。童强接着说："听说，咱们三个人都分到东线了。"戈文："这都是瞎猜的，你怎么知道的？""前几天，东线招工的人来了，选上咱们仨了。"李力帆对着童强说："你瞎说啥！这都是没影的事。"戈文心里知道，童强说话，很少有实话。他想说的，肯定是跟他个人的利益有关系。他这样说，也许就是诈。李力帆看出这一点了，就知道他在瞎说。没想到，童强的脸皮非常厚，继续说："我听说，名单都列好了。这次分配属东线最好，保密厂。"戈文想，大院的许多人都非常关注去东线的事。李力帆没理他，而是说："水满了！"戈文赶紧拎上水桶，跟李力帆和童强打了个招呼，挑着水回家了。戈文个子矮，挑水不稳当，水桶不是前面碰地，就是后面碰地，到了家里，水桶里的水只剩下一半了。

戈文进了家门，把水倒进了水缸里，时间还早，烧些水准备洗洗澡。他又联想起那天晚上，偷看费雯雯洗澡了。想到费雯雯洁白的身子，内心就激动得不得了，脸红了，甚至有几次从梦中醒来。然而，这些只能埋在心里。虽然李二虎知道，但他不会说的，因为他也偷看过。他烧好水，准备脱衣服。门响了，母亲和小弟弟回来了。母亲对小儿子说："你大哥回来了。"小弟拍打着门，戈文赶紧开门。张琴问："农场放假了？"戈文说："放假了！"张琴说："这段时间，在家好好休息，估计年前你就能参加工作了。"戈文听母亲说得这么肯定，那离开农场的日子就不远了，要远走高飞了。同时，戈文也感到真要离开了，心里还有些不是滋味了。母亲在这里，弟弟们在这里，自己心仪的人也在这里。六年的生活，不是那么容易隔断的。一个人离开一个地方，不论是苦的地方，还是幸福的地方，离开总是一种依恋，而这个依恋会伴随着你很久，一直到慢慢地融入新的地方。即使这样，那个曾经待过的地方也会让你一生不忘。

中午，张琴炒了几个菜，所说的菜，也就是白菜、咸菜、萝卜等，一点肉都没有。张琴对戈文说："家里还有一斤多肉票，等你走的时候再吃。"接着又说："明天，去城里接些猪血。"弟弟们放学回来了，一家人很久没有在一起吃饭了。吃着饭，聊着天。吃完饭，母亲上工去了，弟弟们上学去了。戈文开始洗澡了，洗完后，没什么事，想出去转转，又没有那个心情，就拿起《世界地图册》看开了，寻找要工作的地方，东线。他拿上比例尺，在地图上量，拿笔计算。去的那个地方，离农场将近一千公里。忽然，有人敲门，他开了门，李二虎笑眯眯地问："你在家干什么，我敲了半天门。"戈文嘿嘿一笑说："没干什么!"又问："有事?"李二虎一听戈文这个腔调，说："怎么? 我找你非得有事? 没事就不能找你了?"戈文忙解释说："你想哪去了，我是那种人吗?"李二虎问："你知道不知道分哪了?"戈文想了一下，说："不知道!"李二虎用怀疑的眼神看着。戈文忙说："你不要用这眼神看着我，确实不知道!大家都传，不知道哪个是真的，哪个是假的。"李二虎收起眼神说："我听说，咱俩分在一起。"戈文说："上午，我去挑水，碰见童强，他还说，我和他分在一起呢!"李二虎说："别听他胡说，他这次能不能走还两说呢!"戈文与李二虎正说得热乎，有人敲门了，李力帆来了，跟二虎打招呼："二虎也在。"李二虎说："什么也在!"李力帆哈哈地一笑，说："二虎，这次分哪了?"李二虎说："还不清楚! 你呢?"李力帆说："我也不清楚! 我们都不清楚! 是吧?"戈文看他俩斗嘴，挺好玩，站在一旁，咧嘴笑，不吱声。戈文觉得每个人心里都有小九九，谁也不愿意透露出自己的去向。其实，这个秘密连自己也不清楚。李力帆说："好了! 不说这事了。戈文，咱们去看林梅吧?"他问李二虎："去不去?"李二虎说："我还想叫戈文去趟常丽家。"戈文想了一下，对李力帆说："要不我们先去常丽家，然后再去看林梅?"李力帆说："听你的。"

三个人出了门，在常丽家门口，见丁云从家里出来。她家和常丽家是邻居。丁云笑了笑，戈文也朝她笑了笑，她一扭身回屋了。戈文多看了一眼，李二虎推戈文，问："干吗呢?"李力帆露出了一丝微笑。戈文的脸有点红了。李二虎敲常丽家的门，门开了，常丽的妹妹叫道："二虎哥，力帆哥，戈文哥!"三个人进了屋。李二虎在屋里转了转，好像到了自己家一样。他问："你妈呢?"常丽的妹妹说："我妈上工去了。"接着她又说："我妈和戈文哥的妈在一起干活。"戈文问："李力帆，你们今天有活吗?"李力帆说："没活! 对了，今天场部拉了一些旧麻袋，需要补补。"三个人没待几分钟就出门了。临出门，李二虎嘱咐常丽的妹妹说："有啥事喊我!"李力帆的手拍了拍李二虎的肩膀，开玩笑地说："你真不把自己当外人，成了准女婿。"李二虎有点得意地说："咋地!"戈文看他这个神态，觉得他已把常丽当成自己的老婆了。同时也有种预感，李二虎和常丽成不了。目前两人的关系，也许是常丽的权宜之计，常丽不是一个善茬。戈文想提醒一下二虎，但又一想，提了，二虎不一定听。

　　三个人来到林梅家。戈文好久没见到林梅了,不知怎么倒有些不自在了,心有点跳。这是怎么了? 他稳了稳情绪。李力帆敲门,门开了,林梅母亲的脸色不太好看,声音不大地说:"林梅不舒服,你们改天再来吧!"李力帆没有动身子,而是马上接过话,说:"林婶,戈文来看看林梅。"林梅的母亲犹豫了一下,露出为难之色又回屋了。待了一会儿,传出林梅的声音:"我都这样了,有什么好看的,让他们走。"林梅说这样的话,戈文觉得不能走了,捅了一下李力帆说:"走! 我们进去。"进了屋,林梅不吱声了。林梅的母亲说:"你们先坐,我去给你们倒水。"说完转身走了。

　　屋里,四个人默默地坐着。戈文不知说什么好,刚才林梅的叫声,让他有点心痛。过去,林梅是一个多么仗义、多么活泼的人呀! 如今变成了这样。上帝这么不公平! 住院时,林梅的情绪蛮好的。李力帆首先开口了:"林梅,我觉得要正视发生过的事。再说,你也没有什么。"说到这,他停住了。林梅的脸色慢慢地好了,笑了一下说:"我自己有时也控制不住,你们不要见怪呀! 可我一想到以后,心情就烦躁起来。好了,不说这些了。戈文,你可有时间没来看我了。我以为,我残疾了,你就不敢来了。"戈文说:"我可没有认为你残疾了,我只是最近没回来。再说……"戈文把话咽了回去,本想说李忠的事,又一想不能说,这是他和李忠的约定,跟林梅没有关系,也许她根本不知道李忠在热恋着她。那李忠现在还热恋她吗? 林梅问:"再说什么?"戈文说:"再说,你现在不是挺好的吗?"林梅眼睛里流出一丝疑惑,说:"你这是宽慰我?"李力帆接过话说:"戈文说得没错,你是挺好的!二虎,你说是吧?"李二虎接过话:"是挺好的。"林梅听完,哈哈笑了一声,神态恢复了正常,她问:"二虎,常丽挺好吧?"林梅连这事都知道。二虎嘿嘿一笑,说:"到现在还没有收到她的信呢!"林梅说:"常丽刚走几天呀,你就着急了。"李力帆逗李二虎,说:"二虎心急如火呀!"二虎说:"谁心急如火呀! 你瞎说啥呀!"戈文马上转移了话题,问林梅:"这次招工,你分哪了?"林梅说:"我哪知道呀! 一个残疾人,没有选择的余地,分哪去哪。"李力帆说:"你也是为农场受的伤,不可能随便分你。"林梅没有接这个话茬。戈文知道,林梅没有说实话,她爸在农场总部,肯定不会分得太差。说不定也会分到东线,有可能跟他、李二虎、李力帆分在一起。同时戈文心里也在问,李忠怎么办? 两个人不在一个地方,以后怎么办? 他想了想,想试探一下林梅对李忠的态度。他说:"上次李忠给我来信,说他那挺好,就是忙。刚去学徒,写信的时间都没有。"林梅没有反应。戈文问林梅:"甘南那个地方怎么样? 有没有东线好?"林梅没有回答。李力帆接过话:"甘南哪有东线好呀!"林梅说:"没去过! 不知好不好!"二虎说:"肯定是比西线好! 西线是戈壁滩,风沙大,缺水!"戈文看林梅不说李忠来信,接着又问了一句:"林梅,李忠给你来信没有?"林梅笑了一下说:"来了!"说完,从枕头底下拿出信,递给戈文说:"你看看!"戈文万没想到事情会这样,她会把李忠的信拿给他看。看还是不看,戈文犹豫了。林梅仿佛看穿了戈文的内心,说:"你看吧!"戈文接过信,李力帆凑了过来。林梅说:"力帆,这信你不能看!"李力帆把头缩了回去。戈文看信,她们三个人聊天。信的开头,林梅你好:自从我走后,一直很忙,未及时给你来信,请原谅! 我们在一起这么久了,又是同学。我觉得你有活泼的性格,善良的品质。我想跟你交个朋友,也就是那个更深层次的朋友。我在这里很好,请放心! 我等你的来信! 盼你的来信!

戈文心里明白林梅让他看这封信的用心。此时此刻,能说什么呢? 林梅此时的心态,是那么不稳定,那么无常。要说了不合她口味的话,那就等于和林梅的关系彻底完结了。她会恨我吗? 还会跟我继续交往吗? 我和李忠的约定还能继续坚守吗? 林梅看戈文半天没吱声,说了句更让戈文想不到的话:"我已给他回信了,告诉他,我们本身就是同学,就是朋友!"戈文、李力帆、二虎,我们不是朋友吗? 林梅的这通话,戈文心里明白是什么意思! 朋友! 李忠在信上写的也是朋友! 她暗示地告诉他,她已回绝了李忠。她之所以没有说透,是碍于李力帆和李二虎在。戈文又想,她说的是不是另外一层意思,在告诉他,我林梅依然喜欢你! 你戈文是不是看我残疾了,你就退却了? 戈文的脑袋里翻滚着,心情极度复杂。林梅又说:"吴小兰来信了,她和王大力在一个单位,住在一个院子里。"此时此刻,她怎么又提起了吴小兰。李二虎问:"常丽没给你来信?"林梅回答:"常丽给我来什么信呀! 她应该给你来信!"二虎不自然地笑了一下。林梅继续说:"吴小兰来信说,常丽和王大力不在一个单位。"接着又说:"他们离得不远。"李力帆站在一旁,一句话不说。戈文把信还给了林梅,她顺手放在枕头底下。然后,把头扭向了窗外,几只小鸟落在窗外的树枝上。吴小兰又一次撞击着戈文,林梅此时提吴小兰,是要表达了什么意思,是在告诉戈文什么? 难道在告诉他,你别想她了,她已经跟别人好了。

吴小兰走后,就给戈文来过一封信。戈文和吴小兰那一段情感,就是少年追求美好的前奏曲。虽然戈文的心里沉淀了这段情谊,但是那浪花还没有消失。林梅传递的信息,让戈文的心一动,瞬间又消失了,又平静了。戈文心里知道,林梅这点信息,没有多大的意义。也许林梅觉得,戈文对吴小兰还充满着希望。

　　屋里顿时静了。马蹄表嘀嗒、嘀嗒。李力帆说："林梅！我们先走了。"李二虎也说："林梅，我们走了。"戈文一声没吭，随着他俩出了门，走出了小院。李二虎在前面走，李力帆和戈文在后面。李力帆小声地问戈文："李忠写了什么内容？"戈文本不想说，但想了想又说："李忠要和林梅交朋友。"李力帆听完半天没吭声。待了一会儿，他对走在前面的李二虎说："我和戈文还有点事，你先回家吧！"戈文纳闷，他要说什么，让李二虎回避？

　　李二虎走远了，李力帆直接问："李忠和林梅怎么回事？信上还写了什么？"戈文突然明白他为什么这么问了，是不是他也喜欢林梅？怎么没有想到这一点呢？戈文试探性地问："力帆，你是不是也喜欢林梅？"李力帆局促了起来，想说什么，又把话咽了回去。戈文觉得自己太迟钝了！李力帆本不想承认，面对戈文这么直接的问，不承认也许就错过机会了。李忠在追求林梅，林梅对戈文有好感，而戈文没有明确的态度，那自己一定要态度鲜明地告诉戈文。李力帆鼓足了勇气点了点头说："你说得没错，我是喜欢林梅。"戈文没话了，李力帆一定知道林梅对他的态度，这也是李力帆为什么单独找他谈的原因。戈文心里在问，我能暴露我的心迹吗？李忠的信写得那么清楚，林梅给李忠回信了。那她说的是真话吗？此时，李力帆能说这话，能在林梅残疾的情况下，说喜欢林梅。戈文觉得李力帆的心是真诚的，是宽阔的。他找我，是要我帮忙吗？还是就要我一个明确的态度？跟张宝一样，让我表态！对了，张宝呢？他还和吴小兰来往吗？吴小兰给他写信了吗？怎么又想到张宝了，想到吴小兰了。戈文的思想有些乱了，稳了稳情绪，想告诉李力帆，李忠对林梅的痴情，让李力帆明智一些，对李忠来讲，也不算背叛吧！戈文想到这，说："力帆！李忠这封信，就是求爱信。"李力帆问："你觉得林梅说的是真话吗？"没等戈文回话，接着又说："我觉得林梅不太喜欢李忠，而是比较喜欢你，林梅让你看信，就证明了这点。我想，你应该给林梅一个明确的态度，让她明白。"他的话和张宝的话一模一样。李力帆是最好的朋友呀！不表明一个明确的态度，看来是不行的。如果说了模棱两可的话，他会认为自己不够朋友。戈文由此心里纠结了。几个男人都喜欢一个女孩，那这几个男人之间，就会发生隔阂，会发生明里暗里的争斗。这个争斗会让这几个男人遍体鳞伤，心灵会受到打击。戈文在问自己，我能去参加吗，能去和李忠、李力帆争夺林梅吗？

　　门开了，林梅从家里出来了，吃惊地问："你俩怎么没走？天这么冷！"李力帆马上说："我和戈文谈点事。"接着问："你干吗去？"林梅说："我去趟卫生所，腿有点疼。"她走下台阶，如果不仔细看，根本看不出腿瘸了。李力帆上前去扶,林梅笑了笑说:"你以为我真瘸了?"一个性格活泼的林梅又出现了。戈文想不明白,她的变化怎么这么快。少女的脸就像天上的云,说变就变。虽然林梅不让去,但是李力帆坚持陪她去了卫生所,戈文不好说不去,只能跟着去了。

一路上,林梅有说有笑,李力帆低头不语。一个笑,一个不语,戈文很不自在,走到半路,想离开,但要离开了,林梅会怎么想?三人走到卫生所,丁云从大门里出来,朝戈文莞尔一笑,接着问林梅:"你怎么来了?"林梅没接话,而是问丁云:"你怎么了?"丁云说:"没怎么,有点肚子疼。"早上离开农场时,她肚子疼得腰都弯了,捂着肚子上的车。戈文站在旁边,李力帆不吱声,丁云问林梅:"你恢复得不错!"林梅说:"还行吧!"丁云又朝戈文笑了笑走了。

林梅进了门,戈文停住了,李力帆随后跟着进了卫生所。戈文站在门口想,李力帆刚才说的一通话,让他有些吃惊!这么长时间,李力帆从来没有表露过。今天表露了,证明他已下定了决心,要和林梅交朋友了。同学们都长大了,知道追求自己的幸福了。那这个幸福能不能追到,能不能获得,只有自己知道,旁人是无法知道的。戈文问自己,我呢?我的幸福在哪里?我的追求在哪里?内心的激情、内心的火焰、内心的渴望,让戈文时不时地处在在烦躁之中。而这个烦躁,让他的心绪飘荡无边,会不会带他走上爱情之路呢?

林梅和李力帆出来了。李力帆微笑着看了戈文一眼,林梅也微笑着看着他。戈文问:"看完了?"林梅点点头。然后她说:"明天我们一起去接猪血吧?"戈文笑着说:"好呀!"接着问:"你能行吗?"林梅说:"能行!我要是接猪血都不行了,那不成了废人了吗!"戈文说:"我妈说,让我明天去接猪血。"接着问:"力帆,你去吗?"李力帆说:"没问题!"戈文说:"多叫上几个人。"李力帆说:"好的!"两人把林梅送回了家,林梅挽留他们进家再坐坐,戈文婉言谢绝了。李力帆说:"我有点事。"戈文本想给李力帆创造个机会,结果他不进去了。

林梅进了屋,李力帆说:"刚才说的事,一定要保密,不能外传?"戈文哈哈笑了两声说:"你放心吧!"李力帆不再提这件事了,也没再问林梅的态度。戈文心里纳闷,他怎么不问了。张宝和吕莲莲、董茹、张亮过来了。李力帆问:"你们怎么过来了?"张宝说:"我们来看看林梅。"李力帆问:"你没有上班?"张宝回答:"今天上午到粮油加工厂拉货,今天没货。"戈文见董茹和张亮一脸的甜蜜。

　　傍晚,寒风越刮越大。在昏暗的灯光下,母亲在做针线活,弟弟们在写作业,戈文在翻看着地图册。张琴边干活边对戈文说:"你明天多穿点,今晚早点睡觉。"接着又说:"你把水桶洗干净,多带几块布,把桶口绑好,小心洒了。"张琴一点点的交代,生怕儿子有个闪失。戈文心想,我都接了几年猪血了,母亲还这么啰唆。戈文开门看看外面的天,天空飘起零星的雪花,地上铺了一层薄薄的雪。戈文走进小院看了看养的小兔子。几只兔子长大了,那只白兔很可爱。戈文摸了摸白兔子的绒毛,很柔软,很舒服。他给兔子喂了点食,然后关上了兔窝的门,起身回屋了。门框有点弯曲,门关不严。寒风钻了进来。戈文说:"妈,外面下雪了。"张琴放下了手中的活儿说:"那明天就别去了。"戈文拉个凳子坐在母亲旁边说:"不行! 我和同学都说好了。不去,人家会说我的。再说,雪也不大,说不定明早就停了。"张琴又拿起鞋底纳开了。

　　戈文进了厨房,把水桶洗了洗,准备好了东西,正准备去睡觉。张琴从满是补丁的蓝布衣衫里掏出了钱说:"除了买猪血的钱,多给你两毛钱,接完猪血,去吃碗面。"戈文从农场回来,把兜里剩下的钱都给了母亲。戈文说:"不用! 我不吃了,明天早点去早点回来。"张琴说:"拿上!"

第十六章

　　第二天早晨,冬天的太阳失去了往日的辉煌,软弱无力的光,染得天边呈现淡淡的红色。通往屠宰场的路,坑坑洼洼的,要蹚过一条小河,穿越一座村庄。雪停了。戈文、林梅、李力帆、李二虎、丁云、张亮、董茹和杨庙滩的几个同学,结伴披着晨光浩浩荡荡地走出了农场的大门,朝屠宰场走去。他们带着爬犁、扁担、水桶等工具,走小路,翻过了几个土丘,来到小河边。

　　河面被冻住了,光洁的冰面照出了人影。他们放下了爬犁,有坐的,有拉的,有走的。李力帆放下爬犁,说:"戈文,你坐上。"戈文笑了笑说:"你让林梅坐吧!"不远处,林梅和丁云正在说话。戈文对李力帆说:"你去叫一下林梅。"李力帆喊:"林梅,你过来,我这有爬犁。"林梅和丁云过来了。李力帆说:"林梅坐上,丁云站在爬犁后面,扶着林梅的肩膀。"戈文挑着水桶,说:"这是一个好办法呀。"林梅坐下抱着水桶,扁担放在桶的上面,丁云的水桶没地方放。戈文忙说:"我来拿!"林梅斜眼看了他一眼。丁云站在后面,扶着林梅的肩,李力帆在前面拉,戈文在后面跟着。其他几个女同学手拉着手,小心翼翼地一点地一点地挪动着脚步朝前走。走到河中间,李力帆摔倒了,戈文放下水桶去拉他,结果也摔了一个屁股蹲。林梅和丁云看着他俩狼狈的样子,哈哈大笑,其他同学也跟着笑起来。戈文刚站起来,脚一滑又摔了一个跟头。李二虎过来扶戈文。李力帆摔疼了,坐在冰上。戈文和二虎伸手拉他,李力帆摆了摆手说:"让我坐一会儿。"林梅问:"没事吧?"李力帆摇了摇头说:"没事!"戈文对二虎说:"你帮我挑水桶,我去帮力帆拉。"二虎说:"不用! 我去拉!"李力帆挣扎着站了起来,说:"还是我拉吧!"李力帆起来拉着爬犁一步一步地走,快到岸边了,他听见了冰断裂的声音,忙说:"不好,冰裂了。"他话音刚落,爬犁就掉进了河里。丁云反应快,从爬犁上跳了下来,林梅则随着爬犁掉进了河里,大家都吓坏了。李力帆紧拉爬犁的绳子,张亮、戈文、李二虎伸手拉林梅。幸亏河水不深,林梅只是棉裤湿了。

戈文说:"天这么冷,棉裤一会儿就冻成冰裤了,不去了,把林梅送回家吧。"李力帆说:"行!"林梅拍拍裤子说:"没事! 我穿了两条裤子,早上我把我妈的裤子也穿上了。"李力帆说:"不行! 一会儿就冻上了,还是回家吧。"林梅坚持要走。戈文说:"那我们走吧。"翻过一座小山丘,林梅的棉裤冻成了冰裤,走起来非常困难。正好走到了村庄,张亮说:"到村里给林梅烤烤棉裤吧。"戈文、李力帆、林梅进了村庄。张亮也要去,董茹不让,拉着他继续前行。

村庄弥漫烧麦秸的烟味,屋顶冒着浓白色的烟。三个人在一家大门前停下了。李力帆使劲地敲门。门是双开门,很旧,黑乎乎的。门开了,一位十二三岁的男孩子问:"你们找谁?"戈文忙说出了意思。小男孩喊了一声:"妈! 来人了。"一位中年妇女出来问:"你们是不是河西农场的?"戈文点点头。小男孩的母亲忙说:"快进来,我儿子就是你们农场卫生所救的。"她又说:"不用烤了,先穿我的。"林梅犹豫了。戈文忙说:"我们还是烤烤吧。"孩子的母亲没再说什么,进了屋,从柜子里掏出一条新棉被递给林梅。戈文和李力帆出去了。待了一会儿,小孩的母亲出门说:"换好了! 你们进去吧。"林梅裹着被子闭着眼睛坐在火炕上,棉裤架在炉子上烤着。戈文刚才想让李力帆一个人陪,后来一想,这样做太无情无义了。林梅会怎么想? 需要你照顾的时候,你却躲了,想到这,也不管李力帆怎么想了。

林梅坐在床上睡着了,衣领翻着,露出白皙的脖子,发出了轻轻的酣睡声。戈文看了一眼,马上扭头,生怕别人看见似的。过了一会儿,又看了一眼。他一边看棉裤,一边偷看林梅的脖子。一个小时后,棉裤烤干了。

在屠宰场,接猪血的人非常多,排起了长长的队。三个人找到了同学,准备站在队里,后面的人叫了起来:"不能插队!"快到了售猪血的门口,戈文见挂着一个牌子,上面写着:"每人只售两桶。"戈文心想,没戏了,今天算是白来了。

同学们接好了猪血。丁云说:"他们三个没接上,我们给他们三人分一分。"同学们二话没说,从每个人的水桶里倒出了一些,戈文感动地说:"不能白给得给钱!"林梅和李力帆也说:"给钱。"大家说:"这钱没法给。"张亮说:"这样吧! 一会儿你们三个请我们每人吃一碗肉丝面。"大家异口同声地说:"行!"

这群人挑着担,拎着水桶,拉着爬犁回家。在路上,李力帆帮着林梅拉水桶,戈文挑着半水桶的猪血跟着大队人马走。他敏感地感到林梅对李力帆的态度变生了微妙的变化。而这个变化,说不清楚是什么变化,这个变化让戈文有一种酸溜溜的感觉。戈文边挑担子边想,他想起了李二虎说的那句话"你傻着呢"和"自己突不破自己也没胆量去做"。李二虎赶上来小声地说:"你看力帆和林梅黏上了,你到底怎么回事?昨天去林梅家,我看林梅挺愿意和你说话的,我觉得她看你的眼神都不一样。"李二虎自从和常丽亲了嘴后,这方面的经验一下子丰富起来了。戈文不知怎么去回答,默默地听着。二虎又说:"不是我说你,你在这方面真是差远了。李力帆和你多好呀!在这方面再好的朋友都不能让步。你到底怎么回事呀?"戈文也在问自己,这到底是怎么回事?心里烦躁了起来,不想谈这件事了,于是对李二虎说:"人家的事,少去议论。再说,李力帆不过就是帮林梅拉拉猪血。"二虎见戈文这么说,又说:"你就是一个反应迟钝的傻小子。你不明白呀!"他像大人似的说戈文。张亮和董茹在一起走着,两人边走边热情地聊着天。丁云与吕莲莲两个人抬一根扁担,扁担上挂着两个猪血桶。

中午,吃饭的人不少。戈文去排队,其他的同学去占位子,林梅过来说:"我来!你去暖和暖和。"戈文说:"不用!"林梅说:"你跟我争什么,让你去,你就去。"戈文没接话,没动身。林梅看他不动,说了一句:"犟驴。"戈文从没听过,不由地心震了一下,顿时觉得有一股浅浅的暖流,似乎明白了什么。戈文在问自己,我明白了什么?林梅说完,扭身走了。戈文望着林梅的背影,张亮和董茹站在炉子跟前烤火热聊着。林梅进门了,李二虎不在,不知躲到哪里偷着抽烟去了。

戈文开完票,大家开始端肉丝面,人多分了两张桌子。戈文坐了下来,脑子里回想着林梅说的那句"犟驴"。他一碗汤喝完,端着碗去要汤,打面的中年妇女不耐烦看了他一眼,不情愿地拿起勺子往他碗里倒了汤。戈文坐了下来,又喝完一碗汤,刚想站起来去要汤,林梅过来说:"我吃不完!"没等戈文反应过来,她的半碗面倒进了戈文的碗里。林梅转过身走了,坐在对面的李力帆抬头看了戈文一眼,又低头吃面了。戈文心里觉得哪不对劲,但又说不出来。李力帆、李忠一直在他脑海转悠着。林梅的行为,让他措手不及。他面对着这一切,不知该怎么办了。

苍白的太阳升高了,寒风依然刮着,公路两边的白杨树光溜溜地矗立着。李二虎问戈文:"你怎么不说话了,怎么突然蔫了?"戈文笑了一下说:"说啥!"李二虎说:"刚才林梅给你倒面条,我看着了。我看林梅对你还是挺好的。你一定要抓住机会呦。"戈文没接他的话,因为,他不知道怎么去说这件事,内心里隐隐约约在期望着什么,这个期望是不能说的。虽然心里有时也想把这个期望忘掉,对林梅、费雯雯、丁云,都抱过幻想,想彻底忘了这个期望,可是这个期望不时地在脑海浮现,这个期望就是吴小兰。一个情窦初开的少年,一切美好的东西出现在眼前都会心动的。这个心动,让原始的情感不时地撞击着戈文。当静下来的时候,吴小兰的形象又涌现了出来。他试图多少次,把这根情线掐断,可就是掐不断。

李二虎见戈文不吭声又说:"我觉得你应该主动出击!"李二虎哪里知道他心中的秘密,哪里知道他那根和吴小兰的情线还没有掐断呢!他苦笑了一下接话说:"出什么击?"李二虎说:"你装什么呀!我看你真能装!"前面走的李力帆,放慢了脚步,等着他俩走近,李力帆问:"你俩聊啥,这么热乎。"李二虎回答道:"我俩聊,聊怎么找老婆呢!"说完,哈哈大笑!李力帆好像明白了什么,说:"给我传传经验?"李二虎说:"这个经验传不得!我想传,有人也不让传呀!"李二虎这种明显的示意,戈文有点生气了,接过李二虎的话:"他跟我讲,他和常丽……"戈文本想说,二虎和常丽亲嘴的事,觉得不妥就把话停住了,接着又说:"他讲,他和常丽怎么交上朋友的。"李力帆诡秘地看了一眼,戈文觉得李力帆没有相信他说的话,肯定在想,戈文和李二虎在谈论林梅。戈文心想,现在不能敞开心扉告诉他,自己的心里还惦记着吴小兰,同时,他也觉得李力帆在嫉妒他。再一方面,至于林梅怎么对他,那是林梅的事,跟自己无关,李力帆怎么想,那是他的事。戈文明白,李力帆也明白,这完全取决于林梅。戈文想到这,坦然了许多,把扁担往肩上放了放,眼睛注视前方,一步一步走着。李力帆看他不再说话,也快步走了起来。

中午了,在农场大门,戈武、戈双看见戈文了,他们快步地跑了过来,接过戈文肩上的扁担说:"咱妈让我俩来接你。"三人进了家门,张琴掀开水桶的盖布,问:"怎么是半桶猪血?是不是半路洒了?"戈文把过程讲了一下。戈武问:"妈!今晚猪血炖白菜吗?"张琴说:"你就知道吃!"接着又说:"今晚做猪血炖白菜!"三个弟弟高兴地跳了起来。张琴把猪血倒进盆子里,对戈文说:"你去水房把水桶洗洗,再挑一担水回来!"

戈文到了水房,丁云正在洗水桶。戈文问:"洗水桶?"丁云直了一下身子,回答道:"是的!"接着又问:"你接水?"她挪了一下脚步,戈文接完水刷着桶,没话找话说,他问:"分配的事,有消息吗?"丁云回答道:"没消息!"接着又说:"这几天怎么又没动静了?"戈文刷着桶说:"就是!怎么回事?"丁云回答:"不知道!"他们平淡地说着话。戈文又想起来在农场给她冲洗脖子的一幕,她那白皙的脖子一股脑冲进了脑里,不觉得脸红了,害羞得低头刷桶。心里有了冲动,而这个冲动让他想起了吴小兰。当然,这些都只在戈文脑子里,谁也不知道!丁云,那就更不知道啦!林梅来了,她问:"你俩来了?"戈文笑着开玩笑说:"你明知故问吗?"林梅一本正经说:"我怎么是明知故问了!"戈文不知所措,开一个玩笑,她怎么会这样!戈文没再吭声,林梅也觉得不好意思了。戈文的手快冻僵了,丁云也冻得哆嗦了。戈文对林梅说:"你慢慢洗,我先回去了。"林梅说:"晚上吃完饭到我家来玩。"接着又对丁云说:"你也来。"戈文和丁云拎着水桶各自回家了。

晚上,一家人围着饭桌,吃着猪血炖白菜。张琴边吃饭边说:"今天炖的菜,把一个月的油都放进去了。"大弟说:"怪不得今天的菜特别香。"二弟说:"我看这是一头瘦猪的血。"张琴笑了,觉得三儿子挺有意思,戈文和大弟也笑了。小弟不明白,看大家都笑,也跟着傻笑了。二弟平时不爱多说话,一双机灵的眼睛一转,就是一个鬼点子。母亲逗二弟:"你怎么知道是瘦猪呢?"二弟说:"要是肥猪,就不会放那么多油了。"母亲比较偏爱二弟,笑着拍了拍他的头说:"我的三儿子就是聪明。"二弟让母亲这么一夸,不好意思起来,脸微微地红了。一家人暖暖地和睦地吃着饭。张琴的脸上露出了红晕,眼睛透出了喜悦。大弟说:"老三就是聪明,上次去厕所,没带纸,他找了一块石头擦屎。"戈文笑了起来,他也干过。张琴说:"吃饭呢!说什么屎不屎的。"二弟忍不住一笑,把饭喷了出来。母亲说:"看看!弄脏了吧?"二弟擦了一下嘴巴说:"大哥也干过。"张琴说:"抓紧吃饭,吃着饭也堵不住你们的嘴。"

戈文吃着饭在想,林梅约他和丁云去她家,不知为什么,不知道她叫没叫李力帆。她会叫李力帆吗?吃完饭,戈文跟母亲说了一声出门了。

天空灰蒙蒙的,像是要下雪。戈文朝林梅家走去,脑子也不知在想着什么。突然,戈文听到身后有人喊他,回过头一看是张亮。张亮问:"你干吗去?"戈文没有回答,董茹从暗处走了出来,问:"你是不是到林梅家去?"戈文回答:"是的!"董茹说:"我们也是!"原来林梅叫了许多人呀!戈文心想,看来自己想多了。

一进林梅家,李力帆、李二虎、丁云都在。戈文开玩笑地问:"林梅,你组织什么活动?"林梅回答:"这么长时间,我一个人在家待腻了,把同学叫来一起玩玩。"戈文没相信她说的话,觉得她肯定有事要跟大家讲,那她会讲什么呢?

人们围着桌子坐下了,林梅特意打扮了一下,格外漂亮。大家等待林梅说话。每个人面前放着一杯喝着有点苦的茶,林梅高兴地说:"我告诉大家一个好消息。我们在座的各位都被分到……"她停住了说话,大家着急地问:"我们分哪了?"林梅高兴地说:"我们分到东线了,分到了国防保密厂。"人们一下子欢呼了起来,站了起来,举起茶杯祝贺!戈文也激动了。林梅放低了声音又说:"这可是保密的,不能外传,我爸昨天晚上告诉我的。农场已把我们的名单报上去了。"李力帆说:"要是批不下来呢?"林梅说:"应该不会不批!"李二虎说:"一般农场报了,就不会出现什么问题的。"林梅说:"还有几个人,是杨庙滩的。"

大家乐得嘴都合不上了。戈文高兴过后,觉得哪里不对头呀!他和林梅、李力帆都分到了一个地方,以后这个关系怎么处呀?觉得这是一个难题。其实,这也不是难题,自己不是已表态了,不向林梅踏进半步,早跟李忠有约定了吗?怎么是难题呢?至于李力帆和林梅的关系,就看林梅了,跟自己没有什么关系。再说,那都是以后的事了,马上就要工作了,不想别的啦。戈文心里又想,不想不行呀!如果去了东线,离吴小兰就越来越远了,也许吴小兰也会去东线,如果是这样,那怎么办呀?

戈文从姚琴的去世,到情恋吴小兰,再到林梅的追逐,始终跳不出这个圈子,像驴拉磨似的,一直在这个圈子里转,转得他时而高兴时而低落。林梅笑眯眯地问戈文:"唉!你想什么呢?"戈文笑着说:"没想什么?"李二虎接过话问:"林梅,吕莲莲去哪了呢?"林梅说:"不知道。"

林梅看着戈文,心里庆幸和戈文分到了一起,而戈文却对自己的态度不冷不热,又觉得自己像踏空了。戈文会倾心自己吗?还是在倾心吴小兰?林梅吃不准,过去的种种迹象表明,戈文不讨厌她,但她不知道戈文喜欢不喜欢她。林梅不知多少个夜晚在想这个问题,就是到了今天心里都没有底,有时她心里也来气,她解不开这个谜。她心里知道,李忠和李力帆对自己的态度,也知道张宝的态度。张宝,她是一点也没看上,李忠也已回绝了。李力帆,总觉得不那么合适,具体要说哪不合适又说不出来。

大家高兴地议论着,董茹问:"东线好不好?"李二虎说:"听我爸说,那里山清水秀,山多沟深,比西线的戈壁滩好多了。"接着又说:"听说,那个地方的水不太好,人喝了长大脖子。"李力帆说:"不管怎么说,总比风沙大的戈壁滩好。"董茹说:"就是!西线我去过,一望无边的大沙漠,刮起风来,能把人吹跑。"林梅回过神说:"我们又不去西线,说西线干吗!"李力帆逗着二虎说:"二虎想西线了!"戈文也跟着说了一句:"是的!二虎情系西线!"大家说完哈哈大笑起来。李二虎反驳说:"那你情系谁呀?总不会是林梅吧?"二虎这么一说,戈文懵了,不知怎么说什么了。如果说是,他说不出口;如果说不是,以后跟林梅怎么处?戈文心里知道,李二虎是为他好,可他这样做让他太难堪了，不好回答。林梅愣了，李力帆的脸也变了色，空气一下子凝固了。戈文还得回答，不回答是不行的，想来想去只能顺着二虎的话往下说。戈文说："情系林梅、情系常丽、情系同学呀！你们说，是不是呀？"大家说："是！情系同学！"李二虎马上接过话说："戈文说得对！情系同学！"尴尬的气氛缓解了。林梅瞟了一眼戈文，戈文的身子都酥了，害羞地低下了头。同时，戈文也觉得李力帆心里肯定不舒服。丁云说："戈文说得真好！情系同学！"戈文觉得丁云说这话怪怪的，好像隐藏着什么意思。戈文想，林梅也会听出来。戈文想离开了，不能再待了！这时，张亮说："时间不早了，我们走吧？"

寒冬的月亮洒下的光，是苍白无力的，是冰冷的。月光和寒风交织在一起。戈文一出门打了个寒战，小声地问二虎："你这是干啥？让我尴尬。"李二虎哈哈一笑，说："你这个胆小鬼，我不说，你永远也找不到老婆。说了，大家都心知肚明了，就是林梅不同意，也算了了你一件心事。"李二虎的话，说得戈文没法回答。能说什么呢？再怎么说，二虎也是为他好，只是没有思想准备。戈文拍了一下二虎的肩膀说："谢谢！"接着又说："刚才我真想找个地洞钻进去。"二虎说："胆小鬼！没出息。"接着又说："我还有事，不跟你聊了。"二虎急匆匆地走了，戈文一脸的茫然。

戈文走到家门口，李力帆从暗处走了出来，戈文一惊。李力帆没等戈文说话，就单刀直入问："李二虎什么意思？"戈文心里清楚，不能实话实说。就很淡地说："我哪知道他啥意思！"戈文觉得李力帆这样来问他，一点意思都没有。虽然两人关系不错，但是不能因关系好，就这么来问，二虎也是朋友。再说，李力帆也不应该来找他，应该去找林梅。林梅的态度，才是至关重要的。李力帆看出了戈文的不耐烦，没说几句话走了。他走后，戈文心里不安了起来。

戈文进了家门，张琴在纳鞋底，弟弟们都上床睡觉了。张琴说："刚才你夏娘来说，你们的工作分配定下来了，说不好在阳历年前就能走了。"戈文说："刚才去林梅家，林梅也是这样说的。"张琴抬头看了看问："老林家的丫头腿好了吗？"戈文回答："好了！她和我一起分到东线了。"张琴说："我知道了！老林家的丫头不错，姑娘挺好的。你们在一起工作，互相有个照应。"

戈文洗了洗就上床了，琢磨李二虎说的话、林梅的态度、李力帆的情绪。李二虎的折腾，像把自己放在火炉上烤了一样！林梅怎么想的？在那个场合，自己只能那样说了。同时，戈文也觉得自己的情感随着年龄的增长，发生了变化,能更冷静地去看待情感了。那种模糊的、原始的情感在升华,在寻找、在期盼。

窗外寒冷的月光,铺洒进来,陪着戈文渐渐地进入了梦乡。

几天来,人们关心的分配到了最后的阶段。参加工作的人开始检查身体了。戈文和同学们都等着最后的定夺。所有人的心都一直提着,始终处于忐忑不安的状态。虽然检查身体了,但是没有真正拿到工作录取通知书,谁的心都不会落下来。张琴着急,连着几天晚饭之后,就出门打听消息。

有一天,张琴出了门,戈文在屋里来回走动,着急等待着母亲带回来的消息。忽然,有人敲门,李二虎和李力帆来了。自从上次在林梅家分手后,李力帆没有再提过跟林梅有关的事。李二虎说:"我听说,年底户口冻结了,过了元旦才能迁。"接着又说:"听说,让我们元旦前报到。"李力帆接过话说:"那怎么办呀? 不会作废了吧?"

大弟戈武搬来了三个矮凳。三个人围着火炉议论着,担心分配出现问题。戈文觉得他们都是瞎操心,因为一点办法都没有。李二虎说:"要不,咱们去林梅家看看,打听打听消息。"戈文说:"行!"李力帆说:"我不去了,你们去吧!"李二虎说:"你怎么回事? 要去,咱们三个人一起去。"李力帆态度坚决地说:"我不去了!"他说完起身要走。戈文纳闷,李力帆怎么回事?接着说:"你不去,我也不去了。"李力帆说:"你去吧!"李二虎看了看戈文,又看了看李力帆,说:"你俩怎么回事? 现在可是关键的时候,早知道消息早准备!"李力帆站在门口,犹豫了半天,最后还是不去。戈文对李二虎说:"你俩去,我就不去了。"戈文心想,我不去,李力帆也许会去,没想到李力帆还是不去。戈文说:"不去就不去吧! 二虎! 咱俩去。"李力帆出门走了,戈文和二虎也出了门。路上,二虎问戈文:"力帆怎么回事?"戈文回答:"不知道!"

两人来到林梅家门口,听见丁云说话的声音。戈文犹豫着要不要进去,二虎已敲门了。门开了,张亮、董茹、丁云都在。林梅马上起身,热情地招呼。戈文觉得奇怪,过去她不这样,今天是怎么回事? 二虎说:"林梅! 听说,户口冻结了? 怎么办?"林梅说:"没事! 农场正在和公安局协调。"戈文心想,看来户口冻结的事是真的,万一协调不下来,怎么办? 他有点紧张了,但听林梅语调轻松,好像没有什么问题,又稍微轻松了一些。林梅问:"李力帆怎么没来?"戈文想说他不来,又一想不能说,就撒谎说:"没见他!"林梅说:"不会吧! 吃完饭,我在门口碰见他,他说到你家去,你怎么说没见他呢? 难道他没去你家?"戈文傻眼了,本想撒个谎,替李力帆解围,没想到,把自己套进去了。李二虎忙接过来说:"也许走岔了吧。"林梅笑了笑没再问。

戈文回到家,一进家门,张琴着急地说:"你的户口迁不出来,这可怎么办呀?"戈文说:"刚才我去林梅家,她说,农场正在和公安局协商。"张琴说:"万一要迁不出来呢? 你的指标就作废了。你爸打来长途电话,再三叮咛,年前一定要把户口办好。"戈文看母亲着急的样子,劝慰道:"应该没啥问题,又不是我一个人,那么多人呢!"母亲好像没有听到他的话,嘴里在嘟囔:"明天还得去公安局。"戈文劝母亲说:"你去也没用,得农场去协调。"母亲说:"那也不能等呀!"母亲说完,进了她的屋子。戈文拎起炉子上的水壶,往盆子倒了一些热水,准备洗脸睡觉。母亲从里屋出来,手里拿着鞋底又纳开了,边纳鞋底边说:"我得抓紧给你做两双鞋,还得给你准备被褥,再做一套衣服。"接着又说:"家里布票不够用了,还得去你王娘家借。"母亲说的王娘,也是戈文家的邻居。她家有五个丫头,省粮省布。过去,母亲经常到她家去借。

戈文洗完脸上了床,不知怎么感伤了起来,按理说,要去工作了,心情应该是欢愉的,可怎么也提不起精神来,复杂的情绪让他无法入睡。

早晨起来,两个弟弟上学去了,小弟弟还在睡觉,母亲也不见了,桌子上放着母亲做好的早饭。戈文洗完脸坐了下来刚吃了两口饭,有人敲门,他忙去开门,进来的是隔壁的王娘。她问:"你妈呢?"戈文说:"不在!"她继续问:"干啥去了?"戈文回答说:"不知道!"王娘扭头走了。王娘的女儿叫王冬兰,也是戈文的同学,在杨庙滩劳动。这次和戈文一起分到了东线。王娘刚走,又有人敲门,戈文心想,今天早晨怎么回事? 进来的是住在房头的温娘,她问:"你妈呢?"戈文说:"不在。"她说:"你妈回来,让她来我家一趟。"她儿子叫温成东,也是同学,在杨庙滩劳动,和戈文来往得比较少。温成东学习比较好。温娘刚走,又有人敲门。李二虎进来了。戈文着急地问:"有消息吗?"李二虎停了一下说:"告诉你一个坏消息,你可不要着急。"戈文着急地催他:"你快说呀!"李二虎咽了一下唾沫说:"我刚才听到消息,说你、王东兰、温成东三人的户口迁不出来。"戈文问:"为什么呀?"李二虎说:"我也不知道!"戈文心想,怪不得王娘、温娘早上来找母亲。戈文紧张地问:"这是怎么回事?"二虎说:"我也不清楚呀!"接着又说:"你赶快想办法,不然你就走不了。"戈文失望地说:"我能有什么办法? 等我妈回来再说吧。"李二虎说:"我还有事,先走了。"李二虎走后,戈文陷入了惊慌之中,来回走动,不时地拉开门。

　　天空下起了小雪,地上铺了薄薄的一层,风卷着雪花在空中飞舞。小院前的空地上,枯黄的野草在风雪中来回摇晃。

　　中午了,母亲没有回来。戈文进了厨房,打开碗柜,掀开锅,有几块发糕。储藏柜里,有一棵白菜,几棵葱,瓶里的菜籽油快到底了。他洗了洗白菜,切完放好。看了看米袋,一袋是小米,一袋是高粱米。戈文掏出小米和高粱米,准备做二米饭。门响了,戈文一个箭步冲了过去,母亲进了门,落在红花布头巾上的雪花还没化。她拍打着身上的雪说:"这雪越来越大了。"戈文递过去毛巾,母亲拿着毛巾边抽打边说:"我跑了一上午找人,总算有点底了。"戈文马上说:"上午,二虎来说,我、王东兰、温成东的户口迁不了。"接着又说:"早晨,王娘和温娘都来找你。"母亲说:"我碰见了,又和她们一起去找的农场。"戈文问:"怎么样?"母亲说:"现在只能等消息了。"接着问:"你干什么呢?"戈文回答:"准备做饭。"母亲说:"我来!"

　　弟弟们回来了。大弟问:"哥,你什么时候走?"戈文沮丧地说:"户口迁不出来,走什么走!"大弟不解地问:"参加工作还要户口吗?"戈文不懂,没法回答,心里却在问,那户口是一个什么东西,怎么这么重要,就是证明这个人的存在吗?二弟似乎很懂地说:"人人都得有户口,没户口就是黑户。"这时,母亲把饭做好了。四个人围着桌子坐了下来,母亲边吃饭边说:"这事难办!"戈文为自己走不了而担心,但看母亲着急的样子,他心里难受,觉得不能光想着自己。他说:"妈!没事!不能走,就不走。明年再走呗!"母亲说:"你说得轻巧,今年不走,还不知道什么时候能走!再说,你工作了,家里负担也能减轻一些。"戈文听完母亲的话,觉得自己身上的担子挺重,低头吃饭不再吱声了!母亲说:"吃完饭,我还得出去,你在家看好老四。"戈文点了点头。吃完饭,戈文收拾完碗筷擦完桌子,拿起笤帚,打扫卫生,静静地等待母亲的好消息。

　　冬天的阳光透过窗户照进来,屋里暖和了一些,掉了漆的五斗柜上的马蹄表嘀嗒、嘀嗒地响着。

　　戈文翻开了《世界地图册》,想户口的事,想林梅的事,想吴小兰的事,想李力帆、李忠、张宝,想着在农场劳动时的情感纠葛。他所想都是空的,无条理的,无目的的,都是流动的意识,说不出口的。时间在一分一秒地走着。

　　突然,有人敲门,戈文跳过去开了门。李力帆和林梅站在门口,身后站着丁云、李二虎。他们坐下后,一句话都不说。戈文紧张了起来,林梅表情严肃地说:"你可能走不了!我爸说,早晨又和公安局协商,就你、王冬兰、温成东不行!"戈文感到一下子掉进了冰窟里,心脏都停止跳动了。李力帆、李二虎、丁云在旁边静静地坐着。门开了，董茹来了，也带来这个不好的消息。

戈文想哭、想喊，可他现在什么也做不了，只能坐着发呆。屋里的空气凝固了。同学们为他走不了而感到遗憾，又无法帮他。戈文稍微平静了一些说："不走就不走吧！等下一次吧！"林梅说："下一次不知是什么时候呀！"

外面刮起了风，门被吹开了，一股寒风涌了进来。董茹忙过去关门，接着说："我刚才看见你妈和王娘、温娘进城了。"戈文没有吱声。林梅接过话说："我听说，温娘家有一个亲戚在地区公安处工作，是不是找他去了。"戈文心里又升起了希望，拿起水壶给同学们倒水。这么大的风，还下着雪，母亲为了他的工作在外面不停奔走，戈文不由得心里有些感动，眼睛也有点湿润了。倒完水，他坐了下来，心里感谢同学们，在他遇到难事时来陪他，宽慰他。这种情谊，他是忘不掉的，会记在心里的。林梅说："我们马上就要走了，我妈把车票都订好了！"李力帆说："杨庙滩的几个人也都订好了车票。"

他们又坐了一会儿走了。戈文一个人在屋里来回走动着。小弟弟玩耍着问："哥哥！你不走了？"他抱起了小弟弟，怎么会是这样？美好的希望会落空吗？

晚上，母亲没有回来。戈文做好了饭。三个弟弟围着饭桌吃开了。二弟吃饭时，不小心碰到大弟的胳膊，大弟夹的菜掉到桌子上，大弟说："你注意点，不要碰我。"二弟说："我又不是故意的。"大弟说："我让你注意点，又没说别的。"戈文阻止说："别说了，抓紧吃饭。"大弟夹起掉在桌子上的菜。吃完了饭，两个弟弟做作业，小弟弟上床睡觉了。戈文收拾完屋子又翻看着《世界地图册》。

整整一天过去了，母亲都没有回来。小弟弟问："妈妈干啥去了？"戈文摸着他的头说："妈妈一会儿就回来了。"一直到晚上九点多钟，母亲才满脸疲惫地进了屋，脸色非常难看。母亲对戈文说："给我倒点水，一下午没喝水了。"小弟弟扑到母亲怀里，叫道："妈妈！你干啥去了，我都想你了。"母亲搂着小弟弟说："给你大哥迁户口去了。"母亲喝着水说："给我弄点吃的。"他弄好饭，端给母亲。母亲边吃边说："这次差不多了，就等明天了。明天，我还得去趟城里！"戈文一听，这事还没有结果，抱了一天的希望不会又落空了吧？戈文小声地问母亲："那明天能行吗？"母亲说："你温娘的亲戚说，明天给回话。对了，我还得去你温娘家一趟，问问明天什么时候去。"

三天后，戈文的户口还没有准确的消息。早晨，同学们坐着一辆苏制的吉尔大卡车去了火车站。林梅、二虎、李力帆、董茹、丁云、张亮兴高采烈地向他招手。戈文站在车下，心情坏到极点，脸上却挂着笑容和同学们道别。

林梅在车上向戈文招手，心里很不是滋味，她没想到会是这样的一个结局。她走了，戈文没有走，不禁在心里问，戈文还能来吗？还能跟自己在一起工作吗？不由地难受了起来，眼里涌出了泪花。她所牵挂的，所想的，所期盼的，在今天都得到了回答，那就是和戈文分开了。

李力帆望着渐渐远去的戈文，心里不由地有些庆幸，他失去了一个竞争对手。他知道这个庆幸是不光彩的，是有点卑鄙的。他转头看着林梅的表情，心里又嫉妒戈文了。同时，心里也在问，林梅会和自己走到一起吗？那是未来的事，也许戈文过几天就来了。

戈文进了家门，母亲的心情非常不好，坐在桌前的板凳上抹着眼泪，说："办个事怎么这么难呀？"话音刚落，温娘、王娘来了，三位母亲商量完又进城了。

整整一天过去了，母亲还没有回来。戈文在等待中，感到越来越孤独了，要好的同学都走了。他做了最坏的打算，走不了就回农场劳动。

晚上八点多钟，母亲面带着笑容回来了。戈文知道有好的结果了。母亲兴奋地说："户口的事可办好了，后天你就可以走了。"戈文高兴地蹦了起来。

临走的前一天，母亲把家里仅存的白面拿出来，蒸了一锅白面馒头。下午又去小卖铺，用肉票买了半斤猪肉，做猪肉炖白菜。晚上，一家人快乐地围着饭桌，戈文觉得这顿饭吃得特别香。母亲边吃饭边说："你工作了，不要老惦记着家里。上班了，你也成大人了，要听单位人的话。"晚上吃完饭，一家人坐在一起聊到了很晚。

戈文睡了一觉，母亲屋里的灯还亮着。他起身从门缝看，母亲正在缝制被子，心想，等工作了，要好好报答母亲。

第二天早晨，张琴做好了早饭，叫戈文起床。戈文洗完脸，坐了下来，只见桌子上放着三个荷包蛋，几个白面馒头，还有一小盘萝卜咸菜。他没有动筷子，而是看着母亲叫道："妈！你也吃吧！"母亲说："你吃吧！我把你的行李装好。"戈文的心里很难受，又不知怎么去说，默默地低头吃着饭，张琴装好了行李，坐在饭桌旁，从兜里掏出五元钱说："你把钱拿上，好路上用。本来想给你多拿些，但你买完火车票家里就剩十五块钱了。"戈文推脱地说："我不带了，路上也不买什么东西。"张琴说："让你拿上你就拿上，穷家富路。"她把钱塞进戈文的内裤小兜里，嘱咐说："不要丢了。"

　　三个弟弟一溜烟地从屋里跑了出来,站在戈文和母亲的旁边。小弟弟一见桌子上的白面馒头,就抓了起来。大弟、二弟也跟着去抓。母亲喊了起来:"这是给你哥路上带的!"他们三个立即停止了争抢。小弟手里拿着馒头,眼睛望着戈文。戈文说:"妈!给他们吃吧!"母亲从小弟手里抢过来塞进了行李里,接着说:"等你哥走了,妈再给你做。"小弟一声不响地走进屋里。门外有人喊:"他戈婶,该走了!"母亲拎着行李说了声:"好的。"戈文随母亲出了门,弟弟们也跟着出来了。

　　天空飘起了雪花,戈文上了车。车渐渐地驶出了农场大院,母亲在招手,三个弟弟也在招手,嘴里还在不停地喊着:"哥哥!再见!再见!"车渐渐地远了。戈文望着母亲,望着三个弟弟,望着生活了十六年的家,望着……他眼前的一切渐渐地模糊了……

第十七章

　　火车在陇海线上由西向东奔驰，混浊的气味在车厢里弥漫着，昏黄的灯光下，人们昏昏欲睡。座位上坐满了人，过道上，横七竖八地躺着人。戈文挤在两个车厢的连接处，王冬兰站在离他有四五米远的地方，扶着靠背，晃动着身子。两人不是很熟，在学校来往也少。她中等个儿，圆圆的脸蛋，不爱说话，一双明亮的眼睛，惹人喜爱。车厢里不时有人说话，有人走动，有人喝水。火车行驶着，天渐渐地黑了，戈文也慢慢地进入了梦乡。

　　王冬兰走了过来，她推了推戈文，让他去座位上坐一坐。戈文睁开眼睛看了看，接着摇了摇头。王冬兰没有回到座位上，而是陪着戈文站着。戈文觉得奇怪，问："你怎么不去坐呀？"王冬兰脸色难看地说："我坐的累了，你不去，我也不坐了。戈文没有多想，继续闭上了眼睛。火车"哐当哐当"地行走着。

　　第二天子夜一点多钟，火车在省和陕西省交界处一个名叫宝平的地方停了下来。车站上灯火通明，这是一个铁路枢纽。戈文和王冬兰下了火车，出了站口，有一个带着狗皮帽子的中年男子，使劲向他俩招手。

　　那个中年人走过来问："是老戈的大小子和老王家的二丫头吗？"戈文和王冬兰点点头。他拎上行李，戈文和王冬兰跟在后面，来到一辆墨绿色解放牌翻斗车前，那个中年人跟一个二十多岁的年轻人说："这是戈队长和王队长的孩子，你给带回季家庄，路上要小心。"于是他把行李扔进了车斗里，让戈文和王冬兰坐进了驾驶楼。戈文一坐进去，脑海里就涌现出了姚琴的身影。车离开车站，驶出了繁华的街道，渐渐进入山区。群山在朦胧之中，月光显得苍白无力，枯干的灌树林被风吹得晃动。车顺着盘山公路，翻过一座一座的山。

　　戈文和王冬兰在驾驶楼紧紧挨着，注视着前方。开车的年轻人双手紧握方向盘，在车灯光的照射下，朝季家庄驶去。

　　车使劲地爬着坡，轰鸣声越来越大。王冬兰眯着眼睛，手紧紧地抓着戈文的衣服,女人的气息,让戈文的心扑腾、扑腾地跳。

当车到了上顶,天已经泛白,山下有一片灯火。突然,汽车扑哧一声灭火了。年轻人嘴里骂了一声:"真倒霉!"他开门下了车,打开发动机盖子,折腾半天,车没有一点动静。他朝灯火处看了看,骂了一句脏话:"他妈的!"接着说:"你俩在这里待着,我去叫人。"一路上,他就说了这两句话。

戈文和王冬兰从车上下来,站在山顶上,环顾四周,群山起伏,天空灰蒙蒙的,盘山公路上的车,像蜗牛似的缓慢地爬着上山。

戈文望着这一切,不由地有种说不出来的感觉。昨天,母亲和弟弟们送他;今天,他和她们就离得这么远。戈文有点想家了,同时,他也很兴奋,那就是快见到父亲戈春了。三个月前,父亲从西线移到东线了。

王冬兰问:"你怎么不说话,你在想什么呢?"戈文说:"没想什么!"王冬兰轻轻地说:"我有点想家了。"戈文说:"刚出来,就想家了? 今后,我们要在这里工作!"戈文突然想起夜里在火车上的事,问她:"在火车上,你怎么不坐呀?"她半天没有吱声,戈文也没有再问。他俩静静地站着,谁也不说一句话。

天慢慢地亮了,眼前的一切变得清晰了。王冬兰突然冒出了一句话:"你还是同学呢,一点都不关心人。"戈文没弄明白她说这话是什么意思。他问:"我怎么啦? 怎么不关心人了?"她说:"在火车上,那人掐我大腿。"戈文不解地问:"哪个人?"她说:"那个老头。我想让你去坐,你还不去。"戈文明白了,问:"那你怎么不说呀? 告诉列车员呀!"她没有接话。

一阵寒风刮了过来,两人又进了驾驶楼。戈文觉得不自在,又下车了。她叫道:"你下去干啥? 外面冷!"

寒风肆意地刮着,和戈壁滩的风一样,干燥、刺人。戈文用手裹了裹新棉袄。寒风掠过脸庞、身体,掠过群山,掠过灌木林。树枝对着天空摇晃,戈文不由得想起了吴小兰。

苍白的太阳升了起来,山下出现了两个晃动的人影。戈文朝王冬兰喊:"人来了! 人来了!"驾驶楼里没有声音,他拉开车门,王冬兰睡着了。

那个年轻人和来的人掀起引擎盖开始修车。一个小时过去了,车修好了,四个人挤进驾驶楼,车开始下山了。

戈文的父亲戈春和王冬兰的父亲王克站在院子里等待他俩的到来。车进了院子,戈文跳下车。父亲看到儿子没顾得上说别的,忙问:"户口迁移证呢?"戈文从裤子内小口袋里掏出来递给父亲。父亲安顿好戈文说:"你在这里待着,我得马上去县城给你落户,过了今天就办不了了。"父亲刚走到门口,戈文叫了一声,让爸爸拍封电报告诉母亲他到了。父亲回头笑着点了点头出门了。

戈文环顾房间,这是一个单间,十五六平方米,一张单人床,一张办公桌,两把椅子,一个洗脸架。他拿起脸盘,出去打水。院里,有几台卡车,有几排车间。戈文拎着脸盆找水房,一位三十多岁的男人看见他问:"你是戈队长的大儿子吧!在找什么呢?"戈文点点头,那人赶忙说:"走!我带你去打水。"说:"找水房。"打完水,那人问:"你还没有吃早饭吧!"没等戈文回答,那人去就走了戈文回到父亲的宿舍,没过一会儿,那个人打来了早饭,一个窝头,一碗稀饭,一小盘咸菜。戈文饿了,不顾忌地吃开了。那人这才开始介绍自己,他说:"我是机械队办公室的,在你爸手底下工作,我姓王。"戈文似乎明白地点点头,叫了一声:"王叔。"吃完饭,王叔说:"我带你去车间转转。"

车间传出了机器轰鸣声。王叔领着戈文进了门。昏暗的灯光下,有十几个工人在机器旁,手摇着把柄,对着旋转的铁棍切削,铁棍顿时变得明亮起来,铁削掉到机器的接盘上,冒着烟。戈文新奇地看着,王叔介绍说:"这是车床。"车刀切铁棍就像切泥一样,那么轻松,卡头夹着铁棍高速旋转,让人眼花缭乱。戈文又看立式的机器,一个钻头,自如地钻孔、挖槽,做出形状各异的零件。戈文从未见过,觉得太神奇了。王叔给开机器的人介绍:"这是戈队长的大儿子。"那个开机器的人笑了笑说:"一看就是一个机灵鬼。"戈文转了一圈回到父亲的宿舍,王叔有事走了。

戈文闲着无事,翻看床头上的书,《汽车维修知识》《机械加工常识》《车工技术》等书他看不明白,于是翻看《毛泽东选集》《毛主席语录》等书。有人敲门,戈文开门一看,王冬兰领着一个女孩站在门口。看到戈文,王冬兰忙介绍说:"这是咱们同学于霞的姐姐,叫于秀。刚转业回来,和我们一起分配的。"于秀,清秀、白皙、中等个,长得漂亮。戈文笑着说:"欢迎!欢迎!"于秀张口说话了:"你爸和我爸很熟。"王冬兰忙接过话:"于秀的爸是这个公司的领导,也是你爸、我爸的领导。"戈文一听倒不知说啥好了,父亲的领导,那就是大官了。于秀马上反驳道:"什么领导不领导的,都是人民的勤务员。"

她们坐在床沿上,戈文拉了把凳子坐下。于秀说:"你们分到哪个厂了?"戈文回答:"不知道!"王冬兰问:"有几个厂呀?"于秀说:"这里有四个厂子,都归总厂管,一厂、二厂、三厂在石堡子,四厂在土谷堆。"戈文问:"这些地方都在哪里呀?"她回答道:"除了四厂在平原县,其他厂都在华安县。

这四个厂是生产反坦克武器的。"她详细介绍了这里的情况。戈文不由得敬佩起她来，她怎么知道这么多？接着听到她说："分工种了吗？"戈文摇摇头，不知道有哪些工种，又不好意思问。王冬兰问："有哪些工种？"于秀说："工种种类多了。比如说，开车床的工种叫车工，开铣床的工种叫铣工，搞装配的工种叫装配工，开磨床的工种叫磨工，搞检验的工种叫检验工……"王冬兰问："那什么工种好？"于秀说："女孩子干检验工最好，穿着白大褂，工作不累，男孩子干钳工最好。"她讲的这些对戈文来说，跟听天书没有什么区别。于秀接着又说："这四个厂，四厂最好。其他三个厂，装配工最多，给弹头装炸药，比较危险。再说，这些厂都是新建的，大部分人是从金城招来的，技术工人都是从全国各地调来的。工厂由解放军管着，可以说，我们是不穿军装的解放军。"戈文来精神了，在农场，他特羡慕费雯雯，她爸就是解放军。费雯雯在他心中的地位可高了。戈文和王冬兰静静地听着于秀的介绍。她又说："这个厂里的年轻人的岁数，跟我们差不多，大的不超过二十，小的刚过十六岁，男女人数差不多。我们这个地方离土谷堆有两公里多，离石堡子有六七公里。"戈文问："那我们什么时候上班呀？"于秀说："落上户口，就可以上班了，应该过完元旦吧。"接着又说："我就等你俩了，我们三人是一批的。"戈文突然想起林梅她们了，问："农场来的那些人呢？"于秀说："大部分都分到石堡子了，只有两三个分到了土谷堆。我要不是等你们，早上班了。"听着于秀的述说，戈文对这里有了一些了解。

门开了，父亲进来了。于秀、王冬兰站了起来，向父亲问好。父亲说："都办好了，过完元旦就可以上班了。"然后，又对于秀说："你的也办好了。你和戈文分到了四厂，王冬兰分到了三厂。"戈文高兴地拍手叫道："好呀！"于秀和王冬兰说了声"再见"出门了。

一块石头落地了，父亲和戈文都松了口气。戈春端详着儿子戈文，露出了笑容，摸着戈文的头，说："长高了，长大了。"戈春有四十多岁，宽肩膀高个子，满脸络腮胡子，刮得铁青铁青，宽宽的额头下面，有一双睿智的眼睛。戈春问："你妈好吗？"戈文兴奋地回答道："好！"接着又说："我来的时候，把家里的布票、肉票都用完了，我妈还给了我五块钱，我都没有花。"戈文说完，从兜里掏出钱递了过去，父亲没有接，而是说："你妈给的，你就拿着吧！"父亲又问三个弟弟的情况，戈文一一做了回答。父亲听着，脸色渐渐变得深沉了！戈文不知道父亲在想什么，一定是想母亲和弟弟们了。

戈春微笑着说："你待着，我去食堂打饭！"说完便拿上碗出门了。戈文处在兴奋之中,叫道:"我终于工作了!"接着在心里问,干什么工种好呢?父亲端着饭盒回来了,看到那香喷喷的白菜炒肉,戈文不管父亲了,光自己吃。吃了几口,他见父亲没有动筷子,觉得不好意思了,说:"爸,你也吃呀!"父亲笑了一下说:"你吃吧!不够,一会儿再去食堂买。"他说:"爸,你吃吧!"他叫了两声,父亲还是不动筷子。戈文也放下了筷子。父亲问:"你怎么不吃了?"戈文问:"爸,工种能挑吗?"父亲一愣,没有马上回答,而是问:"你想干什么工种?"戈文说:"干车工。"父亲笑了一下,说:"工种由工厂里定,能不能挑,只有报名后才能知道。"戈文没再吱声,也不好意思继续吃肉了,专吃白菜。父亲笑着说:"你这孩子,怎么不吃肉了?"他说:"爸!你吃吧。"父亲这才拿起筷子,夹了一块肉,放到嘴里,边吃边说:"抓紧吃,我下午还要开个会!"父亲临出门时说:"你睡一会儿。"戈文这才感到有点困了,上了床,慢慢进入了梦乡。

戈文做了个梦,他吃力地朝家里走去,雪下得非常大。走着走着,腿疼得厉害,便在路边蹲了下来,不知过了多久,雪盖住了他。不由得心想,我会死在这吗?如果我死在这,母亲会难受的,会哭的。他挣扎着,却怎么也起不来,他哭着,喊着。

突然,有人喊:"戈文!戈文!"戈文睁开眼睛,见是李二虎,高兴地从床上跳了起来,问:"你怎么在这?"李二虎身上穿着有点大的蓝色工作服,带着蓝色的帽子,神气极了。二虎问:"你刚才是不是做噩梦了?"戈文说:"是的!在雪地里走不动了。"他问:"你怎么到这来了?"二虎说:"今天是周六,明天休息,下了班来看我爸。听我爸说,你来了!"戈文和李二虎分别了几天,觉得时间很长。特别是在新地方的见面,觉得更亲切了。二虎问:"你分哪个厂了?"戈文说:"分到四厂了。"二虎赞叹着说:"四厂最好了。"戈文问:"你分哪儿了?"二虎回答:"分到一厂,是最危险的厂。"接着又说:"对了!告诉你一个消息,咱们分到西线的那些同学都到东线来了。"戈文忙问:"常丽来了?"二虎笑着说:"来了,王大力、吴小兰也来了。"他又说:"晚上他们都来,你一会儿就能见到他们了。"戈文兴奋了起来,心情也复杂了起来。他和吴小兰分别了几个月,又要见面了,见面能说什么呢?分别这么久,吴小兰有变化吗?变化了怎么办?过去还能过去吗?戈文又燃起了希望,这个希望一直在心里徘徊。今天就能见到吴小兰了,那个压在心里的情感又蠢蠢欲动了,见了面说什么呀?不管怎么说,能见到就是高兴的。二虎接着又说:"林梅、丁云、张亮、董茹、李力帆他们也有可能来,我给李力帆打电话了。"

他俩出了门。院子里,有几个小孩在学骑自行车。在农场时,戈文就羡慕有自行车的人。黎俊家买了辆飞鸽牌自行车,让戈文羡慕死了。二虎问:"想不想学?"戈文说:"当然想学了。"二虎走过去,对那几个小孩说了几句话,就推着自行车过来了。戈文兴奋地说:"这能行吗?"二虎说:"没事!"戈文小心翼翼地上了车,二虎在后面扶着,戈文上去还没有蹬,自行车就倒了,他又上,没骑两下又倒了。二虎说:"你真笨!自行车最好学了。"戈文又骑上,没骑两下又倒了。他说:"不骑了。"两个人还了车子没走几步,王冬兰在身后喊:"二虎!"戈文和二虎停住脚步回头,她和于秀走了过来。王冬兰向二虎介绍:"这是咱们班于霞的姐姐,叫于秀。"二虎笑了笑,于秀也回应地点点头。二虎问王冬兰:"你分哪了?"王冬兰回答:"三厂!"接着问二虎:"你在哪个厂?"二虎说:"在一厂!三厂和一厂很近。"王冬兰问:"二虎!咱们那些同学呢?"二虎把跟戈文说的话又重复了一遍。王冬兰说:"那太好了,今晚就能见到同学们啦!"并对于秀说:"你也参加呗?"于秀抿嘴一笑:"我十二岁的时候,从金城当文艺兵走的,当兵五年多,你们这些同学,我好多都不熟悉,我就不去了。"二虎说:"当兵好呀!你怎么转业了?"于秀没有直接回答,而是说:"当兵太苦!再说,离家也远,还不让请假。"戈文想起了费雯雯说的话,"当兵没意思!"结果她倒真的当兵了。戈文说:"我们班的费雯雯就当兵去了,据说在宝平市。"于秀说:"我知道,那是在 E 军,军部就在宝平市,我去过这个军。"戈文说:"我最想当兵了,可是没有这个机会。"于秀说:"怎么没机会了?你还不到十七岁,有的是机会。"王冬兰说:"都工作了,还去当什么兵。"四个人又聊了一会儿,就分开了,等待晚上和同学们的再次见面。戈文回屋又上了床。

当戈文睁开眼睛时,天已经暗了下来,身上盖了一件蓝布棉大衣。戈春在看报纸,饭摆在桌子上。戈春见儿子醒了,放下报纸问:"醒了?"接着说:"洗洗脸。"说完提起暖壶往盆里倒了一些热水。戈文洗完脸,问:"爸,你怎么不吃呀?"父亲说:"你快吃!都快凉了。"有人敲门,戈文以为是二虎来了,放筷子就去开门。戈文一看,一个都不认识,其中一个满脸大胡子的人说:"你就是老大吧?"戈春赶紧站了起来,招呼着说:"老李、老张、老王,快进来坐。"这几个人没坐,而是看着戈文,戈文不好意思起来。老李说:"你别说,这老大,挺像咱们戈队长的。"他这么一说,大家都笑了起来。老李说:"听说你大儿子来了,我们来看看,没别的事。"戈春笑了笑,没有说话。大人们聊着天,戈文吃着饭。听他们说的话,有些听得明白,有些听不明白。这些人坐了一会儿就走了,戈文和父亲送这些人出了门。

戈文说:"爸,一会儿有几个同学来。"戈春明白地说:"一会儿,我还有事,你和同学们聊天吧。"戈春摸了摸儿子的头出门了。

戈文把屋里打扫了一下,站在门口朝里看了看,等待同学们的到来,一直等到天黑透了,也没见同学们。戈文着急了,外面黑乎乎的,只有院子对面有几盏灯亮着。他关上门,内心在激动,而这个激动,又是没有目的的。难道说,是为了吴小兰的到来吗? 毕竟分开了这么久,她现在什么样了? 戈文不知道! 她现在是怎么想的? 戈文更不知道! 林梅、丁云,他盼着来,又害怕来。心里复杂的情绪,让戈文在屋里不停地走动。

突然,一阵急促的敲门声打断了戈文的思绪。开了门,怎么就李二虎一人? 他疑惑地望着,还没等问,李二虎说:"吴小兰出事了! 下午快下班的时候,她从脚手架上掉了下来,人在地区医院,同学们都去了,我过来叫你。"戈文二话没说,给父亲写了张纸条,随着二虎朝医院跑去。医院离得不远。

在路上,戈文担心吴小兰,怎么会这么巧,他的到来,没有相聚,而是吴小兰进了医院。戈文思绪万千,心里在祈祷:吴小兰不会有事。

两人进了医院,手术室门前聚集了许多人。林梅、王大力、常丽、王冬兰、张亮、董茹、李力帆,还有先前来的一些同学。戈文万万没想到,和吴小兰见面的地方,会在医院。王大力跟戈文点了点头,然后向同学介绍情况:"本来说好的,下了班就去季家庄,和同学们见面。厂房上有一个电线穿线孔没好,她去收拾,一个过桥板没搭好,她一脚上去踏空,从三楼掉了下来。"王大力说:"流了好多血,人现在还昏迷着!"戈文觉得有一股血冲到了嗓子眼,他控制不住,跑到厕所,一口吐了出来,痰带有血丝。他的头有点晕,扶墙待了一会儿,又回到手术室门前。李二虎问:"你的脸怎么这么白呀?"戈文掩饰着说:"没事! 昨晚在火车上没有睡好。"在这种气氛下,同学们之间见面只是点点头,算是打过招呼了。大家静静地在门口等着。王大力来到戈文跟前,说:"吴小兰跟我说,要过来看看你。没想到,我们这么快就见面了。"王大力参加工作后,变得稳重多了,也会说话了。他表达的意思,戈文听明白了,他和吴小兰的关系很深了。戈文没有接话,只是点了点头。他知道,现在说什么,都是苍白无力的,再说,也没有什么可说的,毕竟分开了几个月了。王大力和吴小兰的关系到底怎么样,他一点都不清楚。戈文内心想,不管怎样,只要吴小兰活着! 这是他最大的期盼!

林梅、李力帆、张亮、董茹、丁云都围了过来。林梅问:"戈文,你定哪个厂了?"戈文回答道:"四厂!"李力帆接过话说:"四厂好呀!"林梅又问:"干什么工种?"戈文说:"还没报到呢!不知道!"林梅说:"其实,分哪个厂都一样"。接着又说:"秦兰、陆华也分到四厂了"。这两人也是同学,是一个年级的,不是一个班的,不太熟。林梅说:"小兰真倒霉!她要是有个三长两短的,她妈怎么办呀!"大家都在为吴小兰揪心,这揪心是真实的,是伤痛的。同时,也对在建筑公司工作产生了恐惧,也为父辈的安全担心起来。

几个小时过去了,吴小兰的手术做完了。人们涌到手术室门口,只见盖着白色被单的吴小兰躺在推车上被一个护士推了出来。戈文和同学们都围了上去。吴小兰脸色苍白,紧闭眼睛。护士喊:"让开、让开!"单位的领导忙问:"怎么样?"护士说:"一会儿问大夫。"她推着车走了。

吴小兰躺在病床上,一点声息都没有,胳膊上输着液体,白皙的皮肤渗出血丝。护士见人多,说:"就留下一人,其他人都出去,小心病人感染。"王大力立即说:"我留下,你们先出去。"

戈文和同学们透过门上的玻璃窗朝里面看,王大力给吴小兰掖了掖被子,拉过来一把凳子,坐了下来,眼睛注视着吴小兰。

戈文心里难受地说不出话来,站在外面默默祈祷。吴小兰,你一定不会有事的!过去所发生的,瞬间涌入了脑海。那个活泼的小女孩,仿佛又出现在眼前。生命无常!姚琴、黄新不都过早地走了吗?吴小兰!你一定要挺住呀!戈文在内心呐喊。单位领导来了。一个瘦高的中年男人问:"你们都是小吴的同学吧?"戈文和同学们点点头。那男人说:"单位已安排人照顾了,你们可以回去了。"林梅问:"手术怎么样?"男人说:"现在还难说,要观察几天。"戈文和同学们这才慢慢地离开了医院。在回去的路上,林梅说:"我们明天再来看小兰。"

本来是一场欢快的同学见面,却因吴小兰的受伤,变成了同学们伤感的见面。戈春坐在凳子上看报纸,见儿子回来马上起身。戈文低声说:"我的同学摔伤了。"父亲说:"我知道了。"接着又问:"怎么样了?"戈文说:"说手术做得不错,人还在昏迷当中。"父亲说:"跟你说个事,我后天就回农场了。你一个人在这,千万要注意。"戈文不明白,他刚来,父亲就要回去?大人的事,又不好问。戈文的心情一下子坏到极点。父亲看出了儿子的情绪变化,说:"我过完春节就回来,身体有点不好,回去修养修养。"戈文一听父亲身体有问题,一下子着急了,问:"爸,你怎么啦?"父亲说:"肝上有点问题。"戈文为自己刚才的情绪,有点后悔。爸爸有病了,自己不体谅,还闹情绪。戈文说:"爸,你放心,我会照顾好自己的。"戈春露出了一丝微笑,摸了摸戈文的头说:"早点睡觉吧。"戈文看了一下床,父亲说:"你睡在这,我去办公室睡。今天忙,忘找行军床了。"戈文说:"我去办公室,爸,你睡这。"父亲说,我把水都打好了,你洗洗睡吧。父亲说完,收拾了一下炉子,然后穿上大衣出门了。

窗外,寒冬的月光铺洒进来,显得那么清冷,躺在床上的戈文久久不能入睡。父亲的病、吴小兰的伤,让他揪心。

第二天早晨,戈文睁开眼睛,父亲已经打好了洗脸水,早饭也打了回来。父亲说:"这有一件军上衣。"军衣是戈文特别喜欢的,在学校的时候,戴军帽,穿军衣,那是一件非常荣耀的事。戈文没穿过军衣,只戴过一顶军帽,还跟同学打赌输掉了。父亲接着说:"给你一个木箱子,一个铁皮盆。木箱子用来装一些东西,铁皮盆用来洗衣服。"这些就是戈文参加工作后的全部家当。戈春从兜里掏出了五块钱说:"给你留点钱"。戈文极力推托,说:"我妈给的五块钱还没花呢。"戈春说:"你拿上,一上班就得在食堂吃饭,你得买饭票,再说,工资不会马上开的。这几天,你就在这里的食堂吃。其他的,我都安排好了。队里有位王叔叔会照顾你,有什么事可以找他。"戈春刚说完,有人敲门,门开了,戈春招呼:"快进! 小王。"接着说:"戈文! 叫王叔叔!"小王说:"队长,你放心走吧! 我会照顾好戈文的。"小王瘦高个子,腰板挺直,眼睛有点小,秃下巴。他和父亲说了几句话就走了。

戈春有事出去了。戈文出门去找李二虎,走进了另外一个院子,王冬兰正好出来倒水。戈文问:"二虎的父亲在哪?"院的四周都是临时建的土房,每一栋土房,都有十几间房子,到处都是晾衣绳。

王冬兰没有回答,而是叫道:"你过来坐一会儿,我去叫他们。"戈文迟疑了一下进了门。她父亲不在,房间跟父亲的房间大体一样,没有什么差别。王冬兰说:"你坐呀!"戈文没坐而是问:"你爸呢?"她说:"我爸昨晚去办公室睡觉了,还没回来。"戈文问:"咱们一会儿是不是去医院看吴小兰?"她说:"林梅说,要去。"接着她又说:"你坐一会儿,我去叫她们。"戈文说:"不用! 我和你一起去。"

一栋平房门前,李二虎正在门口刷牙。门开着,戈文朝里看了一眼,床比正常的床宽一些。李二虎刷完牙,吐完水,说:"林梅和董茹住在一起,张亮也在,丁云在她爸那。"三个人去找林梅、董茹、张亮。在一栋房子门前,戈文敲门,林梅睡眼惺忪地从屋里出来,问:"几点了?"戈文说:"快九点了。"她说:"你们稍等! 我收拾一下。"在门外,李二虎说:"吴小兰怎么这么倒霉呀!"戈文没有吱声,心里却在想,为什么这么种不幸的事会降在吴小兰的头上?

人都到齐了,他们顶着寒风,顺着宝平公路来到了医院。吴小兰还在观察中,大夫不让进病房,只能透过门上的玻璃看。王大力在里面,护士正在给吴小兰输液,她头上裹着的白纱布被渗出的血丝染红了。护士输完液走了,王大力掖了掖吴小兰盖的被子出来了。在过道上,王大力的眼圈红了。他说:"吴小兰头颅受了伤,严重的脑震荡。大夫说,能不能醒来,现在还不好说。"戈文心一下子提了起来,问:"那就是说,即使吴小兰活过来,也有可能瘫在床上了?"王大力点点头。林梅说:"太可怕了。那吴小兰这一生不就完了吗?"王大力说:"大夫只是说可能。"戈文突然发现王大力不错,过去对王大力的一些想法是不对的,误解他了。他对吴小兰的感情是真挚的,自己和他比起来差远了,不由忏悔了起来。心里在说,戈文,你这个人自私自利,虚荣心强的人。你和吴小兰的关系走到这步,完全是你一手造成的。假如王大力离开了,戈文,你能上去吗?你不敢回答这个问题吧?林梅的脸色非常不好,二虎和王冬兰沉默不语。戈文在想,王大力的心情一定是极为复杂的,吴小兰的状况,也许让他不得不考虑以后的生活,他能和吴小兰永远在一起吗?

从医院出来回到季家庄院子里,戈文邀请同学们去父亲的宿舍坐坐。一推门,戈春放下手中的活,热情地说:"快进!快进!"屋里的凳子不够了,戈春从隔壁搬了两把凳子。同学们一起叫:"叔叔好!"戈春说:"中午,你们就在这吃饭。父亲出门了。"董茹说:"以后在工厂里干活要注意。"张亮附和着说:"特别是和机器打交道的更要注意。"林梅也跟着说:"是的!吴小兰如果真醒不过来,她妈怎么办呀?"林梅又说起这事。李二虎说:"事已出了,再着急也没用,我们还是打起精神来。"张亮也跟着说:"就是!我们以后多帮帮吴小兰,没事的时候,多去看看她。"丁云也说:"就是。"林梅说:"本来挺好的见面。戈文、王冬兰来了,咱们应该好好乐乐,没想到……"王冬兰不合时宜地问:"三厂怎么样?我能分什么工种?"林梅说:"不知道!"张亮说:"有可能是装配工。"王冬兰问:"什么是装配工?"张亮说:"就是装炸药的装配工!"王冬兰说:"那多危险呀!"张亮说:"没事!装的时候,脚底下有个大坑,盖着盖呢,一发现问题,一按电钮,盖就开了,把炸药扔进去就没有事了。"董茹说:"在工厂里工作,风吹不着雨淋不着,比在建筑公司工作好多了。你没看王大力、吴小兰脸都黑多了。"常丽问:"二虎,我脸黑了吗?"李二虎说:"比在农场白了点。"他这么一说,大家哈哈大笑起来。常丽推了一下二虎，说："有你这么说话的吗？"二虎马上赔礼道歉："我这人不会说话，对不起！你是比在农场的时候白了些。在农场，人家都管你叫黑牡丹呢！在这没有人管你叫黑牡丹吧？说明你白了。"大家更笑了，林梅笑着说："二虎没说错，是这么回事。"常丽说："是什么事呀！我有那么黑吗？"张亮说："黑点好，说明身体健康。"常丽说："你瞎说，黑就代表健康？没听说过。"接着她又说："白就不代表健康了？"张亮笑眯眯的没有接话。林梅接过话说："什么白呀黑呀，你管他的，有二虎就行。"林梅说完，常丽马上说："我跟不跟他还难说呢！"二虎马上急了问："你说啥？"常丽说："你说我说啥？"二虎说："你再说一遍？"戈文一看二虎动真的，马上说："二虎，常丽跟你开玩笑呢！"常丽说："谁跟他开玩笑呀！跟不跟他，真是难说呢！"二虎问："你怎么能说这样的话呢？"常丽小脸一拉说："咋地！我就这么说了。"常丽耍起横来，二虎不吭声了。林梅打圆场说："好了好了，不说这些了。"林梅问："戈文，没想到你们这么快就来了。"王冬兰："我妈和他妈，都蹲在公安局了。我爸说，迁不出户口，这次指标就作废了，我妈都急坏了。不过，总算参加工作了。"王冬兰说完，脸上露出无比灿烂的笑容。林梅说："你们真是好悬呀！我们以后就在一起了，大家都互相照应。"李力帆接过话说："就是，我们都是从一个大院走出来的，到了新地方，就要互相帮助，就是戈文离我们远点。"戈文说："没事，说远也不远，到时我去看你们。"这一群人又聚在一起了。然而，跟在农场相聚不一样了，因为都走入了陌生的社会，都长大了，都有自己的工作了。

戈春打了许多菜进了门，放好说："你们吃！我去食堂。"戈文和同学们开始吃了起来。林梅边吃边说："每月我们见一次面。"大家都应声说："好！"李力帆问："那每次见面在哪里呀？"林梅说："第一次见面就在季家庄，每次见面后再约定下次见面的地方。"戈文说："把前期分来的同学都叫上。"林梅说："没问题，我们都联系上了，他们也知道你分来了。"大家吃着聊着，一直到下午三四点钟才散了。林梅她们几个人回工厂了，王冬兰也走了。戈文收拾完，就上床睡了。半夜，起来撒尿，见父亲还没睡觉，正趴在桌子上写东西，戈文问："爸！你怎么还不睡觉呀？"戈春说："我明天走，把工作交代一下。"接着又说："你睡吧！"

第二天早晨，戈春坐上了车，按戈文来的路线回了。戈文站在院子里目送远去的汽车。戈春从车窗伸出头向大儿子招手，嘱咐："要听话。"戈文也招手向父亲说："放心吧！"

车渐渐地远了，戈文跑到院子门口，朝车的方向望去。公路两旁，光秃秃的白杨树矗立着。戈文心里顿时空荡荡的,鼻子酸了,随之眼泪也流了下来。

昨晚,戈春跟戈文聊了许多,主要就是不放心。戈文觉得父亲啰唆,父亲走了,他又想听父亲的啰唆了。

灰蒙蒙的天,太阳射出的光是苍白的。再过两天,就是一九七三年元旦,戈文即将成为一名工人,开始独立的生活,开始自食其力了。戈文感到了自豪,同时也惦记着父亲的病,心情又黯淡了下来。他不知道肝炎有多厉害,会让父亲倒下吗?当看到父亲轻松的样子,又觉得自己想多了,怎么会想到父亲倒下呢?父亲永远都不会倒下!又想起了母亲,不知道母亲现在怎么样?父亲马上就要到家了,那母亲和弟弟们一定很高兴。戈文又想到吴小兰的以后,又想到分到甘南的李忠,又想到了费雯雯,她穿上军装一定会更漂亮。同学们一参加工作,一分别,一成家,除了分在一起的,再见面就很难了。戈文的各种情绪混杂在一起,有高兴,有伤感,有惋惜,有担忧,有忧伤。他又想到自己,离开了家,离开了熟悉的地方,来到这个陌生的地方,自己以后能干好吗?能适应吗?自己以后会成为什么样的人?这些一概不知。工厂是一个什么样子,跟父亲单位的车间是一样的吗?能分到什么样的工种?

晚上,戈文趴在床上翻看从农场带来的《世界地图册》,找着现在所在的地方。在地图上,只有宝平市,平远县,华安县。他用手量着宝平市到平远县的距离,看完地图,收拾好炉子,放好水壶,上床睡觉了。

第二天的中午,小王叔叔来叫戈文吃饭。他家不在大院里,在院外山跟前的土屋里。戈文随着小王叔叔一进门,一个五六岁和一个三四岁的孩子跑了出来。小王马上对孩子说:"快叫哥哥。"两个孩子甜甜地叫了一声:"哥哥。"戈文笑着摸了一下他俩的头,想起了三个弟弟。小王的媳妇在做饭,戈文礼貌地叫了一声:"阿姨你好!"小王的媳妇很年轻,也很漂亮。两个小孩,大的是男孩,小的是女孩。小王拉了一张掉了漆的矮方桌,饭菜放在桌子上,小男孩着急地拿起筷子夹菜,小王用筷子打他的小手说:"怎么这么没有规矩,让哥哥先吃!"戈文说:"没事!没事!"小男孩缩回了手,戈文下手夹菜,小男孩也跟着夹菜。戈文想起了自己的家,为什么自己的家人不能在一起呢?这个问题,一直困扰着他,想不明白!他问:"王叔叔,我有一个问题。"小王笑着说:"你说吧。"戈文问:"你们一家人怎么能在一起,我们一家以为什么不能在一起?"这么一问,小王不知怎么回答了,想了半天,说:"这个问题,我也不好回答。不过,我的理解,不知对不对。你阿姨,在单位上班,我们是双职工。你家是你爸一个人上班,你母亲没有工作,这叫单职工,所以不能在一起。"他的解释,戈文似乎听明白了,也似乎没有听明白,那母亲为啥不工作呢？他问:"那我妈为什么不参加工作呢？"王叔叔说:"这个问题就不好回答了。参加工作是要有条件的,你妈可能不够条件吧。"戈文不知道参加工作要有什么条件,母亲为啥不参加工作。这些问题,他想不明白。小王的媳妇说:"你妈是农村户口,后来进城了,成了城市户口。可你妈年龄大了,又生了你们,所以就不能参加工作了。你妈是家属,我是职工。我是参加工作后,才和你王叔叔结婚的,你妈是结婚后,生了你们才进城的。"她的解释,比王叔叔更细了些,但戈文还是在云里雾里。小王的媳妇说:"戈队长的爱人也够苦的,一个人带着四个孩子真不容易。戈队长在外也没有人照顾,身体又不好,为什么单职工就不能在一起呢?"她也问起了这个问题。小王接过话说:"这个问题是国家政策上的问题。好了,吃饭吧!"戈文吃着饭,脑海里还在想着这些问题。吃完饭,他又坐了一会儿就走了。临出门,向小王的媳妇说:"你炒的菜真好吃!"小王媳妇说:"也没炒什么菜,一点肉都没有,我家的肉票用完了。"戈文说:"炒的白菜、野菜都好吃。"

戈文和他们道了别,溜达着回到了父亲的宿舍。刚进门,有人敲门,开门一看,是于秀和王冬兰。于秀说:"明早,我俩去四厂报到。"戈文问:"几点走?"于秀想了一下说:"早上八点。"

她俩进来后,问:"你爸走了?"戈文回答说:"我爸昨天走的。"王冬兰说:"明天我们不是一路,你俩去四厂,我去三厂。"接着她又说:"我要是跟你们分一个厂就好了。"于秀说:"就是!"王冬兰说:"秦兰、陆华不都在四厂吗？你们去就可以见到她们了。"戈文说:"我们来,也没见她们呀?"王冬兰解释说:"她俩的父亲不在这在甘南。"戈文继续问:"她俩的父亲和李忠在一起?"王冬兰说:"对!不过,不是一个单位。她俩的父亲和你父亲我父亲是一个单位的,李忠是矿里的。"父亲单位有多大,戈文也不清楚,反正到处都有。哪里有建设,哪里就有他们。于秀说:"我就知道几个地方,甘南、西线、东线、金城、河西等地。"她一连串说出了几个地名。王冬兰感叹地说:"真大呀!"戈文问:"那为什么不把我们分去呢?"于秀说:"他们是建筑公司,比我们在兵工厂苦多了,我才不去呢!"戈文好像明白似的,说:"原来这样呀!"

第二天早上,戈文早早地起来,吃完早饭等着于秀来叫他。刚到八点,她准时来了,戈文和她朝着土谷堆走去。

在一个丁字路口,两人拐了进去,两边都是山,越往里走越窄,一个喇叭形山沟。山沟的路两边,一边有几栋四层的楼房,另一边的山坡上都是阶梯的窑洞。戈文有些激动,眼睛四处看着,从山沟里流出一条小河,河水冻住了,光洁的河面映出了晨光。河边铺着一条柏油路,通往山沟里。这里就是自己今后工作的地方。

第十八章

在一栋红砖四层楼的门口,挂着国营四厂的牌子,戈文和于秀在门口掏出报到单看了看走进了大楼。

在劳资科,一位满脸大胡子的人翻看报到单,什么都没问,拿起电话叫人来领人。就这样,于秀分到了检验科,当了检验工;戈文分到了工具车间,当了车工。

小河边,厂区的大门口,有个站岗台,上面站着一名年轻的解放军战士。戈文把条子递了过去,他看了看,转过身打了一个电话,放下电话告诉戈文:"你去厂部劳资科开个进厂临时通行证。"

戈文回到劳资科开了临时通行证,通过门卫,走进了厂区。这里的一切都是新鲜的、新奇的,两边都是高大的厂房。一直走到山沟的顶头,他都没有找到工具车间。他又返回原路去找,也没有找到,问了一个过路人。那人说:"你跟我走。"戈文跟在后面。那人扭头问:"你是新来的吧?"戈文点点头。那个人年龄不大,也就十八九岁。接着又问:"从哪来的?"戈文说:"张掖!"他问:"张掖在哪?"戈文心想,这人连张掖都不知道!戈文回答:"张掖在河西走廊!"他又问了一句:"河西走廊在哪?"戈文也回答不出来了。

山沟刮着寒风,戈文的脸冻得生疼。路两旁的山上,枯干的树枝在风中摇摆。路边的小河结了薄薄的冰,冰底下的水哗哗地向下流去。

两人走到灰色大门上写着八车间的地方停下了。戈文不解地问:"这是八车间,不是工具车间?"那人哈哈笑着说:"八车间就是工具车间。"

宽大的车间,机器一排一排的,机器轰鸣听不见人的说话。那人指着顶头说:"那就是车间的办公室。"

车间里温暖如春。戈文穿过宽大的车间,每台机器前都站着身穿工作服和便装的男女青年在操作着机器。戈文新奇地边看边走,顺着两道白线的通道,来到了办公室。

门半开着,里面坐着一个扎着两个小辫,低头写字的姑娘。戈文敲了敲门,她抬头看了一下,问:"你找谁?"戈文站在门说:"我是来报到的。"她马上站了起来说:"知道!知道!刚才劳资科打电话说了。你是不是叫戈文?"她热情地让戈文坐下,接着说:"我去找指导员!"戈文环顾简陋的办公室,墙上挂满了各种文件夹,有三张桌子,一条凳子。

一位四十多岁的军人进来了,他很瘦,披着一件蓝色的棉衣,他问:"你是戈文吗?"戈文马上回答说:"是!"小女孩马上介绍说:"这是车间的龙指导员。"戈文马上说:"指导员好!"他操着一口浓重的湖南口音,对小姑娘说:"你去把车工班的老何叫来。"随即坐了下来问:"你是哪里人?"戈文说:"我是陇原人。"接着他又问:"陇原什么地方的人?"戈文回答:"张掖。"他笑了一下说:"我记得你不是陇原人。"戈文坚持着说:"我是陇原人。"他哈哈大笑,说:"娃子,你是哪的人都不知道,怎么能参加工作呢?"戈文急了,忙解释说:"我就是陇原人。"他笑着从抽屉里拿出一个文件夹递给戈文,说:"你看看你是哪里人。"文件上面写着,黑龙江人。戈文摸了摸头笑了。女孩领来了那位叫老何的人——高大的身材,一双大眼睛,宽脸庞,浓浓的眉毛。指导员指着戈文对他说:"给你一个新兵!"老何说:"我们班人够了,你分到别的班吧?"指导员说:"这是你我说了算的吗?少啰唆!带走!"老何打量了一下戈文说:"这不是小孩吗?"指导员说:"你啰唆什么呀?"老何不再吭声了,带着戈文出了门。老何严肃地说:"你先找个地方坐一会儿。"他说完走到一台车床前,跟一个高个子青年人说话。戈文坐在靠窗户的一条长凳上,眼睛环顾着四周。这里的一切,是戈文从没有见过的,心里不禁激动了起来。这里的一切让他浮想联翩,让他展开梦想。虽然他不懂这里的一切,但他知道这里的一切是他的未来,他也许会在这里干一辈子。

这时办公室的那个女孩过来了,自我介绍说:"我叫魏玉,你以后就管我叫小魏就行了。"接着又说:"你跟我去趟办公室。"戈文站了起来,她说:"你向何师傅请个假,他是你们班长,以后干什么多请教他。"

戈文随着她来到办公室,小魏拿出一个单子说:"你签个字,领一套工作服。"戈文拿上工作服别提有多高兴了,在身上比画着。小魏说:"你可以试试,不合适再换。"他穿上有点大,小魏又给他换了一套,还是大,又换了一套,还是大。小魏说:"这是最小号了。"戈文说:"这套就行!"小魏说:"你还会长个呢!"戈文穿上没有脱下来,把袖口挽了挽,把裤腿也挽了挽。小魏看着戈文的样子,哈哈大笑:"说,你这个小孩真好玩,你得改一改。咱厂有家属服务队,那里能改衣服。"戈文问:"家属队在哪里?"她说:"在福利区。"小魏说:"你现在住哪?"戈文说:"住我爸单位。"小魏说:"厂里给你分宿舍了,在福利区,靠公路边上的那栋红楼上,楼底下是土谷堆镇,镇上有商店、银行、小饭店。"她介绍着,戈文听着。她继续说:"下午,车间安排两人去行政科领床。"她从抽屉里取出一把钥匙,递给戈文说:"这是宿舍门上的钥匙,拿好别丢了。"

戈文出了门,回到车工班。老何看见戈文,就朝车工班所有的人喊:"大家过来开一个小会。"十几个人停下车床,手里拿着棉纱擦着手围了过来。有人说:"又开什么会,这么多的会。"老何指着他:"你怎么这么多的废话,让你开会就开会,啰唆什么。"那个人叫老何一顿说,不吭声了。大家到齐了,老何站在中间,说:"现在开会。"一对男女还在说话,老何对他俩说:"哎!你俩停一下,怎么那多的话。我说完了,你俩再说。"老何开始说了,他给大家介绍:"这是戈文同志,今天正式分到车工班了,以后就是同事了,大家要互相关照,互相关心,互相帮忙。"接着老何对戈文说:"给你介绍一下车工班的同事们。"他介绍一个,戈文就向对方鞠一个躬。大家议论:"这个小孩挺懂礼貌的。"戈文心想,这都是母亲教的。老何说:"戈文,先跟着我吧!"

老何介绍完,说:"散会!"接着对一个女孩说:"你带戈文到食堂买点饭票。另外,小王、小张,你俩去找小魏,看看给戈文分到哪间宿舍了。"戈文马上接过话说:"钥匙给我了,下午去行政科领床。"

中午,戈文脱下工作服放在工具柜里,跟着那个女孩子去了食堂。女孩叫吕玉,她一路上没有跟戈文说一句话,到了食堂管理室,她帮戈文买好了饭票就走了。

戈文走进食堂,排队的人很多,想起在农场食堂排队吃饭的场景。突然,于秀喊:"戈文!"她穿着白色的大褂,笑眯眯地问:"你分了什么工种?"戈文回答:"车工。"她又问:"分到哪个车间?"戈文回答:"工具车间。"她说:"工具车间比较好,比产品车间能学到技术。"戈文心想,她怎么懂得这么多。她继续问:"你吃饭怎么不带饭盒呀?"戈文说:"我还没买呢!想从食堂借个碗。"她说:"人家能借给你吗? 我拿了两个碗,借你一个。"戈文说:"谢谢!"她又问:"你见到秦兰和陆华没有?"戈文回答:"没见!"接着她又问:"你宿舍分了没有?"戈文说:"分了,就在公路边的那栋红楼上。"她说:"我也分了,在灰楼。"她说:"灰楼是女生楼,男生给起的名字叫尼姑楼;你们红楼是男生楼,女生给起的名字叫和尚楼。"她说着笑着。戈文觉得人们挺有意思,起的这名,总觉得不太好。戈文问:"你晚上回季家庄吗?"她说:"不回了! 我的宿舍都安排好了。"戈文吃完饭就去了行政科领床,在行政科等了一个小时,小王和小张才来。三人抬着床走在厂区的路上,过了小桥就是灰楼,过了灰楼是一个篮球场,走过篮球场就是红楼。

篮球场的左侧是一座小山丘,形状像一个土谷堆,上面有一座两层的古塔,年代久远,无从考究。此地就是以这个山丘命名的,土谷堆。

整个楼道是昏暗的,墙壁上布满了许多黑点。戈文打开门,屋里摆了三张床,屋中间放着炉子,靠门的地方堆着煤。小王说:"这哪有放床的地方呀?"小张说:"不行就放在煤堆上吧!"接着说:"把煤堆平一平。"戈文拿起铲子将煤整理完,把床放好。虽说条件不太好,但是戈文心里还是蛮高兴的。宿舍在四层,推开窗户就能看见土谷堆。

宿舍一共四个人,两个复员军人,一个姓钱,一个姓贾,年龄都在二十三四岁。还有一位姓薛,他父亲是戈文父亲的上级领导,年龄跟戈文相仿。宿舍的人跟戈文礼节性地说了几句话。戈文就这样在四厂安了家,开始了新的生活。

每天上班,厂区的路上汇集了长长的人流,极为壮观。越往山沟里走,人越来越少,都分流到各个车间了。

戈文第一天上班,老何就告诉他,要他每天打扫车工班的所有车床,时间为一个月。老何说了,每一位新来的学徒都得上这一堂课。这堂课毕业,再开始学技术,学开车床。

戈文每天上班下班,适应新的环境,生活平淡无奇。随着时间的推移,刚来的那股精神,那种好奇,那个热情,慢慢地趋于平静了。夜深人静,戈文有时会想到戈壁滩,会想到地窝子,会想到和同学们的点点滴滴。在这里,除了白天在车间工作,夜晚会感到孤独。在这里,除了几个女同学,戈文不认识一个人,没人聊天,没人倾诉,他慢慢变得低沉了。

有一天,戈文吃完晚饭下了楼,在外面转了几圈,天气太冷又回到宿舍,那三个人都出去了。楼里不时传来打扑克牌叫喊的声音,吹笛子的声音,唠嗑的声音,还有炒菜的声音。楼道里弥漫着饭菜味,水房哗哗的流水声音,喝酒划拳的声音。

突然,有人敲门,一个他不认识的人站在门口,问:"老钱呢?"戈文说:"不在!"他看了看戈文,问:"你是新来的吧?"戈文说:"是!"他又问:"你也是八车间的?"戈文点点头,没想到,这个人竟然管他借钱。戈文望着他,想说没有,后一想,都是厂里的。那人忙解释说:"我跟老钱都很熟,我是四车间的,我姓陈。"戈文问:"你借多少?"他说:"五分钱。"戈文从兜里掏出钱递给他。他说开工资还。

　　戈文想起了在农场的时候，为了看一场电影，差五分钱，向母亲要，母亲硬是没给。他想到这，脸上露出了一丝苦笑。戈文在想，现在有钱了，自己可以随便支配了。他想着往事，又有人敲门了，于秀带着秦兰和陆华来了。戈文高兴地说："快进！快进。"于秀说："你们宿舍怎么这么挤呀？我的宿舍才三个人。"秦兰说："厂里男生多。"陆华也跟着说："就是！"于秀说："你的床怎么放到煤堆上了？"戈文没有回答。陆华说："刚来，欺生。"于秀说："女生就不这样。"秦兰说："我刚来的时候，也这样。"四个人聊着天，戈文突然想起来，一会儿宿舍的人回来，看见他和三个女孩在一起，多不好意思呀！戈文心里想留下她们，可又怕被宿舍的人发现，不时看着门。于秀说："你老看门干啥？"戈文不好意思地说："我没看！"于秀太聪明了，戈文的心思被她看透了，又聊了一会儿，她们三个人走了。戈文关上门，屋里弥漫着女人的气息，他吸了吸鼻子上床了。

　　戈文在迷糊中听见姓贾的问："老钱，怎么有女人味？谁来了？"老钱说："你的鼻子挺尖，我怎么没有闻到？"老贾又问："小薛，是不是有女人味？"小薛说："好像是有点。"老贾问："谁来了？"屋里沉静了一会儿，老贾问："这小孩应该知道。"老钱说："小孩睡觉了。"老贾走到戈文跟前，推了他一下，戈文睁开眼睛问："有事吗？"老贾问："晚上谁来了？"戈文想了想没敢说同学来，而是装着不知地说："不知道！没人来呀！"老贾说："不可能！没人来，怎么会有女人味？你小孩不说实话。"戈文不再吱声。老贾又问："我问你呢？到底来了没来？"戈文还是不吱声。老钱说："老贾，你想女人想疯了。"老贾看戈文不再说话，就拿上脸盆去水房了。老钱又过来，问："小戈，来的女人长得什么样？你跟我说说。"戈文还是没说，老钱也没问出来。老贾洗完回来，还在想这事，自言自语地嘟囔："谁来了呢？"老钱说："也许是小崔来了。"老贾说："去去！什么小崔。"老钱哈哈哈大笑，接着说："你不好意思了？我觉得小崔不错。我有老婆了，不然我就上了。"老贾说："你那农村老婆，赶快离了吧，厂里有这么多漂亮的城里姑娘。"老钱说："城里的姑娘哪能看上我这个乡下人呀。再说，俺媳妇是我们那十里八乡的美人呢！俺还舍不得呢！"老贾说："你拉倒吧，就你那媳妇还十里八乡呢！"老钱没接话而是拿上脸盆去水房了。老贾收拾完上床了，躺在床上对小薛说："小薛，你看着炉子，别让炉子灭了。"小薛说："好！"老贾躺下不一会儿就打起了呼噜。

　　进厂后，戈文每天用铁钩子钩每台车床切下来的铁屑，装在小推车上，推到门外的垃圾堆里倒掉。由于他个子小身体单薄，所以车子被他推得东倒西歪的。一天下来,浑身上下都是油渍,累得屁滚尿流。戈文心里有了怨气,心里在问,这就是新生活吗? 这就是梦寐以求的工作吗? 老何不是说了吗,每个新来学徒的人,都有这么一个过程。接着又给自己打气,连这么一个过程都走不了,戈文! 你对得起父亲吗? 对得起母亲吗? 还能走以后的路吗? 你要学会坚强,要学会忍耐,漫长的人生路才刚刚开始。

有一天,戈文下了班,感到累了,回到宿舍上床休息,直到肚子叫唤了,才拿着饭盒下楼。天黑了,灯光下的篮球场空空的,土谷堆上的塔在寒风中矗立着,球场两边楼房的窗户射出了黄黄的光,灰楼的有些窗户都拉上了窗帘,晃动着身影。

食堂里没有几个人了。他打完饭,刚走到食堂门口,见于秀和几个男人有说有笑地进来。她愣了一下,接着朝戈文点了点头走进了食堂。

宿舍没人,戈文吃完饭,拿上脸盆去水房了,几个人正在洗衣服聊着天。他洗完脸回宿舍,在过道上,碰见了那天领他去八车间报到的那个人。他见戈文问:"都安排好了?"戈文说:"都安排好了。"他说:"咱俩正式认识一下,我叫林大林,在车间材料组。"戈文点点头,自我介绍道:"我叫戈文,在车工班。"他笑了一下说:"我知道。"戈文邀请他到宿舍坐一会儿。他说:"不去了,改天吧!"

戈文回到宿舍又拿出《世界地图册》,可他一点也看不下去,脑袋里不知在想些什么。不知吴小兰现在怎么样了,王大力还在照顾她吗? 在沙枣林跟人打仗的事,姚琴的去世,姚琴的身世⋯⋯戈文躺在床上,思绪四处飘动,跨越时空的回忆和想念。

戈文又想到了前途,我会在山里过一辈子吗? 那个志向在哪里,那个理想在哪里? 参加工作的理想实现了。那以后自己能发展吗? 要想发展就得好好读书学习。大林不是说过吗? 厂里有图书室,明天下了班,叫上大林去图书室看看。

第二天晚上,戈文吃完饭,叫上大林去了图书室。图书室坐落在半山腰,位于厂俱乐部旁。

图书室有四十多平方米,摆满了书架,靠窗户的位置摆了几张桌子,那是阅读区。管理员是一位个子不高,圆脸白净的二十岁左右的姑娘。她见大林、戈文进来,喊道:"大林,你来了?"大林向她介绍说:"这是我们车间刚分来的,叫戈文从张掖来的,愿意看书,我就把他带来了。"接着,大林又指着这们姑娘说:"这是张小娜,也是我们厂的,是一位业余图书管理员。"她笑了,脸上露出了俩酒窝。戈文也微笑了。她问:"你看什么书？"戈文说："我也不知道看什么书。"她递来图书目录说："想看什么书，在这里找。"戈文拿上目录，坐在凳子上，细心翻阅着。他不知道哪些好看。目录上，有《毛泽东选集》《欧阳海之歌》等书，还有《机床修理》《机床操作手册》之类的书。戈文高兴地借了一本《车工技术》和一本《欧阳海之歌》。

月亮升高了，冬天的月光是冷峻的。戈文和大林在山下分了手，大林住在窑洞。戈文回到了宿舍，宿舍没有人。戈文收拾完躺下了，捧着书看开了。门开了，戈文放下了书，装着睡觉了。三人陆续回来了，老贾对老钱说："上次来的女人肯定是小戈带来的。我问过小崔，她说她没来。小戈从哪领来的女人？"老钱说："我听说，他有几个女同学在厂里。"老贾说："我怎么不知道呀！"老钱说："你不知道的事多着呢！"老贾说："那小戈怎么没有说呢？"小薛说："也许不好意思吧！"老钱接过话说："对！对！肯定是不好意思！"老贾说："这小孩挺好玩，挺鬼的。"老钱说："小孩嘛，还没长熟呢！哪能和我们这些老油条比呀！他呀，还是一个雏呢！"

第二天晚上，戈文正在看书，老贾回来了，满身的酒气，结巴着说："你……你怎么不说实话，那天是不是你女同学来了？你这小孩怎么不说实话？"戈文的犟脾气上来了，不理他。老贾见戈文不吭声，又含糊不清地说了几句话，上床拉开被子躺下了。戈文心里很生气，这个人怎么这样？

戈文上班，依然干着昨天的活。一台车床、一台车床地打扫卫生。没人说话，很郁闷，只有休息的时候，才能翻看看报纸或看看技术类的书，心里憋得慌，想找人说话，可车间里没有可说话的人。这么多天了，戈文都是一个人上下班，车间的青年工人，三个一伙，五个一群地一起走，打打闹闹地说笑着。戈文心里在问，这种生活什么时候才能结束呀？打扫卫生，何师傅不是说一个月吗？还得毕业，毕业不了，是不是还得继续打扫卫生？然而，戈文把这些都压在了心里，告诫自己，你才上班几天呀！再说，你现在是一名工人，是工人阶级的一员，一定要学会坚强！学会忍耐！

有一天中午，戈文下了班，林大林走到他跟前说："走！"就这一个字，让戈文的心里感动极了。出了车间大门，前面走着几个人。大林喊了一声："辛力！"辛力停下了。两人互相介绍后，辛力与戈文握了一下手说："你可能是车间年龄最小的吧？"戈文有些羞涩没有吱声。林大林说："咱们车间的大部分青年都是从金城来的，他们有他们的圈子。一部分是厂里的子弟。辛力就是厂里的子弟。我是从金城来的，我们学校就分来我一个人。还有一部分复员军人。你们宿舍的老贾、老钱都是复员军人。另外还有一部分协作单位的子弟,像你,你们宿舍的小薛等。"戈文听着林大林的介绍,三个人边聊边走到了食堂门口。戈文和大林进了食堂,辛力回家了。

食堂大厅里,几个人正在打架,一片混乱。一个高个子小伙子,用铝制的饭盒扣打在一个人的头上,那个人的头上顿时鲜血直流,高个子不罢休,又扣第二次。突然,一个人上去拦住,动作敏捷地把高个子制服了,其他几个人全都跑了。林大林介绍说:"这是厂保卫科的李建,复员军人,是侦察兵。"戈文心里十分佩服,我要是有这一身好武艺,还怕谁呀!在学校老是跟人打仗,每次打仗,都是以失败而告终,还得挨母亲一顿揍。李建把那个小伙子带走了,食堂恢复了秩序,大家排好队开始买饭了。戈文问大林:"辛力的爸妈在厂里是干什么的?"大林说:"他爸原来是部里一个厂的厂长,后来犯了错误被调到厂里当了一个科长,母亲在厂里卫生所当医生。"戈文又问:"那你呢?"大林说:"我……我抽空跟你说吧!"

戈文回宿舍,钥匙开不开门,心里纳闷,这是怎么回事?屋里有动静,但就是没有开门。他想,也许人家正在忙,我下楼转一圈再回来。戈文刚下了楼,就碰见车间的小魏。他问:"你怎么来了?"小魏说:"老贾在吗?"戈文撒谎说:"不在,宿舍没人。"小魏自言自语地说:"这个老贾到哪去了?上午十点多钟就不见他了,还以为他回宿舍了。"她说完就走了。戈文心想,是不是老贾在宿舍?如果在宿舍,那他干什么呢?戈文在楼下站了一会儿又上楼了,走到楼梯口,看到老贾送一个女的下楼。戈文刚想躲起来,却已被老贾看到。他干脆不躲了,进了宿舍。老贾赶紧把门关上,说:"我跟你说,这事对谁都不能讲,记住没?"戈文点点头说:"刚才在楼下碰见小魏了,她到处找你。我说你不在,她就走了。"老贾拍了一下戈文的肩膀说:"好孩子!"他说完就出门下楼了,他的床还没有来得及收拾。戈文站了几分钟出门上班了。

车间里没几个人。戈文心里在问,那个女的是谁,难道就是他所说的那个小崔吗?没看清那个女人的脸,不过身材不错,挺苗条的。戈文坐了一会儿,站了起来,去收拾车床。吕玉来了,说:"我这不脏,待一会儿收拾吧。"她的脸很白,长了许多青春痘,单眼皮,高挑的个子,说话的声音很温柔。她站在车床跟前说:"你这小孩挺勤快的。"戈文抬头看了她一眼,反驳地说:"我才不是小孩呢!"她嘿嘿笑了一声。戈文收拾第二台,用铁钩子钩铁屑,钩不动,就用手拉,开车床的小王扔给他一只手套。老贾过来,对着戈文的耳朵悄悄地说:"你千万不能说出去。"戈文笑了一下说:"放心吧!我不会说的。"脑海里又涌现出那个女人的身影。戈文心里明白,工厂里的关系复杂,要小心行事,不能搅和进去。就是老贾不嘱咐,也不能说,这件事跟自己一点关系都没有。

下午下班,戈文在水池边碰到林大林。他说:"辛力叫我俩今晚去他家吃饭。"戈文心里挺高兴,又一想,不熟,怎么好意思呢? 对大林说:"我不熟,不去了。"大林说:"是辛力让我叫你的。"戈文心想,辛力怎么会叫我呢? 肯定是林大林说的。想了想,觉得交几个朋友没有坏处,就答应了。

太阳落山了,余晖映红了山顶,福利区冒出了缕缕炊烟。戈文和林大林来到半山腰的窑洞,一进门,辛力的父母非常的热情。两人向辛力的父母问了好,辛力便领着他俩进了里屋。屋里很温暖,三个人聊着,书架上有不少书。戈文说:"你的书真不少!"辛力说:"你想看随便挑。"戈文挑着书,大部分都是高中课本。他边挑边听他俩聊天。辛力说:"我觉得现在还是要好好读书,不能像车间的有些人,不是打牌,就是喝酒。"林大林说:"就是!"辛力说:"我本想考高中,结果父母调动工作,没有考,就参加工作了。那时买的一些书都还留着呢! 多学习知识,肯定没有坏处的。"大林、辛力、戈文三个人都有一个共同爱好,喜欢文学。

辛力的母亲叫道:"吃饭了。"饭菜很普通,一个白菜炒肉,一个土豆丝,一盘咸菜,一盘炒酸菜。辛力的父亲问戈文:"你爸是哪个单位的?"戈文说:"是七局的。"他说:"我知道,就是给我们建厂子的公司。"辛力的母亲问:"你妈在这吗?"戈文回答:"不在!"接着又说:"前几天我爸也走了。我家在张掖!"辛力的父亲问:"那就你一个人在这?"戈文回答:"对!"辛力的父亲扭过头,眼神落在窗户上,回忆地说:"我参加革命的时候,跟你的岁数差不多。那是战火纷飞的年代,没有这么好的条件,没有这么和平祥和。"

大家东一句西一句地聊着。由于第一次来人家家里,戈文很拘谨,说话少,也不敢下筷子。辛力的母亲说:"你们吃菜呀! 可别剩下。"戈文这才去夹菜。辛力的母亲问大林:"你家姊妹几个?"大林说:"就我一个。"接着他又说:"阿姨,我是一个孤儿,是从福利院长大的。我没有见过父母,也没有亲人。"大家听后静了下来。辛力的父亲放下筷子说:"你以后就把这当家。我也算是孤儿了。新中国成立后,我回到家乡,家里一个人都没有。据村里老人讲,我走后,我们家就搬走了,至于搬哪去了,没有人知道。所以说,我也是孤儿。"辛力的父亲苦笑了一下。戈文听他们讲,心里很受感动,之前觉得自己可怜,觉得自己孤独。他们呢? 比自己的境遇更惨。自己的父母双全,还有三个弟弟。戈文心里在问自己,你真是身在福中不知福呀! 于是心里流出对大林的怜悯,流出了对他的同情,也流出了对辛力父亲的尊重,流出了对革命者的仰慕。戈文又想,我是什么呀?回想自己这十六年来,是顺利的,是幸福的。我有委屈可以告诉父母,有困难父母会帮我解决。戈文心里想着这些,不由升起了幸福感。这段时间自己为打扫卫生而生气,真是太不知足,太不成熟了。戈文暗暗地想,一定要好好工作,不能让父母操心、担心。

吃完饭,戈文和大林跟辛力的父母道别后下了山。林大林回窑洞,戈文回了宿舍。戈文在门外听见屋里热闹的打扑克声,又下楼了。

空旷的球场,寒风刺骨,灯光黯淡。戈文裹了裹棉衣,想起父亲,不知父亲的病怎么样了。又想起来林大林说的"就我一个人,我没有亲人"。这句话让人伤痛,没有亲人!孤零零的一个人,多凄惨呀!林大林的身世,让戈文醒悟,我要爱父母,爱弟弟们,爱我的同学们,爱我身边的每一个人,我不想孤零零一人。又想这段时间的事,吕玉对他的关心,班里小王给他的手套,大林、辛力对自己的照顾,心里不由地升起了幸福感。这么多人关心我,我还会感到孤独吗?

戈文感到身子冻透了,上楼回了宿舍。老贾上床了,老钱在昏暗的灯光下缝制衣服,小薛在看书。

周六下班后,戈文回到了季家庄。吃完晚饭,他去找李二虎,想约他一起去看看吴小兰。敲了几下门,隔壁的人出来,问:"找老李吧?"戈文说:"我找他儿子李二虎。"隔壁人说:"老李两天不在家了。听说,他儿子跟人打架了,把人家打坏了,在医院呢!"戈文忙问:"在哪家医院?"隔壁的人说:"我也不清楚。"戈文马上去找王冬兰,她爸告诉戈文,王冬兰没有回来,说明天回来。他又去找董茹,她父亲告诉他,董茹也没有回来。戈文想了想就去了地区二医院,找了半天也没有找到。他觉得奇怪了,李二虎去哪了?既然来了,那就去看看吴小兰吧。病房里只有吴小兰,闭着眼睛,脸色还是那么苍白。戈文坐在她旁边,静静地看着。

病房的门响了。吴小兰的母亲进来了,戈文忙站起来叫道:"吴婶,你好!"她见到戈文悲痛地哭了起来,戈文心里酸酸的,忙劝吴小兰的母亲,谁知越劝她越哭。戈文不知所措,拿毛巾递了过去。她接过毛巾擦了擦眼泪说:"我看到你就想哭。你们都是同学,你们都好好的,可我家小兰……"她说着又哭了起来。戈文不由地流下了眼泪,现在能说什么呢?这么大的灾难落在谁头上,都是万分的痛苦!这个世界太不公平啦,怎么把这些灾难都落在她的身上了。戈文默默地陪着吴小兰的母亲。

吴小兰的母亲渐渐地平静了,问了戈文一些情况。她说:"要是小兰好好的,你们同学都在一起多好呀!"戈文的心情恶劣极了。

一个年轻女人走了进来,对吴小兰的母亲说:"阿姨,你回去休息吧,今晚我来值班。"女人又说:"你来了一直没有休息,这样会把身体折腾垮的。你可要注意身体,家里还有孩子呢!"女人说完,又问戈文:"你是吴小兰的同学吧?"戈文说:"是的。"她又说:"你们同学有个叫王大力的。"戈文没吱声,她接着说:"这孩子真不错。小吴受伤后,一直陪着,昨天才回去。"吴小兰的母亲也跟着说:"大力真是个好孩子!"那个女人说:"不早了,你们都回吧!"吴小兰的母亲说:"小张同志,你回吧,还是我来吧。"小张说:"不行!今晚你必须回去休息!单位派我来就是照顾小吴的。你要是有个三长两短,我可负不起这个责任呀!"吴小兰的母亲说:"我觉得活着真没意思,还不如死了。"小张说:"阿姨,你可千万不能这么想。你别忘了,你还有几个孩子呢!"戈文也劝,吴小兰的母亲这才回去休息。戈文回到了季家庄。

李二虎找不着,吴小兰昏迷不醒,王大力的感人,吴小兰母亲的悲痛,让戈文躺在床上久久不能入睡。人生怎么这么残酷,这么难!

第二天早上,戈文去找王冬兰。她爸问:"有什么急事吗?"戈文回答:"没啥急事。"一转身,见王冬兰走进了院子。戈文跑过去问:"李二虎怎么回事?"王冬兰说:"李二虎把常丽打了。"戈文不明白地问:"他俩怎么会打架呢?到底是咋回事?"王冬兰说:"常丽在我们厂搞施工,离二虎住的地方近。前两天,我们在一起聚会,二虎喝多了,不知怎么,两个人吵了起来,常丽就走了。二虎去追,常丽不知怎么掉进了水沟里,脑袋摔破了。"戈文问:"在哪住院呢?"她回答:"在总厂医院。"二虎的父亲知道了,也去了。我昨天去看了一下,常丽好多了。戈文听完后说:"我想去看看!"王冬兰说:"你别去了,二虎嫌丢人。"戈文觉得她说得对,去了,二虎肯定很尴尬。这个常丽的小嘴太厉害,得理不饶人。他又一次感到二虎和常丽不太合适。

戈文闲着没事,想学学骑自行车,父亲的自行车就在门外。戈文刚来的时候,跟二虎学了一次,便从抽屉里找到了钥匙,开了车锁,开始学了。

戈文一上车,车子就倒,他便招呼院子里玩需的小男孩过来帮他扶自行车。其中一个小孩说:"扶可以,那你得让我们骑骑。"戈文说:"没问题!"几个人扶着,戈文骑了上去,骑了两下又倒了。他反复学,慢慢可以骑了。可骑上不会拐弯,一拐弯车子就倒。骑着骑着可以转弯了,戈文高兴地在院子里转圈,兴奋地叫道:"我学会骑自行车啦!"正在高兴时,进来一辆大卡车,戈文赶紧躲避。没想到,车子一歪,身体一倾斜,连人带车摔到地上。只听得胳膊咯吱一声,疼得他直咧嘴。孩子们都跑了过来,戈文摸着胳膊说: "你们骑吧!我胳膊疼。"撸开袖子一看,胳膊关节蹭了一块皮,流血了。他赶紧回到宿舍,找布擦了擦包上了。

整个晚上,戈文疼得睡不着觉。第二天,他照常上班,觉得自己刚来就请假不太好,也许忍几天就过去了。几天过去了,戈文的胳膊依然疼痛且弯曲着深夜躺在床上,他几次想把胳膊伸直,可一伸就钻心的疼。

有一天,早晨上班,何师傅过来问:"你胳膊怎么回事?"戈文说:"没事!"何师傅没好气地说:"有事就是有事,怎么能说没事呢?我观察你几天了,你到底是有事还是没事?"戈文低头不语,何师傅说:"说呀!到底怎么回事?"戈文一看不说是不行了,就把事情的经过说了一遍。何师傅问:"你爸你妈知道吗?"戈文回答:"他们都不在。"何师傅口气缓和了说:"你上午去趟卫生所看看。"

厂卫生所坐落在半山腰上。戈文进了卫生所的院子里,碰见辛力的母亲。她问:"你怎么了?"戈文回答:"我胳膊摔坏了。"进了屋,戈文撸开了袖子,辛力的母亲很儒雅,说话声音很轻,额头上有细细的皱纹,五官线条非常和谐。年轻的时候,她肯定是个大美女。她看完说:"你这胳膊得做手术,不然就麻烦了。"接着又说:"你得去二医院,我给你开个单子。"接着,她又给戈文涂了一些药包了包,开了一些消炎药。戈文拿着单子,犹豫了,想了想决定不去了,不能去做手术,做手术就得住院。住院就不能上班,不上班就会影响工作。再说也开了消炎药,也许过几天就会好的。戈文抱着侥幸的心理,把单子揉了揉装进了口袋回车间了。

戈文怎么也没想到,胳膊持续地疼。半个月后,父亲单位的李大成来看他,也是他家的邻居,比戈文大七八岁,早参加工作了。大成见戈文脸色非常不好,问:"怎么回事?"戈文如实说了。他不顾戈文的反对,到何师傅那请了假,硬拉着戈文去了二医院。大夫检查说:"你怎么才来呀?骨缝里都长新肉芽了。再晚来,你这胳膊就废了。"戈文吓得出了一身冷汗,在医生的安排下来到了手术室。在手术室里,医生给他打上麻药,用刮刀刮骨头上的肉芽。一个多小时过去了,手术做完了。大成帮戈文安顿好后就走了。麻药劲过去后,戈文疼得捂着被子掉眼泪,不敢大声哭,怕影响别人。病房的人,帮他打菜,帮他打洗脸水。病房的一位大妈说:"这孩子,也没有一个人照顾,真可怜!"她这么一说,捅到戈文的伤心处了。白天还好一些,一到晚上,胳膊一疼,他就想家,想父母。在住院期间,何师傅来看过一次,大成也来看过。

　　一个星期后,戈文出院了。大夫说,一个月后再来复诊,拔掉钉在胳膊上的四颗不锈钢钉子。何师傅见戈文来上班,问:"你行不行呀? 不行,就休息!"戈文说:"行!"何师傅露出赞许的目光。戈文依旧打扫卫生,因为何师傅没说毕业。一个月后,戈文去医院拔钉子。大夫问:"打麻药吗?"戈文听人家说,打麻药伤脑子,说:"不打!"大夫看了戈文一眼说:"这小孩蛮坚强的。"大夫用钳子拔,拔一颗,戈文钻心地疼;拔一颗,咧着嘴,那个疼呀。拔完了钉子,胳膊慢慢得不疼了。万万没想到的是,胳膊伸不直了。戈文拉、压,就是伸不直,胳膊弯曲着。心里在问,我不会残疾了吧?

第十九章

 戈文打扫卫生的工作总算结束了,开始跟着何师傅学徒了。何师傅带着两个徒弟,一个是戈文,一个是张银。张银比戈文大一岁,个子比戈文高出一头。张银上车床,戈文就在旁边当下手。戈文上车床学习,他就去溜达了。刚开始的时候,俩人的关系处得还行,时间久了,张银经常不让戈文上车床学习,戈文忍了。他不让上,就不上了。

 有一次,戈文正在车床上干活,张银让戈文停下。戈文说:"我把这点活干完再停。"他不听,非让停下。戈文不听,张银把电源关了。戈文忍不住爆发了,不管三七二十一,跟他打了起来。戈文弯腰钻进张银的裤裆里,一使劲把他掀翻在地,拿起扳手就要砸下去。何师傅大喊一声:"住手!"随即骂:"戈文!你怎么这么野蛮!起来!"戈文骑在张银的身上就是不动。何师傅上来把他提了起来。何师傅大骂:"你怎么这么野蛮!"戈文站着,感到委屈了,是张银的错,是他过来抢的。戈文刚想张嘴辩解,何师傅语气强硬地说:"你住嘴!你还有什么可说的!你怎么这么野蛮!你写检查!"何师傅连着说了四个你。戈文生气地跑出了车间大门,站在山根前,不由地流下了眼泪。他感到委屈,师哥为啥欺负他!师傅还不公平!戈文越想眼泪越多。辛力从车间出来,看到戈文叫道:"戈文,你站在这干吗呢?这么冷的天。"戈文流着眼泪不想说。辛力问:"怎么回事?"戈文不吱声。辛力见状就拉着戈文去了钳工班。钳工班在车间的拐角处,单独有一间大房子。戈文坐在辛力旁边,还是不说一句话。窗外的阳光铺洒进来,戈文渐渐地平静了些,才把事情的经过向辛力说了一遍。辛力说:"小张不对!仗着自己是先来的,也不能欺负后来的人呀!"戈文觉得有人替他说话了,心里的气也渐渐地消了一些。辛力的话一转说:"再怎么样,你也不能打人呀!看来你这个检查是跑不掉了。"戈文为自己后续的事情担心了,忙问辛力:"写个检查就行了吗?不会有别的处理吧?"辛力想了想说:"应该不会,你就摔了他一个跟头,也没有打伤他。再说,这事是事出有因。"戈文稍微有点放下心来。

戈文回到班里,何师傅正在和李师傅交谈。何师傅叫:"戈文!你过来一下。"戈文低头走了过去,何师傅说:"你以后跟李师傅学吧!"戈文不知怎么回事,只能点了点头答应着。他看了看李师傅,只见李师傅一点表情都没有,没说行,也没说不行。何师傅说完走了,戈文站在李师傅跟前。他开的这台车床抵普通车床两个大,戈文站在一旁,心里挺高兴。何师傅没有说让他写检查,还把他调开了,不跟师哥在一起了。李师傅开着机床。他是从别的厂调来的,一口的陕西话,背有点驼,高鼻梁,黄牙齿。他停下了说:"你学一下。"接着,他又详细地讲解怎么操作,怎么上车刀,加工什么样的部件,要多大转速。戈文细心地听着。他讲完后说:"你试试吧!"戈文高兴地独立开车床了。李师傅看了看,背个手走了。戈文高兴了,这是因祸得福呀!然而,当戈文开起来,就知道有难度了。他边开边琢磨,有问题了,就去找李师傅问,有时找不见他,就自己琢磨。经过一段时间的练习,戈文慢慢地掌握了技巧。不过,在这个学习的过程中,他有好几次差点撞上了卡头,吓得他出了几次冷汗。

戈文有气,也有高兴,没人管他了。经过一段时间的学习,他可以加工一些简单的零部件了,李师傅倒成了甩手掌柜的了。一天下来,戈文筋疲力尽。他的胳膊还没有好利索,胳膊伸不直,一拉车床的大后座就扯得生疼。即使这样,戈文还坚持着,忍耐着。有一天,吕玉过来跟他说:"何师傅真偏心,他怎么不让小张来呢?再说,你个子这么小,开这么大机床,真是不像话!"她这么说,戈文倒觉得没什么,反正把本事学到手就行了。她又说李师傅:"一天游手好闲,也不好好教你。"戈文心里想,他不好好教,我才要争口气,一定要学好,到时给他看看。

有一天下午,指导员背着手过来了,站在戈文的床子跟前,一声没吭地看着。戈文停了下来,指导员表情严肃地说:"你停下干什么?干活!"他站了一会儿,一句话没说走了。接着听见指导员喊:"老何,到我办公室来一趟。"

中午,快下班的时候,小魏过来,环顾四周悄悄地说:"刚才指导员把老何训了一顿,说,让你一个小孩开这么大车床。"戈文听完,没往深处想,觉得自己现在比和大师兄在一起上车床学习的时间多了。他回答:"没事!这样挺好的!"小魏用疑惑的眼光看着,接着说:"你这小孩没心没肺的!"

下班了,戈文关上车床,用棉纱擦了擦手去水池洗手,何师傅过来了,戈文闪了一下,何师傅说:"你还是跟我学吧!"戈文马上说:"何师傅,我就在大床干吧!"何师傅没好气地说:"你想怎么干就怎么干吗?"戈文坚持地说:"我还是在大床吧!"何师傅没再吭声,洗完手走了。

戈文出了车间大门,随着人流去食堂了。在路上,摸了摸弯曲、隐隐作痛的胳膊。不禁为自己的胳膊担心,要是伸不直怎么办?他又想到小魏,觉得她真是个好人,觉得老何这样做不公道,给他通风报信,告诉他,指导员训老何了,心里不由地有股暖意。

食堂人很多,灯光很暗。近千人等着打饭,炊事员稍微慢一些,就招来人们的骂声。戈文吃完饭回到宿舍午休,梦见了父母亲和弟弟们,梦见了农场。突然,小薛喊:"到点了!"他睁开眼睛,屋里没人了,赶紧起来朝车间跑去。戈文走到车间门口,看见小薛说:"谢谢!"

小薛,叫薛刚。高个子,宽脸庞,挺直的腰板,一脸的严肃。虽然年龄不大,但非常的老成,不苟言笑。戈文住进宿舍后,这是他第一次和戈文说话。

戈文启动车床,小魏过来说:"指导员叫你。"他跟着小魏去了办公室。指导员问:"我听老何说,你不愿意跟他。"戈文解释说:"不是我不愿意跟他学,我愿意开大车床。"指导员没有再问第二句话。接着说:"好了!你去干活吧!"

戈文一头雾水,怎么就问这一句话?他回到车床,李师傅正在干活,戈文站在跟前帮着收拾铁屑。李师傅干了一会儿,说:"你来吧!"又叮咛了几句背着手走了。

有一次,李师傅对戈文说:"小戈,在工厂里,技术是第一,其他都是空的。技术不好,是被人瞧不起的。你要好好学习技术,我就吃了技术不行的亏。"戈文心想,让一个技术不行的人教我,由此对何师傅更有意见了。虽然李师傅自认为自己技术不行,但是在戈文心里还是行的。因为毕竟刚学徒,李师傅说的话是有用的。宿舍的老贾,是个钳工,因为技术差,经常挨年轻女检验员的训。

戈文正在专心地干活,老贾过来说:"小戈,帮一个忙。"机器声太大,戈文没有听清,问:"什么事?"他贴着戈文的耳朵说:"我这零件有问题,你帮我再加工一件。"戈文停下了,拿过来看了看,就卡上车开了。不一会儿做好了,老贾看了看说:"没想到,你学得蛮快呀!"嘴里不停地说:"好!好!"他走了,戈文心里甜滋滋的,说明这段时间的学习被人认可了。他正在高兴,检验员拿着零件过来,问:"这是你加工的吗?"戈文看了看说:"是!"检验员说:"废品!加工错了。"戈文忙辩解说:"我是按老贾给的图纸加工的呀!"检验员说:"那是你们的事,跟我没有关系!"接着又说了一句:"重新加工!"戈文还想说什么,她已经走了。车间的检验员归厂检验科管,不归车间管。车间所有加工的零件,她都有否决权,谁说都不行。零件可以重新加工,可是没有工料呀!戈文找老贾去了。老贾说:"你把零件加工错了,怎么让我去找工料?"气得戈文不知说啥,知道上当了,扭身走了。老贾在后面喊:"你去找一下林大林。"

戈文找到了林大林,把情况说了,工料找到了,图纸还在老贾手里,又去要图纸。零件加工完,送到检验台,检验员拿着卡尺量,戈文站在跟前心里不踏实。检验员是一个非常漂亮的姑娘,个子不高,大眼睛,尖下巴,皮肤有点黑。戈文看着她,有认识她许久的感觉,有一种过电的感觉。她量完,笑着说了一句:"不错!"脸上露出俩酒窝,声音非常好听。不知怎么,戈文羞涩了,心情也随之兴奋了,嘴里哼出了歌。这位姑娘有一个很好听的名字,叫尤美丽。

下班了。戈文去水池子洗手,小魏也在,她边洗手边对戈文说:"你怎么愿意开大床子呀? 过去,派谁,谁都不去。李师傅跟老何闹得不行,老何为了报复他,才让他去开大床子。"戈文没有说话,心想,我才不管这些呢,不然,也没有这么多机会上床子学习。戈文扭头朝她笑了笑。尤美丽来了,戈文下意识地给她腾地方,她很自然地站到戈文腾出的地方洗手。没想到的是,车间的男青年都过来洗手,把尤美丽围住了。小魏喊道:"你们干啥呀? 我洗完你们再洗行不行!"没有一个人接她的话茬。戈文洗完手回到车床,关好工具箱随着人流下班了。

太阳落山了,整个山笼罩在朦胧里。戈文顺着人流走在厂区的大道上。路过检验科,见于秀和几个人走过小桥,也汇入了人流。自从上次在食堂碰见她,好长时间没见她了。秦兰、陆华上次来宿舍后,也再没见过面。有几次,戈文在宿舍待着的时候,想和她们见见面聊聊天。这个念头一闪,总觉得和女孩子打交道不好意思,内心的情感随着和吴小兰的分离,变淡薄了,没有心动,没有激情了。今天,尤美丽让他心动了,可又觉得自己好笑。她比自己大,也许她还认为我是一个小孩子。戈文不由地苦笑了一下,同时,也告诫自己不要胡思乱想。

尤美丽目不斜视地走进了食堂,身后跟着一群戈文认识和不认识的年轻人。他们有吹口哨的,有打着饭盒砰砰响的。戈文打上饭往宿舍走,在灰楼下,看见于秀和两个男生过来。她朝戈文微笑着擦肩而过,戈文也回以微笑。他觉得于秀上班后变了,好像不太愿意和他说话了,他不明白为什么。

宿舍没人,戈文在昏暗的灯光下吃完饭洗完碗,开始看书了。不知怎么,他始终看不进去书。一页一页地翻,一点内容都没有记住。他拍了一下脑袋,自问,你这是怎么了。尤美丽又跳入他的脑海里,他摇摇头,脸上露出了一丝微笑。年轻人的一颗心,就这样躁动了。其实,他心里清楚,他所想的都是空想。人往往就是这样,空想的东西更加熬人,更加令人向往,更加令人心神不定。

第二十章

时间过得真快。寒冬过去了,春天来了,满山的树吐出了鲜绿的嫩芽。人们在暖洋洋的阳光下又开始了新的一天。路边的小河解冻了,清澈的河水从山涧流出。戈文随着上班的人流走进了车间。

经过四个多月的学习,戈文可以娴熟地操作车床了,技术上有了很大提高。他的胳膊依然弯曲着,不时有些疼痛。李师傅依然背着手去转,戈文依然每天开着大车床。何师傅依然带着师兄,对戈文的态度还和刚来的时候一样。林大林、辛力和戈文的关系越来越好了。尤美丽依然是戈文心中的一个向往。

戈文环顾车间,启动车床,响起了机器的轰鸣声,他拿棉纱擦车床,上润滑油。突然,车间办公室的小魏喊:“戈文! 电话。”他纳闷,来到厂里,这是第一次有电话。戈文转身问:“是我的吗?”不见小魏了。他关上车床,快步跑进办公室,拿起电话:“喂!”传来一个女人的声音:“你喂什么? 我是林梅!”戈文高兴地问:“你在哪里?”林梅说:“我到你们厂办事,你有时间吗? 我们见一面,我在你们厂大门口。”戈文犹豫地说:“你能来我们车间吗?”接着又说:“我在八车间。”林梅说:“方便吗?”戈文说:“方便!”林梅说:“好!”戈文放下电话又后悔了,应该出去。林梅一来,车间的人都知道了,想变已经来不及了。小魏抬起头问:“怎么,有人来?”戈文说:“我同学!”小魏笑了笑又问:“是女同学吧?”戈文没有回答就出门了。小魏现在已经跟他很熟了,她是车间的团支部组织委员,戈文上班一个月后,她找戈文谈话,让戈文写入团申请书。戈文谦虚地说:“等我表现好了再写。”小魏说:“你先写,还得培养呢!”她说:“支部确定我是你的培养人。”这样戈文就和小魏结成帮扶的对子。

戈文等了半个多小时,不见林梅。这是怎么回事? 从厂区到车间最多也就二十几分钟。突然,小魏来喊:“电话!”戈文以为是林梅的,拿起电话,是厂大门口的警卫,问他认识一个叫林梅的人吗? 戈文说认识,警卫放下了电话。

　　戈文洗了洗手，早早地来到车间大门口等林梅，等了好半天，不见林梅的身影。小魏过来了，调侃他说："在等女同学呀？"她把那个"女"字的音说得很重很长。戈文微笑着算是回答了她。戈文望着远方，厂区大道的拐弯处迎面走过几个人来，那不是林梅、陆华、秦兰、李力帆吗？戈文高兴地迎了上去，见到了久别的同学，兴奋激动，在路边高兴地聊了起来。戈文邀请同学们中午一起吃饭。接着说："我回去请个假，你们稍等。"

　　土谷堆镇的小街上人不多，路边上停靠着几辆大卡车。他们走进一家小饭馆，有几个过路的司机在吃饭。小饭馆面积不大，摆放了七八张桌子，他们找了一张空桌子坐下来。戈文去开票，陆华和秦兰争着要去，戈文拦住说："今天说好了我来，你们不要争，快去陪林梅、李力帆说说话"。

　　戈文开完票，秦兰、陆华过来端饭。戈文买了羊肉面片，一盘土豆丝，一盘羊肉炖白菜。大家吃开了，林梅见戈文夹菜不利索，问："你胳膊怎么了？"戈文说："没事！"林梅关切地说："我看你胳膊怎么伸不直，"秦兰也跟着说："是的！刚才开票的时候，我就觉得他胳膊不对。"戈文苦笑了一声，把胳膊摔坏和治疗的过程说了一遍。她们几个担心地说："那你可要抓紧治呀！"戈文听着她们关心的话，心里涌出一股暖流。戈文说："不说这事了，你们还好吧？"林梅高兴地说："挺好的，那几个厂的同学经常聚。你们离我们有点远，不然我们也会经常聚。"原来林梅说的每月聚一次成了泡影。戈文问着同学们的情况，可是谁也没有提吴小兰。戈文忍不住说了上次在医院碰见吴小兰妈妈的事。林梅说："我们几个都看过几回了。"提起吴小兰，大家的神情都黯淡下来。戈文的内心深处，还在惦记着吴小兰。由于王大力，他把这个惦记压在心里。他不能说出来，不能表现出来，也许吴小兰真正喜欢上王大力了，而他只是吴小兰感情上的一个过客。同时，戈文也在想，眼前的这些人，都是激情四射的青年人。有情感，有激情，有内心的渴望。眼前的林梅，青梅竹马，一起成长。自从参加工作以后，林梅始终没有跟自己联系过。这一晃，来到了春天。戈文吃着饭想着这些事情。林梅好像看出了戈文内心的想法，解释说："我们一上班，就不能请假，好几个星期天都加班。"陆华说："我们也是，现在生产任务重，每天晚上都加班。"李力帆说："这羊肉面片真好吃，好久没有吃到这么好吃的了。"林梅说："你就知道吃！"她说完，李力帆笑了笑，陆华和秦兰也笑了。戈文没有笑，心里掠过一丝不快，觉得林梅和李力帆的关系有变化了。林梅马上又说："戈文！哪天有空去我们那边聚聚，那边同学多。"戈文点点头说："好！"他们东拉西扯了一会儿就散了。林梅和李力帆回厂了。戈文、陆华、秦兰走在回去的路上，秦兰说："我看李力帆和林梅的关系不错。"陆华说："她俩在学校的关系就不错，是不是戈文？"戈文心里明白，但不能说，回答道："林梅跟谁都不错。"陆华接着说："是的！林梅性格好！同学们都愿意跟她玩。"他们边说着话边各自回到车间。

戈文回到车间，车间静悄悄的，没有一个人，心里不禁纳闷，这是怎么回事？他来到办公室，没有一个人。车间的南大门开了。小魏从门外进来，见他就问："你跑哪去了？"戈文说："陪同学去土谷堆镇了。"接着又说："我跟何师傅请假了。"她说："你怎么去了这么长时间？"接着又说："赶快去会议室开会"。戈文说："我请假的时候，何师傅没说开会呀！"小魏说："是临时通知的。"接着又说："你快去吧！别啰唆了。"戈文跑进会议室，龙指导员正在讲话。戈文在后面找了个地方坐了下来。坐在旁边的吕玉问："你跑哪去了？"戈文回答："同学来了。"龙指导员说："这次的任务重，时间紧。厂里要求，一定要在月底之前拿出装配模具来，保证火箭筒的试验成功。"他又强调了一下纪律，他说："有的同志擅自离岗，不请假就走，还是一位小同志。"戈文听这话好像是指他，心里叫道，我是请过假的呀！这是怎么回事？他糊涂了。散会后，林大林跑过来悄声对他说："你怎么回事？怎么不请假就走了？"戈文冤屈地说："我请假了呀！"他说："开会的时候，指导员问你，何师傅说不知道呀！我当时就站在旁边。"戈文的火一下子上来了，愤怒地说："我去找何师傅。"大林拦住说："你不能去！去找，何师傅不承认，那你就更麻烦了。你刚来不知这里的复杂。再说，指导员信你，还是信何师傅？"戈文听完他的话觉得有点道理，戈文说："那我也不能这么受冤枉吧？"大林劝说："你等等，看指导员找不找你。如果找了，你就实话实说，不找你，这事就不要提了。千万不要找何师傅。"

何师傅看见戈文笑眯眯地问："同学见完了？"戈文低头没有吱声，开动了车床。何师傅看了看转身走了。戈文觉得他的笑脸是丑陋的，是那么让人厌恶。他不明白何师傅为啥要这样？就因为和师兄打架吗？找不出别的理由。小魏叫他，戈文停下车床，听见何师傅问小魏："叫戈文干什么？"小魏说："指导员让叫的，我也不知道！"小魏走了，何师傅过来对戈文说："指导员问你请假的事，你就说忘跟我说了。"戈文没吱声，他又嘱咐了一句。戈文进了办公室，指导员穿着春天的衣服，外套里面穿了件褪了色的毛衣，袖口都开了线。他抽着烟问："你怎么没有请假？"戈文没吱声，他又问了一遍。戈文才把林大林教的，对指导员说了。指导员沉默不语，戈文傻站着,走也不是,不走也不是。指导员见他不动,问:"还有事吗?"戈文又把何师傅刚才说的话,重复了一遍。指导员表情凝重,说:"这个老何整天想什么呢?"然后对戈文说了一句:"这事我知道了!不要对任何人提这个事。如果老何问你,你就说,跟我说忘请假了。"戈文心里非常感激指导员。

戈文出来回到车床跟前。何师傅过来问:"指导员找你干什么?"戈文回答:"按你说的。"何师傅的眼睛盯着他,接着拍了拍戈文的肩膀走了。

戈文开动车床开始干活了,边干活边想,指导员真不错!老贾来了,又要加工零件,戈文拒绝说:"你去开单子,我才能给你干。"老贾说:"开什么单子,就一点点。"戈文说:"那也不行!"老贾拿着零件站了一会儿走了。

下午下班。林大林过来,戈文把指导员说的话告诉了大林。大林听完说:"这个车间可复杂了,分了好几派。除了新招来的学徒,都是几个老厂来的人。老何和车间副主任孙治是一起从内蒙古坦克厂调来的,孙治跟指导员不和。大林讲着,戈文听着。大林又说:"你千万不要跟何师傅闹僵。"戈文心里知道,他所讲的都是为了他好。自己一个涉世不深的学徒工,肯定不是老何的对手,要把这股气深深地压在心里,要对何师傅敬而远之。

林大林和戈文一起出了车间大门,在路上,大林问:"上次借的书看完了吗?咱们多久没去图书室了?"接着说:"晚上吃完饭去"。戈文把老贾让加工活的事说了。大林说:"老贾也是!不过,你得跟老贾处好关系。这小子跟车间支部的副书记关系不错,你以后入党还得上支部会。"戈文心想,大林考虑得真长远。自己没有想过这事,觉得入党是高不可攀的事。戈文说:"那都是以后的事了"。大林说:"你可要争取呀!不入党,就很难提干,提不了干,以后的进步就难说了"。接着继续说:"听说,你不是要入团吗?"戈文说:"那都是小魏让我写的"。戈文心想,不进步就会落后,落后了自己就不会成长。接着又想,刚才大林说的,都是为了自己好。已经回绝了老贾,那怎么跟老贾把关系处好呢?戈文问:"大林,你给我出出主意,和老贾怎么把关系处好"。林大林思考了一会儿说:"今晚回宿舍,你就跟他讲,这个活,你可以干,看他有什么反应"。戈文点点头说:"知道了。"接着又问:"老贾要是让我干呢?"大林说:"那你就答应他。"

戈文吃完饭来到图书室,林大林还没有到。张小娜见他进来马上问:"你来了,大林呢?"戈文说:"一会儿就来。"张小娜微笑着说:"你俩好长时间没来了。"戈文说:"最近比较忙!"林大林进来了,张小娜马上抬起头。林大林边打招呼边走到她跟前,隔着借书台,问:"小张,最近怎么样?"张小娜回答:"白天上班,晚上来图书室。"他俩在说话,戈文翻看着书。张小娜问:

"最近,你们挺忙吧?"大林说:"忙! 前两天才开的动员会,要求我们工具车间必须在月底把装配模具做出来。"张小娜说:"我们车间也忙,其他人都在加班。我在图书室,不然我也得去加班。"大林说:"等火箭筒试验成功,就可以清闲一些了。"接着,林大林对张小娜说:"你先忙! 我和戈文挑挑书。"整个图书室没有几个人,戈文和大林各挑了两本书,跟小张打了个招呼出门下山了。

在下山的路上,戈文忍不住问:"小张是哪里的?"大林说:"厂里的子弟,她父亲在厂工会。她在光学车间,也就是七车间,在我们车间北大门外面那栋四层楼上"。没走一会儿,大林问:"你怎么想起问小张来了?"戈文说:"我随便问问。"大林反过来问:"你肯定有想法"。戈文接上说:"小张,人挺漂亮的!"大林笑了一声。虽然戈文看不清大林的笑脸,但戈文知道了大林心里在想着什么了。怪不得,大林让他陪着。

戈文和大林分手后,路过篮球场,一群人正在打篮球,四周站了不少人。戈文胳膊夹着书,站在人群中看。球场上,老贾拍打着篮球躲人上篮,动作敏捷地躲过拦截的人上篮投球,球进了。人们一阵掌声。突然,秦兰叫了一声:"戈文!"接着问:"你看球?"没等戈文回答,秦兰小声地问:"上次林梅来,你回去晚了,是不是挨批了?"戈文惊讶地问:"你怎么知道这事?"她说:"你别管了,有没有这回事?"戈文回答:"有!"接着不解地又问:"你怎么知道的?"秦兰说:"你们车间办公室的小魏,和我们宿舍的李小琴是一起从金城来的,小魏到我们宿舍来说的。她说,你们车间的何师傅怎么样,是不是老欺负你?"戈文说:"没事! 我不怕!"她说:"那你可要注意,不要跟师傅顶嘴。你刚来,人生地不熟。"听着她的嘱咐,戈文点点头说:"好的!"她又说:"以后把你的脏衣服拿来我给你洗。"戈文不好意思地说:"我自己能洗。"她说:"你能洗啥呀! 上次去你宿舍,你的衣服脏兮兮的。"她说话声音很柔,很甜。因为是晚上,戈文看不清她的脸。秦兰说:"这个星期,我们去林梅那吧?"戈文说:"行!"接着又说:"我们去看看吴小兰,不知她现在怎么样了,醒来没有。"秦兰说:"我听陆华讲,还没有醒来。有意识的时候,就流眼泪,说不出话来;有时又昏迷过去,什么也不知道了。"戈文没有说话,心里很痛。

球场上热闹非凡,老贾不见了,又上来一群人。突然,一个矮个子摔倒在地上,他爬起来,就朝高个子打去。高个子一躲,矮个子又冲了上去,一拳打到高个子的胸脯上,高个子挥起拳头打在矮个子的脸上,鼻子顿时流出了血。高个子见状撒腿就跑了,矮个子捂着鼻子哭开了,几个人拖着他去了卫生所。篮球场上的人散了。戈文夹着书回宿舍了。老贾一个人，扒着窗户朝外看，听到门响，扭过头看一下，又朝窗外望去。

戈文放下书，拿起脸盆去了水房。有几个人正在洗衣服，水池子都占满了。戈文端着脸盆站在水房门口，那个管他借五分钱的人过来了，见戈文就说："不好意思！我见到你就想起了借你的五分钱。"他说完，从兜里掏出钱还了。

水池子腾了出来，他小声问戈文："你怎么跟老贾闹别扭了？"戈文一惊，在这里什么消息都瞒不住。装着不知说："没有呀！你听谁说的？"他看了看戈文，说："没听谁说呀！是老贾说的，说你不给他面子。"戈文说："那是他理解错了，我俩没事。"他没有再吭声，洗完脸端上脸盆走了。戈文洗完脸没有回宿舍，而是站在窗前呆呆地望着银白的月亮。

月光铺撒在群山上，一片朦胧，对面的灰楼，有几个窗户还亮着灯，透过窗帘的灯光黄黄的。他想起了尤美丽，不知她在哪个窗户里。土谷堆上的野草在风中摇晃，塔在野草中矗立着。

戈文的思绪飘动了，这段时间给了他不少的启迪。怎么去认识社会，学习技术，他对生活有了不少的认识。最近发生的一连串的事，让他不理解，让他觉得复杂，让他觉得人和人之间真是复杂。他在摸索，在了解，在学习，这个过程是漫长的。戈文又想起了家，想起了父母亲，想起了弟弟们，想起了生活了几年的农场。同时，他也感到自己特别弱小，也特别脆弱，不由地悲怆了起来。胳膊伸不直，有些疼痛。他觉得孤独，觉得有一肚子的话不知向谁讲。思绪又回到现实，不管怎么说，在这座工厂里，他有了工作岗位，有了宿舍，有了朋友，有了志向，也有了理想。

这里生活平淡，每天都重复一样的工作，这是自己追求的吗？当然，戈文不知前面的路，但有一点，他感到了幸福。

老贾在床上背靠墙，手里捧着一本书。戈文回到宿舍，放下脸盆准备上床，想起了大林说的话，要和老贾处理好关系，便走到老贾跟前，心里特别的别扭，强忍着说："你以后再拿来零件，我可以给你干。"老贾放下了书，看了看戈文没吱声，又捧起书看开了。戈文很尴尬，脸红了。老贾不理他，戈文觉得自己像被人扒光了衣服一样，心里叫道，我太弱小，任何人都可以欺负，任何人都可以不把我当回事。

戈文转身回去找放在床上的书，找了半天没找到。老贾说："你的书，我在看。"戈文一下子火了，走过去一把抢过书，说："你拿我的书，也不跟我说一声。"老贾火了说："你这小孩！"他说到这，停住了，再没有往下说。老钱看不惯了说:"老贾!你欺负小孩干什么?你拿人家的书,怎么不跟人家说一声。"老贾讥讽说:"你少管闲事!"老钱不示弱地说:"这怎么叫管闲事,你欺负小孩,还不让说话。告诉你老贾,我不怕你,你是个什么东西!别以为有了靠山,你就无法无天了。"老钱的这一串话,真过瘾。老贾说:"老钱!你没病吧!这是哪和哪呀!"小薛忙劝着说:"都一个宿舍的,干吗呀!"老贾说:"这个老钱真是属驴的,我啥也没说呀!"老钱不理老贾,捂上被子睡觉了。戈文心里那个痛快呀!认定老钱是哥们,是一个正直的人。同时,也想到了老贾一定会找机会把气撒在他身上。以后要注意,要小心翼翼地对付他。戈文放好书,拉上被子睡觉了。老贾不解地跟小薛说:"这个老钱,这个老钱,真是莫名其妙!"

第二天早晨,戈文醒得比较早,到食堂吃完早饭就上班了,车间大门没开。戈文站在门口环视着,两边的山都绿了。小河在哗哗地流淌,弥漫着清新的空气。昨晚,老钱真男人。山上有几只鸟时落时飞,好像在觅食,有一只大鸟带着几只小鸟。小魏来了,见他就问:"你怎么不进车间呀?"戈文说:"门没开!"小魏说:"这老刘,怎么还没来?"老刘是车间的库房管理员,车间里所需保管的东西都由他负责。

上班时间到了,人们都来了,老刘还没有来。指导员问管行政的张远:"到底怎么回事,老刘呢?"张远个子不高,长得单薄,脸窄窄的,情绪紧张地回答:"我也不知道!"指导员说:"怎么会出现这种事,真是笑话,赶快派人去找。"他话音刚落,老刘满头大汗地跑了过来,指导员说:"老刘,一会儿到我办公室来。"

戈文的工作依旧和昨日一样,启动车床,预热,拿棉纱擦洗床子。李师傅过来,见他就问:"昨天晚上,你怎么和老贾吵嘴了?"戈文没想到老贾嘴这么快,低头没有吭声。李师傅接着说:"你别忘了,你是学徒工,怎么跟师傅吵嘴呢?在工厂里,比你年龄大的,都得喊师傅。"戈文刚想解释,李师傅声音高八度地说:"你小小年纪,怎么这么多的事,不就一本书吗,别人看看有什么?"戈文觉得全车间人的目光都射了过来,本想解释一下,想了想,不能解释,一解释,李师傅会以为我在顶嘴,声音会更大。戈文擦着车床,听着训斥,心里那个冤呀!李师傅训斥完,背着手走了。戈文好好的心情就这么给破坏了。

戈文的心里乱乱的,越想越生气,越想越觉得窝囊,这是什么事呀!跟这样的人住在一个宿舍,以后怎么办呀?他想找车间换宿舍,不跟他住在一起了。突然,他的手指一阵剧痛,手指被车刀撞破了,鲜血流了出来。戈文赶紧用棉纱捂住,血还在流。他环顾了一下四周,看看李师傅在不在。不见人影,又拿一团棉纱缠住,血慢慢地不流了。戈文忍着疼痛干着活,血滴在车床上,滴在地上,滴在踏板上。

中午快下班的时候,李师傅回来了。他问:"你脸色咋这么难看?"戈文没吱声,他又看到地上的血,问:"怎么回事? 怎么有血? 哪破了?"戈文这才说。李师傅的脸一下子拉了下来,说:"你怎么干活这么不小心呀?"戈文见他如此生气,能说什么呢? 李师傅又训了一顿。最后说:"下午去卫生所包扎一下。"他说完背着手出了车间的大门。戈文这才看了看手指,一道深深的口子,肉都翻了出来,白花花的。

下午上班,戈文来到卫生所。一位年轻的女大夫给他包扎的。她说:"你们这些小孩,干活咋这么不注意呢! 上午,三车间就来一个,半截手指都没了,真可惜呀! 她边说着话边包扎。"接着又说:"你千万不要沾水,小心感染!"

戈文走在回车间的路上,不由地伤感了起来,觉得自己缺少了什么。缺少了什么呢? 有苦向谁说呢? 老贾的欺负,李师傅的训斥,身体的受伤,真想找人去诉说。去找谁? 不由得想起了在农场的点点滴滴,想到了林梅、吴小兰、费雯雯、丁云。然而,她们都不在身边,内心的渴望在翻动。自尊心强的戈文冲不破自己,想追不敢追,内心产生了怨气,而这个怨气又没有所指。吴小兰和王大力的关系,让他能对王大力有怨气吗? 而这个怨气是不能提的,还好意思提吗? 吴小兰受伤后,你在干什么? 还有脸去怨王大力吗? 你没有资格! 王大力比你强。戈文又在问自己,你对待林梅也是一样,心想又不想,始终在犹豫之中。林梅与李力帆的关系,你没有资格去猜疑,不舒服。至于丁云、费雯雯只是在脑海里翻了一下,就像云彩一样飘走了。戈文想着这些,又觉得没有什么意思了,情绪低沉了起来。这些思想的波动,那就是想找女人啦! 那去找谁呀?

戈文低着头回到了车间。何师傅问:"你干什么去了?"戈文说:"去卫生所了,手指受伤了。"何师傅说:"你怎么不请假?"戈文压着气说:"跟李师傅说了"。何师傅说:"李师傅没跟我说。"正在这时,李师傅过来了,马上说:"奥! 老何! 是我忘跟你说了。"何师傅转身走了。

戈文受过伤的胳膊疼了,手指头更疼,一天下来,身体有点吃不住了。下午下班后,不想吃饭,直接回到宿舍,躺在床上渐渐睡着了。等睁开眼睛,天已黑了,肚子饿了。整个厂区没有小商店,只有土谷堆镇上有小饭店,也许关门了。戈文抱着侥幸下了楼,篮球场正在打球。碰见了秦兰,她问:

"干吗去?"戈文说:"找点吃的去"。她说:"现在到哪找去,镇上的饭店都关门了。"接着又说:"我宿舍有挂面,到我那去!"戈文犹豫了,可肚子犹豫不了呀! 他客气地说:"那多不好意思呀!"她说:"那有啥不好意思的,走!"戈文觉得自己有点虚伪了。

进了她的宿舍,尤美丽在,戈文有点紧张,有点不好意思了。尤美丽好像不认识他,和几个人纷纷走了。秦兰从床底下掏出电炉子,拿出了挂面。

女生的宿舍比男生的整洁多了,住着三个人,房间宽敞,都有蚊帐。她煮着挂面问:"你手怎么了?"戈文说:"上午干活碰的"。她问:"不要紧吧?"戈文轻松地说:"没事!"她说:"这个星期去石堡子?"戈文说:"好!"接着问:"你跟林梅她们联系了吗?"她说:"没联系! 上次她来,不是告诉我们地址了吗? 再说,也没办法联系。"

窗外打篮球的声音不时传了进来。戈文问:"你们宿舍其他两个都是你们车间的吗?"她说:"都是我们车间的。"戈文说:"刚才我们车间的检验员也在。"她说:"是的! 她和我宿舍的小唐是从青阳来的,经常到我们宿舍来。她人长得漂亮,听说,她的宿舍经常有男生去,她有时就躲到我们这里来了。"戈文听着走到窗前,望着外面打篮球的人。不一会儿,挂面煮好了,她往面里倒了几滴香油,放了点醋。戈文好奇地问:"你哪来的香油?"她说:"参加工作时,从家里带来的。"戈文吃着挂面很香,说:"谢谢!"秦兰没说话,抿嘴笑了笑。戈文觉得有家的感觉了。吃完饭又和秦兰说了几句话,离开回到了宿舍。

戈文进了宿舍,老贾在床上,老钱在缝补衣服,小薛在看书。戈文向老钱问好,老钱抬起头,给了戈文一个笑脸。又向小薛问好,最后向老贾问好。老贾朝戈文看了半天,说了句话:"你真不识抬举!"戈文的火又上来了,想起大林嘱咐的话把火又压了回去。戈文不说话,老贾又说:"我让你加工零件,那是看在咱们是一个宿舍的。不然,我怎么会找你呀!"戈文打定主意了,不管他怎么说,都不还嘴。接着他问:"你怎么不说话呀? 怎么老实了? 是不是有什么人给你出主意了?"他的话音刚落,老钱放下衣服,对老贾说:"你有完没完? 欺负一个小孩干什么? 你别话里带话!"老贾冷笑了一下说:"老钱! 这就是你的不对了。我说你了吗? 指你的名了吗? 你干吗这样?"他这几句话,把老钱噎住了。老钱想说什么,又说不出来,拿起衣服缝补开了,不再理老贾了。戈文转身拿上脸盆去水房了。

戈文洗完脸,走到门口,听见老钱和老贾又吵开了。老贾说:"你呀! 真是多管闲事。一个小学徒,你护着他干什么?"老钱说:"你也是当兵出身的,心胸怎么这么窄呀! 不就是没给你加工活吗? 你至于吗? 他毕竟是个孩子,刚来啥都不懂,你欺负一个孩子,算什么本事?"老钱这句话触动了戈文,一股暖流从心里流过。他没有进宿舍,而是拎着脸盆下楼了,刚出楼道口,一盆洗脸水倒在了头上。戈文抬头大声喊道:"谁呀! 谁倒的?"楼上一片死寂。他又折回宿舍,小薛问:"你怎么成落汤鸡了?"戈文说:"刚才我下楼,不知谁倒了一盆水"。老钱笑了笑说:"咱们这楼,都是洗完脸就从窗户倒水。厂里说了很多回了,就是制止不了"。老贾捂着被子睡觉了。

戈文擦了擦头,又去水房了。他洗完躺在床上,嘴里还在小声地叨咕,真倒霉! 心里烦了起来。老贾的不依不饶,他丑恶的表演,真是一个小人。不过,老钱温暖的话让他感激不尽。

周六下午下班,戈文路过二车间,碰见了秦兰和陆华。秦兰问:"明天的事,你没忘吧?"戈文说:"没忘!"明天什么时候走?"陆华说:"到林梅单位有十公里左右,我们得走上两个多小时。"戈文说:"我们去看看吴小兰吧?"秦兰说:"那也行! 那我们明早七点钟走"。陆华问:"叫不叫于秀?"秦兰说:"不叫了,她又不是我们同学。"戈文问:"在哪里集合?"秦兰说:"在土谷堆的桥上集合。"

第二天早上,戈文从枕头底下拿上了十块钱,这是他上班以后攒的。装好钱,背上什么都没装的黄书包出门了。早晨,天空晴朗,飘着几朵白云,不时有鸟儿飞过,两边的群山郁郁葱葱。整个福利区静谧无声,只有几个晨练跑步的人。

土谷堆桥下这条河,是由北向南的走向,平时河水很少,下雨了,河水就涨了起来,也可以说是季节河。戈文站在桥上,等待秦兰和陆华。桥北边不远处,有座陡峭的山;桥南是家属区,顺着河边有三栋并排的四层红砖楼房。河两边都修起高于河岸的堤坝。顺着桥往东望,是一条通往石堡子的路,路两边矗立着高高的白杨树,早晨的阳光透过茂盛的树叶铺洒在路面上,斑斓如花。

秦兰和陆华来了。她俩赶紧说:"不好意思!"戈文没有吱声朝前走了。她俩跟在后前,不停说着话,说什么,戈文一句也没有听清楚。

过了一座小桥,走进了二医院,来到了吴小兰的病房,戈文没有进去而是踮起脚从门上的玻璃向里望,吴小兰的母亲趴在床上睡觉。戈文小声地跟她俩说:"在睡觉呢! 我们进去吗?"秦兰说:"那我们就不要进去了。"陆华说:"我们都来了,进去看看吧?"戈文犹豫了一下说:"不打扰了,我们走吧!"三人刚走到楼梯的拐角处就碰见了王大力,他非常高兴地问:"你们来这么早?"戈文说:"我们去林梅那,先来看看吴小兰。看她在睡觉,就没有打搅。"王大力说:"我也是刚到!"秦兰问:"小兰怎么样?"王大力说:"好多了,现在她可以睁开眼睛了,但不能说话。不过她能听清我们说的话,心里也明白,一见人就流眼泪。"王大力说到这,戈文心里酸酸的。秦兰说:"那我们先走了。"王大力说:"好!有空来。"下楼时,陆华赞扬地说:"王大力真好!"秦兰也跟着说:"就是!王大力真的不容易。"

三人走出了医院,上了公路。她俩说着话,戈文沉默不语。想起了他和吴小兰过去的事,小树林、洗衣服、沙枣林。这些在他心里留下的不仅是爱的萌生,而且还有同学情的延续。秦兰喊:"你走那么快干吗?等等我们。"她俩跟上来,秦兰问:"戈文!从医院出来,你怎么不说话,想什么呢?"戈文看了她一眼,没有吱声,继续朝前走。他现在能想什么呢?也想不出什么!脑海中翻滚着过去,又想着自己的人生,以后会在山沟里待一辈子吗?内心深处的想法,从来没有向任何人表露过。他想从这山沟里走出去,想去更广阔的天地。想到这,嘴角露出了一丝苦笑,心里在问,我这是怎么了?刚来多久呀,就想出去。去哪里?前途在哪里?自己都不知道方向,也不可能知道。有时夜深人静躺在床上,眼睛盯着天花板想一些不切合实际,根本达不到的想法。有时他为自己的一些荒唐想法而感到脸红,内心的激荡让他寡言少语。另外,情感的挫折让他心灰意冷。其实,在他的内心里,非常清楚现在的处境。

戈文想着走着,无心看一路的风景。突然,秦兰在后面喊:"往里走,过了这个桥,一拐弯就进了林梅她们住的福利区了。"戈文停住了脚步,觉得自己有点过分了。不管怎么说,三个人一起出来,自己不说一句话,一个人走。再说,秦兰也给自己下过挂面,对人家这么冷淡,觉得自己有点不像话了。他找了个理由说:"吴小兰以后怎么办呀?"陆华说:"就是!"秦兰没接话。过了小桥看见了福利区。这里和四厂一样,楼房是红砖的,楼房比四厂里多。走到福利区大门口登记进院,登完记,看门的中年男人说:"你们找的人,上午去厂区加班了。中午回不回来,还不知道。"秦兰说:"那咋办呀?这不是白跑了一趟吗?"陆华说:"那我们在这里等等看,如果过了中午她还不回来,那我们就去厂区找。"三人找了一块空地坐下来休息。

山沟里天气温差较大,早晨凉,中午热。周边的田野里长出了麦苗,一片绿色。福利区门口,人来人往,人们走着嬉闹着。戈文感到有点饿了说:"我们找个地方吃点饭?"秦兰说:"我们走了,要是错过怎么办?再等一会儿吧!"

一厂、二厂、三厂连在一起,比四厂热闹多了。三面环山,有一条路通向外面。突然,秦兰站起来大声喊:"郑河!郑河!"郑河也是同学,早半年参加工作。郑河听到秦兰喊,跑了过来,问:"你们怎么在这,什么时间来的?"陆华回答:"来一会儿了"。郑河说:"走!我们吃饭去!"秦兰问:"林梅她们呢?"郑河说:"她们今天加班,不知什么时候下班。"陆华说:"那你给她打个电话!"郑河去门卫那打完电话回来说:"车间的人说,她走了。"陆华说:"那我们再等一会儿。"郑河比戈文的年龄大,在学校,戈文和他来往较少。秦兰家和他家是邻居,比较熟悉,他们热聊着。林梅回来了,四个人迎了过去,林梅快跑了几步。三个女生高兴地拥抱着,似乎把戈文和郑河都给忘了。林梅扭过头叫戈文:"走!到宿舍去!把那几个人喊上。"戈文和郑河在后面,她们三个人在前面,上了一栋红楼三层。林梅开门,屋里住了四个人,有一个女孩在看书,见有人来,放下书,跟林梅打了个招呼出去了。这个女孩非常漂亮,特别的白,文静得很。林梅转身去喊另外的几个人。

戈文站在窗前,对面是郁郁葱葱的山,山根下有一排排厂房,一条路往山沟深处延伸。看了一会儿,他转身眼睛落在女孩子刚看的那本书上,书很旧没有书皮。刚想拿起来看看,那个女孩回来了,拿上书又出门了。一阵芳香。郑河斜眼看着她离去的背影。秦兰说:"这个女孩长得真漂亮!"

门开了。丁云、李力帆、李二虎、常丽一下子冲了进来,没见张亮和董茹,也没见半年前来的其他同学。戈文问林梅:"其他人呢?"林梅说:"他们一会儿在福利区门口等,在那里与他们会合。"大家出了门,在指定地点集合完毕后,一起朝石堡子走去。石堡子实际上就是统管四个厂的总厂所在地。有商店,有银行,有邮局,有小饭馆,有医院,还有旅店等,地方不大,但也是一万多人的"心脏",是权力中心。

在一家小饭店,近二十个人分开坐了三桌。林梅站起来说:"今天同学聚会,每人五块钱。"她这么一说,大家纷纷掏钱。秦兰没带钱,戈文代出了。

饭菜上来了。林梅站了起来,环视了一下说:"大家静一静!我们这些同学能在这里见面不容易,我们都是从河西农场出来的,以后不管遇到什么样的事,大家都要互相支持,互相关心,互相帮忙!我提议大家干一杯!"人们纷纷站了起来,一起碰了杯。戈文喝一口白干酒,呛嗓子,咳嗽了起来。丁云在旁边问:"你没事吧?"戈文摇了摇头。

林梅很有组织才能,神采飞扬。她讲完后,李力帆也站起来说了几句:"我们从戈壁滩到山沟里参加工作,以后也许要在这里待一辈子,所以要经常在一起聚！"他刚说到这，不知谁插了一句："我可不想在这里待一辈子。这破山沟里，有什么呀！"许多人都跟着说："是呀！这里什么都没有，离城市那么远！"林梅站了起来又说："哪能说走就走了，没那么容易。我觉得在这里好好工作，那才是根本。"戈文觉得林梅思路蛮清晰的，这群人吃着饭，喝着酒，议论着。丁云问戈文："你愿意在这里待一辈子吗？"戈文看看她，没有把心里话告诉她，而是说："不待！到哪去呀？工作这么难找。"丁云说："就是！我觉得有个工作就不错了，总比那些分到乡下的同学好多了"。戈文觉得丁云挺知足的，她说得没错，这些人比那些人好多了。李二虎端着酒杯过来了，对戈文说："不好意思！这么长时间也没有去看你，给你敬杯酒赔罪。"戈文站了起来说："你现在哪有空想起我呀！"李二虎说："看看！我都给你赔不是了，你还不依不饶的。"常丽过来了，戈文说："常丽，你越长越漂亮了！"常丽说："你少油嘴滑舌的，我也是给你赔礼来了。"丁云抿着嘴笑不吭声。戈文斜眼看见林梅和李力帆正在低头说话，那么的亲密，一股醋意袭来。丁云和二虎、常丽说着话。林梅抬起头看了戈文一眼，发现戈文眼睛注视着她。她走过来问："听说我们上次去，你还挨训了。"戈文说："没事！"秦兰也过来了，说："是的！"林梅说："不好意思呀！"戈文忽然觉得两人的距离远了，心里很不是滋味，却故意装着没事说："没事！"李力帆没有过来，只是望着戈文与林梅、秦兰。林梅又跟戈文说了几句无聊的话就走了。突然，戈文觉得自己像被抛弃了一样，情绪低沉了起来。秦兰也似乎感觉到什么，问："你怎么了？"戈文说："没怎么。"她说："你脸色怎么这么不好？"戈文掩饰地说："那是喝酒喝的。"戈文的心里翻腾着，脑海迅速闪出了过去林梅和他交往的画面。自己没有什么可以指责她的，这一切都是自己造成的。这都是过去的事了，想他干什么。戈文从桌子上端起酒杯，走到李力帆跟前说："来！咱俩干一杯。"李力帆的眼神有些慌乱，马上又恢复了平静，说："好！"端起酒杯碰了一下，力量大了点，酒溢出了几滴掉在地上。戈文低头看了一下也说："好！干！"一饮而尽，李力帆一仰脖喝了进去。戈文面带微笑地问："咱俩再喝一杯？"话音刚落，丁云也端着杯子过来了，对李力帆说："咱们三人喝一杯。"林梅也过来了，丁云说："那咱们四人喝一杯。"戈文不知道丁云是什么意思，林梅很干脆地说："好！"她说完就把酒喝了。三个人还端着酒杯，林梅说："喝呀！端着干什么？"丁云和李力帆喝了，戈文最后一个喝的。四个人面对无话了。戈文觉得心里的东西好像被林梅看见了，忙说："你们聊！"回到座位上，李二虎又过来，坐在旁边悄声地说："你呀！让你往前走，你不走，李力帆和林梅好上了。我早就想告诉你，一直没有时间。"他的话证实了戈文的猜测。戈文说:"好了!不说这些事了,反正跟我没有什么关系。再说,李力帆也是同学,跟林梅好,也是一件好事。"李二虎说:"你别说假话了,你心里怎么想的我还不清楚吗?"接着他又说:"丁云对你也不错。在农场的时候,我看她对你就有意思。"戈文苦笑了一下说:"拉倒吧!丁云不可能看上我"。李二虎说:"我觉得她对你肯定有意思。"戈文心里清楚,丁云看他的眼神是有含义的,但是他对自己没有信心了,也许是自作多情。李二虎说:"下周我约丁云,你也来。我把常丽叫上,咱们四个人出去玩。"戈文想了想说:"到周六打电话再说吧。"戈文告诉二虎:"你打我们厂的总机转八车间。"李二虎说:"好!就这么定了。"秦兰过来问:"你俩嘀咕啥呢?"李二虎说:"我们俩说个悄悄话。"他站起来走了。秦兰因喝酒的原因,脸红扑扑的,面带微笑看着戈文,戈文被秦兰看的脸有点红了。其他同学过来了,端着酒杯对戈文说:"你也不跟我们喝酒,尽跟女同学喝酒。"说这话的是郑河。戈文端起酒杯说:"好!跟你们喝!"秦兰对郑河说:"你瞎说啥呀!"同学们哈哈大笑了起来。

　　下午四点多,聚会散了。戈文、秦兰、陆华向送行的同学们挥手告别,林梅微笑地站在那里,没有招手。戈文微醉,走路不稳。陆华和秦兰在后面,见戈文走路摇晃说:"戈文,你小心点,别掉到河里。"小河清澈见底,河水哗哗地流着。走着走着,戈文感到有点热了,下了路走到小河边,蹲下来,用手捧着河水洗脸。河水很凉,洗了洗脸,一下子清醒多了。戈文洗完,甩了甩手上来了。陆华:"我发现你情绪不对。"戈文说:"我情绪没有问题呀!"陆华说:"你别瞒了,我都看到了!"戈文翻着舌头问:"你看到什么了?瞎说!"陆华哈哈一笑,说:"我瞎说?你问问秦兰!"虽然戈文喝了酒,但是心里是清楚的。自从上次到秦兰宿舍吃挂面,就觉得秦兰对他肯定有想法。这个想法是他隐隐约约感到的!秦兰说:"问我干啥?他的事跟我有啥关系?"陆华一愣,斜眼看她,嘴角露出了一丝笑容。戈文觉得他的猜测是准的,可他不能这样,不能让她有误解。跟她就是同学,不能往更深层次去想,不然又欠了一个人情。秦兰见戈文一声不吭,没再说话。不知怎么,戈文倒感到心虚了,心里在问,我说什么呢?什么也说不了。三个人沉默了,只有走路的声音。

　　天刮起了风,路两旁矗立的白杨树被风吹得哗哗响。戈文的脑袋里又出现了刚才林梅和李力帆窃窃私语的画面,难道她俩真走到一起了?林梅对我的那种感觉就这么快消失了,转移了吗?戈文觉得不会,林梅不是这种人,那么她和李力帆这样的表现又是为了什么?戈文想不明白,他也不可能想明白。刚才陆华的问话,是什么意思? 她明白了吗? 秦兰心里在想什么? 难道说,她想的和自己想的不一样吗? 她真想和我交朋友吗? 还有丁云,她的眼神闪出的光是什么意思? 戈文陷入这个迷魂阵里,他找不到出口。戈文看到秦兰的脸拉了下来,不说一句话,只是低头走路。戈文的脑袋成了糨糊,总觉得没有想明白,又不知怎么去想。年轻人的思绪是飘动的,特别是怀春的女孩,情绪更是飘动,没有线条,没有规律,摸不透,想不明白,林梅、丁云、秦兰都是这样的。那车间的检验员尤美丽是什么? 她是墙上的一幅画,漂亮吸人,让他向往,那结果也许就是一片迷茫,也许就是一个好看,一个漂亮,跟他一点关系都没有。戈文在情感方面是欠缺的,情感的追求不大胆,也不敢大胆,总想等着别人怎么样,才去应对。特别是对女人,总是不开窍,心里热乎,外表冷淡。他问自己,我怎么会这样? 内心的不自信让他面对情感纠葛没有力量。他胡思乱想着。陆华感到气氛沉闷,开口先说话了,她说:"我看李力帆和林梅挺好的。"其实,戈文的心里清楚,李力帆人长得英俊,学习却不怎么样,在班里属于中下等,而林梅在班里的学习是中上等的,为人聪明大方,正义感强。陆华这么说,也是为了打破沉闷的气氛。秦兰接过话说:"我觉得也是。"接着问戈文:"你说呢?"戈文笑了一下说:"也许吧!"陆华说:"我觉得她俩不合适!"戈文问:"怎么不合适? 我看挺合适的。"戈文自己都没有想明白,就说出这样的话来。陆华斜眼看了他一眼,没有再说什么。秦兰接过话说:"戈文,听说在农场的时候,你和林梅关系不错呀!"戈文笑了一下说:"那都是过去的事了。"他没有直接回答她,却暗示现在不行了,秦兰会明白他的意思的。三个人聊着走着,傍晚七点多钟才回到厂里。天黑了,厂里的食堂关门了。秦兰对戈文和陆华说:"走! 到我那下点挂面!"陆华说:"我不饿,看戈文去不去。"戈文忙说:"我也不饿。"秦兰没有坚持,三个人进了福利区就分手了。

戈文路过篮球场,看到一群人在打篮球,就停下来看。突然,有一股女人的气息飘了过来,他忍不住回头,尤美丽站在他身旁,眼睛注视着球场,好像根本没有看见他。戈文想向她问个好,见她这样,就把话咽了回去。戈文的眼睛迷离,脑袋跑神。尤美丽太高傲,太清高,太目中无人了。戈文不知从哪来的火,心里嘀咕,尤美丽有什么了不起,不就长得漂亮吗? 忽然,尤美丽说话了:"你好!"戈文以为她跟别人说话,没有搭腔。她又说了一句:"你好!"戈文这才扭过身问:"你在跟我说话吗?"她点点头。戈文的心情一下子舒展了许多,赶忙说:"你好! 你好!"接着又问:"你也看球?"戈文没有看清她的脸。她说:"是呀! 你也看球?"戈文没词了,不知说啥好了。她没再说话,继续看球。她的气息袭来,戈文的心怦怦地跳。

　　戈文再回头,尤美丽走了。戈文回到宿舍,宿舍没人,拿上水盆去了水房。窗外球场阵阵的喝彩声传了进来。他一个人洗着脸,脑海里又浮现出下午和同学聚会的场景。戈文在想着,也想不出什么来,他有一种感觉,感觉到同学们都在寻觅另外一个人。

第二十一章

自从戈文和师哥打了一架,何师傅把他调到大车床后,车间的人议论纷纷。戈文也听到人们对何师傅的议论,但议论归议论,他还得在大车床上干活。他依旧重复昨天的工作、生活,按时上班下班,去食堂吃饭,晚上上床看书睡觉。在这样的状况下,戈文的心却充满着激情、幻想、梦想。他经常去图书室借书读,读完后还会与大林、辛力在一起谈读书的心得,谈未来的理想。

有一个周日,戈文约了辛力、大林一起去爬山。福利区东北角有一座山,像斧劈似的。在峭壁中间,有一个一米的圆洞。戈文路过几次,好奇地想爬上去看看,里面到底有什么。周六下班的时候,戈文、大林、辛力准备好了绳子、钳子、铁钩、手电筒等,周日吃完早饭,三人步行来到山洞下。三个人仰头,大林说:"这么高怎么上呀?"辛力说:"是的!"戈文说:"我们先上山,从山洞的上面往下进。"顺着山路,三人爬到了山顶,站在山顶俯瞰群山,郁郁葱葱,真有"一览众山小"的感觉。

戈文说:"来! 把绳子绑在我腰上。"大林说:"这样行吗?"戈文说:"没问题!"他们找了一棵树,把绳子的一头绑在树上,他两手抓住绳子。戈文顺着峭壁开始往下,一只手抓绳子,一只手撑着峭壁,一点一点往下滑,碰到松土,土块就往地下掉。好奇支撑着戈文的胆大。风吹绳动,戈文的身子在半空飘动。他一边下一边喊:"松绳! 松绳!"戈文慢慢地接近了洞口。

天蓝蓝的,太阳升了老高。阳光照在戈文的身上暖洋洋的。一群鸟从空中飞过,整个厂区尽收眼底。戈文悬在空中,看着天,看着地,脚挨到洞口了。阳光射进了洞里,里面什么都没有,只有一些不知是什么动物的脚印和粪便。洞不深,虚土很厚。戈文看了看,就晃动着绳子,示意大林、辛力拉他上去。

戈文上来了,他俩好奇地问:"里面有啥?"戈文哈哈一笑,说:"啥也没有! 有几个屎蛋蛋,有几个脚印。"他们说:"费了这么大的劲,啥也没有。"

三个人收拾好绳子下山了。戈文说:"时间还早,我们再爬一座山。"

爬山回来后,戈文经过篮球场,见秦兰和一个男的说话,装着没看见绕着走。秦兰喊:"戈文,有人找你!"秦兰领着那个人走过来。秦兰说:"是你爸单位的。"戈文赶紧对那人说:"你好!叔叔!"那人笑了笑说:"我姓李,前段时间,我去张掖出差,见到你爸了。"戈文忙问:"我爸的身体怎么样了?"他说:"你爸身体恢复得不错,再过一个月就回来了。你爸听说你的胳膊摔坏了,很担心,现在怎么样了?"戈文说:"好多了,没事!"他说:"你妈听说你粮食不够吃,让我给你带来三十斤粮票。"说着从兜里掏出信封说:"粮票和信都在里面。"戈文鼻子一酸,接过信封装进了兜里,说:"谢谢叔叔!"他说:"我还得赶回季家庄,先走了。"戈文望着离去的背景,心里涌出了思念。

天渐渐暗了下来,人们纷纷下楼去食堂。戈文回到宿舍,屋里没人,他掏出信和粮票。父亲的信主要问胳膊怎么样了,告诉戈文要听话,也告诉他,母亲弟弟都很好,他下个月就回来了。戈文读着信,心里既高兴又难受。家里的粮票也不够,父母省吃俭用给他寄粮票,心里过意不去。戈文把粮票压在枕头下,拿上饭盒去食堂了。

天黑了,不知怎么回事,戈文的心绪又飘到了同学聚会,想起林梅与李力帆亲昵的样子,心里总不是滋味。同时,又觉得自己好笑!怎么会老想这件事,自己凭什么不是滋味,现在和林梅一点关系都没有。自己就是解不开这个心结,有一股气。而这个气是埋在心里的,是不能显露的,越想越觉得自己是一个被抛弃的人。

戈文回想着过去,那一段时光是快乐的,而这快乐的时光瞬间消失了。戈文在审视自己,我是一个什么样的人,为什么在情感的道路上总是失败?姚琴又浮现了出来,刻骨铭心的记忆,她已经和大地融为一体了,不会再回来了。吴小兰在病床上,他没有勇气像大力一样去照顾她。林梅与他的情感沟通不畅通,不和谐。林梅与李力帆关系越来越亲密,自己没有理由去指责她,更没有理由去阻挡她。然而,戈文就是走不出来。那天聚会,林梅为啥又过来碰酒,而李力帆为什么没有过来。是林梅跟李力帆商量过的,还是林梅自己过来的?她这样做的目的是什么?是向我解释什么,还是向我证明什么?戈文想不明白,也不需要想明白!他跟自己说,不要去想了,告诫自己,一定要从这里走出来,你爱她就给她自由!戈文想到这,心里突然感到轻松了,轻松地让他有了新的感受,而这个感受让他纯净了不少。

第二天,新的一周开始了。戈文依旧上班。早晨新鲜的空气让戈文神清气爽,不好的情绪留在昨夜了,没留下的也消散在空气里了。他走在厂区的大道上,这里的一切这么的亲近,这么的让人喜欢。过去的毕竟过去了,背着过去往前走,那样会越走越重的,要放下包袱,轻装上阵。

戈文来到车床前,按电钮,启动,随之轰鸣声响起。日复一日的工作开始了。李师傅背着手过来了,问:"今天干什么活?"戈文翻看车间调度员送来的加工零件的单子,对李师傅说:"今天干的活都在这里。"他翻看了一下说:"这些活,你能干吗?"戈文说:"能干!"他没再说什么背着手走了。磨工班有一位四十多岁的女工,人长得一般,个子高大,身材丰满,屁股大,人们给她起了个外号,叫"罗大屁股"。叫她外号的都是车间的师傅们,学徒工们当着她的面是不敢叫的。罗大屁股,性格泼辣,嗓门粗。她那一身肉是招人喜欢的,她走起来,两个大奶子晃动着,屁股一扭一扭的,很性感。罗大屁股开着磨床,李师傅站在旁边和她说着话。

戈文夹上工料,提起启动的手柄,卡头高速旋转起来,切下来的铁屑乱飞,不小心就会打在脸上。车工班的每一个人都被铁屑打过,脸上留下了疤痕,戈文的脸上也有一块疤。再就是怕打到眼睛上,工厂给每个人都配发了护眼的眼镜,但大家觉得不方便,很少带。另外,工厂还规定,女工干活时要把长头发塞进帽子里,可女工嫌麻烦,不愿戴帽子。高速旋转的卡头一转起来,要是把头发卷进去,那是要出大事故的。戈文刚进厂时,何师傅每次开班组会都会对女工说,工作时要戴上帽子,还举了邻厂出事的案例。

突然,一声惨叫,谭花花的头发被卡头缠住了,身子朝车床倾斜,她使劲往后退。徐克一个箭步跨了过去,按下停机按钮,卡头停住。谭花花的一缕头发撕掉了,头皮白花花的,人倒在地上。何师傅跑了过去,指导员也从办公室跑了出来,人们都围了过来。何师傅指示旁边的人说:"你们看什么?赶快用架子车把人送卫生所。"龙指导员也说:"快!"谭花花矮胖,爱笑,有一双大眼睛,人不爱说话。架子车来了,人们把她抬到车上,迅速拉出车间大门。人们都在惊愕之中,戈文的心怦怦地跳,这一幕太可怕了。

中午下班,人们都在议论谭花花的事,特别是新来的学徒工,没有见过这么残酷的场面。

大林、辛力来找戈文,三人走出了车间。辛力说:"戈文,你们那边出事了?"戈文说:"是呀!真吓人!头发都被卷走了,头皮白花花的,真惨!"大林说:"我过来的时候,人已被拉走了。"辛力关切地对戈文说:"你干活可要注意呀!"戈文笑着说:"我又不是长头发!"大林说:"打到眼睛上也不得了。"戈文看着两个好朋友,心里一阵感激。

下午上班,车间门口的黑板上写着通知,下午三点在会议室开全体职工大会。戈文启动车床,响起了轰鸣声。何师傅过来说:"下午开会!看黑板了吧?"戈文说:"看了!"上午,何师傅送谭花花去了卫生所,戈文想问,小谭怎么样了?没等张口,何师傅走了。

下午三点,全车间的人陆续走进了会议室。戈文在后面找了一个位置坐下了,旁边坐着吴姗姗,她是铣工班的铣工,长得挺漂亮,大眼睛,额头饱满,身材苗条,南方人。她看了一眼戈文。指导员一脸严肃地上了台,用手敲敲了桌子,说:"大家肃静!下午开个短会。上午,车工班出的事故大家都知道了。这次事故非常严重,车间已上报了厂里,厂里要求把这次事故马上通报给大家,引起大家的重视,同时,也要求我们注意安全。现在我宣布几条措施:第一点,从今天起,车工班女同志的辫子全部剪短,长辫子的不准上岗。第二点,所有的人上班必须穿工作服,不穿工作服的不准进车间。第三点,车工班所有人必须带防护眼镜,不戴眼镜的人不准上车床。第四点,全车间各个岗位的工作人员,必须严格地遵守安全操作规定。"他讲完这一通话,宣布散会。

戈文随着人流下楼了,人们都在议论着这严厉的措施,特别是车工班的女同志议论的最多。吕玉说:"带上帽子不就行了吗?干吗非要剪头发!"女同志把老何围了起来,要求他去跟指导员求情,不要剪头发。戈文环视了一下车间,各个班组都在议论,有的人说:"不穿工作服不让进车间,就一套,洗了咋办?"有的人说:"眼镜坏了,就不能开机床了,马上配不上怎么办?"

大家都在议论,没人干活了。戈文趴在工具箱上,指导员从办公室出来,看了看又回去了。没过一会儿,小魏通知各班的班长去办公室开会。

晚上,戈文吃完饭就去车间了。在路上,他借着月光,欣赏山沟里的夜色。两面的山朦胧可见,路边小河的流水声,在静静的夜晚显得格外的响。深邃的天空,月亮铺洒的银白色光落在厂区长长的路上,星星在闪烁,注视着静静的厂区。

车间灯火通明,来早的人们,三个一伙,五个一群聊着天。戈文趴在工具箱上,翻看车间唯一的一份报纸《人民日报》。小魏喊:"大家都上二楼会议室开会。"龙指导员站在主席台上,眼睛注视着大门。人们陆续进来找位置坐下。指导员环视了一下,说:"人到齐了,现在开会。"接着他说:"下午开会所提的几项安全措施,大家议论纷纷,所以今晚有必要再强调一下,统一思想。厂里任务重,时间紧,因此利用晚上开会,大家也辛苦一下。"他喝了口水,继续说:"谭花花的工伤情况,我向大家通报一下,她现在病情严重,脑袋挫伤严重,始终处于昏迷状态。据大夫讲,有可能会成为植物人。我跟大家讲这个情况,就是要告诉大家,不注意安全,不加强安全,不堵住安全的漏洞,还有可能出现像谭花花这样的恶性事故。所以,下午制定的安全措施,要坚决执行。另外,不剪头发,不穿工作服,出了事故,怎么办?车间强调了,厂里强调了,你们为了美丽,出了事怎么办?现在大家表态。各个班组都要跟每个人签订安全责任书。"

指导员说完,场内鸦雀无声。过了好一会儿,才出现叽叽喳喳的议论声。车工班的吕玉站了起来说:"指导员,我想说两句。"指导员抬头看了看说:"说吧!"吕玉脸微红地说:"我同意车间的规定,不过,我建议不剪辫子,必须戴帽子;上班穿工作服,下班就可以不穿了;眼镜必须戴!我就说这些,完了!"她坐了卜来,指导员问:"还有没有人要说?"磨工班的高丽丽站起来说:"我们不需要剪头发吧,磨床都有挡板,头发也掉不进去。"指导员接过话:"谁说让磨工班剪头发了?"指导员又问:"还有谁说?"会场上静静的,没人说话了。过了一会儿,指导员问:"没有再说的?"朝小魏说道:"就按吕玉说的,把这几条改了过来,大家签字。"

每个人和班长签订了安全责任书。签完后,指导员说:"散会!"人们走出了会议室。在回宿舍的路上,戈文踏着月光不由地为谭花花担心起来。她才二十岁呀,这么大的灾难。她父母不知有多难受,多痛苦。戈文告诫自己,以后干活一定要注意,你不是一个人,你有家,有父母,有弟弟们,还有同学。你要是这样了,父母会难受的。

第二十二章

天渐渐热了起来,山区阴凉。车间每个职工签订安全责任书后,都注意安全了,戴上了帽子,穿上了工作服。整个车间的人装扮都是一样的,从远处看,分不清谁是谁了。

戈文戴着防护眼镜,身穿工作服,聚精会神地开着车床。突然,小魏喊:"戈文,电话!"戈文问:"谁的电话?"小魏说:"不知道,是个男的。"戈文心想:"男的是谁呀?"他停下车床,走进办公室拿起电话,是父亲的声音。戈文高兴地叫道:"爸!你什么时候回来的?你还好吗?"没等父亲说话,戈文激动地说了好多话。父亲疗养完了,昨天回来的。戈文放下了电话,心里特别高兴,哼着歌回到车床跟前,过两天就能见到父亲了。

中午下班,戈文去水池洗手,碰见了大林。大林问:"你有什么喜事,这么高兴?"戈文回答:"我爸回来了!"大林说:"是吗?我记得你爸不就在这工作吗?"戈文说:"我爸回张掖的家疗养了,刚回来。"大林说:"这个周末,你去季家庄?"戈文说:"对呀!"

戈文回到宿舍,一进门,薛刚正在弯着腰打行李,他疑惑地问:"你打行李干吗?"薛刚头也没抬地说:"下午去平原学习。"戈文问:"学习多久?"薛刚说:"一个月。"接着又说:"车间所有的人都要分批去学习。"

下午上班,黑板上写着通知,星期日加班,戈文忙去找何师傅。何师傅犹豫了一下说:"这样吧,到周六再说。"戈文见何师傅的态度,心里不踏实,还想再说,何师傅不理他,开始干活了。戈文心里想,如果何师傅不给假,就去找指导员请假。

戈文转身进了车间,干着活心里想着这事。

李师走傅过了说:"你休息一下,我来干一会儿。"戈文说:"我干吧。"李师傅说:"让你下来,你就下来,啰唆什么!"接着说:"星期天去见你爸吧!我来加班!"戈文心里高兴极了。看来何师傅跟李师傅说了,自己冤枉何师傅了。

　　戈文在车间门口等大林。于秀看到戈文，喊："戈文！"她身穿着工作服，非常妩媚。戈文觉得奇怪，她怎么从沟里下来了，检验科不是在厂大门口的旁边吗？于秀问："你干嘛呢？"戈文说："等人。"于秀问："上次你们去石堡子怎么不叫我呀？"戈文回答："那是我们同学聚会。"她说："我也是从河西农场来的，都是一个院里长大的。"戈文好长时间没见于秀了，觉得她变得更漂亮了，也成熟了许多。戈文说："下回一定喊你。"她问："你爸回来没？"戈文说："回来了。"她问："周日，你回季家庄吗？"戈文回答："回呀！"她说："我也回！到时咱俩一起走。"戈文说："好！"大林走了过来，于秀汇入了人流之中。

　　戈文和大林吃完晚饭一起去了图书室。门关着，戈文问："大林，上次借的书没还，人家能给借吗？"大林说："没事！我们先借上，等抽空再还也行。"

　　天渐渐黑了，灯火亮了。他俩站在半山腰上，望着灯火通明的福利区。厂区的路灯像一条长龙，从厂区的顶端延伸到福利区。

　　张小娜来了，她说："你俩来得挺早。"小张开门，大林说："我俩从食堂来，上次借的书没拿，再借行不行？"小张说："行！那你早点还。"接着问大林："你的脸色这么难看，怎么啦？"大林说："没事！这段时间工作忙，累的。"小张轻声说："我问你一个事。"戈文躲开去挑书了。不一会儿，大林走过来，脸上露出了笑容，小声地问："书挑好没？"戈文轻声说："没有什么书，挑了两本机械方面的书。"大林说："咱们走吧？"戈文问："你不挑书了？"大林说："哪天再来挑！"

　　俩人一出门，大林急不可耐地说："我刚听小张说，我被调到了车间调度室，给调度员当助理。"戈文说："你一步登天了，成干部了。"大林说："是以工代干。不过，这个消息不要跟别人说，还没有最后确定呢！"大林刚才还愁云满布，这会儿又喜笑颜开了。大林兴致极高，像换了一个人，戈文为大林高兴。

　　周六下午下班，戈文哼着歌打扫车床，准备去季家庄见父亲。何师傅叫他，戈文心里咯噔一下，是不是不给请假呀？何师傅说："刚才接到车间通知，明天一律不准请假！"戈文刚想再恳求一下，他转身走了。

　　戈文这个气呀，怎么办？父亲还在等他呢！他赶快往办公室跑去，想给父亲打一个电话，不料办公室的门锁了。他想了想，又去找于秀，让她带话给父亲。可等他到了检验科，检验科的大门紧锁。于秀住在哪里，戈文也不知道。戈文想了想，不行就今晚去，明早回来，不耽误加班。他回到宿舍换了衣服,来到和于秀约好的地方,等了半天不见她来。又等一会儿,戈文走了,没有走多远,于秀在后面叫他。戈文停住脚步,于秀气喘吁吁地跑过来,问:"你怎么不等我就走了。"戈文说:"我等你多长时间了?"于秀说:"我有点事耽误了。"两人朝季家庄走去,走了一会儿,于秀问:"你怎么不说话呀?"戈文说:"说啥!"她说:"你怎么还生气了? 我不就是来晚了吗! 小肚鸡肠!"戈文没有接她的话,而是告诉她:"明早还得回厂。"她问:"为啥呀?"戈文回答:"车间加班!"月亮升起,公路落下了树影,白杨树在风中哗哗地响。

戈文进了季家庄的院子,父亲的屋里射出了灯光。他一个箭步跨到门前。推门,门没开,趴窗户上看,屋里没人。戈文忘了拿钥匙,只能等父亲回来了。

院子很肃静,四周房子的灯亮着。月亮升高了,戈文走出院子,打算去找小王叔叔问问。

小王叔叔家的门关着,戈文敲门,门开了,小王叔叔的爱人出来了。戈文忙问:"阿姨! 王叔叔在吗?"她说:"进来说。"戈文说:"不进去了。"接着又说:"我来看我爸,我爸不在。"她说:"我也在家等你王叔叔呢! 不知到哪去了,到现在还没有回来。"戈文说:"那我就回去了。"她说:"进来坐一会儿。"戈文说:"不坐了。"他回到父亲的宿舍,在门口继续等待。

一阵汽车的轰鸣声惊醒了戈文,他睁开眼睛站了起来,见父亲从汽车驾驶楼里跳了下来,便朝父亲跑去。

戈文有很多话想对父亲说,可见面后却一句都说不出来了。父亲的脸色好多了,身体也强壮了。戈春疲倦地说:"我以为你明天早上来,下午下班时,工地一台塔吊坏了。"戈文说:"明天加班,我一会儿得走。"戈春说:"天快亮了,你先洗脸,我去打饭。"

戈春打饭回来,戈文问:"爸,你的病好了吗?"戈春说:"好了!"接着问:"在厂里怎么样?"戈文说:"挺好的。工种也换了,是车工。"父亲说:"我知道了。"戈文吃着饭问:"我妈和弟弟们好吗?"戈春回答:"都挺好的。告诉你一个好消息,你妈和弟弟们快来了。"戈文高兴地说:"那太好了! 什么时候来?"戈春说:"再过两个月吧。"接着问:"我听大成说,你胳膊摔坏了,好一些没有?"戈文说:"没事! 好了!"戈春撸起了戈文的袖子问:"你胳膊怎么伸不直?"戈文瞒不住了才把整个事情经过说了。戈春问:"疼不疼?"戈文说:"有时疼。"戈春说:"下周,你请假,我带你去医院看看。"戈文吃完饭说:"我回去了。"戈春说:"我用自行车送你回去。"戈文说:"不用! 我自己能回去。"戈春一夜没睡,两眼布满了血丝,很疲倦。戈春说:"那你路上注意安全。"他又接着说:"你妈给你带来一些吃的,有咸萝卜炒肉丝等。"戈文背上母亲带的咸菜,高兴地回厂了。在路上,戈文心里高兴。母亲要来了,父亲的病好了,他回到宿舍,放好东西,沐浴着早晨的阳光,开始了新的一天。

第二十三章

两个月后，林大林正式调到调度室上班了，给调度员高远当助理。车间的年轻人对大林的上任议论纷纷，说戈文做了假证，说林大林的伤是假的。不过，这些传言都是在私下说的，车间领导没说。戈文当没听见，可心里不是滋味。大林之所以能成功，戈文听说，是厂里做了军代室的工作，放了姓姜的一马，再说，军代室的领导也不愿把这件事放大。如果处理了姓姜的，有损军代室的声誉，反正有证词，厂里没有意见，就做了个顺水人情。

有一天下午，戈春带着戈文去医院。大夫说，没有好的治疗方法，只能自己慢慢锻炼。戈文看完病，去看吴小兰了，父亲则回了季家庄。

吴小兰的病房，还跟过去一样。戈文站在她跟前注视着，她身体臃肿，眼睛无光。她母亲在旁边照顾着。吴小兰的家人都从张掖搬来了。白天她的母亲看护，晚上由护士照顾，她母亲回去照顾几个孩子。王大力依然每周都来看吴小兰，有的同学在节假日过来看看。不管谁来，吴小兰都是不知道的。戈文想到这些，心里很难受，多么活泼的一个人啊，如今变成这样。戈文想了许多，人一旦失去意识，就是一个肉囊。即使这样，人们都不愿她离去，希望她哪一天复活，抱着这个希望守在她的身边。一个女人，失去了丈夫，女儿什么都不知地躺在病床上。吴小兰的母亲是坚强的，是伟大的，没有被痛苦击倒，而且在漫长的岁月里呼唤女儿的醒来。虽然她不知道女儿什么时间醒来，但她坚信女儿一定会醒来！

戈文和吴小兰的母亲道了别，出了医院大门，朝工厂走去，心里沉甸甸的，而这个沉甸甸让他的心也变得空了起来。一路上都在想，我能为吴小兰做些什么呢？又觉得什么也做不了。王大力是一个让人敬佩的人，这么久了，不离不弃地来看吴小兰，这种情感也许就是爱情吧！然而，这个爱情太酸楚，太痛苦，太揪心！那王大力的爱情未来会是什么样呢？也许王大力自己也不清楚。

初夏的山区，凉爽宜人，两边的山郁郁葱葱了。路边的小河，叫策底河。

它从哪里流来,戈文不知道,流到哪里,戈文也不知道。河水非常清澈,河里无鱼,只有一些绿绿的水草。

戈文回到车间,跟何师傅销了假。李师傅在干活,戈文说:"我来干一会儿。"李师傅没推辞,擦擦手走了。大林走过来送工件,戈文看他精气神十足,心里挺高兴。大林走过来对戈文说:"今天下班,请你和辛力吃饭。"戈文说:"那你跟辛力说一下。"大林说:"我知道了。"现在,大林在车间里算是一个人物了。

车间总共有一百二十多人,分了九个班组,车工班、磨工班、铣工班、装配钳工班、量具钳工班、技术组、材料组、工具库、办公室。女多男少,青年人占百分之八十左右。

半年多了,戈文对车间的人慢慢熟悉起来,所说的熟悉,也就是知道而已。每天工作很忙,没有时间去沟通,去联系,只知道是一个车间的。车间有几个漂亮的女孩,尤美丽算一个,铣工班的吴姗姗算一个,磨工班的张莹算一个。她们都离得很远,可以说,眼睛都不瞧戈文一下。戈文觉得他比大林还惨。当然了,人们都认为他是一个小孩,人家也不会去想什么。

这半年多,让戈文从一个毛头小子,一个从戈壁滩的中学生,一个完全不懂现代工业的学生,成为一名兵工厂的工人。一想起这些,戈文内心就涌出了喜悦,涌出了自豪,涌出了自信。他环顾了一下车间,人们都在专心干着活。突然,所有的设备都停止了轰鸣声,顿时一片肃静。停电了。

人们纷纷下了机床,不约而同地聚在一起聊起了天。工厂经常停电,一停电,大家就高兴。车工班的王胜说:"停电,我们就可以休息了。"大家刚休息,指导员从办公室出来,在车间转了一圈回去了。小魏从办公室出来:"各个班组,通知班长去办公室开会。"当她走到车工班时,问戈文:"何师傅呢?"戈文趴在工具箱上回答:"没见!也许去厕所了吧?"小魏今天穿了件翻领的花色衬衣,白白的脖子露在外面,窗外的阳光铺洒在她身上,显得很美丽,也很诱人。戈文的眼睛盯着。小魏好像感觉到什么了,不由得用手动了动领子,朝戈文笑了一下问:"你眼睛看什么呢?"戈文赶快移开了眼睛,脸唰地红了。她逗戈文说:"你这个小屁孩,脸红什么?"何师傅从车间大门外进来,小魏迎了上去。戈文注视着她的背影,心中升起了莫名其妙的感觉,而这个感觉曾经有过。难道说,那曾充满激情的感觉又来了吗?戈文不知道为什么,只知道这种感觉是内心起的波澜,而这个波澜过后就又平静了。戈文从工具箱的抽屉里拿出书翻看开了。一天没来电。下班了,大林走过来说:"跟辛力说好了。"

　　戈文下了班先回了宿舍,从小木箱子里拿出一瓶母亲做的雪里蕻咸菜,待了一会儿才出门。

　　戈文穿过球场,过了小桥,过了街道,上山来到大林的宿舍。敲门,开门的竟然是张小娜。戈文问:"你怎么在这?"她一反在图书室严谨的态度,开玩笑地说:"你能来,我就不能来吗?"大林说:"赶快进来!"戈文没想到的是小魏也在,辛力还没到。戈文对小魏笑了笑,问:"你也来了?"小魏没有回答他的话,而是说:"大林说你也来。"下面的话没有再说,那意思告诉戈文,你来了,我才来的。大林接过话说:"我不会做饭,请了两个厨师。"戈文坐了下来。大林说:"饭快好了。"蹲了下来,看炉子上炖的菜,嘴里嘟囔:"辛力怎么还不来,饭马上就好了。"话音刚落,有人敲门。小张去开门,辛力来了,一进门就说:"哈哈!好香呀!"小魏站起来说:"你咋才来?真会卡点!"大林指着张小娜说:"这是七车间的小张,张小娜。"辛力说:"我们认识,她爸和我爸都在厂机关。"小张正在做饭,扭过脸笑了笑。大林说:"把桌子摆一下,准备开饭。"

　　大林把饭和菜端了上来,白菜炒肉、炒鸡蛋、炖茄子、清炒芹菜。戈文从兜里掏出雪里蕻说:"我妈炒的,可香了。"大家围坐好了,大林从床底下拿出了一瓶老白干酒,分别倒在每个人的杯子里。然后,站了起来说:"我也没有什么可说的,在大家的帮助下,关照下……"他没有再说下去,接着就说:"别的不说了!咱们喝酒!我先干为敬。"他又分别和戈文、辛力、小张、小魏喝了一杯。他每喝一杯,几个人都陪着。辛力、小张、小魏吐着舌头说:"这酒又辣又有劲。"大林仰着脸哈哈大笑,接着他又倒了一杯说:"我们大家一起干。"这几杯酒下肚,大家的情绪高涨起来,说起话来也放开了,也放肆了。小魏的脸红扑扑的,她说:"戈文,你们班的何师傅是老色鬼,老爱摸女孩子的手。"大家都静了下来。大林拦住说:"你是不是喝多了?"小魏说:"我没喝多!"戈文看见过何师傅摸吕玉的手。当时,他觉得那都是何师傅在教技术,也没有多想。辛力说:"何师傅有这方面的毛病。"戈文心想,那何师傅肯定也摸过小魏的手了。不然,她怎么知道的!辛力端起一杯酒,站了起来,对着大林说:"有对不住的地方,请多包涵!"说完就把酒喝了。戈文知道他说的什么意思!小张和小魏不知怎么回事,眼睛盯着辛力,听他的下文。大林马上接过话说:"都是过去的事了,不提了,你也不要往心里去,那也是不得已。"辛力的脸也有点红了,还想说什么,被大林拦住了。戈文心里清楚,辛力说了真话,而他说了假话。说真话的辛力心里倒不是滋味了,而他说假话的倒觉得对得起大林。辛力放下酒杯没再往下说。大林的脸也红了,青春痘也红了,脑门上的痘更红了,说起话来有点结巴了:"小……小魏! 何……何师傅的行为,全车间都……知道。你呀! 在这里说说就行了,千万不要到外面去说。不管怎么说,他毕竟是戈文的师傅呀! 再说,他儿子也在我们车间。"辛力说:"好了,不说这个事了,我们喝酒。"小张静静地听着说话。戈文觉得有点冷落她了,就对她说:"小张,我敬一杯酒。"小张看了看戈文说:"你敬我哪门子酒呀!"大林结巴地说:"要……要敬! 大家一起敬,你敬算什么呀?"小张忙站了起来说:"别! 别! 我受不起,还是我敬你们吧"。没等大家反应过来,她一杯酒进肚了。小张性格开朗爽快,喝了点酒,白皙清秀的脸庞露出俩酒窝,显得更加妩媚。戈文不由地多看了她两眼。小魏叫道:"哎! 哎! 戈文喝酒!"戈文扭过脸问:"喝啥酒?"小魏调皮地说:"别跑神了。"戈文觉得小魏看到了他的内心,掩饰着说:"喝就喝!"大林说:"要喝大家一起喝。"辛力说:"那是!"几个人又干了一杯酒。辛力放下酒杯说:"厂里图书室的书太少了。技术书多,文学类的书少,政治方面的书不多。"小张说:"咱们是新厂,图书室的这些书,许多都是从别的厂调来的。"小魏说:"现在看书的人不多呀!"辛力说:"多读点书有好处,艺不压身嘛! 多学点本事,将来会有好处的。"小张说:"辛力说得没错。"小魏说:"我们这些人都是初中毕业,然后就分配工作了,文化底子薄。"辛力说:"读书主要看自己! 要有自觉性。"大林说:"来! 来! 喝……喝酒。"他的脖子红了,没等大家端起酒杯,他一杯酒又下肚了。大林说:"我今天高兴,你们是我好的朋友。我没有什么亲人,我是孤儿院长大的。"他说完流出了眼泪。小张忙站起来,拿毛巾递了过去。大林擦了一下眼泪,嘴里继续嘟囔:"你们是我最好的朋友,你们就是我的亲人。"辛力劝说:"是的! 我们都是你的好朋友! 你别哭了,我们喝酒。"大林不哭了,擦了一下眼泪说:"喝酒!"他喝完了这杯酒,突然身子往后仰。戈文扶他,没有扶住,大林倒在地上,嘴角溢出白沫,眼睛翻白眼。大家都吓坏了。小张忙按大林的人中,一点反应都没有,辛力说:"送卫生所。"小魏说:"他这么重,能搬得动吗? 再说,在路上要是出现什么情况怎么办?"辛力想了想说:"那你们等着,我去叫我妈。"

辛力出了门,三个人看护着,小张不停地按着人中。小魏拿毛巾擦大林嘴里溢出的白沫,戈文摸着大林的胸脯。小魏边擦边问:"这是什么病呀?"小张说:"我也不知道。"大林慢慢地缓了过来问:"我这是怎么了?"小魏说:"你吓死人了!"小张问:"你现在感觉怎么样?"大林有气无力地说:"我浑身疲乏得很。"小魏问:"你这是啥病呀?"大林说:"我也不知道,在孤儿院时犯过几次,那时我还小。"辛力带着母亲进来了,戈文扶大林坐在凳子上。看完后,辛力的母亲没有说别的,只说了一句:"别喝酒,别太劳累,别兴奋,要控制好情绪。"接着又说:"明天来卫生所一趟,检查一下。"几个人松了口气,扶大林上了床。他躺下后说:"你们下点面条吃吧,我睡一会儿。"小张下面条,大家的酒劲醒了不少,吃完面条,安顿好大林就都出门了。辛力和小张的家离得不远,他俩一路,戈文和小魏一路。在路上,小魏问:"大林得了什么病呀?"戈文说:"我哪里知道呀!"小魏说:"辛力的母亲不是让大林明天去卫生所吗?你到时间问辛力。"戈文说:"问这干吗!"小魏没有再说话。戈文一想不对呀!她怎么关心大林的病了,她在想什么?戈文又觉得自己多想了。小魏问:"小张是不是和大林的关系不错?"戈文警觉地说:"不知道!"

月光铺洒在山沟里,铺洒在戈文和小魏两个青年男女的身上。女人的气味随着微风飘进了戈文的鼻子里,这种芳香他闻过。在这样的夜晚,闻着这个芳香,心里不免有些冲动,而这个冲动是压抑的冲动,是心里的冲动,是青春的冲动。一股风从戈文的身上吹过。小魏问:"你怎么不说呀?刚才吃饭的时候,你盯着小张,人家都不好意思了。"戈文反驳说:"谁盯了?你瞎说什么呀!"小魏没反驳,哈哈笑了两声。她的笑声,仿佛是看到戈文心中的秘密了。自从姚琴去世,吴小兰倒在病床上,林梅与李力帆交好,让他有些迷离,让他对情感的追求产生了怀疑,让他的心有些冰凉,让他不知所措。然而,戈文觉得自己是一个有情感的正常的人。每当夜深人静,那颗心在一直跳动,一直在想,我的情感归宿在哪里?尤美丽、小魏、小张等都在视线里,能搂在怀里吗?小魏看戈文又不说话了,问:"你想什么呢?"戈文扭头看了看她,一句话没说。

小魏的脸在朦胧中,她不胖不瘦的身材,在月色中显得那么苗条。女人的气息阵阵涌入戈文的鼻孔。两人走到灰楼,她上楼了,戈文走过了篮球场,刚走到红楼门口,一盆洗脸水泼在身上,他大叫了起来:"谁呀?"红楼静静的,只有回声。这是戈文第二次被洗脸水浇了。宿舍没人,戈文洗完脸上了床,从枕头底下拿出书,怎么也看不下去。

第二天上班,大林的脸色难看,戈文见他问:"你没事吧?"大林说:"没事!就觉得浑身疲乏!"戈文说:"辛力的妈不是让你去卫生所看看吗?"大林说:"我抽时间去。"戈文琢磨,他是不是知道自己是什么病,而不好说出来。

戈文启动了车床,肃静的车间顿时响起了轰鸣声。

　　早晨的阳光洒了进来,明亮的车间热闹了。同班的徐克过来说:"下午下了班,我们去看看谭花花?"戈文说:"行呀!"徐克个子不高,不太爱说话,一张黝黑的脸显得很深沉。在车工班,戈文跟他比较熟悉,有时也跟他说心里话。戈文问:"就咱俩吗?"徐克说:"还有吕玉、金兰、王胖子。"小魏过来了,徐克走了。小魏说:"你写一份入团思想汇报。"接着又问:"大林是什么病呀?"戈文说:"我也不知道。"她说:"我看大林没去卫生所。"她又说:"我们宿舍的人说,大林的病可能是癫痫病。"戈文不懂地问:"这是啥病呀?"她说:"就是一种病呗!"

　　吃过晚饭,戈文到楼底下集合,一群人踏着月光来到医院,何师傅和材料库的保管员高师傅从医院大门走了出来。两人挨得很近,见有人马上分开了。高师傅个子不高,有四十多岁,尖下巴、大眼睛、窄额头,一头黝黑的头发。何师傅自然地和戈文他们打了个招呼,一群人回应问好。何师傅走远了,吕玉忍不住地问:"他俩怎么来了?"金兰说:"也许赶巧碰上吧!"吕玉说:"高师傅和谭花花不熟呀!"金兰说:"管人家干吗!"几个人说着话走进了医院大门。

　　在昏暗的灯光下,谭花花头上包着白纱布,只露出了两只眼睛,见班里的人进来,忙对旁边的人说:"我们班的人来了。"她要坐起来,徐克忙走上前说:"你不要起来! 怎么样了?"谭花花回答:"我现在好多了! 没事!"谭花花没成为植物人,从死亡线上被抢救了回来。大家看她精神状态不错,都说着安慰鼓励的话。虽然他们看不到她的面容,但从她的眼睛中透出的目光是忧伤的,坚强的。徐克说:"快把身体养好,大家还等你回车间呢!"金兰也说:"是的! 班里少了你是不行的。"吕玉说:"刚才在医院门口碰见了何师傅。"谭花花说:"是的! 他和高师傅来的。"大家又说了一会儿话,徐克放下慰问品说:"这是大家的一点心意。"在出发前,每人五角钱、一块钱凑的份子。

　　戈文和大家下了楼,走到医院门口,想去看看吴小兰。随后对大家说:"你们先走,我去看看同学。"吕玉逗他说:"你真看同学去?"戈文笑着说:"不信,你跟我一起去?"徐克解释说:"戈文有个女同学也在住院。"金兰笑着说:"女同学吗? 那应该去好好看看。"徐克继续解释说:"他那个同学是植物人了。"

　　吴小兰的病房,换了一个中年男人。戈文指着吴小兰的床,问中年男人:"这床的人呢?"中年男人摇摇头说:"不知道!"戈文出了病房,问值班室的医生:"吴小兰呢?"医生正在低头写东西,头也没有抬说:"出院了!"戈文又问:"什么时候?"医生没有回答。

月亮从山顶露了出来,银白的光铺洒在山沟里。路两旁的白杨树朦胧地矗立着,树枝晃动着,发出哗哗的树叶声。戈文漫步在夜色中,美丽的夜晚撩起了青春的骚动,让他想起过去许许多多的故事,而这些故事是他成长的历程。戈文想,虽然在大山里,但是所在的工厂归北京的总部管。他做过梦,想着自己什么时候也能去北京,那是伟大祖国的首都。小时候,戈文跟着母亲回黑龙江,在北京转车,没有离开车站,没有去天安门,没有去人民大会堂。戈文对北京的了解,都是从书本上获得的。在戈文内心的潜意识里,觉得在这个地方自己也许就是一个过客。

月光下,长长的身影,戈文的思绪回到了农场。那段感情经历多么的幼稚,多么的单纯,多么的真实,却印上了深深的烙印。如今面对所有的人,面对这半年多发生的事,不知怎的,就是无法解脱出来,融不进去。吴小兰出院了,那说明她好了,抽时间去看看,多久没见她了。吴小兰幸运地从死亡线上回来了。

戈文走近灰楼,见有许多人,快步走了过去。一群人围着一个人,那个人朝楼上喊一个人的名字,那是一个女人的名字。周边围着人,不断地对站在中间的人说:"不要喊了!人家不会出来了。"戈文走近一看,这不是刨工班的张生吗!矮胖、大背头、脸光光的,上海知青。他不理周围的人,一直在喊叫。戈文冲了进去,拉他说:"别在这喊了。"张生一身的酒气,脸通红。他甩开戈文的手说:"不要你管,追求爱情还犯错吗?"人们哈哈哈大笑。厂保卫科来了俩人,拨开人群,把他架走了。张生边挣扎边喊:"追求爱情还犯法吗?"厂保卫科的人朝围观的人喊:"大家散了!大家散了!"热闹的场面肃静了。戈文站着没动,楼上的窗户射出的灯光洒了下来,望着架走的张生,他怎么会这样呢?

戈义记得有一次,在厂门口广场看《铁道游击队》电影,演芳林嫂的秦怡出来,张生说:"跟这样的女人睡一觉,明天就是让我死,我都心甘情愿。"他说得戈文心怦怦地跳。他怎么会有这样的想法呢?戈文觉得他的脑袋有问题。没想到,今天他干了这么荒唐的事。

戈文一进宿舍,老贾、老钱、小薛正在议论张生。老钱说:"这个张生想女人都想疯了"。老贾说:"我看他脑袋是不是有问题呀?"小薛说:"上海人见多识广,求爱的方式也这么大胆,这么独特。那个女孩是哪的?"小薛去平原县学习回来了,车间第二批学习的人又去了。老钱说:"什么独特,我看就是一个疯子。"老贾说:"这个张生,以后还有哪个女人敢找他呀!"小薛说:"平常看他不太爱说话,今天却干出了惊人之举。"老钱说:"不知明天厂里怎么处理这件事。"戈文马上凑了过去问:"会怎么处理呀?"老贾说:"你一个小孩懂什么? 大人聊天不要插嘴。"戈文一听这话气就上来了,想顶他,不过想了想又忍住了,转身拿上洗脸盆去了水房。进了水房,几个洗脸的人都在议论这件事。一个人说:"那个女孩以后怎么办呀?"另外一个人说:"八车间这个张生就是一个疯子,就是一个神经病。"又一个人问:"他追的那个女孩是哪个车间的?"有人回答:"不知道!"张生成为厂里的新闻人物了。

戈文回到宿舍。老贾和薛刚在看书,老钱睡着了。屋里很静,对面灰楼的灯光射进黑黑的夜里。戈文翻看了几页书便蒙头睡觉了。他是睡不着的,晚上这一幕让他有了许多想法,而这些想法与人们的议论是不同的。说老实话,张生就是在楼底下喊他喜欢的人,他什么都没有干。为啥在人们当中起了这么大的反响,还被保卫科的人带走了? 不知他明天的命运会如何?

第二十四章

　　早晨,戈文走进了厂区。林大林在身后喊他,戈文停住了脚步。大林走过来问:"昨天,宿舍楼怎么回事?"戈文说:"你也听说了?"大林说:"听人们都在议论,张生怎么回事?"大林神采奕奕,他们俩有段时间没有沟通了。戈文讲述完,问:"那个女孩是哪的?"大林回答:"好像是检验科的!"戈文问:"姓啥?"大林回答:"不知道。"两人说着话走进了车间。

　　车间的人不多,两人来到刨工班,不见张生。戈文说:"是不是被厂里的学习班留下了?"大林笑了笑转身走了。厂里办的学习班,主要是针对那些不够犯罪的人组建的,学习一段时间再回车间。这时,张生低着头来了,车间的人都扭头看他。

　　张生启动刨床,准备干活。突然,小魏过来喊:"张生,指导员找你。"张生跟着小魏去了办公室。

　　李师傅过来了,看了一会儿又走了,戈文心里纳闷。李师傅又返回来了说:"你停一下,我有话对你说。"戈文关了车床。李师傅说:"我要调走了!"戈文急了忙问:"调哪去?"李师傅说,调到其他车间。戈文又问:"你不给我当师傅了?"李师傅说:"你已经可以独当一面了。"戈文心里顿时酸酸的,不知道为什么酸,那以后就没有师傅了。戈文默默无语,李师傅静静地不说一句话。过了一会儿,他拍了拍戈文的肩膀语重心长地说:"以后就靠你自己了。"他走了,戈文望着他的背影惆怅了起来。随即戈文的心里涌出了自豪,叫道,以后这台车床的主人就是我戈文的了。

　　何师傅走过来说:"戈文,李师傅调走了。以后你要注意安全,不要出事,大床子活不多。"戈文点头答应着。他又说:"你去趟办公室,小魏找你有事。"戈文问:"有什么事?"何师傅说:"你去了就知道了。"

　　戈文推开小魏的办公室,大林正在和小魏说话,见戈文进来忙说:"找小魏有事?"戈文说:"何师傅说小魏找我。"小魏抬起头,放下手中的笔,说:"来! 我跟你说个事"。大林打了个招呼出去了。小魏说:"厂里要开团代会,从车间抽人,团支部决定派你去。"戈文摸了一下头说:"这合适吗？我又不是团员。"小魏说:"我跟指导员说了,他没意见,厂团委也没意见。筹备会议,不是团员也行,任务是布置会场。"戈文说:"那行吧！"小魏说:"那好！"她低头写了介绍信递给戈文。

蓝蓝的天空飘着白云,明媚的阳光洒在山沟里,清风拂面,戈文欣赏着郁郁葱葱的群山。戈文在厂办公楼四层挂着团委牌子的门口停了下来,呼了口气敲门。门开了,眼前出现一位漂亮的女孩,戈文心里一震,明知故问:"这是团委吗？"那个女孩子问:"你找谁？"戈文介绍说:"我是八车间的。"掏出介绍信递了过去。她看了一下说:"欢迎欢迎,书记不在。我也是从车间抽上来的,叫刘丽。那你先坐一会儿,书记一会儿来。"

戈文了坐了下来,房间有二十平方米左右,墙壁上挂着共青团的团旗,三张桌子在一起,靠门口是一条长凳。戈文坐下来,拿起放在桌子上的报纸,一边看一边瞟姑娘。她脸白净,单眼皮,五官线条流畅,气质好,非常耐看。屋里很静,只听见她写字的声音。过了一会儿,戈文放下报纸问:"你是哪个车间的？"刘丽回答:"我是三车间的,我来团委帮忙三个月了。"屋里又沉静了。戈文没再说话,继续翻看着报纸。书记推门进来了,问:"你是八车间来的戈文吧？"戈文忙站起来说:"是的！"刘丽放下手中的笔,面带笑容地站了起来说:"书记好！"接着又说:"他来一会儿了。"书记笑着说:"好！你们坐,我把工作说一下。"书记有二十五六岁,身高一米七左右,大嘴,扁平的脸,一双大眼睛,给人感觉和蔼可亲。书记布置完工作说:"你先熟悉一下,不懂可以问我,也可以问小刘。一会儿,让小刘带你去礼堂看看。"他说完走了。刘丽写完站了起来说:"咱们去礼堂吧。"

礼堂在半山腰。两人下了楼出了办公楼,刘丽在前,戈文在后。刘丽的身材非常好,是跳舞的身材。她回头叫:"你快点走。"戈文快了一步,两个人并肩走。她的个子比戈文高半头。她问:"你家是哪的？"戈文说:"张掖！"她问:"张掖在哪？"戈文说:"在河西走廊。"她"唔"了一声,接着又问:"你父亲在哪？"戈文说:"在七局！"她马上露出惊讶的表情说:"我父亲也在七局。你爸在哪个公司？"戈文说:"我爸在三公司机械队！"她说:"我爸在公司机关。"戈文高兴地说:"都是一个大单位的。"戈文还想说,刘丽的头扭了过去,戈文咽下了还想说的话。

两人进了礼堂,看到有的人在挂横额,有的人在打扫卫生,礼堂内灰尘乱飞。他们看见戈文和刘丽进来,停下手中的活,油嘴滑舌地叫道:"刘干事视察来了？"刘丽红着脸说:"不要叫刘干事,我也是来帮忙的。"接着介绍:"这是八车间的戈文,团委抽调来的,和我一样来帮忙的。"人们对戈文毫无兴趣,理都没有理,继续逗她说:"我们就喜欢刘干事来指导我们。"戈文很尴尬,走也不是,不走也不是,傻愣愣地站着。刘丽看戈文难为情,解围地说:"戈文是负责礼堂布置的。"戈文知道,他指挥不动这些人,就拿上笤帚去打扫卫生了。刘丽指挥着这些人继续挂横额。

中午下班,活才干完。下午上班,戈文来到团委办公室,装订开会用的几百份材料,不停地去打字室打印材料。刘丽一页一页地分好装订。一直干到下午下班,材料还没装订完。刘丽说:"晚上得加班,你能来吗?"戈文立即说:"能来!"接着又问:"几点?"她说:"吃完饭!"

食堂卖饭口排起了长队。年轻人正是长身体的时候,每到下班时,肚子就开始咕噜、咕噜地叫唤了。戈文排着队,眼睛注视着饭口,脑海里浮出刘丽的容貌,苗条的身材,悦耳的声音。戈文摇了摇脑袋,觉得自己可笑,怎么见了漂亮的姑娘,心里就会翻腾,想多看两眼。尤美丽、刘丽、魏玉都进入了脑海里,总是跳不出。有时这个愿望很强烈,有时静静地在心里。戈文心里在问,也许是青年人的本性吧?也是人的本性吧?张生的事对他冲击很大,这些想法都要压在心里,有时也觉得所想的都是空的,甚至还觉得龌龊下流!突然,厨师喊道:"你干吗呢?打不打饭呀?"戈文马上把饭盒递了过去。当他端着饭盒转身时,不小心碰到旁边一个人的身上,那人推了他一把,戈文没站住跌倒在地上。戈文爬起来把饭盒扔了过去,正好打在那个人的头上,菜汤从他头上流了下来。那个人扑了过来,戈文转身就跑了。那个人个头比戈文高,步子迈得也大,一把抓住戈文的脖领,一个扫堂腿把戈文掀翻在地,骑在戈文的身上正要打。大林抓住了那个人的手腕说:"你怎么打人呢?"那个人一甩手,大林拉住了他的手,一使劲把他从戈文的身上拉了下来,戈文站了起来,朝那个人身上冲,被其他人拉住了。那个人骂道:"你这个小屁孩,真他妈的欠揍。"戈文反击说:"我不是故意的,我哪知道你站在后面。"那个人说:"你把饭盒扔在我的脑袋上了。"戈文说:"那你推我干吗?"这时围了许多人。秦兰挤进人群对那个人说了几句话,那人没再吭声扭头走了。戈文感激地望着秦兰。她说:"他是我们车间的。"戈文说:"谢谢你呀!"说着从地上拾起饭盒,用手将变了形的饭盒扭了扭,跟大林说:"谢谢!"大林说:"你也是,他那么大的个子,你敢跟他打架。"戈文说:"我才不怕他呢!"接着对大林说:"这是我同学秦兰。"大林示意地点点头。秦兰责怪地说:"你跟人家打什么架,你又打不过。"戈文拍了拍身上的土说:"我才不怕他呢!"秦兰说:"你就不能忍着点。"戈文笑了笑说:"谢谢!"

秦兰端上饭盒走了。戈文用袖口擦了擦饭盒又去买饭，大林拍了一下戈文的肩膀说："你这位女同学挺关心你的。"接着又说："别逞能！逞能要吃亏的。"他说完端着饭盒也出了食堂的大门。

团委办公室的门半开着，走廊的灯亮了。戈文走到门口，刘丽正在装订材料，戈文说："不好意思！我来晚了。"刘丽抬头说："你挺厉害呀！"戈文丈二和尚摸不到头脑，站在旁边说："我不厉害！"她笑眯眯地装订材料说："你把饭盒都扣在人家的脑袋上了。"原来她看到他打架了。戈文不好意思起来，张了一下嘴又闭上了，觉得丢脸了。想解释，又一想越解释越麻烦，不解释了。她看了戈文一眼，戈文觉得她那眼光仿佛是赞许的眼光，她是在佩服自己的勇气和胆量吗？戈文脑海一闪把这个念头否定了。她不会这样，也许是自己猜错了，也许是多想了。

这时打字室的人喊："取材料。"戈文放下手中的活说："我去取！"打字室，有一个三十多岁的女人，手指了指桌子上放的材料说："好了！"戈文抱走了。办公室里静悄悄的，两人默默地干着活。月光映在窗户上，从窗户照了进来。刘丽说："材料差不多了，今晚就干到这，明天就能干完了。"她说完就朝门外走，戈文紧跟在后面。下了楼出了办公楼的大门，戈文关切地问："你住哪里？"她回答："住在灰楼。"戈文说："我们一路。"刘丽没有吱声。不知怎么搞的，戈文在她跟前总是拘谨，心有冲动，可又有些羞涩。戈文恨自己，怎么这么没有出息，总不能让人家女孩主动跟你说话吧？戈文又说不出话来，只能沉默！想半天，最后还是鼓足了勇气说："你爸和我爸肯定认识！"她平淡地应了一句："也许吧！"戈文接着问："你什么时候进厂的？"她说："去年这个时候吧！"戈文渐渐放松了，调皮地说："那你是老师傅了？"她语气高了一些说："我是什么老师傅呀？你净瞎说！"戈文情绪一下子来了，胆也大了，说："人家说，在工厂早来一天就是师傅，你比我早来一百多天，对我来说，那就是老师傅了。"她说："你的嘴巴咋这么会说，我原以为，你不会说话呢。"她的声音轻了起来，让人感觉舒服多了，也好听多了。戈文心里一阵荡漾，接着奉承地说："你说话的声音可以当广播员了。"戈文看不清她的面容，猜想她的心里应该是高兴的。

山在朦胧之中，厂区的路灯闪着昏黄的光。黑黑的天空深远而空寂，点点的星光围着月亮。戈文突然感到山区的夜色是这么的美丽。

两人到了灰楼，刘丽招手说："再见！"戈文目送她进了楼洞，转身回到了宿舍。老钱问："听说你去团委了？"戈文回答："去帮忙！"老贾说："你小子挺有办法的。"戈文说："我只是去帮忙，干几天就回车间了。"老贾的话怪怪的,什么我挺有办法的? 戈文心里在说,这是正常的帮忙,和有没有办法根本没有关系,又不是我要去的,是人家派我去的。老贾说:"你又不是团员,你帮什么忙?"戈文说:"我哪里知道呀! 人家让我去,我就去了。"老钱说:"说不定小魏看上你了!"说完哈哈笑了起来。戈文生气地说:"钱师傅,你别瞎说!"弯腰拿起脸盆去了水房,美好的心情让他们给破坏了。不管怎么说,戈文还是庆幸来到团委帮忙,不然怎么会认识刘丽,算是开了个好头。戈文又做梦了,接着又想,我怎么会有这种想法呢? 这是一见钟情吗? 这一闪的念头,也是快乐的,也是向往的。

第二天,戈文吃完早饭来到团委办公室,打扫卫生,擦桌子擦凳子,整理材料。过道上响起了脚步声,不由地心跳了起来,总觉得内心像被人看见似的,不觉得脸红了起来。脚步越来越近,戈文装着平静地干活,书记进来了,说:"你来这么早?"戈文回答:"我起来得早。"书记问:"材料今天能弄完吧?"戈文回答说:"没问题。"书记说:"好!"

戈文打扫完了卫生,开始装订材料,等待刘丽的到来。过了上班时间,刘丽还没有出现。戈文有点急了,不好意思去问书记,只能静静地等待。两小时过去了,刘丽来了。她一进门就说:"不好意思,车间让我回去了一趟。"戈文没说话,刘丽看了一眼,顺手拿起材料开始干活了。她问:"书记来了吗?"戈文回答:"来了!"接着说:"书记问,今天能不能干完。"我跟书记说:"能干完。"刘丽说:"今天再晚也得干完。"屋里又静了。戈文脑海里还想着昨天两人在月光下并排走的情景,今晚又可以走在一起了。在月光下,有美女陪着,欣赏夜色,心是灿烂的,想到这,不由地露出了微笑。刘丽神情专注地干着活,戈文想说话又不知说什么,觉得自己一到关键的时候就不行了。戈文绞尽脑汁地寻找说话的突破口,想了想,没话找话说,问:"你住几层?"她说:"三层。"戈文接着又问:"秦兰,你认识吗?"刘丽马上兴奋地说:"我认识呀! 她家和我家住得很近,我爸和她爸都很熟。"戈文说:"她是我同学,都是从张掖来的。"刘丽说:"我知道你,就是没有对上号。"戈文说:"原来你啥都知道呀!"刘丽说:"是呀!"看来秦兰在她跟前说过自己,不然她怎么对不上号呢,这么一沟通,关系就更进了一步! 戈文和刘丽对上号以后,聊的话题就多了,聊的内容基本上都是上一辈的事情,没有聊他们之间的,他们之间也没有什么事可聊的,这对戈文来讲已经很满足了,和她有了共同的话题。

干了一整天,材料没装订完。刘丽说:"晚上还得继续加班。"戈文高兴地点头答应了。刘丽嘴角露出了一丝微笑。戈文觉得她好像看到了他内心的秘密了。两人下了楼，一前一后走出了办公楼。

办公楼前面有一条公路，顺着公路往东走三四公里，有一家中型的地方煤矿，这个煤矿有几千人，每到星期天，土谷堆的街道上都是煤矿的工人和四厂的工人，热闹非凡。往西走是厂区大门，往南走是厂福利区，是宿舍集中地。

太阳西斜，余晖洒满了山沟。整个街上都是下班的人流。戈文和刘丽并肩走在街上，从眼睛的余光，戈文看到过往的人们回头看。戈文不知道刘丽感觉到了没有，戈文的脸有点热，有点发烧。除了同学，他头一回和一个美丽的女人走在街上。突然，小魏喊戈文，他回头没见人，又朝前看。小魏从厂门走出来。戈文说："这是我们车间的办事员。"刘丽笑着说："那你去，我先走了。"她说完加快了脚步。小魏走过来问："这个人是团委的吗？我记得她好像是三车间的。"戈文说："她抽到团委了。"小魏说："怎么样？"戈文没有接话，想起了老贾说的他挺有办法的话，问："你怎么想起让我来团委了？"小魏说："我哪有这么大权利呀！这是指导员安排的。"戈文疑惑地问："为什么指导员安排我去呢？"小魏说："具体的我就不知道了，好像是厂里的领导安排的吧。"戈文更不解了，继续问："为什么是厂里的领导安排的呢？"小魏说："你问那么多干啥呀？让你来也是组织决定的，再说也就是一个帮忙，又不是调动。"她这么一说，戈文觉得有道理，也许就是一个帮忙，没啥意思。两人边走边说话，戈文问："你找我有什么事？"她说："没事！就是刚才看到你了，跟你打个招呼。"戈文"哦"了一声。小魏接着告诉戈文："张生去学习班了。"戈文惊讶地问："就这么一个事，还去学习班呀！"小魏说："你说得轻巧，就这么一个事，这是道德问题，跑到人家楼下大喊'我爱你'羞不羞呀！骚不骚呀！"戈文说："说爱你也没错呀！"小魏扭头看了戈文一眼，说："我看你的思想也有问题！怎么会这么想呢？"戈文现在跟她熟了，说起话来也随便了。戈文说："我思想有什么问题？你给我上纲上线。"小魏说："不跟你说了，你这小孩思想真够复杂的。"戈文问："我复杂什么？我复杂什么？"小魏一看戈文这样，立即说："我不跟你说了。"她不再跟戈文讨论这个话题了，而是转到了刘丽的身上。她说："刚才跟你走的那个女的长得挺漂亮的。"戈文不知她什么意思，没敢接茬。她继续说："这个女的，我认识。我有一个同学和她在一个车间，听他讲，她也是从你们建筑公司来的，不过挺清高的，不愿和别人说话。"戈文没敢接话，怕说多了露出自己的心态，让她抓住把柄。她问："你怎么不说呀？怎么一说到刘丽，你就不吱声了？是不是喜欢上她了？"小魏这张嘴太厉害了，眼睛真毒。戈文反驳说:"你瞎说什么呀?我刚认识一两天就喜欢人家了?"她说:"行了吧!刚才看你送她的眼神,我就猜到几分。"女人的眼睛真厉害。戈文想了一下说:"我什么眼神?我看她的眼神是什么样的?"她哈哈大笑起来,这笑声让戈文不知所措。她收住笑声说:"我逗你玩呢!你还认真了,就是你喜欢人家,人家喜不喜欢你呀?你别做梦了。"她这么一说,戈文从兴奋中跌落下来,是呀!人家喜欢不喜欢我呀?人家不喜欢我,这不是一头热吗?那我怎么知道,她不喜欢我呀!我没法知道呀!小魏问:"你怎么不说话了?说到你心里去啦?"戈文觉得没法再跟她说了,不过心里还想听她说话,看她还能说什么。小魏没再继续说下去。两人走到了食堂门口,她说:"我有事先走了。"戈文望着她离去的背影,心里想,她说得对呀!刘丽会喜欢我吗?

进了食堂,排队的人很多。戈文站在后面,一步一步地往前移。

黑压压的人群里面,打闹的,聚在一起站着吃饭的,菜不好开骂的。食堂就像一个大菜市场,乱哄哄的。

突然,有人拍戈文的肩膀,一回头,大林笑眯眯地说:"听说你挺喜欢刘丽的?"戈文急了说:"你听谁说的?瞎说!"大林哈哈一笑,继续说:"刚才我碰见小魏了,她跟我说的。说团委有个美丽的姑娘,戈文喜欢了。"戈文小声地说:"这个小魏瞎说什么呀!"一想不对,她俩怎么这么巧碰上了,刚才小魏说有事是不是去大林那?马上问:"是不是小魏到你那儿去了?"戈文这么一问,大林有点紧张了,忙遮掩说:"我们在路上碰到的。"戈文说:"你就编吧!"大林极力地辩解,戈文哈哈大笑。大林这才明白戈文的用意,用手拍打了戈文的肩膀,说:"你小子真坏!"戈文哈哈一笑,接着说:"你呀!别演了,去你那就去你那,我是你哥儿们!"大林的眼睛盯着戈文说:"你想什么呢?怎么胡思乱想开了,我和小魏没关系!"戈文学小魏说话的语调:"没关系就是有关系。"大林表面上躲闪,不让戈文说,内心却洋溢着欢快,脸上所露出的笑容,证明了大林和小魏有关系。戈文为大林高兴的同时,想到了刘丽。她会和我好吗?会接受我吗?前面是一片空白。大林叫道:"你想什么呢?"到了买饭口,戈文赶紧递饭盒,打完饭,他在食堂门口等大林。大林出来,问:"你怎么没走?"戈文说:"等你呀!"大林想了想说:"不瞒你,小魏在。"戈文哈哈一笑端着饭盒走了。

戈文吃完饭就出门加班去了。街上的人少了起来,路灯亮了。月亮没有升起来,天空上有几颗寥寥无几的星星。刘丽先到了,戈文问:"你吃得挺快呀?"她说:"中午剩了一个馒头。"接着说:"食堂的伙食太差。"戈文说:"是的!街上也没有什么好吃的,就是有,也不敢吃呀!没钱!"她哈哈一笑,说:"你说得对,钱不够,还要粮票!"两个人边聊边干起活来。戈文不知怎的,感到既紧张又兴奋,想了很多,而这些不切合实际的想法,让内心涌起强烈的冲动。这冲动是原始的,就像人们喜欢美丽的鲜花一样,会去赞美,会去欣赏。刘丽不是鲜花,她是一个漂亮的姑娘。她吸引着戈文,让戈文的内心掀起情感的波浪。戈文知道这种情感就是一个男人对爱的追求。在农场,有过对感情的向往,但那时的情感是稚嫩的,是天真的,是纯洁的,所有这些都是藏在心里,不能敞开心扉,不能奋不顾身去说,去倾诉,去追求的。小小的胸膛装不下这些。现在长大了,对情感的渴望越来越强烈了,这种强烈的愿望,让他的眼神流出柔情的目光,渴望的目光。他的目光不知刘丽感觉到了没有,她要是感觉到了会是什么样,会有什么反应? 对这些戈文全然不知,但有一点,如果刘丽露出灿烂的笑脸,那就说明她不讨厌他。戈文在捕捉这细微的变化。然而,戈文没有看到刘丽的灿烂笑脸。戈文觉得哪里有问题,这问题就是自己没有露出对刘丽倾心的心思,没有让她感到,而是让她去猜去想,那也许就会错过机会。戈文在这方面是迟钝的,不! 他不迟钝,是他冲不破自己的束缚,总觉得人家不同意多没有面子,这个面子让他把自己包了起来,表面如冰,内心如火。

屋里静静的。窗外,厂区不时传来锻床拍压钢铁的声音。戈文感到空气像凝固了一样,有点窒息,有点喘不过气来,不由得抬头看了看刘丽。她的额头上冒出了汗珠,戈文掏出有点脏的手绢,想递给她,可他拿在手里,想了半天又揣进了兜里,怕她嫌他的手绢脏,怕她不接,最后放弃了这个念头。忽然,刘丽说:"你听,我们车间在加班。"戈文点点头,走到窗前,朝厂区望去。月光下,厂区的路从山沟里伸出,一直到厂里大门,路灯也顺着延伸,像一条光的飘带,非常漂亮。

戈文对刘丽说:"你看这灯带多漂亮。"刘丽抬头看了一下戈文,微笑着说:"抓紧干,天不早了。"

工厂里,人们晚上没有什么事,都早早地睡了。戈文转过身,心里有一丝不快,瞬息消失了。刘丽问:"你爸叫啥?"戈文回答:"叫戈春。"刘丽说:"我爸叫刘夏!"她说完笑了,戈文笑着说:"后面的字连一起叫'春夏'?"刘丽笑着说:"是呀!"戈文接着问:"你老家是哪的?"刘丽说:"我老家是陕西的。"戈文说:"那咱们不是老乡! 我老家是黑龙江的。再往前,我老家是河北遵化县。"这是戈文听父亲讲的。戈文继续说:"听父亲讲,我爷爷的爷爷,在清朝道光年间,从河北迁到黑龙江。"刘丽说:"听我父亲讲,我老家是北京的,那时叫顺天府。"戈文说:"遵化也归顺天府管,那咱俩还是老乡呢!"刘丽说:"你懂得不少,还知道顺天府。"戈文不好意思起来,说:"这是我爸告诉我的。"两人这么聊着。戈文突然想起,问:"你爸大,还是我爸大?"刘丽想了半天,说:"我爸属猴的!"戈文扳着手指头算了算,说:"你爸比我爸大一岁,我爸属鸡的。"刘丽问:"那我爸多大呀?"戈文回答道:"你爸四十一岁! 我爸四十岁。"刘丽说:"你这个算得挺准。"戈文受到她的表扬,心里甜滋滋的。刘丽又说:"书记说了,今晚干完,明早早点来拿上材料去俱乐部,给参会的人分发材料。"戈文点点头。

晚上十点多钟,手中的活干完了。戈文觉得时间过得真快。刘丽说:"你等一下,我去趟厕所。"戈文也想去,刚才尿就憋了。接着又想,要是刘丽出来了,我再去,她不等我怎么办? 想到这,也去了厕所。

厕所没灯,黑黑的。突然,刘丽喊道:"谁呀?"戈文吓了一跳,尿没撒完就跑了出去。刘丽出来,看了看戈文,一扭头走了。戈文想去解释,她进了办公室关了灯就下楼走了。戈文紧跟在后面问:"你怎么啦?"刘丽一声不吭,一直朝前走,戈文喊道:"你听我解释一下行不行?"刘丽不说话。戈文来了犟脾气,有什么了不起,不听解释! 不听就不听吧。等明天上班再说吧。戈文跟在她的后面,一直送她到了灰楼进了楼洞,才回宿舍。

戈文心里那个气呀! 怪自己没等她出来! 觉得自己太笨,不会处事。怪自己要小聪明,误入了女厕所。戈文现在怎么解释都没用了,越想越懊悔。刘丽不给他机会解释。戈文拍了一下自己的脑袋,又一想,我干吗要这样,刘丽跟我有什么关系呀? 我又没有干什么呀!

第二天早晨,戈文早早地来到办公室,门锁着,便站在门口等刘丽的到来。半个小时后,书记来了,问:"戈文! 你怎么还在这,怎么没去会场?"戈文说:"刘丽告诉我,早晨过来拿材料。"书记说:"刘丽把材料都拿走了,正在会场分发呢!"戈文朝会场跑去,边跑边想,刘丽怎么这样? 她为什么要这样做呀?

戈文跑到会场,刘丽正在分发材料。他走到刘丽身旁,刘丽不说一句话,把一摞材料递了过来。戈文拿着材料看刘丽怎么发,他就怎么发。会场上,有打扫卫生的,有装扩音机的,有在主席台摆桌凳的。戈文发完材料问刘丽:"我还干啥?"刘丽说:"你去水房打水。"戈文问:"暖壶呢?"她朝主席台指了一下。主席台的墙根放着四五个暖壶。戈文拿上两个暖壶去水房了。

清晨,山那边露出火红的太阳,清新的空气让人心旷神怡。街上开始有行人了。戈文下了山,来到水房,排上了队。突然有人拍了一下他的肩膀,问:"起这么早?"戈文回头,是车工班的徐克,他朝徐克笑了一下说:"上午开团代会。"徐克问:"听说,你去团委不回来啦?"戈文说:"没有呀! 就帮几天忙!"他又说:"车间都在传,你不回来了,听说是总厂一个副厂长点名让你去的。"戈文说:"不可能! 我又不认识他。"徐克说:"反正大家都这么传。"戈文确实不清楚,怎么出来一个副厂长呀! 这是咋回事? 戈文说:"那都是瞎说。"虽然他这么说,但又一想是不是父亲认识呀? 可父亲从来没有跟他说过呀! 戈文心想,我到团委帮忙,怎么出来这么多的闲话。他打完水朝俱乐部走去,放好装满水的暖壶,又拎上另外两个暖壶去水房了。戈文打完水,离开会的时间还有半个小时,戈文问刘丽:"还有什么事?"刘丽说:"没事了。"同时又告诉他:"开会时间,你负责给主席台倒水。"刘丽的脸上没有一点表情。戈文站了一会儿,见她不再说什么,就上了主席台。

戈文站在主席台的左侧,右侧放着扩音机,闲着没事,戈文背靠在墙上。主席台上摆了三排桌子。戈文自进入社会以来,头一次见到这么大的场面,心里泛起了激情,做起了梦,幻想自己什么时候也能坐在这个主席台上,幻想自己今后的路,幻想要做出什么样的成就。在农场想过,在学校想过,而这些想过都在胸腔里。戈文心里在问,我有目标吗? 我没有目标,我的目标太遥远了。在学校时,在农场时,想当一个科学家,想当一个作家,结果初中毕业去了农场劳动,一年后又来这个厂。没有文化,那所想的都是胡想。戈文来到厂里没事就读书,而他文化底子太差,有些书他看不清白,也想不明白,不明白就不能进步,不进步怎么会实现目标呢? 戈文乱想着,书记来了,问:"水都打好了吗?"戈文回答:"打好了。"书记比戈文大不了几岁,却成为这么大一个厂的团委书记。在农场时,戈文就想,我什么时候也能当上农场场长这么大的一个官。书记说:"马上要开会了。领导一上主席台,你就上来倒水。"戈文心想,书记的心真细,这点小事都操心着。

厂里所有的领导,省团委的、部里的、总厂的领导以及兄弟厂团委的领导上了主席台。他们一坐下,戈文赶紧去倒水,一趟下来,两暖壶的水没了,他赶紧拎上水壶朝水房跑去,等他回来,大会开幕了,顿时响起了《东方红》乐曲,台上、台下的人们都站了起来:乐曲一停,又响起了雄壮有力的国歌。戈文热血沸腾,跟着低声唱起。这么大的场面,让他开了眼界,激起他内心的狂热,我要上进,我要做这样的人。戈文内心潜在的东西出来了,心里叫道,我不是一个甘于现状的人,不是一个甘于平庸生活的人,不甘于,不甘于! 看到这一切,想到男人就要干出惊天动地的事,像电影《英雄儿女》的王成,像雷锋、像邱少云,像一切伟大的人物那样,要有顶天立地的英雄气概。刘丽跑过来喊道:"赶快倒水呀!"戈文从天上掉了下来,拎着水壶倒水去了。等他倒完水回来,刘丽神情严肃地说:"你想什么呢? 这么大的会,那么多领导,杯子没水了多难看。"虽然挨了刘丽批评,但戈文心里还是高兴的。不管怎么说,她说话了。戈文说:"水没了! 你看着点,我去打水。"刘丽点了点头,戈文拎着暖壶走了。路上,他还在想刚才开会的那一幕,也在想刘丽和他说话了,内心在叫:戈文,一定要好好干,干出一个模样来。给父亲、给母亲长脸,也给刘丽看看! 想到这,又觉得给刘丽看什么呀? 不! 要给她看看。我戈文不是一个平庸的人! 不是一个低级趣味的人!

厂团代会开了两天就结束了。在开完会的第二天的早上,戈文准时来到团委办公室。刘丽正在拖地,戈文忙找抹布擦桌子。刘丽不说话,戈文也不说话。两个人默默地干着活。书记来了叫道:"戈文,你到我办公室来一下。"书记的办公室在隔壁,戈文随后过去了。书记坐定后说:"你先坐下!"书记将了将头发问:"你愿意留在团委吗?"他这么一问把戈文问住了,怎么会有这种事,能回答吗? 不知道到团委有什么用? 再说,对团工作也不熟,也不是团员,不是团员能来团委吗? 书记见戈文不说话,又说:"给你三天时间,你再回话。"戈文说:"我不是团员呀!"书记说:"这个情况我知道,这个事不是你操心的。"接着又说:"三天后你回个话,你也去征求一下家里大人的意见。"

戈文转身回到办公室,刘丽正在看报纸,想问问,让她帮着出出主意。没等他开口,刘丽抬头问:"书记跟你谈了?"戈文点点头,刘丽问:"你愿意留下吗?"戈文停了一会儿回答:"说不好! 我怕干不好!"刘丽说:"先说你愿意不愿意留下,干好干不好那是下一步的事。"戈文没主意了,觉得现在当工人好些! 当工人粮食定量多,当干部粮食定量少。再说,厂里的许多干部都下到车间锻炼。既然当了干部还下到车间,不如不去当干部呢。戈文想到这说:"书记让我想三天。"刘丽没再问下去。戈文把门关上,想跟她解释那天的事。刘丽警觉地问:"你关门干什么?"戈文赶紧:"我给你解释一下那天的事!"刘丽说:"不用解释了,事都过去了。"戈文说:"那你得让我说个话吧?"刘丽说:"你不用解释,我也知道你想说什么。你不是故意的,走错了。你不就是要说这些吗?"她这么一说,戈文哑口无言了,还能说什么呢? 她把自己要说的都说完了。刘丽又说:"这事都过去了,你也不要放在心上。不过,你那样做能不让我多想吗? 我让你等着,你却没等,还到了女厕所,你让我怎么想? 要是你,你怎么想? 你说一句,走错了! 就完了? 放在你身上,你会怎么想? 我知道你不是故意的,可事实让我对你有了看法。"刘丽说得句句在理,戈文心想,我还能说什么呢? 不过,我还是要告诉她,我不是一个下流的人。戈文说:"我错了! 你要相信我,我绝对不是你想象的那种人。我确实憋不住了,又没有灯。"刘丽接过话说:"我知道,你不是那种人! 你要是那种人,我就不会跟你说话了。"戈文的心放了下来,马上说:"你给我参谋一下,我是来团委,还是不来?"刘丽看了他半天说:"这个事,我给你参谋不了,你还是自己想想。不过,在团委工作,视野能开阔一些,学的东西多一些。在车间可以多学一些技术,有一技之长毕竟好处多,你自己权衡一下吧!"戈文没有再问下去,她已明确地告诉了他两种工作的利弊。戈文心想,不管怎么说,她说话了,还帮着出主意,看来她不会再追究那件事了,心里掠过一丝的甜意,纠结解开了。

去留的问题,让戈文的心乱了起来。在车间又辛苦又累,在团委工作轻松,对自己今后的发展也有好处。可车间的传言,不能不想,留下就证明了传言是真的。戈文想来想去,觉得先回车间吧,等问完父亲再做决定。于是对刘丽说:"我先回车间了。"刘丽抬头,眼神透出惊讶! 过了一会儿才说:"这是你自己的事,你自己做决定。我想,你得去跟书记说一声。"戈文点点头,说:"好!"书记不在办公室。戈文回来说:"书记不在,你跟他说一声。"刘丽点点头,戈文转身出门了。

戈文走在厂区的路上,在检验科门口,于秀和几个人正在说话。她招手喊:"戈文!"戈文停住了脚步,她跑了过来问:"听说你去团委了?"戈文说:"没有! 只是帮忙。"于秀说:"不对! 你们车间的人说,你调到团委了。"戈文说:"那都是瞎说!"她说:"到团委多好呀! 比在车间好! 车间多累呀! 在厂部接触的人也多!"戈文没有接她的话。他和于秀好久没见了,总感觉她不是那么实在,不是那么让人感到敞亮。当然了,这也只是他内心的感觉罢了。于秀看戈文口风这么紧,没有再问,而是说:"我还点事。"戈文继续朝前走,进了车间大门,来到何师傅跟前。还没等戈文说话,何师傅先说了:"你怎么回来了?"吕玉也在旁边,调侃说:"戈文,你回来视察来了?"戈文知道吕玉在逗他,那也觉得不好意思,脸有点发热,说:"别胡说! 我是回来干活的。"吕玉说:"干部不当,回来干活,你是不是傻呀?"何师傅接过话,问:"怎么回事?"戈文解释说:"忙帮完了就回来了。"何师傅又说:"都传你不回来了。"戈文说:"那都是瞎传的。"何师傅没再说什么。自从李师傅调走以后,他的态度好了许多。

戈文回到离开几天的车床,启动车床上油擦洗。忽然想到,去和小魏打声招呼,也跟指导员说一声,就去了办公室。一推门,屋里没人,又推指导员办公室的门,指导员也不在,来到调度组找大林,大林也不在。

这几天不在,不知干什么活,戈文向何师傅要活干。何师傅看了看戈文说:"今天周六,下周一再说。今天,你就不用干活了。"

戈文没事了,趴在工具箱上,眼睛注视着车间,心里还在想误闯厕所的事。虽然刘丽不追究了,也说到了这是一个误会,但戈文的内心里还是觉得不安。她说话的语气,比过去少了一些柔和。这在戈文的心里投下了阴影,有点憋屈,而这个憋屈让他有些郁闷。他想到这些,心里又不安了起来,同时,他也在告诫自己,不要去想了,不要去想了。但总是控制不住自己,难道说自己真的喜欢刘丽啦! 不可能呀! 刚认识几天呀! 再说,这个喜欢是没有基础的,是瞬间的,瞬间的喜欢会很快过去的。戈文的脑袋乱成一团麻了,等着小魏回来,等着指导员回来。

辛力来了,笑眯眯地说:"听说,你要走了,是真的吗?"戈文没有直接回答,而是问:"你说我是留在车间好,还是去团委好?"辛力眨了眨眼,脸上露出一丝微笑问:"那你走的事是真的?"戈文本来想说,书记找他谈话,又一想,自己还没拿定主意,再说,也还没有问父亲呢! 万一走不了,怕让人笑话,说他吹牛。戈文说:"还没有定呢!"辛力捋了一下头发。他的头发特别的黑,油亮油亮的,背头。他说:"我觉得,你在车间可以学到技术,在团委,工作太杂,时间久了,就把技术忘了。再说,现在的干部都下车间劳动。你注意到没有,厂部的一些年轻干部都找不到对象,即使找到了,也是比较丑的。"他说完哈哈笑了,戈文也跟着笑了,接着他又说:"在团委接触领导时间多,提拔的机会多,见到的也多。反正,你自己拿主意,再就是问问你爸!"辛力说的话,跟刘丽说的话意思是一样的。这时,小魏从车间的南大门走了进来,看到戈文问:"你怎么回来了?"戈文调侃地说:"我就没走,怎么说我回来了?"辛力打了个招呼就走了。小魏低声地说:"不是把你留在团委了吗?"戈文低声地回答:"我还没想好!"她用教训的口气说:"你傻呀! 很多人都想去,你可别错过这个机会呀! 在车间多累,多苦呀! 你可不要犯迷糊呀! 等你当官了,也可以关照关照你这个姐姐呀!"她说的话,把戈文想好的都打乱了。是的! 她也没有说错,去团委工作肯定对以后的事业有帮助。本想征求她留在车间的意见,经她这么一说,戈文打消了这个念头,而是说:"留在车间可以多学一些技术呀!"小魏说:"学啥技术? 你脑子真是有问题。技术能有什么用? 只有当干部才会发展。"戈文辩解地说:"那厂部的一些青年人都找不到对象,你说这是怎么回事?"戈文说完,小魏沉默了,过了一会儿,她说:"把目光放长远点,不要目光短浅。"戈文突然觉得小魏很有个性,有眼光,有自己的判断。戈文沉思了起来。接着她又问:"你见到指导员了吗?"戈文说:"没有!"她说:"去看看指导员吧!"她走了,戈文望着她的背影,不觉对她产生了一丝敬佩。

戈文来到办公室,指导员正在接电话,他就退了出来。指导员打完了电话,喊:"进来!"戈文进屋,指导员用手指着凳子说:"坐!"接着问:"你想好了没有?"他这么一问,戈文无从回答,说想好了,确实还没想好;说没想好,那就不想去团委。刚才小魏的一席话,让他有些心动,也更加犹豫了,不知怎么办好了。现在指导员也这么问,怎么回答呀? 指导员又说话了:"看来你还没想好! 想好了再说!"接着问:"还有事吗?"戈文回答:"没事! 就是来给你报个到。"指导员站了起来,走到戈文跟前,拍着他的肩膀说:"好好想想吧!"戈文从办公室出来,走到了车床跟前,继续趴在工具箱上,眼睛转着巡视着车间。铣工班的吴姗姗过来向他借三寸的扳手。吴姗姗在车间里也算是美人了,一脸的清高。戈文自从来到车间没见她笑过几回,每天看到的都是她那一张紧绷的脸。虽然人很漂亮,但是太冷漠。车间的男同事都被她的清高冷漠吓得不敢接近她。她今天怎么会突然来借扳手。戈文打开工具箱,翻找扳手。她在旁边问:"听说,你要到团委去?"戈文说:"还没定呢!"她说:"我觉得你还是去团委好,待在车间里有什么意思!"说完把扳手递给她就走了。

太阳西斜了,阳光从西面射进车间,车间一面阴,一面亮。戈文的车床位置正好在中间,靠左阴凉,靠右阳光照射。山沟里温差大,早晨与中午,中午与晚上都相差好几度。

戈文趴在工具箱上又开始想要不要去团委的事。大林来了问:"你回季家庄吗?"戈文说:"回呀!"大林说:"是不是跟你爸商量商量?"接着大林又说:"我建议,你去!"接着,大林又说:"我跟你说,你记住没有呀! 千万别干傻事呀!"戈文知道他是好心,可他自己还没有想明白。大林又跟戈文说了一会儿闲话走了。下班的时间到了,戈文回到宿舍,拿上黄书包回季家庄了。

第二十五集

　　季家庄大院静悄悄的,戈春在宿舍等大儿子的到来,心里总觉得对不住大儿子。儿子刚来,自己就回张掖了。一晃几个月过去了,那天又让儿子等了一夜,今晚得好好地陪着大儿子吃顿饭。

　　突然有人敲门,戈春开门,来人汇报,工地一台塔吊坏了,要马上修,不然就会影响工程进度。戈春想了想,给儿子写了张纸条,就和来的人消失在朦胧的夜里。

　　戈文走进大院,掏出钥匙开了门,打开了灯。桌子上放着张纸条和饭票,纸条内容:"今晚我去工地了,你去食堂吃吧。"戈文放下书包,拿上饭盒和饭票出了门。食堂人不多了,厨师都知道戈文是谁了,见他就喊:"戈老大,你爸走时交代了,还给你留着饭呢!"戈文进了厨房,厨师说:"给你留的是白菜炒肉,苜蓿炒肉。"戈文问:"我爸干啥去了?"厨师说:"不太清楚。"戈文拿上饭回去了,正准备吃饭,有人敲门,李二虎来了。戈文高兴地抱住李二虎说:"真想死我了!"李二虎也说:"多长时间不见了。"自从上次聚完,两人就没见过面。李二虎继续说:"自上次聚完,我再没来过季家庄。"他看了看屋问:"你爸呢?"戈文说:"去工地了!"戈文问:"就你一个人回来了吗?"李二虎说:"还有常丽!"戈文问:"其他同学呢?"二虎回答:"不知道。"接着他说:"估计王冬兰也回来了。你先吃饭,吃完了,我们去找他们。"李二虎比过去壮实多了,脸也白了些,显得成熟了许多。戈文见到同学打心眼里高兴,这么长时间,挺想他们的。两人边吃饭边聊天。戈文问:"林梅怎么样?"李二虎说:"挺好的呀!"戈文问林梅,就是想听李力帆的消息,二虎只字没提。这不是李二虎的性格呀! 戈文直接问:"李力帆怎么样?"二虎声音很小地说:"挺好的!"二虎的语气,让戈文觉得有问题,抬起头看着,问:"你是不是有什么事隐瞒我?"李二虎不自然地笑着说:"不会的! 没什么可隐瞒的。"他越这样说,戈文越不相信,放下筷子问:"出什么事了吗?"李二虎憋了半天说:"怎么跟你说呀? 这事我也不相信,可……"戈文着急了问:

"可什么呀?"李二虎说:"林梅和李力帆进厂里学习班了!"戈文的眼睛一下睁大了,这不是和车间的张生一样吗? 怎么可能呢? 戈文马上问:"到底怎么回事?"李二虎说:"我也不太清楚,也是听别人说的。上周的一个晚上,林梅和李力帆在厂里福利区的小树林,被厂里巡逻的人抓着了,说他俩在树林里亲嘴拥抱! 我去学习班看,人家不让看。我本想不跟你说了,林梅不是挺喜欢你吗?"戈文傻了,惊了! 他第一想到的是,林梅以后怎么办? 李力帆今后怎么办? 冲动是魔鬼呀! 戈文吃不下饭了,心里一下子为他俩的命运担心了。怎么也想不通,怎么会出现这种事呢? 这要传到农场家属大院,他们的父母亲还怎么见人呀! 戈文的脑袋乱成了一团麻。李二虎见戈文不说话,又说:"你可不要外传呀! 你们厂的几位同学都不能说。"戈文点点头说:"知道了!"他想象得出,林梅和李力帆在学习班里,不知多么痛苦呀! 多么丢人呀! 这要传到远在甘南的李忠耳朵里,还不知要出什么事! 虽然李忠和林梅目前没有什么结果,但是李忠毕竟喜欢林梅。戈文想到自己,不也是左右为难吗? 上次聚会,看着林梅和李力帆在一起,心里不也酸溜溜的吗? 戈文沉重了起来,待了一会儿,说:"走! 我们出去转转。"

弯月挂在天空上,星星眨着眼,轻风拂面。林梅和李力帆出了这档子事,让戈文心情灰灰的。李二虎问:"咱俩干啥去?"戈文问:"咱们同学,有谁回来了?"李二虎说:"不知道!"接着他又说:"我们去看看谁回来了。"戈文说:"先去王冬兰家!"

王冬兰父亲的宿舍在旁边的院子里,靠门口那一栋。两人进了院子,透过玻璃,看见王冬兰正在和父亲聊天。戈文敲门,门开了,王冬兰大嗓门地喊了起来:"戈文! 二虎! 快进来!"她父亲站了起来,打了声招呼出门了。没过一会儿又回来了,对王冬兰说:"我抽屉里有好茶叶,给你们同学泡着喝。"

戈文没喝过茶,更没有喝过好茶。王冬兰泡完,端起茶杯放在戈文和二虎跟前,一股醇香的气味在屋里弥漫着。戈文说:"这茶真香,真好喝!"其实,他根本品不出茶味来。王冬兰不顾忌地说:"林梅的事,你知道了吧?"戈文说:"知道了!"王冬兰说:"真没想到! 林梅和李力帆会干出这种事来! 真丢人!"戈文说:"你不要这么说,林梅、力帆都是我们同学。你相信他俩能干这种事吗? 肯定是你们厂巡逻的搞错了。"王冬兰说:"我听说,他俩都承认了! 二虎,你听说没?"二虎面无表情地没有回答。王冬兰继续说:"你不是跟林梅挺好吗? 去看看她!"二虎接过话说:"人家不让看,我去过。"戈文说:"我们都是同学,这个时候更要理解他们,等他们出来,我们去看看。"

王冬兰说："我想他们可能都不会见我们的！肯定觉得丢人。"戈文说："越是这个时候，我们越要去看。"李二虎说："戈文说得对！我们应该去看看。"戈文问二虎："常丽呢？"二虎说："给我爸洗衣服呢！"王冬兰笑着说："常丽真是好媳妇！上次，你打了常丽，人家还没有跟你记仇，还给你爸洗衣服，真是不错！"二虎说："那是！常丽好长时间没理我。"戈文说："我们去看看其他同学回来没。"

三个人出了门，先来到董茹父亲的门前，敲门，门开了，是张亮。他很激动地叫道："你们怎么来了？多长时间不见了。"二虎说："你哪有工夫见我们呀！"戈文朝屋里一看，董茹正在整理头发，戈文心里明白了。董茹从屋里出来对张亮说："你咋不让人进来。"二虎开玩笑说："不进了，耽误你俩好事了！"张亮推了一把二虎，说："你说什么呢？"董茹说："瞎说！"二虎说："好！好！我瞎说！我瞎说！"戈文和王冬兰都哈哈大笑了。张亮和董茹尴尬了起来。戈文一看，玩笑再开下去，就不好收场了，忙转话题，问："董叔呢？"董茹说："我爸有事出去了。"接着她又说："好久没见你们了！"戈文说："明天中午到我那吃饭。"李二虎说："到我那吃饭！"王冬兰说："到我那吃饭！"董茹说："别争了！到我这吃饭！"张亮也跟着说："不要争了，就这么定了。"戈文说："那也行！不过，每人带一个菜来。"二虎说："我同意！"董茹说："别忘了把常丽叫上。"董茹问起了林梅的事，戈文说："不要问了，等林梅出来都清楚了。"戈文接着说："我不相信林梅和李力帆会做出这种事。"董茹说："我也不相信，这里肯定有问题。我听说厂里有一个人追求林梅，这个人就在厂保卫科，是一个复员军人，林梅跟我说过，我猜这事跟他有关系。"戈文说："那这个人太可恶了，怎么能干这种事呢！"二虎说："我想起来了，听常丽说，林梅也跟她说过，厂里的一个人老找林梅，是不是就是这个人呀？"董茹说："肯定是！"他们议论着林梅的遭遇，也想到了社会的复杂。董茹说："社会太复杂了。"戈文说："是的！我们不知道的事多，再说这件事容易引起人们的误会。"

戈文打了个喷嚏说："今晚的月亮多好呀！我们上山转转，二虎，你把常丽叫上。"张亮没吱声，眼睛瞟了一下董茹。董茹说："好呀！"张亮有点不情愿，可董茹说了，他不情愿也得情愿。几个人和二虎一起来到了他父亲的房子，常丽出来倒水，高兴地叫道："快进来！"接着又说："我就知道二虎到戈文那儿去了。"接着又说："我打算洗完衣服去找你们呢！"没等戈文张口说话，她又对董茹说："你俩真好呀！形影不离呀！董茹越来越漂亮了，越来越红艳了。"董茹抿嘴一笑说："常丽，你这嘴真损。"常丽哈哈一笑，说：

"你好赖话都听不出来？是不是张亮！"张亮不语。常丽叫道："你们进来呀？站在门口干吗呀？"戈文说："不进去了，就是过来叫你出去转转。"常丽说："好呀！那你们等一会儿，我穿件衣服。"

一行人出了大院，朝季家庄后面的山上走去。三男三女，董茹和张亮一起走，二虎和常丽一起走，戈文和王冬兰一起走。别人不知道的，还以为是三对情侣呢。

夜幕笼罩群山，他们顺着山间小路朝山上爬去，爬到半山腰停下了，俯瞰着季家庄。季家庄点点灯光，一条河从季家庄前一个拐弯朝东，朝石堡子的方向流去。一条路从季家庄路过，不时有车灯闪动。这条路是陕西连接平原的交通大动脉。他们站成一排看着远方。山上很静，轻风吹得树叶哗哗响，多么美丽的夜晚。

王冬兰陶醉地说："这里真好！比农场好。"二虎说："戈壁滩夜景好，一望无边，这里啥也看不着。"常丽说："各有不同嘛！山里的景比戈壁滩的景好看多了。这里有山有树有水。在农场，就是一片大沙漠，大戈壁滩，没水没山没树。"张亮说："这里风景不错。"六个人谈着风景。戈文说："我们在农场的时候，下了工，吃完饭，就躺在沙堆上，仰望天上的月亮、星星，视野可开阔了！"王冬兰说："不刮风还好，一刮风就昏天暗地的，在这里再刮风也没事。"董茹说："这里刮不起风，被山挡住了。"突然，王冬兰惊讶地叫道："你们看！"戈文回头，在不远处，有两道绿光。戈文马上说："大家不要动，可能是狼！"三个女同学"哇"地叫了一声。二虎有点紧张地问戈文："怎么办？"戈文说："把树枝折断或捡地上的石头。"大家低头分别找石头。那绿光越来越近，戈文紧张了，装着很镇静地说："不要动！趴下。"他们屏住呼吸藏在树林里，注视着绿光。董茹小声地说："我们跑吧？"戈文低声地说："跑什么，一跑狼就跟着追来了，别动！"不知过了多久，绿光没了，他们这才松了口气朝山下跑去。

他们跑回院子里，惊魂未定。王冬兰说："真吓死人了！"董茹说："我的腿都打哆嗦了。"常丽说："我的心扑腾扑腾地跳。"二虎不解地问："这地方怎么会有狼呢？你看清楚是狼了吗？"戈文回答说："肯定是狼！听我妈说，狼的眼睛发绿光。"张亮问："狼怎么走了呢？"戈文没接他的话，张亮继续说："这么多工厂，来了这么多的人，应该说，狼早就吓跑了，怎么会有狼呢？"王冬兰问："你说，不是狼，那是什么呢？"常丽说："是狼不是狼都挺吓人的，那绿光阴森森的。"董茹说："没什么事，咱们就散了吧！明天别忘了集合！"

　　窗外的月光洒了进来，静静的夜晚，戈文沉静了下来，等待父亲回来。同时，也在想是去团委还是不去，又想起了刘丽、指导员说的话，纠结、犹豫，让他慢慢地进入了梦想。

　　一阵车的轰鸣声惊醒了戈文，睁开眼睛，天亮了，没顾上穿衣服就跑下床拉开门，看是不是父亲回来了。父亲从驾驶楼下来，跟一个人说了几句话，转身回了宿舍。父亲一见戈文站在门口，快走了几步。父亲的脸有些油腻，戈文眼睛红了，心疼父亲了。父亲摸了一下戈文的头说："你怎么起这么早？"戈文说："听到车响就跑出来了。"父亲进了门，戈文赶紧拿出脸盆倒水。父亲洗脸，戈文站在旁边看着。父亲有点瘦了，一脸的疲倦，头上有白发了，父亲才四十岁。他想问去团委的事，一看父亲很疲倦，就没有张嘴，没想到父亲先问起来了："你去团委的事怎么样了？"戈文说了自己的想法。父亲让戈文做决定，他哪有这个主意呀！戈文说："爸！你说，我是去好，还是不去好？"父亲说："我觉得你还年轻，多学点技术比较好。去团委，你文化底子薄，到那工作会感到吃力的。我建议，还是在车间里多学学技术。"戈文听完心里亮堂多了，唯一的遗憾，就是离刘丽远了。父亲累了，上了床就打起呼来。

　　戈文轻轻地关上门，出了大院。公路边上，有一个很大的蓄水池，戈文看到有人穿着短裤往水池子里跳，游上来再跳。他站在旁边想起了在农场的时候，下井差点没上来，犹豫了一下，但最终没能按捺住想下水的渴望。

　　太阳升了，天热了起来。戈文脱掉衣服，从另外一个方向跳了进去，沉的很深，渐渐地往上浮。突然，腿抽筋了，使劲扑腾就是上不来，瞬间脑袋一片空白，恐惧了，使劲，使劲，浮不起来，接着开始下沉。戈文害怕了，使劲地往上蹿，蹿了几下都不起作用，呛了一口水，戈文绝望了。正在这时，腿不抽筋了，他拼命地往岸边游。有人喊："上来了！上来了！"游到边上，一个人拉戈文上来，他筋疲力尽地躺在地上。人们围过来说："你真命大呀！以为你上不来了。"有人问："你没事吧？"戈文喘着粗气说："没事！"一个人说："你这小孩胆子真大！"戈文躺了一会儿，穿上衣服回去了。进了屋，父亲已经起来了，父亲问："你跑哪去了？刚才你同学来找你。"戈文说："出去转了转。"戈春看了看儿子问："你脸色怎么这么难看，是不是病了？"戈文撒谎说："刚才跑步了。"戈春疑惑地没有再问。戈文说："中午同学们请客。"戈春说："那你叫同学过来？"戈文说："都安排好了。"戈春说："那好！我还有事，还得去工地，晚上回来一起吃饭。"戈春匆匆地走了。

戈文看看时间还早，入上床休息了。想着刚才的险情，真是吓坏了，为自己的鲁莽感到懊悔。

突然，有人敲门。戈文懒洋洋地开了门，王冬兰说："我们几个人等你呢！"戈文不好意思了，忙穿上外套出了门。王冬兰问："你脸色怎么这么难看？"戈文不答。两人到了董茹家，饭没有好，几个人正在聊天。二虎见戈文问："你早上跑哪去了？我和常丽找你，你爸说你出去了。"戈文说："我差点见不到你们了！"几个人异口同声地问："怎么回事？你别吓人！"戈文把在水池子的遭遇说了一遍。二虎说："怪不得，我和常丽刚才到蓄水池转去了。听人们说，刚才有一个小孩差点淹死！没想到是你呀！"王冬兰说："你脸色这么难看！"戈文说："真把我吓坏了。我跳进去，腿抽筋了，一直往下沉，我真觉得完蛋了！"张亮说："大难不死，必有后福。"戈文说："你看，我忘拿菜了！"董茹说："算了！拿什么菜呀！够吃了。"二虎问："有酒吗？给戈文压压惊！"董茹起身去找酒。常丽说："你胆子真大！那么深的水，你都敢下。"戈文说："我看有几个人下水。"常丽说："以后你可要注意。"董茹拎着一瓶老白干酒过来。戈文哪有心思喝酒，林梅在学习班，最需要的是理解，是关心。另外，自己的工作也还没定。王冬兰看戈文不说一句话，问："你怎么了？闷闷不乐的？"二虎说："怎么回事？是不是被吓着了？"戈文不想说出内心的情绪，不想扫大家的兴，打起了精神说："你们别胡说了！这算什么呀！"端起酒杯说："来！喝酒！"说完一饮而尽。几个人随即开始喝了。常丽夹着菜说："我觉得进入社会，真不如在农场好！那时大家在一起纯洁，不要心眼，有啥说啥，闹了意见也不记仇。在工厂要处处注意，不知哪句话说不好就把人得罪了。就说林梅吧！让人给算计了。"她这么一说，戈文想起了进厂以后，遇到的各种事情。他不也是被老贾算计，被何师傅算计，被师哥欺负吗？他不想说不愉快的事。父亲问过，他都说挺好的，不能让父亲操心，不能让大家跟着一起闹心。再说了，现在不都走过来了吗！戈文想，要想不被人欺负，要想立起来，就得好好工作，少出差错，这样谁也不会把你怎么样！以后的路长着呢，不知还会碰到什么事！二虎扫了大家一眼说："今天的气氛怎么这么沉闷呀！"张亮端起酒杯，站了起来，对着大家说："不管怎么说，我觉得我们这些人要比张宝、汪学斌他们好多了。我们是幸运的。"张亮说得没错，分到了军工厂多好呀。接着又说："我们这些同学，我们分配的还算是最好的。当然，进入社会，我们这些人没有经验，因为刚出学校门，哪会知道那么多，碰到困难都是可以理解的。"常丽哈哈一笑，说："没想到，张亮说起话来，蛮有水平的。"二虎说："是的！来！给张亮敬杯酒!"董茹脸上露出了灿烂的笑容。戈文端着酒杯站了起来,对张亮说:"你说得不错!我们要适应社会,那还得有个过程。"二虎说:"想那么多干吗!我就不那么想,走自己的路,管别人干吗!对脾气就在一起,不对脾气就不来往!"戈文觉得二虎说的有一定的道理。张亮接过二虎的话:"这不是摸着石头过河吗?我觉得还是有个计划好,有个思路好。这样既减少了盲目性,也减少了一些风险。摸石头过河,肯定出问题。摸到了石头,你走;摸不到石头,你走不走?"二虎喝了口酒说:"我就这么一说,你还当真了!亮子,你有水平!"张亮没再说,端起酒杯喝了一口。常丽斜眼看张亮,他一口的京腔,好听。王冬兰也看了一眼。董茹端起酒杯叫道:"咱们仨个女的喝一杯。"三个人一饮而尽。董茹满面春风地说:"二虎!戈文!咱们仨喝一杯。"二虎说:"好!喝!"戈文端着酒杯和她俩碰了杯,一仰脖喝了。董茹喝完坐下说:"张亮的家在天安门旁边的西单的堂子胡同。"董茹突然说这些,戈文觉得她有点喝多了,想起了在农场,她和张亮亲嘴的场景。这件事一直在戈文心里,跟谁都没有说过。当然了,董茹和张亮也不知道被戈文看见了。又想起了看费雯雯洗澡,脸红了起来。由于酒劲作用,那雄性激素高亢起来,眼睛出现了美丽的幻影,三个女同学美丽起来。戈文赞美地说:"你们三个人真漂亮。"三个人不羞涩,反而哈哈大笑了起来。王冬兰说:"头一回听戈文说这么好听的话。"董茹附和着说:"是的!"常丽抿嘴笑不吱声。二虎眼珠子睁大了,张亮没想到戈文会说这么一句话。戈文看着几个人问:"咋地!我说错了吗?"二虎说:"没说错!没说错!说得非常对!"常丽说:"戈文,你是不是喝多了?"戈文醉眼惺忪地说:"有点晕了。"二虎说:"这才喝了几杯呀!"常丽说:"谁像你,酒鬼!"二虎没理她,继续说:"来!喝酒!"戈文端起酒杯说:"喝!张亮,你也喝!"三人又碰了一杯。王冬兰说:"我看戈文有心事!舌头有点硬了。"戈文反驳说:"我有什么心事!我没有心事!"常丽说:"你肯定有心事!别闷在肚子里,跟我们说说。"戈文喝完了酒问自己,我能说吗?我不能说!我心里的事能跟他们说吗?刘丽的事能说吗?连点谱都没有。去团委的事能说吗?这是走后门!林梅的事更不能说!算了!不说了!掩饰着说:"我……没什么心事!"戈文嘴上说,没事,心里在嘱咐,一定要控制自己的情绪。张亮说:"光喝酒了,菜都凉了。董茹,去把菜热热。"董茹起身端菜,常丽和王冬兰也跟着端起了菜进了厨房。张亮说:"这酒太烈,太有劲,度数太高!不喝了。"说完盖上瓶盖把酒拿走了。二虎马上叫道:"酒还没有喝完呢,你怎么拿走了?"张亮拎着酒瓶问:"还想喝?"二虎说:"对呀!赶快放下,继续喝!"张亮又把酒瓶放了下来,二虎伸手拿起酒瓶,给酒杯倒上了,说:"来!喝!"戈文说:"我有点晕了,不想喝了。"二虎叫道:"喝呀!"戈文不好驳他的面子,不情愿地又端起酒杯,和二虎碰了一下杯。又叫张亮:"喝呀!"张亮端起酒杯,和二虎碰了一下杯说:"有什么呀!喝!我先喝了!"戈文和张亮喝了。张亮放下酒杯说:"二虎,你这酒要少喝点,喝酒误事!上次,你要是不喝酒,也不会和常丽吵嘴,也不会掉进沟里。"张亮本是好意,没想到,二虎一下子火了,把酒杯使劲往桌子上一放,酒杯碎了,玻璃渣子扎破了手,流血了。二虎对着张亮吼了起来:"你怎么哪壶不开提哪壶?"戈文劝着说:"张亮是好意,让你少喝点酒,你怎么火了!"听了戈文的话,二虎也觉得自己有点过分,不吱声了。常丽从厨房出来问:"二虎!你是不是又喝多了?"戈文忙解释说:"没多!"常丽问:"那他吼什么?"二虎低头不语!常丽对着二虎说:"让你少喝点,你就是不听!你吼什么?张亮没说错,你真是不知好赖人!"戈文劝说:"常丽,你少说两句!"话音刚落,二虎起身走了。常丽生气地进了厨房。

戈文出门去追二虎,拉他回来。二虎嘴里嘟囔:"张亮真他妈的小气,喝他点酒怎么那么多的废话!"戈文拍了他一下说:"你多想了!张亮不是那种人!他怕你喝多了!你别瞎想!"二虎说:"你去吃吧!我回去了。"戈文说:"你回去,张亮会怎么想?"二虎说:"我管他怎么想,愿怎么想就怎么想!"戈文说:"你尽说气话!跟我回去!"二虎站着不动,戈文拉着他回来了。张亮脸色不好,见他俩进来,站起来进了厨房。董茹、王冬兰、常丽端着菜出来了。菜放好后,董茹招呼说:"吃菜呀!怎么不喝了?"二虎说:"张亮不让喝!"董茹问:"为什么?"常丽说:"不要喝了!喝多耍酒疯!"董茹说:"耍什么酒疯呀!多久没见了,喝点就喝点,喝醉了也没事。"张亮坐不住了。戈文觉得奇怪,二虎的吼,董茹没听着吗?常丽都听着了,那董茹肯定也听见了,可她为什么要这样。董茹让戈文刮目相看了,不是过去那个没有心眼的董茹了。看来进入社会,参加工作锻炼人呀。二虎不好意思了起来,说:"好了!不喝了!"董茹说:"喝!"常丽忙拦住说:"他说不喝了,就别喝了。"张亮一声不吭,常丽说:"不喝了!吃饭!"

吃完饭,几个人各自回家了。太阳开始西斜了,蓝蓝的天空飘着几朵白云。戈文回到宿舍,头有点晕,就拉开行军床躺了下来,不知怎么心里又郁闷了起来,高兴不起来,迷迷糊糊地睡着了。

当戈文睁开眼睛,天蒙蒙黑了。见父亲还没回来,就拿上饭票去了食堂。在食堂门口碰见了二虎,他低着脑袋手拎饭盒。戈文叫了一声,二虎抬起头,脖子上有道浅浅的血印,那肯定是常丽挠的,这个常丽太厉害了。戈文早就想过,常丽和二虎不一定合适,可二虎偏偏喜欢常丽。戈文问:"你们什么时候回厂?"二虎回答:"本来下午走,可我爸去工地了,一直没有回来,等我爸回来再走。"两人走进食堂,人不多,打上饭,在食堂门口分开了。二虎没走多远,转过身回来说:"我跟常丽干了一仗,她走了,我去你那。"戈文问:"为什么呀? 那你拉住常丽呀!"二虎沮丧地说:"我能拉住她吗?"

　　进了门,戈文拉了把凳子,二虎坐下,情绪低落。他火爆的脾气,说不定哪天就会爆发,那要出问题呀! 戈文问:"到底咋回事? 吃完饭不是挺好的吗?"二虎低沉地说:"常丽说我是个猪脑子! 她说,我对张亮吼那一声,董茹听见了,对常丽说,管着我点。没想到,她端菜出来,要喝酒,说那些话,都是说给我听的。常丽觉得无地自容! 董茹说的都是反话,而我却不明白,还走了。常丽能不生气吗?"董茹的反常态度,常丽分析的没错。此时,戈文能说什么呢? 只能宽慰二虎,董茹不一定是那个意思,也许常丽想多了。二虎说:"常丽说,她脸都发烧了。何况,常丽说的时候,我还是不明白,跟她争了几句,后来就吵了起来,她上来就挠我。我推了她一把,她一生气就走了。"后来我才想明白了,觉得自己太笨。戈文劝慰:"你别想那么多了,先吃饭吧! 回去好好向常丽认个错。"二虎这才拿起筷子。

　　天已经黑了。二虎的情绪稍微平静了些,问:"你今晚还回厂里吗?"戈文说:"如果我爸回来太晚就不回了,明早回。"二虎:"我爸回来了,我就回。"戈文说:"明天见到常丽承认个错,她都是为你好! 你的臭脾气得改改。"二虎苦笑地点头答应。

　　门开了,戈春回来了。戈文和二虎站了起来。戈春说:"我去食堂。"戈文忙说:"爸! 我把饭打回来了。"戈春说:"好! 我洗把脸。"二虎说:"那我回去了。"戈春洗着脸问:"你今晚不回了吧?"戈文说:"不回了! 明早回。"戈春洗完脸说:"你妈下个月就来了。"戈文高兴极了,全家终于团聚了。戈文说:"太好了!"接着问:"下个月什么时候呀?"戈春边吃边说:"二十五六号吧!"戈文看着父亲,心疼地说:"爸! 你要注意身体!"戈春说:"现在是施工的大好季节,工地很忙。我回来就是看你一下,一会儿还得走。工地上的事没完,回来取一个配件。你坐我们的车,我把你送回去。"戈文说:"不用了! 我明早回去。"有人敲门,戈文开门,进来一位叔叔,他对父亲说:"配件装好了,什么时候走?"戈春擦了一下嘴巴说:"现在就走。"那个人说:"队长,你吃完饭再走。"父亲说:"我吃完了。"然后对戈文说:"那我就走了。晚上,你早点睡,我不知道几点回来。"戈文点点头,戈春出了门消失在黑夜里。戈文没什么事,去看二虎了。

　　戈文来到二虎父亲的房间,问:"李叔,二虎呢?"二虎的父亲说:"走了!回厂里了。"接着问:"有事吗?"戈文说:"没什么事!"二虎走了,也不告诉他一声。戈文回去收拾了一下就躺在行军床上睡觉了。当他睁开眼睛,天蒙蒙亮了,赶紧起床,一看父亲的床还是空的。

第二十六章

戈文回到宿舍,放下书包去了食堂,买了个馒头,边走边吃着来到了厂办公室楼,团委办公室的门还没有开。他站在四楼走廊的顶头,望着窗外。

居住在福利区的人们,开始陆续上班了。太阳染红了山头。戈文在想,一会见到刘丽和书记怎么说。此时此刻,戈文心里非常复杂,知道早上这个谈话,会改变他的人生轨迹,遗憾的是和刘丽在一起的时间太短,马上就要和刘丽分开了,心里总感到不是滋味。

刘丽走了过来,脸上透出了兴奋。戈文微笑望着。刘丽开了门,戈文随后跟了进来。刘丽平静地问:"你来得真早!"戈文笑了笑。刘丽又问:"你想好了? 走,还是不走?"戈文没有马上回答,想待一会儿郑重地说,于是拿起拖把拖地,打扫完卫生,坐了下来。戈文说:"我想了想,还是回车间吧!我不适合在团委工作。"戈文说完,等待刘丽的回复,以为她能说点什么,可她却沉默不语。戈文张了张嘴巴,又闭上了。屋里静极了。过了很久,刘丽才问:"你真想走?"戈文说:"我真想走!"刘丽没再吱声。此时此刻,刘丽不会说什么,自从戈文来到团委后,她对戈文印象很好,总觉得有一种亲近感,潜意识里不希望戈文走。

上班时间到了,书记还没有来。戈文问刘丽:"书记上午来吗?"刘丽说:"他没说不来呀! 你再等一会儿。"两个人翻看着报纸。屋里静静的,窗外,不时地传来机器的轰鸣声,过道不时有脚步声。每次听到脚步声,戈文都会起身走到门口看看,刘丽也抬头看看,时间一分一秒地走着。

刘丽突然问:"戈文,你真想好了?"戈文说:"想好了!"接着又说:"我爸也同意我的想法。"刘丽又不吭声了。戈文内心翻腾着,在想着,这次不来团委,会不会对以后有影响,会不会让别人嘲笑他? 于秀不是支持他来团委吗? 小魏不也支持吗? 刘丽没有一个明确的态度,她不是分析了两方面的因素吗? 指导员没有明确表态,是去还是不去。车间里传的谣言四处扩散着。这样回车间,人们怎么想,会想到团委不要我了吗? 他们肯定不会想到,是我不愿意在团委的,也许他们会想,这么好的事,会放弃吗?吴姗姗不就挺羡慕的吗?戈文坐在凳子上胡思乱想着。时间快接近中午,还没见书记回来。刘丽说:"估计书记上午不会来了!"戈文说:"没事!"刘丽接过话说:"我觉得你挺有思想的。许多人都想坐办公室,而你却不在乎,挺有个性的。"戈文不明白她怎么会说这样的话,也不知怎么去回答她的话,笑了笑,没有吱声。戈文听见脚步声,站了起来,刚好书记进了门,见戈文就问:"想好了?小戈!"戈文说:"想好了!我想回车间。"书记一愣,紧接着问:"你确实想好了?"戈文坚定地说:"确实想好了!"书记露出赞许的目光。然后对刘丽说:"你给小戈写个鉴定给我。"接着对戈文说:"你稍等一下,一会儿拿上鉴定回去。"戈文不明白帮忙了几天,还要给一个鉴定,书记说完转身回办公室了。刘丽看戈文不解,解释说:"这是单位规定的一个流程,你在这工作几天,回去都要写个鉴定。这样会对你有好处的,要装进你的档案里。"戈文似乎明白了,也似乎没有明白。刘丽这样说,肯定是有好处的。刘丽写完鉴定去了书记办公室。戈文心想,写完鉴定,怎么也不给我看一下呢?又想,也许这鉴定不能给本人看。反正我不在团委了,愿意怎么写就怎么写吧!她不是说,就是一个流程吗?刘丽回来递给戈文一个信封,上面写着"送交:八车间党支部",落款是鲜红的印刷字:"中国共产主义青年团四厂委员会"。信封是封死的。戈文拿上信封准备出门,刘丽叫了他一声:"小戈!"戈文以为她还有什么事,站住了,接着她说:"没事常来团委玩!别忘了把信交给你们车间的指导员。"戈文怀着说不上来的情绪离开了团委,离开了刚刚认识的刘丽。

中午,火辣辣的太阳照在身上,戈文回到宿舍,拿上饭盒去食堂了。在食堂排队打饭,碰见了秦兰,她问:"听于秀说,你调到团委去了?"戈文说:"没有!去帮忙。"秦兰说:"那于秀说得有鼻子有眼的。"戈文笑了笑说:"都是瞎说!"秦兰问:"林梅和李力帆的事,你知道了吧?"戈文装着不知道地问:"他们怎么了?"秦兰低声地说:"我们宿舍的一个人,她家是三厂的。昨晚回来,她跟我说,林梅和李力帆晚上在小树林里,被巡逻的人抓住了,进了学习班。"她没有说亲嘴!戈文问:"她怎么知道林梅的?"秦兰说:"我跟她说过。"戈文"哦"了一声,接着说:"你也不要传了,等查清楚再说吧!"秦兰有点不高兴了,语气也变了,说:"你是我同学,才跟你说的。别人,我说得着吗?"戈文马上解释:"你误会我的意思了!"秦兰说:"同学们都知道,你跟林梅好!我跟谁说去?"秦兰这么一说,弄得戈文哭笑不得!她理解错了。戈文说:"这跟林梅好不好没关系,我们都是同学,应当维护同学的声誉。"他的话音刚落,秦兰说:"我怎么不维护同学声誉了?我听到了消息跟你说说,就不维护同学的声誉了?"戈文一看她这样,就说:"好了!不说了!"秦兰的小脸涨得通红不说话了。戈文打上饭,出了食堂门,没走几步,秦兰在后面喊。戈文扭过身来,秦兰说:"你说话别那么尖刻,那么不通人性。"戈文听了她这话,不觉得有点火了,说:"我怎么尖刻了?我怎么不通人性了?"秦兰感到话说重了,马上改口说:"我说的是你不通情达理,不是没人性。"戈文说:"好了!我们不说这事了。"秦兰软了,说话的声音也变得温柔了。她说:"你生气啦?"戈文一听她这个声音,觉得她变得真快,说变就变了。接着她问:"你真不去团委了?"戈文说:"是真的!"

下午上班,戈文敲指导员办公室的门,没人,来到隔壁小魏的办公室。小魏和大林正在说话。她俩问:"你不去团委了?"戈文说:"不去了!"大林看了他半天,说:"你说的是真的?"戈文说:"当然是真的!"小魏说:"你还真有个性!有主意!"戈文问:"指导员呢?"小魏说:"去厂部了。"戈文准备出门,大林喊:"你等会儿!""接着他问,到底怎么回事?是团委不要你了,还是你不想去?"戈文扭过身面对着他,说:"是我不想去。"小魏说:"大林,你瞎说什么呀!肯定是戈文不想去,哪会不要他呢!再说,总厂的领导都说话了。"大林说:"有骨气!是一个干大事的。"戈文明白了,人们觉得他不要舒适的工作,就让人不理解。大林能说出这样的话,说明他看得远。

戈文来到何师傅跟前报了到,何师傅没说什么,点了点头。戈文准备离开,他叫道:"戈文!你把这些活拿去干。"

戈文又开始在车间工作了。吴姗姗走过来,说:"给你扳手。"她身上散发着友谊牌雪花膏的香味。女同学也用这个牌子,上次在三厂聚会的时候,林梅、丁云就抹的这种。二虎还问,咋么这么香?林梅还说,你给常丽买了,就可以天天闻了。戈文接过扳手,吴姗姗问:"你真回来了?"戈文点点头。接着她又问:"你不愿意去团委?"戈文见她这么问,只好顺着说:"是的!"不想和她说那么多。她很惋惜地说:"真可惜!"小魏过来告诉他,指导员回来了!

戈文一进门,指导员没有问他回来,而是问:"你写了入团申请书了吧?"戈文点点头。指导员问:"你有什么想法?"戈文被他这么一问,不知怎么回答了,我会有什么想法?我的想法就是回车间干活。指导员见戈文不吭声,又说:"你是想回车工班呀?还是来车间?"戈文这才明白他说的意思,快速想着,蹦出了一句话:"听指导员的安排!"他哈哈大笑,说:"你这小鬼蛮机灵嘛!你先回去吧!"戈文没动,而是从兜里掏出鉴定信递过去说:"这是团委的信。"指导员接过信撕开,戈文转身出门了。指导员刚才的话,让他有点迷糊了,来车间干什么?为什么调我来呀?戈文不知道什么原因。

有一天,戈文正在干活,小魏过来说:"指导员叫你。"她说:"你有好事了!"戈文进了办公室,指导员说:"从明天开始,你到调度组上班,给曹调度当助理。你在团委干得不错!"戈文心里激动了没有动身,他又说:"你去把曹调度叫来!"曹调度中等个,大背头,脸黑,戴着一副眼镜,三十多岁。戈文在车间顶头找到他,他正在给人交代工作。戈文说:"曹调度,指导员叫你。"他回答道:"知道了!"

戈文成了干部,当上了调度助理。下了班,戈文刚走出车间大门,大林在身后叫,跑了过来拍戈文的肩膀说:"咱俩在一起了。"戈文笑了一声,说:"大林,我可什么都不懂,你得教教我。"大林说:"走!咱们边走边说。"接着他说:"调度的工作不难干,根据厂里总调度室下的加工单子,然后分到各个班组,督促、检查、汇总、分配,掌握生产进度,及时向车间领导反映,就这么一个流程。"他继续说:"其实,助理就是一个送图纸、送工料的活,没什么复杂的。不管怎么说,你当上干部了!"戈文没有怎么激动,大林却很激动,这才是朋友呀!

太阳落山了,晚霞非常美。大林说:"你得请客!"戈文问:"请什么客?"大林说:"你装什么糊涂呀!你当干部了呀!"戈文说:"这是啥干部,就一个送货的。"大林说:"别不知好歹,我为了当上这个干部,还挨了一枪。"戈文没有说话,大林为了这份工作付出了代价。戈文对这些不是太在意,多学点东西,才是真的。车间的韩师傅是技师,技术好!走到哪里都受人尊重。车间的有些干部跟韩师傅比起来差远了。

既然大林提出来请客,戈文也不好意思说不行。戈文说:"好!请客!"接着又说:"你把小魏喊上。"大林说:"把图书室的小张也喊上,还有辛力。"不知怎么,戈文的脑袋里跳出了刘丽。两人来到了食堂门口。大林说:"你去排队,我回去多拿几个饭盒。另外,你看一下小魏来了没有。"大林走了,戈文正在排队,没想到,刘丽就在前面。他心里一阵紧张,一阵激动,叫道:"刘丽!"刘丽脸上有些微妙的变化。她这个变化,戈文猜不出来是什么变化,但有一点看清楚了,她这个变化是高兴的变化。她问:"你打饭?"戈文说:"是!"接着问:"你晚上没事吗?"她平静地问:"你有什么事?"戈文憋了半天说:"晚上,想请你和我们车间的人吃个饭。"她说:"原来是这事呀!我就不去了,你和你们车间的人去吃吧。"戈文没话了,不知再说什么了。这时小魏过来了,叫道:"戈文,刚才碰见大林了,他说,你晚上请客!"戈文赶紧回答道:"是呀!"小魏说:"好呀!"接着她对刘丽说:"你跟我们一起去吧?"刘丽微微一笑,说:"刚才跟小戈说了,我有事不去了,谢谢你!"她说话很轻,很文雅!小魏以为她不好意思呢,继续说:"走吧!吃顿饭嘛,这有什么呀!"刘丽还是拒绝了!戈文心里不免有些失落,觉得他的心眼被她看穿了。不过,传递的信息,刘丽应该是明白的。也许自己所想的,她根本没想。算啦!热脸贴到冷屁股上了。接着心里在问,哪就退却吗?这就是他的性格,碰到了情感的问题,就不知所措了,要退却了,不退又怎么办呢?

大林来了,大家打上饭来到了大林的宿舍。三个人刚坐下,小张、辛力也来了。大林拿出上次剩下的酒,边倒酒边说:"今天是戈文请客!他当干部了。"辛力说:"庆贺呀!"小张、小魏也随着说:"恭喜呀!"大林举起杯子,说:"来!我们碰一杯,祝贺戈文当干部了!"大家一起喝了一杯。戈文情绪不高,刘丽的拒绝扰乱了他的心情。小魏端起酒杯:"今天就是高兴,不想别的。"她似乎看出来了戈文的心里想着什么。辛力说:"小魏,你这是话里有话,戈文怎么了?"大林说:"戈文,坠入情网了!"于是哈哈大笑了起来。小张和辛力不解。戈文生气了,朝大林说:"你胡说什么呀!谁坠入情网了?我看,你坠入情网了吧?"辛力好奇地问:"和谁呀?"戈文忙接过话:"大林胡说!你别信他的。"大林说:"看把你急的,我就开个玩笑。"他马上转了话题,说:"你们知道不,张龙、崔岩,还有戈文他们宿舍的薛刚都在追求检验员尤美丽!"辛力说:"不止他们三个吧,还有铣工班的张鑫!"戈文说:"这都是新消息呀!我怎么不知道?"大林说:"你不知道的事多着呢!"大家边喝着酒边议论着车间里发生的事。

戈文不太关心这些事,觉得跟自己没有什么关系。他们说着,戈文在旁边听着。尤美丽在他心上留下了美好的印象,她太清高,走路都不斜视。每次他拿上工件去检验,尤美丽都板着脸,生硬地说话。她那么冰冷,戈文慢慢地就不想了。虽然这么想,但是她的美丽还是吸引着他。大林说:"看看!一说尤美丽,戈文都不吭声了!"戈文说:"你怎么又把我扯上了!"辛力一反常态地说:"来!喝酒!不说这些了。"他端起酒杯,几个人又碰了一杯。大林放下酒杯说:"辛力,你是不是也看上尤美丽了?"辛力反问一句:"你说呢?美的东西,人们都喜欢。"小魏说:"尤美丽,可不是东西呀!"小张笑着说:"你们几个真有意思!说尤美丽不是东西!人家要是知道了,还不得挠你们!"辛力说:"尤美丽是好东西!不是不好的东西!"他这么一说,大家都笑了,戈文也跟着笑了。小张说:"我们不是来庆贺戈文当干部了吗?怎么跑题了,谈起尤美丽了!"大林擦了一下笑出的眼泪说:"是!是!戈文是个东西!"说完又哈哈大笑,笑完端起酒杯说:"来!我们再次祝贺戈文!"

几个人嬉闹着，议论着，喝着酒，这群年轻人，思想在放飞，在勾画着自己情感的蓝图，憧憬着美好的未来。他们酒喝多了，激情迸发，唱起了歌，唱起了"太阳最红，毛主席最亲！"歌声划破了静谧的山沟。

突然有人敲门，大林开门。一位中年男子站在门口，说："这么晚了，不睡觉，你们吼什么呢？"大林趁着酒劲说："你吼什么呢？你吼什么呢？"辛力赶快过去劝，说："好！我们不吼了！"那人说："这么晚了，你们影响别人睡觉。"辛力劝着那个人离开了。大林说："这个人是哪的，怎么没见过？"辛力说："也许新来的吧？厂里最近从其他厂调来了好多人。"说完又说："不早了！我们散了吧？"大林说："好！戈文、辛力，你俩负责把小张、小魏送回去。"戈文说："我和小魏同路，辛力负责送小张。"四个人出门了。

月亮是昨天的月亮，星星是昨天的星星。岁月在流逝，年龄在增长。四个人下了山，戈文和小魏一起走。路上，小魏没说话，戈文想着明天新的工作。走了一会儿，小魏问："你怎么不留在团委呀？"戈文说："不想留。"他不想再做过多的解释，事情已经过去了，何况又有了新的工作。接着她又问："你是不是喜欢刘丽？"戈文心想，她这样问，我能回答她什么？小魏也算是朋友了，跟她说点心里话吧！戈文想到这说："是的！有点喜欢！可人家不喜欢我呀！"她说："我有个朋友和她关系不错，要不然，让我朋友给你说说。"戈文一听马上阻止说："你拉倒吧！千万不要说！你没看见，今天约她吃饭，她都不来。"小魏说："你真不了解女孩子的心思！你一叫人家，人家就来，那多掉价呀！你要不断地追，不能人家一拒绝，你就停止了。"戈文觉得她说的有道理，哪有女孩子一说就答应的，你得去追呀！戈文心里犯怵了，磨不开这个面子。两人说着过了小桥，她走进了灰楼，戈文回到宿舍。刚才小魏说的话在耳边回响。戈文小心翼翼地进了门，洗完脸上了床。想着小魏所说的话，戈文在问自己，我能冲破自己，能去追吗？在农场劳动的时候，喜欢姚琴，没有去追，她去世了。今天，遇到这样的事，要去追了，人家不理我怎么办？人家不同意怎么办？又想起林梅和李力帆的事，他们从学习班出来了吗？现在怎么样？抽个时间去看看他们。思绪又飘到刘丽那了，去追人家，能去吗？他想着，找不出答案来！

第二十七章

　　时间过得真快,戈文在调度助理的岗位上干了一个月了。在曹师傅的领导下,戈文熟悉工作,每天给车间的每一个班组送图纸,掌握新的知识。在这段时间,戈文很忙碌,父亲也忙碌,戈文和父亲在一起的时间非常短。上周,父亲说,母亲快来了。戈文心里数着天数,等待母亲的到来。同时,他也牵挂着林梅。

　　戈文前两天给二虎打电话,问:"林梅怎么样?"他说:"林梅出来后,一个同学都不见。"刘丽在食堂碰过几次面,只是点一下头,算是打了招呼。戈文对刘丽的向往依然是强烈的。虽然小魏那样说了,但他就是放不开。有几次到厂里开会,想去团委看看她,可每次开完会就到了下班时间。自从他到了车间调度室,去厂里开会次数就多了。曹调度不去,让他去。当调度助理的事,上任后的第一个星期天回到季家庄,跟父亲说了。父亲说:"那你要好好干! 多向老同志学习,要谦虚,多注意自己的言行,多干活,少说话。"每次去季家庄,父亲都很忙,见上一面,就去工地了。

　　母亲终于来了。下午快下班时,戈文高兴地回到办公室,小魏问"你有什么喜事呀? 看你这么兴奋。"戈文回答:"我妈要来了!"小魏羡慕地说:"你幸福呀! 马上就见到你妈了,我不知什么时候能见到我妈。"接着又说:"我们这些人都是学徒工,没有探亲假,学徒三年。等学完徒,评上一级工,才有探亲假。"听完她的话,戈文心想,三年,多漫长呀! 这些从外地来参加工作的孩子,年龄小,早早地离开了父母。听说,小魏来的时候哭过鼻子。他们过早地进入了社会,有工资,有粮食,有稳定的工作。虽然这样,但是离家远,心里不免有些空落,多了一些思念,多了一些情感的压抑。戈文这样想着,三年不能回家有点残酷,而这个残酷让他们经历了磨炼。小魏的脸色也变得黯淡了,若有所思地说:"我妈,我爸,还有我弟弟们,现在不知怎么样了,有时真想他们呀!"门开了,曹调度进来对戈文说:"你抓紧把这些工件送到车工班,这是急件。"他说完,递过来一张加工单。戈文拿上单子马上去准备,到了库房,按着单子选好工料给车工班送去,向何师傅交接。他按着工料挨个看了一下说:"这工料尺寸不对,你得换去。"

自从戈文去车间后,何师傅客气多了,态度明显好了。他和何师傅交接完,刚准备走,吕玉喊:"小戈,你过来一下。"她开的小机床,紧靠车间的西大门。戈文过去,她停下机床,小声地问:"你有没有女朋友?"戈文的脸唰的红了,说:"我才多大呀?"吕玉说:"不管多大,工作了,就是大人了。"戈文没有吱声。她又问了一句:"你到底有没有呀?"戈文没有直接回答,而是问:"有什么事吗?"吕玉小声地说:"车间技术室的黄师傅有一个女儿,她觉得你不错,想把你介绍给她女儿,你们先认识一下。"戈文听完,不好意思当面拒绝,而是找了一个理由说:"我还小,以后再说吧!"戈文的心里,还在想着刘丽。吕玉说:"小什么小,在农村都快结婚生孩子了。"戈文没有反驳,接着又说:"只是认识,又不是让你结婚。"她说的没错,在农村是该找了,母亲不就是十八岁结的婚。虽然内心里有激情,但是真碰到这样的事,还真没有思想准备。戈文说:"以后再说吧!"吕玉紧跟说:"什么以后再说!我要给黄师傅回话!你到底怎么想的?"她逼戈文表态,戈文说:"我不想找!"

厂里百分之八十是年轻人,都在找男女朋友。男女关系有公开的,也有隐蔽的,有在一起吃饭的,年龄大一些的都同居了。有一次,厂里大搞卫生,迎接上级检查,在清理下水道,发现许多安全套,有一位厂领导说:"这都是什么呀?太乱了!"戈文不知道是什么,厂里的领导这样说,他还纳闷。等回到宿舍问老钱,老钱解释说,男人干那个事的用品。他还是不明白,老钱没往深处说,只说了一句,结了婚,你就知道了。

戈文觉得自己还小,就是找对象,也要自己去找,不想让别人介绍。如果吕玉还继续跟他说这个件事,他真不知该怎么办了,有点犯愁了。

戈文进了办公室,小魏过来说:"你该写思想汇报了。每一个季度,写一份入团前的思想汇报。"戈文应了一声,接着小魏又说:"下个季度要讨论你入团的事,这段时间,你要努力工作,不要出什么差错,争取一次过会。"戈文又应了一声。小魏说:"你老应什么!不会说别的。刚才看你还很高兴,怎么转一圈回来,蔫了?"戈文笑了笑说:"没蔫呀!你说的,我都记住了!"

下班时间到了,戈文赶紧回到宿舍,拿上书包回季家庄了。过土谷堆桥时,于秀在身后喊他。进厂以后,两人联系非常少。她走到戈文跟前问:"你回季家庄吗?"戈文点点头说:"是呀!"接着问于秀:"你呢?"她说:"我也回季家庄!我妈来了!"戈文兴奋地说:"我妈也来了!"她说:"闹不好,我妈和你妈一起来的。"戈文说："我妈明天到！"她说："我妈也是明天到！我爸捎信让我回来！"两人说完，高兴地朝季家庄走去。路上，两人边走边聊，她问："团委，你没去，为什么？多好的机会。"戈文说："不为什么！就是不想去。"戈文不想多说。接着她又问："听说，你当调度员了？"戈文说："没有！是调度助理！"她赞许地说："当助理也挺好！总是当干部了。"戈文说："什么干部呀！就是一个以工代干。"她说："那以后有机会转干呀！"戈文没想到，她对当干部这么上心，这么热衷。她年龄大，又从部队复员回来，对社会的认识，也许更深一些，看得更明白一些。戈文心想，我团委都不去了，当个调度助理有什么呀！当这个干部，基本上是指导员的命令，没有给他太多的考虑时间，也不给他考虑的时间。再说，还是在车间好，这样可以多学技术，不但学车工，还可以学其他工种，铣工、磨工、钳工等，在团委就不一样了。她又说："你这一步走得好！"戈文说："有什么好不好的。"于秀进厂以后，态度就变了。有时碰到面，她装着没有看到戈文。她不理，戈文也没有上赶着和她说话。戈文对于秀有了看法。不过，有时也想，大家都是一个院子出来的，就不计较了。

　　路两旁的田地上，黄黄的麦穗，快到了收割的季节。微风吹拂，飘出麦香。山上的灌木林哗哗地响，路两旁翠绿的白杨树指向蓝天，山坡上的座座农户屋顶冒出缕缕的青烟。

　　两个人顺着公路走着，不知怎么无话了。她不说，戈文也不说了。走到季家庄大门，有一辆大卡车进了院里，戈文看见父亲坐在驾驶楼里。戈文说："我爸回来了。"快步跑进院里。戈春从驾驶楼下来，进了门，戈文紧跟其后。戈春脱下衣服，边摔打衣服上的灰尘边说："你妈今晚下半夜到。晚上我还有事，工地忙，你去接一下。一会儿你吃完饭，坐着车去接。"戈文高兴极了说："好！我去接！"接着问："到哪接去？"戈春说："到宝平火车站。"母亲坐的这趟火车跟他来的时候是一趟车。戈春说："还有一家。"戈文问："是不是于秀家？"戈春说："是的！"接着又说："你洗一下手，抓紧吃饭，待一会儿车就来了。我还有点事，你去打饭。"戈文拿上饭盒去食堂了，在食堂门口又碰见了于秀。她马上问："晚上，你去宝平吗？"戈文说："去呀！"于秀说："我也去！"戈文说："那好！我们一起去。"戈文打饭回来，父亲从兜里掏出十块钱说："你拿上！"戈文说："不用！我有！"父亲说："拿上，你妈到了，你们一起吃个饭。"戈文说："我兜里有钱。"父亲没说话，顺手把钱装进他的兜里。然后说："你在家等着。"戈文自进厂后，每个月存十元到十五元，存了九十块钱了。

一个小时候后，一辆大卡车停在门口。戈文出了门，驾驶楼里坐着于秀，还有一个不认识的人。司机招手，戈文爬上了车厢，车驶出了大院朝宝平火车站奔去。

天黑了。戈文站在车厢上，借着月光欣赏着风景，心早已飞到宝平火车站了，马上就能见到母亲了，但遗憾的是父亲不能前往。母亲会不会责怪父亲？要不要向母亲解释一下？也许母亲根本就没有意见，这么多年来，她都是一个人带着孩子们生活。

山沟里的秋天很凉爽，山风吹拂，车在山里盘旋着行驶，一会儿在山上。一会在山下，时有迎面过来的车，车灯照在脸上，什么也看不见，等车过去，眼前又一片黑暗。

突然，车停住了，司机卜来叫道："下车撒尿。"戈文这才感到尿憋了，下车找个僻静的地方撒完尿，看看天，也不知走到哪里了。问："叔叔！还有多远呀？"司机回答："还有几十公里，快了！"戈文朝远处望了望，连绵起伏的群山，朦胧一片。于秀和那个人钻进了驾驶楼，戈文爬上了车厢。车不知怎么了，打不着火了。司机下了车，打开汽车引擎盖，嘴里滚出了一句话："真他妈的是台破车！"这是一台老式的苏制吉尔卡车。戈文着急了，要是去晚了，母亲下车见不到他怎么办？肯定会着急的。他趴在车厢板上，伸出头问："叔叔！车能修好吗？"司机没有理他。于秀和那个人下车了。于秀喊："下来活动活动！"戈文说："不下去了。"于秀向戈文介绍说："这是任叔，专门去火车站接你妈和我妈的。"戈文朝那个人叫了一声："任叔好！"任叔说："你俩是不是在一个厂？"于秀点头答应。戈文没有心思聊天，着急去见母亲。车没有修好，再着急也没有用。等待，着急地等待。忽然，车轰鸣了起来，戈文趴到车头去看，司机说："好了！走！"于秀和任叔上了车，继续朝宝平市驶去。

下半夜了，车驶进了市区。城市灯火一片，街上没有什么行人。车到了火车站。戈文飞快地下了车，朝车站的出站口跑去。出站口，熙熙攘攘的人群排着队出站。于秀和任叔站在戈文的旁边，说："我们准时到了，不知车有没有晚点。"戈文的眼睛盯着人群，结果等人群走光了，也没见母亲和弟弟们出来。任叔说："车晚点了。你俩在这里别动，我去候车室看看。"于秀说："这趟火车经常晚点，我上次到宝平，就晚了四五个小时。"戈文一听，晚点要这么长，那可怎么办呀？戈文说："怎么会晚点这么长时间？不会吧！我来的时候，就没有晚点。"他不想让火车晚点。任叔回来说："问了几个人都不知道，值班的人不知到哪去了。"接着他又说："要不你俩去驾驶楼坐一会儿,还不知道几点到呢。"戈文没动,于秀走了。任叔说:"戈老大,你也去。"戈文说:"我不去!"任叔又说:"不知道几点到呢!"戈文说:"任叔,你去吧!我就在这里等着。"

戈文在盼,在等待母亲的到来,等待和母亲的重逢,等待和弟弟们相见,等待激动时刻的到来。他在出站口来回地走动。虽然他来过这座城市,但是对这座城市没有一点印象,要是说有印象,就是城市的灯火。离出站口不远的地方,是车站广场,集聚着许多出发的人。不知道这些人去哪里,也不知道这些人在干什么。在昏暗的灯光下,人们三三两两聚在一起聊天、打扑克、睡觉。

三个小时过去了,天蒙蒙亮了。车站广场的喇叭广播:"由乌鲁木齐开往西安的火车马上要进站了。"这就是母亲坐的这趟火车,任叔和于秀过来了。

出站口人多了起来,戈文翘首望着,他看见了,看见了,母亲带着三个弟弟走出来了。母亲四处望着,戈文拼命地喊:"妈!妈!"张琴看见大儿子戈文了,快步往外走。戈文终于等到了母亲的到来,迎了上去,从母亲的手里抢过行李,叫了一声:"妈!"三个弟弟围着戈文,叫道:"哥哥!哥哥!"张琴摸着戈文的头,四处望着,在找丈夫!戈文马上告诉,爸爸忙来不了。任叔走来说:"戈队长来不了,单位派我来接你。"张琴朝任叔笑了笑说:"谢谢!"接着又说:"还有托运的行李!"任叔说:"等过一会儿去取。"于秀也接上了她的母亲。任叔对母亲说:"你把车票给我,我去取行李。"母亲说:"我去!"任叔说:"你别去了,让老大跟我去,你看着孩子。"戈文和任叔、于秀一起将行李取了过来。

车驶出了火车站,朝季家庄驶去。一家子在车厢里,于秀把驾驶楼的座位让给了她母亲。任叔说:"他戈婶,你坐驾驶楼。"张琴谢绝说:"你坐吧!坐在上面,可以照顾孩子。"

天大亮了,戈文和弟弟们站着,迎着风看着风景,张琴累得坐在行李上,闭着眼睛。于秀也站在车厢上看着风景,戈文和弟弟们指点着群山。群山有裸露的,也有被绿色覆盖的。大弟长高了,二弟也长高了,小弟弟也长高了。戈文那个高兴呀!他和弟弟们说着话,诉说着分别后的想念。还问家里的兔子,弟弟告诉他,临走之前,把兔子送人了。戈文回头望着母亲,母亲瘦了,也黑了,一脸的疲倦,不由地心疼母亲了。现在好了,一家人终于团聚了。

车驶进了季家庄大院,戈春站在院门口。戈春告诉司机,朝院里开。他在前面走,车跟在后面,在一栋房子前停了下来。单位来了几个人帮着卸下行李,搬进了新家。

新家是土坯平房,门关不严,窗户关不严,地是压实的黄土。屋顶是用几根木棍搭建的,铺着麦草,麦草上面铺着黄泥,再铺上灰色的瓦片。家具还是原来家里的。两间屋,一间客厅。一间是父母住的,一间是三个弟弟住的。外面有一间用油毡纸搭建成的用来做饭的棚子。虽然很简陋,但全家人在一起了。弟弟们围着戈文,围着父亲。戈春抱起小儿子亲,小弟弟挣扎着使劲地喊:"妈妈,他用胡子扎我。"戈文看着这场景,想起了许多年前的一件事。那时,他六七岁,二弟三四岁。有一天,母亲上班去了,戈文带着弟弟在家玩。下午的时候,有人敲门,他问:"是谁?"屋外人:"我是你爸!"戈文警惕地说:"是我爸也不行,得等我妈回来。"父亲在门外足足等了三个小时,一直到母亲回来才进了门。

父亲久不在家,小弟有些认生。戈文心里又是高兴又是心酸,母亲眼里闪出了泪花。下午,家里不断地来人,都是父亲的同事,有管母亲叫嫂子的,有叫弟妹的,家里热闹非凡。戈文带着弟弟们出门玩去了。

阳光洒在空荡荡的院子里,地上坑坑洼洼的,四周的土坯房,有的开着门,有的关着门。戈文带着弟弟们在院子里转,二虎低头走路,戈文忙叫。二虎停住脚步抬起头,不像过去,一见戈文就冲了过来。戈文疑惑地问:"二虎,你怎么啦?"二虎没说话,流出了眼泪。戈文着急地问:"到底怎么啦? 你说话呀!"二虎憋了半天说:"常丽跟我分手了!"戈文不知说什么好了,不知怎么劝了。常丽和二虎,他早就看出来不合适了。二虎痛苦了。戈文劝慰说:"你不要想太多,也许常丽说的是气话,过几天就好了。"二虎委屈地说:"什么呀! 她是很严肃地跟我谈的!"接着叫道:"她为什么呀?"戈文是他的好朋友,好同学。戈文问:"这是什么时候的事呀?"二虎说:"就是我们上次在季家庄聚会后的第二天。"戈文明白了,常丽回去就跟二虎分手了。二虎恳求地说:"你帮我跟常丽说说。"戈文为难了,不去说,二虎认为他不够朋友;去说吧,常丽会怎么想。就是去说了,常丽也不一定说实话,戈文和二虎关系这么铁,她能说什么呢? 可又不能不答应,只能回答:"行!"戈文表态了,二虎紧接着说:"那明天晚上,我借辆自行车来接你。"二虎的情绪好了一些问:"听说,你妈来了?"戈文回答:"是的!"二虎说:"那我看看你妈去!"两人转身,三个弟弟不见了。戈文以为回家了,赶紧回家,家里的人还很多,不见弟弟们,两人四处找。正在着急的时候,大弟带着两个弟弟从院外走进来,戈文马上问:"你们去哪了?"大弟说:"我们找厕所去了。"戈文和二虎在前面走,三个弟弟在后面跟着。二虎向母亲问好,接着问:"我妈怎么没来?"张琴笑着说:"也许快了吧!"二虎出门走了。

晚上,一家人聚在一起,围着桌子吃饭。戈春从食堂买了许多菜。戈春和张琴坐在中间,四个儿子围坐在旁边,两人互相对视一下眼神,这个眼神是那么柔情,是那么深情,是那么温馨。突然,张琴问戈文:"你胳膊怎么回事?怎么老弯着?"戈春说话了:"学骑自行车把胳膊摔了!"张琴站了起来,撸起戈文的衣袖,摸着胳膊问:"这是什么时候的事?"戈春说:"年初我回家探亲的时候!"张琴着急地说:"这不残废了吗?"戈文满不在乎地说:"没事!"张琴说:"什么没事!"对着戈春说:"你怎么不给孩子看呀?"戈春忙说:"我带着看了,没有什么好方法,只能自己慢慢地锻炼恢复。"张琴回到座位上,嘴里不停数落着戈春,戈春微笑着不说话。戈文马上说:"妈!没事!慢慢会好的。"

吃完晚饭,时间不早了。戈文要回厂,对母亲说:"妈,我回厂了,明早上班!"张琴进了里屋拿出肉炒的雪里蕻咸菜说:"听你爸说你喜欢,我来的时候炒了一些。"张琴说完,把咸菜瓶装进了书包。接着又说:"下个星期回来,把脏衣服都带来,我给你洗了!"戈文说:"不用!我自己能洗!"张琴说:"你能洗干净吗?拿回来,我给你洗。"母亲又说:"我给你做了一套新衣服,一会儿换上。"戈文心里流出一股暖意,有妈就是好!戈文从兜里掏出九张十元的人民币,说:"妈!我攒下的钱。"张琴说:"这钱你拿着吧,再攒攒,攒够了买一块上海牌手表。你现在成大人了,上班了,得有一块表了。"戈文说:"妈!给你!我不要!手表以后再买。"张琴坚持不要,戈文把钱又装进了兜里,背上书包出门了。母亲和弟弟们把他送到大院门口,戈文与他们挥手告别。

一路上,戈文的心情激动、高兴,感到世界是这么美好,眼前的一切是那么美丽。

第二十八章

常丽在和二虎分手之前,权衡了许久,总觉得和二虎的性格不合,之所以交往这么久,那是愧疚,那是补偿,那是交换。如果没有二虎,她不会这么早参加工作,这个指标是二虎让的。后来有些后悔,觉得不应这样做,这个人情欠得太重了。自从和二虎有了这层关系后,越来越发现二虎不是她要找的人。虽然那天跟二虎谈了,二虎什么也没说,但是自己心里却很难受。难受归难受,咬牙也要分手,不然以后更难办。

二虎这段时间没有再找她,常丽心里倒不安了起来,觉得这不是二虎的性格,也后悔自己不能用感情作为交换。这样做,确实是交换了。自己得到了工作,二虎什么都没有得到,这是不公平的交换。然而,她没有办法,这个不公平在农场就交换完了,她给了二虎承诺,给了二虎一个吻,二虎吻她的时候,她的心也是跳动的,也是充满激情的。一年了,她不能再往前走了,再往前走,也许会害了自己,也许会毁了二虎。

戈文下午下了班,吃完饭来到约好的地点,等待二虎的到来。半个小时过去了,不见二虎的身影,他便顺着公路朝前走,这条路是必经之路。戈文走着,四处张望着。突然,他看见于秀和一个男的走了过来,想躲开,于秀已经看到他了,戈文想了想就迎了上去。于秀见他就问:"你干什么去?"戈文说:"没事!瞎转!"于秀问:"怎么一个人转呀?"戈文没办法回答她,只是对她笑了笑。于秀没有向他介绍那个男的是谁。

月光洒在身上,远处有灯火。公路上偶尔来辆卡车,车灯照得很远。车走远了,天又陷入了黑夜之中。戈文看见远处有一个人骑着自行车过来,马上站了起来,当车子走近一看不是。戈文坐在一块石头上,看见远处又来一个骑自行车的人。二虎满头是汗地骑了过来,忙对戈文说:"给我累坏了。"接着又说:"常丽不在,不知到哪儿去了。"戈文说:"那我还去不去了?"二虎说:"我怕你等急了,先来找你,商量一下怎么办。"戈文说:"那就改天呗!"二虎不好意思地说:"我……我想。"戈文看他说话吞吞吐吐的,说:"你赶快说呀！别磨叽了！"他说："我想叫你在她宿舍门口等着！"戈文想了一下说："好！走！"

常丽住在靠厂区的工棚里。天黑了下来，厂区一片朦胧。戈文和二虎找了个地方待了下来，等待常丽的回来。

二虎不安地问："常丽要是不回来咋办？"戈文说："既然来了就等她！看她什么时间回来。"二虎说："时间太晚也不行呀！你明天还要上班呢！"戈文说："等吧！等到十点钟再说。"二虎说："行！"戈文问："林梅咋样了？"二虎说："自从她从学习班出来，就没有和我说过话。有两次在食堂碰到，她一见我就躲远了。我跟她说话，她也不理。"戈文听着，心里不好受起来，没接话，又问了一句："李力帆呢？"二虎说："李力帆倒是跟我说过几次话，大骂厂保卫科那个人，说，抽机会，一定要收拾他。"戈文听着，没有说什么。二虎说："你哪个星期过来劝劝林梅？我觉得林梅会听你的。"戈文想，林梅会不会怨他呀，会不会想，我林梅出事了，你都不来看我！那在林梅的眼睛里，我戈文成什么人了？戈文跟二虎说："这个星期天，一定去看林梅，你在厂里等着我。"又问："吴小兰怎么样了？"二虎说："林梅没进学习班前，有一次碰到，她说，她去看过吴小兰，说吴小兰神智有时清楚，有时糊涂，但比过去好多了。"戈文继续问："大力呢？"二虎说："大力经常去看吴小兰。"王大力真是一个好人，这么长时间了，他依然守着吴小兰。二虎继续说："吴小兰她家就在四厂福利区里，住的和常丽一样的房子，吴小兰的母亲在工地上的食堂做饭。"

忽然，有一道手电筒的光射了过来，常丽回来了。戈文万万没有想到，二虎更不会想到，是张亮陪着常丽回来的！二虎气得要冲过去，戈文拉住二虎，低声说："别动！等常丽进了院子里再说。"张亮和常丽走到院子门口，说了几句话，因为太远听不清说什么，张亮走了，常丽进了院子。二虎又要冲出去，戈文硬拉住他说："你在这里等着，等我和常丽谈完再说。"戈文告诫他："你千万不要去找张亮。"二虎听话地点点头。

黑夜里，戈文看不清二虎的脸，可他的气喘告诉戈文，他气到极点了。戈文不拉住他，说不定要出什么事。再说，也许常丽去董茹那里去玩，晚了，让张亮送送，二虎要是冲上去打起来，那他和常丽的事就彻底完了。戈文起身走进院子，边走边想，怎么跟常丽说，得编个谎呀！编个什么谎呢？走近平房，不知哪个门，想了想就随便敲了个门。门一开，是常丽！她惊讶地问："你怎么来了？"接着她脸色一变，伸头朝外看了看，马上又问："就你一个人？怎么跑来了？"戈文笑着说："不欢迎呀！"常丽说："别开玩笑，到底出了什么事,这么晚来找我?"戈文继续笑着说:"非得出事,才找你呀?"他进了屋,屋里还有两个人。常丽说:"我们去外头说。"

两人走到离门口不远的地方,常丽问:"什么事?"戈文编谎说:"我到这里来办事,晚了,去找二虎,他不在,我想可能跟你在一起,问了几个人,才找到这个地方。"戈文继续说:"让二虎用自行车送我回厂。"常丽说:"我哪知道他在哪里呀!"戈文说:"你帮我找找。"她眼睛看了半天,说:"我不去找他,让张亮送你回去。"戈文马上拦住说:"别!还是让二虎吧!"常丽似乎有点明白了,马上问:"是不是二虎让你来的?"常丽太聪明了。戈文想了想,也不兜圈子了,直接说:"你别叫张亮了。昨天在季家庄,我碰见二虎了。他情绪不好,一开始,他不说,在我的再三追问下,他才告诉我的。"常丽听后,没有接话。戈文心想,不能说山是二虎找他,让他来找常丽的,那样情况会更糟糕,不说二虎,常丽也会明白,只是这张纸没捅破,大家都有面子,也可减少二虎的压力。戈文继续说:"你和二虎都是我的同学,咱们从农场到这,知根知底,你俩关系一直很好!我觉得二虎就是爱喝点酒,没别的毛病。"戈文说到这儿,常丽的脸色有些变化,但瞬间又恢复了常态,他摸不清常丽到底怎么想的,又怕话说重了,适得其反,怕把握不好这个分寸,只能看着常丽的变化说。她要温和了就多说,不耐烦了就少说。常丽挺平静,戈文为难了,吸了口气,等待常丽的说话。两个人沉默了。

月光洒在大地上,洒在山上,洒在两人的身上。远处传来了狗叫的声音,传来工厂里机器轰鸣的声音。二虎还在外面等待。常丽开口了。她说:"首先,我谢谢你,为我和二虎的事操心。"她一反常态地说话,不像过去伶牙俐齿了,而是庄重了,戈文感到事情的严重了。她继续讲:"我和二虎的事,我想了许久,不是因为他喝酒,是因为我俩的性格不合。过去,我之所以跟他交往,那是我不懂事,觉得二虎是一个不错的人,后来越交往越觉得我俩不合适。这样吧,我明天找他好好谈一谈。"戈文的劝解失败了,完蛋了。戈文现在还能说什么呢!性格不合!戈文没有说再多的话,现在说什么都不管用了。戈文走了,临走之前,常丽说:"你可别见怪呀!咱们是同学,不要因为这事,你就不跟我来往了。"接着说:"你放心,我会跟二虎讲的。"

乌云遮住了月亮,伸手不见五指。远处的灯光在闪亮。二虎见戈文回来,迫不及待地问:"怎么样?"戈文想了一下,说:"你做好思想准备!这两天常丽会找你!"二虎说:"她到底怎么说的?"戈文说:"她没说啥,只说她会找你。"常丽刚才的一通话,让戈文明白了,常丽成熟了,特别是在情感的选择上更加成熟了,她知道怎么去选择自己未来的伴侣。过去的情感,那是少年的情感,是新鲜的情感,是不加修饰的情感,是本能的情感! 戈文觉得常丽在感情上的觉醒,让她一下子变为一个思维严谨、行为谨慎的人了,不由得让戈文敬佩了起来。看来,每一个人都有他另外的一面,常丽就是很好的例证。二虎又问:"她什么时候找我?"戈文回答:"她没说。"不能告诉二虎太多,也不能让他存有幻想,等常丽跟他谈完,再好好劝他吧。一路上,二虎一句话没说,闷头骑车。分手时,戈文劝二虎想开点,好好跟常丽解释认错。二虎只是点头,已意识到了不好的结果。

二虎骑着自行车回了石堡子。戈文回到宿舍,没洗脸就上床了,在床上翻来覆去睡不着,常丽的话还在耳边回响。戈文在审视自己,一年多的感情历程,我的感情是成熟的吗? 常丽的话让他震动。回顾过去,吴小兰、姚琴、林梅等,还有进厂以后对刘丽的情感,这些都是成熟的吗? 这一路走来,我都干了一些什么?

早晨起来,戈文感到头昏脑涨的,流着清鼻涕,一点食欲都没有,早饭也没吃直接上班去了。

戈文每天都是提前半个多小时进办公室,扫地打水,收拾办公桌。戈文和曹调度在一间办公室。自从当了助理以后,每天进了办公室的第一件事就是打扫卫生。曹调度很满意,也耐心地教他,两人关系处得不错。曹调度进来说:"小戈,你上午去厂部开个会。"戈文答应了。接着,曹调度抱怨说:"没正经事,老开什么会!"他说完刚准备走,又说:"上午九点开会,还是在生产科。"戈文打扫完卫生,坐了下来,把昨天的文字材料和派送单整理好出门了。

厂区大道空空了,上班的人都进了车间。戈文走到大道上,脑袋里还想着常丽昨天所说的话。他怎么也没想到,仅仅大半年,常丽发生了这么大的变化,对情感有着这么深刻的认识。他边想着边走到厂办公室楼门口。刘丽从门洞出来,脸上露出了一丝兴奋。戈文捕捉到了这个变化,脸上也露出笑容。她问:"来开会?"戈文回答:"是的。"接着她问:"听说,你当调度了?"戈文说:"是助理。"她抿嘴一笑说:"都一样。"戈文心里在问,看来她在关注着我。戈文问:"你留在团委了吧?"她说:"是的! 我调到团委了!"接着她又说:"我还有事,哪天再聊。"她说完快步走了。戈文回头望着她背影。突然,有人拍了一下他的肩膀,回头一看是辛力! 戈文问:"你怎么来了?"他说:"我到厂里办点事。"接着说:"听说大学开始招生了,从工厂里选,不考试。"戈文马上问:"不考试? 怎么上学呀!"辛力说:"我也刚知道消息。"这个消息让戈文有了期盼,上大学是他的梦想。

　　戈文走进会议室,找了个地方坐了下来。台上的生产科长在讲话,戈文跑神了,想刘丽刚刚的态度,想辛力说的上大学的事。突然,生产科长杨昆喊道:"八车间说说。"戈文站了起来,问:"说什么?"杨昆问:"小曹怎么没来?"戈文说:"他有事!"杨昆说:"散了会,你到我这里来一趟。"戈文坐下了,杨昆让他说说,怎么又不让他说了。他继续讲话,戈文不敢再跑神了,专心听着,记着笔记,回去向曹调度汇报。听着听着头重了起来,鼻涕流了出来,掏出手绢擦了擦。会开完后,戈文来到生产科,杨昆递给他一个信封,说:"你交给曹调度。"戈文问:"还有别的事吗?"他说:"没了!"接着他说:"以后开会不许迷糊。"戈文不好意思地点了点头。下楼出门,刘丽回来了,戈文停住了脚步。她向戈文招了招手,走近问:"散会了?"戈文回答:"散会了。"戈文想起离开团委时她写的鉴定,说:"谢谢你给我写的鉴定。"她笑着说:"这有什么可谢的。再说,要谢,你也得谢书记呀!"戈文还想多说几句,她了声再见上楼了,戈文有些沮丧。没走了几步,刘丽喊:"小戈,我都忘了,上次在团委加班,你的补助还没给你呢!"她走过来递来一个信封,戈文看都没看装进口袋里,她说:"你看一下。"戈文说:"不用!"她说:"你最好看看!"戈文说:"不用!"她说:"有差错,跟我谈没关系!"她说完走了。戈文突然觉得,刘丽太强势了,有点不高兴了。戈文愣了,内心不知起了什么反应,有说不出来的感觉,又觉得是不是自己想多了,是不是鼻涕流多了,脑子有问题了?

　　下午上班,戈文把开会的内容向曹调度汇报了。曹调度接过信,指着桌子上一摞单子说:"把这些工件单派送下去。"戈文拿上出门了,路过车工班,吕玉叫住他,问:"上次跟你说的事,你考虑得怎么样了?"戈文知道她是好心,又不能跟她急,说:"上次,我不是说了吗! 我不想找!"她说:"你们只是认识,好了,你继续谈,不好了就不谈了。"戈文想了想还是回绝了。吕玉摇摇头说:"你呀! 真是失去了一个机会,这姑娘真的不错。"

　　一周过去了,周六下午,戈文下班回季家庄了。当他快走到家时,就闻到了饭香,张琴在门口的棚子里做饭。戈文走上前叫了一声:"妈!"张琴回头说:"抓紧进屋洗洗手,马上就开饭了。"戈文没有走,张琴又说:"你站在这干吗? 赶快进屋洗手。"弟弟们从屋里跑了出来,叫道:"哥哥回来了!"戈文笑着点点头,摸摸小弟的头,问:"咱爸呢?"张琴说:"你爸还不知道什么时候回来呢。你爸太忙,每天很晚才回来。"张琴的语气里露出了不满,接着对戈武、戈双、戈全说:"让你哥进屋洗手。"戈文在弟弟们的簇拥下进了屋,屋里干净整洁,地上刚刚洒过水,水印还没退去。戈文放下了书包,戈双拿出了水盆,戈武倒水,戈全拿着毛巾。戈文看着这些,一阵感动,心里涌出很久没有过的甜意。

饭桌摆好了,戈文出门去端菜。一家人坐在饭桌等父亲。小弟有点饿了说:"我饿了!"母亲说:"你爸马上就回来了,再等等。"

一家人在等戈春,张琴出屋看了几回,嘴里嘟囔着,怎么还不回来。张琴等不及了说:"不等了,你们先吃吧!"小弟刚动筷子,戈春进门了。张琴责怪地说:"怎么才回来?"戈春解释说:"事太多。"张琴接过戈春手中的帆布包,倒好了洗手的水。戈春洗完手,一家人才开始吃饭。

戈春吃了几口饭,对张琴说:"我吃完饭还得走,工地上的事还没完,我要回来晚了,你带着孩子先睡,不要等我。"张琴静静地吃饭,戈春又说:"就这段时间忙,等忙过这段时间就好了。"小弟叫道:"爸爸!你闲了,带我们去爬山。"戈春笑着说:"好!爬山!"张琴说话了:"多长时间了,孩子上学,你联系好了没有?他们天天在家待着也不是回事。"戈春说:"你不说,我倒忘了,联系好了,下周一去季家庄小学上学。"张琴说:"你能记住什么,家里的事一点都不操心,天天忙!天天忙!"戈春愧疚地无语了。

戈文看着这一切,不由地心想,这就是再平常不过的一个家,一个普通人家,多少家庭和他家是一样的。父母养着他们四个人,多么不容易呀!他们既要工作,还要抚养他们,没有叫苦,没有叫屈!母亲说:"你们抓紧吃饭,吃完饭,写作业。"

戈春吃完饭穿上衣服,拎上帆布包走了。戈文收拾完碗筷,想起去石堡子的事,说:"妈,明天我去石堡子看同学。"张琴不满地说:"好不容易休息一个礼拜天,到处跑什么?"戈文说:"我和同学们约好的。"张琴高了八度地说:"你们都有事!"戈文心里明白母亲对父亲的不满,话音刚落,戈春推门进来了。戈文叫了一声:"爸爸!"扭身进屋上床睡觉了。

第二天早晨起来,戈文吃完早饭,骑上父亲的自行车去石堡子了。在路上,他在想,和林梅见面说什么,怎么去说?她毕竟受了这么大的打击。她现在恢复了吗?戈文知道,林梅这个痛苦是难言的。另外,常丽和二虎的事也让他担心。

早晨,阳光明媚,山沟里亮堂堂的。路边的小河静静地流淌,两边的山在阳光下郁郁葱葱。这条路靠着山修建的,山上不时有鸟或者野鸡飞落。

戈文敲二虎的宿舍门,门开了,一个不认识的人问:"你找谁?"戈文说:"找李二虎!"那人摇了摇头说:"不认识。"戈文说:"不对呀!我上次来,他还住在这。"那人没再说话,就把门关上了。戈文觉得奇怪,这是怎么回事？他下了楼,这到哪里去找二虎呀？其他同学的宿舍,又不知道,再说,也不能去找呀！怎么办？想了一下去找常丽吧,问问她和二虎谈得怎么样。戈文骑上了自行车,刚出福利区的大门,二虎走来。戈文忙下车喊:"二虎!"二虎跑过来问:"你怎么来这么早?"戈文没有回答,而是问:"你换宿舍了?"二虎说:"是的。"戈文说:"那你也不告诉我一声。"二虎没接话而是对他说:"常丽找我了,跟我谈了,我俩彻底分手了。"二虎平静地说着,戈文觉得自己的担心多余了。二虎为什么这么平静呀？这不像他的性格呀！二虎能想通,也为他高兴。二虎问:"你吃早饭没有?"戈文回答:"吃了!"二虎接着又问:"现在去找林梅?"戈文问:"你说呢?"二虎说:"我觉得,我们就不去她宿舍了。一会儿我去告诉她,中午我们找个地方坐坐。"戈文觉得也对,林梅受过打击,去宿舍找她,怕惹起别人的议论！二虎没有过多地说他和常丽谈话的内容,戈文也不想过多地问,本想好好劝劝他,没想到,二虎能这么平静地承受这个打击。他真能这么平静吗？戈文有点质疑！二虎说:"走!还去上次聚会那个小饭馆。"戈文推着车子,二虎扶着车把来到饭馆门口。饭馆没开门,两人站在门口,不说一句话,气氛很压抑,很沉闷。戈文想调节气氛,可不知说啥好。过了一会儿,二虎问:"你说,我这个人怎么样?"戈文笑了笑没回答,而是问他:"你怎么想起问这个话了。"戈文心里很清楚,这跟常丽有关系。二虎说:"你就说,我这个人怎么样?"二虎这么问,那是相信他。如果回答得太虚,二虎觉得不够朋友,不说实话;如果说得太刺耳,二虎能不能接受？二虎又说:"你放心说,我们是同学,又是好朋友,知根知底,从小一起长大。"戈文吸了口气说:"二虎!我觉得……"他停顿了一下,二虎说:"你说呀!"戈文说:"二虎,我说重了,你可别生气。"二虎说:"你怎么这么磨叽,啰唆什么呀!"戈文说:"你心直口快,性格太急,怎么说呢!"戈文又停顿了一下,二虎着急催:"你说呀!"戈文说:"你说话粗鲁,爱喝酒,不懂得尊重别人。再就是不爱学习!"戈文说完,二虎没再催,而是陷入了沉思。戈文不知道二虎心里在想什么,也许他讲的话,也是常丽说的。二虎待了一会儿,拍了一下戈文的肩膀说:"谢谢!"这一举动,让戈文惊讶,觉得二虎把失恋的痛苦深深地压在心里了！同时,也让他看到了另外一个二虎。他反常的态度,也让戈文不安了起来。戈文劝道:"二虎,跟你说实话,在农场的时候,我就觉得你和常丽不合适。常丽缺乏的就是包容,而你一味地迁就,这样走不远的。"二虎说:"我明白了。"饭馆门开了,两人走了进去。二虎说:"你在这里待着,我去找林梅。"

　　戈文要了杯水,边喝水边想,林梅能来吗?她不来怎么办?林梅会想,为什么来看她?接着又想,绝不能提那件事,只是说好长时间不见同学了,过来看看。另外,又想到二虎,觉得他和常丽分手,懂了许多,他能这么平静,说明他内心的素质增强了,内心的承受力增强了,二虎成熟了。也感到他的内心里,有一团火,这团火在激励他,让他做出让常丽刮目相看的事来。爱情的力量很强大,它能改变一个人。那么,二虎能在爱情力量的推动下,走出阴影获得成长吗?这时饭馆的人喊:"唉!你吃饭不吃饭?"戈文回答:"吃!一会儿就吃,等人呢!人一会儿就来。"

　　窗外的阳光洒了进来,屋里亮堂了。时间过去了一个小时,二虎和林梅、常丽进来了。戈文万万没想到常丽会来,赶忙站了起来说:"坐!"林梅的眼睛透出了忧郁和痛苦。常丽的神情透出了释放,透出了轻松。林梅坐下问:"你怎么来了?"戈文编谎说:"我想同学们啦!"林梅苦笑了一下说:"还是同学们好!"戈文找话题说:"我妈来了!"林梅说:"是吗?"戈文说:"我家搬来了。"林梅问:"什么时候来的?"戈文回答:"上个星期!"两人说话平淡无奇,气氛沉闷。戈文问:"你们想吃什么?"常丽说:"随便!"戈文说:"今天我请客,你们随便点。"常丽说:"怎么让你请呢!"二虎说:"我请!"林梅说:"有空去看看你妈。"为了调节气氛,戈文说:"我妈挺喜欢你的。"说完这句话,戈文觉得那么虚,林梅一定会觉得这是一句假话。林梅平静地说:"是吗?"这个"是吗",一下子把戈文拉回了农场,想起林梅对他的点点滴滴,而他做了什么?上次聚会,吃李力帆、李忠的醋。那是自己把林梅送到李忠手里的。林梅与李力帆的关系现在什么样?难道自己真信林梅和李力帆的关系吗?戈文回想着过去,觉得自己特别对不住林梅。可他现在能做什么呢?我就是一个懦夫,是一个不值得人爱的人。林梅为我做了那么多的事,而我却把她推给别人。戈文想着这些,不由得愧疚了,同时也感到伤痛,而这个伤痛让他无法面对眼前的林梅。他辜负了她对他的一片的苦心!戈文在沉思中,二虎把饭菜端上来了,说:"大家吃吧。"林梅拿起筷子夹了一下菜。四个人很沉静,戈文自责,内疚,我怎么这样去对待一个对自己倾心的女孩子呢?常丽叫道:"林梅,夹菜呀!"林梅好像也在想着什么,思绪不知落在哪儿了。林梅缓过神,说:"好!"二虎低头吃饭,不吱声。常丽说:"哪天,叫上几个同学一起去看戈婶。"林梅应声道:"好!"那个活泼向上,快乐的林梅不见了,林梅好像换了一个人。戈文内心在煎熬着,觉得自己的情绪低落了,我不能这样,我干什么来了?我来看望林梅,目的就是让她高兴,让她愉快,让她从阴影里走出来。我要帮她,要关心她。戈文想到这儿就说:"林梅、常丽、二虎,下个星期天到我家去,让我妈给你们做好吃的。"林梅点头了,脸上露出了一丝笑容。常丽说:"好! 多叫几个同学。"二虎说:"叫多了戈文家也坐不下呀!"林梅说:"二虎说得对,就我们几个人吧!"戈文本想提李力帆,林梅自进来后,一句也没有提,戈文又怕她误会,也没敢提。不管李力帆如何,他也是自己的好朋友。常丽说:"我们不一定在戈文家吃饭,可以到外面吃去。同学多热闹,戈婶会更高兴。"

林梅的脸色渐渐好了一些,戈文问:"最近,你去看过吴小兰吗?"林梅说:"没去。"二虎说:"那我们吃完饭去看看,吴小兰的家不远。"戈文看了看林梅、常丽。她俩一起说:"好!"

在三厂福利区的东北角,有一排简易的房子,依山而建,房子的正面对着厂区,后面靠着山。四个人走到吴小兰的家门口,她母亲出来倒水,一见他们激动地叫:"小梅、戈文、小丽、二虎你们来了。"几个人一起喊道:"吴婶好!"进了屋,吴小兰的母亲忙喊:"小兰! 你们同学来看你了"。没想到,李力帆和王大力从里屋出来,戈文一惊,随即恢复了常态。王大力很激动,李力帆点了点头。王大力进了屋,吴小兰坐了起来,朝他们微笑。由于长时间的卧床,吴小兰的脸苍白虚胖。她笑着说:"你们坐。"王大力拿了几把凳子,戈文忙说:"不用!"突然,林梅扑到吴小兰的身上哭了起来。大家都愣住了,林梅怎么了? 吴小兰没哭,而是拍了拍林梅的肩膀说:"你看我不是挺好吗! 别哭了,你哭,我心里也难受。"戈文注视着,林梅的哭,跟她受到的侮辱有很大的关系,见到吴小兰,控制不住自己。她哭,怎么会受到这么不公平的对待。戈文的心里也由此跟着翻腾了起来,而这个翻腾让他的心隐隐作痛。他看着吴小兰,这个曾经在心里的人。她能从死亡线上回来,能从植物人恢复正常,真是万幸。同时,他也被王大力这真挚的感情所感动,和王大力比起来,自己差远了,王大力才是吴小兰真正爱的人,他不值得吴小兰去爱。戈文之所以来看吴小兰也是表达他的忏悔和内疚。李力帆悄声问戈文:"什么时候来的?"戈文低声说:"上午!"林梅停止了哭声,吴小兰对戈文说:"戈文长高了,也胖了。"接着她问:"你还好吗?"戈文说:"挺好的。"戈文问:"你现在感觉如何?"她回答:"医生说,我再休息三个月就可以上班了。"吴小兰又说:"常丽,你越来越漂亮了。"扭头对二虎说:"你可要照顾好常丽,别让她飞了。"二虎苦笑了一下说:"你放心吧! 你好好养病。"林梅搂着吴小兰说:"常丽飞不了。"林梅不知道常丽和二虎分手了,接着对吴小兰说:"你赶快好起来! 你真让我担心死了。这下好了,你没事了。等你好了,我们好好玩。"李力帆默默地看着林梅和吴小兰说话。几个人聊了一会儿,就离开了吴小兰家,李力帆和王大力也跟了出来。戈文说:"不早了,我回家了。"李力帆忙说:"晚上,一起吃完饭再走。"戈文笑着说:"不了!我妈来了,让我早点回去。"李力帆说:"真的?"戈文点点头,在学校,戈文和他的关系不错,因为和林梅的关系变得似乎疏远了,心里有了隔阂,而这个隔阂谁也不愿捅破,见面也就拘谨了。戈文不想这样,不想因为林梅,把关系疏远了,也许李力帆迈不过去这个坎。他想到这儿,伸手拍了一下李力帆的肩膀,小声地说:"你放心吧!"林梅朝他俩扫了一眼,马上又收回眼神。常丽和二虎并排站着。戈文心想,李力帆应该知道他的意思。戈文跟同学们说了声再见,骑上自行车走了。

吴小兰见同学走了,心里不免惆怅起来,她想起了过去的点点滴滴。自从参加工作以后,她想过与戈文的关系,自己工作了,戈文还在劳动,相隔很远。她问过自己,这种感情要维系下去吗?她茫然过,找不出答案。没想到的是,没过多久,就跟戈文相见了,而意外的受伤,让她沉睡了这么久,今天见到戈文,自己的那种情感消耗殆尽了,激动不起来了。这美好的一切都深深地留在了心里。王大力时刻在身边,他才是一生的依靠。大力进入了心里,进入了骨头里,戈文却沉淀在过去的岁月里了。

戈文骑上自行车回家了。在路上,心里轻松了一些,不管怎么说,见了林梅,见了李力帆。更让他轻松的是吴小兰好了,也为她有王大力这样的好朋友、好同学而感到高兴。二虎的变化,让他出乎意料,也让他少了一些担心。看来人都在变化之中,在进步当中。二虎将来会有很大的进步,一定会憋足了劲儿干出让常丽吃惊的事!也许这就是爱的力量吧。

戈文回到家,母亲正在做饭,不见父亲的身影。他对母亲说:"妈!我回来了。"接着又问:"我爸呢?"母亲没好声地说:"还没有回来呢。"母亲问:"同学见完了?"戈文说:"见完了,我们同学下周要来看你。"张琴说:"看什么!都挺忙的!"戈文放好自行车进屋了。弟弟们正在玩,见他回来说:"哥!你带我们出去转转。"戈文说:"好!"临出门时,母亲说:"别走远了,饭马上就好了。"

这时,大门口进来一辆大卡车,车厢上跳下两个人,打开驾驶楼的门,扶戈春下来。戈文恐慌了,害怕了!爸爸怎么了?他不顾一切冲了过去叫道:"爸爸!你怎么了?"戈春脸色苍白。那位叔叔说:"你爸太累了!"戈春看了看四个儿子,笑了笑说:"爸爸没事!"小弟贴在父亲的身上,问:"爸爸!你怎么了?"戈春用一只手抚摸小儿子的头说:"没事!"两个叔叔搀扶着戈春一步一步朝家走,四个儿子跟在后面。张琴见状害怕了,放下手中的活儿,急切地问:"这是怎么回事?"那位叔叔说:"戈嫂,戈队长就是太累了!"戈春进了屋躺在床上,对那位叔叔说:"谢谢!明天准时来接我。"那位叔叔说:"明天,你就不要去了。"戈春说:"不行!明天准时接我,休息一下就好了。"两位叔叔走了,张琴去送,戈文和弟弟们围着父亲。戈春有气无力地对戈文说:"你去给我倒杯水。"等戈文端来水,戈春已睡着了。张琴看了看,拉上了被子,悄声地说:"都出去,让你爸好好休息。"张琴又去做饭了。

张琴做完饭,把饭端在饭桌上,又进屋看了一下,戈春还在沉睡,她出了屋,关上门说:"你们先吃吧,让你爸多睡会。你们几个吃饭小声点。"戈文和弟弟们不说一句话,静静地吃着饭,突然,啪的一声,小弟不小心把碗掉在了地上,张琴瞪了小儿子一眼。

吃完饭,戈文看了看时间该回厂了。戈文临出门时,深情地看了一下熟睡的父亲。弟弟们送他到了大院门口。戈文踏着月光顺着公路朝厂里走去。一路上,他想着父亲的病,不由得难受起来。父亲瘦了,眼睛凹了进去,胡子也长了,头上又多了一些白发。

时间过得真快,一个月又过去了。这段时间,戈文依旧工作,依旧生活,平淡无奇。每一天和前一天都是一样的,就像坐公交车一样。自从戈文看过林梅、吴小兰后,再没有去过石堡子。他走后的第二个星期天,同学们来看母亲。戈文和同学们玩了一天,林梅的情绪好了许多,二虎和常丽分手后,保持同学的友情。张亮和董茹和过去一样,表面上没有什么变化。这段时间,他没见到刘丽。戈文的情绪平稳了,每天努力工作,晚上看书学习。他总觉得有一股力量推着他,不断地在问自己,这就是我一生的生活吗?要前进,可前进的方向在哪里? 他时不时地也感到了迷茫,情感陷入平静中的迷茫。过去的一些事渐渐地远去。虽然林梅、吴小兰、刘丽都装在脑子里,但是她们离得很远,而这个远,掀不起情感的波涛。林梅和李力帆自从出事后,她们的关系,听说没什么进展。戈文的内心,希望她们好。吴小兰和王大力情深如海,大力的精神让他敬佩。他想,吴小兰以后会很幸福的。刘丽和姚琴一样,都是一幅美丽的画。

有一天下午,戈文干完活儿,曹调度安排他去库房领取工具。工具库坐落在离车间不远的山根下,有一排平房。工具库有三位管理员,两女一男。男的在四十岁左右,叫王建,中等个、背头、脸白,戴一副眼镜;一名女的,有三十几岁,身体较胖,面容姣好;另一名二十多岁,个子不高,身材匀称,窄脸庞,有一双迷人的眼睛。戈文到了库房,门虚掩着,推门进去,不见人,环视了一下。库房外传来了女人的呻吟,而这个声音让他起了鸡皮疙瘩,好奇地顺着声音走了过去。王建搂着那个胖女子在接吻,胖女子在叫。戈文的心扑腾扑腾地跳,想走开,脚却挪不动,眼睛也移不开。两人说着话,因距离远,戈文听不清说什么,愣愣地看了几分钟,正要转身走,那个胖女人抬头看了一下,又马上把头低下了。戈文出了门,心怦怦地跳。这是他第二次看见一男一女搂在一起亲吻,在农场时看见董茹和张亮亲吻,没有这么近。他因为此事好几天睡不好觉,一直在想,男人追求女人的目的就是这样吗?他那颗年轻的心让她们给搅乱了。

戈文站在门口,那位二十多岁的女子,从远处走来,老远地喊:"戈文,你怎么不进去呀?外面这么热。"这个女的叫陈花,随着父亲从外地调来的。戈文挥了挥手。王建从屋里出来,问:"小戈,你怎么不进来呀?站在门口干什么?"戈文说:"没事!"赶紧又解释说:"刚走到门口看见陈花了。"他疑惑地望着戈文。陈花走近了问:"戈文,领工具?"她问话的时候,王建已进屋。戈文把工具单子递给她,随着她进屋了。胖女人站了起来,进了库房里,她的脸红着。戈文领完工具,跟她们打了招呼出门了。王建热情地送戈文出门。在回去的路上,戈文还在想刚才看到的场景,不由得心又跳了起来。

戈文回到办公室,辛力进来了。他说:"你出来一下,我有事跟你说。"在车间大门外,他兴奋地说:"大学马上开始招生了。"戈文的眼睛亮了。辛力又说:"你最近要好好学习,虽然厂里推荐,也要摸一下文化底子。你呀!没事就得看看书。"辛力的话让戈文非常感动,这才是朋友,有什么好事,他都会记得你。戈文在学校学习总是在班里前三名,可那时所学的知识太少。戈文底气不足地问:"学什么呀?"辛力说:"语文、数学、政治、历史等。"戈文说:"没有课本呀!"辛力说:"数学、物理、化学的课本,我有;历史、政治的课本,你找一些这方面的书看看。"辛力又说:"虽然不考试,但真上学了,这些还得学,提前做些准备。我不跟你多说了,回去干活了。"辛力走了。戈文在门口又站了一会儿才进了车间。工具库的王建进来叫道:"戈文,出来一下,说点事。"戈文心想,他能说什么事呢?王建看戈文不动,又说:"咱们出去说。"戈文觉得是不是和亲嘴的事有关系,是不是来问,他看到了没有。王建怀疑他了。自己不能掺和这件事情,戈文打定了主意。不管王建问什么,都说不知道。两人来到车间外,王建问:"你刚才为啥不进去?"戈文说:"我刚才不是跟你说过了嘛!"他说:"你说的真的?"戈文说:"是真的。我骗你干吗!"他没再说什么话走了。戈文苦笑了一下,摇摇头进了车间。没想到,刚坐下,陈花又来了。戈文和她出了门,她问:"你刚才为啥不进门,是不是发现什么或看到了什么？"戈文否认说："没有呀！"她问："那你为啥不进门呀？"她这么一问，把戈文问住了！对呀！我为啥不进门？她的眼睛注视着他，戈文的心有点虚了，再心虚也不能说呀！辩解地说："没有为啥，刚巧让你碰到了呗！"她凝视戈文。两人不吭声，她走了。戈文觉得，她们三个人之间的关系怎么回事，这么复杂。想到这儿，他不由得苦笑一下，今天怎么了，见鬼了，怎么出来这么多的事呀！回到车间，小魏问："你到哪儿去了？到处找你。"戈文问："有事吗？"她说："下了班，你不要走，团支部讨论你入团的事。"戈文激动了，要入团了。

晚上，戈文回到宿舍躺在床上，沉浸在入团的兴奋中，他的入团全票通过，就等厂团委批复了。那颗青春躁动的心，跳得越来越快了，像有一股力量推着，而这个力量巨大无比，他挡不住，也不可能挡住。然而，这个力量推着他走，可走的方向在哪里？有方向吗？他又想起辛力告诉他的，大学要招生了。我行吗？即使不行，也要争取试试，明天开始学习。

戈文做梦也没有想到，在工具库看到的那一幕，让他卷入说不清道不明的旋涡里了。两天后的一个下午，陈花又找来了，问："你是不是看到王建和那个胖女人在一起拥抱了？"戈文回答："没看到！"她说："你这个小孩怎么不说实话呀！那你跑到外面站着干什么？"戈文不吱声了！这是什么事呀？想躲开都躲不开呀！陈花为什么要这样做呢？说明陈花与王建也有说不清道不明的关系。戈文主意已定，只要不说，她们没有办法。没想到的是，事情的发展没有那么简单。第三天，指导员找他了，问他看到没有，戈文矢口否认。指导员的脸拉了下来，说："你要对组织说实话，不能隐瞒。"戈文心里在斗争，要说了，王建肯定否认，说他胡说，他不说，那隐瞒组织，后果是严重的。戈文走到了十字路口，没有办法了。他后悔了，自己没事干吗去看那一眼，这不是天上掉下的横祸吗！指导员说："你一定要说实话！给你一天的时间，明天回答我。"戈文低着脑袋回到办公室，坐在凳子上发愣、发傻！脑袋里成了糨糊。正在发愣，大林进来了，低声地问："到底怎么回事？"戈文抬头看了看没有回答。大林低声说："走！出去说。"在车间外，大林说："你知道吗？昨天，陈花找指导员，举报王建和贾芳有不正当的关系，还说，你看到了。"接着大林问："你到底看没看到呀？"戈文默不作声。大林明白了，没再问，接着说："陈花不是一个省油的灯。她跟王建的传闻，在车间不算什么秘密了，你怎么卷进这里来了？贾芳也不是东西，她丈夫在地质队，常年不在家。王建的老婆去年病死了。"戈文听完，觉得自己没法脱身了，本来是好心，结果倒成这样了，想了想问："那你说，我现在怎么办？指导员找我了,我是说还是不说呀?"大林也迷茫了,也不知道怎么办了。他想了半天,说:"我觉得,你就说没有看见。你要说你看见了,那你在全车间就臭了。谁还再理你呀!你就是出卖人的人。不说,你就是对组织不忠的人,欺骗组织!后果也很严重。当然了,只要你不承认,也没有别人证明你看到了,我想,也就没事了。"戈文觉得他说得对,是呀!我不承认,没有证据呀!戈文下定决心不承认。然而,第二天,贾芳承认了和王建的关系,还说戈文看见了。指导员非常严厉地批评戈文不向组织说实话,要严厉处理他!戈文在郁闷中等待组织的处理,不知道怎么处理,让他回到车工班?入团不批准?不会开除吧!戈文做了最坏的打算。

周日,戈文回到家,张琴见大儿子闷闷不乐,便问:"你怎么了?"戈文忍了忍没有说,这种事能说吗?偷看别人亲吻,那是一个什么样的人呀!他说不出口,便撒谎说:"这个星期工作忙!累的。"一整天,戈文都不在状态上,晚上,吃完饭就进屋收拾东西准备回厂,听见母亲悄声跟父亲说:"我看戈文心里有事,一整天都不说几句话,也不出去玩。"父亲听完没有吱声,脱下了工作服,放下帆布包,洗完手后进了屋,戈文见父亲进来,马上叫:"爸!你回来了!"父亲直接问:"你在厂里怎么了?"戈文不想说,可面对严厉的父亲,心里不由得涌出了泪水,觉得自己冤枉、委屈。父亲说:"你不愿意说,我也不问你了。不过,不管遇到什么样的事,你都得问自己的良心,自己做的这件事对不对。不要欺负人,不要骗人,不说瞎话,不违背良心,要正直善良。"父亲说完走了。戈文听完傻愣愣地站着,细琢磨父亲说的话,我是看了,我没说,我不想害人,也不想欺骗组织。真难呀!

一连几天,一点动静都没有。戈文心里纳闷,这是怎么回事?又过了很长时间,指导员没再找他,入团批了下来。他依旧干着助理的工作。工具库的王建来找过他,再三地感谢他。他觉得奇怪,这事为什么就这么过去了?一切恢复了平静。戈文开始复习功课。复习功课,他没有目标,很盲目。每天早上,他天不亮就拿着从图书馆借来的书上山了;晚饭后,又拿上书,把业余时间都用在复习功课上了。有时在山上复习累了,就躺在草地上,仰望着天空,想着农场,回忆那时快乐的时光,回忆那时的痛苦。姚琴涌入了脑海,她的容貌,她的笑声仿佛就在昨天。参加工作快一年半了,时间会磨平记忆,会抹平情感。

有一天的下午,快到下班的时候,戈文正在办公室收拾,小魏推门进来,说:"指导员叫你。"戈文问:"什么事?"小魏说:"不知道。"这段时间,不知什么原因小魏对他的态度不如以前了,大林找她的次数也少了。有一次,戈文问:"大林! 你和小魏怎么样了?"他冷淡地回答:"什么怎么样?"戈文觉得他和小魏的关系肯定有问题了。戈文走进办公室,指导员说:"曹调度调走了,车间的调度,你暂时负责起来。"戈文刚想张嘴说:"不行!"指导员说:"我还有事!"接着说:"你就大胆地干吧!"这是怎么回事? 工具库的事不追究了? 戈文不明白地出了办公室。

下了班,戈文刚走出车间大门,碰见小魏,她主动热情地打招呼,刚才还冷冷的,这会怎么又这么热情。戈文疑惑小心地问:"你有事吗?"她说:"你待一会儿走,我有事跟你说。"戈文出了车间,站在护河堤上,看着小河的流水。夏天,河水会多起来;冬天,河水几乎就没有了。清澈的河水哗哗地流着。小魏过来,问:"大林是不是跟图书室的张小娜好了?"她这么一问,把戈文问糊涂了,马上说:"我不知道!"小魏说:"你和他那么好,他能不告诉你吗?"戈文说:"我确实不知道! 他从来没跟我说过这事。"小魏脸色黯淡下来,说:"你抽空劝劝他。"她说完就走了。

戈文望着她的背影心想,这到底是怎么回事呀? 我怎么能劝大林呀? 我自己都是空白的,再说,我去劝大林,他会怎么想? 小魏怎么会找到我呢? 要是不去劝大林,怎么给小魏回话呀? 这个事难住戈文了! 他站在堤坝上正在发愣,大林过来,开玩笑地说:"你准备跳河呀?"戈文下了堤坝,想了想,不管他了,单刀直入地问:"你和小魏怎么回事?"大林一惊,瞬间又恢复了常态。他问:"小魏找你了?"戈文说:"你别管她找没找我,你和她怎么回事?"大林说:"你别听她胡说,是她多疑!"戈文说:"那你跟她解释一下呀!"大林说:"我解释,她不信呀!"戈文又问:"你和张小娜是怎么回事?"这句话一下子激怒了大林。他说:"我的事,你少管!"戈文没想到他会发这么大的脾气,戈文也火了说:"谁愿意管你这破事!"说完走了,以为大林会跟过来,没想到他没走。

大林怎么会变成这样? 想起了二虎被常丽甩了,大林把小魏甩了。戈文都是他们之间的劝解人,而他的劝解都以失败而告终。戈文憋了一肚子的火,回到宿舍拿上饭盒去了食堂。

戈文在食堂门口碰见了小魏,她微笑了一下,像在等戈文说话,能跟她说什么,能说大林不让他管了吗? 不能! 等大林冷静了,再去找他劝劝。戈文说:"我还没碰见大林。"她说:"你撒谎! 刚才吕玉看见你和大林说话了。"她揭穿了他。戈文还想解释,她一句话没说走进了食堂。

戈文傻愣地站在食堂门口,心里在叫,这是干了一件什么事呀! 大林得罪了,小魏也得罪了。两头不讨好! 怎么这么不会办事呀! 戈文闷闷不乐地走进了食堂,在后面排队买饭,有人拍了一下他的肩膀,回头一看是辛力。戈文问:"你怎么到食堂来了?"辛力说:"我妈让我买几个馒头。"接着他问:"你复习得怎么样了?"戈文说:"正在复习!"辛力问:"看你情绪不高呀!"戈文想说,可想了想又忍住了。辛力接着又问:"怎么了?"戈文说:"没怎么。"辛力不相信地看着他说:"你肯定有事!"待了一会儿,戈文说:"一会儿在食堂门口,我跟你说。"两人买完饭,他把大林和小魏的事说了一遍。他说:"你呀!这事就不该管,你说了,大林能听你的吗?"戈文说:"你帮我出出主意呀!"辛力想了一会儿说:"这个主意没法出,我也不知该怎么办!"两人分手后,戈文回到宿舍,戈文躺在床上想着该怎么办。

突然,有人敲门。戈文下了床,披了一件衣服开门。大林站在门口小声地说:"你出来一下。"戈文糊涂了,他找我干吗?一本正经地问:"有事吗?"大林说:"你真生气?咱俩出去说。"戈文穿上衣服,随他下了楼来到篮球场。大林问:"你跟小魏说了没有?"戈文说:"没说!"不想再搅和他俩的事了。大林说:"你不要生气!我跟张小娜一点关系都没有。最近,她有点事,让我帮她看着图书室,小魏知道了,就跟我闹。"戈文接上了话:"你去跟小魏解释一下不就行了吗?"大林说:"她不听呀!"戈文说:"她不听,你更要去解释。"大林说:"小魏见到我扭身就走了,她不理我,我一生气也就不理她了。"戈文觉得奇怪了,那找我干什么呀?想到这儿问:"那你找我干什么呀?"大林说:"你帮我说说好话,告诉她,我没有别的想法。"戈文觉得他这样,就可以给小魏回话了,接着说:"知道了!"大林说:"谢谢啦!"

第二天,戈文忙完就去找小魏,她不在办公室,他就去各个班组找,走到车工班,吕玉叫他。戈文心想,她是不是又说黄师傅姑娘的事?不去吧,磨不开面子;去吧,又不愿意听。正在犹豫之中,何师傅过来说:"小戈,你这个分配单有问题。"戈文拿过来一看,忙说:"拿错了。"赶紧回到办公室调换了单子给何师傅送去。戈文走进小魏的办公室,她正在低头写东西,他叫了她一声,她抬头问:"有事吗?"戈文低声把他和大林谈话的内容向她重复了一遍。小魏疑惑地看着问:"不是你编的吧?"戈文说:"你不信就拉倒。"小魏说:"干吗我去找他,他怎么不找我?"戈文说:"那是你俩的事,跟我没关系。"小魏的脸上露出一丝得意。

吕玉刚才的话让戈文无所适从。不同意,人家帮了你忙;同意吧,他根本没见过那个姑娘。他又想起了去世的姚琴!给他留下深深的伤痕;和吴小兰的分离产生的失落;林梅与李力帆的关系,让他有些醋意。这一切都让他在情感的这条路上磕磕碰碰。刘丽的出现让他看到了一丝光明,然而,仅仅是看到光明,这光明能不能照在身上,只有天知道。过去走过的路,让他胆怯了,都不知怎么走下面的路。那一颗青春躁动的心,跳动得越来越快,越来越强,充满激情的青春释放不出去,不知怎么去选择,冲不出去。二虎和常丽、大林和小魏、林梅与李力帆、李忠与林梅、董茹与张亮、邵敏与刘民,还有王建与胖女人、陈花,他所看到的这一切,让他思索,让他反思。那情感的释放会在哪里。少年的情感释放在姚琴的身上,她却成为他记忆中的女神了,让他陷入深深的苦恼之中,陷入深深的青春躁动的旋涡里了。他的本能,他的激情,他的情感,不释放就会有压抑。然而,所有的这一切都是被动的,不能自拔。这样下去不行,要面对,面对谁呀?戈文在迷茫中寻觅!

小魏推门进来,戈文飘动的思绪回来了。她说:"明天团委来人搞调研,你作为团员代表参加,上午九点准时到会议室。你把明天的工作提前安排一下,不要迟到。"戈文说:"我什么都不熟悉,你让老团员去吧!"小魏说:"就你了,这是支部决定的,明天刘丽也来。"不容戈文再说拉开门走了。

自从戈文当了助理和调度以后,车间的生产有条不紊,各个班组都配合他的工作,整个车间的生产工作效率有了提高,他也因此获得厂部的表扬,指导员和车间主任都赞许过他。

第二天早上九点,戈文准时来到会议室,找了一个地方刚坐下,团委程书记、刘丽在车间团支部书记胡玉玲的陪同下走进来。戈文赶紧站了起来,书记朝他点点头,刘丽也朝他微笑。他们上了主席台,胡玉玲和小魏也跟了上去。胡玉玲环视一下,台下坐了十几个人,接着宣布开会。她说:"这次程书记和刘干事来我车间主要是调查青工的思想动态,也就是说,开个青工思想座谈会,大家有什么想法,有什么意见,有什么好的建议都可以谈谈。"接着又说:"下面请程书记讲话。"程书记说:"我没什么说的,刚才小胡都说到了,大家要畅所欲言,有什么说什么,这样我们团委才能有的放矢地做好青年工作。我们厂青年人占百分之八十,青年工作很重要。好了!我不啰唆了!请各位发言!"会议室十分肃静。过了一会儿,不见有人发言。胡玉玲说:"那我就点名了。"她说:"先从车工班开始。"车工班来的徐克站了起来。程书记说:"你就坐下。"徐克说:"我觉得厂里的娱乐活动太少,厂里可以举行篮球比赛,各车间可以组织歌咏比赛。"他说完坐了下来。戈文回头看,觉得徐克说得对。徐克和戈文、张鑫每天早上上班,就在车间门口的单杠、双杠、把杆上锻炼。胡玉玲叫:"铣工班的严新。"他站了起来有些羞涩地说:"我觉得,我们厂的男女青年多,厂里应该适当组织一些联谊会,让大家都互相认识一下。"他说完,大家都了笑了起来。他说:"这有什么好笑的？"忽然，有人说："你说的意思就是介绍对象呗！"胡玉玲叫道："磨工班的刘贺。"刘贺站起来，说："厂里要组织我们出去学习，到外厂学学技术，再就是多组织组织爬山等活动。"他说完了。胡玉玲叫道："钳工班的辛力。"辛力说："厂图书室的书太少，能不能增加一些书？另外，厂里单身的员工多，年龄小，厂里能不能多给这些人一些生活的关爱？"辛力说完坐了下来。胡玉玲说："量具班的郝强说。"他说："食堂的伙食要好一些，天天白菜、咸菜，我们都是长身体的时候。"接着他又说："我就提这点意见。"胡玉玲叫道："办公室的戈文说说。"戈文站了起来，说："刚才大家都说了不少，我都同意。我想，我们厂年轻人多，要针对青年的特点开展活动，一是摸清青年的思想动态；二是根据我厂现有的条件怎么去开展适合年轻人的活动；三是我们处在山沟里，接触外面少，相对比较封闭，可以开展文艺活动，排一些节目，如诗歌朗诵会、歌唱会、体育比赛等。"戈文环顾了一下会议室，大家都在认真听着，特别是刘丽低头记录着。接着他说："要搞好宿舍楼的卫生，宿舍楼太脏，过道没灯，楼下污泥四处淌。"说到这，大家鼓起掌来，戈文倒不好意思了。胡玉玲站了起来，看了看说："还有谁说？"底下没有动静了，她说："现在请程书记讲话，大家鼓掌。"程书记站了起来说："大家的发言都不错，给我们团委提了许多好的建议。特别是戈文同志提的建议更加精准，更加具体。我感谢大家，今天主要是听取大家的意见，我就不多说了。"他说完坐了下来，侧过头跟胡玉玲嘀咕了几句。胡玉玲宣布散会，完后，她叫道："戈文，你留一下。"程书记过来对戈文说："你的发言不错。你写个东西给我，有什么写什么。"戈文刚想说话，刘丽马上说："书记让你写，你就写吧。"胡玉玲在旁边附和着说："写吧！"戈文点点头，程书记又说："下周交稿！交给刘干事。"戈文心里有一种喜悦，因为这让他和刘丽又联系上了。刚进办公室，小魏过来了说："戈文，你刚才的发言不错。"接着她又问："书记留下你，有什么事？"戈文说："没有什么事，就是让我把刚才的发言补充一下，写个书面材料送给他。"小魏说："看来你肚子里是有货的，说起话有条不紊。"戈文笑了笑没有吱声。接着又说："大林找我了。谢谢你！"戈文完成了小魏交给他的任务了。

小魏出了门，戈文又回想过去，回想在农场的时光，姚琴要在该多好呀！吴小兰的大胆、林梅的情谊，这些都是烟云了，飘得无踪无影。刘丽要这样就好了。戈文胡思乱想了起来，像在做梦，戈文觉得自己就是在做梦，而这个梦是不可能实现的梦。一个怀着梦想的年轻人，在寻觅感情的归宿。然而，他明白他的情感是空白的。过去所发生的一切都没有真正地让他体会到情感所带来的那种快乐,仿佛一直在忧郁彷徨之中。

一周后,按照程书记的安排,戈文写好稿子去了团委。办公室的门关着,他便在走廊里来回走动等刘丽。等了一会儿,不见来,就把材料从门缝塞了进去,下了楼回车间了。

戈文刚进办公室,小魏喊:"电话。"戈文拿起电话,刘丽说:"你的材料我看了,写得不错。"戈文在等待她说:"你过来一下",结果她没有说,而是说:"等书记看完了,有什么意见再向你反馈。"戈文所想的落空了,心里挺沮丧,放下话筒回办公室了。刚坐下,突然想起吕玉说的事,让他回话,戈文来到了吕玉跟前说:"我想好了,可以跟她见面。"吕玉高兴地说:"这就对了!你以后好了,可别忘了我这个介绍人呀!"戈文说完就有点后悔,干吗这么着急地给吕玉回话呀!应该再等等,是不是太冲动了,太仓促了。

周末,戈文下了班背上书包回季家庄了。进了家门,家里到处都是行李,忙问正在干活的母亲:"我们又要搬家呀?"母亲直起腰来,抹了一下头上的汗说:"昨天通知的,你爸的单位搬到天水了。"戈文忙问:"什么时候走?"母亲说:"明天。"戈文放下书包,开始帮母亲干活。他现在有很多问题想跟母亲说,可说了又怕她担心,想了想还是不说了。母亲来到季家庄刚一年,又要搬走了,这一年来,一到周末,戈文就着急回家,心里很踏实。现在母亲和父亲就要搬走了,又要一个人生活了。

第二天下午,戈文送走了父母亲和弟弟们,心情恶劣极了。父亲和母亲临走之前,再三告诫他要好好的。母亲坐的大卡车驶出了大院,戈文的眼泪不由地涌了出来。一年了,在母亲的调养下,他的胳膊基本上好了。母亲临走时依然不放心,再三交代要注意休息。戈文回头看了看空荡荡的院子,心里不仅惆怅了起来,空了起来。

第二十九章

　　戈文的生活依旧，每天重复着昨日的工作。给厂团委写的建议书，再没有回话，大学招生的事还没有消息，大林和小魏又回到了过去。工具库的王建请他去家里吃饭。不过，都被他拒绝了。再就是，吕玉再没有消息了，她见戈文不提这事了。一切过得自然，车间的男女关系有的慢慢公开了。虽然车间还跟过去一样，但是一到下班，红楼的男的都去灰楼了，红楼里像戈文这样的人不多了。宿舍里经常就只剩下戈文和老钱了。

　　有一个周日，只有戈文和老钱在宿舍，老钱给戈文讲他当兵的事，他和他媳妇的事，他儿子和女儿的事，也讲了男女关系的事。他说："我们农村像你这个年龄，都开始张罗娶媳妇啦！——你现在有目标没有？"戈文摇摇头！老钱像一个老师似的，开始开导他了。老钱拿起印有"献给最可爱的人"字样的白色搪瓷杯子，喝了一口水，说："小戈呀！女追男一张纸，一捅就破，男追女翻座山，还不一定能追到手。"戈文没有听明白，他头一回听人讲怎么处理男女关系的事。他没有插言，继续听，老钱喝了一口水继续说："你心里有相好的没有？"戈文的脸有点红了，不好意思地摇摇头，他没深问，继续说："不管你有没有，我告诉你，选对象可要慎重，选不好那可是一辈子的事。不能光看脸蛋，还得看人品。什么叫人品？就是对你父母好，贤惠、顾家，再就是对你好，不管你如何，有灾也好，有福也好，都与你不离不弃。年轻人一味地讲姑娘的长相，那是要吃亏的。"他说完又停顿了一下。戈文迅速回忆着自己的过去，自己追求的是什么？他继续说："当然了，谁找对象，都想找漂亮的，这是人之常情。可找不好就会后悔，痛苦一辈子呀！"

　　听完老钱的话，戈文陷入了深思。他在想自己的过去，过去所有的一切给了他什么，所有的心动都是由原始、纯洁的感情开始的。我这样想，对方会怎么想，是不是和老钱所说的一样，要考虑一生的幸福！自己想了吗？我所想的就是这个人永远跟我在一起，可我能给对方一生的幸福吗？他对这个作不出答案,未来的也解答不了。戈文带着这个疑问在想,婚姻是要具备条件的,自己具备吗?戈文忽然觉得自己可笑,连女朋友都没有,却去想婚姻。然而,这些必须去想,还要想自己的条件。有条件吗?自己就是一个青年人,在工厂里工作,有爹有娘,有弟弟们。还有什么条件呢?戈文反复想着这些问题,而这些问题对他来讲不具备什么优势,跟大家一样。

戈文闲着没事下楼了。走到一楼,碰见了辛力。他问:"你干什么去?"戈文说:"没什么事,想出去转转。"辛力说:"我也没有什么事,来找你玩。"戈文说:"那我们出去走走。"

两人出了楼,朝宝平公路方向走去。秋天来了,树上的叶子开始发黄了,树坑里有飘落的黄树叶,天气有些凉意。辛力问:"听说,有人给你介绍黄师傅的姑娘。"戈文笑了笑问:"谁说的?"辛力说:"我听吕玉说的。"戈文说:"前段时间,吕玉说过,现在没有消息了,她再没提这事。"辛力说:"听说,你不太同意,为什么?"戈文本想解释一下,想了想没说。辛力见戈文不说又问:"你是不是心里有了?"这是戈文到厂以后,第一次跟别人谈论女朋友。戈文苦笑着说:"没有!"辛力说:"你不说实话。"戈文心想,能说吗?能说过去吗?能说姚琴吗?能说吴小兰吗?能说林梅吗?更不能说刘丽了。这些算是他心里有了吗?然而,这些人都曾在他的心里存在过。戈文没有回答,而是直接去问他:"你有了吗?"辛力说:"我不想这么早找,我要离开这个地方!"戈文接过说:"我也想离开这个地方。"辛力笑了一下说:"怪不得你不愿找,原来你也想离开呀!"其实,戈文说的离开,只是一个念头,离开这个地方是盲目的,离开这里去哪里,自己都不知道。那辛力说离开,肯定是有地方可去。上学、调走,而我能去哪里呀?

两人边走边聊着,走过土谷堆桥,在宝平公路边上,是厂里的子弟学校,操场上有几个学生在打篮球。两人走进学校,看操场上打球的。辛力说:"咱们玩一会儿!"戈文说:"算了,我们还是走走吧。"两人出了学校,顺着小河走,河边有三栋红楼沿河而建。两人走着走着,突然,听到吕玉喊:"戈文!"他环顾四周,不见人影,吕玉又喊了一声,戈文抬头一看,吕玉在楼上招手:"你们上来呀!"辛力说:"她在黄师傅家。"戈文犹豫了,眼睛盯着辛力,辛力说:"你看我干吗?人家叫你呢!"戈文问:"我们上去吗?"辛力说:"我听你的。"戈文想了一下,决定不上去了,朝吕玉喊:"我们还有事,就不上去了。"吕玉使劲地叫:"上来吧!"这时,戈文看见刘丽站在吕玉的身旁,这是万万没有想到的。吕玉跟刘丽也熟,戈文不知怎么办了。辛力说:"你愣着干什么呀!去不去呀?"戈文没有主意地问:"你说呢?"辛力说:"走!

我们上去！这有什么呀！"

　　黄师傅家的房子不大，有七十多平方米，两房一厅，设施简陋。黄师傅满脸笑容地迎戈文、辛力进来。两人在客厅的凳子上坐下，黄师傅倒水，她姑娘不在。刘丽见戈文点了一下头，微笑地看着。吕玉说："让你上来，你还不来。"辛力说："我们不是来了吗？"刘丽不认识辛力，吕玉忙介绍说："这是我们钳工班的辛力。戈文就不介绍了，他在团委帮过忙。"刘丽点头说："是的！我们早就认识了。"黄师傅端着水杯放下说："你俩喝水。"接着又说："晚上，在这吃晚饭。"戈文说："黄师傅，不吃饭了，坐一会儿就走。"黄师傅说："走什么，听我的，晚上就在这吃饭了。"吕玉也劝，刘丽也说。戈文觉得再坚持走，就有点不近人情了。黄师傅坐在旁边，看着戈文问："小戈，你家是哪里的？"戈文想，她这是没话找话，吕玉肯定把情况都告诉她了，便顺着她的问话回答："我家在天水。"她说："我听小吕说，你家不是在张掖吗？"戈文说："后来搬到天水了。"黄师傅问："你家兄妹几个？"戈文说："四个。"接着又说："我弟兄四个，没有女孩。"黄师傅笑着说："四个秃小子呀！"接着她说："我家都是姑娘，没有儿子。"接着她又问："你爸干什么工作的？"戈文说："我爸具体干什么我也不清楚，人们都叫他队长。"戈文心里知道，她肯定知道父亲是干什么的。黄师傅又问："你妈干什么工作？"戈文回答："我妈是家属。"黄师傅说："那你家生活够紧张的。"戈文点头说："是的！"她一问，戈文一答。戈文觉得不自在，而这个不自在就是吕玉介绍给他的姑娘。今天来到她家，吕玉不提，黄师傅也没有提，她姑娘不在家，她爱人不在家。戈文担心的事没有发生，悬的心渐渐放了下来。刘丽始终没有说一句话，倒是辛力不断地看刘丽。戈文心里掠过了一丝不快，感到闷得慌想走又走不了。黄师傅说："你们几个聊天，我去做饭。"

　　太阳西斜，阳光射进了屋里。刘丽站了起来去厨房了，辛力也跟着过去了。吕玉小声地问："你想的怎么样了？"戈文笑了一下说："我都到人家来了！"吕玉以为戈文不高兴了，忙解释说："是黄师傅让我喊你上来的。"接着说："她姑娘加班，一会儿回来，你俩聊聊。"戈文点了点头。同时，他心里觉得这是吕玉在逼他呀！接着又想到刘丽，她知道这件事吗？还是不知道呀！戈文的心里那个别扭呀。吕玉说完，也进了厨房。戈文站在了起来，走到窗前望着外面。有一片麦田，一直延伸到山跟前。山不高长满了灌木。他看着外面，心里在想，见到了那位姑娘，说什么呢？真不知说什么。这是吕玉和黄师傅设的一个局，让他和她姑娘见见面，而这个见面让戈文很不舒服，这个不舒服也许是因为刘丽在而产生的。很久没有见刘丽了，上次给她送

|323

完材料后,再没有刘丽的消息了,也没有见过面。原想借着送材料,跟刘丽多接触,没想到,刘丽一点反应都没有。戈文想断了这个念头,然而,一见到她,心就跳了起来。她现在就在跟前,还是有些羞涩的,又觉得自己太无能,就不能大胆点。今天在她跟前还要和黄师傅的姑娘见面,她要是知道吕玉给他介绍女朋友,她会怎么想呀!辛力的眼睛一直不离刘丽,辛力又是好朋友。戈文既纠结又没有办法。想回避又无法回避,只能顺其自然,走一步看一步吧!辛力过来小声地说:"我看这是鸿门宴呀!"戈文回头盯着他问:"什么鸿门宴?"辛力说:"这不是明摆着的吗?给你介绍女朋友呀!"戈文小声问:"刘丽怎么样?"辛力紧张了说:"什么怎么样?"戈文说:"你装吧!我看你对刘丽有意思。"辛力说:"你别瞎说!我不想在厂里找。"戈文说:"那你眼睛怎么不离刘丽,你不说实话。""辛力没有反驳,拍了一下戈文的肩膀说,还是好好考虑你的问题吧。"他说完又进了厨房。戈文看着外面想着心事,听见开门的声音,黄师傅的姑娘回来了,他镇静地没有转身。吕玉问:"小霞,回来了?"小霞说:"吕姐好!"吕玉喊:"小戈!"戈文转过身正好和小霞打了个照面,她的脸泛起红晕。戈文说:"你好!"她也回了一句:"你好!"两人没话了,吕玉忙介绍:"小霞!这就我们车间的戈文。"她面带微笑点点头又说了一句:"你好!"接着转身去了卫生间,随即响起了哗哗的流水声。吕玉小声说:"你主动点!"戈文没有吱声,心想,我主动什么?我现在能主动起来吗?多么被动,多么尴尬,不知所措。小霞出来,对戈文说:"你喝水呀!"她坐了下来,戈文坐了下来,又一阵沉默。厨房传出炒菜的声音,屋里散发着油烟味。小霞又说了一遍:"你喝水呀!"戈文这才端起有些凉的水杯,喝了一口水放下了。小霞马上说:"水是不是凉了?"她没等戈文回话就去拿暖壶倒水,水一下倒多了,溢了出来,流在桌子上,她赶紧去拿抹布。戈文看着她这一连串的动作,很熟练,很到位,小霞是一个勤快的人。她擦完桌子,说了一句:"不好意思!"戈文赶紧说:"没事!"两个人的谈话就从这开始了。谈了工厂的事,谈了下乡的事,谈了读书,一直谈到饭菜端上来。几个人围着桌子坐了下来。一桌子的菜,有西红柿炒鸡蛋、白菜炖肉、炒茄子、炒芹菜等,比食堂丰盛多了。

自从戈文的父母搬走以后,他没有吃过这么多的菜。黄师傅说:"小戈,动筷子。"戈文拿起筷子夹菜,大家也跟着夹菜,一起说笑着。小霞一句话不说,只是夹菜吃饭,她那双明亮的眼睛扫来扫去。刘丽的话也不多,只是吕玉不停地在说话,辛力不时插上几句话。他说完,眼睛瞟了一下刘丽。黄师傅又叫道:"小戈,吃菜!"戈文发现刘丽的眼睛扫了他一下,那眼神像一根针刺了他一下,随即她的眼神又恢复了正常。戈文猜不透她的眼神,可他知道这个眼神肯定表达了一个意思。戈文觉得她看出来了,今天这场戏的主角是他和小霞。戈文不知道刘丽会想什么,但他今天的行为,一定会影响和她以后的交往。戈文觉得今天这顿饭吃得特别不舒服。黄师傅好像看出来了什么,她说:"随便准备了几个菜,大家不要见怪。"刘丽说:"黄师傅,这顿饭对我来说,赶上国宴了。"大家都笑了。黄师傅说:"刘丽最会说话!"刘丽说:"本来嘛!"辛力说:"团委的人,说话就是不一样。"吕玉说:"刘丽就是会说话!"这句话活跃了气氛。刘丽没有反驳,辛力没有再往下说。吃完饭,戈文和辛力先走了,临出门时,黄师傅对戈文说:"小戈!没事就来玩呀!"戈文点头说:"好!"同时也说:"谢谢!"

下了楼,戈文在前面走,辛力在后面。辛力喊:"你走那么快干什么?"戈文没有停住脚步,辛力加快脚步走过来问:"怎么样?"戈文说:"什么怎么样?"辛力说:"你别装了,你知道我问的什么。"戈文问:"是不是吕玉让你问的?"辛力说:"是的!"戈文说:"以后再说吧!"不是不回答,而是没有办法回答,不知怎么去回答,对这突来的、明确的男女交往的关系,一点思想准备都没有,情感的链条没有接上。过去的生活,让戈文有了情感的启蒙,有了情感的输出,有了情感的方向,而今天和小霞的见面纯属不得已而为之,没有找到感觉,没有找到激动,能说怎么样吗?不能说!可是还必须得说,因为大多数人打开爱情大门的方式都是这样的。父母不也是这样,他们通过人介绍,相认,还没有相识就结合了,两床合为一床,就开始生子过日子了。戈文心里在问,我会走这条路吗?

辛力看戈文不吱声,接着又问:"你是不是心中有人了?"戈文回过头说:"没有!"辛力问:"你是不是喜欢刘丽?你看刘丽的眼神都不一样。"戈文哈哈一笑说:"那是你!"

戈文就是这样的性格,刘丽,他喜欢,可他就是不敢在别人跟前承认,就是不敢说。为什么要怕呀!这也许就是他的悲哀!戈文回到宿舍,拿上脸盆上了水房,洗完回来就上床了,拿出书看。可他怎么也看不进去,他在想,吕玉肯定要来问,可他还没有想好怎么回答。说不同意,找不出理由;说同意吧,又没有感觉。戈文陷入两难!心里冒出了一个念头,争取上大学,离开这个地方。选择了逃避,为什么要逃避呀!小霞是个不错的姑娘,眼睛有神,淳朴,给人的感觉很舒服。戈文翻来覆去地想着这些,想着、想着,想家了。要是父母在跟前,就可以问他们了,要是李忠在也可以问李忠了。然而,问不了他们,只能自己去解这个难题,自己去面对!又想到了刘丽,刘丽是不是看清了今天的事，万一她对我有意思了，那今天的行动会造成什么样的后果！如果刘丽清楚了，还会和我交往吗？这一切的一切都让戈文迷茫了。

一个月后，大学招生没有消息，而招兵的消息却来了。车间里的黑板报上、墙上到处挂着标语。戈文心动了，想去当兵。在学校的时候，他就想当兵。在农场的时候，旁边就是一座军营。他放了学经常来到军营，看解放军练操。同学费雯雯不就在宝平当兵吗？她父亲是一名军官，想起费雯雯，那也是让戈文心动的女孩，然而，自她当兵走后，就再也没有了任何联系。戈文心想，要是当上了兵，也许还能跟她见上面，也许还会分到一个部队。还有同学黎俊，不也当兵了吗？戈文胡思乱想着。当他去车间报名，指导员告诉他，条件不够，这次招兵主要找技术兵种，必须要工作两年以上。戈文燃起的当兵的希望很快地就破灭了。

这段时间的生活很平淡，很无聊，没生气。戈文依然每天做着配送、调度、协调的工作，有时间了就抓紧复习功课，等待大学招生的到来。

有一个周日中午，戈文下了楼，走进空荡的篮球场。突然，李二虎喊道："戈文！"戈文兴奋地冲了过去，高兴地问："二虎，你怎么来了？"二虎："想你了！"接着问："你干啥去？"戈文说："没事！"二虎说："走！我们找个地方聊聊天。"戈文看二虎兴奋的样子心想，他是不是有什么好事了，那是什么好事呢？他跟常丽又和好了？觉得不会，那是什么好事呢？两人走到土谷堆的街上，进了上次请林梅吃饭的小饭馆。两人坐定后，戈文问："二虎，你有什么好事呀？"二虎笑着说："我当兵了！下周就走！去新疆。"戈文说："太好了！"二虎说："那是！"戈文心里清楚，二虎之所以这样，就是要争口气，让常丽看看，我二虎不是个熊包！戈文想到这问："常丽知道吗？"二虎说："我想她应该知道了，厂里贴了大红榜，董茹也会告诉她的。"戈文问："那你怎么不告诉她呀？"二虎说："我不想再见到她了！我非要做出个人样给她看看！"戈文想了一下说："二虎，我觉得你应该跟常丽说一声，毕竟我们是同学，何况你俩过去也不错，心胸开阔点！也许将来还有缓和的机会。"戈文说完，二虎低头不吭声了。戈文看得出来，二虎放不下常丽。他没有直接回答，而是叫道："点饭！"饭店服务员过来，递了菜单，戈文说："二虎，今天我请你！"二虎说："我来！"正在两人争执的时候，万万没想到的是，秦兰、陆华、常丽进来了。戈文马上站了起来，二虎还在看菜单。戈文问："你们怎么来了？"二虎抬起头，一看常丽，也马上站了起来。常丽脸有点红，二虎也有些不自在。秦兰和陆华叫道："你们也在这儿！"接着陆华说：

"常丽到我们这来玩。二虎也在！什么时候来的？"戈文说："真巧！我们一起吃吧？"秦兰说："好！"五个人围着桌子，又点了一些菜和饭。大家坐定后，不知怎么没话了。陆华打破沉默，问："二虎，听常丽说，你当兵了！"二虎说："是的！下周就走。"秦兰问："去哪儿？"二虎回答："新疆！"秦兰说："那么远呀！"常丽默默的，戈文问常丽："今天你休息？"戈文知道这是没话找话说，常丽点点头，说："我们到四厂来施工了，来了有一周了。"戈文说："那你怎么不告诉我一声，真不够朋友，还是同学呢。"常丽马上解释说："来了就忙！"秦兰说："我也是刚知道的，她不来找我们，我们也不知道她在厂里。"二虎接过话，对常丽说："你到四厂来了？"常丽点了一下头。饭和菜上来了，五个人开始吃饭。秦兰边吃边问："林梅怎么样？"常丽说："挺好的。"陆华问："董茹呢？"常丽说："也挺好！"她接着说："其他同学都挺好的。对了！听说，张亮要回北京了。"这倒是一个没有想到的消息。那董茹怎么办？戈文想问，想了想没有问。二虎在这儿，再说，上次张亮送常丽，二虎的心里就有疑问，有疙瘩。再提董茹，怕常丽再说出其他的事来。常丽对张亮的事上心，难道她和张亮有关系了吗？董茹怎么办？也许董茹根本不知道张亮和常丽目前的关系，还傻乎乎地和张亮处呢。张亮走了，这个关系还能持久吗？常丽说出张亮的事，是不是在刺激二虎？她应该回避张亮的事，常丽到底怎么想的？戈文说："那好呀！我们以后到北京就有同学了！"常丽脸上露出一丝笑容，而这一丝笑容，让戈文感到，张亮和常丽有交往了。戈文心里想着，不敢确定。二虎低头吃饭，不说话。戈文端起水杯看了看大家，站了起来说："咱们四个，以水代酒，祝贺二虎即将成为一名解放军战士！干杯！"五个人碰了一下杯。秦兰说："二虎不是爱喝酒吗？来点酒！"二虎说："我把酒戒了。"常丽脸上一动。戈文心想，常丽一定会想到，二虎戒酒也是为了她。二虎暗自下定决心好好干，让常丽瞧瞧！爱的力量是巨大的，二虎把爱埋在心里，努力奋发！

由于二虎和常丽的关系，大家聊起来总是有点别扭，吃完饭没聊多久就散了。常丽、陆华、秦兰走了，戈文和二虎同她们招手再见，顺公路朝马原公社方向走去。二虎问："张亮真的要调回北京？"戈文说："也许吧！不过，我想，他调回北京不是件容易的事。"二虎说："也许张亮在逗常丽吧？"戈文说："难说！"戈文知道二虎说这句话的意思，那就是张亮用调回北京这件事来勾引常丽，人都想往高处走，一个山沟里的姑娘能调到北京，那是一件多光荣的事呀！戈文也在想，张亮会吗？会把常丽调到北京吗？二虎放不下常丽，毕竟是青梅竹马的感情，不会一下子就没了，二虎这样，常丽会这样吗？那天，常丽对戈文说的那一通话，现在想起，她对婚姻的选择是有条件的，有目标的。然而，她这种想法是爱情吗？爱情是纯洁的，是无私的，是快乐的，是两个人的吸引，彼此快乐！二虎下决心去奋发，是不是为了创造条件，是不是想用成功来取得常丽的芳心？所有这些都是未来的事，都不得而知。戈文想，爱情应该是无条件的，无私的，如果加上其他的东西，那爱情就会变味，也许暂时是快乐的，但时间长了就会露出许多的问题！他想着这些，就劝二虎："你呀！不要想得太多，好好去当兵，好好干！有些事是不能强求的。"戈文说："你为常丽做了许多事，你内心无愧，要说内心有愧，那也是常丽！"二虎说："你也不要这样说，常丽也曾给过我快乐，我做的事都是自愿的，我没有一点责怪常丽的意思。她看不上我了，那说明我身上毛病很多。如果她是为了追求名利跟我好，我也不一定跟她好。"二虎说出这些话，让戈文震惊，也让戈文佩服！二虎走向成熟了，走向自我约束了，对待爱情有了自己的看法。戈文觉得二虎的心里隐藏着更深层次的意思。他又问吴小兰和王大力的情况。二虎说："我也好长时间没有和他们联系了，也不知现在情况如何。"

两人聊完，戈文送走了二虎，望着二虎离去的背影，他不仅惆怅了起来。回到宿舍，其他人都不在，戈文拿起书看。有人敲门，常丽来了，戈文惊讶地问："你怎么来了？"常丽说："有空吗？"戈文回答："有！"随着常丽下了楼，她在前，戈文在后，在偏僻的地方停住了。常丽问："二虎走了？"戈文回答："走了！"一阵沉默。常丽用手将了将头发，问："二虎没说什么吗？"她这么问，戈文不知啥意思。要说没有，她会怎么想；要说有，二虎确实没说什么！想了想说："二虎只问了张亮会调回北京吗？"常丽的脸有点红了。戈文想，她心里明白，二虎为什么问这句话。她一定想到了二虎对她和张亮的关系产生了怀疑。常丽又问："再没说什么吗？"戈文说："没有！"常丽说："谢谢！"她走了。戈文望着她的背影，心想，女人怎么这么怪，她在想什么？摸不透常丽，但有一点是肯定的，那就是常丽也在惦记着二虎！这个惦记是以一个什么样的心态惦记，戈文就不知道了。他心里觉得，也许常丽真不适合二虎，而不是二虎不适合常丽。常丽的爱情里，内容太多了。

戈文刚走到楼下，碰见秦兰和陆华，她俩问："你干啥去了？"戈文想说，常丽找他，一想不能说。他没有回答，而是问："有什么事吗？"陆华说："二虎要走了，我们去送送他。"戈文问："什么时候去？"秦兰问："二虎什么时候走？"戈文说："下周吧！"秦兰说："那我们明天下午下了班去。"戈文说："行！"陆华问："叫上常丽！"戈文点了一下头，常丽能去吗？戈文问："送什么礼物呀?"陆华说:"笔记本!"戈文说:"行! 那我们怎么去呀?"陆华说:"我和秦兰借了两辆自行车!"并说好了集合地点和时间。

第二天的傍晚,戈文从食堂出来,端着饭盒吃着饭,眼睛在四处看。天蒙蒙黑了,福利区的路灯亮了,食堂门口人来人往,戈文在等待。突然,刘丽喊他。戈文心一跳,刘丽问:"你站在这儿干什么呢?"戈文说:"等同学!"刘丽说:"上次在黄师傅家见面后,又有好长时间不见了,你还好吗?"戈文说:"挺好!"刘丽问:"你再见过小霞吗?"她问这句话,戈文一下子有了警觉,她怎么突然问这句话,什么意思? 摸不透,不敢胡说。小霞曾找过他一次,让他去她家吃饭,他以有事推掉了。戈文撒谎说:"没有!"刘丽笑了笑说:"小霞这个姑娘不错!"说完转身走了。戈文望着她的背影,猜想她这没头没尾的一句话是什么意思。戈文觉得自己现在特别敏感,特别是对心仪的女人更加敏感,而这个敏感让他偏离了正常的心态。

吕玉过来了,问道:"小戈,你怎么回事? 小霞叫你,你怎么推了?"戈文装着诚恳的样子说:"我真的有事!"吕玉看了看说:"你可要上心呀! 小霞姑娘不错,不要错过机会。"她说完进了食堂。戈文还不见同学来,心里有些埋怨:女人呀! 真麻烦,干什么事都磨叽。路灯下,秦兰、陆华推着自行车过来,后面跟着一个人。戈文朝前走了几步,说道:"你们怎么才来?"常丽马上说:"都是我耽误了时间。"戈文没想到常丽会来。陆华说:"去叫常丽了。"戈文原来心想常丽不会来,看来是小看常丽了。她能来对二虎来讲,应该是一个抚慰。也许是常丽的内心发现了什么,是内疚,还是什么。四个人骑上自行车,戈文带着常丽,陆华带着秦兰趁着夜色去了石堡子。

初冬的夜色是冷漠的,月光是冰冷的。初冬的风吹着冻手、冻脸、冻身子。骑了半个多小时,他们来到了二虎的宿舍。推门进去,屋里有一群人,大部分同学都来了,林梅、郑河、李力帆、张亮、董茹、丁云、吕莲莲、迟琴等。大家高兴地蹦了起来。林梅瘦了,眼神忧郁,笑起来很勉强。丁云倒是神采飞扬,李力帆也有些不自在。他为什么不自在? 也许是因为戈文的到来。戈文过去跟林梅打了个招呼,说:"你好!"说完这句话就想抽自己,怎么能说出这种不咸不淡的话呢? 林梅露出了一丝的微笑,就去和秦兰、陆华说话去了。二虎没想到,常丽会来,常丽站在二虎的跟前说:"希望你在新的岗位上好好工作,不要忘了同学。"说完后又从黄书包里掏出了一本红皮的笔记本递过去,说:"留个纪念吧!"二虎穿着崭新的没有领章和帽徽的军装,神气十足。常丽的举动,二虎脸上显出了激动,什么也没说,只是笑容满面地回谢了常丽。戈文、秦兰、陆华也送了二虎笔记本。戈文拍着二虎的肩膀说:"好好干,给咱们同学争气!"陆华和秦兰也跟着附和说。戈文想过去跟林梅说说话,见李力帆正在和她聊着,就没去打扰,又和其他同学聊上了。临走前,戈文上去和二虎拥抱了一下,和同学们招手再见。四个人下了楼走了。

林梅看着戈文下楼了,原想戈文临走会和她说说话,没想到一句没说就走了,心里不免有些失落,在心里叫道:戈文,你真不知道我心里在想什么,还是知道了而不愿和我交往?上次聚会,和李力帆的热情,那是表演,想刺激一下你。没想到,这个表演演砸了,没等到戈文的回应,却和李力帆进了学习班。那天晚上,李力帆来找她,约她到小树林说话,李力帆冲动了,要拥抱她,就在这时被厂里的巡逻队发现,所说的巡逻队,就是厂保卫科,那个一直追她的人。那个人说,只要她同意和他交朋友,就可以不进学习班。林梅的心里有戈文,当然不会同意。那个人对她说,只要你说李力帆对你非礼,也可以不进学习班。林梅心想,李力帆是同学,他想拥抱我,那也是一片真心,我不能害他,要进学习班就一起进。进了学习班,戈文好久没来看她,林梅灰心了,她知道戈文不会再来了。她很痛苦,很伤心。后来,她慢慢地想明白了,生活还得继续,路还得走下去。

戈文哪里知道林梅现在的心境,要是知道,他一定会冲上去。林梅的刺激,让戈文退却了,林梅进了学习班,虽然他心里不相信,但是醋意让他的心隐隐作痛,而这个隐隐作痛让他离林梅越来越远了,甚至对林梅的过去都产生了怀疑。戈文不想去怀疑,那进学习班能证明什么?说明什么?戈文也想明白了,林梅能和李力帆有个结果,那我戈文就去好好祝福他们,李力帆毕竟是好朋友。

四个人骑上自行车回厂了。一路上,大家都不说话,低头骑着车子。戈文心里不好受,二虎走了,在山沟里又少了一个好朋友,少了一个同学。戈文和二虎在一起可以说些心里话,在农场的时候,两人都偷看过女生洗澡。那时多么单纯呀!在工厂里,每个人都把自己包得紧紧的,心里总感觉不是那么畅快,而这个感觉从哪里来的呢?为什么会这样?他找不到答案,也不知去哪找答案。林梅的变化,让戈文心里不是滋味,没有选择去追,而是选择了退却。情感在游离,在找缺口,在找爆发点!根本不知道目标在哪里,刘丽、小霞、尤美丽等,她们站得很远,不知怎么靠近。林梅很近,让李力帆领先了。

冷漠的月光洒了下来,寒冷的冬天里,万物肃静。树上的叶子没了,河流冻住了。常丽坐在车子后面的座上轻轻地抽泣了起来。

　　第二天,太阳依旧升起。寒冷的冬天让人们紧裹衣服快步走在工厂的大路上。戈文刚进了厂大门口,辛力在后面喊:"戈文!"他兴奋地说:"招生简章下来了。"戈文兴奋地问:"是吗?"他说:"下周开始报名。"戈文燃起了希望。

　　车间的黑板报上贴着招生简章,戈文看完就泄气了,回到办公室,大林进来问:"你报名上大学吗?"戈文无语,他继续说:"不带工资,只给发生活费!毕业了从哪来的,回哪去!定向招生。这次招生,主要看政治、工作表现,文化课其次,不重要,需要车间推荐的。"戈文说:"招生简章不都写着嘛!"辛力来了,问大林:"你报名吗?"大林说:"我不报,又不带工资。"戈文觉得希望不大!不凑热闹了。辛力说:"戈文,你报名,也许还能推荐上。"戈文说:"我再想想!"三个人聊了一会儿,他俩走了。戈文陷入沉思,要不要报名?辛力不是说了,也许吗?他在想着,拿不定主意,报还是不报!

　　戈文想了几天,最后决定不报了。每年都要招生,有把握了再报。辛力报了名,经过车间推荐,政审,省国防工办审定,他上大学了。他走的前一天,戈文去送,他很兴奋地告诉戈文:"你一定要上学。"戈文点点头,心情是很复杂的。辛力走了,他去了北京上学,一个月后,辛力寄来了在学校的照片,真的让戈文羡慕。

　　两个月后,二虎来了一封信,信上说,他所在的部队在罗布泊边上,条件很艰苦。他当上了汽车兵,每天驰骋在新疆的大地上。信里还夹着一张他站在汽车跟前的照片,二虎瘦了,黑了,但精气神十足!

　　戈文的生活依然很平淡,他把全部身心都用在了工作上。小霞再没有找他,吕玉也再没有提这件事,他和刘丽的关系也没有什么进展,一切都跟昨天一样。戈文有几次鼓足了勇气想去找刘丽,可走到团委办公室的门口,又胆怯地退了回来。他来厂部开完会,常常在办公楼的门口等刘丽出现,几次都落空了。

　　一个星期后,戈文一行六个人被派到平原的红光电子厂学习一个星期。两个女的,四个男的。刚到的那一天,在红光厂的门口,戈文碰见了同学的妹妹王兰,她高兴地叫道:"戈文哥,你怎么到这里来了?"戈文惊讶地问:"你怎么会在这里呀?"她说:"我就在这个厂子,去年年底分来的。"接着她又问:"戈文哥,你干什么来了?"戈文回答:"我们来学习!"和他一起来的郭山,眼睛不离王兰,她不好意思了。她说:"晚上我去找你!你住哪里?"戈文说:"住在你们厂的招待所。"王兰出落成大姑娘了,很漂亮。郭山问:"这是谁呀?"戈文说:"我家邻居的孩子。"王兰比戈文小一岁。郭山赞赏地说:"真漂亮!"

晚上，王兰来了，戈文很不自在，说不上为什么会这样。郭山和戈文在一间房，郭山不停地和王兰说话。戈文在一旁，倒跟局外人似的，好像王兰不是看他的，是来看郭山的。王兰跟郭山说了一些话就不再理他了，郭山没趣地起身出了门。王兰说："这个人真讨厌，我又不认识他。"接着问："你们学习多久？"戈文回答："一个星期。"她说："这么短。"戈文说："这是厂里安排的。"戈文记得在农场子弟学校读初中的时候，有一次，学校组织劳动，那天下雪，坐在大卡车的车厢里，王兰紧靠着戈文。戈文不好意思挪动，一挪动，她也挪动。戈文小声地说："你老挤我干啥！"王兰的脸唰地红了，往后挪了挪身子。从那以后，王兰见戈文就不说话了。没想到会在这里见面了，就坐在戈文对面。两人不知说什么，静静地坐着。过了好一会儿，她突然问："我这人是不是让你讨厌呀？"戈文说："没有呀！"她说："那你怎么不说话呀？"戈文说："不说话就是讨厌呀？"她笑了，接着说："那讨厌才说话呀！"戈文笑了，觉得她挺聪明，两人说起话来。他们说农场，说工作后的事。她说："你以后没事可以到我这里来。有长途车，一个小时就到了。你可以把脏衣服拿来，我帮你洗。"戈文说："这么远，太麻烦了。"她说："这有什么麻烦的？"他们没有目的的瞎聊着，一直聊到郭山回来，她才离开。戈文送到门口停住了，她说："你也不送我到楼下，天这么黑。"戈文只好送到楼下，又送她到了宿舍。

戈文回到招待所，郭山爬了起来说："这个丫头挺好，你给我介绍一下。"戈文听后没吱声，心想，什么人呀！刚见一面。郭山见戈文不吱声，又说："行不行呀？"郭山比戈文大四五岁，四川人，大眼睛，宽额头，中等个儿，人比较自我。他和戈文的关系还可以，住在戈文对面宿舍。不知怎么回事，车间的年轻人都不愿意和他玩，他人缘比较差。这一个星期，王兰每天吃完晚饭就来聊天。她每次来郭山都要凑过来说话，他一说，王兰就不吭声了。

一个星期后，戈文回厂了。郭山没事就到戈文的宿舍聊天。有一天，他找戈文，非要他写信给王兰，给他介绍对象。戈文被他逼得没有办法就写了一封信。一个星期后，王兰回信了，不愿跟郭山谈，愿意跟他谈。戈文慌了，不知怎么回答了。郭山天天问他，回信没有，他不好意思说。有一天，郭山把戈文逼急了，他才把实情告诉了他。郭山半天没说话，最后说，不管怎么说，我还是要谢谢你。过了许多天，戈文才回信给王兰，告诉她，他不想现在找对象，想离开这个地方。王兰没有再给他回信。戈文心里倒觉得欠了王兰什么！从那以后，戈文再没有见过王兰。

第三十章

一九七五年的夏天,大学招生又开始了。这次招生的主要程序是单位推荐、文化考试、学校审查,主要招生对象是从农村、工厂、军营选出来的优秀青年。戈文又燃起了上学的念头。这两年多,他努力工作,获得车间、厂里的先进生产者称号。

有一天下午,大林下了班到宿舍找他,商量报名上大学的事。戈文问:"小魏同意吗?"大林说:"就是小魏鼓励我报名的!"戈文说:"我也报!咱们试试吧!"

自从二虎走后,戈文与其他同学的来往渐渐地少了,听秦兰讲,林梅与李力帆分手了,与厂里的子弟谈上了。吴小兰的病好了,王大力依然和她在一起。其他同学,有的照旧,有的开始谈恋爱了。常丽还在建筑公司,张亮调回了北京。据说,张亮临走时对常丽说,等他安顿好后,再把常丽调过去。董茹自从跟张亮分手后,又和同学郑河好上了。李力帆单身一人。王冬兰也找了一名厂里的子弟。吕莲莲,快结婚了。还听说,丁云找了一名厂里的军代表。岁月在流逝,生活在继续。两年多来,他们这些人从一个不懂事的孩子,开始进入了人生的另一个阶段。二虎在部队表现好,立了二等功,年初,提了干,当了排长,给戈文寄来了照片。李忠断了联系。戈文的生活没有什么大的变化,情感生活依然平淡无奇。他也不知道,怎么会这样。他的学徒期还没满,还是以工代干,干部的身份还没解决,工种仍然是车工。

戈文报了名,车间一共有十个人报名,最后经过车间党支部的商议,戈文、大林、金翠被推荐上大学。金翠是磨工班的,从金城来的,爱学习,工作表现也好,戈文跟她没有什么来往。她人长得很秀气,有一双明亮的眼睛。

这两年来,戈文一直没有放松学习,离考试时间还有一个月。这一个月,他每天早上天不亮就上山复习功课,白天还不能耽误工作。他抱着很大希望,第一次没去,这次下定决心要走。

有一天晚上,戈文正在宿舍复习,有人敲门。戈文开了门,没想到是林梅和秦兰。戈文有些激动地说:"你俩怎么来了?"秦兰问:"怎么就你一个人?"戈文说:"大家都出去玩去了。"林梅和秦兰坐下后,林梅问:"听说你报名上大学了?"戈文说:"是的! 不过,不知能不能上,要考试的。"林梅说:"你没问题,你在学校学习就好。"戈文笑了笑,说:"谢谢! 借你的吉言。"接着又说:"说实话,我心里真是没底。"林梅接过话说:"你肯定没问题!"戈文感激林梅对他的鼓励,感谢她的情谊,心里有些感动。林梅又说:"你要是考上了,一定要告诉我们一声。"秦兰也说:"别一上学就不记得我们这些同学了。"戈文笑了笑没有吱声,他想问李力帆的情况,但又一想,林梅不是和他分手了吗? 再去问,有点不好。秦兰问:"林梅,你怎么不报名呢?"林梅苦笑了一下说:"我臭名远扬了,想报,谁批呀!"她这么一说,秦兰也觉得不该问这个话,捅到林梅的痛处了。林梅过去是一个非常阳光的人,经过这次打击变得沉闷了。林梅这样,戈文的心是痛的,毕竟她也是心中的一个美好! 而今,两人却变成这样。是自己变了,还是林梅变了? 戈文又问起了吴小兰。林梅说:"小兰现在上班了,她和王大力挺好的,前段时间,我见小兰,她还说,有时间过来看你呢。"他们又聊了一会儿,林梅说:"我们走了。"戈文问:"这么晚了,你怎么走呀?"秦兰说:"林梅今晚不走了,和我挤一张床。"戈文送她们下了楼。

月光铺洒下来,夏日的月亮是那么圆。山沟里的夏天,凉风习习。三个人走过篮球场,等她俩上了灰楼,戈文才往回走。

戈文有些伤感了,想起林梅在农场那时多好呀,现在怎么变得这么生疏了。也许是自己的过错吧! 二虎曾说过,我傻着呢! 这个傻,让戈文陷入了自责。林梅变成这样是不是跟自己有关系,没法去考证,但有一点,林梅对他的好,他会一直记在心里。林梅后来的举动,让他生过气,吃过醋,没有朝前踏一步。她和李力帆、李忠、厂里的子弟,这些都是听说,没有去验证。戈文想着过去的事,回到宿舍,静不下心复习了。又想到吴小兰,等自己上大学的事定了,得去看看她。她毕竟经历了大灾大难,又站立了起来,重新工作了。戈文对吴小兰的情感,也许就是自己的误解。自从她去西线工作,后来又调到东线工作,再后来她受伤住院,自己在干什么? 虽然惦记,但是没有像王大力一样,始终对她不离不弃,坚持到今天。我呢? 这一切让戈文自责,而这个自责让他不能去说。吴小兰的受伤,他着急,当他看到王大力,就退却了,就离开了! 当吴小兰恢复正常,他看到她和王大力的亲密关系,选择了离开。吴小兰会恨他吗? 也许在她心里,戈文就是一个过客,一个情感的过客。然而,每当想起在农场的岁月,心里就有一种激动。戈文做了许多假设：假如吴小兰的父亲没有死，她没有顶替父亲去西线，自己会和她怎么样？假如她没有受伤，自己和她再次重逢会怎么样？假如她没有和王大力在一起，我俩会怎么样？如果没有这些，那我还是一个情感的过客吗？

戈文手拿着书本，思绪飘荡着，过去的一切在脑海里浮现出来。他突然觉得自己在情感上，特别颓废，特别敏感，特别迷茫。想着自己的未来，想着自己如果上了大学，就离开了这里，离开了车间，不由得有种依依不舍的感觉。戈文在问自己，这是怎么了，我还没有走呢？又想到自己要是走不了怎么办？在这里，有希望吗？有情感的归宿吗？他不知道，大地和天空也不会知道。前段时间，家里来信告诉他，他们从天水搬到金城去了。戈文十岁就离开了这座城市，所以在他的记忆里留下的东西不多。他本来想写封信告诉父母上大学的事，后来又一想，万一没有考上，多丢面子呀，等考上了再告诉他们吧。车间的何山就对戈文说过："上啥大学呀！就是上了，毕业了还不是回来吗！这不是脱裤子放屁吗？"他这个比喻，让戈文哭笑不得，上大学和脱裤子放屁，怎么能并列在一起呢？戈文知道，他表达的意思，就是多此一举，不明白他怎么会有这种想法。不管怎么说，自己要上学，要离开这里。至于以后怎么样，那是以后的事。他想起自己在农场宣传队时，教他吹笛子的邵敏老师曾说："多学点东西，对自己是有好处的。"想着这些，戈文就有了动力，努力地朝前走！

一个月后，厂里通知考试。戈文心里七上八下地来到厂子弟学校的教室。学校处在厂福利区的入口处，宝平公路的边上，有一栋二层楼，楼前是个操场。一进教室，戈文就看见了刘丽，她也来考了。戈文心里有些激动，要是刘丽和他都考上，又分到一个学校，那该多好呀！她抬头看了戈文一眼，又低下头去。戈文坐在她后面，看着她的背影。整个教室近一百平方米，每人一张桌子，三十多人。据说，全厂报名的有一百多人。铃声响了，决定命运的考试开始了。

一个小时后，陆续有人开始交卷子了。戈文看着大家一一走出教室，心里着急了。刘丽小声传话来："别着急！到点再交卷。"戈文趴在桌子上，心里涌出了一种甜的感觉，他很感谢刘丽。于是他稳定情绪，反复仔细地检查所做的题。当他抬起头时，刘丽已不见了。铃声响了，戈文交了卷子走出门，不见大林和金翠，见刘丽在楼下。她问："你考得怎么样？"戈文说："题，我都答了，不知对不对。"刘丽却说："好多题，我都不会，没有答。"戈文宽慰她说："考试为辅，推荐为主，你肯定没有问题。"她说："那也不一定。"他俩聊着聊着走出了学校,她突然问了一句:"你和小霞怎么样了?"戈文一愣,随后说:"那次在她家见过面以后,就没再联系了。"他没说小霞曾约他吃饭的事,她也没有再继续问。戈文说:"谢谢你的提醒,考试的时候,心里特紧张。"她说:"这有什么可谢的,我也紧张,多少年没有考试了。"他们走到福利区便分开了。

回到宿舍,戈文准备下午的考试。下午,当他走进教室,教室里的人少多了。开考的铃声响了,仍不见大林和金翠,刘丽还在他的前面。下午考完试,戈文下楼寻找刘丽,她不见了。回到宿舍,戈文心里纳闷,这是怎么回事?

戈文考完试,又恢复了正常,每天上班下班,等待着上大学的消息。上班后碰见大林,戈文问:"那天下午,你怎么不考了?"大林说:"上午,我一看试卷就傻眼了,大部分都不会,下午还去干什么,别去丢人现眼了。"戈文问:"金翠是怎么回事?"大林说:"她跟我一样。"

刘丽又无声无息地消失了,一连几天在食堂吃饭也没有碰到她。戈文心里想,她家里是不是有什么事了?想去团委看看刘丽,又一想,去看什么呀,跟自己有什么关系啊?

戈文对上大学满怀希望。听说厂招生办每天能听到各种各样的消息,那里一下子热闹了起来。戈文去过一回,人很多,没问出什么消息来。招生办的人总是说,耐心地等待吧。没有确切的消息,戈文不敢给家里写信,也不敢跟同学们去说。这个煎熬让戈文每天处于紧张焦虑的状态中,对什么都没有兴趣,下了班就回到宿舍看书等待。薛刚去女朋友那里了。

一个周日的晚上,突然有人敲门,开门一看,是秦兰和陆华,戈文忙让她俩进来。陆华问:"听说你被厂里推荐上大学了。"戈文说:"我不知道呀!"陆华说:"厂招生办刘主任的姑娘和我一个车间,今天下午她来我宿舍说的。恭喜你呀!"

戈文的心一下子快蹦出来了。她继续说:"明天厂里就贴出红榜了,厂里一共推荐了六名。"戈文兴奋地忙说:"谢谢!"她说:"没有什么可谢的。你上大学是我们同学的光荣,我们为你感到高兴和骄傲。"戈文接着问:"还有谁?"她说:"不知道!"戈文想问刘丽。秦兰说:"等省上批下来,你就可以上学了。"戈文说:"能不能批下来,还难说呢。"陆华说:"厂里的推荐非常重要,除了特殊情况,一般没问题。"戈文说:"但愿吧!参加工作那一年,因为户口的问题,差一点没走成。"当然,他心里明白,应该是没有问题的。她俩坐了一会儿就走了。

她俩一出门,戈文在床上打了个滚,高兴极了,自己终于要离开这个地方了。他站在屋子中间审视着,在这间屋里他住了快三年了。还有一个多月自己就整整十九岁了,面对未来,他充满期望,充满信心,充满喜悦,充满动力,充满憧憬。

第二天早上上班,厂门口贴出了红榜,上面写着戈文的名字,戈文站在红榜前心潮起伏,格外激动,他知道自己成功了。他寻找刘丽的名字,但她落榜了,戈文有些失落。戈文进了车间,庆贺的人不断地来到办公室。车间书记来了,向他庆贺。前任书记调走了,这位书记不是军人,是一名老干部,身材高大,眼睛有神,一脸慈祥。戈文站了起来,说:"谢谢您!"他哈哈一笑说:"谢我什么呀! 这是你自己的本事! 你给车间长脸了,为车间增光了,我应该感谢你呀。"戈文倒不好意思起来。书记拍了拍戈文的肩膀说:"过完'十一',你就成大学生了。"书记说完走了。

戈文在等待省上批复的那几天,依然和过去一样,抓紧工作。每到一处,大家都赞扬几句,搞得他都有些不好意思了。他解释说:"这只是推荐,还没有定呢!"其实,他是怕会有什么变故。

戈文在等待录取通知书,等待幸福的降临,他走起路来都是欢快的。有一个周末,陆华、秦兰来到宿舍,要给他洗被褥。秦兰说:"要走了,我们帮不了什么忙,给你洗洗被褥还是可以的。"戈文拦住说:"不用! 我自己能洗。"陆华掀开被子说:"你看看你的被子黑得跟煤球似的。"戈文一年没有洗被子了。她俩二话不说,拆完被子去了水房。戈文心里涌出了温暖,临走之前,他要请所有的同学吃个饭,庆祝一下。门外有人敲门,万万没想到,是刘丽推门进来了。戈文忙站了起来,惊慌失措,不知怎么办好。她怎么会来? 她是来庆贺的吗? 还是有什么事? 刘丽笑着说:"你这房间真够乱的了。"戈文忙解释说:"同学来给我洗被子!"戈文本想问她为什么没有考上,后又觉得她现在心情肯定不好就没有去问。她微笑着说:"恭喜你! 我来就是和你表示祝贺的,既然你同学在,我就先走了。"她出了门,下楼走了。戈文在门口望着她离去的背影,心里甜甜的,转身回到宿舍,等着陆华、秦兰。陆华、秦兰抱着被子进了屋。陆华问:"是不是来人了,还是一个女的?"戈文苦笑着说:"没错! 是个女的,厂团委的刘丽。"陆华调侃说:"她也来给你洗被子?"戈文说:"洗什么被子呀! 她是来表示祝贺的。"她俩互相看了一下,没有马上说话,而是去晾被子。

时间一天天过去,戈文一直没收到录取通知书,心里有些着急了。

突然,有一天的下午,厂办公室来电话,让戈文马上去厂部,没有说什么事。戈文来到厂部办公室,一位女同志接待了他。那位女同志有三十多岁,短发,眼睛很亮。她说:"你可以上学了,这是你的录取通知书。"戈文听完这句话,激动地掉下了眼泪,心里叫道:我成功了! 他弯腰致谢,拿着通知书飞奔回宿舍。

再过一个星期,他就要离开了这个地方,开始新的生活啦!